INGE KUR
Unter d

Inge Kurtz · Jürgen Geers

Unter dem Gras darüber

Ein Jahrhundert deutscher Geschichte: Zeitzeugen erzählen

Goldmann

Die dieser Ausgabe zugrunde liegende Originalton-Collage
»Unter dem Gras darüber« von Inge Kurtz und Jürgen Geers
erschien 1999 im Hörverlag, München.

Umwelthinweis
Dieses Buch und der Schutzumschlag wurden
auf chlorfrei gebleichtem Papier gedruckt.
Die Einschrumpffolie (zum Schutz vor Verschmutzung)
ist aus umweltfreundlicher und recyclingfähiger PE-Folie.

1. Auflage

Produktion der Hörfassung: Hessischer Rundfunk hr2
und text & ton, Frankfurt am Main 1999/2000
Der DVA danken wir für die freundliche Abdruckgenehmigung
des Textauszugs auf S. 5 aus: Sebastian Haffner, *Geschichte eines Deutschen*, S. 170/171

Die Fotos im Innenteil stammen aus Privatarchiven,
wir danken für die freundliche Abdruckgenehmigung.
Satz: Uhl + Massopust, Aalen
Printed in Germany
ISBN 3-442-30972-7
www.goldmann-verlag.de

Sebastian Haffner

Was ist Geschichte?

Liest man eine der normalen Geschichtsdarstellungen – von denen man allzu leicht vergißt, dass sie immer nur den Umriss der Dinge enthalten und nicht die Dinge selbst –, so ist man versucht zu glauben, Geschichte spiele sich zwischen einigen Dutzend Leuten ab, die gerade »die Geschicke der Völker lenken« und deren Entschlüsse und Taten dann das ergeben, was später »Geschichte« heißt. Die Geschichte des gegenwärtigen Jahrzehnts erscheint dann etwa wie eine Art Schachturnier zwischen Hitler, Mussolini, Tschiangkaischek, Roosevelt, Chamberlain, Daladier und einigen Dutzend anderen Männern, deren Namen mehr oder weniger in aller Munde sind. Wir anderen, Anonymen, sind, so scheint es, bestenfalls Objekte der Geschichte, Bauern in einer Schachpartie, die vorgeschoben, stehen gelassen, geopfert und geschlagen werden, und deren Leben, falls sie eins haben, sich in einer ganz anderen Welt abspielt, ohne Beziehung zu dem, was auf dem Schachbrett mit ihnen geschieht, auf dem sie stehen, ohne es zu wissen.

Es mag demgegenüber paradox klingen, aber es ist nichtsdestoweniger eine schlichte Tatsache, dass sich die wirklich zählenden geschichtlichen Ereignisse und Entscheidungen unter uns Anonymen abspielen, in der Brust einer jeden zufälligen und privaten Einzelperson, und dass gegenüber diesen simultanen Massenentscheidungen, von denen ihre Träger oft selbst nichts wissen, die mächtigsten Diktatoren, Minister und Generale vollständig wehrlos sind. Und es ist ein Merkmal dieser entscheidenden Ereignisse, dass sie niemals als Massenerscheinung und Massendemonstration sichtbar werden – so wie die Masse massiert dasteht, ist sie funktionsunfähig –, sondern stets nur als scheinbar privates Erlebnis Tausender und Millionen Einzelner.

Vorwort von Rafael Seligmann

Unsere unvergessliche Geschichte

Was ist Geschichte? Unsere Vorväter haben Historie als Heldenverehrung oder als wohliges Gruseln über famose Bösewichter verstanden und genossen. Reiterstandbilder, Schlachtengemälde und Heldenverse verunzierten unser Land, unsere Häuser und, was am schlimmsten war, die Köpfe der Menschen. Der Wahnsinn hatte Methode. Die Untertanen sollten unbesehen, vor allem ohne Wenn und Aber, der Obrigkeit gehorchen. Die Menschen durften nicht begreifen, dass sie selbst mehr waren als Manövriermasse oder Kanonenfutter: Subjekte der Geschichte.

Dunkle Vergangenheit? Keineswegs. Die postmoderne Historie hat wieder Gefallen an Helden- und Schurkengestalten gefunden. Geschichte »à la Dallas«. Je schuftiger die Schufte, desto höher die Aufmerksamkeit. Adolf Hitler steht zunehmend im Zentrum des Interesses. Die Leser, Hörer, Zuschauer – kurz: die Neugierigen – können nicht genug kriegen vom Obermonster. Geschichte wird als Super-Grusel-Comic gezeichnet und konsumiert.

Dabei wird die Rolle des »kleinen Mannes« vergessen gemacht. Er schlüpft aus seiner Verantwortung für die Geschichte. Wie soll man das Heute begreifen, wenn man unfähig ist, das Gestern zu verstehen – mehr, wenn man sich dagegen sträubt, zu begreifen? Um diese »große« Geschichte zu konsumieren, müssen die Handelnden aufgeblasen werden.

Da wird von den »magischen«, »magnetischen« und sonstigen Fähigkeiten der entrückten Akteure gefaselt – um die Rolle der »unwichtigen Mitläufer« vergessen zu machen. Hitler als das Phänomen des satanischen, unbegreiflichen Bösen »and his friends and enemies«. Da dürfen Stalin, Churchill, Roosevelt nicht fehlen. Und ihre Marschälle, Generale und sonstigen Heroen. Ein gewaltiges Ringen findet statt zwischen Gut und Böse, Rein und Verdorben. Und mittendrin wir: als lustvoll hingerissener Zuschauer.

So einfach – sagen wir es deutlicher: so langweilig – ist Geschichte nicht. Das Gestern hat unendliche Dimensionen. Geschichte ist die Summe des vergangenen Geschehens – nicht nur in der großen Politik, sondern auch im »gewöhnlichen« Leben. Wer Geschichte begreifen will, der muss fragen, wie die Menschen leben, was sie fühlen, wovor sie Angst haben, was sie begehren, woran sie sich erfreuen. Und immer wieder zurück zur Grundfrage: Wie leben sie? Entscheidende Antworten erhalten wir, wenn wir wieder lernen, zu fragen und wenn wir die Geduld aufbringen, zuzuhören.

Geschichte ist kein Instant-Gericht. Man muss sich Zeit nehmen für die Menschen. Man muss sie fragen. Immer wieder fragen.

Inge Kurtz und Jürgen Geers haben nie aufgehört, Fragen zu stellen. Sie waren neugierig – penetrant neugierig, unbarmherzig neugierig. Aber nur auf diese Weise, mit unendlichem Wissensdrang, mit Geduld und Einfühlungsvermögen kann man erfahren, unter welchen Umständen die Menschen gelebt haben, was sie erlitten, woran sie ihre Freude haben.

Das Gestern ist der Vater des Heute und der Großvater des Morgen. In Deutschland wird Unmögliches versucht: Vergangenheit zu bewältigen. Vergangenes ist vorbei! Wir können es nicht mehr ändern. Doch wir haben die Pflicht, daraus für das Heute und das Morgen zu lernen, damit es uns und unseren Mitmenschen und Nachkommen weniger grausam geht.

Unter dem Gras darüber ist die Geschichte des abgelaufenen Jahrhunderts. Nicht als stromlinienförmiges Epos, das vorgibt, alles zu verstehen, indem es uns Nahaufnahmen auf Hitlers Schnurrbart oder Churchills Zigarre gewährt. Da bleibt am Ende nur Pseudowissen.

Die Autoren zeichnen stattdessen ein Mosaik des abgelaufenen Jahrhunderts. So vielfältig wie die Menschen, die darin gelebt haben. Wir hören ihre vielfältigen Stimmen, vernehmen ihre unterschiedliche Sprache. Wir beginnen uns einzuhören.

Die Menschen, zunächst die Alten, die ganz Alten, jene, die in der ersten Dekade des 20. Jahrhunderts lebten und in der Zwischenzeit bereits von uns gegangen sind, berichten. Sie erzählen ihren Alltag. Das klingt banal. Doch bald begreifen wir, es ist auch unser Leben. Wir hören genauer hin. Wir werden in das Leben der Personen hineingezogen. In ihre Nöte und Ängste.

Ich konnte bald nicht mehr weghören. Mich hat erschüttert, wie grausam der Alltag in den ersten Jahrzehnten ablief – eine ununterbrochene Kette der Gewalt. Die Kinder wurden von klein auf unterdrückt und geschlagen – Tag für Tag. Die Eltern warteten nur auf einen Anlass, ihre Aggressionen an den Kindern auszulassen. Sie gaben die Verletzungen weiter, die sie selbst in der Arbeit und im Alltag erlitten.

»Die gute alte Zeit«, es war eine Ära der Gewalt und der Verstellung. Die gute Kinderstube, oder was man dafür hielt, musste gewahrt bleiben. Ständige Selbstbeherrschung, Kontrolle, waren gefordert und verlangten ihren seelischen Tribut.

Wir beginnen zu verstehen, warum die Menschen allenthalben den Beginn des großen Krieges bejubelten. Er bot Gelegenheit, dem unterdrückenden Tag-für-Tag zu entkommen und die schlummernde Gewalt auszutoben, gegen den bösen Feind zu richten.

Im Kanonenfeuer, im feuchtdreckigen Schützengraben und in der Heimat bei ständigem Hunger verlor der glorreich geglaubte Krieg seinen Glanz, wurde rasch zum jahrelangen Albtraum. Die Befragten erzählen. Unpathetisch. Sie berichten vom Ende des Krieges, von Revolution und dem Terror der Freikorps, von der Inflation, von der für sie unfassbaren Geldentwertung, von Hunger, politischer Radikalität, vom sich immer offener manifestierenden Antisemitismus.

Allmählich erkennen wir Strukturen in der Collage des Hörens. Nein, diese Geschichten ergeben in ihrer Summe keine glorreiche Geschichte. Es sind vielmehr Berichte des Durchmogelns, um zu überleben. Die Goldenen Zwanziger waren so golden nicht. Kaum waren die größten Nöte der Inflation überwunden, kaum begann man sich in der ungewohnten Republik voranzutasten, da bekamen wieder die Radikalen Auftrieb. Die Sorge um die Arbeit, die Angst vor neuem Elend, Antisemitismus – das ergab eine verdorbene Suppe, die zunächst vielen mundete.

Hitler wurde von den einen als Verführer begriffen. Die anderen erlagen seinem Werben, weil sie die gleichen Ängste teilten, die gleichen Vorurteile empfanden und die gleichen Hassgefühle hegten. Inge Kurtz und Jürgen Geers fragen unerbittlich, und bald vergessen die Menschen die Mikrofone und erinnern sich ihrer Ängste, ihrer Niederträchtigkeiten, aber auch ihres Mutes. Und plötzlich sind Hitler und die Seinen an der Macht.

Wiederum richtet man sich ein. Man arrangiert sich mit den braunen Herrschern, man läuft mit oder fürchtet sie, aber man lebt weiter. Und als dann der Krieg ausbricht, gibt es keinen Jubel wie 1914. Es herrscht allgemeine Beklommenheit. Dennoch macht man mit. Man macht mit oder schaut weg, als die jüdischen Geschäfte boykottiert werden, als die Synagogen brennen und Juden misshandelt und verhaftet werden. Und schließlich führt man den Krieg. Nicht nur für Volk und Vaterland, sondern auch für den »Führer«. Nach den ersten Siegen kommt Zuversicht auf. Sie zerbröckelt im Bombenhagel der alliierten Kampfflieger. Derweil kämpfen die deutschen Soldaten tapfer gegen die Niederlage.

Und die Juden? Die sind geflohen oder inhaftiert. Im Konzentrationslager werden die meisten ermordet; diejenigen, die durchkommen, treiben weiter. Sie haben nur ein Ziel: zu überleben.

Das Erzählte ist so furchtbar und banal zugleich, dass man immer wieder ausschalten, weghören möchte. Man glaubt, es nicht aushalten zu können, und begreift allmählich, was Geschichte ist. Da walten keine hehren Gefühle, da schallt nicht die Fanfare des Sieges. Es sind einfache Geschichten des Überlebens – in der Not und in der Katastrophe.

Die Beteiligten hatten meist keine Zeit, über die großen Zusammenhänge nachzudenken. Sie alle wollten nur durchkommen. Nicht nur im KZ, sondern auch an der Front und in der Heimat. Und dann ist alles vorbei. Keine Befreiung, außer für die Häftlinge in den Todeslagern. Für die anderen ist es ein Zusammenbruch. Sie haben kaum Zeit zum Atemholen. Man muss den Hunger stillen. Man muss und will überleben.

Die Autoren zeichnen das Mosaik der entstehenden Bundesrepublik und der DDR. Wir erleben den Aufbau der Gesellschaften in Ost- und Westdeutschland und begreifen, dass die meisten sich nicht damit beschäftigten, ob sie die große Freiheit oder die kleine Unfreiheit getroffen hatten. Die Menschen wollten ihre Existenz sichern. Jene, die für Freiheit kämpften, waren die Ausnahme, und sie mussten einen hohen Preis zahlen. Wir hören unsere Geschichte. Unsere menschliche Geschichte. Ist sie allzu menschlich?

Inge Kurtz und Jürgen Geers haben sich eine große Aufgabe gestellt. Sie wollen uns das vergangene Jahrhundert erleben lassen. Wir hören Alltägliches. Hier werden keine großen Wahrheiten und Strukturen gesucht. Stattdessen setzt man sich mit den Menschen auseinander. Mit ihrer Beharrlichkeit, durch ihre Konsequenz, durch ihr Einfühlungsvermögen und mit enormem Fleiß lassen Inge Kurtz und Jürgen Geers gleichzeitig spüren und begreifen, was Geschichte ist: nicht die große Vergangenheit Deutschlands, sondern unser Gestern. Niemand, der diese Geschichten gehört hat, wird sie je vergessen.

Inge Kurtz und Jürgen Geers

Rede zur Verleihung des Hörspielpreises der Kriegsblinden 2000 am 29. Mai 2000

Liebe Zuhörerinnen, liebe Zuhörer,

seien Sie nicht erschrocken, wenn wir nun gleich zu zweit das Rednerpult erklimmen, um eine Ansprache im Doppelpack zu halten. Wir beanspruchen deshalb nicht die doppelte Redezeit und wollen uns auch nicht betragen wie das Tucholsky-Ehepaar, das einen Witz erzählt. Im Gegenteil: Wir sind bestrebt, uns Ihnen als ein harmonisches Paar zu präsentieren, aber – und das wird die Kenner von Ehebeziehungen nicht verwundern – wir müssen leider zugeben, dass auch wir schon mal sehr kontrovers diskutieren können. Seltsamerweise oftmals dann, wenn wir uns über längst Vergangenes unterhalten. Obwohl die diskutierten Ereignisse Bestandteil unseres gemeinsamen Erlebens waren, erinnern wir sie doch sehr unterschiedlich und stehen fassungslos vor der Erinnerungsversion des anderen.

So konnten wir uns beispielsweise eine Weile lang noch nicht einmal darauf verständigen, an welchem Tag wir uns denn eigentlich kennen gelernt hatten. Unsere Erinnerung differierte um Monate, und erst aus vergilbten Akten des Hessischen Rundfunks konnten wir anhand einer Reisekostenabrechnung rekonstruieren, wie dieses »schicksalhafte Ereignis« denn nun zu datieren sei. Sie sehen hieran, wie segensreich sich die Anstaltsbürokratie eines Rundfunksenders auswirken kann. Jetzt kennen wir also die faktische Wahrheit über den Beginn unserer Beziehung, und wenn wir nun historisch bedeutsame Persönlichkeiten wären, müssten unschuldige Kinder dieses Datum vielleicht eines Tages auswendig lernen, wir hätten einen weiteren Staatsfeiertag, und womöglich müssten dann noch weitere Reden gehalten werden. Natürlich sagt ein Datum, eine Jahreszahl, recht wenig über Wesen und Bedeutung eines Ereignisses aus. Dennoch – wir alle kennen das Gefühl, auf dem Zeitstrahl der Lebensgeschichte bestimmte Ereignisse präzise markieren zu wollen.

Warum aber mussten wir beide dann diesen für unser Leben so wichtigen Tag erst mühsam rekonstruieren? Warum hat er sich nicht gleich unserem Gedächtnis eingeprägt und war jederzeit abrufbar? Die Antwort ist einfach: Wir wussten an dem besagten Tag nicht, dass er für uns so wichtig werden würde. Deshalb konnten wir uns nicht daran erinnern. Es war eben seinerzeit ein Tag und eine Begegnung wie viele andere. Ein Tag, der – wie es Ernst Bloch einmal ausgedrückt hat – die »Blindheit des gelebten Augenblicks« bezeugt. Vieles von dem, was wir erleben, ist ja banal und erhält – wenn überhaupt – seine Bedeutung erst, indem wir dem Geschehen nachträglich Bedeutung zuschreiben. Das heißt, dass sich aus der Unzahl der gelebten Augenblicke nur eine kleine Auswahl zur Erinnerung verdichtet. Eine Auswahl, die stets wechselt und zudem immer neuen Interpretationen unterworfen ist. Wie können wir aber dann unserer – und problematischer noch – der Erinnerung anderer vertrauen, wenn Erinnerung in gewisser Weise einem Drehbuch gleicht, das aus immer anderen Blickwinkeln und in immer neuen Szenenfolgen die durchlebte Wirklichkeit abbildet. Mit anderen Worten: Ist die Erinnerung nicht ein völlig untaugliches Instrument zur Ermittlung der Wahrheit, weil sie ihrem Wesen nach nicht objektiv sein kann, also sozusagen korrumpiert ist von unserem notgedrungen subjektiven Wahrnehmungsinteresse? Ein Umstand, der dem Psychologen, dem Juristen oder dem Historiker in sehr unterschiedlicher Weise zu schaffen macht.

Vor wenigen Wochen fand in Dresden eine Veranstaltung statt, auf der der Historiker Helmut Schnatz ein Buch vorstellte, in dem er mithilfe deutscher und alliierter Quellen nachwies, dass Augenzeugenberichte nicht zutreffen können, die von Tieffliegerangriffen auf Menschen nach dem Bombardement vom 13. Februar berichten. Der Historiker sah sich bei dieser Veranstaltung von einem Zeitzeugen bestätigt, war aber heftigsten Angriffen anderer Zeitzeugen ausgesetzt, die diese Tieffliegerangriffe unter Tränen bezeugten.

Die Heftigkeit der Emotion verwundert nicht. Werden Erinnerungen beschworen, die von unserer eigenen Erfahrung abweichen, kann das bei uns allen heftige Emotionen auslösen, denn wer die Richtigkeit unserer Erinnerung bestreitet, rückt uns in die Nähe der Lüge – der Lebenslüge sogar – und greift einen ganz wesentlichen Teil unserer Identität an. Wenn wir Identität auch jenseits genetischer Disposition annehmen, was begründet dann unsere Identität eigentlich mehr als unsere Lebensgeschichte? Und wer sollte unsere Lebensgeschichte beglaubigen, wenn nicht wir selbst? Wir sind schließlich die Fachleute für unser eigenes Leben, folglich auch für dessen Darstellung, und deshalb lassen wir uns nicht gerne von anderen Menschen in unsere Erinnerungen reinreden, nicht von Historikern und nicht von Verwandten, selbst wenn es sich um gemeinsame Familienerinnerungen handelt.

Genau besehen gibt es keine gemeinsamen Erinnerungen, denn Erinnerungen sind nicht nur an das faktische Geschehen gebunden, sondern mehr noch – an unsere Gefühle: an Gefühle, die ein Geschehen seinerzeit in uns auslöste, und an gegenwärtige Gefühle. Natürlich stimmen die gegenwärtigen Gefühle mit den vergangenen häufig nicht überein. Schließlich haben wir uns weiterentwickelt, konnten uns von schmerzlichen Erfahrungen distanzieren und angenehme verklären – oder umgekehrt. Wir können Ereignissen nachträglich eine bestimmte Bedeutung zuweisen oder ihnen eine vermutete Bedeutung wieder absprechen.

Erinnerung verdichtet das Leben zu einem Film, in dem wir selbst die Regie führen. Sie protokolliert nicht, fasst auch nicht sachlich zusammen, sondern bewertet jedes Ereignis mit dem Gewicht unserer Emotion. Scheinbar unwichtige Details werden bedeutungsschwer, können uns noch nach Jahren fröhlich, traurig oder sentimental werden lassen, so genannte »objektiv wichtige« Fakten sind im Schneideraum des Gedächtnisses auf der Strecke geblieben.

Unsere Erinnerung ist also ähnlich komponiert wie ein Roman, den wir allerdings mit unserem Leben beglaubigen. Erinnerung ist die Behausung für unser gegenwärtiges Selbst. Und dieses Haus ruht auf einem Fundament der Wahrheit, auch wenn die Fassade mit der Tünche der Beschönigung gestrichen und der Giebel mit schmückenden Ornamenten geziert sein mag.

In Richard von Weizsäckers berühmter Rede zum 8. Mai findet sich der Satz:

> »Erinnern heißt, einer Sache so ehrlich und rein zu gedenken, dass sie zu einem Teil des eigenen Innern wird.«

In diesem Satz ist ausgedrückt, dass Erinnerung kein Faktenarchiv ist, sondern eine stets zu wiederholende Denkanstrengung, die ein wenig an die Freudsche Beschwörungsformel erinnert: »Wo es war, soll ich werden.« Erinnern bedeutet nicht die bloße Vergegenwärtigung des Vergangenen, sondern ist der Versuch, einen Interpretationszusammenhang herzustellen zwischen unserem Ich und der unüberschaubaren Vielfalt der zufällig durchlebten Augenblicke.

Unser Selbstverständnis ist wesentlich an diese Erinnerungsarbeit gekoppelt. Kierkegaard hat gemeint, dass unser Leben zwar vorwärts gelebt, aber nur rückwärts verstanden werden kann.

Unsere Person ist also derart untrennbar mit unserer Erinnerung verbunden, dass der amerikanische Neurowissenschaftler Daniel Schacter ein sehr lesenswertes Buch mit dem programmatischen Titel überschrieben hat: *Wir sind Erinnerung*.

Dort heißt es: »Erinnerung ist alles andere als das Sammeln und gezielte Suchen von Momentaufnahmen unseres Lebens im zerebralen Fotoalbum. Es ist die am stärksten subjektiv und emotional gefärbte psychische Aktivität... mit der Aufgabe betraut, lebensgeschichtliche Kontinuität und damit so etwas wie ein Ich herzustellen.«

Ich erinnere mich an eine Fernsehdokumentation, die einen Mann vorstellte, der aufgrund eines Unfalls einen großen Teil seines Erinnerungsvermögens eingebüßt hatte.

Abgeschnitten von allen bisherigen Lebensbezügen, lebte er offensichtlich in grauenvoller Einsamkeit. Alles was sich ereignete, vergaß er in wenigen Minuten. Die Gegenwart war ihm – ohne Bezug zur Vergangenheit – zu einer Wüste geworden. In einem Zimmer sitzend, nahezu handlungsunfähig, starrte der Mann vor sich hin. Für ihn war sein bisheriges Leben in einem schwarzen Loch der Gedächtnislosigkeit verschwunden.

Er hatte mit der Erinnerungsfähigkeit offenbar auch das Gefühl für Zeitverläufe verloren. Man konnte nicht ohne Erschütterung zusehen, wie dieser Mann, immer wenn seine Frau das Zimmer betrat, das sie erst vor wenigen Minuten verlassen hatte, aufsprang und sie unter Tränen des Glücks begrüßte, als sei sie eben von den Toten auferstanden.

Es bleibt also offensichtlich wenig von unserer Person, wenn wir der Erinnerung beraubt sind. Umgekehrt kann man aber auch schließen, dass, wer sich mit den Erinnerungen von Menschen beschäftigt, viel über deren Person erfährt. Wenn wir für unser Hörspielprojekt also mehr als 100 Menschen nach ihren Lebenserinnerungen befragt haben, dann nicht zuletzt deshalb, weil wir etwas darüber erfahren wollten, wie diese Menschen von den Zeitläuften, die sie durchlebt haben, geprägt wurden, welche Gefühle sie durchlebten, wie sie wurden, was sie sind.

Wir haben uns unseren Interviewpartnern nicht als Historiker genähert, nicht als Juristen, genau genommen noch nicht einmal als Journalisten. Wir wollten gute Zuhörer sein. Uns interessierte die subjektive Erinnerungswahrheit unserer Gesprächspartner mehr als das Sammeln von verifizierbaren Belegen für historische Thesen. Deshalb hörten wir den befragten Zeitzeugen zu, wir verhörten sie nicht.

Wir haben unsere Interviewpartner nicht »gegen ihr Bewusstsein befragt«. Wir brauchten ja auch keine Staatsanwälte zu sein und mussten uns auch nicht betragen wie seinerzeit die Verteidiger im Auschwitz-Prozess. Wer andere Menschen verstehen möchte, wer ihnen nahe kommen will, etwas über ihr Wesen, über ihre Beweggründe – auch über ihre Abgründe – erfahren will, muss sich ihnen mit Neugier und Vertrauen nähern, nicht mit Misstrauen und Besserwisserei.

Zu Beginn unserer Arbeit entdeckten wir in Stefan Zweigs *Die Welt von gestern* eine Passage, die für unsere Interviewarbeit bedeutsam wurde: Dort heißt es:

»...Es ist erfahrungsgemäß tausendmal leichter, die Fakten

einer Zeit zu konstruieren, als ihre seelische Atmosphäre. Sie findet ihren Niederschlag nicht in den offiziellen Geschehnissen, sondern am ehesten in den kleinen persönlichen Episoden.«

Danach haben wir gefragt und dabei viele Gesprächspartner kennen gelernt, die uns diese »seelische Atmosphäre« einer für uns fernen Zeit nahe bringen konnten, weil sie über ein erzählerisches Vermögen verfügten, das von Spontaneität, aber auch Gestaltungskraft geprägt war.

Sprachgewandt, aber ohne Attitüde, detailgenau, aber ohne das Wesentliche aus den Augen zu verlieren, ergreifend, weil selbst ergriffen, gewährten uns viele Menschen Einblick in ihr Leben und erlaubten uns, ihnen so nahe zu kommen, wie dies selbst unter Verwandten und Freunden selten ist. Oft hörten wir viele Stunden lang zu, wie Menschen sich – und uns – ihr Leben vergegenwärtigten, und wurden zu Zeugen eines ergreifenden, manchmal fast psychotherapeutisch anmutenden Erinnerungsprozesses. Ob das, was wir aufzeichnen durften, im Sinne historischer Forschung verwertbar und verifizierbar sei, war uns dabei weniger bedeutsam, als dass wir – und damit die Rundfunkhörer – Zeugen werden durften, wie sich hier Menschen einem Prozess des Erinnerns und der Selbstreflexion aussetzten, in dem sie sich unüberhörbar um ein Äußerstes an Wahrhaftigkeit bemühten.

»Nichts ist wahrer als das, was man nicht vergessen kann«, hat der Dirigent Sergiu Celibidache gemeint. In diesem Sinn hat die Erinnerung – die ja nichts Starres, sondern etwas Bewegt-Lebendiges ist – eine andere Dimension der Wahrhaftigkeit als die unverrückbare Gewissheit historischer Dokumente.

Irgendwann wird Erinnerung zur Geschichte und Geschichte zur Archäologie. Dann gräbt man nach stummen Zeugnissen: Steinen, Scherben, Knochen. Vergangenes Leben wird aus Gräberfeldern rekonstruiert. Während unserer Arbeit malten wir uns aus, wie es wohl wäre, über ein Gräberfeld des 20. Jahrhunderts zu gehen: Einige Grabsteine, Gedenktafeln mit Namen und Daten, alles wäre bereits vom Gras überwachsen. Und dann – plötzlich – würde man gewahr, dass unter dem Gras leise Stimmen zu hören sind. Stimmen von Toten. Und jeder erzählte seine Geschichte.

Diese Vorstellung gab unserer Arbeit den Titel: *Unter dem Gras darüber.*

Manche unserer Interviewpartner sind seit dem Beginn unserer Arbeit verstorben. Wir haben ihre Stimmen, ihre Lebensgeschichten archiviert. Für uns sind diese Erzählungen wie ein Erbstück, das man uns überantwortet hat. Wir verspüren beim Anhören dieser Mitteilungen, die manchmal wie Vermächtnisse klingen, eine emotionale Nähe zu diesen Menschen. Wir hoffen, dass es uns gelungen ist, auch unseren Hörern diese emotionale Nähe zu vermitteln. Geschichte ist erst dann vergangen, wenn sie uns nicht mehr berührt.

Wir danken also – vor allen anderen – unseren Interviewpartnern sehr, sehr herzlich. Wir danken Uwe Kammann stellvertretend für all die, die uns diesen Preis zuerkannt haben. Wir danken Werner Klein, der uns als Programmbereichsleiter bei unserer Arbeit in einer selten gewordenen fairen Weise unterstützt hat; wir danken Angelika Bierbaum, Wellenchefin von hr2, und Programmdirektor Dr. Heinz Sommer für die Möglichkeit, 16 Stunden eines Radioprogramms mit erzählten Erinnerungen ausfüllen zu dürfen; und dem Hessischen Rundfunk danken wir gleich zweimal: einmal, weil er uns fast die Hälfte der Produktionskosten erstattet – und weil er dazu beigetragen hat, dass wir beide den Tag unseres Kennenlernens rekonstruieren konnten. Schließlich danken wir noch Erika Lorenz, die uns seitens der hr-Hörspielabteilung auch in schwierigen Arbeitsphasen helfend und solidarisch zugetan war. Dem »Con anima Quartett« danken wir für die Musik, und Ihnen danken wir fürs Zuhören!

Vorbemerkung zur Buchausgabe

Der vorliegende Text dokumentiert mündliche Zeitzeugen-Aussagen, die ursprünglich in Form einer Originalton-Collage als Rundfunksendung und Hörbuch-Edition erschienen sind. Gesprochene Sprache unterscheidet sich von der »Schriftsprache« in mancherlei Hinsicht, so zum Beispiel in Fragen der Syntax, der Dialektfärbung und nicht zuletzt durch die emotional gefärbte Phrasierung vieler Erzählpassagen. In Buchform kann dieser emotionale Subtext, der viel über Herkunft oder Gefühlslage der erzählenden Personen auszusagen vermag, nicht immer adäquat wiedergegeben werden. Es wurde aber versucht, bei der Übertragung ins Schriftliche das Idiom mündlichen Erzählens weitgehend zu erhalten. Um das Lesen der Tonbandprotokolle nicht unnötig zu erschweren, wurden jedoch bei der Transkription kleinere grammatikalische Korrekturen oder verdeutlichende Ergänzungen vorgenommen.

Inge Kurtz und Jürgen Geers, Herbst 2001

Unter dem Gras darüber

Ein Jahrhundert deutscher Geschichte: Zeitzeugen erzählen

Inge Michael: Verschwunden sind die Apfelgärten in der Weichselniederung, in denen mein Großvater erntete. Verschwunden ist die Remise mit den alten Kutschen, wo ich als Kind wunderbare Geschichten spielte. Verschwunden ist die Werkstatt mit dem grünen, gelben und bunten Glas, in der Onkel Adolf Fenster kittete. Verschwunden ist die alte Brücke mit dem Zollhäuschen, die in den letzten Kriegstagen gesprengt wurde. Verschwunden ist der Hügel aus weißem, warmem Sand mit dem jiddischen Friedhof, wo Onkel Paul sein Grab schaufeln musste – bald ist alle Erinnerung verschwunden.

Hildegard Dockal: Erinnern ist für mich ein großes, dickes Buch, und man blättert drin. Es hat schöne Seiten, es hat auch weniger schöne Seiten.

Josef Selmayr: Wir machen uns da gar keine Vorstellung, welche Erinnerungen von Generation zu Generation weitergegeben werden.

Gisela Stange: Das ist eigentlich das, was Zeitzeugen so sagen können und was sie versuchen können, den anderen weiterzugeben. Ob die Leute draus lernen, ist ’ne andere Sache.

Irmgard Reichert: Und interessanterweise – je älter man wird, desto intensiver kommt die Erinnerung zurück. Wenn ich an einem Haus vorbeigehe, in dem zum Beispiel eine Wand eingerissen wird, und der Mörtelstaub steigt mir in die Nase, dann sitz’ ich automatisch wieder in diesem Keller, der uns damals nach dem

Bombenangriff gefangen gehabt hat, nachdem das Haus eben zerbombt war.

HEINZ ABELMANN: Sie wollen wissen, was ich so im Leben erlebt habe, ja? Nun ja, das ist natürlich eine sehr, sehr lange Geschichte. Wenn man auf die 100 zugeht, dann hat man ja doch schon etwas erlebt, was ja auch für andere Menschen mit Sicherheit interessant ist.

HANS-JOACHIM LEMME: Also, ich habe den weitaus größten Teil dieses Jahrhunderts hinter mich gebracht, habe immerhin den Ersten Weltkrieg erlebt, die Inflation, die Hitlerzeit, den Zweiten Weltkrieg, war Soldat, gefangen, und die erste Erinnerung, die ich habe, ist die an die Mommsenstraße in Charlottenburg. Das ist eine kleine Querstraße von der Wilmersdorfer Straße, die wiederum eine Querstraße vom Kurfürstendamm ist. Und da hatte meine Mutter ein Putzgeschäft, also ein Damenhutgeschäft, das später, als sie Erfolg hatte, an den Kurfürstendamm umzog. Dort, in der Mommsenstraße, die war zwei Minuten vom Bahnhof Charlottenburg entfernt, spielten wir auf'm Bürgersteig und auch auf'm Damm Eisenbahn. Da wurden mit Kreide Striche gezogen, da spielte man Eisenbahn. Man konnte ruhig auf'm Damm spielen, denn 'n Auto kam da ganz selten vorbei, meistens waren's Pferdewagen. Überhaupt zu der Zeit – das war so etwa um 1909 oder 1910, spätestens –, da gab es 'n paar Taxen – Autotaxen – in Berlin, aber sonst fuhr man Pferdedroschke. Es gab Straßenbahnen, und es gab Omnibusse, die von Pferden gezogen wurden, Pferdeomnibusse. Es gab auch – was vielen gegenwärtig Lebenden fast unvorstellbar sein wird –, es gab kein Fernsehen, es gab noch nicht einmal Radio! Man war völlig auf das angewiesen, was in den Zeitungen stand, und auf das, was die Leute so erzählten. Hin und wieder kamen so Gerüchte auf, wurde irgendwas erzählt, so aus der Nachbarschaft.

JOSEF SELMAYR: Wenn ich Ihnen da so was erzähle aus dem Jahr 1910 oder 1915 – ich kann mir gar nicht vorstellen, wie Sie das aufnehmen können oder wie das überhaupt ein Mensch, der noch jünger ist, so was aufnehmen kann. Weil sich die Welt in diesen 100 Jahren so grundsätzlich geändert hat auf allen möglichen Gebieten, grad' auf den entscheidenden Gebieten, dass man sich manches – das muss ich zugeben – einfach nicht vorstellen kann. Wir waren ja noch beinah' ein Ständestaat: Da war also der Hochadel noch wirklich dominierend gewesen, und das bessere Bürgertum hat sein Möglichstes getan, es dem Hochadel gleichzutun. Umgekehrt hat die Industrialisierung plötzlich ein Industrieproletariat in die Szene gesetzt, auf das man nicht vorbereitet war und das also nur in unvollkommener Weise befriedigt werden konnte: durch den Lohn, durch die Wohnungen und so weiter.

Hans-Joachim Lemme: Der aus gutem Stande war, fühlte sich, auch wenn er arm war, immer noch dem reichen – sag'n wa ma': Handwerksmeister – überlegen.

Ilse Perwo: Wenn ich von meinem eigenen Erleben aus jungen Jahren reden soll, so bin ich noch grade in den letzten Zipfel des 19. Jahrhunderts, den habe ich noch erlebt, und dann in das erste Jahrzehnt des 20. Jahrhunderts hineingeraten. Ich bin am 21. Oktober 1899 geboren. Es war also Kaiserzeit, Kaiser Wilhelm II., vielleicht nicht so beliebt wie seine beiden Vorgänger, aber immerhin so, dass er sich frei – verhältnismäßig frei – bewegen konnte, längst nicht so geschützt, wie es heute Politiker sind.

Olga Hollenberg: Also, ich bin geboren am 6. Mai 1900 in Neustadt in Mecklenburg. Meine Mutter stammt aus Oberbayern, sie ist bei Sandau geboren, der Vater hatte eine Hammermühle. Das ist eine Mühle, die mit Wasser betrieben wird; und da sind große Hämmer, ganz schwere Eisenhämmer, die mit Wasser hochgeschlagen werden, und dann fallen die durch das schwere Gewicht herunter auf das Stück, das bearbeitet werden soll. Vater war also ein Hammermühlenbesitzer.

Josef Selmayr: Ich bin im Jahr 6 als erster Sohn eines Apothekers geboren. Die Apotheker haben damals ja alles noch selber hergestellt. Es gab also nun nich' einfach 'n Verkauf über den Ladentisch. Die haben ihre Salben gerührt, die haben ihre Pillen gemacht; und das habe ich als Kind eigentlich alles noch miterlebt. Nun ja, also jedenfalls, mein Vater hatte 'ne andere Leidenschaft gehabt, und das war also das Militär. Er is' als Einjährig-Freiwilliger eingerückt damals und hat's also nun in kurzer Zeit zum Reserveoffizier gebracht, und zwar zum Reserveoffizier eines Kavallerieregiments, was also schon wieder 'ne Stufe höher gewesen ist als der normale Infanterist natürlich. Nun ja, man könnte darüber 'n bisschen lachen, es ist vielleicht auch lächerlich, aber das Militär spielte also in Deutschland überhaupt eine wichtige Rolle. Das war ja die Wilhelminische Epoche gewesen, und man hatte den siegreichen Frankreichfeldzug hinter sich, was also nun die Bürger, bis herunter zu den einfachen, mittleren Bürgern, kolossal begeistert hat. Und der Soldat, »der trug des Königs Rock« – das sagte man so! –, und er war das Symbol der Monarchie und der Tapferkeit und der Männlichkeit und was alles dazugehört. Und jedes junge Mädchen wollte seinen Soldaten haben und hat ihn auch gekriegt – in den meisten Fällen. Na, jedenfalls: Straubing war eine Garnison, es war dort das 7. Chevauleger-Regiment, und das war für meinen Vater, tja … so eine gewisse gesellschaftliche Heimat.

Hans-Joachim Lemme: Ich erinnere mich als Kind, dass es einmal beim Friseur einen furchtbaren Krach gegeben hat, weil ein Offizier da reinkam und der Friseur ihn *vor* meinem Vater behandeln wollte, weil's eben 'n Offizier war. Mein Vater war außer sich. Es gab einen furchtbaren Krach, und er hat dann den Laden verlassen. Und ich war also ganz erschrocken, weil ich auch dachte: »Meine Güte, das is' ja 'n Offizier, wie kann er den so anbrüllen?« Meine Mutter war eine sehr kritische Frau, aber doch immer mit einem gewissen Respekt. Man kann also den Kaiser wohl kritisieren und sagen: »Was er macht, ist falsch«, aber man muss doch einen gewissen Respekt haben, denn: »Er ist nun mal der Kaiser.«

Christa Mayer: In jedem Hause war auch des Bild vom Kaiser, und man hat richtigen Respekt g'habt! Vorm Adel hat ma' Respekt g'habt! Auch in meiner Klasse war'n a paar Schülerinnen, die vom Adel war'n und die sehr d'rauf aus war'n, dass man immer g'sagt hat: »von«. Und, na, hat man sie natürlich immer geärgert, und man hat immer g'sagt: »von und hinten«. Wie des halt so is', net.

Susanne Zeimert: Unser Kaiser, den hab' ich gar nicht gemocht, und ich hatte durch meinen Schwiegervater – der war in kaiserlichen Diensten – Einblick in das Privatleben.

Anna Reimer: Sie haben alle vom Kaiser gesprochen und gesagt, dass er seiner Frau sehr oft untreu is', und dann kriegt sie immer wunderbare Geschenke, wenn er ... hauptsächlich mit den Damen vom Theater hat er viel Gspusi g'habt, gell. Und dann kriegte sie herrliche Diamanten, und sie hat Perlen hängen g'habt, die ganze Frau war behängt; und ein Krönchen hat die aufgehabt, ein goldenes, auch wieder mit echten Steinen, gell. Prachtvoll haben sie alle beide ausgesehen. Und der Kaiser, der hatte einen kurzen Arm, von Geburt aus, den hat er immer so gehalten, dass man des nicht so sehen sollte.

Georg Röhrer: Ja, mit dem Kaiser ... den hat man ja eigentlich nur am Geburtstag, an Kaisers Geburtstag hat man sich mit ihm befasst.

Heinrich Praechter: Natürlich an Kaisers Geburtstag, am 27. Januar, da war das besonders feierlich. Da war'n ja die Paraden auf dem Opernplatz. Da marschierte also die Truppe morgens in aller Frühe los auf den Opernplatz zur Parade (singt:) Hmtata, hmtata ... (Anmerkung: Es handelt sich um den »Marsch aus Petersburg« (1837), Deutsche Armeemarschsammlung Band 2, Nr. 112) »Sitz' grade, sitz' grade, denn es geht jetzt zur Parade ...« Da waren in den Schulen die so genannten »Bestverleihungen«. Also, aus jeder Klasse wurden drei Kinder ausgesucht, die gut und im Benehmen einwandfrei waren, und die haben dann Bücher bekommen von Seiner Majestät. Und so war überhaupt der 27. Januar der Tag, an dem alles geehrt wurde. Da wurde alles befördert: die Beamten, die kleinen Beamten, die großen Beamten, wer noch höher wollte, wurde immer noch höher gestuft, ned wahr. Des war so! Denn die Beamten, das waren ja meistens so Leute, die eben das Regime billigten, die dahinter standen, das war auch klar. »Wes Brot ich ess', des Lied ich sing'«. Das war so!

Charlotte von Schlabrendorff: Mein Großvater war reich an Kindern, aber mit dem Geld hat es immer wieder gehapert. Tja, und so kam mein Vater – als praktisch Jüngster – dann mit acht Jahren ins Kadettenkorps, und in diesem Kadettenkorps gab es nicht eine einzige Weiblichkeit. Keine Köchin, kein Stubenmädchen, niemanden, der die Knöpfe annähte, sondern das waren alles Männer, alles uniformierte Männer; und so ist mein Vater eben in einer männlichen Gesellschaft aufgewachsen. Er hat mit 18 Jahren die Selecta hinter sich gebracht, das waren also ausgesuchte, gute, kluge Leute, die dann vom Kadettenkorps aus bereits als Leutnant ins Heer gegeben wurden – und dazu gehörte mein Vater. Und er trat in das Franz-Regiment, das Gardegrenadierregiment Nr. 2, ein, in Berlin, das zum besonderen Schutze des Kaisers da war. Und da hat mein Vater 28 Jahre gestanden.

Georg Röhrer: Ja, die ganze Art der Erziehung und die ganze Art des Lebens war eben viel – woll'n wir mal sagen: disziplinierter. Aber im Grunde genommen haben wir uns in dieser so genannten kaiserlichen Ordnung wohl gefühlt. Man hat sich einfach sicher gefühlt und das Gefühl gehabt: Das geht immer so weiter. Die Sicherheit kam daher, dass wir einfach in einem festgefügten Staat lebten, wo jeder weiß, was er zu tun und was er zu machen hat.

Ilse Perwo: Wissen Sie, das Leben war doch sehr viel unpolitischer als heute. Mein Vater war, genau wie auch mein Mann nachher, eine Art Kaisertreuer aus Tradition.

Georg Röhrer: Mein Vater war deutschnational bis auf die Knochen – als alter Soldat. Ich meine, es war ja damals auch eine große Sache, dass es das erste Mal ein Deutsches Reich gab und nicht nur die vielen Kleinstaaten. Das war also, woll'n wir mal sag'n, damals schon eine große Sache.

Heinrich Praechter: Mein Vater war kein politischer Mensch. Er hatte gar keine Zeit dazu. Und ich weiß noch, dass der Lehrer unten im Erdg'schoss zu meiner Mutter immer g'sacht hat: »Nun, ist Ihr Mann bei den Genossen?«, weil er abends noch ned da war. Sacht mei Mutter: »Mein Mann hat keine Zeit für die Genossen, der is' im G'schäft, der is' noch uff der Arbeit!« – Mein Vadde hat noch 'n Schnurrbart getragen wie der Kaiser Wilhelm, das war damals Mode, und es gab in Frankfurt, glaab ich, keinen Mann, der ned so 'nen Schnurrbart getragen hat und so drehen konnte. Aber mein Vater war natürlich ned kaisertreu, konnte es aach gar ned sein, denn er hat ja nix zu essen gehabt, ned. Da hört ja alles auf, wenn's ans Essen und Trinken geht und ans Wohnen, ans Leben, ans Überleben! Denn es war ja ein Kampf ums Überleben. Die Zeit von 1800 bis 1900 war für den deutschen Arbeiter schlimmer als das finsterste Mittelalter.

Mile Braach: Das ist etwas, was meine Enkel schlecht begreifen können: wie einfach wir auch erzogen worden sind, obgleich mein Vater – wohlhabend ist vielleicht ein bisschen zuviel gesagt, aber in guten Verhältnissen gelebt hat – furchtbar fleißig war, unglaublich fleißig. Er hatte 'ne Fabrik, aber er hat wie die Arbeiter – und auch die Angestellten – samstags damals ja gearbeitet.

Heinrich Praechter: Der Papa, der ging morgens um fünf Uhr fort, um sechs Uhr hat die Arbeit angefangen, ne. Und im Sommer kam er heim, da war's neun Uhr abends. Im Winter, da ging er ungefähr um sieben Uhr fort und kam abends heim, so um sechs. Denn es gab ja kei' Beleuchtung, und wenn kei' Licht mehr da war, konnt' ma' nimmer arbeite, ganz einfach, ned wahr. Meine Mutter, die hat bügeln gelernt bei einer Firma – was heißt hier

Firma?! Des war a Privatfrau, die hat Büglerinnen g'habt, 25 Stück, und Wäscherinnen, und die haben auch sonntags schaffen müssen, sonntags morgens. Ja, doch! Die Frau war a richtige Kapitalistin von Format. Es war eben so: Der einfache Mensch wurd' unnerdrückt. Des war grausam, was sich da abg'spielt hat, ned wahr. Die Leute wurden ausgenützt bis zum Gehtnichtmehr.

Anna Reimer: 1900 war's ganz anders wie heute. Arm, über alles arm, gell.

Heinrich Praechter: Ich wurde am 11. 6. 1900 geboren. Mein Vater war gelernter Gärtner und hatte seine Examen alle mit »Sehr gut« bestanden, aber die Gärtnerei stellte keine Gärtner ein, sondern Tagelöhner. Das heißt, sie brauchten anstatt 24 Mark nur 12 Mark Wochenlohn zu zahlen. Das heißt: Die Familie Praechter war arm. Und die Mutter war Bügelfrau und hat dadurch die Familie überhaupt erst ermöglicht. Sonst wären wir bei lebendigem Leibe verhungert.

Anna Reimer: Ich heiße Anna Reimer, geborene Hofmann. Ich bin geboren am 8. 7. 1900 in Passau. Mein Vater war Malermeister, er hat Diplome gehabt und einen Meisterbrief, und er wollt' halt so schrecklich gern einen Sohn, der ihm dann helfen könnte. Er hat auch wunderbare Intarsienarbeiten gemacht, Einlegearbeiten aus echten Hölzern. Ich hab' hier noch den Schrank, der ist aus Mahagoni. Dann gab's noch Palisander, das war schwarz von Natur aus, und ein rötliches Holz, das war eine Buche, aus'm Urwald. Und da hab' ich immer zugesehen, wenn er das ausgesägt hat, sich die Zeichnung gemacht hat, und dann hat er's aufeinander gepappt – mehrere kleine, dünne Plättchen –, und dann ist ausgesägt worden. Und das hat furchtbar viel Schmutz gemacht. Staub! Meine Mutter hat dann geschimpft und gesagt: »Mein Gott – jeden Tag mach' ich von vorn bis hinten sauber, ich kann des bald nimmer…« Und dann hat's ihm die Bücher geführt und alles. Sie hat schon viel Arbeit gehabt. Und dann ist mein Vater beleidigt gewesen und ist in'n Keller gegangen, in seine Werkstatt, und hat da unten weitergearbeitet. Und ich musste ihm dann Tee bringen, um neun oder zehn Uhr, aber im ganzen Haus gab's noch kein Licht. Da musst' ich in einer Hand die Kerze halten, in der anderen musst' ich den Tee, die Kanne, halten und Butterbrote, und dann hat er oft zu mir gesagt: »Mein Gott, dass du kein Sohn geworden bist...« Er hat mich sehr viel geprügelt, weil ich... ich war bestimmt ein braves Kind, meine Mutter hat's oft bestätigt, die hat g'sagt: »Ich weiß aa ned...« Er war eben so enttäuscht von allem. Meine Schwester ist dann auch wieder ein Mädchen 'worden, gell, und da hat er oft zu mir gesagt: »Na, willst mir nicht helfen? Geselle werden, Malergeselle? Du hätt'st das Zeug dazu.« »Naa«, sog i, »um Gottes willen, des mog i ned machen!« Und bin auch froh, dass ich's nicht gemacht hab'.

LUDWIG GEHM: Geboren wurde ich also am 23. Februar 1905 in Kaiserslautern. Kaiserslautern in der Pfalz. Die Pfalz gehörte damals zu Bayern. Und mein Vater war Dreher von Beruf und arbeitete bei der Eisenbahn, damals. Er war in der Gewerkschaft, er war in der sozialdemokratischen Partei, wie meine Mutter auch. Wir waren also eine, na, ich kann schon sagen, eine sehr arme Familie. Ich war zwar 's einzige Kind, aber trotzdem hat's auch hinten und vorne nicht gelangt. Ich bin also dann in die Schule dort gekommen, aber nach einem halben Jahr musste ich die Schule verlassen, weil mein Vater einen Streik geführt hat – bei der Eisenbahn – und aus Bayern ausgewiesen worden ist. Wir waren also Ausgewiesene innerhalb des Deutschen Reiches, und wir kamen dann 1911 nach Frankfurt.

SUSANNE ZEIMERT: Ich bin am 11. September 1898 in Chodau im sächsischen Erzgebirge geboren. Vater hatte dort eine Baumwollspinnerei im Chodautal, und wir waren sehr einsam in unserer Wohnlage. Die Stadt war oben auf'm Berg. Ich bin dort auch zur Schule gekommen und hatte einen Schulweg von gut einer halben Stunde, was man – glaub' ich – heute einem Kind gar nicht mehr zumuten würde. Aber da war natürlich kein Verkehr. Ich wurde also von unserem Hausmann an der Hand geführt, und er trug auch meinen Schulranzen, damit ich mich nur ja nicht überanstrengte. Also, unsere Wohnung... im Ganzen gesehen waren das über zehn Zimmer.

Charlotte von Schlabrendorff: Wir haben in Detmold sehr schön gewohnt: in einem der Kavalierhäuser, die in der so genannten Allee standen. Und da haben wir den sehr schönen großen Garten gehabt, und jeder von uns bekam ein Stückchen Land und musste das bebauen; und mein Vater als Soldat war hingerissen, Land zu bebauen, Grund unter den Füßen zu haben. Er kaufte sich Bücher, er studierte Gartenwirtschaft und Obstbau und ich weiß nicht, was alles. Er war ganz erfüllt von dieser neuen Lebensphase.

Clara von Arnim: Mein Vater war Beamter, Justizbeamter in Kassel, Landgerichtsrat oder so was, und wir wohnten Amalienstraße 12. Die linke Seite war »Eingang nur für Herrschaften« – so stand das dran – und auf der rechten Seite »Lieferanten«. Da ging's so'n bisschen runter in den Keller und das Souterrain. Da war die Küche, die Waschküche – also diese Art Dienstbotenregion, will ich mal sagen –, und die Dienstboten wohnten ganz oben in den Dachgauben.

Heinrich Praechter: Unsere Wohnung war offen. Jeder konnt' – wann er wollte – in die Küche, in die Zimmer. Wir hatten keinen Vorplatz, denn da unten haben drei Beamtenfamilien gewohnt, die hatten jede ein Dienstmädchen, und die haben ja da oben g'schlafen. Und daher musste ja alles auf sein, auch unser Klo, das wurde von denen mitbenützt, natürlich. Klar! Unter uns wohnten die Beamtenfamilien: ganz unten ein Schullehrer, im ersten Stock ein Rechnungsrat, und im zweiten Stock wohnte ein Lokomotivführer, also alle Beamte. Und die hatten alle Dienstmädchen. Es durften aber die Dienstmädchen vor zehn Uhr kein Feuer machen. Die mussten in der kalten Küche arbeiten, es hätt' sonst zuviel Geld gekostet. Und beim Mittagessen, tja... wenn noch genügend übrig war, dann wurden sie auch gründlich gesättigt, aber sonst ned. Und an Weihnachten bekamen se fünf Mark und vielleicht so 'n paar Schuh' oder bisschen Stoff für 'n Kleid oder irgend so was. Das war die Auslage der damaligen Beamten für ihr Personal. – Und dann war ich natürlich bestens eingeweiht in die soziale Lage dieser Mädchen: Die kamen morgens, und da haben se geträumt gehabt, und da musst' die Mutti ihr Traumbuch aus der Schublad' holen, da wurde gern gelacht. Und abends kamen se, und da haben se gesagt: »Die hatten ja heute eine Stimmung gehabt, das war furchtbar, man hätte sich die Haare ausraufen können«, ned, und so weiter. Also: Ich war bestens informiert. – Meine Mutter hatte mir beigebracht, wie ich so vier, fünf Jahre alt war: »Heini, wenn die Damen...« – das waren Damen, meine Mutter war eine Frau, aber des waren Damen (!) – »... wenn die Damen auf der Treppe stehen, und du willst vorbeigehen, dann musst du sagen: Ich bitte, vorbeigehen zu dürfen.« Und das habe ich auch gemacht. Und da hat die eine g'sagt: »Ätsch, Heini, mir haben aber ein Büfett, und ihr habt kaans«; und die andere hat g'sagt: »Ätsch, Heini, mir haben aber ein Klavier, und ihr habt kaans«; die ander' hat g'sagt: »Ätsch, Heinni, mir haben aber ein Badezimmer, und ihr habt kaans.« Und da habe ich meinen rechten Fuß genommen und hab' den aufg'stampft und hab' g'sagt: »Und mir, mir haben an Aff', und ihr habt kaan.« Wir hatten einen Bügelofen, den haben wir den »Aff'« getauft, denn an dem »Aff'«, da kamen die feinen Damen morgens schon in aller Frühe und haben sich ihren Po gewärmt, und der hat immer geglüht, sonst konnt' die Mutter ned bügeln.

Heidi Höfer: Meine Mutter hatte zwei Dienstmädchen: eines für die Küche und eines für die Zimmer. Und am Nachmittag haben sie dann vielleicht gebügelt, oder man hat auch Marmelade gekocht für den Winter, und sie mussten einkaufen gehen. Die Mutter hat beim Frühstück besprochen, was es mittags zu essen gibt, und man musste auf den Markt gehen, der gegenüber von der großen Stadtkirche war, und nebenan war ein Lebensmittelgeschäft, wo man Grieß und Zucker und Reis bekommen hat. Noch aus den Schubladen wurde mit der Schaufel in die Tüten eingewogen.

Josef Selmayr: Es war noch so, dass die Mutter mit der Köchin auf'n Markt gegangen ist und eingekauft hat. Das heißt: Sie hat bezahlt, und die Köchin hat das heimgetragen. Und es musste ja im Haushalt alles selbst gemacht werden. Die Nudeln für die Suppe, die wurden selbst ausgerollt und geschnitten und selbstverständlich alle Gemüse eingekocht und die Eier in Kalk eingelegt. Es war viel zu tun in einem Haushalt.

Elisabeth Lauer: Ich war sogar mal bei 'ner reichen Frau. Die brauchte jemanden, der 'n bisschen die leichten Arbeiten macht, und weil bei mir die Schule nicht weit davon war, musste ich in die Villa gehen und der Frau helfen. Und die war auch sehr freundlich zu mir, aber ich musst' alleine in der Küche essen, und Fleisch hab' ich auch nicht gesehen, immer nur jeden Tag 'ne andere Soße und Kartoffeln. Und nachmittags, da habe ich schwarzen Kaffee bekommen. Milch war scheinbar zu teuer für die Dienstmädchen.

Heidi Höfer: Ja, also, die Mädchen haben in der Küche draußen gegessen, nicht bei Tisch. Sie hatten ihren eigenen Tisch, sie hatten ihr eigenes Geschirr und so weiter. Aber sie wollten auch nicht. Man hat's höchstens mal bei einem Geburtstag gemacht, dass ma' sie mitfeiern hat lassen, es war einfach so. Die haben schon zur Familie gehört, aber es war 'n gewisser Abstand.

Elisabeth Lauer: Zum Lohn bekamen sie im Monat bloß drei Mark. Das weiß ich aus den Büchern. Ich hab' noch ein Wirtschaftsbuch von meiner Mutter. Das hatten die im Pensionat gelernt: Jeder Pfennig, der da ausgegeben wurde, der wurde aufgeschrieben.

Lilly Wagner: Urlaub war überhaupt nicht drin. Die Dienstmädchen sind geblieben. Ich kann mich nicht erinnern, dass eine einmal auch nur ein' Tag weggegangen ist. Sie haben das auch gar nicht verlangt. Sie hatten nach dem Mittagessen ihre Stunde, wo sie ihre Privatsachen erledigt haben, aber Urlaub hat es nicht gegeben.

Hans-Joachim Lemme: Wir hatten ein Dienstmädchen, ich weiß nicht mehr, wieviel Jahre. Jahrelang! Sieben oder zehn Jahre oder so was haben wir die gehabt. Die hat mich mit großgezogen. Die hat mich beinah' mehr mit großgezogen als meine Mutter, die ja immer von morgens bis abends im Geschäft war und mich nur abends sah und morgens früh und manchmal, bevor ich zur Schule ging – und sonst an Sonntagen. Und Tante Mieze, wie die hieß, die war die, die uns erzog. Und das war eigentlich allgemein so: Die Bekannten von meinen Eltern, die hatten alle 'n Dienstmädchen, und das hatte man eben, nich' wahr...

Mile Braach: Nun lacht man heute ein bisschen darüber, dass man über das Personal spricht. Auf der anderen Seite aber darf man nicht vergessen: Es gab ja überhaupt keine technischen Hilfsmittel. Dass heute alles anders ist und dass auch die Frauen heut' mehr Zeit haben, das verdanken sie der Technik. Wenn ich an die Waschtage denke, an den Aufwand, der gemacht worden ist und gemacht werden musste; wenn ich daran denke, dass es ja damals gar keine selbsttätigen Waschmittel gab, sondern Sand, Seife und Soda.

Ilse Perwo: Zur Wäsche kam die so genannte Waschfrau, und die gibt's heute Gott sei Dank nicht mehr. Die arme Frau hat mir schon damals als Kind immer Leid getan, denn sie musste ja jeden Tag woanders waschen. Sie hat – sonnabends war auch Arbeitstag – also sechs Tage pro Woche gewaschen. Und sie hat meiner Mutter mal erzählt: »Ach, Frau Weidener, bei Ihnen krieg' ich was Schönes zu essen. Ich lebe sonst ja bloß von Erbsensuppe, denn das denkt immer jeder, das wär' 'ne kräftige Nahrung.« Meine Mutter machte ihr dann ein Fleischgericht.

Heidi Höfer: Für die große Wäsche, für die Bettwäsche, Handtücher, Leibwäsche, war in der Waschküche ein eigener Kessel da, der mit Kohle und Holz geheizt wurde. Die Wäsche wurde sortiert in großen Holzzubern, die große Wäsche, die Handtücher, die Leibwäsche, alles sortiert, in den Zubern vorgeweicht – am

Samstag schon –, und am Samstag wurde bei uns auch die Kinderwäsche gewechselt. Wir wurden alle in die Badewanne gesteckt (kichert), und für den Sonntag wurde die frische Wäsche vorbereitet, und am Montag kam dann die Waschfrau und hat dann da den ganzen Tag gerubbelt oder mit der Bürste gerubbelt, mit Kernseife gewaschen und dann aufgehängt. Da haben die Mädchen dann mithelfen müssen. Und so war die ganze Woche: Wäsche, Wäsche, Wäsche.

MILE BRAACH: Auch die Stoffe waren ja anders. Nicht irgendwie pflegeleicht oder so. So was hat man ja ned gekannt, und dann mussten die Spitzen oder Stickereien noch gestärkt werden, die Männerkragen und die Manschetten. Das war doch alles ganz furchtbar.

HEIDI HÖFER: Die Dienstmädchen mussten morgens um sechs Uhr den Ofen einschüren, das heißt mehrere Öfen, weil ma' ja noch keine Zentralheizung gehabt hat. Man hat noch mit Kohlebügeleisen gebügelt. Es gab noch keine elektrischen Bügeleisen. Später hat der Vater die so genannten »Rutscherle« g'habt, des waren eiserne Bügeleisen, wo man den Griff immer gewechselt hat. Da war ein eigener Ofen dafür da, wo sechs solcher Bügeleisen erhitzt wurden, und dann hat man wieder mit dem Griff das nächste genommen und so gebügelt.

HEINRICH PRAECHTER: Das war so: Der damalige normale Arbeitertyp, der hatte gestreifte, warme Hemden. Die Jahreszeiten waren viel kälter als heute, und man hatte keine so dünnen Stoffe wie heute, sondern dicke. Und da waren vorne Knopflöcher, da konnte man Knöpfche' durchstecken, und wenn man dann ausgehen wollte wie die reichen Leute – Bäckermeister, Metzgermeister und so weiter –, dann hat man eine Chemisette hier vorgeschoben, ein kleines Hemdchen, französisch »la chemise«. Das Hemd, das hatte Falten, die wurden mit einem Fassbein aufgemacht, gebügelt, und dann sah der arme Mann genauso gut aus wie der andere auch.

Olga Hollenberg: Also, wir hatten ja nun so viel Personal, dass meine Mutter ziemlich viel freie Zeit hatte, ja. Früher war das so. Sie hat genäht, sie hat ja nähen gelernt. Es war ganz selten, dass wir als Kinder mal gekaufte Sachen bekamen, obwohl meine Eltern das hätten machen können. Höchstens diese Matrosensachen. Ich bekam auch als Mädchen, das weiß ich noch, als ich ungefähr so 15, 16 Jahre alt war, da war grade auch bei Mädchen die große Mode – es war ja da der Erste Weltkrieg –, dass die Mädchen da auch Matrosenanzüge hatten. Also, wir hatten dann dunkelblaue Röcke, Faltenröcke, und dann Matrosenblusen. Das war 's Einzige, wo ich mich besinnen kann, dass mal was gekauft wurde. Sonst hat meine Mutter das immer genäht. Also da kam – auch später noch, als ich größer war, als ich schon erwachsen war –, da kam jedes Mal in den Pfingstferien immer sechs Tage lang 'ne Schneiderin zu uns ins Haus, ja. Da wurden dann die Sommersachen alle gemacht, und in den Herbstferien, da wurden die Wintersachen alle zurechtgemacht. Und da gab's noch diese Wespentaillen. Da musste man dann ein Korsett haben, und ich wurde sogar gezwungen... als ich 17, 18 Jahr' alt war, da bekam ich auch ein Korsett mit Fischbeinstäben, ja. Da wurde hinten immer geschnürt, und das war mir immer so lästig und störte mich. Beim Sitzen hat's immer gekniffen. Also ich war eines Tages froh, als die Mode kam, als ich 19 Jahre alt war. Da gab's große Revolution unter den jungen Mädchen: kein Korsett mehr, ja! Meine Mutter war entsetzt, also damit war se gar nich' einverstanden.

Gertrud Seydelmann: Ich sehe meine Mutter noch vor mir: Die war natürlich nach den drei Geburten nicht mehr so gertenschlank. Sie hatte ein Korsett, das hinten geschnürt wurde, und dann machte sie die Schnur an der Türklinke fest und ging los und zog die Schnur so fest an, bis sie eigentlich gar keine Luft mehr kriegte. Also, das war wahnsinnig wichtig – Schnürkorsett. Und abends, wenn sie das dann auszog, dann juckte es sie überall, und sie schubberte sich.

Hans-Joachim Lemme: Eine Sensation waren Hosenröcke. Die waren übrigens auch lang und weit, die Hosen, sodass man kaum sah, dass es 'n Rock war, aber es war eben ein Hosenrock. Meine Mutter musste als eine äh… also, wegen ihres Geschäfts musste sie immer sozusagen Vorbild sein. Sie trug natürlich auch Hosenröcke, und dann waren damals sehr weitrandige Hüte modern, und die waren so breit, dass meine Mutter zum Beispiel manchmal, wenn sie 'n Hut aufhatte, nicht so ohne weiteres durch die Tür konnte, sondern den Kopf schräg halten musste, um durch die Tür durchzukommen. Die Herren waren natürlich sehr streng angezogen, immer selbstverständlich im Stehkragen, und zwar nicht wie heute mit so 'm weichen Sportkragen, nein, mit einem steifen Stehkragen, der den Hals schön scheuerte. Und immer mit 'm Schlips und immer mit Weste und immer mit Rock und Hose und so weiter, also immer tipptopp angezogen. Es wäre unmöglich gewesen, dass ein Herr damals auf die Straße gegangen wäre, der keinen Hut aufhatte, keinen Schlips umhatte und keinen steifen Kragen – das war unmöglich. Ich selbst habe als Student ja gelegentlich auch 'n steifen Kragen getragen, viel später. Allerdings war ich 'n Wandervogel, in der Jugendbewegung, und wir waren ja furchtbar revolutionär und rannten ja dann mit kurzen Hosen rum und so was. Das kann ich später noch erzählen…

Clara von Arnim: Ich kann mich zum Beispiel noch genau erinnern: Ganz zu Anfang des Krieges sah ich die erste Witwe. Die ging in den Kasseler Straßen – Ulmenstraße, weiß ich auch noch, so hieß die Straße –, da ging die so entlang. Es war eine wunderschöne junge Frau mit rotblonden Haaren und einem solchen kleidsamen Witwenschleier und so 'ner spitzen Stulpe über der Stirn, die weiß abgerändert war. So was trug auch die Kaiserin. Also, das Vorbild für Weiblichkeiten war die Kaiserin: wie sie ging, wie sie tat, wie sie angezogen war. Und diese Witwe, das weiß ich auch noch, über die regten sich die Kasseler Bürgerinnen auf, denn sie trug einen Rock, der knöchelfrei war. Oooh, das war also ganz schlimm! Und man hat also gesagt: »So eine Witwe, das ist ja furchtbar!« Es war natürlich eine adelige junge Dame, aber da gab es eben schon einige – sagen wir mal – »Emanzipierte«, würde man heute dazu sagen.

Gertrud Seydelmann: Das Ideal war die Hausfrau und Mutter, auch bei den Arbeitern – und das ist ein Gegensatz zu heute. Ich höre noch die Arbeiter um uns herum sagen: »Ming Frau bruch net zu arbede, isch verdehne jenoch!« Es war der Stolz der Menschen, so aufzusteigen, dass die Frau nicht mehr arbeiten musste, denn die Arbeiterfrau *musste* arbeiten, weil das, was der Mann verdiente, überhaupt nicht ausreichte. Die war nicht emanzipiert. Die war Waschfrau und Putzfrau aus Not. Und auch die Arbeiterin in der Industrie, in der ganz primitiven Fabrik, die war aus Not – obwohl sie Kinder hatte und alles –, ohne jede Fürsorge berufstätig. Und diese Frauen – jetzt spreche ich nicht von diesen Arbeiterfrauen, die das Arbeiten gewohnt waren und ein entsetzlich einfaches Dasein führten –, sondern von der Kleinbürgerfrau, die ja schon das Bürgertum, den Adel nachahmte: Die war ja stolz, nur Hausfrau und Mutter zu sein.

Heidi Höfer: Die Mutter hat in erster Linie den Vater betreut. Der Vater war von früh bis spät ihr Sinnen und ihr Trachten und – wie eine Glucke – ihre Kinder. Wir waren ja sieben Kinder, zwischen 1901 und 1911 geboren. ’s war immer ein Kleines zu betreuen. Und sie hat uns alle gestillt, und kaum war eins abgestillt, hat sie's nächste schon wieder erwartet (Gelächter).

Clara von Arnim: Meine Mutter hat eigentlich irgendwo, wenn man so will, ein trauriges Leben gehabt, trotz Geld. Erstens konnte sie mit dem Geld nicht umgehen – das machte natürlich alles mein Vater –, und zweitens hatte sie kein Verhältnis zu den Dingen, weil sie so weltfremd aufgewachsen war. Es war noch das 19. Jahrhundert, auch was das Frauenbild anbelangt: »Dienen lerne das Weib nach seiner Bestimmung«, wenn auch mit fünf Dienstboten und so was allem man eigentlich nicht in dem Sinne diente, dass man kochte und wusch und tat wie eine Arbeiterfrau oder auch Beamtenfrau oder so. Aber irgendwo – na ja, meine

Mutter durfte als junges Mädchen nicht aufs Klo gehen, wenn der Diener den Gang bohnerte. Das schickte sich nicht, dass ein männliches Wesen sah, dass eine Frau auch normale Bedürfnisse unter der Gürtellinie hat (lacht). Ist eigentlich unmöglich, nicht? Es war auch immer Mutters Wort: »Das geht nicht – unmööglich, nich!«

Olga Hollenberg: Im Gegensatz zu heute ist das so, dass der Mann eigentlich alles bestimmt hatte.

Gertrud Seydelmann: Es war ja auch noch das BGB, das napoleonische Recht, dass die Frau überhaupt keine Verfügensgewalt über ihr Vermögen hatte. Das Vermögen, was die Frau einbrachte, unterstand dem Mann. Deshalb ja auch diese Riesenkatastrophen: dass der Mann das Vermögen durchbrachte und die reiche Frau arm zurückblieb. Sie durfte noch nicht mal 'n Scheck unterschreiben.

Ilse Perwo: Eine gewisse Selbstständigkeit hatte man nicht. Man hatte ja nicht Geld zur Verfügung, meinetwegen, um ein schönes Geschenk zu machen oder um auch mal eine Idee zu verwirklichen, ohne zu sagen: »Gib' mir's Geld dafür.« Ich bekam's ja immer, aber der Vater hatte uns auch zur Hochzeit ein hübsches Haus geschenkt, ein Miethaus. Und die Einnahmen, das kassierte mein Mann natürlich alles, und na ja... also ich war damals noch zu jung und hab' es nicht gemerkt, aber nachher hat's mich doch gestört. – Ich weiß, dass eine Tante von mir, die war nicht glücklich verheiratet, und zwar ging der... hatte der Mann eine zweite Frau, also eine Liebschaft, und Scheidung war nur dann üblich, wenn die Frau eigenes Vermögen hatte, und darum blieb eine schlechte Ehe zusammen, und die Frau war diejenige, die darunter gelitten hat.

Susanne Zeimert: Also, mein Vater war geschieden in seiner ersten Ehe, und – ob Sie's glauben oder nicht – da hat der arme Mann ein Vierteljahr im Gefängnis sitzen müssen, nach sächsischem Recht. Das habe ich aber natürlich nicht gewusst. Aber nach'm Tod meines Vaters – mein Vater hatte also alle alten Notizbücher aufgehoben, und da habe ich zufällig reingeguckt, und da hab' ich gelesen: »Trinkgeld für Gefängniswärter«, und dann bin ich also ganz erschrocken zu meiner Mutter gegangen und hab' gefragt: »Um Gottes willen, was hat denn der Vater mit'm Gefängnis zu tun gehabt?« »Hach, das solltest du doch nie erfahren...«, hat sie gesagt, da war sie also ganz unglücklich. »Ja, weil der Vater sich damals hat scheiden lassen und natürlich die Schuld auf sich genommen hat, musste er ein Vierteljahr ins Gefängnis in Chemnitz.« Aber der ließ sich das Essen aus'm ganz guten Hotel kommen, dann hatte er mehrere Lesezirkel abonniert... Also es war an und für sich mehr eine Ehrenhaft. Und ich hab' dann später 'ne Ausbildung in Leipzig als Wohlfahrtspflegerin gemacht, und da hatten wir 'ne Bibliothek, und da hatt' ma noch 'n altes sächsisches Gesetzbuch, und da hab' ich des tatsächlich schwarz auf weiß gelesen: Der schuldige Ehepartner musste ein Vierteljahr ins Gefängnis.

Georg Röhrer: Mein Vater hat nicht sehr viel geredet, und wenn er geredet hat, dann hat er sehr gerne irgendwelche Belehrungen losgelassen.

Susanne Zeimert: Der Vater war eine große Respektsperson, also da war eigentlich beinah' ein bisschen Angst dabei.

Elisabeth Lauer: Wir sind auch 'n ganz'n Tach gedroschen worden, und wenn's nur 'ne Ohrfeige war.

Anna Reimer: Mein Vater hat dann entdeckt, da war ich fünf oder sechs Jahr', dass ich links geboren war – als Linkshänder –, und früher war das eine Schande. Und jetzt hat mein Vater gedacht, nu' hat er auch noch ein Kind, das eine Schande ist, also is' ja furchtbar. Hat er mich alle Augenblick' angeschrien. Plötzlich ist er hinter mir gestanden, und ich hatt' immer alles auf der verkehrten Seite gehabt, gell. »Wo gehört das hin, wo gehört das hin?« Und … ja … ich wusst' gar ned vor lauter Verzweiflung und Angst, wo ich's so schnell hintun sollte. Lauter solche Sachen hat er gemacht. Und ich, ich musste liefern für meine Mutter. Die hat Handarbeiten gemacht und genäht, Gürtel genäht für diese Redouten, wo die reichen Leute im Deutschen Theater ihre Unterhaltungen gehabt hab'n, und da hat sie seidene Gürtel gemacht für die Männer, die hab'n die so angezogen. Mutter hat Knöpfchen angenäht. Es war eine Heidenarbeit, und es gab fast kein Geld dafür. Und eines Tages sagt die Mutter: »Ob man die Anna wohl schon in die Schwanthalerhöh' schicken kann?«, dorthin, wo die Bavaria is'. Also, da war das Geschäft. Vater sagte: »Na ja, ich glaub' schon. Gehst halt einmal mit und zeigst es ihr.« Also, ich wusste, wo's is', und da waren grade die Redouten … äh, das wissen Sie, was eine Redout' is'? Eine Faschingsunterhaltung für reiche Leute, wo sie sich kostümieren in Seide und Samt, und das war alles im Deutschen Theater in der Nähe der Schwanthalerstraße. Da war so ein Durchgang, da konnte man von zwei Seiten reingehen. Und da hab' ich die Equipagen gesehen, wie die Damen und Herren ausgestiegen sind – wunderhübsch –, also, wie ein Bild is' mir des alles vorgekommen, und ich hab' gedacht: »Mein Gott, is' das schön. Müssen die reich sein!« Die Herren haben die Damen geführt in seidenen Kleidern und Umhängen mit Pelz und allem Möglichen, und ich dacht': »Mein Gott, ich muss ja liefern!« Ich bin in das Geschäft gegangen, da sagte die Verkäuferin, die Frau, zu mir: »Ja, Kleine, was willst du denn hier?« Ich hab' eine Schachtel gehabt von meiner Mutter, die war größer wie ich. Da hab' ich die Schachtel hingestellt und g'sagt: »Da is' von meiner Mutter Arbeit drin.« Da hab'n sie's rausgenommen und angeschaut, ob alles in Ordnung is', und dann hab' ich – das weiß ich heute noch – zwei Zwanzigmarkscheine bekommen für eine ganze Woche Tag- und Nachtarbeit meiner Mutter. Ich sollte Knöpfe annähen, aber ich war noch zu ungeschickt, ich konnte das einfach nicht, na ja. Und auf dem Rückweg hab' i beim Deutschen Theater gedacht: »Da schau' ich noch mal vorbei, vielleicht seh' ich da noch was«, aber da war nix mehr zu sehen. Die Leute waren schon alle weg. Dann bin ich übern Viktualienmarkt gegangen, und da waren Geschäfte – ein Blumengeschäft nach dem andern –, und ich hab' gestaunt. Ich hatte immer Blumen schon so furchtbar gern, und da lagen wunderbare Kränze – Trauerkränze, verwelkt –, aber wunderschöne Blumen war'n noch drin. Und ich setz' mich da auf meine Schachtel und fange an, an den Blumen zu ziehen. Also ich hab' ein Sträußchen gehabt und dachte mir: »Wird sich die Mutter freuen, wenn ich heimkomm' und ihr das Sträußchen bringe«, weil ich hatte ja kein Geld, gell. Also, ich komme heim – ich hab' mich natürlich wahnsinnig verspätet, es war schon ganz dunkel –, und Mutter stand vor'm Haustor; und wie sie mich sah, macht' sie so eine Handbewegung: »Komm' du nur rein!« »Um Gottes willen«, hab' ich gedacht, »mein Gott, was ist denn jetzt schon wieder los?« Ich geh' ahnunglos rein – ich hab' ja ned gedacht, dass mi der gleich so prügelt –, und meine Mutter sagt: »Geh' du nur rauf!« – wir haben im dritten Stock damals gewohnt. »Geh' nur rauf!«, und ich hab' durchs Geländer runtergeschaut, das war hoch, des Haus, gell, und ich hab' gedacht: »Soll ich mich da 'runterstürzen?« Einen Moment hab' ich Selbstmordgedanken gehabt. Dann hab' i doch … war i doch zu feige, hab' mi ned getraut. Da kam Vater schon raus. »Komm rein«, zog mich rein. Gleich beim Zopf hat er mich gepackt und reingezogen. Und mein Sträußchen ist vor Schreck runtergefallen auf'n Boden und zertreten worden, und ich hab' g'sagt: »Papa, ich wollt' ja bloß der Mama Blumen bringen …« »Ja, ja, red' dich nur heraus.« »Ja, ist die Oma da?« »Nein, die Oma is' heute nicht da für dich. Komm nur rein, komm nur rein.« Und hat mich in die Küche gezogen, den Rock rauf, die Hose runter und hat mich verbläut. »Merk dir, dass man rechtzeitig heimkommt, du hast nicht bis in die Nacht aufzubleiben!« Sag' ich: »Papa, ich hab' ja die Blumen …« »Des is' mir egal, du hast da gar nichts zu machen. Geh' heim mit deiner Schachtel. Mutter hat auch Angst gehabt, dass dir jemand die Schachtel wegnimmt mit dem Geld und der Seide, die zugeschnitten war für die Gürtel.« – Dann, mit 13, hat mich mein Vater noch einmal gehaut. Da hab' ich eine Notlüge gebraucht. Da hat's ein' Leberkäs' gegeben. Früher war im Leberkäs' tatsächlich noch Leber drin. Und zwar war eine Firma Bayerlacher Im Tal, und schräg gegenüber war eine Firma Ott. Der Ott hat kein' so guten g'habt, auch keine Leber, aber der Bayerlacher, da sind die Leute angestanden bis zum Tal raus. Und ich denk': »Mein Gott – ich muss da rein«, und endlich bin ich drangekommen... »Ja, was willst denn du?« »Ja, ich will für eine Mark Leberk...« »Ach, um Gottes willen...« – ich hab' gar nicht fertig reden können –, »der ist schon längst alle. Der war um zwölf Uhr schon aus!« So, jetzt steh' ich da. »Was mach' ich denn jetzt? Ach, der Papa wird das schon nicht merken.« Ich geh' rüber und kauf' den Leberkäs' beim Ott. Das war mein Untergang. Ich komm' heim, Vater packt aus: »Wo hast du den Leberkäs' g'holt?« »Ja, äh, äh, bei... beim Bayerlacher.« »Was, du hast den beim Bayerlacher g'holt? Des glaubst du doch selber ned, des gibt's ja gar ned. Der is' vom Ott!« »Ja, Papa, ja. Er war schon alle.« »Dann sag' gleich die Wahrheit!« Und dann hat der mich verprügelt! Mein Gott, mit seinen harten Arbeitshänden hat der mich geschlagen. Und ich hab' mein' Vater manchmal gehasst. Ich hab' ihn bewundert, weil er so klug war und so viel konnte, aber ich hab' manchmal gedacht: »Wie kann man ein Kind immer so verhauen?« Dann hab' ich zur Mutter gesagt: »Mama, ich will dir mal was sagen: Wenn mich der Papa noch einmal auf'n nackten Hintern schlägt, dann bring' ich mich um!« Hat meine Mutter – ich hab's gehört, wie Mutter sagte zum Vater: »Des darfst du nich' mehr machen, die is' doch schon jetzt 13, und da schämt sie sich doch.« »Ach, die hat sich gar nicht zu schämen, die ist doch meine Tochter.« »Nein...«, hat meine Mutter gesagt, »... das geht nun nich'!« »Ja,« hat er g'sagt, »dann erziehst dir deine Kinder selber, ich rühr' sie überhaupt nicht mehr an!« Dabei kam meine Schwester gut weg, die hat nu' überhaupt kein' Schlag mehr gekriegt, gell, die hab' alle ich eingesteckt.

Josef Selmayr: Wenn ich Kummer hatte, bin ich zur Mama gegangen. Auf jeden Fall! Und hab' die dann gebeten, das vielleicht dem Papa beizubringen. Aber selber hatte ich um die Zeit noch nicht die Traute, mich meinem Vater anzuvertrauen.

Olga Hollenberg: Also, an und für sich war'n wir ja ziemlich streng erzogen worden, ne. Da gab's noch Rohrstöckchen, das gab's damals noch, ja. Bei meinem Vater nicht, der hat eine wunderbare Methode gehabt: Mein zwei Jahr' jüngerer Bruder, der hatte mit einem Ball im Zimmer gespielt und dabei 'ne Scheibe zerschlagen. Der Vater hatte vorher gesagt: »Hier im Zimmer nicht! Ihr könnt' rausgehen auf 'n Hof, da könnt ihr Ball spielen.« Der Bruder hat's trotzdem gemacht und schoss die Scheibe kaputt. Was hat Vater gemacht? Der Bruder Felix hat natürlich große Angst gehabt, dass er bestraft wird, ja. Also: Vater hat uns nie geschlagen, überhaupt nicht. Mein Vater hat das anders gemacht, der hat gesagt: »Weißt du denn, wie viel Menschen dazu gehören, um so eine Glasscheibe ins Fenster reinzubringen? So, nun schreibst du mal alles auf, was dazugehört zu so einer Fensterscheibe.« Nu hat Felix aufgeschrieben, überlegt und so: »Ja, Fensterscheibe ist aus Glas gemacht«, und lauter solche Sachen. Nu hat er's dem Vater gezeigt, und der hat gesagt: »Na, des genügt mir nich'! Der Quarz, der kommt doch auch irgendwo her. Das musst du auch noch mit dazuschreiben. Da gehören ja auch noch Menschen dazu, um so 'ne Glasscheibe herzustellen.« – Ja, nu' hat der Felix weitergebohrt, und nu' hab' ich ihm aber geholfen. Wir hatten damals schon dieses Lexikon, das Brockhaus-Lexikon, das große. Das war von 1894. Und das hab' ich nun mal aufgeschlagen, und dann hab' ich hier alles Mögliche gefunden, Glasherstellung und so weiter, das stand da, und da hab' ich zu Felix gesagt: »Das brauchste nich' alles hinzuschreiben, schreibste eben bloß hin, Quarz«, und da hab' ich das immer aufgesucht und hab' ihm geholfen in seiner Not, und da hat er nun also die Glasscheibe hergestellt. Nu hat er das aufgeschrieben, der Vater sieht es und sagt: »Das ist noch nicht genug! Die Glasscheibe, die muss doch auch hier in den Rahmen eingepasst werden – und woraus ist der Rahmen?« »Aus Holz.« »Ja, da gehören auch noch Menschen dazu, um so 'n Rahmen herzustellen. Wo kommt denn das Holz her, das musst du auch noch mitschreiben.« Das hat längere Zeit gedauert, so 14 Tage. Mein Vater war nie zufrieden, nein, nein.

Charlotte von Schlabrendorff: Mein Vater hat sehr spät geheiratet. Er war 48, als er eine 20 Jahre jüngere Frau heiratete. Er war nie vorher verheiratet. In dem damaligen Militär war es notwendig, dass man nur heiraten konnte, wenn die Frau das so genannte »Kommissvermögen« mitbrachte, denn der Offizier bekam ja kein Gehalt, sondern einen Sold, und das waren 75 Mark, in einem anderen Wertverhältnis als heute. Unsere Mutter hat damals das so genannte »Kommissvermögen« – 10 000 Mark – gehabt. Heute sind 10 000 Mark 'n Dreck, damals war es der Hintergrund für eine vegetierende Familie, und wir sind infolgedessen sehr streng und sparsam erzogen worden. Meine Mutter bekam jedes Jahr 'n neues Kind und war doch eine junge, heitere Frau und wollte keineswegs immer nur die Mama spielen. So war die schnelle Folge ihrer Kinder keineswegs ihre Absicht – und das haben wir als Kinder oft zu hören bekommen, dass wir ihr lästig waren. Das hat mein Dasein sehr geprägt! Und ich habe erst sehr spät gelernt, dass es eine, tja… einfach eine innere Weisheit meiner Mutter war, dass sie diese vielen Kinder nicht alle bei sich behalten konnte. Und mich hat sie weggegeben zu einer Patentante auf das Land in der Provinz Posen, und da habe ich glückliche Kindheitszeiten verlebt und habe Erinnerungen an Sandhaufen und ein kleines Mädchen, was in meinem Alter war, und an eine sehr liebevolle Tante, die meine Patin war – all' diese Dinge hab' ich in schönster Erinnerung. Und ich kam dann erst zu den Eltern zurück, als ich in die Schule gehen sollte. Etwa zweieinhalb Jahre bin ich bei meiner Patentante gewesen und fühlte mich vollkommen zu Hause, ohne jedes Heimweh. Inzwischen waren meine Eltern nach Detmold gezogen mit ihren vorhandenen vier Kindern, und ich erinnere mich, dass meine Mutter mich in Berlin abholte. Ein Dienstmädchen aus Goray brachte mich auf den Berliner Friedrichstraßen-Bahnhof, und meine Mutter erkannte ich also von weitem und bekam wieder diesen eigentümlichen Schrecken, der mich bis heute nicht losgelassen hat. Meine Mutter trug einen Zwicker – keine Brille, sondern etwas, was auf die Nase gekniffen wurde und was dem Gesicht einen ungewöhnlich strengen Ausdruck gab. Ich habe Jahrzehnte gebraucht, um selber zu merken, dass ich mich vor Menschen, die einen Zwicker trugen, vorneweg gefürchtet habe, und erst im Laufe des zweiten Schubs des Erwachsenwerdens habe ich dann gemerkt, dass das den Hintergrund hatte: Vor meiner Mutter hab' ich mich immer gefürchtet, und vor Leuten mit 'ner Brille hab' ich mich immer gefürchtet. – Unsere Mutter hatte 'ne lockere Hand, und ich war ein langsamer Denker und begriff immer nicht. Meine Mutter war schnell, ich war langsam, ich war dröhnig. Na, so haben wir nicht allzu gut zueinander gepasst. Mein Vater hat wohl sehr schnell, auch schon an dem winzigen Kind – also als Baby – erkannt, dass ich anders war als die erstgeborene Tochter. Und er hat immer wieder zu mir gesagt: »Und du bist *meine* Tochter!« Denn Mutter sagte: »Du bist doch nicht mein Kind!« Und so lernte ich sehr früh unterscheiden zwischen der Zuneigung von Vater und der Abwehr von Mutter. Das hat meine Kinderzeit nicht grade leicht gemacht. Für mich sind heute noch Ohrfeigen das Schlimmste, was man einem Menschen antun kann. – Es gibt Menschen, die so sagen: »Ach, du hast'n Haar im Gesicht...«, und so nach meinem Gesicht fassen. Ja, da zuck' ich jedes Mal zusammen vor Angst. Und das ist ein Reflex. Also, Sie müssen sich vorstellen, dass das mit den Ohrfeigen zehnmal am Tag passierte, und daran kann man sich komischerweise nicht gewöhnen. Es war wahrscheinlich die Möglichkeit für meine Mutter, sich zu lockern, dass sie ein ungeliebtes Kind mal schlug. Sie selber hat das eben später auch gesagt und zugegeben: »Kind, ich war so garstig zu dir, und du pflegst mich – ohne dich wär' ich ja längst tot!« Das war eben für mich nach 30 Jahren eine ganz unbeschreibliche Überraschung: dass Mutter erlaubte, dass ich sie plötzlich lieb hatte. Wissen Sie, das... das ist einfach das Geschenk meines Lebens gewesen. Das klingt so komisch, aber ich wollte ja meine Mutter lieb haben, und das konnte sie eben gar nich' erdulden. Erst als sie krank und pflegebedürftig war, da war sie froh. Man is' eben als Kind drauf aus, dass man gerne gemocht wird, aber ich gehörte nicht zu Kindern, die man mochte. Na ja, und dann kam die Zeit, in der man eben im Mittelpunkt die Schule hatte, und die Schule hat mir nich' wohl getan. Das hatte zwei Gründe: Einmal wurden wir in Lippe als Preußen – als feindliche Preußen –

behandelt, und davon hatt' ich gar keine Ahnung. Aber unsere Lehrerinnen sagten uns: »Ihr seid Preußen, und mein Vater hat noch gegen Preußen gekämpft!« Lippe stand mit Österreich 1866 gegen Preußen, und das ließen sie uns spüren. Sie mochten uns nicht!

ANNA REIMER: Also, mit sieben kam ich in die Schule – des war 1907. Da ging meine Mutter mit, weil ich ja den Weg nicht kannte. Die ging über die Maximilianstraße und sagte mir: »Merk dir den Weg gut, weil ich kann dich nicht noch mal begleiten. Von nun an musst du allein zur Schule gehen!« – da war ich sieben. Musst' immer alles allein machen, Mutter hatte nie Zeit. Und dann hab' ich g'sagt: »Na, ja.« »Pass auf, pass gut auf!« Und dann kam ich den ersten Tag in die Schule, und gleich am ersten Tag bekam ich zwei Tatzen von der Lehrerin. Ein Stöckchen hat sie gehabt, so ein spanisches Röhrchen, und ich hab' dem Kind, das vor mir saß… die Lehrerin hat einen Zweig rumgereicht, so ein' Fichtenzweig oder irgendwas, und den sollten wir anschauen, und das Kind vor mir schaute so lang, und das dauerte mir zu lang, und da hab' ich ihr 's aus der Hand gerissen und hab' gesagt: »Gib's mir her, ich will's auch schauen!« Und da sagte die Lehrerin: »Anna, komm einmal raus …« Das war Fräulein Biersack, meine erste, »komm einmal raus zu mir.« Na, ich ging ganz ahnungslos hin, und da sagt' sie: »Streck mal deine Hand aus«, und ich streck' die Hand aus. Da nimmt sie das Stöckchen und haut von unten nach oben und von oben nach unten. Also, meine Finger sind angeschwollen und weh hab'n se getan… sind sowieso nicht besonders groß, gell. Ach, hat das wehgetan! Ich hätte sie in den Mund nehmen können vor Schmerzen. Aber Fräulein Biersack hat gesagt: »Merke dir, so was darf man nicht machen!« »Ja«, sag' ich, »ich werd's mir merken.«

HANS-JOACHIM LEMME: Einmal hatten wir den Sohn des sächsischen Gesandten mit Schneebällen beworfen und ihm das Gesicht gewaschen und so. Das war ganz schlimm, weil das ja der Sohn des sächsischen Gesandten war, der war ja fast, also… was Bess'res schon, nich' wahr, das war ja fast 'ne außenpolitische Verwicklung. Und dafür bekam ich, bekamen wir und zwei andere, die wir den da mit Schneebällen bedacht hatten – mussten wir uns bücken und bekamen einen Hieb mit dem Rohrstock auf den Hintern. War natürlich Ehrensache, dass man die Zähne zusammenbiss und sich nichts anmerken ließ, sondern so tat, als ob's gar nichts wär', obgleich ich sagen muss: 's hat eigentlich ganz schön wehgetan, das weiß ich doch noch, ja.

Georg Röhrer: Ich bin nicht gerne in die Schule gegangen, und zwar war des so: Wir waren ja vier und dann fünf Geschwister, und ich als der Älteste wurde zu allen möglichen Arbeiten herangezogen. Wir hatten damals das Brot nicht gekauft, sondern da hat man das Mehl zu einem Bäcker gebracht, und dieser Bäcker, der hat dann drei so Riesenlaibe gemacht. Die haben 14 Tage gehalten. Der Bäcker war in der nächsten Ortschaft, und da musst' ich mit dem Leiterwägelchen, wie man se damals hatte, die drei Brotlaibe alle 14 Tage holen oder musste einkaufen, Holz machen, und dann musste man ja das Wasser hochtragen. Es gab ja keine Wasserleitung. Da war nur 'n Brunnen da, und da musste ma' das Wasser hochtragen. Die Hühner mussten gefüttert werden, der Garten musste umgegraben werden, des habe ich schon mit neun, zehn Jahren gemacht. Oder: Man hat ja nur zwei Paar Schuhe gehabt – eines für Sonntag und eines für Werktag –, und am Samstag musste ich von der Familie die sämtlichen Sonntagsschuhe putzen. Da war schon was zu tun.

Heidi Höfer: Wir kamen ja dann, 1912, weg von Schwabach, und mein Vater hat eine Amtsarztstelle übernommen, als Bezirksarzt, wie man damals sagte. Und zwar in einem Marktflecken, der Parsberg hieß – in der Oberpfalz. Und da war ein neu gebautes Schulhaus, des 1912 fertig geworden ist, sodass wir da in lauter neu eingerichteten Schulzimmern waren. Aber es waren große Klassen, weil ja immer zwei Klassen oder drei Klassen in einem Raum beieinander waren. Und die Kinder kamen von weit her, von Dörfern in der ganzen Umgebung, oft ein, zwei Fußstunden weit weg. Und zum Teil waren's sehr arme Kinder, die oft noch im Oktober, wenn's kalt war, barfuß gekommen sind oder bloß mit Holzschuhen, mit selbst gemachten, und vielleicht 'ne Wollmütze aufg'habt haben. Und der Unterricht war von acht bis elf, dann war von elf bis zwölf Pause, und von zwölf bis zwei war dann der weitere Unterricht, und die Dorfkinder mussten dann natürlich heimlaufen und daheim womöglich noch helfen: bei der Ernte oder auf'm Acker oder Kartoffel klauben oder was 's halt zu tun gab.

Gertrud Seydelmann: Die privilegierten Kinder saßen vorne, die von den Ärzten und den Juristen, und die armen Kinder saßen hinten.

Anna Reimer: Ich hab' sogar noch Zeugnisse hier. Ich hab' sehr viele Einsen gehabt, und dann kam ich zu Fräulein Gundermann in die dritte und vierte Klasse, und 's Fräulein Gundermann kam zu meinen Eltern und sagte: »Lassen Sie doch die Anna ins Internat einschreiben. Die hat das Zeug dazu, die schafft das spielend!« Und da haben meine Eltern gesagt: »Ja, kost' das was?« »Ja, natürlich kost' das was! Die Bücher sind schon teuer.« »Na, na«, hat mei' Mutter g'sagt, »die soll nur in die Schule geh'n.« Also kam ich in die 4. Klasse wieder zu Fräulein Gundermann. Und Fräulein Gundermann war sehr böse über meine Eltern. Die hat gesagt: »Dass Eltern dies' kleine Opfer nicht bringen, das verstehe ich nicht.« Da hätt' ich viele schöne Stellungen haben können, so hab' ich halt nur die Volksschule besucht und die Fortbildungsschule, die kaufmännische Fortbildungsschule.

Hans-Joachim Lemme: Damals gab es ja zwei Schultypen: die Volks- oder Gemeindeschule, die also von der Gemeinde unterhalten wurde oder vom Staat, die war kostenfrei. Die entsprach etwa dem, was heute die Grundschule ist. Und daneben gab es die höhere Schule, das waren die Gymnasien, Oberrealschule, Realgymnasium und Reformrealgymnasium. Die höhere Schule kostete Geld, da musste man Schulgeld bezahlen. Ich ging also in eine höhere Schule, und zwar in die Kaiser-Friedrich-Schule in der

Knesebeckstraße, die Schule gibt's ja heute noch: ein roter Backsteinbau, direkt neben dem Savignyplatz. An der Rückseite dieser Kaiser-Friedrich-Schule war eine Volksschule. Das war aber so eingerichtet, dass die Pausen und der Schulschluss zu verschiedenen Zeiten endeten, damit die Volksschüler und die Gymnasialschüler sich nicht begegneten, weil man Angst hatte, dass daraus Schwierigkeiten entstehen könnten. Und einmal ist tatsächlich … durch irgendeinen unglücklichen Zufall sind die Schüler beider Schulen gleichzeitig rausgekommen. Es hat sofort eine fürchterliche Schlägerei zwischen den Schülern gegeben, in die die Erwachsenen eingegriffen haben. Nicht die Bürger natürlich, sondern die Arbeiter, die auf der Straße arbeiteten oder so, haben da zu Gunsten dieser Gemeindeschüler eingegriffen. Gegen diese Schüler der Bourgeois, der Bürger.

Georg Röhrer: Und dann kam man ins Gymnasium, und zwar in eine Vorklasse. Also, da waren überhaupt nur Buben. Mädchen hat's ja da überhaupt nicht mehr gegeben. Denn Mädchen sind in die höhere Töchterschule gegangen, wenn sie nicht in die Volksschule gegangen sind, aber sie gingen nicht ins Gymnasium.

Heidi Höfer: Zwei aus meiner Klasse haben in einer Bubenschule das Abitur gemacht. Für Mädchen gab's des gar nicht. Die Mädchen haben vielleicht einen sozialen Beruf ergriffen, oder sie haben geheiratet, des war eigentlich des Selbstverständliche.

Heinrich Praechter: Ich wär' gern Gärtner geworden. Ich hab' mich gefreut, wenn ich g'sehn hab', was der Papa all' fertig brachte, und hab' natürlich auch gesät und hab' gepflanzt, aber komisch: Alles, was ich gepflanzt hab', des ging immer kaputt. Des war merkwürdig! Ich hab' mir lang darüber Gedanken gemacht. Wo ich 14 Jahr' alt war, da bin ich mal mit mei'm Vater nach Praunheim – mittags – gekommen. Und da unterwegs, da fing der Vater auf einmal an und sagte: »Du wirst dich vielleicht wundern, dass alles, was du säst, immer wieder kaputtgeht. Ich will dir sagen: Ich mach' das, ich mach's kaputt.« Na sag' ich: »Papa, warum machst du denn das?« »Oh«, sagt er »weißt du, du darfst kein Gärtner werden. Wenn du Gärtner wirst, verhungerst du. Siehst ja an mir.« Und als ich zwölf Jahre alt war, da stand fest: Da unten im Haus, der Schullehrer, der hat alle Jahr so viel Ferien gehabt, und der hat so viel frei gehabt... »Ach, du wirst Schullehrer.« Da hatten aber die Eltern keine Ahnung von der damaligen Bildung der Lehrer, und es war auch ned so wie in Frankreich, dass man die Kinder der Arbeiter zu Lehrern machen wollte, um Gottes willen, das wären ja lauter Revolutionäre geworden, nach dem was die erfahren hatten als Kinder. Also, jedenfalls stand fest, wenn du Lehrer werden willst, dann musst du Klavier spielen können. »Aha, Klavier. Da muss man auch 'n Klavier haben. Jo, das krieg'n wir, das krieg'n wir schon.« Wie konnten die Praechters bei zwölf Mark Wochenlohn ein Klavier kaufen? Ganz einfach: Meine Mutter hat es fertig gebracht, von den zwölf Mark jede Woche zwei Mark zu sparen. Da kam ein Mann von der 1822er Sparkasse mit so'm Spitzbärtchen und hat einen kleinen Zettel gebracht, da stand drauf: »2 Mark Spargeld, Woche sowieso«. Das waren im Jahr 104 Mark, mit Zinsen 107 Mark. Und nun gingen wir mit unserer Klavierlehrerin – mei' Mutter, mein Papa, und ich – in die Leipziger Straße – zur Pianoforte-Fabrik Schaaf. Hier hat der Direktor gleich zu mei'm Papa g'sagt: »Sie sind Tagelöhner, wie wollen Sie das bezahlen?« »Och«, sagt mei' Papa, »... is' kei' Frach! Ich bring's Ihnen morje!« »Was?« »Ja, morje früh komm' ich.« Papa ging also in die Sparkasse 1822. »Ich möcht' 750 Mark haben.« »Für was?« »Für... ich hab' ein Klavier gekauft für mein' ...« »Wo?« »Pianoforte-Fabrik Schaaf, Leipziger Straße.« »Einen Moment ...« Er ruft die Pianoforte-Fabrik an – am Telefon wurde noch gedreht, dann gesprochen und getrennt: »Hat gestern bei Ihnen ein Herr ein Klavier gekauft für 750 Mark?« »Jawoll!« »Danke schön«. Erst dann hat Papa sein Geld gekriegt. – Tachelöhner! Taaachelöhner! – Also: Er hat sein Geld genommen und ist im Cape mit'm Rucksäckelchen mit sei'm Schlapphut – er wollt' ja uff die Arbeit – erst in die Pianoforte-Fabrik Schaaf, morgens in aller Früh. Herr Direktor war schon in vollem Wichs. »Morjen, Herr Direktor, ich möchte gern 's Klavier bezahlen!«

750 Mark! Spargeld von sieben Jahren! Da sagt der Direktor zu mei'm Papa: »Herr Praechter, jetzt darf ich Ihnen was sagen:« – das war'n ehrlicher Kerl – »Sie sin' net nur der Mensch, der mir ein Klavier zum ersten Mal bar bezahlt in meinem Leben, Sie sind der erste Mensch überhaupt! Und dafür bekommen S' es für 640.« (Tiefer Seufzer) Mein Vater wollt' eigentlich in die Gärtnerei, aber der is' erst noch mal heim, is' sei'm Käth'che um de' Hals g'falle: »Käth'che, stell' dir mal vor, mir habe ja 130 Mark zurück'kriegt!« Der hat die 130 Mark gleich wieder uff die Sparkass' getragen, ned. – Also, ich hab' wunderbare Klavierstunden gehabt bis zum 16. Lebensjahr, hab's auch gut gebrauchen können, denn ich hab' ja später auf'm Land Orgel spiele' müsse', Violin' spiele' müsse', ich hab' Jugendkreise geleitet und so weiter, und da braucht' ich ja 's Klavier, da musst' ich ja spiele' könne', ned.

Hans-Joachim Lemme: Der Kurfürstendamm war eine breite Straße, eine sehr breite Straße, ist er ja heute auch noch, mit einem breiten Mittelstreifen, der ein Reitweg war. Und die Herren Offiziere, es wohnten ja auch Offiziere da am Kurfürstendamm, die brauchten den Reitweg, denn die ritten auf dem Reitweg in den Grunewald. Also ein Weg, der speziell für die hohen Herrschaften gemacht war. Später ist dann an dem Rand neben den Reitwegen noch 'ne Straßenbahn gebaut worden, da fuhr dann auch 'ne Straßenbahn 'lang, was allgemein als eine Entwürdigung des Kurfürstendamms empfunden wurde – also dass ein so ordinäres Transportmittel wie die Straßenbahn über den tollen Kurfürstendamm fuhr, wurde also allgemein als eigentlich nicht so ganz gehörig empfunden. Aber es hat sich durchgesetzt. Das waren eben die Vorläufer der Revolution, würde man … würden die Bürgerlichen da meistens gesagt haben.

Anna Reimer: Das können Sie sich ja gar ned vorstellen: Auto gab's kaum welche … das hatten nur die Geschäftsleute, aber ganz reiche, die mehrere Läden gehabt haben, die haben ein Auto g'habt, gell. Aber des sah auch no ned so besonders aus. Mein Vater ist noch als Malermeister mit'm Karren, ein richtiger Karren, zwei Handheben dran, is' er noch gefahren, die Farben drin, die er gebraucht hat, gell. Er hat sich scho' nix leisten können.

Heidi Höfer: Mein Vater hat damals des erste Auto angeschafft, 1912/13. Da war'n noch Karbidlampen dran, die man jeden Tag vorbereiten musste zum Beleuchten. Die Handbremse war noch außen dran. Und es war mit Leder bezogen, es war ein offenes Auto. Die Straßen war'n nicht geteert, wir haben Staubwolken hinter uns gelassen auf den Kalkstraßen. »Stinkkasten!«, haben s' uns nachg'rufen, ne! Und wir hatten einen Chauffeur, der den Wagen in Ordnung gehalten hat. Der musste die Reifen in Ordnung halten, der musste das Benzin in den Tank einfüllen, und zwar war keine Tankstelle ja weit und breit. Wir hatten einen eigenen zementierten Verschlag mit eiserner Türe, die fest verschlossen war, wo zwei Benzinfässer drin waren. Und die wurden mit Pferden uns von der Bahn gebracht – mit'm Spediteur –, und der Chauffeur musste die anzapfen, die Fässer, und den Tank im Auto auffüllen. Und manchmal ist es passiert, dass unterwegs dem Vater des Benzin ausgegangen is'. Na hat er a Pferd sich besorgt und hat vorne vor sein Auto des Pferd anhängen lassen und sich die Dorfstraße langsam heimziehen lassen.

Hans-Joachim Lemme: Am Kurfürstendamm wohnten eigentlich nur reiche Leute. 's war ja 'ne ausgesprochene Wohnstraße mit wenigen, sehr teuren Geschäften. Auch das Geschäft von meiner Mutter war ein ausgesprochen teures Geschäft, eins der teuersten Geschäfte, auf diesem Gebiet wohl das teuerste in Berlin, mit entsprechender Kundschaft. Dort wohnten also nur reiche Leute, und es waren dabei sehr viel Juden. Meine Mutter hatte auch sehr viel Juden als Kunden gehabt und hatte mehrere Leute, die Kohn hießen, und die hießen bei ihr eben Kohn 1, 2, 3, 4. Die wurden natürlich nicht angeredet als »Frau Kohn 4«, aber wenn die kam und wollte ihren Hut haben, dann wurde in die Arbeitsstube gerufen: »Den Hut für Frau Kohn 4!«, und dann wussten die Bescheid.

Anna Grohmann: Ich bin mit lauter reichen Leit', äh, Leuten, in der Lehre zusammen'kommen. Und die hab'n alle Kinder g'habt, aber die hab'n nicht mit armen Kindern gespielt. Reiche Kinder, die sin' alle in Bogenhausen g'wesen, und da hat koa Armer g'wohnt, hat er auch ned können, weil da alles teuer war. Aber ich hab' da als Lehrmädel die Sachen hintragen müssen. Ich musste da 'n Dienstbotenaufgang 'naufgehen, da is' man gar nicht so in Verbindung 'kommen. Und wenn ich da die Ware abgeliefert hab', hab' i mit dem – d' Herrschaft war oft gar ned da –, da hab' ich oft mit de Dienstmädel g'sprochen, und die hab'n mir schon ihr Leid geklagt.

Anton Diepold: Ich bin der Toni Diepold, bin 1909 geboren. Des war im Englischen Garten, da war mei' Vater königlicher Hofgärtner. Da ist der König gekommen in der Equipage und hat Fasanen wollen. Da is' mei' Vater mit dem Veloziped – damals hat ma zum Fahrrad »Veloziped« g'sagt – in die Fasanerie runterg'fahren und hat Fasanen g'holt, hat's am König gegeben und hat unten schnell aus'm Eiskasten so a kalte Limonade getrunken, mit dem Erfolg, dass er heimkommen ist – der König is' mit seine Fasane furtg'fahrn –, und mei' Vater hat sich ins Bett g'legt und is' nach drei Wochen g'storb'n. Da hat sich der Magenausgang g'schloss'n, des hat ma damals no ned erkennt, er is direkt verhungert. – Als mein Vater gestorben is', war ich zwei Jahre alt. Mei' Schwester, die is' fünf Jahr' älter wia ich, und meine Mutter, mir mussten aus der Dienstwohnung raus. Und meine Mutter hat a lächerlich kleine Pension 'kriagt, weil, wenn mei' Vater zwei Jahre später gestorben wär', wär' er damals erst in die gehobene Dienstklasse gekommen, er war ja Hofgärtner, aber… so war's nix. Mit ihrer kargen Pension hat's uns beide großgezogen. Wir haben gehungert wie die Raben. Da hat's Gelbe-Rüben-Marmelade gegeben, des war also s' Einzige, keine Butter, nur Brot. – Da leere Mobil-Öl-Kannen, des waren die viereckigen Ölkannen, mit dene' hat mei' Mutter die Pfanne ausg'strichen, weil ma koa Fett g'habt hab'n.

Anton Bischof: Mein Name ist Alfred Bischof, ich bin geboren am 6. 4. 1911 in Berlin. Mein Vater war Schlosser- und Schmiedemeister. Wir waren sechs Geschwister, und wir wohnten zunächst in Berlin-Lichterfelde und hatten eine Einzimmerwohnung für sechs Personen, davon zwei Erwachsene … und da haben wir gehaust. Vorne war da 'ne Küche, Bad war natürlich nicht, es war nur 'ne Toilette und Küche und dann ein großes Wohnzimmer. Wir haben übereinander geschlafen, nich' wahr, und da spielte sich auch das ganze Leben ab, denn die Küche war klein und war kalt. Es gab auch keine Heizung. Es gab meist Mohrrüben oder Kohlrüben. Fleisch wurde nie gekauft, wir hatten ja gar kein Geld. Meine Mutter schickte uns immer Knochen kaufen, manchmal auch Pferdefleisch, das gab's damals auch noch, und damit wurde eine kräftige Brühe gekocht mit 'n bisschen Mohrrüben drin, 'n bisschen Grünzeug darin. Und damit haben wir uns ernährt, und von Kartoffeln natürlich, wenn wir welche hatten, ja.

Heidi Höfer: Für die arme Bevölkerung, gerade auch die Industriebevölkerung, waren ein Hering und Kartoffeln ein Festessen. Sie bettelten um den Bohnenkaffee-Satz, wenn wir Bohnenkaffee getrunken haben. Man hat ihnen immer auch was geschenkt, natürlich. Die abgetragenen Kleider, die Schuhe, des war selbstverständlich.

Anna Grohmann: Ich weiß noch in München, da in der Blumenstraß', da war die Schrannenhalle. Da is' Obst verkauft worden, und da war'n Tonnen da, da is's Obst neig'worfen worden, des wo's ned verkaufen hab'n kenna. Da hab'n mir Kinder nachgekramt, hab'n ma raus und hab'n des ausg'schnitt'n und dann des g'wasch'n und 'gessn. Also, *so* war die Zeit! Nur der Beamte, der hod leben kenna, aber Arbeiter war Arbeiter, der war Dienstbote und Arbeiter, der war für die Herrschaft da. Und da hat's ja auch viele Bettler geb'n, die ins Haus gekommen sin'. Die hab'n geläutet: »Sie, könnt' i a Stückerl Brot hab'n?«, ja! – Und in die guten Häuser is' ja überall eine Tafel dort g'wesen: »Betteln verboten«. Da ham's scho gar ned nei dürf'n. Die hab'n a meistens an Diener g'habt oder an Hausmeister, der hat's schon davong'jagt.

Heidi Höfer: Wir hatten eine Straße, in Schwabach war das, da waren die Blattgoldschläger. Die hatten einen kleinen Goldbarren auf einer harten Platte oder so was, und da haben sie das Gold ganz platt geschlagen. Je mehr sie aus so einem Stück rausbekommen haben, umso besser war der Gewinn. Man hat sie immer gehört, wie sie geklopft, geklopft, geklopft haben, ned. Und da war die Armut zu Hause. In kleinen Ziegelhäusern, mit Ziegelstein gebauten Häusern, haben die da gewohnt. Und Vater hat dann eben auch von diesen armen Leuten manchmal erzählt. Vater hat oft gesagt: »Ich hab' wieder Kinder gehabt, die noch im Winter barfuß laufen, keine Unterwäsche angehabt, 'n Wolljäckchen vielleicht und 'n Kleidchen.«

Stefan Beyrer: Ich heiße Stephan Beyrer und bin in der Au geboren am 28. Oktober 1912. Es war eine miese Gegend, die Au: eine Herberge in München. Die Au war schon ein altes Viertel. Die stand, bevor München stand. Die ist älter wie München, und dort war'n lauter Herbergen, kleine Häuschen, wo jedes anders stand, des eine so, des andere so, und in diesen Häuschen hat sich früher alles abgespielt, in einem Raum. Da war alles drin, was gelebt hat: Menschen, Kinder, Tiere, Hühner sind rumgeflogen – also, alles hat sich in einem einzigen Raum abg'spielt, denn nur ein einziger Raum war heizbar. Und die Leute haben arbeiten müssen für ihren Unterhalt. Mein Vater arbeitete in einer Fabrik, in einer Bürstenfabrik, die sehr gute Arbeit geleistet hat, die sehr gute Bürsten gemacht hat. Ich habe noch eine da aus der Zeit, wo mein Vater dort gearbeitet hat, und da fehlt noch keine Borste! Meine Mutter war aus der Regensburger Gegend, geboren in Regenstauf. Und die ist natürlich als Kind schon – weil ihre Eltern ja nach München gezogen sind – als Kind nach München gekommen, und sie hat München nie geliebt. Sie hat diese hohen Häuser, die in München standen, gefürchtet. Sie wäre so gern in einer kleineren Umgebung gewesen. Sie ging ja auch in München dann ins Geschäft. Sie war in einer Wäscherei, in einer Dampfwäscherei, und war eine sehr, sehr fleißige Person. Zu ihrer Arbeit ist sie oft gelaufen, weil ihr die Pferde Leid getan haben, die den Straßenbahnwagen ziehen mussten.

Heidi Höfer: Mein Vater war praktischer Arzt, Geburtshelfer, und hatte zwei Krankenhäuser als Chirurg unter sich und eine Landpraxis – ja, im Umkreis von 20 Kilometern oder weiter. Er ist mit zwei Pferden, mit der Kutsche gefahren und wenn er draußen am Land operieren hat müssen – sagen wir mal, einen eingeklemmten Leistenbruch, der nicht transportiert werden konnte –, da hat er die Krankenschwester mitgenommen und im Auto seine ganzen sterilen Trommeln mit Verbandszeug, mit Instrumenten, und was er gebraucht hat, mit dabei gehabt, und auf'm Bauerntisch wurde der Patient operiert. Hm! Und vorher hat sich Vater heißes Wasser geben lassen, um die Hände zu waschen. Manchmal, sagt er, hab'n sie ned amal a g'scheite Schüssel g'habt, sondern irgend a große Milchschüssel, wo er seine Hände drin waschen konnte. Es gab kein Wasser. Die Wasserleitung wurde erst 1921 nach dem Krieg eingeführt. Die Leute hatten Regenwasser gesammelt in Zisternen, und des Wasser hab'n sie fürs Vieh gebraucht, zum Kartoffelkochen für die Schweine. – Die Windeln wurden bei den Kindern nass wieder aufg'hängt, ned mal g'wasch'n. Die Kindersterblichkeit war so groß, am Statistischen Landesamt in Berlin hat man 25 Prozent Säuglingssterblichkeit errechnet. Und vielfach waren's Ernährungsstörungen, weil die Frauen gewöhnlich am zweiten, dritten Tag schon wieder am Feld gearbeitet haben, im Stall gearbeitet haben und schon wieder fünf, sechs Kinder um sich rum hatten, sie kaum gestillt haben, ned, und dann a verpanschte Kuhmilch hergegeben haben, sodass die Kinder eben von vornherein falsch ernährt waren und dadurch auch rachitisch. Und ich kann mich gut entsinnen: Sie lagen im Kinderkorb, mit einem dicken Federbett zugewickelt, neben dem heißen Ofen, damit sie sich ja nicht erkälten. Ein kümmerliches, kleines Wesen lag da, ned, und wenn's a starke Natur g'habt hat, is's halt durchgekommen, ned. Und wenn's wegg'storb'n is', hat der Bauer g'sagt: »Na ja, is' halt a Engerl g'word'n, mach' ma nächstes Jahr wieder eins«, ned. Und so haben's ein' Stall voll Kinder g'habt, und statistisch haben's vielleicht 20 Kinder g'habt, und zehn hab'n gelebt, hm. Und des Älteste war dann scho außer Haus, als Magd irgendwo, ned, und die Bäuerin hat allein wieder wurschteln können.

Georg Röhrer: Geburtenbeschränkung? Über Geburten oder über Sex oder über so etwas, da wurde überhaupt nicht geredet. Das war alles tabu. Auch nachdem ich erwachsen war, wurde nie über Sex oder Geburten oder Geburtenbeschränkung oder irgendwas geredet.

Heidi Höfer: Überhaupt nicht! Das war doch unmöglich von Seiten der katholischen Kirche. Die Leute waren sehr streng katholisch erzogen worden. Die gingen morgens entweder um fünf Uhr in ihre Frühmesse oder um sieben Uhr, ja, des war selbstverständlich, jeden Tag! Mittags um elf Uhr, wenn die Glocken geläutet haben, hat man den Hut abgenommen auf der Straße oder bei der Arbeit und hat sich bekreuzigt und ein Vaterunser gesprochen. Um elf Uhr beim Mittagessen hat man sein Ave-Maria gesprochen, hat man sein Vaterunser gesprochen und hat sich bekreuzigt, vor dem Essen, nach dem Essen, des war selbstverständlich, ja. Dem Geistlichen hat man die Hand geküsst, wenn man ihm auf der Straße begegnet ist, oder hat seinen Rocksaum berührt. Es war so!

Gertrud Seydelmann: Mutter ging morgens um sechs Uhr in die Kirche. Dann kam sie immer zu spät, um Frühstück zu machen, sodass ich mich also überhaupt nicht erinnere, in der Kindheit und Jugend an einem Frühstückstisch gesessen zu haben, außer am Sonntag. Und da auch spät, weil wir ja alle zur Kommunion gehen mussten. Und beim Essen morgens wurde gebetet und mittags auch. Dann ging Mutter immer hin und her, aber dann wurde das Gebet … ich weiß gar nicht mehr, welches … Also, es dauerte sicher 'ne Viertelstunde, und das Essen war kalt, bevor man drankam. Und hinterher wurde auch wieder gebetet, aber alles unkonzentriert. Und dann im Mai, im Mai ist Marienmonat, da mussten wir jeden Abend in die Maiandacht: »Maria zu lieben war Josef sein Sinn« – kennen Sie das? »Maria zu lieben ist allzeit mein Sinn«? Das ist aus dem 19. Jahrhundert, und wir sangen natürlich lauthals: »Maria zu lieben war dem Josef sein Sinn, er fuhr jeden Abend mit'm Fahrrad da hin, er half ihr beim Spülen, Maria mach' schnell, gleich geh'n wir spazieren, es ist ja noch hell!« Also weil das so entsetzlich kitschig war, so sangen wir dann dagegen an. Das war der Maimonat, und der Oktober ist der Rosenkranzmonat. Und da wurden wir eben angehalten, bei Dämmerung – das war also gegen sechs Uhr vor dem Abendbrot, da wurde also noch Licht gespart –, und da stellte Mutter 'n Küchenstuhl hin, und wir waren eins, zwei, drei Kinder, und dann wurde der Rosenkranz gebetet, kniend; und sie ging dazwischen hin und her und kochte oder arbeitete und machte und betete lauthals vor.

HEIDE GRUNWALD: Gerade diese Kirchengebote: alle Jahre beichten, alle Sonntag' zur Messe gehen – die standen damals sehr im Vordergrund. Des war die größte Sünde, die ma' tun konnte, wenn man so ein Kirchengebot nicht beachtete.

GERTRUD SEYDELMANN: Meine Schwester hatte noch Freundinnen, die im Internat bei den Ursulinerinnen waren. Die gingen mit Hemd in die Badewanne, und da wurde die Klappe draufgemacht, damit sie sich nicht sehen konnten, damit sie nicht unkeusch wurden. Natürlich haben die jungen Mädchen, als die Nonnen dann rausgingen, das Hemd nachher durch das Wasser geschleift und haben sich natürlich nackt gewaschen. Aber, so war die Prüderie.

HEIDE GRUNWALD: Als ich in der ersten Klasse Volksschule war, da wurde mir der Graben zwischen Protestanten und Katholiken einmal bewusst. Da machten wir einen Schulausflug von Sendling nach Grünwald, und dazu haben wir uns einen Trambahnwagen gemietet. Der Trambahnwagen wurde aber von unserer Klasse nicht voll, und drum hab'n ma eine evangelische Klasse mitgenommen, auch die erste Klasse, von den evangelischen Kindern. Das gab einen Riesenaufruhr. Manche Eltern wollten ihre Kinder nicht mitfahren lassen auf den Ausflug, weil evangelische Kinder dabei waren, und ich weiß noch, wir hab'n uns sehr gewundert: Die evangelischen Kinder hab'n zuerst allein in ihrer Gruppe gespielt und wir Katholischen auch in unserer Gruppe, und dann hab'n ma mal gespielt »Fürchtet ihr den schwarzen Mann?«, und da wollten dann die Evangelischen … einige davon sind dagestanden und wollten halt auch mitspielen, und letzten Endes hab'n wir's alle miteinander gespielt, und dann hab' ich des Wort gesprochen: »Das hätt' ich nie gedacht, dass die evangelischen Kinder so spielen, wie wir spielen!«

GERTRUD SEYDELMANN: Wir gingen zum Beispiel automatisch in die Konfessionsschule. Und dann gab es noch die freie Schule, da gingen die Sozis hin. Aber das wusste man beinah' nicht, wo die war. Die war in der Simon-Meister-Straße, aber da spricht man nicht darüber, das war schon außen vor. – Die evangelische Martin-Luther-Kirche lag in unserer Wohnstraße, in der Merheimer Straße, und meine Mutter hat uns gelehrt: »Da dürft ihr nicht hineingehen, da ist der Teufel drin, und all die Leute, die da hingehen, die kommen alle in die Hölle!« Der Karfreitag war der Feiertag der Protestanten. Eine katholische Hausfrau putzte dann die Fenster – also, sie war außen sichtbar am Saubermachen, um zu demonstrieren, dass es Werktag war.

HEIDI HÖFER: Uns hat man den Vers nachgerufen: »Lutherischer Zipfel, steig obi in d'Höll', bist dem Deifel sei G'sell!« Damals war'n die noch so – möchte ich sagen – 200 Jahre zurück.

GERTRUD SEYDELMANN: Man fühlte sich immer bedroht, wenn man etwas Böses tat: »Dann kommst du in die Hölle!«

HEIDE GRUNWALD: Meine Großmutter ist sehr überraschend gestorben und wurde nicht mehr mit den Sakramenten versehen, und die is' auch vorher nicht so viel, wie der Glaube es gefordert hätte, in die Kirche gegangen. Und drum hatte meine Mutter den großen Kummer. Sie hat sich immer eingebildet, die Großmutter wär' in die Hölle gekommen, weil sie keine so gute Christin war. Und da ist sie Zeit ihres Lebens nicht drüber hinweggekommen. In den letzten Jahren hat sie mal einen Priester gefunden, der sie etwas beruhigt hat und g'sagt hat: »Eine Frau, die so viel arbeitet und alles für ihre Familie tut, die kommt bestimmt ned in die Hölle, auch wenn sie am Sonntag keine Zeit hat, in die Kirche zu gehen.« Da ist meine Mutter dann etwas ruhiger geworden.

Gertrud Seydelmann: Ich war 14 und las von Tolstoi »Die Kreutzersonate«. Da kommt ein Ehebruch drin vor. Ich hatte überhaupt von nichts ... ich begriff überhaupt nichts ... ich las. Und meine Mutter fragte: »Was liest du?«, und ich sag': »Hier.« Und sie sprach nicht mit mir, sondern ging zu Kaplan Krotwig, und dann hat der ihr gedroht und gesagt: »Wenn die Seele Ihrer Tochter der Kirche verloren geht, kommen Sie in die Hölle!« Verstehen Sie bitte richtig: Wenn ich von meiner Mutter negativ spreche, dann is' es nicht meine Mutter, die ich damit belaste, sondern diese entsetzliche Kirchlichkeit und diese katholischen Lehrmeinungen um die Jahrhundertwende, mit denen das Volk dumm gehalten worden ist, ja. Diese Lehrmeinungen haben das Leben meiner Mutter auf der einen Seite getragen, auf der anderen Seite beschädigt. Und ich hasse die Kirche dafür, dass sie meiner Mutter das Frauenleben geklaut hat. Ja? Meine Mutter war einfach durch die Not des Aufstiegs ans Handfeste gebunden. Die hat also nie gelesen, und durch die Frömmigkeit ist sie überhaupt nicht auf die Idee gekommen, Bücher anzufassen. Der Index der katholischen Kirche war für sie ein absolut zwingendes Mittel, nach dem sie sich richtete. Und sie hat sich nie nackt gesehen. Sie zog das Nachthemd über und knöpfte sich die Knöpfchen vom Taghemd auf, und das fiel dann runter. Und sie is' unaufgeklärt in die Ehe gegangen. Und als 80-jährige Frau saß sie auf ihrer Bettkante und zog sich die Strümpfe an und sagte auf einmal: »Nee, Gertrud, wat war dat für en Zig, für en verrückte Zig! Wie hätt' ma die Mädsche in die Ehe jonn losse, isch hatt' von nix 'n Ahnung. Isch war in der Marienvereinigung, isch war unschuldig, isch war jungfräulich, isch war 28 Jahre alt, und meine Mutter hat zu mir gesacht: ›Mariechen, was der Franz auch von Dir erwartet, es is' rechtens!‹« Der Franz war 14 Jahre älter, als Korporal erfahren, ganz bestimmt. Wir hatten solche Fotoalben, wissen Sie, so mit Goldschnitt und mit Schnalle, und da waren dann in Vaters Album auf einmal so schöne Mädchen drin, zugeschnürt und so, und ich hab' die natürlich rausgenommen und hinten geguckt, und da stand darauf: »Meinem lieben Franz, Deine Anna« oder so weiter. Das waren bestimmt die Bratkartoffelverhältnisse, die er nicht verdecken musste, weil das ja vorbei war. Und Mutter wurden die vorgestellt als entfernte Verwandte – glaubte Mutter auch. Mutter und Vater haben sich ja nicht vorher allein gesehen. Vater hat einen schriftlichen Antrag an ihre Eltern gerichtet, und dann hat sie ihm per Sie das Jawort gegeben. Und dann ist der Vater vor ihr in den Beichtstuhl gegangen – und das erzähl' ich jetzt so, wie Mutter es mir erzählt hat: »Da hat der Franz sicher dem Pastor gesacht: ›Klären Se das Mariechen mal'n bisschen auf, ich kann das ja nicht, ich bin ja noch nie mit dem allein gewesen!‹ ›Also‹«, sagt se, »dann hat der Pastor zu mir gesacht: ›Mariechen, ich weiß, äh, dass du dein Kränzlein noch in Ehren trägst und dass du immer ein braves Marienkind gewesen bist. – Alles, was der Franz jetzt von dir verlangt, ist in Ordnung und das musst du tun!‹ Und das war's!« Und dann fing sie an zu lachen und sacht: »Ach nee, hätt' der arme Keel Arwet mit mir gehatt!« – Er hat sie aber nicht zur Frau gemacht. Denn an einem anderen Abend sagte Mutter dann zu mir, da war se noch älter: »Ja«, sacht se, »Kind, isch war ja gern verheiratet, auch das Haus und die Kinder und die Familie und der Mann und das Sorgen, das hatte ja wirklich einen Sinn – ever, wie der Herrjott dat gemaahd häd, wie die Kinder kumme, dat is'n Biesterei!« Also: ein ganzes Leben lang niemals eine Freude am Sexuellen!

Anna Reimer: Über vieles wurde nicht gesprochen, das war einfach tabu. Darum wäre ich ja immer blöd geblieben. I muss sag'n, in der Weise war i richtig dumm, so schlau wie ich sonst war. I hab' mir immer an Kopf zerbrochen: »Was hab'n die Großen bloß, dass die so'n Geheimnis draus machen.« Hab' i g'fragt: »Mama, wo kommen die Kinder her?«, so hat sie gesagt: »Da bist du noch viel zu klein, des sag' ich dir später einmal.«

Georg Röhrer: Also, Aufklärung gab's natürlich nicht, denn aufgeklärt wurde man auf der Straße oder in der Schule oder irgendwie, nicht?

Susanne Zeimert: Dann wurde man gewarnt, erst mal, dass sie sich kein' Kuss geben lassen sollten. Hab' ich lange Zeit gedacht: »Wenn d' jetzt 'n Kuss kriegst, kriegste auch 'n Kind (lacht). Man war eigentlich wirklich lebensfremd.

Anna Reimer: Diese Frauen wie meine Oma und Tanten, ... die hab'n überhaupt von nix was gewusst, die sind vor die vollendete Tatsache gestellt worden. Hochzeitsnacht, und der Mann war da. Der hat keine Rücksicht genommen.

Lilly Wagner: Meine Mutter wollte nicht so viele Kinder. Die Mama hat immer g'sagt: »Ich will nur so viele, dass ich die Möglichkeit hab', jedes Kind was lernen zu lassen.« Und meine Mutter war 14-mal schwanger und hat fünf Geburten gehabt. Die anderen neun – ich meine, es waren noch mehr –, die sin' alle abgetrieben worden, heimlich. Also, Abtreibungen wurden nur von der so genannten »Engelmacherin« gemacht. Da wurde ein Katheter eingeführt, und da kam Luft dazu, und dann ist es normal abgegangen. 's hat damals viel Geld auch gekostet, aber das wurde gemacht. Es war streng verboten, auch zur damaligen Zeit, aber es hat immer welche gegeben, die es gemacht haben. – Meine Großmutter war ja sehr bös' auf meinen Vater. Die hat immer g'sagt: »Dieser Mann bringt mein Kind noch um!« Jedes Jahr zwei Abtreibungen.

Susanne Zeimert: Also, es wurde einem vorm anderen Geschlecht eigentlich furchtbare Angst gemacht.

Clara von Arnim: Ein junges Mädchen hatte in der damaligen Zeit unberührt in die Ehe zu gehen. Und alle, die, die es also mal ausprobiert hatten, sag'n wir mal, die wurden von der guten Gesellschaft, äh, wie soll ich sagen, verachtet natürlich, und eben extra gestellt. Auch wenn sie aus ... ja, wenn sie aus ganz hohen Kreisen waren, dann vielleicht nicht. Aber in den Adelskreisen und in den gutbürgerlichen Kreisen hatte ein junges Mädchen bitte als Jungfrau in die Ehe zu gehen – Voraussetzung, nich'? Nur aufm Lande, da ... zum Beispiel die großen Bauern, die probierten aus, ob auch ein Erbe zu erwarten war, ob die Sache also funktionierte für die Nachkommenschaft als Hoferbe. Das war in Ordnung, gut.

Und die Braut durfte dann sogar mit 'nem geschlossenen Brautkranz in die Kirche gehen, während die, die schon uneheliche Kinder – so nennen wir es mal – irgendwo hatte, da durfte der Brautkranz nicht geschlossen sein.

Gertrud Seydelmann: Frauen, die ein uneheliches Kind hatten, waren Ausgestoßene. Ich weiß, dass die Tante Tina, die dann in Bremen verheiratet war, ein uneheliches Kind hatte, und dieses uneheliche Kind hat sie bei ihrer Mutter abgegeben, und dieses Kind musste zu ihr Tante sagen. Es wurde schlicht geleugnet, dass sie ein uneheliches Kind hatte.

Anna Reimer: Meine Mutter musste aus Passau fliehen, weil sie sonst erschlagen worden wär'. Die sind alle sehr fromm gewesen, und ein Mädchen mit einem ledigen Kind ... meine Mutter war 22 damals, gell, sie konnten's ned verstecken, es ist ruchbar geworden! Und die Mutter hatte erzählt, was sie alles gemacht hat, was damals üblich war: in heißes Wasser gesprungen und in kaltes Wasser, vom Tisch runter, auf'n Tisch rauf, und den Unterleib halt angestrengt ... aber ich bin nicht weggegangen.

Georg Röhrer: Es war tatsächlich so: Wenn ein Mädchen ein Kind bekommen hat, die war also gesellschaftlich ausgeschieden, gewissermaßen. Wenn mer auch zwei, drei Kilometer weg waren vom Dorf, wusst' mer doch ganz genau, was in jedem Haus passiert, denn man hat doch keine Musik gehört, Nachrichten hat man nur aus der Zeitung und so fort. Da hat man ja sonst keinen Unterhaltungsstoff gehabt als wie dass man die Familien nacheinander durchhechelt, nicht?

Mile Braach: Als ganz kleines Kind – oder woll'n wir sagen: bis zu zehn Jahren –, da hat man sich doch wohl vorgestellt, dass man mal Mutter würde und dass man mal heiratet. Aber man hat nicht drüber nachgedacht. Nachher, wie man so 13 Jahre, 14 Jahre wurde, war eigentlich kein Planen mehr in meinem Leben. Es ergab sich vieles. Da waren doch dann auch die äußeren Einflüsse und die politischen Einflüsse. Vor allen Dingen der Krieg hat uns sehr ernst gemacht. Der Erste Weltkrieg hat uns sehr, sehr ernst gemacht, denn ... der Zweite auch ... aber der Erste Weltkrieg, da waren wir so jung, 's war so ein absolutes Abschneiden von der Kindheit, von der Jugend. Wenn ich nur daran denke: Wir hatten 'ne nette Tanzstunde – wir waren ungefähr zehn Paare –, und von den zehn Partnern hat einer den Krieg überlebt. Mein Bruder ist gefallen, die Vettern sind gefallen. Man wurde sehr ernst, auch durch das Hungern.

HANS-JOACHIM LEMME: Beim Kriegsausbruch 1914 herrschte allgemeine Begeisterung.

ANTON DIEPOLD: Des war ein Mordshallo, wenn die Soldaten mit Rosen bestückt an ihre Pickelhaub'n ... an die G'wehr – überall hab'n s' Blumen drin g'habt – sans zum Bahnhof ganga. »Siegreich wolln wir Frankreich schlagen, in 14 Tag' sin' mir wieder zu Haus«, gell ... so ähnlich. Da hat ma die Soldaten verabschied' mit Winkewinke, Kinder san mitmarschiert, mitg'laufen. Eine Siegesstimmung!

ANNA REIMER: Alle ham sich Sträußchen und Blumen angesteckt, und gesungen ham sie vaterländische Lieder und Märsche. Und dann zogen die jungen Männer alle davon, gell, und manche – das dauerte nicht lange – waren bald schon tot, gell?

LUDWIG GEHM: Die sind begeistert fort. Aber es sind net alle begeistert fort, ja. Mein Vater ist damals schon in die Strafkompanie gekommen, nur weil er Sozialdemokrat war. Das hat sich nicht Strafkompanie genannt, das hat sich damals Arbeitskompanie genannt. Und sie haben andere Uniformen gehabt, einfache Drilichkleidung nur, und mein Vater und eine ganze Reihe von seinen Parteigenossen sind von Frankfurt nach Mainz gekommen und haben in Mainz erst einmal gearbeitet. Später hat mer se dann auch geholt, se sind dann auch an die Front gekomme'. Aber zuerst war'n se mal als Arbeitskompanie abgesondert, weil man Angst hatte damals, sie machen irgendwie Reklame gegen den Krieg oder was. Na ja, Vater wurde dann also eingezogen, und nun lag alles an meiner Mutter. Meine Mutter war auch kränklich, und sie hat dann in einer Fabrik gearbeitet. Und praktisch war ich dann, ja... die ganzen Jahre war ich dann allein. Ich musste also den Haushalt versorgen, ich musste putzen, ich musste kochen, damit was da war, wenn sie zurück ist; ich musste hamstern gehen, wie des damals üblich war, das heißt, ich bin als kleiner Junge 30 Kilometer nach Büdesheim-Heldenbergen gelaufen, hier in die Wetterau, in die Dörfer, um a paar Kartoffeln zu erbetteln.

Heinrich Praechter: Mein Vater musste auch in'n Krieg, jawohl, das war 1916 bis '18. '18 im Spätjahr kam er dann nach Haus' wieder. Von Polen. Und die Mutter musste an seiner Stelle arbeiten gehen, um ihm den Arbeitsplatz zu erhalten. Hat aber dafür kein Geld gekriegt.

Stefan Beyrer: Die Frauen hab'n die Arbeit übernehmen müssen, und auch die Trambahn – die dann von der Pferdebahn zur Elektrischen gewechselt hat – hab'n nun Frauen übernommen, als Schaffnerinnen. Die hab'n eine Mordstasche umgehabt, a schöne Uniform, sehr streng angezogen, und so eine Frau war schon eine Beamtin. In den Führerstand zum Fahren ist natürlich keine gekommen, das war eine Männersache, und die war'n auch angezogen wie... fast wie Soldaten, gell?

Hans-Joachim Lemme: Ach so – 'ne Sensation war auch: Es kam eine Lehrerin an die Schule. Infolge des Krieges passierte es, dass eine Lehrerin an die Schule kam, und der Direktor führte sie ein und appellierte dann an uns, dass wir Kavalier sein sollten und dementsprechend der Lehrerin das Leben leicht machen sollten und so und so fort. Und jetzt hab'n wir uns auch verhältnismäßig anständig benommen, die hat es nicht schwer mit uns gehabt.

Ludwig Gehm: Wir hatten normale Schule überhaupt nicht. In unserer Turnhalle war die Kriegsküche untergebracht, die Volksküche, die also der Bevölkerung Essen ausgegeben hat. Wir sind mit der ganzen Klasse oder der ganzen Schule in'n Wald gegangen und haben Laubheu gesammelt für die Pferde als Streu oder haben Himbeerblättertee gesammelt oder 'n Brombeerblättertee gesammelt und so weiter – das war so die Schulbeschäftigung, die wir hatten.

Josef Selmayr: Mein Vater war begeisterter Soldat und ist also sicherlich mit großen Hoffnungen in den Krieg gegangen. Er war Kavallerist als Ordonnanzoffizier. Damals saß der noch hoch zu Ross und hat also nun tatsächlich von den einzelnen kämpfenden Einheiten die Meldungen und Befehle überbracht, so wie das noch – möchte beinah' sagen – bei Napoleon der Fall gewesen ist. So hat man 1914 noch angefangen, ja. – Na ja, und das hat er ganz gut gemacht. Andererseits hat sich das geändert, und zwar gleich nach den Grenzschlachten, also noch im Winter 1914 auf '15, ist ja der Krieg zum Stehen gekommen. Es gab also nun die Schützengräben und den so genannten Stellungskrieg. Jedenfalls, mein Vater hat noch mitgemacht bis Verdun, da hat er also eine Gasvergiftung mit nach Hause gebracht und war von dem Moment an nicht mehr voll kriegsverwendungsfähig und kam dann nach Rumänien bis zum Ende des Krieges, war also – für uns gesehen – aus der eigentlichen Gefahrenzone Gott sei Dank raus.

Mile Braach: Man kann sagen, ab 1916 war da eine gewisse Kriegsmüdigkeit, da hat auch die Not schon ordentlich zugegriffen, ja, hab'n die Leute schon gehungert, da sind die Säuglinge schon gestorben, die Mütter hatten nicht genug Milch. Dann kamen die vielen, vielen schwer verwundeten Soldaten – also, das Straßenbild hatte sich ja vollkommen geändert, da humpelten se an ihre Krücken.

Anna Reimer: Da fuhr einer in München rum, an den kann ich mich noch gut erinnern: Der hat keine Beine mehr gehabt, dem hab'n sie die Beine abgeschossen. Der saß auf einem Brett, das war auf Rädern, und da musste er immer mit den Händen rudern, dass er sich fortbewegen konnte. Und der ging so immer durch die Straßen. Jeder hat ihm was geschenkt.

Gertrud Seydelmann: Mein Vater ist nicht im Krieg gefallen, aber im Krieg gestorben – wahrscheinlich an Überarbeitung. Meine Mutter stand ohne Geschwister mit diesen drei kleinen Kindern – eines davon war noch nicht geboren – alleine da. Meine erste Kindheitserinnerung ist der plötzliche Schlaganfall meines Vaters. Da sind Bilder wie ein Mosaik in meinem Innern: Ich sehe auf einem … auf dem roten Plüschsofa im Wohnzimmer den Vater sitzen, Mutter is' in der Küche am Herd, und der Vater kommt, guckt die Mutter an und fällt hin und liegt da wie ein Gekreuzigter. – Als mein Vater starb, im Oktober 1915, war meine Mutter im achten Monat mit dem Sohn schwanger. Mein Vater hatte sich sehnlichst einen Sohn gewünscht, hätte mich beinah' fallen lassen, als ich als zweites Kind auch 'n Mädchen war, und es ist für meine Mutter ein Leben lang ein Trauma gewesen, dass sie dem geliebten Mann den Sohn erst nach seinem Tode schenken konnte.

Josef Selmayr: Die Scheußlichkeiten, die mein Vater noch erlebt hat, die er da besonders also nun in der Schlacht um Verdun persönlich miterlebt hat, konnte … hatt' er wohl erzählt, wie man in das Fort Douaumont überhaupt hineinkommt, indem man also nun tausend Sprünge machte und dann also nun, wenn's in der Luft pfeift, sich also nun auf'n Boden schmeißt – insofern habe ich da schon bisschen was mitgehört, ja. Aber sonst hat er uns verschont mit Dingen, die uns eigentlich nur das Herz schwer gemacht hätten.

Hans-Joachim Lemme: Ich hab', also, wir hab'n da vom Krieg wenig mit'kriegt. Schlimm war der Winter 1917, der so genannte Kohlrübenwinter, wo es ja unentwegt Kohlrüben gab. Es gab Kohlrübenmarmelade, es gab Kohlrübengemüse, und es gab Kohlrübenkaffee. Also, Kohlrüben beherrschten das ganze Leben, und das war doch auch für die Kinder eine große Belastung, vor allen Dingen aber für meine Mutter eine große Belastung, weil ich natürlich oft mäkelte und mich weigerte, das zu essen und »… gibt's denn nicht wat anderes?« und so. Mein Vater war da auch etwas ungeduldig, das weiß ich.

Anton Diepold: Da is 's nur ums Hungern 'gangen im Ersten Weltkrieg, aber richtig. Ehrlich! Kartoffeln und Rüben, Dotschn hat's da gegeben, die Dotschn wer'n Sie ned kenna: a so a braune Knolle – Dotschn –, i wüsst' ned, dass die a andere Bezeichnung hab'n, die heiß'n Dotschn. Die hat's früh, mittags und abends – Dotschnmarmelade und Gelbe-Rüben-Marmelade und ... und ... a Stückl Brot war schon was Selten's oder an Apfel! Den hab'n ma mit ins Bett g'nomma, bevor man 'gessn hatten, ma hat überlegt ... isst'n heut oder isst'n morgen, gell? – Ja, und dann war damals a schon Fliegeralarm, da hat man's g'sehn: Doppeldecker oben, gell? Der Pilot hat dann die Bombe rausg'schmissn mit der Hand, des hat ma g'sehn, die san oft per Hand rausg'schmissn word'n, die hab'n no koan Bombentrichter g'habt, des war'n no reine Sportmaschinen, kleine.

Gertrud Seydelmann: Einmal wollten wir mit Mutter einen Ausflug machen, mit der Düsseldorfer Dampfschifffahrtsgesellschaft, dem berühmten weißen Schiffchen, und als wir auf dem Bootssteg waren, ging die Sirene, und vor Mutter mit ihren drei kleinen Mäusen ging eine alte Dame am Arm ihres Sohnes und konnte nicht schnell gehen. Und ich spüre heute noch die Hektik meiner Mutter, mit der sie uns drei zerrte und in ein Riesengebäude mit großen Säulen hineinschmiss beinah'. Dann ist sie später hamstern gefahren ..... Ach, und eine entzückende Geschichte: Sie hatte sich einen Unterrock hochgenäht, sodass da überall Taschen drin waren – die Frauen trugen ja damals noch die langen Röcke –, und hatte die Butter aber nicht vorne in den Rock, sondern hinten in den Rock getan und saß auf der Heizung. Die Butter war also geschmolzen, aber Mutter – tüchtig und sparsam, wie sie war – nahm den Rock, kochte ihn aus, schöpfte das Fett ab und machte Seife draus.

Hans Joachim Lemme: 1918, als der Zusammenbruch kam, da ging mein Vater mit mir zum Bahnhof Lichterfelde. Da war 'ne große Unterführung, und dort hatten sich viele Menschen versammelt und besprachen, was denn nun los wäre und was nun werden würde. Und da is' eigentlich typisch, dass die allgemeine Meinung war: Der Kaiser wird entweder seine Garderegimenter nehmen und nach Berlin marschieren und die anderen zum Teufel jagen, und andere meinten: »Nee, das geht nicht mehr, die machen nicht mehr mit, aber er wird sich an die Spitze seiner Truppen setzen und dann im Angesicht des Feindes auf dem Felde der Ehre fallen.« Wie bekannt wurde, dass der nach Holland geflüchtet war, war die Enttäuschung riesengroß. – Man muss dazu übrigens noch bedenken, dass es ja kein Fernsehen, nicht einmal Radio gab, sondern man vollkommen auf das angewiesen war, was die Zeitungen brachten. Und hin und wieder gab es so genannte Extrablätter, wenn irgendein besond'res dolles Ereignis gewesen war, ein großer Sieg oder so etwas, dann brachten die Zeitungen Extrablätter heraus, dann liefen die Zeitungsjungs durch die Straßen und schrien »Extrablatt, Extrablatt«, und die gab's meistens umsonst, die wurden so verteilt. Außerdem ließ die Regierung hin und wieder in den Straßen an den Litfaßsäulen und an den Häuserwänden rote Plakate anschlagen, wo dann irgendwas drauf stand, dass das und das sich ereignet hätte und man sich so und so zu verhalten hätte. Und da wurde natürlich immer verschleiert, dass es da jetzt in Wirklichkeit an der Front zurückging, sondern es wurde immer so getan, als wären es strategische Rückzüge und man würde wieder nach vorne kommen und sonst was. Und dass der Krieg verloren war, das hat sich eigentlich... wohl mehr so herumgesprochen, möcht' ich beinah' sagen. 's war eine ganz – wenn ich's heute überlege – ganz merkwürdige Situation, und ich seh' mich da immer noch an der Hand meines Vaters da am Bahnhof Lichterfelde stehen und die vielen Männer standen... Frauen natürlich fast gar nicht... aber überwiegend Männer standen da rum und diskutierten darüber, was denn nu' los wäre, ob der Krieg nun verloren sei und... man war eben nicht so... heute ist man da jeden Tag unterrichtet... hört morgens, mittags, abends Radio oder Fernsehen, das war damals ja nicht der Fall.

Josef Selmayr: Nee, Frauen, waren nicht dabei, nein, nein, nein. Nein, die hatten ja grade 's erste Mal das Wahlrecht gehabt, denn vorher gab's ja so was für die Frauen nicht. Als die erste Wahl zur Nationalversammlung stattfand – also mit Frauen stattfand –, war das ein großes Ereignis gewesen.

Charlotte von Schlabrendorff: Für Politik waren wir Mädchen wahrscheinlich ungeeignet. Aber mein Bruder, der so viel Sinn für Tradition, für Historie, für das Althergebrachte hatte, fürs Militär und den Aufbau des Militärs, den verband mit Vater eben eine tiefe Freundschaft.

Josef Selmayr: Die Beziehung, die ich zu meinem Vater hatte, war durch den Krieg sehr gestört. Ich hatte doch gute vier Jahre lang eben gar keinen Vater, denn ein Vater, der weit weg ist und von dem gelegentlich mal ein Feldpostbrief kommt und an den die Mutter Feldpostbriefe schreibt, der ist kein Vater. Und die Mutter hat ihn voll vertreten, und so war ich eigentlich 'n Mutterkind geworden. Ich habe dann ein verhältnismäßig gutes Einvernehmen mit meinem Vater erst nach dem Krieg gekriegt, wo ich selbst 'n bisschen mannbar geworden bin, ja, sodass man dann von Mann zu Mann gesprochen hat. Also, mein Vater und ich waren uns eigentlich in unseren politischen Tendenzen sehr einig gewesen und haben da also nun auch gemeinsam Versammlungen besucht und uns darüber unterhalten und alles aber natürlich auf der Basis von guter Vaterlandsliebe; und vor allen Dingen haben wir also beide das Ende des Krieges – vor allen Dingen also den Versailler Vertrag – bekämpft. Na, es war ein recht lebhafter Gedankenaustausch, auch innerhalb der Familie.

Susanne Zeimert: Jedenfalls also kann ich mich besinnen, wie wir nach dem Krieg die erste Wahl hatten zum Reichstag. Da war mein ältester Bruder, der war Korpsstudent gewesen, der war deutschnational bis in die Fingerspitzen. Mein Vater war Demokrat, und mein jüngster Bruder war vollendeter Kommunist. Und die drei haben sich dann manchmal angebrüllt – also, das waren Diskussionen, da wackelten die Wände.

Hans-Joachim Lemme: Damals entstand ein großer Streit, ob die Fürsten enteignet werden sollten oder ob ihnen Geld und Eigentum gelassen werden sollten. Und da gab's eine Volksabstimmung darüber. Meine Mutter, die sehr resolut war, die war durchaus für

Enteignung und sagte: »Was hab'n denn die dafür eigentlich getan, des hab'n se doch anderen Leuten weggenommen, den Armen früher weggenommen; und jetzt hab'n se's, und die soll'n das behalten? Kommt gar nicht infrage, die soll man enteignen ...!« Mein Vater sagte: »'s muss Ordnung herrschen, und die hab'n nun mal nach geltendem Gesetz das erlangt, die müssen's behalten.« 's war ein kurzer Krach in der Familie, aber der Volksentscheid verlief ja – was vielleicht auch charakteristisch ist –, der is' ja danebengegangen. Der Volksentscheid ging so aus, dass die Fürsten ihr Eigentum behalten sollten, und die haben's ja auch behalten, die haben's ja heute noch.

Kurt Niemetz: Man macht sich ja heute gar keine Vorstellung mehr davon, wie eingreifend – auch gedanklich und gefühlsmäßig – der Versailler Vertrag das deutsche Volk getroffen hat. Der Versailler Vertrag war für die Mehrheit der Deutschen ehrenrührig, und es war eine ehrenwerte Aufgabe, dagegen anzugehen. Der Versailler Vertrag hat Deutschland die Alleinschuld am Ausbruch des Ersten Weltkriegs aufgebürdet, das war Punkt 1. Punkt 2 hat den Deutschen Reparationsleistungen auferlegt, die bis zur Jahrtausendwende hätten gehen müssen. Dann die Landabtretungen, also Elsass-Lothringen wurde abgetreten, das Saargebiet wurde von Frankreich okkupiert, und der Anschluss von Österreich wurde verboten – das sind also alles gravierende Punkte.

Gertrud Seydelmann: Als wir 1923 im Verzug waren mit den Reparationszahlungen, haben die Franzosen das Ruhrgebiet besetzt und die Gruben für sich ausgebeutet. Die Bevölkerung – die Regierung hatte zwar aufgerufen, aber die Bevölkerung hat geschlossen dem Aufruf Folge geleistet – hat dann passiven Widerstand geleistet. Und zu diesem passiven Widerstand gehörte, dass die Lokomotivführer die Züge nicht gefahren haben. Und die Franzosen kamen und haben die zwingen wollen zu fahren, und sie sind nicht gefahren. Da hat man die Wohnung ausgeräumt, die Möbel auf die Straße geschmissen. Und die Franzosen hatten eben algerische Truppen, Besatzungstruppen, hierher verlegt und darunter waren eben sehr viel Farbige, nach meiner Erinnerung auch wirklich Schwarze, also keine Araber, die uns ja noch vertraut sind im Gesicht, sondern wirklich also … dunkle Menschen mit wulstigen Lippen und krausen Haaren, die uns als Kindern großen Schreck eingejagt haben. Wir sind da nur in Begleitung von Erwachsenen vorbeigegangen.

Hans-Joachim Lemme: 1918 war ja dann die so genannte Revolution und die brachte ja einen sozialen Umschwung und brachte unter anderem den Achtstundentag. Das war ein … das gab's vorher nicht. Vorher wurde zehn, zwölf Stunden gearbeitet, aber dann kam 1918 der Achtstunden-Arbeitstag, und ich kann mich durchaus daran erinnern, dass mein Vater und meine Mutter sehr ernste Gespräche hatten und dass mich das als Kind auch beeindruckte, weil sie sagten: »Ja, also, ob man das durchhalten kann, ob das Geschäft nicht kaputtgeht, wenn wir nur noch acht Stunden arbeiten dürfen.« Also, man war überzeugt, das ist der Zusammenbruch der Wirtschaft. Na ja, sie ist nicht zusammengebrochen.

Mile Braach: Und nun kamen eben doch die Ansprüche der Arbeiter, die berechtigten Ansprüche.

Ludwig Gehm: Zum Beispiel in Preußen gab es ja noch das Dreiklassenwahlrecht. Der Reiche hat für dasselbe, was der Arbeiter hatte, die dreifache Stimmenzahl abgegeben, der Geschäftsmann dazwischen, also das Bürgertum hat die zwei Stimmen gehabt, also … ich tu das jetzt mal so primitiv eben sagen … und das hat man natürlich abgeschafft dann und gleiches, freies Wahlrecht angeschafft und alle diese Dinge. Die haben bei den Menschen 'n sehr großen Auftrieb geschaffen. Sag'n wir mal so: Die Ansicht, dass der neue Staat der Staat des Volkes sei und nicht mehr der Staat des Kaisers, die hat mächtig Auftrieb gegebe', und da habe' doch viele, viele Menschen daran mitgearbeitet, auch im Kleinen, und auch wenn se sich nur organisiert haben in den demokratischen Organisationen.

Clara von Arnim: Aber vielleicht auch noch ein anderes Beispiel über die Einstellung der damaligen Welt, es fällt mir gerade ein: Ich war mal auf so 'nem Ausflug mit den Wandervögeln – oder war's ein Schulausflug? –, ich weiß es nicht: Jedenfalls hatte ich kein' Groschen mehr in der Tasche, um mir die S-Bahn nach Nikolassee raus zu bezahlen, und bin schwarzgefahren und bin ganz stolz in meinem Elternhaus angekommen. Mein Vater war grade da – 's muss so 1925, '26 gewesen sein –, und ich sagte ganz stolz: »Ha, ich bin schwarzgefahren!« Da hat mein Vater gesagt: »Komm mit in mein Herrenzimmer.« Und dann hat er mir eine lange und ausführliche Strafpredigt gehalten, was ich getan hätte. Ich hätte nämlich den Staat betrogen, und das sei beinah' ein Verbrechen. Das sollte ich nie, nie wieder tun. Ich sag' das bloß mal, um die Einstellung der Menschen damals – nicht nur der Beamten und nicht nur der hohen Beamten –, sondern überhaupt die Einstellung der Menschen zum Staat zu schildern, nicht? Der Staat, das hatte man eben doch damals gelernt, nach dem Zusammenbruch der Monarchie, nach dem Kriege und so, der Staat, das sind wir ja eigentlich alle, das ist ja das, was man Demokratie nennt und was man heute mehr und mehr vermisst.

Heide Grunwald: Mein Vater hat's sehr bedauert, dass das bayerische Königsreich kaputtgegangen war und auch das Deutsche Kaiserreich. Mein Vater war im Krieg bei den Prinzregent-Luitpold-Kanonieren, sein Regiment war also nach dem Prinzregenten Luitpold benannt, und daran hingen die Soldaten noch unheimlich. Da gab's immer wieder Treffen, und alle haben ihre Erinnerungen ausgetauscht, und der Prinzregent Luitpold ist persönlich gekommen und hat an diesen Treffen, besonders an den Weihnachtsfeiern – Barbara- und Weihnachtsfeier hieß des –, da hat er immer teilgenommen. Also, es war eine ziemlich enge Bindung noch zum Königshaus, und die sind alle begeistert gewesen und haben geklatscht, wenn wieder so ein Angehöriger des Königshauses reingekommen ist und diese ganzen demokratischen Parteien … Die Sozialdemokraten waren ja damals noch ganz unten durch, ein … ein Bürger konnte doch ned Sozi wählen, und die Kommunisten natürlich noch schlimmer, die Kommunisten haben sie völlig geächtet.

Josef Selmayr: Richtig mitbekommen habe ich ja dann also nun eigentlich nur die Räterepublik. Man ging nicht mehr in die Schule, und überall wurde geschossen, und überall wurde marschiert, und überall wurde also mit Flugblättern gearbeitet.

Mile Braach: Im Einzelnen kann ich Ihnen nicht viel erzählen. Ich weiß nur, dass wir plötzlich nicht mehr in unsere Fabrik konnten, sondern dass das Fabriktor bewacht wurde von jungen Leuten aus dem so genannten »Arbeiter-und-Soldatenrat«. Die standen da mit irgend'nem Gewehr, und mein Vater konnte sein Eigentum nicht mehr betreten. Man ging nicht auf die Straße, es durften keine Versammlungen mehr sein und so weiter und so fort.

Kurt Niemetz: Und ich kann mich noch erinnern, dass meine Mutter und mein Bruder und ich, als es schon dunkel war, zu Hause ängstlich saßen, und da fielen Schüsse auf den Straßen, und mein Vater war noch in seinem Büro, in seiner Firma, die war etwa 'ne halbe Stunde Fußweg entfernt, und wir ängstlich drauf gewartet haben, dass er heil und unversehrt nach Hause kam.

Hans-Joachim Lemme: Damals hieß es dann, es gibt solche Banden, die die Häuser überfallen, und da bildeten die Eigentümer von den Häusern da, von den Einfamilienhäusern, die bildeten dann eine Einwohnerwehr, wie das hieß. Die war richtig organisiert, Einwohner waren mit Gewehren ausgerüstet und hatten 'ne Armbinde und so was und haben da also dann angeblich die Häuser bewacht, na ja, schön: Also, in Langwitz is' auch nie was los gewesen, und es wurde gerüchtweise erzählt: »Ja, am Marstall sind große Kämpfe im Gange«, und so was. Wir haben tatsächlich da wie auf einer abgeschlossenen Insel gelebt und haben von diesen Sachen kaum was mitgekriegt. Auch wie der Kapp-Putsch war, da war ich gerade in der Prima, wenn ich nicht irre, also in der obersten Klasse, da war der Kapp-Putsch, und da wurde dann erzählt, da würden da Soldaten mit Stahlhelm rumlaufen und so was, aber … also des hat uns überhaupt nicht berührt, des is' an uns einfach vorbeigerauscht.

Anton Diepold: Man muss doch z'rückdenken: Was war denn 1918 los? Da war'n wir doch nahe dran, bolschewistisch zu werden. In München sind ja nur Lastwagen gefahren mit den roten Soldaten droben mit ihre Schalmeien, gell, die hab'n alle so russische Schalmeien g'habt, und unsere Marinesoldaten, die von oben runterkommen san, alle mit rote Schärpen und rote Mützen auf, Karabiner und g'schossen. Da hat ma sich an a Hauswand hingeduckt, weil ma ned g'wusst hat, ob's ned irgendwie grad in der Gegend rumschießen, ned? I hob a g'sehn, wie der Kurt Eisner erschossen word'n is', nicht? G'sehn hob i 's eigentlich nimmer – des war vis-à-vis vom bischöflichen Palais in München, da is' er erschossen word'n. Da war a Blutlache no am Boden, und da is' ein Jagdhund hin und hat an dem Blut geschleckt, den hat dann a anderer erschossen, den Hund. Des war der Kurt Eisner, der war ja damals Ministerpräsident von Bayern.

Mile Braach: Mein Vater hatte großes Verständnis für die Umwälzungen, die nötig waren, und wir hatten einen sehr treuen Arbeiterstamm. Also, ich glaube nicht, dass irgendeiner von unseren Arbeitern irgendwas zerstört hätte.

Clara von Arnim: Es war'n ja dann die Sozialdemokraten, die eigentlich auch diese ganz Linken – äh, wie soll ich sagen – nicht ignorierten, aber auch nicht einsteckten, aber eben doch ablösten mit Scheidemann und Ebert, dem Reichspräsidenten, nich'? Und das muss ich sagen, des hab' ich eigentlich auch im Elternhaus so erlebt. Man hat zwar gesagt: »Na ja, der Ebert, das ist eben bloß 'n Sattlermeister«, so was war er, glaub' ich, aber man sagte doch auch: »Es ist 'n anständiger Mann.« Man hat es doch anerkannt, dass wieder 'ne Ordnung da war. Der sprach dann vom Berliner Schloss aus an die Bevölkerung, nich'? – 's war nicht eine Revolution mit Blut und so.

Hans-Joachim Lemme: Es ist vielleicht, wenn ich das aus heutiger Sicht sehe, eigentlich ganz typisch, dass die bürgerliche Welt diese so genannte Revolution als solche überhaupt nicht registriert hat. Da kämpften Kommunisten und Leute, die noch links von der SPD standen, mit SPD-Leuten. Der Name Noske war mir damals bekannt, der von meinem Vater sehr lobend genannt wurde, denn er sorgte dafür, dass die Kommunisten nicht an die Macht kamen. Die Sozialdemokraten haben damals ja diese linken Revolutionen niedergeschlagen und für Ordnung und Ruhe gesorgt. Eigentlich waren die Bürgerlichen gar nicht so böse über diese Entwicklung. Also, mein Vater lehnte die zwar ab, aber er hat durchaus seine Geschäfte gemacht, nich' wahr? Also, des war wirklich interessant und typisch, wie diese ganzen Entwicklungen an den Bürgerlichen vorbeigegangen sind und wie die zum großen Teil auch durch die Inflation sich durchgemogelt haben und nachher doch wieder ihren Laden hatten und ihr Geschäft hatten und ihre Häuser hatten und so und da weiterlebten, nich' wahr?

Gertrud Seydelmann: Es war ja eine linke Revolution, deshalb hat das Bürgertum ja auch nie mitgemacht, richtig? Das war ja der Ruin – leider – der Weimarer Republik. Und diese linke Revolution, da saß auch schon die Frauenbewegung drin, denn die Gertrud Däumer und die Helene Lange, die sind schon vor dem Ersten Weltkrieg tätig gewesen, und die haben das Frauenstimmrecht durchgesetzt bei der Weimarer Republik. Sofort. Und da war ja auch die Reformbewegung der Frauenkleidung, und wir, meine Schwester und ich, wir sind schon von der Frauenbewegung in den Schul- und in Kleidungsformen geprägt – das ging ja alles ineinander: der Werkbund, das Bauhaus, die Frauenemanzipation, die Reformkleidung und die Jugendbewegung. Die Jugendbewegung war ja eine Revolte gegen das Bürgertum, im Grunde vergleichbar mit den 68ern – einem steril gewordenen Bürgertum wurde entgegengesetzt: freie Liebe, freies Leben in der Natur, Lieder, Wandern, Schwimmen, also ein Körperbewusstsein.

Kurt Niemetz: Also, meine Mutter war eine zeitgemäß gekleidete Frau. Es gab Auseinandersetzungen in der Familie, als sie sich einen Bubikopf schneiden ließ. Wir hatten dann auch abends Gesellschaften, und in den Diskussionen, die dann entstanden, habe ich erlebt, wie meine Mutter sich da durchgesetzt hat und ihren Diskussionspartner auch schon mal in Grund und Boden geredet hat, nich' wahr?

Gertrud Seydelmann: Meine Mutter hat 1919 – da seh' ich noch die Revolution vor mir –, da trug die noch den langen Rock. Zum Hamstern trug sie auch noch den langen Rock. Aber in den Zwanzigerjahren dann – das muss der amerikanische Einfluss gewesen sein – hab'n wir... nach dem Ersten Weltkrieg hab'n wir auch Amerikanerbesatzung gehabt. Die Amerikaner haben natürlich die »Negermusik« mitgebracht, die hab'n den Jazz mitgebracht, die hab'n den Bubikopf mitgebracht. Es war ja in Berlin, in den ganz frühen Zwanzigerjahren schon der Bubikopf und der Boogie-Woogie: »Was machst du mit Knie, lieber Hans, beim Tanz?« und »Wer hat denn den Käse zum Bahnhof gerollt?« und all diese Dinge. Die Frauen gingen mit Schnürtaille und Humpel-Rock und Stehkragen in den Krieg hinein und kamen ausgeschnitten, ärmellos, knielang, Bubikopf aus dem Krieg in dieser Mode heraus.

Clara von Arnim: Das hat sich natürlich dann sehr stark von der alten Gesellschaft unterschieden, dass eben Frauen sich langsam emanzipierten. Die Frauenbewegung war ja sehr stark in den Zwanzigerjahren, und das war bei mir in der Schule dann ganz, ganz wichtig. Dieser große Unterschied, dass eben zum ersten Mal Frauen auch politisch was zu sagen hatten, Bücher schrieben, rauskamen damit! Und ich hatte dann eine Klassenlehrerin in meinem Mädchengymnasium, das war auch das erste, das war eigentlich ein Lyzeum, und das wurde dann aufgebaut mit drei Klassen, sodass man's Abitur machen konnte. Und beim ersten Abitur, da war noch das ganze Berliner Ministerium erschienen, mit sehr großem Argwohn, ob diese Mädchen denn auch der Sache genügen könnten. Aber unsere Klassenlehrerin, grade meine Klassenlehrerin, war fantastisch. Die hatte 1909 ihren Doktor gegen große Widerstände gemacht. Der Professor hatte immer gesagt: »meine Herren...«, und sie war also – man kann ruhig sagen – 'ne ziemlich fanatische Frauenrechtlerin; und sie trimmte uns auch, so gut sie konnte. Wir waren 30, 31 Schülerinnen, wie wir in diese Aufbauklassen kamen in Berlin-Zehlendorf, und zum Abitur hat sie noch fünf gebracht. Die andern hat sie alle rauskomplimentiert, weil die ihr nicht gut genug waren.

Gertrud Seydelmann: Ich muss dazu sagen, also: Lesen ist für mich wie essen, und Bilder sind für mich wie trinken. Das sind zwei Urveranlagungen, gegen die ich überhaupt nicht ankann. Und ich hab' jedes Stückchen Papier, was ich überhaupt in die Hand bekam, gelesen, da war ich besessen von. Wir zu Hause hatten aber keine Bücher. Wir hatten nur im Büfett, wo Vaters ganze Instrumente lagen, »Engelhorn's Romanbibliothek«, und da waren »Der kleine Lord« und »Die Gartenlaube«, die hatte Vater gebunden, die konnte ich also auswendig, die ganzen Reklamen... Aber das befriedigte mich alles nicht. Dann kam ich in die – Untersekunda, das war'n ganz problematisches Jahr – ich hatt' mich geweigert, in der Obertertia weiter in diese Ursulinenschule zu gehen, weil das eine soziologisch gestufte Gesellschaft war, und auch der ganzen Glaubensgeschichten wegen. So. Dann hab' ich einfach gesagt: »Ich geh' da nich' mehr hin.« Also kam ich in die öffentliche Schule, aber auch da seh' ich mich keine Bücher haben. Der Durchbruch ist im Grunde in der höheren Fachschule für Frauenberufe passiert. Das is' überhaupt der erste Schritt zur Befreiung aus... wie durch einen Tunnel... wie ein Maulwurf bin ich dahin gekommen, denn – obwohl ich, glaube ich – wirklich hoch begabt war, hab' ich mich da auf der Ursulinenschule so unwohl gefühlt, dass ich angefangen hab' zu stottern. Ich kriegte keinen Satz mehr raus, und ich hab' die Nägel gekaut. Und ich war das dickliche, unansehnliche, arme Kind der Witwe aus dem Arbeitervorort.

Clara von Arnim: Da merkte man vielleicht, dass man doch sehr privilegiert sein musste, um gut zu sein in der Schule. Ganz einfach, wenn man aus einem Elternhaus kam, das also Bücher und

Anregung und Sprachkenntnisse etc. etc. vermittelte, da merkte man doch, dass man da einen Hintergrund hatte, auf dem es gar nicht so furchtbar schwer war, sehr gut in der Schule zu sein. Arbeiterkinder gab's natürlich nicht, aber aus dem Mittelstand durchaus, grade auch von reich Gewordenen. Und da fehlte natürlich der Hintergrund, und die verschwanden dann eben; bei Fräulein Dr. Engelhardt verschwanden die dann eben sehr schnell.

Gertrud Seydelmann: Ich habe die Versetzung bekommen in der zehnten Klasse mit der Auflage, die Oberstufe nicht zu besuchen. Das gibt es natürlich nicht. Wahrscheinlich ist es so gewesen, dass die mir nahegelegt haben und dass ich mich auch so hilflos gefühlt habe, dass ich das dann auch nicht geschafft hätte. Ich wäre weiterhin gescheitert. Und dann wurde auf einmal bekannt: Da wird am Perlengraben eine ganz moderne Schule gegründet, die »Höhere Fachschule für Frauenberufe«. Und das sind Frauen aus der Frauenbewegung, und es sollte zum vollen Abitur führen, aber ein volles Abitur, was nicht rein den Jungen nachgemacht war, sondern es sollte auf das spezifisch Weibliche Rücksicht genommen werden. Es sollte also nicht nur kopfbetont gelernt werden, sondern auch musisch, kreativ, seelisch. Und da bin ich hingegangen und wurde genommen. Die Lehrerinnen waren alle höchstens 16 Jahre älter als wir; also, wir waren 16, die waren zwischen 30 und ... die Turnlehrerin war 22 ... und die hatten den Lehrplan selbst erarbeitet und legten Wert darauf, dass die Fächer ineinander griffen. Dass Chemie also nicht rein intellektuell vermittelt wurde, sondern mit Praxis gekoppelt war. Also, wir untersuchten Seife. Oder Physik, da hab'n wir dann zum Schluss Dächer konstruiert, Grundrisse gezeichnet. Die Klassenlehrerin war eine Grete Prenger, die kam aus der Jugendbewegung. Sie gehörte zur Gründergeneration. Die Kunsterzieherin war Lotte Däubel, kam aus dem Bauhaus, eine freie Malerin, und die Agnes Schneider, die Deutsch, Geschichte, Erdkunde unterrichtete, die kam aus München, aus dem Stephan-George-Kreis, kannte Rilke und war Schauspielerin, hatte Schauspielerei gemacht, eine temperamentvolle, südliche Schönheit! Das Tor ging auf, der Knall war da! Nach meinem Zeugnis – bisher nur sozusagen lauter Vieren und

Fünfen – ging ich im Herbst 1929 mit lauter Einsen und Zweien nach Hause, und mein Selbstbewusstsein stieg. Aber ich stotterte noch. Bei der Direktorin, die konnt' ich nich' ausstehen, die konnte mich nicht ab, bei der hab' ich beinah' bis zum Schluss gestottert. Und Grete Prenger nahm mich in den Arm und sagte: »Gertrud, warum stottern Sie eigentlich, das haben Sie doch gar nicht nötig? Sprechen wir darüber.« Und dann hab' ich der den ganzen Mist in den Schoß gekippt, nich'? Alles, was da in diesen Jahren an Widerstand und … und … und … in mir war. Und damit war's gut. Und von dem Augenblick an wusste ich meinen Weg.

Heidi Höfer: Der Erste Weltkrieg hat uns viele, viele junge Männer weggeholt, dann kam die schlechte Nachkriegszeit, Inflation und so weiter. Ich bin zwei Jahre lang daheim gewesen, hab' der Mutter im Haushalt geholfen, bin in der Früh um fünf Uhr im Garten gewesen, dann hab' ich gekocht, die Wäsche besorgt. Ich hab' die Gemüsebeete in Ordnung gehalten, ned, eingekocht mit der Mutter zusammen, ned? So bin ich zwei Jahre zu Hause gewesen, und dann durfte ich zu meinem Onkel, der in Zürich lebte, und dort war ich Haustochter.

Susanne Zeimert: Unverheiratete Töchter blieben bei den Eltern, also wurden sie dann eben alte Jungfern (Gelächter). War kein beneidenswertes Los. Und die waren ja dann auch in der Gesellschaft abgeschrieben, die gingen dann nicht mehr zu Vergnügungen, es war gar nicht sehr einfach. Und vor allen Dingen nachher, als die Inflation kam, dann ging's denen oft sehr dreckig. Keine Existenz, wusst'n nicht, was se mach'n sollten, nichts gelernt, und 's Vermögen, von dem sie hätten leben können, war weg. Das war eine ganz große Veränderung.

Gertrud Seydelmann: Die Inflation, die hab' ich wirklich bewusst erlebt. Meine Mutter bekam jeden Tag oder jeden zweiten Tag einen Teil der Pension ausgezahlt, und ich wusste, dass sie damit nicht nach Hause kam, sondern sie rannte sofort und kaufte, was zu kaufen war, denn das Geld war am nächsten Tag schon nichts mehr wert. Wir haben noch in den 40er-Jahren – bis zur Ausbombung – ganz schlechte Stoffe und so was alles gehabt, was Mutter also aus Sorge und Not in der Inflationszeit gekauft hat. Die Mieter, die meine Mutter beneideten und niederzwingen wollten – sie wollten, dass diese Witwe, diese hochgestochene Witwe mit diesen drei Kindern koppheister ging –, die haben ihr die Miete einen oder zwei Tage später gebracht, und dann war sie nichts mehr wert. Und dann seh' ich meine Mutter weinend mit dem Papier dastehen, und se sagt: »Was soll ich bloß damit machen, ich kann doch dafür überhaupt nichts mehr kaufen.« Und der Höhepunkt, das weiß ich noch ganz genau: Da gab sie mir eine Billion und sagt: »Geh' mal schnell rüber und kauf' 'n Pfund Salz.«

Hans-Joachim Lemme: Es klingt ja romanhaft, aber es is' doch buchstäblich so gewesen, dass die Angestellten extra frei bekamen, wenn die ihr Geld bekamen. Erst mal bekamen sie vielleicht täglich ihr Geld, dann erst mal 'ne Stunde frei, damit se losrennen konnten und schnell einkaufen konnten, denn übermorgen war das Geld schon wieder bloß noch die Hälfte wert. Und es ist nich' übertrieben, wenn man sagt, dass man in manchen Geschäften das Geld in Körben wegtrug, um irgendetwas zu bezahlen. Und das hat – wenn man so will – die Moral natürlich sehr untergraben. Jeder war darauf aus, Sachwerte zu bekommen, und es herrschte eben neben dem Geldverkehr ein sehr lebhafter Tauschverkehr.

Clara von Arnim: Da war ich noch ein Kind in der Schule. Ich gab Nachhilfeunterricht und hatte mir so viel Geld verdient, dass ich mir eine Gitarre kaufen konnte, das war mein ganzes Streben. Man war ja damals auch in der Jugendbewegung irgendwie, machte Ausflüge mit den Jugendbewegten, wanderte und sang Hermann-Löns-Lieder und so weiter. Und – wie gesagt – ich wollte so gern 'ne Gitarre haben, und meine Eltern fanden das völlig überflüssig. Ich sollte Klavier spielen, das gehörte sich für 'ne höhere Tochter. Aber als ich mir die Gitarre dann kaufen wollte, da war das Geld, was ich verdient hatte, so viel wert wie ein Straßenbahnbillett. Und das war für den Mittelstand, zum Beispiel für so Menschen wie 'ne

Krankenschwester oder für Menschen, die einen kleineren Betrieb hatten, oder so, die was auf die hohe Kante gelegt hatten für ihr Alter – die waren dann von heute auf morgen bettelarm.

Hans-Joachim Lemme: Mein Vater hatte sehr gute Auslandsbeziehungen und hatte damals ständig Valuta, also ausländisches Geld – sehr viel holländische Gulden –, sodass wir von der Inflation eigentlich nicht so sehr berührt wurden. Ein Bekannter meines Vaters, ein Bankier, der hat damals gesagt: »Na, ich will dir mal zeigen, wie man das macht, um Geld zu verdienen.« Und hat mir dann gesagt: »Hier, lass' dir mal dein ganzes Taschengeld geben und so, und dann kaufe für dich die und die Aktie.« Nach 14 Tagen oder so was sagte er: »So, jetzt tät' ich se mal wieder verkaufen. Sollste mal sehen, wieviel Geld du denn wiederkriegst.« Und ich kriegte eine Riesenmenge Geld wieder, nich' wahr, ja. Wir haben damals also keen Hunger gehabt oder so etwas, sondern die Inflation ist eigentlich auch so an uns vorübergerauscht.

Clara von Arnim: Ja, ich könnte die Zwanzigerjahre auch durchaus als die goldenen, vielleicht auch beinah' die goldensten meines eigenen Lebens erwähnen, denn sie waren für eine gewisse Schicht – nennen wir's ruhig Oberschicht – wirklich golden. Es ist die Zeit meiner Jugend, als ich zur Schule ging, ins Gymnasium, Abitur machte und so weiter und aber gleichzeitig in Berlin sehr viele schöne Bälle mitmachte, auch Exkursionen aufs Land, auf Güter, wo auch Feste gefeiert wurden und natürlich auch die geistige Anregung in Berlin in diesen Jahren ungeheuer groß war. Aber, wie gesagt, golden war es wirklich nur – (lacht) heute würde man sagen: für die Besserverdienenden.

Ludwig Gehm: Mein Vater ist noch ned gleich zurückgekommen, der war noch im Lazarett. Des hat noch ungefähr, äh, na, so etwa Dreivierteljahr gedauert. Als er dann zurückkam, war er aber noch eine Weile zu Hause, bis er wieder in sein' alten Betrieb gekommen is' – Nähmaschinenfabrik Wertheim –, in der ich dann auch gelernt hab'. Es hat ja keine Arbeitsstellen und keine Lehrstellen gegebe', und ich musste, obwohl mein Vater also Meister war in dem Betrieb, musste ich als Hilfsarbeiter arbeite'. Erst nach vier Wochen kam dann der Chef: »Also, Ihr Sohn kann doch lernen.« Warum ging des auf einmal? Als Hilfsarbeiter hab' ich Geld verdient, und als Lehrling hab' ich dieselbe Arbeit gemacht und hab' im ersten Jahr überhaupt nichts gekriegt, im dritten Jahr hat's genau soviel gegebe', dass ich mir in einer Woche einen Laib Brot kaufen konnte, des war der Verdienst der Lehrlinge. Ich hab' also praktisch von meinen Eltern leben müsse'.

Anton Diepold: Gymnasium, des musst' ich abbrechen, weil ja die finanzielle Lage es bedingt hat. Mei' Onkel hat ned zahlen können, mei' Mutter hat ned zahlen können, und so a First-Class-Schüler war' i ned, dass i an Freiplatz bekommen hätte, des hat's damals – glaub' ich – auch schon gegeben. Auf jeden Fall hat mei' Onkel Simon bestimmt: »So, der Tonerl wird jetzt Kaufmann!«, und hat mich zu Gebrüder Wetsch, internationale Spedition, geschickt. Da war ich kaufmännischer Lehrling dann. Da hab'n wir gearbeitet: Samstagabend bis um sieben Uhr, gell, und dann bei Gebrüder Wetsch, da sind dann von Amerika die ersten Fässer gekommen mit Speck, nach'm Ersten, nach'm Weltkrieg also, und dadurch bin ich als Erster in'n Schlachthof gekommen, ich musst' da die Fässer zählen, gell. Da hab' i 's erste Mal g'sehn, wie die Tiere g'schlachtet werden; da hab' i dann mindestens ein Jahr lang koa Fleisch mehr gegessen. Ja, zum Teil geschächtet, an den Füßen aufg'hängt, an Kopf nach hinten und mit am langen Messer ist der Jude gekommen mit sei'm Spitzbart und mit'm Messer und hat dem Tier die Kehle durchg'schnitten, und 's Blut is' rausg'spritzt. Des hat mi alles so schockiert, dass i … muss heut' meiner Mutter noch Abbitte tun – die hat unter schwierigen Umständen mal zwei Koteletts gemacht, und i hab's in der Früh g'sehn und hab's mittags ned gegessen, na. Aber – des bloß nebenbei.

Anton Bischof: Nach'm Ersten Weltkrieg, das war schlimm – auch so in den Straßen. Also, jeder hat gestohlen, jeder hat geraubt und geplündert und … und … und … und es war sehr schlimm.

Viele hatten ja 'n Garten oder Obst oder Freunde oder Bekannte, die so was hatten, denn sonst – zu kaufen gab's ja sonst gar nischt. Es war ja auch dieses Angebot damals nicht wie heute, dass … äh, Apfelsinen gab's überhaupt nicht, da, des hab'n wir ja noch gar nich' gekannt. Bananen hat man nicht gekannt und die ganzen heutigen Südfrüchte. Weintrauben gab's höchstens mal, wenn im Herbst die Weinlese war. Aber so wie heute, det kann sich ja keiner vorstellen, was damals für'n Angebot war. Da gab's nur Kohlrüben und Mohrrüben und mal Weißkohl, Wirsingkohl, und in den Läden waren paar verschrumpelte, madige Äppel, und sonst war da nischt zu holen weiter, nee. Gab's gar nischt zu kaufen, war gar nischt.

Ludwig Gehm: Wir sind dann erst im Jahr 1919 aus der Schule gekommen und mit 14 Jahr' in die Sozialistische Arbeiterjugend gekomme', die sich zwar so nannte, weil se eben von den Sozialisten aufgezogen war, aber mir haben weder von Sozialismus noch von dem politischen Geschehen zuerst einmal überhaupt nix in dieser Jugendbewegung gemerkt, und dann kam – sehr bald darauf – die ganze Bestrebung der Jugend, die man dann so als Jugendbewegung und als Reformzeit bezeichnet, das heißt also: frei sein, raus, gegen die Ansichten der Eltern, die verknöcherten, sein, gegen Tanzboden sein, gegen Rauchen, gegen Trinken sein und raus, wandern, sich's Leben – soweit es möglich is' – frei gestalten, lange Haare zu tragen und so weiter. Und da war die kommunistische Jugend genauso wie die sozialistische Jugend. – Wir haben kurze Hosen getragen, wir habe' Fadenkittel getragen, also einfache Kittel, die nur hier obe' so geschlitzt waren und so paar Löcher hatten und mit einer Kordel da zugezogen wurden. Die Mädels haben lockere Kleider getragen, lange, aber so fallende Kleider – sage' mir mal, so – und allen Firlefanz abgelegt. Sie kannte' kei' Schminke und alles das. Weg damit, ned? Das war des Bestreben.

Hans-Joachim Lemme: Also, erst ist ja die Jugendbewegung eine riesige Gruppe gewesen von sehr unterschiedlichen Gruppen. Es waren ja ganz nationalistische dabei, es waren ausgesprochen sozialistische dabei, es gab ja auch rein jüdische Wandervereine.

Joachim Salomonski: Also, es gab in Deutschland eine sehr starke jüdische Jugendbewegung, die absolut parallel zu der ... in allen Einzelheiten ... zu der deutschen Jugendbewegung war. Also selbst die Moden, die es in der Jugendbewegung gab – in Bezug auf Lieder –, haben sich in der jüdischen Jugendbewegung genauso widergespiegelt, wir haben von einem gewissen Zeitpunkt an Landsknechts-Lieder gesungen und nicht mehr »Zupfgeigenhansel« und Ähnliches und sind parallel zu der Entwicklung in der deutschen Jugendbewegung mit Pfadfinderuniformen und Idealen und Emblemen rumgelaufen. Ein solcher Jugendbund, der hatte alles zum Inhalt, nicht nur wandern und Zeltlager, sondern auch ganz ernsthafte Diskussionsabende und Theaterbesuche und gemeinsam Literatur lesen. Was ein Leben ausmacht, das hat innerhalb dieser Jugendbünde stattgefunden.

Hans-Joachim Lemme: Ich persönlich war ja bei 'nem Wandervogelbund, und wir hatten unsere vollkommen eigenen Lebensformen entwickelt. Wir waren natürlich demokratisch und, tja, ... wir hatten in gewisser Weise sozialistische Ideen: kein Grundeigentum, das darf man nur pachten, Grundeigentum muss also dem Volk gehören. Es geht nicht, dass einen Teil von Grund und Boden einzelne Leute für sich in Anspruch nehmen dürfen. Wir waren auch für Begrenzung des Einkommens, also 'ne Obergrenze fürs Einkommen. Solche Vorstellungen hatten wir! Und da habe ich eigentlich auch – sehr zum Entsetzen meines Vaters – starke sozialistische Impulse bekommen, weil wir uns doch sehr intensiv mit diesen Fragen beschäftigt haben, und damals hab'n wir dann auch versucht, zur Arbeiterjugend Verbindung zu bekommen, was allerdings nicht geklappt hat. Wir hatten einfach nicht die Sprache, um uns mit der Arbeiterjugend verständigen zu können. Was wir daherredeten, war viel zu intellektuell und überlegt und theoretisch, und wir wussten ja in Wirklichkeit von der Situation der Arbeiter viel zu wenig. Aber im Übrigen lebten wir doch sehr naturverbunden, und dies war eigentlich der Hauptpunkt: so ein eigenes Leben für sich.

Ludwig Gehm: Na ja, das da ging zum Beispiel dazu, dass man als junger Mensch in die Tanzschule musste und so was. 's hab'n wir abgelehnt, ned, Tanzsaal und so weiter, alles das, und dann Familien-Kaffeekränzchen und so was, des war verpönt bei uns, ned?

Hans-Joachim Lemme: Das Verhältnis Männer und Frauen zueinander war ja damals doch sehr viel Heuchelei, sehr viel Heuchelei. Das war bei uns nich'. Es war selbstverständlich, dass Jungen und Mädchen zusammen nackt badeten oder so etwas. 's war also zwischen uns ein sehr natürliches, selbstverständliches Verhältnis, und natürlich gab es Liebesbeziehungen, des is' ganz klar, aber die waren sehr offen – und man kann schon sagen, dass es so etwas wie freie Liebe eigentlich gab. Es hat nie jemand darüber nachgedacht, dass man eigentlich heiraten müsste, wenn man zusammen schlief, sondern das ergab sich eben, und dass die Frauen also als Jungfrauen in die Ehe gehen müssten oder so etwas, das war uns völlig fremd, diese Vorstellung, ja. Und das hat natürlich auch sehr dazu beigetragen, dass wir so von dieser normalen bürgerlichen Welt ausgeschlossen waren.

Joachim Salomonski: Die Jugendbewegung war – obwohl's das Wort in keiner Weise gab – »antiautoritär«, und sie hat sich zum größten Teil gegen die Älteren gerichtet – also, bei meinen nichtjüdischen Freunden oder Bekannten weiß ich das ganz genau, dass es dort große Widerstände zu überwinden gab.

Ludwig Gehm: Na, meine Eltern habe' sauer reagiert. Die habe' des zwar begrüßt, dass ich in die Sozialistische Arbeiterjugend gegangen bin, abe' als es darum ging, dass ich abends weg wollte und dahin, da gab's die Schwierigkeiten. Oder ich durfte auf die Wanderungen, wo die anderen schon mit der kurzen Hosen sin', da musst' ich mein Konfirmande'anzug anziehen und musste 'n Schirm mitnehmen. Also, ich hab'n Bild abgegeben, des is'... des war doch... 's war schrecklich. Dann habe' sie mir eines Tages in der Gruppe, da habe' sie mir einfach die Hosen abgeschnitten, damit ich a paar kurze Hose' hatte, und dann gab's natürlich an Riesenklamauk, des kann man sich ja vorstellen. 's war ja kein Geld für'n andern Anzug da. Des war der einz'ge Anzug, den ich praktisch hatte, des andere war'n nur ebe' so abgelegte Hosen und so vom… vom Vater. Na ja, da gab's 'n Riesenklamauk.

Hans-Joachim Lemme: Hin und wieder kamen irgendwelche Kinder, die zu uns wollten. Die wurden dann einer Probe unterworfen und mussten dann eine Probefahrt mitmachen, eine Probewanderung, wir nannten das ja Fahrt, damals wurde eine Probe»fahrt« gemacht. Und wir machten zum Beispiel Wanderungen, an denen beschlossen wurde, heute machen wir mal 'ne Wanderung, und es darf nicht gesprochen werden, oder wir werden nichts essen. Und eines Tages hat da so'n Junge sich gemeldet und da haben wir gesagt: »Gut, du kannst zu uns kommen, woll'n wir mal sehen, ob du hart genug bist. Wir machen morgen eine Wanderung, 40 Kilometer« – 40 Kilometer erschienen uns nicht als allzu viel –, »und es darf nichts gegessen werden.« Na, die Mutter von ihm hatte also davon Kenntnis genommen und hat dem nun ein' schönen Rucksack mitgebracht, mit schön gemachten Butterbroten und so weiter; und der kam dann nach Hause, und zum Entsetzen der Mutter waren die Butterbrote noch alle drin, und der sagt: »Ja, die hab'n mir verboten, ich durfte nich' essen.« Und die hat dann empört bei meiner Mutter angerufen und gesagt: »Was? Unerhört, dat ist ja unglaublich!« und so. Aber meine Mutter hat uns stur verteidigt und hat gesagt: »Ja, warum? Ist doch 'ne ganz gute Probe mal, und Ihr Sohn hat's doch gut überstanden, davon stirbt er doch nich'« und so. Aber der is' dann nie wieder gekommen, die Eltern haben's ihm verboten.

Joachim Salomonski: In meinem Leben hat der Jazz eine sehr große Rolle gespielt, auch von Anfang an, ja. Kurz nach dem Ersten Weltkrieg kamen damals Jazz und Jazzmusik auf, also dieser neue Rhythmus, ja. Damals haben meine Eltern zusammen mit anderen befreundeten Familien den neuen Tanz auch erlernen wollen. Also, das war Foxtrott in erster Linie, ja, und One-Step, Two-Step etc. In Landsberg wurde es so arrangiert, dass reihenweise bei einzelnen Familien eine Tanzlehrerin engagiert wurde, die war eine bekannte Landsberger Persönlichkeit. Sie hat ein Tanz- und Anstandsunterrichts-Institut in Landsberg gehabt, und bei diesen bürgerlichen Familien wurden diese Tanzabende veranstaltet. Im Haus meines Stiefvaters, ja, also in meinem Elternhaus, wurde das auch alle 14 Tage oder so ähnlich gemacht. Die Möbel wurden weggeräumt, die Teppiche zusammengerollt, und am Klavier saß ein Klavierspieler, der eben die neuen Rhythmen und Melodien spielen musste, und damals hab' ich zum ersten Mal diese Musik gehört und vollkommen in mein Herz geschlossen. Wenn ich nachdenke ….. also ich weiß noch (singt:) »Licht aus, Messer raus, dadadadad…« und so weiter, oder (singt:) »Gestern Nacht hab' ich Marie nach Haus' gebracht, gestern Nacht hat mich verrückt die Maus gemacht…«, und daran erinner' ich mich, oder, das war eigentlich … damals auch modern, ein Walzer zum Beispiel (singt:) »Ich weiß auf der Wieden ein kleines Hotel, in einem verschwiegenen Gässchen…« und so weiter. Im Übrigen war das absolut nicht konform mit meinen jugendbeweglerischen Ansichten, bei denen war das sogar zum großen Teil verpönt.

Hans-Joachim Lemme: Jazz war uns vollkommen fremd, das ist eigentlich erst später doch gekommen. Wir hatten unsere eigenen Volkslieder. Musik war nur Gitarre. Da ist übrigens etwas Witziges: Es gab ja auch eine Arbeiterjugend, Sozialistische Arbeiterjugend und 'ne kommunistische Jugend, und die unterschieden sich von uns dadurch, dass die Mandolinen hatten. Die spielten mit Mandolinen, und wir spielten Gitarren, das war ein ganz deutlicher Unterschied. Und wir hatten zu denen ganz gute Beziehungen, haben uns mit denen ganz gut vertragen, und einmal haben sie uns auch geholfen: Wir haben eine ziemliche Schlägerei und Krawall mit einer Gruppe von der Hitlerjugend gehabt, weil die uns irgendwie – ich weiß gar nicht mehr, warum –, die haben uns irgendwie gestört und uns angepöbelt oder was, jedenfalls hat's da 'ne ziemliche Schlägerei gegeben, die wir aber siegreich überstanden haben. Aber sonst hatten wir zu denen von der Sozialistischen oder kommunistischen Arbeiterjugend keinerlei Beziehungen und

Verbindungen, obwohl unsere Tendenz eigentlich – soweit man das bei so 'nem bürgerlichen Verein, wie wir ja doch waren, überhaupt sagen kann, dass wir sozialistische Tendenzen hatten. Mit unseren Vätern, diesen Kapitalisten, waren wir jedenfalls absolut nicht einverstanden, nich' wahr? – Die Hitlerjugend hat ja unsere Gruppen auch dann 1933/34 alle aufgelöst. Wir wurden ja alle verboten. Es sind leider dann einige von den Jungs und auch von den Mädchen in die Hitlerjugend gegangen und damit war eigentlich die Verbindung dann abgebrochen, das war dann vorbei.

LUDWIG GEHM: Wir hatten zum Beispiel 1923 'n Jugendtag in Nürnberg, wo wir wenig politisch erst einmal eingestellt waren, aber wo's mächtige Schlägereien gegeben hat, weil unsere Gruppen überfallen wurden von den damaligen Nazis, ned, die da noch mit ihren dicken Knüppeln da rumgelaufen sind, mit ihren Sepplhosen und so weiter – aber da ging's los. Und von da ab is' ja die Beschäftigung mit der Politik auch in diese freie Reformbewegung hineingetragen worden, mehr oder weniger gezwungen auch.

HANS-JOACHIM LEMME: An der Universität fielen wir auf, denn an der Universität gab's damals ja noch die schlagenden Verbindungen, die 'ne sehr große Rolle spielten, die 'ne entscheidende Rolle spielten, die Korps, die Landsmannschaften, die Burschenschaften und so weiter, die in ihren Mützen und Bändern bei der Universität auftraten und da rumliefen und den Ton angaben. Und da waren wir ja nun 'ne ausgesprochene Opposition, die paar Jugendbewegten, die wir da auf der Universität waren, und ich hab' mich da auch im starken Gegensatz zu denen befunden, weil ich des ja wahnsinnig affig fand, und außerdem fand ich eben dieses Biersaufen, was dazugehörte, nich' gut.

KURT NIEMETZ: Das Korps war gegliedert in eine Altherrenschaft und in eine Activitas. Die Altherrenschaft waren ehemalige Aktive, und die Aktiven gliederten sich in Korpsburschen und Füchse. Geübt wurde eigentlich – ich glaube, jeden zweiten oder jeden dritten Tag – zwei- oder dreimal in der Woche, da war'n Lehrer fest angestellt, und gefochten wurde einmal in der Woche am Sonnabend. Man war geschützt durch Augenbinden, durch Halsbinden, dass also die Schlagader nicht verletzt werden konnte; und dann war ein Unparteiischer dabei. Jeder Fechter hatte einen Sekundanten, dem es freistand, nach einem bestimmten Ritus einzugreifen. Nach dem ersten oder zweiten oder dritten Wechsel sprang der Sekundant ein, und dann war der Gang beendet, und dann kam der nächste Gang; und so ging das dann weiter bis einer kampfunfähig geworden war, ne? Und am Sonnabendabend gab es für die Activitas, also für die Korpsburschen und für die Füchse, die so genannte »Kneipe«. Da gab es Bier, es wurde gesungen, und da wurde der Kontakt gepflegt, und da kamen die alten Herren dann auch dazu.

Hans-Joachim Lemme: Die Korpsstudenten waren also eigentlich immer rechtsradikal, auch die Burschenschaften, die ja an sich fast eine soziale Vergangenheit haben. Die 48er-Bewegung ist ja vielfach von den Burschenschaften getragen worden, aber die Burschenschaften waren absolut rechts, also konservativ, würd' ich mal sagen.

Charlotte von Schlabrendorff: Mein Vater hat Duelle erlebt, dadurch dass er ja im Regiment war. Und er gehörte zu den seltenen Menschenexemplaren, die Duelle für eine Verrücktheit und eine Torheit hielten. Und so gibt es eine Geschichte im Leben meines Vaters, wo er innerhalb des Regiments verhütet hat, dass ein Duell stattfand. Zwei Regimentskameraden hatten sich über irgendetwas veruneinigt und wollten das als Duell austragen. Und dazu braucht man ja dann so genannte Sekundanten, und mein Vater war einer von ihnen und sagte: »Duelle sind verrückt, passen nicht mehr in unsere Zeit. Ich fasse mein Amt als Sekundant anders auf! Ich werde dafür sorgen, dass die beiden sich vertragen.« Und das hat er fertiggebracht, und das hat ihm eben doch auch wieder die Sympathie seiner Kameraden eingebracht.

Kurt Niemetz: Das sind Fragen der Ehrauffassung und des Männlichkeitsbeweises. Das war vor dem Ersten Weltkrieg ja noch viel stärker ausgeprägt, und zum Dritten Reich hin war das nicht mehr so ausgeprägt, aber doch auch immer noch sehr gang und gäbe, nich' wahr? Mein Onkel hatte 'ne ehebrecherische Beziehung, und mein Onkel war auch in der Verbindung, und der Mann der Frau forderte ihn zum Pistolenduell; und da hat er gekniffen, und dann wurd' er rausgeworfen aus dem Korps.

Josef Selmayr: Das Problem war ja in der Reichswehr noch akut, dass man sich eben nicht duellieren darf, aber, wenn man's nicht tut, rausgeschmissen wird. Nee, so war's. Ja! Da hatte ich mal 'ne Affäre und bekam von einem Korpsstudenten 'ne Duellforderung. Na ja, nun war für so was natürlich also im Offizierskorps schon 'n bisschen vorgesorgt. Im Offizierskorps gab's einen so genannten Ehrenrat. Man hat also die Verhandlung mit dem Partner, mit dem Kontrahenten, nicht selber geführt, sondern man hat sich durch den Ehrenrat vertreten lassen. Die haben also nun 'ne Zeit lang über das Problem gekocht, die Gegenseite war stur, und es sollte also nun ein Duell sein, aber nach studentischem Brauch mit Pistolen älterer Art, Vorderlader etc., ja, wie's also 100 Jahre vorher schon gemacht worden ist. Da ist mein Kommandeur – da können Sie sehen, wie Soldaten zusammenhalten –, der ist meinetwegen extra nach Berlin gefahren und hat sich bei der Personalabteilung beraten lassen: Was tut ma' da? Und hat einen sehr guten Rat bekommen. Ich hab' dann sagen müssen, auf Vorschlag des Ehrenrates: »Jawohl, ich nehme das Duell an, aber nicht mit euern Dreckspistolen, sondern mit meiner eigenen, und zwar bis zur Kampfunfähigkeit!« Und dann haben sie gekniffen. Na, war ich aus'm Schneider! War'n absoluter Unfug, ja, aber derartige Ehrvorstellungen halten sich sehr lange.

Clara von Arnim: Es war für mich ganz furchtbar wichtig, einen Beruf zu erlernen. Ich wollte auch auf eigenen Füßen stehen, das wollt' ich schon sehr früh. Und durfte aber natürlich nicht auf eine Universität nach Freiburg oder wo's schön war, auch landschaftlich und wo man mal rauskam aus seinem Nest, sondern ich musste brav in Berlin studieren. Und da kam dann eines Tages eine Freundin, eine sehr gute Schulfreundin von mir, und sagte: »Komm doch mal nach Eichkamp, da hat ein Herr Dr. Kohlrausch, der hat dort eine Schule eingerichtet für – damals nannte man das Heilgymnastik – ja, da bin ich dann eingetreten in den Kursus und hab' dann auch mein Examen gemacht und hab' dann aber – auf einem der Bälle eben – meinen späteren Mann kennen gelernt. Aber er hat mir dann Gott sei Dank erlaubt, als wir uns verlobten, dass ich noch mein Examen machen und mich noch vier Wochen erholen darf. Und im Herbst 1930 haben wir dann geheiratet.

Susanne Zeimert: Das ging im Ersten Weltkrieg los, wahrscheinlich durch Mangel an männlichen Arbeitskräften, dass die Frauen anfingen, ins Berufsleben einzutreten. Aber der Wunsch und das Streben jedes Mädchens war doch eigentlich, zu heiraten und Kinder zu kriegen und so zu leben, wie die Eltern gelebt hatten, und den eigenen Haushalt zu haben und so weiter.

Elisabeth Lauer: Meine Eltern hatten kein Geld, wie auch die Eltern meiner Schulfreundin. Aber die war das einzige Kind, der ging's dann besser. Die hat gesagt: »Wenn ich aus der Schule komm', gehe ich ins Büro.« Ich wollte auch ins Büro gehen, aber da hat mei' Vater gesagt: »Mädel, da musste doch in die Handelsschule a halbes Jahr. Ich kann die Handelsschule nicht bezahlen, du hast noch vier Geschwister unter dir – schlag' dir des aus'm Kopf!« Unterdessen hat meine Tante geschrieben, die hatt' in Berlin ein Gasthaus, und die hat gesagt: »Ihr habt so viel' Kinder, tretet mir doch die Liesl ab. Die soll's gut haben bei mir, weil ich keine Kinder hab'. Kellner hab'n mir, Dienstmädchen hab'n mir.« Da hab' ich g'sagt: »Ach Mama, lass' mich doch nach Berlin.« Und na hat meine Mutter gesagt: »Dort wirste verdorb'n, da kannste nich' hin, such' dir was and'res.« Da hab' ich ein Schild gesehen: »Ostermädchen gesucht«. Mir kam'n mit 14 Jahren an Ostern aus der Schule, da war'n mir »Ostermädchen«, und da bin ich hin, und die hab'n mich angenommen. Und wie ich fort bin an die

Stelle, da hat meine Mutter mir 'n Kübel Essen mitgegeben, und eine Schürze musst' ich mitnehmen und Frühstück, und ich kam mir so armselig vor. Ich hab' 'n ganzen Weg geheult. Weil ich gesund war, bin ich in'n Keller gesteckt worden, da hatt' ich 'ne riesengroße Schere, da musst' ich das Zuschneiden lernen. Übergardinen, Decken, Kissen und so weiter und musste dann die zugeschnittene Ware hochschaffen in'n Sticksaal. Nach 'ner Woche hatt' ich fünf Mark verdient. Später hatt' ich sechs Mark verdient. Musste zwei Mark Kostgeld geben, das war bei uns so Sitte in der Stadt: Jedes Kind musste Kostgeld geben, und mit dem anderen Geld konnte ich machen, was ich wollte.

Hans-Joachim Lemme: Alle männlichen Verwandten im Umkreis – bis auf meinen Vater – waren alles Juristen. Das ergab sich eigentlich so von selbst. Es stand schon in der Schule so ungefähr fest. Ich war ganz darauf eingepolt: »Ick studier' eben Jura, und dann werd' ick Jurist.« Das war mein Ziel. Und ich hab' das auch an sich gern gemacht, weil ich ja die Vorstellung hatte, als Richter sprichst du Recht und sorgst für Gerechtigkeit und so weiter. Das Studium selbst hat mich dann wahnsinnig enttäuscht. Das Wort »Gerechtigkeit« kam eigentlich überhaupt nicht vor. Es wurde einem beigebracht, was die Paragraphen sagen, und man sollte die Fälle so entscheiden, dass es mit den Paragraphen übereinstimmte; aber ob das Gesetz vernünftig und gerecht wäre, wurde eigentlich überhaupt nicht beurteilt. Wir sind im Grunde wahnsinnig unkritisch erzogen worden. »Vivat justitia, pereat mundus«, das war der Spruch, den man da hatte, nich' wahr? Das heißt also: »Vivat justitia« heißt: »Es lebe die Justiz…«, »pereat mundus«: »mag auch die Welt zugrunde gehen«.

Josef Selmayer: Also… Straßenbahnritzenreiniger wollte ich nie werden, nee. Apotheker wollte ich auch nicht werden, Doktor wollte ich auch nicht werden, weil ich's nur mit gesunden Menschen zu tun haben wollte, ja, des war selbstverständlich. Na ja, dann kam aber nun die Weimarer Republik, dann kam die Inflation, es wurde nirgendwo durchgegriffen, der Parlamentarismus hat noch nicht funktioniert, und das hat mir gar nich' imponiert, die ganze Geschichte. Und irgendwie hatte ich da das Gefühl, da muss mal 'ne starke Hand her, ja, die berühmte starke Hand. Ich dachte aber nicht an einen Herrn Hitler, sondern ich dachte an eine Militärdiktatur. Mal mit der Faust auf'n Tisch geschlagen, und jetzt wird mal pariert, und damit geht's los, ja! Und das hat mich also alles bewogen, mich an den Gedanken 'ranzumachen: »Vielleicht könnteste Soldat werden?!« Also bin ich Soldat geworden – gegen den Willen meines Vaters. Die Unteroffiziere, die mich ausgebildet haben, das waren alle noch Kriegs-Unteroffiziere. Das waren raue Kerl'! Die hab'n uns nichts erspart: laufen, hinlegen, laufen, hinlegen, laufen, hinlegen, auf'n Baum raufklettern und trotzdem schießen und das Ziel treffen und... und... und... Wir sind damals in einer Stube zu 14 gelegen und sind – auch was Stubendienst anlangt – ziemlich schikaniert worden, indem wir also nun jeden Tag die Stube schrubben mussten, obwohl sie gar nicht dreckig war, und so weiter... Uns wurden auch noch die Haare radikal abgeschert, ja ein richtiger Glatzkopf gemacht, und, tja, man musst' halt die Zähne aufeinander beißen. Es hat mich noch mehr gestört! Es hat mich also vor allen Dingen die Primitivität der Ausbildung gestört, weil ich ja letzten Endes aus einem Gymnasium gekommen bin, und dann war von Geistigkeit überhaupt keine Rede mehr, ja. Es war also plumper Proletarismus, der da getrieben wurde. Es hagelte Schimpfworte, und es wurde sehr gerne gesauigelt, ja, also Dinge zur Sprache gebracht, die man normalerweise für sich behält, ja. Nun hatt' ich natürlich auch mein' Ehrgeiz, denn – mein Vater hat mir ja schon einiges vorhergesagt, ja, und dass er jetzt plötzlich Recht bekommen sollte, das wollte ich natürlich auch nicht ohne weiteres zugeben und hab's auch nicht zugegeben. Und es wurde ja dann von Mal zu Mal leichter. Auf der Kriegsschule wurde der Ton ein anderer, auf der Kriegsschule wurden manchmal also sogar Dinge geboten, die interessant waren, sodass man sich da also wieder ein bisschen als gebildeter Mensch fühlen konnte. Man hatte dann also auch nur mehr Kameraden, die auch Abiturienten gewesen sind, mit denen man sich dementsprechend unterhalten konnte. Na ja, und schließlich und letzten Endes war ma' dann Herr Leutnant und hatte dann seine eigene Wohnung und ein – Sie werden lachen, aber so war's – gesellschaftliches Ansehen. Mehr als der normale Referendar. Grade auch in den Kleinstädten, da war die Garnison – und wenn sie noch so klein war – gesellschaftlich im Mittelpunkt. Man möcht's nicht glauben, aber es war so. Jeder Bürger legte Wert darauf, dort ins Kasino eingeladen zu sein und sein Töchterchen mitzubringen und eventuell das sogar unter die Haube zu kriegen.

Heinrich Praechter: 1916 kam ich nach Wetzlar aufs Seminar, und 1921 hab' ich da mein erstes Examen gemacht; und dann kam ich nach Frankfurt als Lehrer. Allerdings nach zwei Jahren war die Herrlichkeit zu Ende, denn die Frankfurter hatten kein Geld mehr gehabt und konnte' ihre Lehrer nimmer bezahlen – bitte, am Kultus wird immer g'spart. Und da war ich erst einmal ein Jahr auf der Deutschen Bank als Aushilfe, und nachher war ich noch ein Jahr als Möbelverkäufer im Möbelg'schäft. Und dann kam ich nach Seesbach in'n Hunsrück, und da war ich fünf Jahre dann Volksschullehrer an einer einklassigen Dorfschule, gell? (Singt:) »Im schönen Hunsrückland, Hunsrückland, liegt unser Dörflein, kaum bekannt, kaum bekannt, darinnen wohnt im Dörflein klein, das arme Dorfschulmeisterlein. Des Sonntags ist er Organist, Organist, des Montags fährt er seinen Mist, seinen Mist, des Dienstags hüt' er seine Schwein': das arme Dorfschulmeisterlein. Und wird im Dorf ein Schwein geschlacht', Schwein geschlacht', da könnt' ihr sehen, wie er lacht, wie er lacht. Die größte Wurst vom ganzen Schwein gehört dem Dorfschulmeisterlein.« – Es war natürlich eine ganz große Umstellung, als ich von meiner Stadt her in das Dörflein kam, denn die Schule war damals eben, ja, ein Gewaltunternehmen – sag'n wir mal –, aber es waren für mich die fünf schönsten Jahre meines Lebens, kann ich ruhig sagen. Ich war mein Schulrat, mein Rektor, meine Lehrer, mei' Putzfrau, mei' Feueranmacher, mei' Fensterputzer, ich hab' Jugendgruppen geleit', ich hab' bei Beerdigungen singen müssen, ich musste die Orgel spielen, ich musst' die Adventsfeier gestalten – ohne einen einzigen Pfennig davon bekommen zu haben. Ich hab' den ganze' Monat nur 110 Mark gehabt. Da geh'n noch mal zehn Mark Miete ab für das Haus, ned wahr, sodass 100 Mark übrig blieben. Davon hab' ich 75 Mark Kostgeld bezahlt fürs Essen, und 25 Mark hab' ich meine Eltern g'schickt, sodass ich selber persönlich gar nichts hatte, blank war, ned wahr. Also es war wunderbar, 's war ganz wunderbar. Ich hab' mich nur an meine Kinder gehalten, denn als ich ankam, da wurde im Dorf die Parole verbreitet: »Was kann aus Frankfurt Gutes komme'?« Des war ganz klar, die Leute kannten Frankfurt nur aus der Zeitung und sonst nix. Und was da drin stand, des war damals genauso schlecht wie heute auch. Frankfurt war also eine schlechte Stadt, ein moralisch verwahrlostes Volk. Und da waren nun alle Frankfurter genauso schlecht wie der, der da in der Zeitung stand. Das hab'n die Leute sich aber ned überlegt. Sie hätten sich's aber überlegen können, wenn sie in ihrem Dörfchen nach'guckt hätten: Da gab's nämlich auch ganz, ganz schlechte Kerle, und da gab's auch ganz wunderbare Menschen. Da kann man nix dran mache', das ist doch überall so, wo die Bevölkerung is'. Aber es war ein wunderbarer Unterricht. Ich hab' meine Bänke – die haben so gestaffelt hintereinander gestanden – die hab' ich gleich anders g'stellt: offenes Rechteck. Unterstufe – erstes und zweites Schuljahr, Mittelstufe – fünftes, viertes und drittes Schuljahr, Oberstufe: achtes, siebtes und sechstes Schuljahr. Und die mussten ja all' drei gleichzeitig unterrichtet werden. Sie werden sagen: »Ja, des geht doch gar ned!« Doch, das geht alles. Man muss nur helle-helle sein. Und da viele Leute helle-helle waren, war die Volksschule auf dem Lande 'ne feine Sache. Nehm' wir mal an: Religion. Sie hab'n zum Beispiel durchzunehmen: Matthäus oder Lukas, 5. Vers, 36 bis 38. Da heißt's: »Da war eine Frau, die hatte Semmeln zu backen. Sie nahm Mehl und mischt' darunter Sauerteig, und der Sauerteig vergärte den Teig, und davon buk sie Brot.« Aus. So. – Für alle war das, für Große und Kleine. Die Kleinen habe' jetzt gemalt: die Muhl', wo das Mehl angemacht wird, den Sauerteigtopf mit'm Henkel dran, die Körbchen, wo das Brot reingelegt wurde, den Ofen, wo es gebacken wurde. Die Mittelstufe, die hat Brot gebacken und hat's beschrieben, wie des gemacht wird. Und die Oberstufe, die hat alle Wörter aus der Bibel zusammengesucht, die mit Brot zu tun haben. Wenn also Jesus sagt: »Ich bin das Brot des Lebens ...« – all die Wörter haben wir gesammelt, haben se aufgeschrieben, und die Kinder haben diese Sammlung sich zu Eigen gemacht und haben daraus ein Religionsheft gemacht, und da haben wir immer leicht nachschlagen können. Und so hab'n wir's gemacht mit allen Dingen – mit Hochzeiten und so weiter. Alles, was in der Bibel stand, wurd' vorgelesen, gemalt, geschrieben und auswendig gelernt. In der Mittelstufe hab'n wir das Märchen vom Aschenputtel gehabt, das hab'n wir gelesen und auch geschrieben. In der Oberstufe hatt' ich von Ina Seidel – Ina Seidel hat ein Gedicht geschrieben über den November, da heißt es drin: »... und die Scheiben, wie sie rinnen und die Wolken, wie sie spinnen ihren feuchten Himmelstau, uuuuh, der ewig trüb und grau. Ach, wie ist der Mann zu loben, der solch unvernünftig' Toben wohl im Voraus hat bedacht und die Häuser hohl gemacht, dass wir geschützt im Trock'nen hausen und mit stillvergnügtem Grausen und in wohlgeborgener Ruh' solchem Gräuel schauen zu.« Wunderbare Sprach', eine ganz herrliche Sprach' – ein Jammer, wenn heute unsere Kinder kei' Gedichte mehr lernen.

Lisette Spott: Ich heiße Spott, Lisette Spott, und bin im November 1918 in Rositten auf der Kurischen Nehrung in Ostpreußen geboren und auch dort aufgewachsen und habe eigentlich bis zu meinem achtzehnten Lebensjahr dort gelebt. Wir waren zu Hause sieben Kinder und lebten – wenn ich das heute, aus der heutigen Sicht sehe – in ärmlichen Verhältnissen, also ganz sicher – in der heutigen Sicht – in armen Verhältnissen, würde ich sagen. Die Kurische Nehrung war ja sowieso ein Land, was man schlecht erklären kann: Es ist 'ne Halbinsel, und wir waren im Sommer sehr besucht von Gästen, Sommergästen und so weiter, im Winter aber total abgeschlossen, aber so ganz total. Wir hatten zu Hause für unsere Familie ein Schwein, eine Kuh und Hühner, die nur unsere Familie ernährt haben. Und das musste man auch im Herbst alles vorrätig haben, weil wir im Winter abgeschnitten waren durch das

Kurische Haff und durch die Ostsee – diese Kurische Nehrung liegt dazwischen –, und vom Landweg aus gab's im Winter kaum eine Möglichkeit, auf die Kurische Nehrung zu kommen, weil alles in Schnee und Eis erstickt ist, eigentlich. Mein Vater war Fischer, der hatte zwei Kähne und hat sich – wie eigentlich alle Leute auf der Kurischen Nehrung, ich würde sagen: fast alle – vom Fischfang ernährt, weil wir ja eben auch am Wasser lebten, praktisch. Und die sind also jeden Tag raus oder jede Nacht raus, und wenn man zwei Schiffe hatte, dann hat man eben mehr Möglichkeiten gehabt, und die Fische wurden meist auf dem Haff schon verkauft. Da ist dann ein Fischhändler rangekommen und hat die Fische direkt vom Boot aus gekauft; und im Winter – da ist das Kurische Haff zugefroren, also ganz und gar zugefroren –, da wurde auch draußen auf dem Haff gefischt mit Schlitten und Pferden. Da gab es besondere Methoden des Fischens, denn normalerweise kann man ja auf Eis keine Fische fangen. Da gab's diese Eisäxte, die auch eine ganz besondere Form haben. Da wurden also große Löcher ins Eis geschlagen, und dann hat man riesig lange Stangen gehabt, da wurden die Netze reingemacht, und da hat man diese Netze unters Eis geschoben, dann gab's wieder ein Loch, und dann hat man die weiter geschoben und so weiter, und es wurde »geklappert« – so hat's bei uns geheißen. Da gab's Riesenbretter – ich würde sagen, so ziemlich wie Balken –, und die wurden schräge gelegt, und da wurde mit Hölzern so im Takt draufgeschlagen aufs Eis, dass es ins Wasser übertragen wurde, und dadurch sind die Fische dann ins Netz. Also man fuhr »zum Klappern«. Das war also die Winterfischerei, und da gab's oft sehr bedrohliche Situationen, wenn eben das Eis schwach wurde oder es zu tauen anfing. Und es gab große Stürme. Dann ist das Eis gerissen, gebrochen, das hat Donnerschläge gegeben, dass man gemeint hat, es wären Explosionen auf dem Wasser, weil das in riesenhaften Rissen durchs Haff ging, und je nachdem, wie groß und wie stark der Wind war, wurden diese Eisschollen übereinander gedrückt in einer riesigen Höhe. Dann gab's auch Situationen, dass Fischer draußen auf'm Haff waren und nich' mehr runter konnten, weil das einfach nicht mehr ging. Da waren also große

Wasserflächen entstanden, und die haben verzweifelt versucht, da runterzukommen, vor allem mit Pferd und Schlitten. Es sind auch sehr viele Pferde dabei ertrunken, auch Menschen sind ertrunken, aber im Winter hauptsächlich eher Pferde, ja. Und das hat im Dorf dann immer 'ne furchtbare Aufregung gegeben, wenn man gehört hat: Das Eis bricht – »das Eis geht«, hat's geheißen –, und bis dann eben alle wieder an Land waren. Und beim Eisgang war's auch so: Mein Elternhaus stand – beziehungsweise steht heute noch – ganz nah am Kurischen Haff, ich würde sagen, also am Haffstrand fast. Es war, na, vielleicht 40 Meter vom Haff entfernt. Und wenn das Eis ging und eben landeinwärts ging, dann konnte es passieren, dass es sich unser'm Dach näherte. Also, das hat sich richtig hoch gestapelt wie ein Gebirge, wir sind zwar nich' ernsthaft bedroht worden, aber es war schon so, dass es einem 'n bisschen Angst wurde, wenn plötzlich das Eis aufs Haus zukam.

Edith Badstübner: Ich bin am 24. 1. 1925 geboren in Jüterbog, das ist eine kleine Stadt, eine Garnison. Meine Mutter war Hausfrau, stammte von einem Bauernhof ganz in der Nähe. Und ich habe meine Wochenenden mit den Eltern bei den Großeltern meistens verbracht auf diesem Bauernhof. Es war ja keine große Entfernung. Meine Großmutter hatte mit 18 Jahren geheiratet, hatte mit 25 Jahren schon vier Kinder und war eine außerordentlich aktive Frau. Ich wundere mich heute manchmal, wie die das alles geschafft hat. Denn die kam eines Tages auf die Idee, dass der Bauernhof also nich' ausreichte, und hat da einen Tante-Emma-Laden gegründet, in ihrem eigenen Haus. Die Leute in den Dörfern, die haben natürlich nicht so gekauft wie heute, das is' ja klar, sondern die haben eben hauptsächlich Kaffee und Zucker gekauft – also Dinge, die sie selber ja nich' anbauen konnten, und Holzpantinen und so was alles, ja. Kann man sich ja heute kaum vorstellen, wie damals so'n kleiner Laden aussah. Meine Großmutter hatte auch das einzige Telefon in diesem Dorf, und dieses Telefon – noch so'n altes Ding, wo man so dreh'n musste und dann »Hier ist das Frollein vom Amt«, nicht, dann musste man die Nummer sagen –, dieses Telefon hing also in diesem Tante-Emma-Laden, sodass alle

Leute, die mal irgendwo anrufen wollten, einen Arzt anrufen wollten oder auch irgendetwas erledigen wollten, in diesen Laden kommen mussten. Und auf diese Weise wusste meine Großmutter natürlich alles über alle Leute bis zum Letzten (lacht). Es gab ja überhaupt keine Diskretion, wie man heute so schön auf den Banken sagt, ja.

Clara von Arnim: Mein Mann hatte drei Rittergüter: eins im Norden von Berlin und zwei im Süden. Und dann kam ich da auf's Land, und das war natürlich eine große Umstellung für ein doch immerhin Stadtmädchen wie mich. Wir wohnten zwar in Nikolassee und hatten einen großen Garten und hatten Hunde und so weiter, also, insofern war's nich' eine so ganz große Umstellung. Ich hatte das Land schon immer geliebt und war auch oft bei Verwandten auf'm Lande gewesen, sowohl in Pommern wie in Mecklenburg, aber Czerniko – so hieß das Gut – war doch noch etwas Anderes. Da war nämlich kein elektrisch' Licht und auch keine Zentralheizung und auch kein Wasser. Und da hatte mein Mann während der Verlobungszeit zu mir gesagt: »Also, viel Geld, bares Geld, ist nicht da: Was wünschst du dir? Licht oder Wasser?« Und da hab' ich vernünftigerweise gesagt: »Wasser!« Und bis dahin mussten die Leute in diesem großen Gut noch in Eimern das Wasser von so 'ner Pumpe vom Hof holen und dann in die Küche bringen. Auch zu den Fremdenzimmern und zu den Schlafzimmern und so weiter... Es brachten eben die Mädchen das Wasser, warmes und kaltes und so. Also insofern war das nich' so, wie wenn man sich das heute vorstellt, wenn man kein Wasser hätte, man hatte schon, und das war auch sehr gutes Wasser, nun ja. Und dann gab es Petroleumlampen. Da war aber auch ein Mädchen, was nichts anderes tat, als die Petroleumlampen zu putzen, wieder instand zu bringen und so weiter, und dann auf die Zimmer oder bei den Menschen zu verteilen, die da waren. Und dann gab es natürlich keine Zentralheizung, sondern es gab zum Teil wunderschöne, noch aus Friedrichs des Großen Zeiten stammende Kachelöfen, und da kamen dann eben auch halbwüchsige Dorfjungen oder so, die das Holz brachten, und Mädchen, die sich dann bekümmerten, dass es richtig eingelegt wurde und rechtzeitig wieder zugelegt und so weiter …

Lisette Spott: Unsere Tage vergingen eigentlich, tja, in alter Gewohnheit, und sie gingen da oben sehr schnell, im Winter hauptsächlich, in den Abend über, und dieser Abend war unendlich lange. Und wir zu Hause waren ja sechs Mädchen und ein Junge. Man musste den Jungen gar nicht bedauern – im Gegenteil –, also, der war ja natürlich Vaters Sohn, und wir Mädchen haben dann … ja, es wurde bei uns unheimlich viel Handarbeit gemacht. Also, wenn ein Mädchen konfirmiert war, dann fing es an, an der Aussteuer zu arbeiten – sticken, häkeln, solche Geschichten –, und so hab'n wir dann die Abende verbracht. Wir waren zu Hause eine sehr sangesfreudige Familie. Mein Vater konnte gut singen, und die Kinder konnten auch alle gut singen, und mein Vater hatte ja auch wirklich die schwere Last mit uns, nachdem die Mutter so früh gestorben war – meine Mutter is' an Krebs gestorben –, und das war natürlich eine ganz schlimme Sache. Also, Vater hat mit uns stundenlang im Winter gesungen.

Heide Grunwald: Der erste Tote, den ich miterlebt habe, war mein Großvater väterlicherseits. Der starb in der Wohnung zu Hause. Mei' Vater hat mich noch geholt, dass ich 'n Großpapa auch noch mal seh'. Ich hab' noch erlebt, wie er 'n bisschen geröchelt hat und gestöhnt, und dann war's aus. Meine Großmutter war fürchterlich außer sich, die konnte des gar nicht fassen. Die hat sich dann, wie der Sarg gebracht wurde und der Großvater in den Sarg gelegt wurde, hat sie sich immer noch an den Sargrand geklammert oder an den Großvater geklammert. Und die Tanten und Onkel, die standen eben alle hilflos herum. Der Pfarrer war da, der war eigentlich noch der einzige Mensch, der die Sache ein bisschen in die Hand gekriegt hat. Der hat dann g'sagt: »Jetzt woll'n wir beten für unseren lieben Verstorbenen.« Der hat doch a bisschen einen gefassten Ton in des Ganze reingebracht.

Lilly Wagner: Na ja, mein Großvater war 56 und litt an sehr schwerer Arterienverkalkung. Er wusste wirklich nimmer, was er tat. Und es war Silvester, meine Eltern sin' ausgegangen und haben aber dem so genannten »Dienstmädchen« damals, der Hausangestellten, aufgetragen, auf uns Kinder aufzupassen und auf'n Großvater, denn der war bei uns in Pflege. Und mein Großvater is' in seiner Verwirrung einfach aus'm Bett gefallen und hat sich eine Lungenentzündung geholt, und die war ja damals sozusagen meistens tödlich. Und meine Mama is' nach Haus' gekommen, hat den Arzt gerufen, der Großvater hat hohes Fieber g'habt, und der Arzt hat g'sagt: »Ja, liebe Frau, Ihr Vater hat a schwere Lungenentzündung«, und hat ihm mit beiden Händen aufs Herz gedrückt. Und meine Mama hat geschrien: »Herr Doktor, was machen Sie da?« Und der Arzt hat g'sagt: »Ich erlös' ihn von seinen Leiden!« Er hat ihm, so hat ma g'sagt, »'s Herz abgedrückt«. Meine Mama war zwar sehr empört, aber nach einer gewissen Zeit hat sie g'sagt: »Er ist erlöst.«

Lisette Spott: Rositten ist total evangelisch. Es gab bei uns, äh, einen Katholiken, das war unser Doktor, aber der war kein Rositter. Es war 'n Fremder. Und wenn dann jemand gestorben ist, war es einfach so, dass das ganze Dorf da total dran beteiligt war. Wir waren etwa – ich würd' mal sagen – 950 bis 1000 Einwohner, ungefähr, und da war aber wirklich jeder dran beteiligt; und es war auch so, dass die Toten, die Verstorbenen, in der Regel – also wenn sie nicht so schwer krank waren, dass sie ins Krankenhaus mussten – zu Hause gestorben sind, also im Haus geblieben sind. Ich kann mich gut erinnern, als meine Schwester gestorben war, und auch, als meine Mutter gestorben war: Da wurde ein Zimmer total ausgeräumt, und da stand der Sarg mitten im Zimmer aufgebahrt, und zwar geöffnet, also nicht geschlossen, sondern offen. Und da is' einfach jeder, der dann gekommen ist, auch zum Sarg gegangen. Und am Abend vor der Beerdigung – das war der so genannte Wachabend, so hat sich das genannt –, da is' man die ganze Nacht am offenen Sarg gewesen. Da wurden Stühle und Bänke im Kreis herumgestellt, und das ganze Dorf is' nach und nach gekommen und gegangen, um sich also vom Toten zu verabschieden; und dann hat man da gesessen und hat miteinander gesprochen. Es wurde auch gesungen – natürlich kirchliche Lieder –, bis zum nächsten Morgen. Und am nächsten Tag, wenn die Beerdigung war, blieb der Sarg offen, bis der Pfarrer kam. Der kam ins Haus, und dann wurden die Toten ausgesegnet, und dann wurde der Sarg erst zugemacht. Und wenn der Sarg rausgetragen wurde, das war dann jetzt wieder der Aberglaube dort, da wurden die Blöcke, wo der Sarg drauf stand, umgeworfen, damit nicht der nächste Sarg drauf stehen sollte. Überhaupt der Aberglaube ist auf der Kurischen Nehrung und am Wasser sowieso sehr, sehr groß geschrieben. Mein Vater selbst war für meine Begriffe unglaublich abergläubisch. Die Toten haben sich gezeigt in irgendeiner Form: Da blieb 'ne Uhr stehen, oder da is' 'ne Tür aufgegangen, oder – was auch weit verbreitet war – man hat's gerochen.

Madelon Bethke: Ich bin 1924 geboren, und zwar im Tessin, in Ascona, wo meine Eltern acht Jahre vorher, aus Berlin kommend, sich hingezogen fühlten, weil sie – heute würde man sagen – »Aussteiger« gewesen sind. Mein Vater und meine Mutter stammen aus Pommern, mein Vater stammt aus einer richtigen Arbeiterfamilie mit sieben Geschwistern, und der Großvater von mir ist mal über eine Brücke betrunken gegangen und ist da – in Kösslin in Pommern – also richtig abgesoffen, im wahrsten Sinne des Wortes. Und dann hat eben meine Großmutter diese Kinder großgezogen, und mein Vater ist dann als ganz junger Mann nach Berlin gegangen und hat sich sehr für Kunst interessiert. Und meine Mutter war auch sehr an Kunst interessiert, und sie hat meinen Vater bei einer Dichterlesung kennen gelernt.

Alfred Wege: 1926 im Hochsommer kam ich zur Welt in einem Berliner Arbeiterviertel im Norden des Wedding. Es war ein Straßenzug, der Anfang des 20. Jahrhunderts erst bebaut wurde mit großen Berliner Mietskasernen, wobei ringsum große Baulücken bestanden, die durch Kleingärten ausgefüllt waren, sodass unser Straßenzug, die so genannte »Krücke« – Krücke deshalb, weil sie mit einem Knick begann an einem großen Kastanienbaum –, weil diese so genannte Krücke wie eine felsige Insel inmitten vieler Gärten lag; und das war etwas idyllisch und gab dem Ganzen ein dorfähnliches Gepräge. Und mein Vater war Schlosser und arbeitete in 'ner Fabrik. Er hatte aber eine etwas höhere Schulbildung, und sein Vater wiederum besaß in Halle an der Saale ein größeres Gasthaus. Mein Großvater starb 1921, daraufhin wurde das ganze Objekt verkauft – es besteht noch –, dann setzte die Inflation ein, und der Kaufpreis war im Grunde genommen nichts mehr wert. Tja, und daraus ergab sich aber, dass mein Vater einerseits unmittelbar zur Fabrikarbeiterschaft gehörte, andererseits aber geprägt war von der bürgerlichen Ethik damaliger Zeit. Er wurde dann, als die Weltwirtschaftskrise einsetzte, für sieben Jahre arbeitslos – bis 1935 –, und die arbeitslose Zeit, die verbrachte er so, wie ich's mir heute von vielen Arbeitslosen wünschen würde: Er war bestrebt, sich zu bilden und das an uns Kinder weiterzugeben, vor allen Dingen hab' ich davon profitiert. Ich bin, das hätt' ich vorher mit erwähnen können, das jüngste von sechs Geschwistern. Da ich ja nun ständig noch zu Hause war, hab' ich am meisten von meinem Vater in der Hinsicht mitbekommen.

Madelon Bethke: An meinen Vater selbst habe ich leider nur ganz wenig Erinnerung, weil er gestorben ist, als ich vier Jahre alt war. Da waren meine Eltern aus Ascona zurückgegangen nach Berlin, weil mein Vater eben schon schwer krank war und in der Charité medizinisch versorgt wurde. Und da hab'n wir ganz kümmerlich gelebt, das weiß ich, da in Berlin in der Flottwellstraße, werd' ich nie vergessen. Das muss zu der Zeit gewesen sein, als eine wahnsinnige Arbeitslosigkeit in Berlin herrschte. Und wenn ich mit meinen Geschwistern so nachmittags um vier, fünf nach Hause ging, erinnere ich mich voller Schrecken – das ist 'ne ganz frühe Kindheitserinnerung –, dass ganz viele Männer immer auf der Straße standen und in unserm Hausflur auch immer Männer übernachteten, die schliefen dann. Ich sah da immer nur so wie Kleiderbündel rumliegen. Und ich hatte eine panische Angst davor! Und das waren natürlich Arbeitslose, wie ich nu' dann später wusste. – Und als dann mein Vater starb, an Krebs, war das für meine Mutter sicher eine Tragödie, denn sie hatte drei Kinder, und alles, was in der Schweiz gewesen war, hatten se aufgegeben; und sie stand da und hatte nichts, nee.

Alfred Wege: Meine Mutter kam aus einer Landarbeiterfamilie. Die Familie ist von Oberschlesien her nach und nach bis nach Berlin gewandert, um Saisonarbeit auf Gütern zu machen. Meine Mutter war sehr belesen, ihr Vater war auch 'ne Leseratte, allerdings hatte er diese primitiven Groschenromane vom Räuberhauptmann Rinaldi, hat meine Mutter mir erzählt, und so weiter. Diese Romane hat er geschluckt und seinen Kindern abends vorgelesen. Und meine Mutter war – das is' jetzt keine Schönfärbung – hoch intelligent. Sie sollte Lehrerin werden, aber aufgrund der Armseligkeit ihrer Familie musste sie wiederum mitarbeiten und wurde dann Näherin. Und von beiden Eltern – meine Mutter war auch sehr lustig, sie war nie unterzukriegen – hat nun sie, als mein Vater arbeitslos war, den Unterhalt der Familie durch Näherei, durch Zeitungaustragen und was alles so anfiel, mit gesichert, denn die Arbeitslosenunterstützung war ja sehr gering, und ich kenn' meine Mutter eigentlich nur tätig. Und wenn se nichts zu tun hatte, dann saß sie in der Küche auf dem noch etwas warmen Herd, der so genannten »Kochmaschine«, mit n'em Buch in der Hand und hat dort bis in de Nacht rein gelesen. Mein Vater hat jeden Pfennig, den er irgendwie erübrigen konnte, das war reichlich wenig, dafür genutzt, hinter der Berliner Universität von solchen Altbücherkarren ganz billig wissenschaftliche Bücher zu kaufen und sich damit 'ne kleine Bibliothek eingerichtet, die ich deswegen erwähne, weil das nu' nicht unbedingt typisch war für die Bewohner in dieser Arbeitergegend. Mein Vater hieß da scherzhaft »Professor«, ja.

Heide Grunwald: Mein Vater hatte ein Herrenbekleidungsgeschäft von seinem Vater übernommen. Das war allerdings eine etwas unglückliche Lösung, denn mein Vater war nicht vom Fach, und letzten Endes hat das Geschäft eben dann doch Konkurs gemacht. Es waren ja damals in den Zwanziger- und Dreißigerjahren auch sehr schwere Zeiten. Nach außen hin ham ma immer den Standard zu wahren gewusst; wir hatten eine Hausgehilfin, weil ja meine Mutter im Geschäft mitgearbeitet hat, natürlich ohne Entgelt, aber immerhin – unsern Status hat es sehr gehoben, dass wir eine Hausgehilfin hatten. Wir sin' auch jedes Jahr in Urlaub gefahren – unter großen Entbehrungen –, aber das hat eben zu unserem früheren Lebensstandard dazugehört, und drum hat mein Vater des auch so lang als irgend möglich durchgehalten. Aber sonst war unser Leben scho' recht ärmlich.

Hans-Joachim Lemme: Die Arbeitslosigkeit war – ja, ich möchte fast sagen: in das Stadtleben integriert. Es ist schwer vorstellbar, aber es ist so. In den Parks und auch in den Straßen waren teilweise Tische aufgestellt, damit die Arbeitslosen da sitzen konnten und Karten spielen oder sich unterhalten konnten. Also man hat die Arbeitslosigkeit durchaus zur Kenntnis genommen, aber sie wurde … ja, sie wurde zur Kenntnis genommen, fertig. Und so hat es, so meine ich, eine sehr große Rolle für die ganze Entwicklung, auch nach der so genannten Revolution, gespielt, dass die Menschen der verschiedenen Klassen nichts – wirklich nichts – voneinander wussten.

Clara von Arnim: Ich kann mich auch noch erinnern, dass, wenn man mal in so ein Stadtviertel von Berlin kam, wo also, äh, eine andere Bevölkerungsschicht lebte, dass man da lange, lange, lange Schlangen – nicht nur vor irgendwelchen Bäckerläden oder Fleischerläden oder so – sah, sondern vor allen Dingen vor'm Arbeitsamt standen Menschen an, zum Abholen der Arbeitslosenhilfe. Das kam aus Amerika rübergeschwappt, diese furchtbare Wirtschaftskrise, und dann ging's bei uns los.

Lilly Wagner: Es war wirklich die schlimmste Zeit, die sich jemand vorstellen kann. Es sind mindestens im Tag 20, wir nannten sie »Bettler«, gekommen. Wir hatten, weil ma nimmer konnten, weil ma selber kein Geld hatten, hab'n ma zwei Groschen gegeben. Und da hat derjenige, der sie bekommen hat, immer a kleines Kreuzerl, ganz klein, an die Tür g'macht; der nächste Bettler hat dann scho' g'wusst: Da hat einer was kriegt. Der hat dann so lange gebettelt, bis er wieder was kriegt hat, weil... es war... es war furchtbar. Es waren Musiker, die besten Musiker auf der Straße. Du hast 'es schönste Konzert hören können. Es waren Ingenieure, die haben dafür bezahlt, dass sie eingestellt wurden. Die mussten im dunklen Anzug erscheinen. Ohne den konnten die gar nicht ins Büro gehen. Die Leute am Land konnten noch von dem leben, was sie angebaut haben, da war's nicht so krass wie in der Stadt. Die Menschen waren wirklich reif für jemanden, der versprochen hat: »Bei mir geht es dir besser.« Die hab'n g'sagt: »Schlechter kann's nimmer werden.«

Heinz Abelmann: Also, auf jeden Fall, es war eine Zeit, wo ich mir sagte: »Was is' eigentlich los?« Aber mein Vater sagte, dass er aus der Arbeit weg musste, und er hatte keine Arbeit mehr. Er musste also sich auch irgendwie verdingen. Da wurde er Vertreter von irgendwelchen Firmen und ging von Haus zu Haus, treppauf, treppab, wie sich das so für 'n Vertreter eben gehörte. Der handelt mit allem möglichen Zeug: mit Marmelade, Konfitüre, Keks, Radio, Staubsauger... was damals so üblich war. Ja, und des dauerte gar nich' lange, da kam plötzlich ein Mann in unser Haus und sagte, er muss auf die Möbel ein' Kuckuck kleben. Na ja, es war so, dass nach und nach alles rauskam aus unserer Wohnung, weil – Vater hatte sich verschuldet. Na ja, das hing mit der Weltwirtschaftskrise doch offensichtlich zusammen, anders war es ja wohl nich' zu erklären. 1929/30 war die große Weltwirtschaftskrise, also flogen viele Leute auf die Straße; manche mussten ihren Laden zumachen und gingen Bankrott. Na ja, auf jeden Fall: Es war 'ne bittere Zeit, und wir zogen von Emmerich nach Duisburg. Na ja. Wir kamen dort dann in ein Haus, und wir haben gedacht: Um Gottes willen, hoffentlich fällt uns das nich' auf'n Kopf, das war in Duisburg-Lahr. Das ist ein Arbeitergebiet, und da hat, ja... unten drunter ist die Kohle rausgebuddelt worden, dadurch war der

Boden abgesunken, und die Häuser standen zum Teil schief. Also: Wir zogen dann trotzdem in so ein Haus... von innen war einige... na ja, ... Aussicht auf den Himmel gegeben. Es war einfach so: Die Mauer stand tatsächlich ein ganzes Stück ab und wurde von außen gestützt. Also, das war ein ziemlich arges Leben, und wir hatten nich' allzu viel, auch nich' zu essen, das kam noch dazu. Aber, nu' ja, es ging... die erste Zeit ging es wohl noch, und nu' kam das aber doch wohl so, dass das ja mit der Krise immer weiterging, wo nix praktisch verdient wurde. Mein Vater rannte die Treppen rauf und runter, und wir konnten die Miete offensichtlich nicht mehr bezahlen, und das war... dann kam das Ergebnis: Da kommt plötzlich a Möbelwagen und sagt: »Machen Sie mal hier Platz, wir müssen alle Möbel runterschaffen.« »Wieso denn das?« »Tja, wieso? Was heißt denn das? Das wird versteigert, das Zeug hier.« Der Vater hatt' Schulden, und meine Mutter stand da und weinte, und, na ja, mein Vater war nicht zu sehen. Auf einmal stellte sich heraus – und das war die Tragödie für meine Mutter: Mein Vater hatte sich aus dem Staube gemacht – stell'n Sie sich das mal vor, 'ne siebenköpfige Familie, also sieben Kinder und meine Mutter! Mein Vater hatte sein Rasiermesser genommen, und dann hat er unten in den Briefkasten zehn Mark reingelegt und ward nie, nie wieder gesehen, war einfach verschwunden!

Hildegard Dockal: Meine Mutter hat so viel Berufe gehabt, die is' in ihrem Leben – trotz der Notzeit damals – nur 14 Tage arbeitslos gewesen. Also zum Beispiel war sie in Hohenschönhausen in der Emaillefabrik, und da bekam man bei der Arbeit immer so braune Hände, und damit, wenn sie abends nach Feierabend nach Hause ging, die Hände in Ordnung waren, also nich' mehr braun, denn die waren ja nun angeritzt von dem Metall und so, dann hat se die Augen zugekniffen und die Hände in Salzsäure gesteckt, damit die Farbe dann 'n bisschen von den Händen ging, gell? Dann is' sie auch in einer Fabrik gewesen, wo die Patronen wieder entladen wurden, also wo die Patrone von unten angebohrt wurde. Und da gab es jeden Tag Unfälle, weil das ja Bruchteile von Millimeterarbeit war, gell? Dann gab es also große Verletzungen und so weiter, und da is' dann einen Tag mal der Opa ihr nachgegangen und hat gesagt: »Also, komm zurück. Da gehste nich' mehr hin, gell?«

Hans-Joachim Lemme: Ich habe später dadurch Kontakt zu Arbeitern bekommen, dass ich eines Tages einen Riesenkrach mit meinem Vater hatte, der von seiner Seite mit den berühmten Worten endete: »Solange du deine Beine unter mein' Tisch stellst, sage ich, wat gemacht wird!« Daraufhin sagte ich: »Und ich stelle meine Beine nicht mehr unter deinen Tisch!«, ergriff einen Koffer, schmiss 'n paar Sachen rein und verließ das Haus und hab' es dann zwei Jahre lang nicht mehr betreten; und in der Tasche hatt' ich fünf Mark, und das war selbst für damalige Verhältnisse – zwar vielleicht so viel wie heute zwanzig Mark –, aber immer noch keen Vermögen. Und da hab' ich 'ne Zeit lang in der Zentralmarkthalle, die war damals am Alexanderplatz, als Arbeiter gearbeitet. Da hab' ick zum ersten Mal so ein' Einblick bekommen, was eigentlich Arbeiter sind, wie die leben und wie das aussieht in einer ganz andern Klasse. Ich hab' mich mit denen eigentlich sehr gut vertragen. Die waren zuerst misstrauisch, aber ich hab' damals diese Solidarität sehr empfunden. Also: Der Arbeiter wird dir nicht helfen, einen Zentnersack auf die Schulter zu nehmen, denn das musst du können. Er wird dir aber helfen, wenn du siehst: Verdammt noch mal, die Kiepe oder die Kiste, die wiegt ja viel mehr, dann hilft er dir doch, die auf die Schulter zu nehmen. Also, insofern bestand schon eine gewisse Kollegialität oder Solidarität, dass man sich in diesem Rahmen half, aber es gab kein Mitleid, was ich sehr gut fand. Wer eben nicht die Kraft hatte, um das zu leisten, tja, der musste eben wegbleiben, er wurde dann nicht mit durchgeschleppt. Wir hatten ein' Mann, den hab'n wir durchgezogen. Der war verunglückt – vom Auto überfahren worden – und hatte ein steifes Bein. Und der hatte vorher auch in der Halle schon gearbeitet und kam dann mit'm steifen Bein. Dem wurde also geholfen, weil man sagte: Der is' an sich ja kräftig genug, um es zu können, er hat bloß 'n Unglück gehabt; und da er eigentlich zu uns gehörte – sozusagen –, wurde ihm eben geholfen. Die

Atmosphäre da hat mir sehr gut gefallen, kann ich nich' anders sagen.

Alfred Wege: Wir wohnten in einer Anderthalbzimmerwohnung – das muss man sich mal vorstellen –, zu acht Personen! Allerdings gehörte zu der Wohnung ein Stück erweiterter Korridor, der immer einem der ältesten Geschwister als Schlafecke diente. Die hatten meine Eltern mit 'ner Bretterwand abgegrenzt – mit so 'ner Tapetentür – tapeziert. Schön, meine Eltern waren immer bemüht, auch durch mein' Vater her, 'ne gewisse Atmosphäre bei aller Armut zu erhalten. Die Toiletten waren immer auf den Zwischenpodesten – 'n Bad gab's ja nich' –, und die Toilette war, wie gesagt, 'ne halbe Treppe höher für alle die Mieter, die dort auf dem vierten Stock ansässig waren. Das waren – die andern hatten ja ooch Kinder – 'ne ganze Menge, sodass man an Feiertagen manchmal Glück haben musste, um überhaupt ... äh ... dort 'n freies Plätzchen zu finden. – Und an Hausrat gab's ja noch wenig.

Heinz Abelmann: Wenn wir kochen wollten, tja ... da war plötzlich kein Gas mehr da! Da musste man für die Gasmarke zum Kiosk laufen, die kostet' 98 oder 95 Pfennig. Wenn das Gas plötzlich zum Kochen aus war, dann konnte man nich' mehr weiterkochen. Man musste also warten, bis man wieder 'ne Marke hatte – und das war gar nich' so einfach, sich 'ne Marke zu besorgen. Da gingen wir zum Amt, manchmal gingen wir zum Pfarrer, der half uns dann mit 'ner Marke, und dann konnte man wieder weiterkochen. Also, det war'n ja alles Sachen ...

Alfred Wege: Da gab's keene Waschmaschine, keen Kühlschrank, das gab's ja alles nich'. Auch keene elektrischen ... oder sonstwie Kleingeräte, wie ... wie Brotschneidemaschine und so was alles, gab's ja alles nich'. 's gab die ganz einfachen, schlichten Handgeräte – der Fleischwolf mit der Handkurbel, und das war im Grunde genommen alles. Meine Mutter war glücklich, als sie eine an den Küchenschrank anschraubbare Kaffeemühle gekriegt hatte. Das war 'ne Errungenschaft! Die brauchte se nun nich' mehr zwischen die Schenkel zu klemmen, sondern die wurde angeschraubt an den Küchenschrank, an der Seite, und dann konnte sie da einfach mit einer Hand die Kurbel bedienen und da ihren Kaffee mahlen. Das war ja alles noch sehr einfach.

HEINZ ABELMANN: Also, was gab's zu essen? Kann man sich vorstellen: also Kartoffeln auf jeden Fall, 'n Tach über 'n ganzen Eimer mindestens, dann gab's so Schnittlauch ... nee, des hieß anders, Schnitt-... ich hab' vergessen, wie das Zeuch hieß, auf jeden Fall so 'ne Art Unkraut. Der Mann mit seinem Gemüseladen kam jeden Tach vorbei, und dann gab's 'n bisschen was zu essen. Wurst hab'n wir überhaupt nicht gekannt, Margarine gab's: ein Paket zu 24 Pfennig, ein Pfund Margarine war das – 24 Pfennig! Also, meine Mutter und ich, wir saßen immer am Tisch und überlegten: Was machen wir mit den 38 Mark die ganzen zehn Tage lang?

ALFRED WEGE: Ich selbst war meist bei dem Melker unten und hab' dort zugeguckt, hab' mir da aus'm Kuheuter Milch in'n Mund spritzen lassen. Ich hab' dadurch viel Milch gekriegt, und dadurch blieben mir auch die Mangelkrankheiten erspart, die damals doch noch weit verbreitet waren – Rachitis und so etwas. Ja, wir haben viel Eintopf gekocht, viel! An Wurst wurde meist Wurstzipfel gekauft, die bekam'n Se billiger. In unserem Haus vorne, im Vorderhaus, war een Geschäft, 'n Eiergeschäft, und zwar 'n Großhandel, Eiergroßhandel, der hatte 'n Lager, und von dort bezogen wir Knickeier, das waren angeschlagene Eier. Wobei wir natürlich früher nicht die Probleme hatten wie heute, denn Salmonellen oder so was waren gar keen Problem, man konnte bedenkenlos rohe Eier essen.

ERWIN WALZ: Die frühesten Erinnerungen an meine Kindheit sind die, dass ich, wenn meine Mutter mich zum Einkaufen schickte, jedes Mal mit zerrissenen Kleidern nach Hause kam. Das passierte so: Wir wohnten etwas außerhalb der Stadt. Es war zur Stadtmitte eine halbe Stunde Fußweg, aber zu einem Arbeiterdorf, von einer Firma gegründet, waren es nur zehn Minuten. Ich war etwa sechs Jahre alt, als das anfing, dass meine Mutter mich dorthin zum Einkaufen schickte. Ich konnte noch nicht lesen und schreiben. Meine Mutter schrieb also auf einen Zettel, was ich mitbringen sollte, und wickelte in diesen Zettel das Geld ein. Aber sehr häufig – nicht immer, aber sehr häufig – wurde ich auf meinem Weg von einer Reihe von Jungen überfallen, verprügelt, blutig geschlagen, meine Kleider wurden zerrissen, und der Zettel mit dem Geld wurde mir abgenommen, was dazu führte, dass ich schon etwa mit dem siebten Lebensjahr von meinen sehr viel älteren Brüdern eine einschüssige, scharfe Pistole bekam, mit der ich mich dann der Überfälle erwehrte. Schon mit zwölf Jahren bekam ich wiederum von meinen Brüdern einen sechsschüssigen Trommelrevolver, und dann traute sich eigentlich niemand mehr an mich heran, weil sie alle wussten, dass ich bewaffnet war. Dazwischenflechten muss ich jetzt, dass alle diese Jungen, die mich damals verprügelten und mir das Geld abnahmen, nach 1933 mit mir in die Hitlerjugend kamen. Ich wurde aufgrund meiner sehr frühen Nazitätigkeit schon sehr bald auch Hitlerjugendführer, und diese Jungen, die mich früher verprügelt hatten, waren nun in meiner HJ-Gefolgschaft. Es waren zum Teil ganz famose Kerlchen, die auf mein Befragen hin mir einfach erklärten: »Wir hatten damals nix zu essen, und ihr hattet Geld genug, also hab'n wir dir halt das Geld abgenommen.«

Heinz Abelmann: Also, diese Pappschachtelkolonie, das war wirklich ein Albtraum. Voller Wanzen, das war entsetzlich, voller Kakerlaken, also – des kann ma' sich gar nich' vorstellen. Meine Mutter war am Verzweifeln. Alles war Schlamm, man konnte gar nicht durchgehen, der ganze Boden war aufgeweicht vom Regen. Wir saßen dort alle in dem einen Zimmer, und als meine Mutter kam und sich das anguckte und die Ratten dort über die Betten schlüpften, da hat meine Mutter gesagt: »Also, des mach' ich hier nich' mit! Nix! Komm, wir hauen alle ab. Ich fahr' zu meiner Mutter nach Emmerich.« Also – alles auf die Bahn, irgendwie, und dann sind wir bei meiner Großmutter gelandet in Emmerich. Tja, und nu' wollte doch meine Großmutter auch nich' mit all' den Blagen da noch zu tun haben. Sie hatte zwar 'ne Dreizimmerwohnung in Emmerich auf der Blücherstraße, ich kann mich gut erinnern, aber sie sagte: »Des geht doch nich', ich muss was unternehmen!« Also, was tat sie? Sie ging zum Amt und sagte: »Ja, meine Tochter ist mit all den Blagen hier aufgekreuzt, der Mann is' abgehauen, was nun?« Ja, da hab'n die gesagt: »Also zwei Kinder erst mal ins Waisenhaus.« »Ins Waisenhaus?« – Da kriegte meine Mutter 'n Schrecken. »Ja, ins Waisenhaus soll'n die?« »Ja, was wollt ihr denn machen, ihr könnt doch nich' alle in dieser Wohnung bleiben.« Na gut – Hilde und ich, also meine Schwester und ich, wurden ins Waisenhaus nach Moers transportiert. Da hatten wir zu fress…, hätt' ich fast fressen gesagt, nein, zu »essen« muss ich ja schon sagen, nich? Denn diese Anstalt, das war ein großes Waisenhaus. Die hatten einen riesigen Garten, da gab's allerhand wunderschöne Sachen, und da hab'n wir natürlich arbeiten müssen als Knaben und auch die Mädchen. Also – auf jeden Fall –, wir waren mindestens ein Jahr in dieser Anstalt.

Hildegard Dockal: Meine Großeltern haben – nebenbei sozusagen – Geld verdient, indem se Fürsorgekinder in Pflege nahmen, gell? Und so bekamen sie auch ein 14 Tage altes Baby, und das war nur Haut und Knochen und voller Geschwüre, das Oma dann auf Watte gelegt hat und mit der Watte in Kamillenbäder, damit's überhaupt mal heil wurde.

Alfred Wege: Meine Mutter hat in der Küche ooch geplättet. Wir hatten ja 'ne Nähmaschine noch in der Stube mit zu stehen. Mutter hat da für wenig Geld, für 50 Pfennig das Stück, später vielleicht 'n bisschen mehr, Wattemorgenröcke genäht in Heimarbeit. Det waren Morgenröcke für Damen, die mit Watte gefüllt waren. Ja, das war 'ne lächerliche Bezahlung, nich?

Arno Rademacher: Der Großvater wohnte als Schlafbursche in der Wissmannstraße in Neukölln, und da wohnten auch sehr viele Untermieter, und die Untermieter kriegten dann noch Schlafburschen; die konnten zu der Zeit, in der die Untermieter arbeiten waren, deren Bett benutzen. Aber nur das Bett! Die waren nur zum Schlafen da, und das kostete dann allerdings auch bloß Pfennige, aber die musste man ja auch erst verdienen. Der Großvater kriegte Arbeit, und zwar dadurch Arbeit, dass er sich mit vielen anderen Arbeitslosen bei den Häfen verdingt hat, wo die Kähne, die ja damals in Berlin noch 'ne sehr große Rolle spielten, entladen wurden. Dann fing auch schon der U-Bahn-Bau so langsam an, das war'n ja alles Schachtungsarbeiten, die mussten ja Menschen machen, und da standen dann auch – also massenhaft – junge Leute bereit, die sich da von Tag zu Tag anheuern ließen. Das hat mein Großvater dann gemacht und hat gelegentlich mit seinen Kollegen gesprochen, wie man sich so sonst im Betrieb kennen lernt. So hab'n die sich dann von ihrem ewigen Anstehen nach Arbeit oder dann auch beim Zusammenarbeiten kennen gelernt. Das führte wiederum dazu, dass er von dem einen hörte, er soll noch nich' verzagen, er soll an Gott glauben, dann würde das schon alles werden, vieles würde leichter werden, oder zumindest würde er die Unbilden leichter ertragen. Und ein anderer erzählte dann, er sei neuapostolisch. Und darüber grübelte mein Großvater immer nach und sprach mit dem Kollegen immer wieder und immer wieder, wenn sich die Möglichkeit ergab, über'n neuapostolischen Glauben. Dann wechselte er aber mal die Gruppe, in der er arbeitete, und er war zunächst sehr verschlossen. Und dann sagte man zu ihm: »Ja, warum bist du nicht mehr lustig, und warum sprichst du nicht mal?« Und da hat er gesagt: »Erstens bin ich älter als ihr«, er fühlte sich schon sehr reif und gestanden, »und im Übrigen habe ich Sorgen, und meine Sorgen sind, dass ich von Tach zu Tach um meine Arbeit kämpfen muss. Det gefällt mir überhaupt nicht. Ick brauch' dringend was anderes, aber ich weiß noch nicht, was. Ich bin noch nicht so richtig da auf der richtigen Schiene.« Darauf sagte der, mit dem er sprach: »Pass mal auf: Es gibt nur eine Lösung für uns. Det geht uns doch allen so wie dir, du bist ja auch keine Ausnahme. Wir müssen die Verhältnisse ändern, und det können wir nur mit der kommunistischen Partei.« Und der erzählte ihm nun: Einigkeit macht stark. Und wenn wir alle zusammenhalten, dann würde … und … und … Und davon war er dann auch überzeugt. Wenn später draußen die großen Umzüge der Nazis oder der Kommunisten durch die Müllerstraße gingen – im Wedding is' diese Müllerstraße –, da hatten meine Großeltern ihre Wohnung, die nach vorn rausging, dann stand Großvater am Fenster und hob die Faust und brüllte »Rot Front«, wenn die Kommunisten vorbeikamen. Und als meine Mutter das erste Mal dort war, da war sie entsetzt, als sie sah, dass der da steht und »Rot Front« schreit, denn sie war ja deutschnational, so wie es ihre Eltern waren. Also, des war unwahrscheinlich peinlich, und mein Vater hat gesagt: »Na ja, mein Vater spinnt, der is' nu' mal so, aber er is' ja auch sehr fromm, und damit gleicht er det eben wieder aus.«

LUDWIG GEHM: Es ist da sehr, sehr viel gestreikt worde'. Sehr, sehr viel. Man hat große Streiks geführt für *einen (!)* Pfennig Lohnerhöhung.

KARL GOSZMANN: Die Aufmärsche der KPD waren so geprägt, dass als Erstes ein schwer verletzter Soldat des Ersten Weltkriegs im Rollstuhl fuhr. Der hatte am Rollstuhl ein Schild: »Was ich bin und was ich habe, dank' ich dir, mein Vaterland«. Und dann kam meistens die Fahnenträgerin. Vorwiegend wurde die rote Fahne in Kassel von einer Frau getragen, die beruflich eine öffentliche Bedürfnisanstalt leitete. Und dann kam die Schalmeienkapelle, die zog uns Kinder dann natürlich an, und dann sind wir bei diesen Umzügen so am Rand mitmarschiert oder mitgelaufen. Selbst in der Schule hatten wir schon verschiedene Gruppierungen, die politisch geprägt waren. Ich erinnere nur dran, dass dann schon auf den Schulhöfen gerufen wurde: »Schwarz, rot, gold, wird verrollt!« »Nazi verrecke!« »Die Fenster auf, die Türen auf – der Hitler kommt im Dauerlauf!« Und es wurden dann auch schon politisch geprägte Lieder gesungen. Verschiedene Mitschüler stammten aus kommunistischen Familien, und so wurde gesungen (zitiert auswendig): »Auf, auf, zum Kampf! Zum Kampf sind wir geboren. Auf, auf, zum Kampf! Zum Kampf sind wir bereit. Dem Karle Liebknecht haben wir's geschworen, der Rosa

Luxemburg, der reichen wir die Hand«, oder so ähnlich. Und dann – im Gegenzug – sangen die nun schon braun Angehauchten schon damals: »Vorwärts, vorwärts, schmettern die Heldenfanfaren. Vorwärts, vorwärts, Jugend kennt keine Gefahren... Deutschland, du wirst leuchtend stehn, mögen wir auch untergehn. Unsre Fahne flattert uns voran, in die Zunkunft ziehn wir Mann für Mann. Wir marschieren für Hitler durch Nacht und durch Not, mit der Fahne der Jugend für Freiheit und Brot.« Das Lied, was später das Lied der Hitlerjugend geworden ist.

Madelon Bethke: Wir waren damals bei den Roten Falken, des war so 'ne SPD-Jugendgeschichte, und da hatten wir im Titania-Palast eine SPD-Kundgebung mit jungen Leuten; und wir hatten alle so Transparente vorne und hinten, werd' ich nie vergessen. Und ich war die Jüngste von allen und musste den Spruch sagen: »Wir Roten Falken halten uns sauber und gesund!« Und während dieser Vorstellung kamen irgendwelche SA-Leute und stürmten den Titania-Palast, und ich – voller Panik – bin in so 'ne Seitenstraße reingeflüchtet und habe per Zufall ein Arztschild gesehen. Und da hab' ich geklingelt, und da bin ich auch reingegangen, und der Arzt hat mich auch beherbergt, weil ich völlig außer mir war, weil ich dachte: Ich werde totgeschlagen, weil die Polizei und SA-Leute mit Knüppeln geschlagen haben. Das muss um 1930 gewesen sein.

Joachim Salomonski: Ich hab' in Berlin eine Lehrstelle bekommen, und ich bin mit knapp 18 Jahren von Landsberg an der Warthe nach Berlin gekommen. Ich erinnere mich genau: Es war zum 1. Mai 1927, und meine Einfahrt nach Berlin hat auf mich einen ungeheuren Eindruck gemacht. Zunächst fuhr man mal durch so ein Schrebergartengelände. Und in diesem Schrebergartengelände waren in den einzelnen Gärten überall schwarz-rot-goldene Fahnen gehisst; in Landsberg hatte ich eine schwarz-rot-goldene Fahne, gehisst von einem Privathaus, nie gesehen. Obwohl es in Landsberg eine starke Sozialdemokratie gab, hat sich kaum jemand getraut, eine schwarz-rot-goldene Fahne zu hissen. – Das also war mein erster Eindruck von Berlin. Die Leute waren damals – 1927 – Demokraten, und die Republik wurde eigentlich bejaht von den meisten.

Anton Bischof: Wie wir da in Berlin wohnten – wir wohnten im Hinterhof natürlich –, da lebte im Vorderhaus ein junger Mann, und der hatte ein Sportrad, also so'n Rennrad, und der hat auch immer viel Geld gehabt. Und ich bin mal mit ihm ins Gespräch gekommen, und da hat er mir erzählt, er ist im Hotel »Adlon« Page. Und da hat sich bei mir so der Gedanke festgesetzt: Das machste auch mal! Und nachdem ich dann aus der Schule kam, musste ich erst 'n halbes Jahr in eine Tischlerlehre, und da hab' ich mein' Vater immer wieder gebeten: »Lass uns doch mal nach 'ner Lehrstelle im Hotelgewerbe suchen!« Es war nicht nur das »Adlon«, es waren auch das »Bristol« und das »Esplanade«, wo wir hingegangen sind. Aber wie wir dann nach'm Hotel Adlon hinkamen, da wurde ich dann angenommen – das war 1926. Von da an war ich dann Page, nich? Und danach sind wir gleich gegangen und haben mir eine Uniform anpassen lassen, und zum Arzt mussten wir. Und dann stand ich da, ja! Also, bei den Ankünften, wenn die Autos vorfuhren, die Taxen meist, dann läutete der Wagenmeister, es erschallte drin in der Hotelhalle 'ne große Glocke, und dann stürzte ein Page heraus und nahm das Handgepäck der Gäste in Empfang, denn 'n Gast durfte kein oder hat damals jedenfalls kein Gepäck getragen, jedenfalls die Gäste, die im »Adlon« vorfuhren. Sie dürfen nich' vergessen, es waren damals 50 Pagen und auch so viel Kellnerlehrlinge. Es war ein ungeheurer Aufwand an Personal. Ich hab' im Monat acht Mark bekommen, aber die Trinkgelder waren natürlich erheblich, zumal – damals, 1926 – sehr viel Amerikaner nach Deutschland kamen, vor allen Dingen Deutschamerikaner, die nun die deutschen Theater sehen wollten, denn Berlin war damals *die* Theaterstadt, nicht etwa Wien, sondern Berlin! Sogar die Künstler aus Wien kamen nach Berlin und haben hier an den Theatern gespielt. Und dann kamen auch die amerikanischen Regisseure und haben diese Leute, diese guten Schauspieler, die – wie sie meinten – gut waren, engagiert und mit nach

Amerika genommen. Das war direkt ein Boom damals. Und ich erinnere mich: Immer wenn so ein Amerikaner kam – im Adlon war vorne 'n großer Blumenladen –, dann kaufte er Orchideen, die damals auch gar nicht so billig waren wie heute. Heute kann man in jedem Laden 'ne Orchidee kaufen. Das war damals eine Ausnahme, und die Orchideen waren wunderschön, und damit hab'n se dann die Frauen gelockt.

Joachim Salomonski: Ich erinner' mich, dass wir im Hotel »Adlon« auch zum Fünfuhrtee waren, an einem Sonntagnachmittag. Das hat genau fünf Mark gekostet, und da gab es alles, was man wollte: also, Kaffee und Kuchen und eine sehr, sehr gute Kapelle. Ich glaube, es war damals Marek Weber, der zum Fünfuhrtee spielte.

Anton Bischof: Im »Adlon« verkehrten damals nun diese großen Amerikaner. Da war zum Beispiel der Mann, der Woolworth eröffnet hatte, ein Mister Strongman. Der hatte ja monatelang da gewohnt, so'n kleener Dicker, der hatte eine sehr hübsche Frau, und er selbst war sehr, sehr großzügig. Für das Anstecken seiner Zigarette gab er immer 'ne Mark, und für das Türaufmachen gab er 'ne Mark, für das Raufbringen eines Briefs gab's auch 'ne Mark – also, der war furchtbar großzügig. Und dann war natürlich der Maharadscha von Padjala! Der hat mit seinen ganzen Frauen da oben im vierten Stock gewohnt. Der hatte 60 Zimmer belegt, von 80 Zimmern im Stockwerk waren 60 Zimmer von ihm belegt, die andern wurden leer gehalten. Und der hatte da fünf, nee, sieben Frauen hatte er mit, doch, mit der Maharani waren's sieben. Und fünf Frauen waren noch in London, die waren schwanger. Das war natürlich damals für die Berliner ein Anblick, wenn diese Frauen ihre Saris – bunte Saris – damals schon trugen. Das kannten die Berliner noch nicht. Die kannten überhaupt nüscht, die Berliner. Oder 'n Mann mit'm Turban – da blieb die ganze Straße stehen, Unter den Linden, weil... so was hatte man ja noch nich' gesehen, denn Sie dürfen ja nicht vergessen: Bis 1918 hatten wir Krieg, und danach in der Nachkriegszeit kam ooch keener – und jetzt auf einmal dieser Aufwand. Die fuhren mit drei, vier großen Autos vor, wenn se mal wegfuhren, und dann diese Frauen! Da bildete sich gleich eine Riesenmenge und staute sich damals Unter den Linden, bis die Frauen dann wegfuhren. Die fuhren dann meist in Warenhäuser und kauften Spielsachen für ihre Kinder.

Hans-Joachim Lemme: Natürlich war viel los. Es ist richtig, dass am Kurfürstendamm und den Nebenstraßen ein lebhaftes kulturelles Leben herrschte, wobei man kulturell in Anführungsstrichchen setzen muss. Es waren da eben Bars und kleine Theater und so was – und teure Restaurants.

Joachim Salomonski: In größeren Städten gab's so genannte Fünfuhrtees, und zu den Fünfuhrtees sind sehr viele verheiratete Frauen gegangen, um einen Seitensprung anzubahnen; und das gab auch immer Stoff zum Klatsch, zu ausgedehntem Klatsch, ja. Es gab auch damals – nach dem Ersten Weltkrieg waren Scheidungen ja viel häufiger als vorher, als die Scheidung meiner Mutter war –, also, damals gab es sehr viele Skandale und Scheidung und Neuheiraten und so weiter – auch innerhalb von jungen Akademikerfamilien.

Anton Bischof: Gleich die ersten Tage – wie ich im »Adlon« war – gab man mir einen Brief, um ihn schnell auf ein Zimmer zu bringen. Ich komm' rauf – eine Doppeltür –, ich mach' die erste Tür auf, und da höre ich gleich, da stöhnt eine Frau! »Gott, mein Gott, was ist denn da los?«, denk' ich so bei mir. Und, äh… dann hab' ich angeklopft ganz vorsichtig – kein Laut. Ich klopf' noch mal 'n bisschen lauter, und wieder nichts. Aber die Frau stöhnte so herzhaft, und dann hab' ich jetzt die Tür aufgemacht, 'n ganz klein' Spalt, und hab' reingeschaut. Und dann seh' ich: Da kommt aus diesem Bettenwust, das waren so Steppdecken, rosarote Steppdecken, da kommt immer so'n weißer Po empor, und… und das konnt' ich mir gar nicht vorstellen… und die Frau, die stöhnte. Ich meinte schon, die röchelte beinah! Ja, ich vermutete ein… ein… Unglück, ein Verbrechen. Und dann hab' ich die Tür schnell wieder zugemacht, bin runtergelaufen und an die Rezeption und hab' gesagt: »Kommen Sie schnell, kommen Sie ganz schnell, da bringt jemand seine Frau um!« Und die sagten: »Nu' mal langsam, nu' erzähl doch mal. Wie war denn das?« Und dann schmunzelte alles... Und dann hat einer den Portier geholt, und alles schmunzelte, und alle haben mit dem Kopf genickt. Das war... kam mir komisch vor, und da sag' ick zu mir: »Donnerwetter, da haste was verkehrt jemacht.«

Hans-Joachim Lemme: Es gab ja da so diese Theater, spezielle Revuetheater. Revue war damals die beliebteste oder die verbreitetste Kunstform der Darstellung im Theater, und da war *die* Sensation in Berlin damals, dass in einer Szene eine Frau einige Sekunden barbusig auftrat. Das war also eine Sensation, nich' wahr, man konnte sich gar nicht beruhigen. Das wurde also flüsternd weitererzählt (flüstert): »Da kommt so eine Frau, die tritt barbusig auf!« »Donnerwetter, tatsächlich?« »Ja...!« Na bloß, wir konnten ja leider nich' da hingehen, weil wir keen Geld dafür hatten.

Anton Bischof: Von den deutschen Gästen waren damals dann auch noch die Fürsten: Fürst Henkel-Donnersmark, Graf Schafgotsch und viel dieser großen Leute aus Schlesien, und die hatten noch drei, vier Diener mit, vier, fünf Sekretärinnen, die alle im »Adlon« wohnten. Und diese Leute, der Adel, wenn diese Leute ins Restaurant kamen, dann wurde gleich getuschelt unter den Oberkellnern und Geschäftsführern: »Das is' Graf Sowieso oder Baronin Sowieso.« Die wurden alle mit ihrem Titel – oder »Herr General« auch noch, vom Weltkrieg her – angesprochen. Sie waren doch noch eine Macht in dieser Hinsicht, ja, sie waren noch reich. Und ich erinner' mich zum Beispiel an Silvester. Die Silvesterfeiern! Das kann man sich gar nicht vorstellen. Das ist heute nur noch ein Abklatsch dessen, was damals alles geboten wurde. Was wir alles gemacht haben! Große Kapellen waren da! Der Russe da – Sergej Scharr... Schatschowka (?) oder so ähnlich – der hat hier immer Balalaika-Chöre gehabt, die waren in der Hotelhalle, da waren mindestens 30, 40 Mann, die da gesungen und gespielt haben, ununterbrochen! Da haben die Amerikaner – die Russen hatten 'n Hut hingestellt... 'n großen Hut –, da hab'n die Leute das Geld reingeworfen. Der Hut lief über von Geld. Das können Sie sich gar nich' vorstellen.

Joachim Salomonski: Ich war sehr oft in der Komödie am Kurfürstendamm. Da hab' ich auch Heinz Rühmann gesehen und Grete Moosheim, und dann erinnere ich mich an eines: »Zwei Krawatten« ...Da hab' ich das erste Mal auch Marlene Dietrich in 'ner größeren Rolle gesehen.

Heide Grunwald: Erst wie ich schon in der Mittelschule war, durfte ich auch einmal ins Kino gehen. Erst war ja 's Kino verpönt! Des war – na, muss ma' direkt sag'n – unsittlich! Des hat sich nicht gehört, in ein Kino zu gehen. Es war einfach verboten. Ich glaub', die Eltern hab'n die Filme selber nicht gekannt, aber sie hab'n g'sagt: »Ein Film taugt nichts, ein Kino taugt nichts, des verdirbt die Leute.«

Anna Reimer: 1918/19 war des: Da hab' ich meine Mutter eingeladen. Da konnt' man ins Kino gehen. Das war ganz primitiv. Da war ein Klavierspieler, ganz hinten in der Ecke mit einem Paravent zugedeckt, dass man den nicht gesehen hat. Man hat ihn nur klimpern hören, und wie klimpern! Mein Gott, mein Gott! Meine Ohren hab'n mir richtig wehgetan davon, und das hat zehn Pfennig gekostet. Da musst' man auf langen Bänken sitzen, und da hat ma' sich aussuchen können, wo man hingehen will – vorn oder hinten. Und dann konnte man sitzen bleiben, so lang wie man wollte, so lang wie sie eben spielten. Das waren noch diese... bloß so lebende Bilder, die so gezappelt hab'n, und so richtig g'sehn hat ma' eigentlich gar nix, gell? Aber irgendwie hat ma' sich halt was vorg'stellt drunter. Ah, des war zum Schrei'n.

Alfred Wege: Die Technik hat sich ja in der Zeit von damals bis jetzt derart rasant entwickelt, dass es heute beinah unglaubwürdig wird. Der erste Tonfilm kam ja raus in Deutschland – ich glaube

1929 –, als ich drei Jahre alt war. Also, das gesamte Niveau lag ja viel, viel tiefer.

HANS-JOACHIM LEMME: Nach dem Kriege war unsere Familie eine der ersten weit und breit, die ein Radio hatten, und das war also eine Sensation. Wir hatten ja 'n großen Garten, und im großen Garten war 'ne Antenne aufgebaut, 'ne große, hohe Antenne, und da wurde dann mit Batteriebetrieb, nich' wahr, wurde also Radio gehört. Und alles staunte: »Tatsächlich – da kommt Musik raus! Tja, und wo… wo is' der?« Der Radiosender saß damals in der Voßstraße. »Tja, der sitzt in der Voßstraße.« »Was denn, in der Voßstraße, und das hört man hier?« »Jaja.« »Donnerwetter!« Ja, es war so – eine Sensation! Dabei – das muss man natürlich nach den heutigen Verhältnissen seh'n – war der Ton natürlich grausam, nich' wahr, aber immerhin!

KURT NIEMETZ: Und der Lautsprecher war extra mit'm großen Trichter, des hat mehr gequakt als Töne von sich gegeben.

ANTON DIEPOLD: I war der 85. Radiohörer in München. Mei, des war Wahnsinn; für meine ganzen Freunde und Bekannten hab' i Antennen gebaut, bin auf die Dachrinnen rumgeklettert, hab' dene' Antennen und Detektorapparate eben gebaut. Unser Hausarzt, der Dr. Neustaz, der war Jude, den hab' i a no eing'richtet, mei-o-mei. Damals hat ma halt die Zwanziger- und Dreißigerjahre-Musik gehört: Rosita Serrano und Zarah Leander und 'n Valentin, 'n Weiß Ferdl…

LUDWIG GEHM: Der Bildungshunger war sehr stark, wir waren sehr viel im Theater. Und zwar haben wir damals von den Gewerkschaften aus… alle Jugendlichen habe' damals von den Gewerkschaften aus monatlich mindestens zwei Theaterkarten gekriegt – zwar oben, Petroleumsloge, aber des hat uns ja ned gestört. Wir konnten ja mal vier Stund'. Da habe' die Gewerkschafte' sehr viel, äh, für die Jugend damals auch gemacht.

Heinrich Praechter: Meine Mutter hatte eine Freundin, die war Garderobiere im Opernhaus, und die hatte jeden Abend zwei Karten – Stück für 30 Pfennig – für die Stehgalerie. Und wie ich so 21 Jahr' alt war, da hab' ich mir jeden Abend zwei Karte' geholt; da bin ich ins Opernhaus – ganz allein. Ich war noch ganz allein, ich hab' niemand gehabt, hatt' kei' Mädchen gehabt, ne, ne, ich bin allein da hin, natürlich Stehgalerie, aber des war ned schlimm. Da hat der Polizist g'standen, der hat a Zigarr'n gekriegt, und wenn dann der Vorhang uffgange' is', dann durft man die Treppe runterrutsche' in de' erste Rang, und dann hat ma sich da hingesetzt uff die Trepp' und hat da genauso gut g'sehe', wie wenn man am Sitzplatz g'sesse' hat. Da hab' ich »Die ganze neue Sachlichkeit« g'sehe' von Bernard Shaw und so weiter, gell, und dann natürlich de' ganze Opernzyklus, ned, und dann natürlich die Märchenwelt von – meinetwegen –, von »Hänsel und Gretel« von Humperdinck und so weiter. Des war doch einzigartig.

Madelon Bethke: Wir hatten zu Hause immer irgendwie Künstler: Bildhauer, Maler, Pianisten, Tänzer, und ich wuchs auf in einer Welt mit, äh … ja, eben mit anderen Menschen, als das sonst so in meiner Klasse üblich war. Und dann hatte meine Mutter sehr viel jüdische Freunde. Und unter anderem eine Omi Rosenbaum, so wurde die genannt. Bei denen waren wir mal eingeladen, und meine Mutter erzählte dieser Omi Rosenbaum, dass ich so gerne tanzen würde. Und dann sagte die: »Ja. Na dann soll se uns doch mal was vormachen.« Und das hab' ich dann auch wohl gemacht, und dann sagte diese Omi Rosenbaum: »Also, ich kenne einen großen Ballettmeister hier in Berlin, das ist der Viktor Ksofsky. Das is' ein guter Freund von mir. Da sollte doch mal die Madelon vortanzen.« Dann kam ich in diese Schule, und da wurd's mir dann doch 'n bisschen bängelich, nich? Da war also eine Klavierspielerin da, und die spielte dann los, und ich hab' … was weiß ich … ich muss da fürchterlich rumgehopst sein – also, ich hab' nur dunkle Erinnerung, was ich da getrieben habe. Auf alle Fälle hat der Ballettmeister gesagt: »Ja, die kann bei mir anfangen zu studieren, und sie kriegt da also 'n Stipendium.« Ja, und dann hab' ich eben bei Viktor Ksofsky angefangen, Tanz zu studieren, und zwar richtig klassisches Ballett. Und da eröffnete sich für mich eine so unwahrscheinlich tolle Welt, und die war wiederum so anders als das, was so in der Schule passierte, wo ja doch schon das Dritte Reich spürbar zu merken war.

Gertrud Seydelmann: Also, ich bin nicht bekannt geworden mit Boogie-Woogie und Tanz und dem, was Berlin bedeutet: Kabarett und Nachtleben und diese Dinge. Ich bin durch die Schule bekannt geworden mit allem, was da am geistigen Aufbruch war: Georg Kaiser, Remarque, Hofmannsthal, Rilke, George, Wassermann, Stefan Zweig, Thomas Mann, Arnold Zweig. Wir haben also noch den Expressionismus gesehen. Ich hab' noch Barlach gesehen, ich hab' noch Kollwitz gesehen, ich hab' noch Nolde gesehen, ich hab' noch Munch gesehen – alles so um 1932. Das hervorstechendste Ereignis, an das man heute noch sehr oft denkt, das waren ja das Max-Reinhardt-Theater und sein Schüler – glaub' ich, sozusagen – Gründgens, der bis ins Dritte Reich hinein noch wunderbare Aufführungen machte am Deutschen Theater, die vorbildlich waren in jeder Beziehung. In den Zwanzigerjahren waren ja auch noch die großen Schauspieler da, äh … also niemand wusste, dass die Elisabeth Bergner zum Beispiel – eine zarte, entzückende Person, die auch eine wunderbare Diktion hatte, die man heute sehr oft vermisst, und die als Kameliendame ganz, ganz hinten auf der Bühne flüsterte, und man konnte trotzdem jedes Wort verstehen –, und niemand wusste damals in den Zwanzigerjahren, dass Elisabeth Bergner 'ne Jüdin war und dass die nachher fliehen musste. Das wusste man gar nicht. Diese Menschen, auch die großen Ärzte, auch die großen Professoren, die waren alle völlig integriert.

Joachim Salomonski: Ich bin Joachim Salomonski. Ich bin geboren im Juni 1909 im damaligen Breslau. Mein Vater war Max Salomonski, ebenfalls geboren in dem noch damaligeren Breslau, 1871. Leider haben sich meine Eltern schon, als ich zwei Jahre alt war, scheiden lassen, und meine Mutter hat später nach Landsberg an der Warthe geheiratet. Dort hab' ich auch die Schule besucht, die bis 1918 das »Königlich Preußische Gymnasium« war, später das Staatliche Gymnasium in Landsberg an der Warthe. Ich war bis zum Einjährigen auf dieser Schule, einem Monstrum von einer reaktionären Schule, mit Lehrern, die zum allergrößten Teil antisemitisch waren und Launen an den jüdischen Schülern ausgelassen haben, die immer möglichst schlechte Noten bekommen haben, um sie auf diese Art und Weise vom Universitätsstudium fern zu halten.

Mile Braach: Wir haben nie etwas von Antisemitismus gemerkt, nie. Auch in der Schule nicht. Also, wir waren in der ersten Schulklasse, in der Elisabethenschule zunächst, 42 Mädchen, ungefähr, und von denen waren vielleicht doch 18 oder 20 jüdischer Abkunft oder Juden. Und die Freundschaften gingen hin und her, also, und auch bei den Lehrern gab's keinen Unterschied, ganz im Gegensatz zu der Zeit nachher bei meiner Tochter.

Joachim Salomonski: Ich bin 1926 von der Schule abgegangen. Krasse Vorfälle von Seiten der Lehrer konnte es in der Weimarer Republik nicht geben, aber anzügliche Bemerkungen und irgendwelche hämischen Zwischensätze im Geschichtsunterricht, sogar im Naturkundeunterricht, waren durchaus nicht selten.

Susanne Zeimert: Wir hatten zum Beispiel mindestens vier Jüdinnen in der Klasse, des spielte gar keine Rolle.

Heide Grunwald: Interessiert haben mich eigentlich die Juden immer scho'. Ich wollt' immer gern wissen, was des mit denen auf sich hat. Wir haben dann in der Mittelschule dieses schreckliche Gebet beten müssen. Jeden Freitag. Da wurde für alle Menschen gebetet, und der letzte Absatz hieß: »Lasst uns auch beten für die Kinder jenes Volkes, das ehedem das auserwählte war. Möge das Blut, das einst auf sie herabgerufen wurde, als Bad der Erquickung und des Friedens auch über sie fließen.« Dieses Gebet hab' ich gehasst. I hab' immer des Blut fließen sehen über die Häupter, und das war also für die Juden. So war die katholische Kirche zu den Juden eingestellt: Dieses Volk, das gesündigt hat und Christus getötet hat, das is' nicht mehr akzeptabel, aber wir beten als gute Christen, dass die auch von Christi Blut gereinigt werden Es bestand also eine ganz scharfe Gegnerschaft gegen die Juden.

Gertrud Seydelmann: In der Ritterstraße, da waren lauter Altkleiderhändler, und das waren Juden. Und es hieß: »Raubritterstraße«. Und wenn man stolperte, dann sachte man: »Pass' op, da lieht ene Jüd begrave.«

Joachim Salomonski: Ich hatte den einen oder den anderen nicht jüdischen Freund. Das alles hat sich aber durch die oder nach der großen deutschen Inflation sehr geändert. Beispielsweise verkehrten im Haus meines Stiefvaters jüdische Freunde und nicht jüdische Freunde gleicherweise, aber ungefähr ab 1922 kann ich mich eigentlich nur an einen einzigen nicht jüdischen Freund erinnern, der den gesellschaftlichen Verkehr aufrecht erhalten hat. Sonst waren in diesem sehr gastfreundlichen Haus meines Stiefvaters eigentlich nur jüdische Familien anzutreffen. Es hat ganz offensichtlich nach dem Ersten Weltkrieg eine Umstellung in Deutschland gegeben, und die hat sich durch die Inflation, wo viele bürgerliche Familien ihre Existenz vollkommen verloren haben, noch stärker ausgewirkt. Schon während der Inflation entstand im Bürgertum eine Tendenz, die Schuld an der Inflation den Juden in die Schuhe zu schieben. Dabei haben jüdische Familien genauso ihre Existenz durch die Inflation verloren wie andere. Mein Großvater zum Beispiel hat sein 1871 gegründetes Geschäft 1923 in der schlimmsten Inflation verkauft und natürlich sein ganzes Vermögen verloren.

Mile Braach: Wir haben den Großvater nie als Juden betrachtet. Er war Diakon in der Kirche, und er war eben übergetreten. Er hat seinen Glauben gewechselt, war konvertiert, ned, oder wie man das eben nennt, und damit hat sich's. Aber dass mal eine Gesetzgebung kommen könnte, die also die Menschen nicht nach Religion, sondern nach Rasse sortiert, das hat man ja damals nicht geahnt.

Clara von Arnim: Was meine Mutter betrifft, so war sie stockkonservativ, und sie war auch antisemitisch. Und es war ihr natürlich äußerst peinlich, als sie erst später erfuhr, dass mein Vater eine jüdische Großmutter hatte.

Mile Braach: Man hatte etwas gegen die Juden im Ostend, denn – ich weiß jetzt ned, wie man sie nennt – die mit den Locken und mit den Hüten auf, die lebten aber ganz für sich und waren auch sehr selten im Straßenbild zu sehen.

Joachim Salomonski: In den letzten Kriegsjahren und kurz nachher kam ein großer Zuzug von so genannten Ostjuden nach Landsberg. Das waren absolut andere Typen von Menschen, die auch gebrochen Deutsch gesprochen haben und nicht deutsch waren in dem Sinne wie die absolut assimilierten deutschen Juden.

Clara von Arnim: Das war für diese Familien eigentlich das Entsetzliche, dass sie nun... also, das verstanden sie natürlich, dass die Ostjuden irgendwie zu dem – sag'n wir mal – dritten, vierten Stand gehörten, zum Proletariat. Schwarze gab's damals noch nicht, die man verachten konnte, die gab's nur in Afrika in den Kolonialländern; aber damals gab's nun diese Ostjuden. Na ja, man duldete sie höchstens mal als Dienstboten, aber »da müssen sie erst gewaschen werden«, so ungefähr war die Einstellung. Und die jüdischen Menschen nun – zum Beispiel Professoren, Ärzte, die's EK I aus'm Ersten Weltkrieg hatten, die also absolut integriert waren in die Gesellschaft, zum Teil auch noch ihren jüdischen Glauben abgelegt hatten, manchmal katholisch oder evangelisch geworden waren oder auch ohne Bekenntnis waren –, diese Menschen kamen nun per Gesetz plötzlich in diese entsetzliche Menschenverachtung hinein. Also, viele – ich kenne welche aus der eig'nen, entfernteren Verwandtschaft, die sogar '33 in die Partei eingetreten sind! – waren völlig assimiliert. Aber dann kamen sehr bald die so genannten »Nürnberger Gesetze«, und da is' manchem schon – kann man so sagen – das Licht aufgegangen.

Joachim Salomonski: Als Kind wurde mir, wie andern auch, von so genannten Straßenkindern irgendetwas nachgerufen, und ich erinner' mich genau, als ich nach Landsberg kam, also 1917, wurde mir niemals »Jude« oder »Judenbengel« oder irgend so was nachgerufen, sondern die haben mir auf Landsbergisch oder Berlinerisch »Gummineser« nachgerufen. »Gummineser«, das meint einen, der auf's Gymnasium ging. Und ich hab' mich deshalb als Junge fürchterlich mit anderen 'rumgeprügelt. Aber ab 1920 wurde mir auch schon mal »Judenjunge« oder »Eins – Vierter – Jericho« nachgerufen. Das sollte antisemitisch sein und eben zeigen, dass unser Platz nicht mehr Landsberg an der Warthe war, sondern eigentlich Jericho; und erster Klasse war zu gut für uns, also vierter Klasse nach Jericho.

Clara von Arnim: Es gab einige bei der großen Gesellschaft nicht sehr gut angeschriebene Vorläufer des Nazitums, so um Ludendorff herum. Die gab's. Die sagten: »Ach, diese Juden, die verderben uns alles, und die Ullstein-Presse, die is' ganz mies«, und so. Aber das war eine kleine Minderheit, über die man in den Zwanzigerjahren eher lächelte.

Susanne Zeimert: Übrigens – Borkum war ganz antisemitisch. Da durften keine Juden hinkommen. Die waren halt in Norderney, aber Borkum war für Juden gesperrt. Die hatten das so genannte Borkum-Lied: »Doch wer dir naht mit platten Füßen, die Nase krumm, die Haare kraus, der darf nicht deinen Strand genießen, der muss hinaus, der muss hinaus!«

Hans-Joachim Lemme: Also, ich bin ja 1933 Richter geworden am Amtsgericht Wedding, also in einem Berliner Proletarierviertel, und war dort das »jüngste Gericht«, weil ich der dienstjüngste Richter dort war. Da fing das an, dass plötzlich Leute auftauchten, die sagten: »Ja, dieses jüdische Geschäft, das gehört eigentlich mir, denn der Jude hat das mir vor 'n paar Jahren durch üble Machenschaften abgejagt, und ich will das Geschäft wiederhaben, ich muss da wieder eingesetzt werden.« Und da hatte der dann auch Zeugen für und so weiter... Und eines Tages kriegte ich da so ein Dings zu sprechen. Und zwar ging das meistens so vor sich, dass die Kläger eine einstweilige Verfügung beantragten, und dann erging die einstweilige Verfügung. Und so war auch hier 'ne einstweilige Verfügung ergangen, dass der jüdische Mitbürger das Geschäft an diesen Antragsteller herausgeben sollte. Und der hatte aber den Mut – immerhin –, mündliche Verhandlung zu verlangen. Die Verfügung war ohne mündliche Verhandlung ergangen. Und ich sah mir die Akte an und sagte: »Dat is' ja ausgesprochener Schwindel; alles Blödsinn, was der da erzählt. Kommt gar nich' infrage.« Dann wurde also Termin anberaumt, und der Kläger erschien dann da und brachte ein' Zeugen mit, und der kam in SA-Uniform. Und ich war wahnsinnig wütend – ich war ja an sich naiv in gewisser Hinsicht, muss ich sagen –, ich war wahnsinnig wütend, weil ich dachte, der Kerl denkt, wenn er hier in SA-Uniform kommt, kannste ja dem Juden nicht Recht geben, der will dich beeinflussen durch seine Uniform. Und ich sagte zu ihm: »Wie kommen Sie dazu, hier in dieser Parteiuniform vor Gericht zu erscheinen? Sie haben...« – damals stand's in den Ladungen immer noch drin –, »...Sie haben vor Gericht mit einer der Würde des Gerichts angemessenen Bekleidung zu erscheinen. Eine Parteiuniform ist der Würde des Gerichts nicht angemessen. Wenn Sie noch mal in der Uniform hier erscheinen, werde ich Sie in eine Ordnungsstrafe nehmen!« Nun ist das so'n Fall... der Saal war voll, es sind noch andere Leute drinnen, nich' wahr? Es entstand eine gewisse Unruhe im Saal, aber mir is' det eigentlich gar nich' aufgefallen. Ich fühlte mich vollkommen im Recht. Und dann hab' ich die Klage – die einstweilige Verfügung – aufgehoben und den Antrag abgewiesen, weil: Es war tatsächlich ohne weiteres zu merken, dass die Anschuldigung aus der Luft gegriffen war. Und nach der Verhandlung sagte der Justizsekretär – es war 'n älterer Mann: »Das wird Ihnen wohl nich' gut bekommen. Wie können Sie denn so was sagen, dass die SA-Uniform der

Würde des Gerichts nicht angemessen ist? Das wird Ihnen schlecht bekommen!« Na ja. – Und zu Hause sagte mein Vater auch: »Also, mein lieber Junge, also, des war wohl nich' ganz det Richtige.« Na, ich bin dann übrigens ausgeschieden. Ich bin danach aus dem Justizdienst ausgeschieden, weil es tatsächlich sonst vielleicht schief gegangen wäre. – Nun war ja die einstweilige Verfügung von einem älteren Richter ergangen, und des is' immer etwas peinlich, wenn Sie als Junger eine Entscheidung von einem älteren Richter irgendwie aufheben oder kritisieren oder so was. Ich ging also zu dem hin und sagte: »Herr Kollege, ich hab' Ihre einstweilige Verfügung aufgehoben. Ich fand, die war eigentlich doch nicht begründet.« Darauf sagte der zu mir: »Ach wissen Sie, ich hatte ja auch ganz große Bedenken gegen die Sache, aber – wissen Sie – heutzutage gegen einen Juden, da muss man doch wohl nachgeben.« Und ich finde, des war typisch. Der Mann war keen Nationalsozialist. Aber die allgemeine Stimmung war so, und der meinte eben, na ja, der Gegner war'n Jude, na kann ich doch dem nicht Recht geben.

Heinz Abelmann: Am 1. Januar 1933 kriegte ich 'ne Lehrstelle bei Moritz Mayer in Duisburg. Das war ein Kaufhaus, Moritz Mayer ein Jude. Ich hatte keine Ahnung, was das is'. Das war 'n patenter Mann, ziemlich beleibt, aber es ging mir dort gut. Moritz Mayer hatte gesehen, dass ich ja nix auf der Stulle hatte, ich hatte immer nur trockene Schnitten, da war immer Rübenkraut drauf. Und die fielen mir manchmal aus der Hand, und dann haben die gesehen: »Um Gottes willen, der Mann hat ja bloß sechs, sieben, acht Schnitten« – so viel Brot hatte man schon noch – »mit Rübenkraut«, das war alles! Na ja, und so hatte ich das Glück, dass er sich sagte: »Die Arbeitskraft muss man erhalten, die is' ja wertvoll.« Und da hab'n die mir den Vorschlag gemacht, ich soll ins gegenüberliegende Restaurant geh'n, und da krieg' ich kostenloses Mittagessen. Na gut. Also, bei Moritz Mayer hatte ich's nicht schlecht, und noch eine Sache muss ich erwähnen, die ... die kann ich das ganze Leben nicht vergessen, weil es so 'ne Solidarität war von einer Frau. Das war die Verkäuferin ... schade, dass ich den

Namen nich' mehr weiß... ich würde ihr heute noch 'n Dankesbrief schreiben. Jeden Morgen, wenn Frühstückspause war, brachte die von zu Hause zwei Semmeln – ganz knusprige – mit Kalbsleberwurst mit und hat die auf die Fensterbank in der Kantine gelegt, und als ich runterkam, lagen die immer da. Ohne ein Wort zu reden! Also so 'ne Solidarität hab' ich mein ganzes Leben nich' wieder erlebt. Der Frau möcht' ich 'n Denkmal setzen (Erzähler fängt an zu weinen). Da kann man weinen mitunter... weil es eben... doch Menschen gab, ...die einem da geholfen haben (Pause). Ja, und das Schlimme is' ja, dass man den Juden dann eben verfolgt hat, das kommt ja noch dazu. Dass man erleben musste, dass dann später die Juden dort verfolgt wurden. Das fing damit an, da die Nazis ja zu der Zeit die Macht hatten und dass sie eben aufriefen, die Bevölkerung soll nicht in den jüdischen Geschäften kaufen. Ja – und viele haben das auch befolgt.

Gertrud Seydelmann: Das erste »Kauf nicht beim Juden!«, das ist schon 1933 gewesen. Bis dahin war uns das überhaupt nicht bewusst, Jude oder Nichtjude. Man kaufte, wo man kaufte. Und '33 hat meine Mutter strahlend erzählt, dass ein Altkleiderhändler, ein Jude, ausgereist ist. Sie kam nach Hause, sagte: »Stell' dir vor, Gertl, ...«, ich weiß nicht mehr den Namen, »...der hätt's janze Jeld in 'ne jroße Wajong mit alte Kleider gesteckt und is' weg.«

Erwin Walz: Manchmal war's wahrscheinlich nur der Neid, der auch manche dazu bewogen hat, die zu bekämpfen.

Helga Luther: Als Hitler an die Macht kam und ich wieder in die Schule kam, da sah ich auf der Strafbank Ruth sitzen: meine beste Freundin Ruth Meier. Und sie weinte schrecklich. Und ich wollte sie grade fragen, was mit ihr sei, da kam meine Klassenlehrerin rein und sagte: »Helga, setz' dich! Warum stehst du hier 'rum?« Darauf sage ich: »Ich wollte nur Ruth fragen, warum se auf der Strafbank sitzt.« »Ruth hat zwischen deutschen Volksgenossen nichts mehr zu suchen, sie ist eine Jüdin!« Da habe ich zum ersten Mal erfahren, dass Ruth Jüdin is'. Wir haben in ihrer Familie verkehrt, aber sie haben immer Tannenbäume gehabt, sie haben zu Ostern für ihre Angestellten Ostern gefeiert, ja. Und für mich war das absolut unwichtig, ob jemand katholisch, evangelisch oder jüdisch war, und ich hab' mich neben sie gesetzt. Tja. Da tobte erst das Fräulein Jäger, ich sollte auf mein' Platz gehen; und dann musste ich zum Direktor, und da hab' ich mich auch nich' von abbringen lassen; und dann hat man meinen Vater angerufen. Und als ich von der Schule kam, musste ich in sein Zimmer, und er sagte zu mir: »Äh... Hör mal, pass mal auf: Die werden die Juden verfolgen, die werden die Leute verfolgen, die nicht in die Partei gehen, die nicht ihrer Meinung sind, und du wirst einen enorm schweren Stand in der Schule haben. Sie werden dich dann nicht mehr mögen, wenn du bei deiner Freundin bleibst und dich zu einer Jüdin bekennst.« Vater hat mir erst mal klar machen müssen, was 'ne Jüdin ist. Ich wusste zwar, Juden gibt's im Alten Testament, ja, aber die haben so normal unter uns gelebt, dass... dass das nix Besonderes war.

Gertrud Seydelmann: Ich war im politischen Seminar der Zentrumspartei. Also, ich war politisch interessiert. Deren Leiter war Dr. Reuter, den Vornamen weiß ich nicht mehr, der war auch Direktor der städtischen Volksbüchereien und unterrichtete in der Bibliotheksschule Bibliotheksverwaltung und Bibliotheksgeschichte; und im März '33 kam er in SA-Reiteruniform in den Unterricht. Ich höre ihn noch sagen: »Man muss immer einen Zipfel des Mantels der Macht in der Hand halten.«

Ludwig Gehm: Es wurden ja auch die ganzen Werke der Juden verbrannt: Freud, Adler oder wie sie sonst alle heißen, des waren ja alles Juden. Das war ja 'n Irrsinn für sich – des hatt' ja mit de Bücher an sich beinah' gar nix zu tun! Die wussten ja gar ned, was da drin stand. Ich hab' Lenin-Bände – die habe' se nie angerührt – gehabt, und die habe' da g'stande', und andere Bücher, die überhaupt ned politisch waren, die habe' se dann mitgehe' lasse'. Bei mir is' dreimal... – vor meiner Verhaftung –, ... dreimal Haussuchung gewese. Und danach noch bei meinen Eltern a paarmal. –

Praktisch waren wir schon Mitte '32 im Widerstand, im Aufbau, und wir habe' uns dann vorbereitet auch auf Verhaftungen und auf Gerichtsverhandlungen. Mir haben Geheimschriften ausgearbeitet und kleine Techniken also auch geprüft und gemacht: Wie kann man Flugblätter herstellen, und was braucht man dazu? Es war 'ne große Zahl Anhänger da, aber es war keine Führung da, die diese Anhänger wirklich führen konnte. Ein Beispiel: Vier Tach... drei, vier Tach vorm Umsturz, vor der Machtergreifung war auf'm Opernplatz eine Veranstaltung gegen die Nazis mit über 100 000 Leuten, und da hat sich der Redner hingestellt und hat gesagt: »Was sind wir für eine Masse! Ja, was sind wir für eine Macht! Lasst die mal kommen – wir zertrümmern die!« – Tja... Drei Tag' später hat man denselben Mann aus'm Gewerkschaftshaus rausgeprügelt.

Heide Grunwald: Im Januar war schon eine Abstimmung und dann im März noch mal. Und da war meine Familie schon geschockt, weil die bis zuletzt an ihrer Bayerischen Volkspartei festgehalten hat. Andererseits – mei' Vater hatte doch des kleine Bekleidungsgeschäft und sehr, sehr wenig Aufträge. Und was war einer seiner ersten Gänge? Zur Reichszeugmeisterei, um Aufträge zu kriegen für SA-Uniformen. Da war's dann aus mit der Weltanschauung.

Lilly Wagner: Mein Vater war in seiner Jugend Sozialist, und wie er dann bemerkt hat, dass die sozialistischen Sprecher in seinen Heimatort Steinach gekommen sind, erster Klasse im Zug gefahren sind, mit schönen, eleganten Anzügen, und sich erst im Hotel – nachdem des ja meinem Onkel g'hört hat, wusst' mein Vater ja Bescheid – umgezogen haben, eine Arbeiterkluft angelegt haben und dann a rotes Tücherl umgebunden und so den Leuten vormachen wollten: »Ich bin einer von euch!«, da hat mein Vater g'sagt: »Das stimmt ja gar nicht. Das is' ja gar nicht wahr, der is' ja kein Sozialist. Die betrügen uns ja auch.« Und dann hat er sich zum Nationalsozialismus hingewendet. Er hat sich g'sagt: »Das, was der Hitler sagt, is' sozial... könnte gut sein.« Von einem Krieg oder von irgendwas war keine Idee. Es war die Vorstellung: »Es geht ei'm jeden gut, jeder kriegt Arbeit; 's wird a Arbeitsdienst ein-g'führt, den Müttern, denen wird geholfen, die kriegen Windeln und kriegen Lebensmittel. Denn die hatten ja damals nicht amal a Geld, wenn's a Zahnlücke g'habt hab'n, sich da a Prothese hineinzumachen. Und das is' ein Gebiet, wo ich zu Hause bin, was sehr salzreich ist, da verlieren die Leut' sehr früh die Zähne. Die Frauen, die jungen, haben alle keine Zähne g'habt, aber kein' Ersatz. Die hab'n ja no solche Augen g'macht, wie sie dann einen Ersatz 'kriegt hab'n. Es war alles sehr verführerisch.

Charlotte von Schlabrendorff: Die Leute waren Mitläufer. Sie sahen ihren Vorteil.

Helga Römer: Ich kann mich bei Beginn der Hitlerzeit erinnern, dass uns erklärt wurde, wie Hitler den Aufstieg schaffen will. Und es wurde erklärt: Wenn ein Mensch Arbeit hat, dann hat er Geld, dann kann er mehr kaufen. Und wenn er mehr kaufen kann, kann die Industrie auch mehr produzieren; und dann stellt sie mehr Leute ein, und so ist das ein Kreislauf. Und man fing damals mit einem Arbeitsdienst an. Man hat zum Beispiel hier in Hessen die Sümpfe bei Lambertheim trockengelegt, hat dort Spargelfelder und Gemüsefelder angepflanzt. Die Leute im Arbeitsdienst haben wenig Geld, aber Arbeit gekriegt. Und mit dieser Arbeit hat man diesen Prozess, der sich langsam aufschaukelt, in Gang gebracht. So hat man uns das damals erklärt.

Hans-Joachim Lemme: Zu dem Bekanntenkreis meiner Eltern gehörten auch drei jüdische Familien. Die einen sind schon im Februar 1933 weggegangen. Der Mann sagte ... Kirchheim hieß er ..., der sagte: »Hitler bedeutet Krieg – ich gehe nach drüben.« Und mein Vater sagte: »Mensch, also, der Gefreite aus'm Ersten Weltkrieg, dieser österreichische Malergeselle, was soll denn der werden? Der wird doch nie was!« 's war aber vielfach in den bürgerlichen Kreisen so die Auffassung: »Dieser Anstreicher da aus Österreich, der übersteht die vier Jahre doch gar nicht, die er Ministerpräsident sein will.«

Alfred Wege: Als Hitler an die Macht kam, da änderte sich einiges an der Atmosphäre, am generellen Klima so, dass ich's auch empfunden hab' als Kind. Da hingen über Nacht überall an den Vorderhäusern lange Hakenkreuzfahnen, auch dort, wo nie Fahnen hingen, denn im Prinzip waren da im Wedding viele Kommunisten und Sozialdemokraten. Und dann setzte irgendwie 'ne eigenartige Atmosphäre ein. Die Leute, die sich sonst so frei unterhalten haben – das spielte bis dahin keene Rolle, ob wirklich eener Kommunist war oder eener vielleicht doch bei der SA schon war... oder... oder... kirchlich –, die hab'n sich friedlich und frei unterhalten, diskutiert, vielleicht mal 'n bisschen angeregt – man hörte es manchmal aus der Kneipe, wenn man vorbeiging –, aber mit einem Mal waren die Leute nich' mehr offen. Nee!

Willy Beltz: Am 7. März 1933, das war genau an meinem Geburtstag, brach ein SA-Rollkommando in unsere Wohnung in der Händelstraße 13 in Kassel ein, und sie suchten also eine rote Fahne; und dann suchte man angeblich auch nach Waffen, die wir, äh... im Keller versteckt haben sollten. Mein Vater war grade zu einer illegalen Sitzung der Bezirksleitung der KPD unterwegs und musste jetzt in dieser nächsten Stunde zurückkommen von diesem illegalen Treff. In der Zwischenzeit hatte die SA in der Wohnung also eine Wüstenei angerichtet, und als mein Vater dann eintraf, wurde er sofort festgenommen und ich ebenfalls – ich war damals gerade 18 geworden – und mein jüngerer Bruder, 16 Jahre! Wir wurden dann zu dritt auf einen Lastwagen geladen und in die berüchtigten Kasseler Bürgersäle verbracht. Also, mein Vater wurde dort furchtbar geschlagen, auch über'n Kopf geschlagen, und an diesen... an den Folgen dieser Misshandlungen is' er 1936... infolge einer Gehirnembolie dann zugrunde gegangen.

Hermann Reineck: Die Verhöre waren schrecklich! Ich weiß nicht, ob die Gestapo schrecklicher war oder Auschwitz.

Ludwig Gehm: Also insgesamt hab' ich 77 Verhöre gehabt und davon nur zwei ohne Prügel.

HERMANN REINECK: Es war so: Wenn die Tür aufgemacht wurde in die Verhörzimmer, die war'n im ersten Stock ob'n, und da hat scho' einer hinter der Tür gestanden, und ich hab' scho' ein' Faustschlag gehabt.

WILLY BELTZ: Fortsetzung mit Nilpferdpeitschen. Immer Serien von 20, 25 Schlägen und dann erneut Frage: »Wie heißen deine Mitarbeiter?« Keine Antwort. Wieder über den Bock und wieder von beiden Seiten von den Vernehmern, den SS- und Gestapo-Leuten, fürchterlich zusammengeschlagen.

HERMANN REINECK: Meine Nase steht nicht mehr grad. Sie haben mir also des Nasenbein gebrochen, und die Nase steht heute schief.

WILLY BELTZ: Und ich habe ständig vor mich hin gemurmelt: »Du darfst nichts sagen, du darfst nichts sagen!«

HERMANN REINECK: Sie hab'n mir im Oberkiefer sechs Zähne eingeschlagen, einer hat mal mit der Pistole auf's Kinn geschlagen, und einmal, also bei einem solchen Verhör, haben sie mich an die Wand gestellt, die Hände an die Wand, und der setzt mir rückwärts im Nacken die Pistole an, und dann sagt er: »Du erzählst sowieso nix, jetzt leg'n wir dich um!« Und ich hab' gehört, wie er den Hahn spannt, und er hat dann auch abgedrückt, aber es war keine Kugel drinnen, kein... keine Patrone.

LUDWIG GEHM: Und dann sin' da die Zellen gewesen für... für Dunkelhaft ..., wo se einen geblendet habe', wo se einen ned schlafen ließen und alles des. Da habe' se mit'm Knüppel geschlagen, aach quer über de' Mund und... war doch dene' ganz egal, wo se hingeschlage habe', nur druff.

WILLY BELTZ: Es war jene Periode – noch im ersten Jahr der Etablierung der faschistischen Diktatur –, wo noch viele Leute, also von ihrem demokratischen Widerstandsgeist oftmals auch spontanen Gebrauch gemacht haben, dass sie sich also über bestimmte Terrormaßnahmen empört haben, auch über die Maßnahmen gegenüber Juden. In Kassel wurden also die Schaufensterscheiben eingeschlagen, es wurden Juden durch die Straßen geführt. An einem Platz in Kassel, am Spohrplatz, wurde ein Drahtkäfig aufgebaut, und da wurden prominente Juden eingesperrt, zusammen mit einem Esel, der mit seinen Exkrementen die dann bespritzt hat. Und eine johlende SA-Meute stand drum herum, die daran ihren größten Spaß hatte. Und jetzt waren da auch Hunderte von Menschen drum, die dann spontan ihre Empörung zum Ausdruck gebracht haben. Auch viele Leute, die an sich an die Naziparolen geglaubt hatten, die jetzt nun gesehen haben, wie brutal die Fratze des Faschismus is'. Wie gewalttätig sie sich hier bewegten, und die dann erschreckt waren von dem, was sie dort erlebt haben.

Erwin Walz: Mein drittältester Bruder ist 1933 von den Nazis verhaftet worden und in ein KZ gekommen. Dies war wohl die schlimmste Nacht meines Lebens. Denn meine Mutter, die sehr an ihren Kindern hing, die nie ins Bett ging, eh' alle zu Hause waren, saß am Fenster in der Erwartung der Schergen. Und dann kamen die den etwa 100 Meter langen Torweg zu unserm Haus und haben dann meinen Bruder, der zehn Jahre älter ist als ich, mitgenommen, und das war so schlimm, dass alles, was ich später an schlimmen Dingen erlebt habe, diesen Schmerz meiner Mutter und dadurch auch meinen Schmerz nicht mehr übertönt hat.

Charlotte von Schlabrendorff: Ich bin ja auch von den Nazis entlarvt, meiner Stellung enthoben, nach Berlin strafversetzt, unter Polizeiaufsicht gestellt worden. Ich habe ja erlebt, was das heißt, wenn man so als relativ harmloser Spießbürger das Hemd vom Leibe gerissen kriegt und dann auf den Marktplatz gestellt wird. Das sind Dinge, die man nie vergisst, und ich kann heute noch nicht daran denken, ohne nicht irgendwo das Gefühl zu haben, ich muss in Tränen ausbrechen. Ich war damals ... oder ich wurde damals so depressiv, dass ich in Berlin immer wieder den

Versuch machte, mich zu ertränken. Ich hatte das Gefühl, das Wasser zieht mich an, saugt mich an.

Joachim Salomonski: Ich hatte damals schon die Absicht, nach Berlin zu gehen und dort eine Agentur selbstständig aufzumachen. Ich war knapp 24. Dann hab' ich das erste Mal im Kino – in der Wochenschau – gesehen, wie Goebbels gesprochen hat und ganz offiziell gegen die Juden und so … von Regierungsseite! Das gab es vorher nicht. Und da war ich auch also erst mal … weil ich den Kerl sowieso nie leiden konnte … mit der Pomadenfrisur und so, wie er aufgetreten is' … und ich war … irgendwie innerlich doch entsetzt. Mir wurde so allmählich klar, dass sich was geändert hat. Und dann kamen die ersten antijüdischen Gesetze raus. Da war's wirklich dann schlimm. Ja. Und damals wurden so jüdische Witze erzählt, die da waren: »Ja, vorige Woche, das waren noch Zeiten!« Da war ich bei meinem Stiefvater und … und da musste ich weinen, ja. Da hab' ich zum ersten Mal richtig geweint. Und dann hab'n se alle geguckt: 'n Junge weint! Und da hab' ich gesagt: »Ja, wir leben in einer anderen Zeit!« Das war mir klar, ja.

Mile Braach: Von einer Diktatur kann man sich, wenn man in einem demokratischen Staat lebt, keine Vorstellung mehr machen!

Clara von Arnim: Es gab tolle Witze! So zum Beispiel wurde immer gesagt, wenn man so unter sich war: »Es können nie drei Eigenschaften bei einem Menschen zusammen sein. Also die drei Eigenschaften: Nazi, klug und anständig. Das geht nie zusammen. Entweder man is' klug und anständig, dann is' man nicht Nazi, oder man is' anständig und Nazi, dann ist man nicht klug. Oder man ist klug und Nazi, dann ist man nicht anständig.«

Mile Braach: Da gibt es einen Witz, der fängt an: »Zehn kleine Negerlein, die saßen einst beim Wein, der eine hat'n Witz gemacht, da waren's nur noch neun. Neun kleine Negerlein, die hab'n was gedacht, dem einen hat man's angemerkt, da waren's nur noch acht.« Man durfte sich nichts anmerken lassen! Ich hab' sechs Jahre mit einer sehr, sehr netten Kollegin zusammengearbeitet, wie ich grad in einem Korsettgeschäft gearbeitet hab', und ich kam mir wie eine Lügnerin vor. Ich habe mir nie was anmerken lassen. Ich habe nie 'ne politische Bemerkung gemacht und, äh... ich hatte ihr auch nichts von meiner jüdischen Abstammung gesagt. Also... es war furchtbar.

Joachim Salomonski: Im Grunde genommen war ich ja absolut inkonsequent, dass ich überhaupt noch mal nach Berlin gegangen bin und da versucht habe, mir so 'ne Art Existenz aufzubauen. Ich hab' es aber trotzdem gemacht, weil es damals schon sehr schwer war, im Ausland sich irgendwie eine Existenz zu schaffen, denn Sie konnten offiziell aus Deutschland nur raus mit... zuerst waren's 50 Mark, dann wurden's immer weniger – fünf Mark etc. Aber selbst wenn's 1000 Mark gewesen wären, können Sie ja damit noch nicht eine Existenz aufbauen, und eine Unterstützung vom Emigranten gab es überhaupt nich'. Tja. Also: Sie mussten immer in eine absolut unsichere Zukunft gehen, gleichgültig, in welches Land auch immer, ja. Deshalb sind auch so viele hier geblieben, weil sie hier immer noch entweder Geld hatten oder Geld verdienen konnten. Im Grunde genommen hätten ja nach dieser einen Goebbels-Rede alle Juden weggehen müssen, im Grunde genommen. Ja! Aber sie sind's nicht. Aus Existenzangst!

Helga Luther: Die Mayers hatten 'ne Öl- und Getreidemühle, und da stand schon sehr früh fest, dass die Nazis die haben wollten; und da hat man schon '34, '35 massiv Druck auf sie ausgeübt. Und '36 – nach den Rassegesetzen –, da kam dann der Herr Mayer zu meinem Vater – die waren beide im Ersten Weltkrieg zusammen Offiziere bei den Ulanen gewesen –, und der sagte: »Was soll ich bloß machen? Die Mühle ist doch vier Millionen wert, und die Nazis wollen mir bloß eine Million geben und die Ausreisegenehmigung.« Hat mein Vater gesagt: »Du, ich würd' die eine Million nehmen und würd' meine Familie nehmen und rennen, so schnell ich bloß kann!«

Günther Bruhn: Die Nazi-Weltanschauung, das war also etwas sehr Banales. Da lernte man nur: Die Juden sind unser Unglück, die müssen isoliert werden. Dann lernte man auch in der Schule etwas über Rasse, über nordische Rasse, dass das also die besseren Menschen sind und dass wir Deutschen natürlich in der überwiegenden Mehrheit alle da zu der nordischen Rasse gehören. Und ansonsten herrschte eine gewisse patriotische Erziehung vor. Man war deutscher Patriot. Auch als Nazi.

Karl Goszmann: Als ich eingeschult wurde, wurde jeden Morgen in der Schule gebetet. Und zwar war unser Schulgebet das bekannte Gebet: »Wie freudig bin ich aufgewacht, wie hab' ich geschlafen so sanft die Nacht. Hab' Dank im Himmel, du Vater mein, dass du hast wollen bei mir sein. Beschütze mich auch diesen Tag, dass mir kein Leid geschehen mag.« Und nach dem Umbruch, als die Kirche so mehr ins Abseits gestellt wurde, mussten wir ein neues Gebet lernen, das ich leider nicht mehr vollständig hier zitieren kann, aber es fing so an: »Herr, lass mich hungern dann und wann, satt sein macht stumpf und träge, und schick' mir Feinde, Mann für Mann, Kampf hält die Glieder rege.«

Alfred Wege: Ich war ins Jungvolk eingetreten. Meine Mutter hat's befürwortet, hat mir die Erlaubnis gegeben. Sie hatte die Vorstellung: na ja, die marschieren, die machen Fahrten – 'ne Reise konnten meine Eltern uns ja sowieso nich' finanzieren –, und meene Mutter hat das mit den Wandervögeln verglichen. Und ich muss ehrlich sagen: Mir hat das an sich gefallen, denn das war nicht zu merken, dass das irgendwie politisch war für uns Kinder. Wir haben sowieso, aufgrund der militaristischen Beeinflussung, Soldaten gespielt, und Jungvolk war dann eben das Spiel in der Fortsetzung, mit besseren Mitteln. Denn da hatten wir ja nun 'n *richtigen* Tornister und *richtige* Zelte. Und dann hab'n wir unsere Feuerstelle gebaut, im Sand, 'n Kessel uffgesetzt, Feuer gemacht, ich hab' aus'm toten Spreearm Wasser geschöpft mit lauter Kiefernadelresten, die wurden dann mit'm Reis verkocht. Aber das war abenteuerlich, so 'ne Art Überlebenstraining, ja. Das hat uns Spaß gemacht. Wofür das gedacht war und dass das die Kriegsvorbereitung war, das wussten wir noch nicht. Das hat doch keener geseh'n. Es wurde immer, beziehungsweise Hitler hat immer vom Frieden gesprochen. Allerdings dann aber immer auch mit gewisser politischer Steuerung: »Die anderen woll'n uns 'n Lebensraum nich' gönnen«, sodass wir später, als der Krieg ausbrach, uns als die Angegriffenen fühlten.

Arno Rademacher: Ich hatte 'n Freund, mit dem spielte ich Soldat. Man achtete bloß darauf, dass man einen Dienstgrad höher war als der andere. Und derjenige, der den höchsten Dienstgrad hatte, war dann auch gleich der Führer der Clique. Aber wenn wir Cliquen bildeten, dann bekämpften wir uns sehr, sehr schnell. – Dann war ich mal krank, und es war Winter, es schneite draußen, und ick hörte die Kinder draußen spielen, und ich sagte zu meiner Mutter: »Kann ich nicht wenigstens ans Fenster?« Also, die spielten draußen, und mein Kontrahent, der war also da mächtig am Sagen und brüllte denn 'rauf: »Arno, wir woll'n heute noch bei dir 'n Vorbeimarsch machen.« Oh, dachte ich, det is' ja schön, da muss mich meine Mutter unbedingt noch mal aufsteh'n lassen, dass ick dann am Fenster stehe und ooch so machen kann, wie Hitler immer gemacht hat. Also, diese Figuren wurden nachgeahmt. Wir spielten auch oft, dass einer jetzt General is', und der andere is' Generalfeldmarschall.

Günther Bruhn: Das deutsche Jungvolk – wie sich das nannte –, das war praktisch die Kinderorganisation der Hitlerjugend, und als Angehöriger dieses deutschen Jungvolks hieß man Pimpf. Wir waren Pimpfe.

Günter Salomon: Nach dem ersten Jahr im Jungvolk musste man eine so genannte »Pimpfenprobe« ablegen. Das war eine Bewährung, die sportlich und ooch 'n bissl theoretisch abgehalten wurde. Und nu war's zufällig oder... ich weiß es nich'... es war so: Ich war der Beste in dem Jungzug von 25 Jungen, der die Pimpfenprobe am besten bestanden hat. Und nun kriegte ich ein Fahrtenmesser verliehen – sonst musste man das Fahrtenmesser selbst kaufen –, und in der Klinge war eingraviert: »Blut und Ehre«.

Michael Meier: Und die Freizeit wurde ja immer stärker eingeschränkt durch die Organisationen, die stinklangweilig waren. Ich sage Ihnen: Der Ausspruch Baldur von Schirachs, »Jugend soll von Jugend geführt werden«, ist ein so blöder Grundsatz, weil die Jugend, die da führen soll, auch nichts weiß. Und so haben sie Druckschriften verteilt, und wir haben Albert Leo Schlageter gelesen oder so was Blödes. Ja. – Und das hat uns sofort gelangweilt, und die Drückebergerei war groß geschrieben; und das war ja deshalb so ein merkwürdiges Leben in der Hitlerjugend: Wir haben dort Platten ausgetauscht von Jazz und so was, da kam man ja zusammen, nich'? Die einen hatten Quellen, jene hatten Quellen, und so hab'n wir uns auch die Lokale verraten: zum Beispiel das »Imperator« in Berlin, wo man eigentlich nich' reingeh'n sollte. Da wurde zum ersten Mal Moderne gesehen. Die moderne Dekadenz, die hat uns mit strahlender Hoffnung erfüllt, das war schön; aber wir haben unsere Gedanken darüber hinaus nicht verlängert, dass das einmal kulturbestimmend sein könnte, sondern wir haben eifrig uns're Marschlieder gesungen und sind marschiert, wenn wir das mussten. Und in der Hitlerjugend selbst war'n dann die Plauderstunden das Wichtigste.

Erwin Walz: In die Hitlerjugend bin ich ja schon sehr früh eingetreten, aber dann kam – das Jahr weiß ich nicht mehr – die Übernahme der Bündischen Jugend, der Pfadfinder und anderer Organisationen in die Hitlerjugend. Bei der Übernahme haben die Gefolgschaftsführer der Bündischen Jugend ihre Positionen behalten, das heißt, sie wurden in die Hitlerjugend aufgenommen und wurden gleichzeitig entweder HJ-Fähnleinführer oder -Gefolgschaftsführer und haben eigentlich in den ersten Jahren in der Hitlerjugend gar nichts anderes gemacht als das, was sie vorher auch in der Bündischen Jugend machten.

Elfriede Stolpe: Wenn wir böse waren, dann hat die Führerin – die war a paar Jahr' älter als wir –, na hat's g'sagt: »So, und jetzt müss' ma strafexerzieren, weil ihr so frech seid!« Und dann heißt's: »In Linie angetreten, in Reihe angetreten, rechtsum, linksum, Gleichschritt, Marsch!« Und dann hatten wir so a kleines Fähnchen – das war der Wimpel –, und da musst' ma dann am Sportplatz immer rundrum marschieren. Und wenn ma wieder brav waren, dann durft' ma wieder was anderes machen, was schöner war. Und dann musst' ma Lieder lernen, wie: »Vorwärts, vorwärts, schmettern die hellen Fanfaren, vorwärts, vorwärts, Jugend kennt keine Gefahren. Ist das Ziel auch noch so hoch, Jugend zwingt es doch, unsre Fahne flattert uns voran, unsre Fahne ist die neue Zeit, und die Fahne führt uns in die Ewigkeit, und die Fahne ist mehr als der Tod!« Über den Text nachgedacht hab' ich überhaupt nicht. Des war nur so bissl zack-zack zum Marschieren. Das fand i manchmal ganz lustig und manchmal auch ganz gräuslich. Wir hab'n auch lustige Lieder gelernt oder sentimentale, sind auch einmal in die Jugendherberge g'fahr'n, und da hab'n wir dann auch wieder g'sungen: »Wir holen die Fahne nieder, sie geht mit uns zur Ruh'«. Aber wir durften übers Feuer springen, und des war sehr abenteuerlich.

Günther Bruhn: Es gab natürlich auch harmlosere Lieder, aber es gab auch ganz schlimme Lieder. Und ich erinnere mich an eines, das hieß: »Achtung, HJ, die Roten sind bezwungen, am Boden liegt das ganze Bonzenpack, doch schon erhebt sich frech der fette Spießer, der nie gekämpft und nie geblutet hat. Ihr Spießer, ihr Bonzen, wir sind auf der Wacht, wir sind ja die Alten noch heut'. Wir haben geblutet, gekämpft und ge... – fällt mir jetzt nicht ein – ... für Deutschland, doch niemals für euch! Drum vorwärts, ihr Bonzen, die Straße frei, ihr Spießer, schert euch nach Haus', wir schlagen euch sämtliche Knochen entzwei und räuchern die Bude euch aus!« Solche Lieder haben wir gesungen. Und ich erinnere mich, dass ich nach 1945, nach Kriegsende, durch meine Eltern bekannt wurde mit einem ehemaligen Sozialdemokraten, der in Wernigerode lebte, einem Malermeister, der vor der

Nazizeit Stadtverordneter der SPD gewesen war. Der konnte sich an dieses Lied auch gut erinnern und wusste noch zu erzählen, wie er in seiner Wohnung hinter der Gardine stand und auf die Straße geguckt hat und das Lied gehört hat und gezittert hat, als er den Text hörte. Das hat mich dann allmählich sehr nachdenklich gestimmt. Ich war ja bis zum Ende des Krieges dem Nationalsozialismus völlig ausgeliefert, also ich hatte keinerlei Rückhalt etwa im Elternhaus oder so, die mich da gewarnt hätten, sondern ich war also völliges Opfer und hab' das erst sehr allmählich begriffen, worum es sich gehandelt hat – nach '45 erst.

Gunnar Glitscher: Es war ja, das dürfen Se auch nich' vergessen, auch eine Frage – es wird manch einer drüber lachen –, aber des Anziehens. Man hatte ja kaum was anzuziehen in diesen schlechten Zeiten. Also, ich hatte 'n Paar Turnschuh', 'ne Turnhose und 'n Polohemd – das war mein Anzug. Mein erster Anzug war dann der Konfirmationsanzug. Den hatt'n wir gekauft beim … beim Juden Geffner, das war so'n Altwarenhändler. Ein paar Schuhe drei Mark, der Anzug zehn Mark, ne. Wir bekamen dann auf einmal Gutscheine und konnten zum Himmelmann gehen – des war 'n großes Sportgeschäft –, und da bekam ich schwarze Stiefel, schwarze Breecheshose, Braunhemd, Koppel, Schulterriemen und ein Käppi. Ich hab' nichts dafür bezahlt. Das waren die Gutscheine der Industrie. Und da wurden se fast alle eingekleid'; es hat – ich muss es mal sagen –, es hat irgendwie … man fühlte sich gehoben.

Arno Rademacher: SA mocht' ick nämlich gerne. Die Uniform erinnerte mich immer an Sahnebonbons, und die Sahnebonbons waren aber auch manchmal schwarz. Und diese Sahnebonbons erinnerten mich dann an SS, und det waren für mich … also det assoziierte ich … also ich … dabei hatte ich angenehme Gefühle.

Erwin Walz: Da muss ich übrigens noch rasch was erzählen, was vielleicht den Zeitgeist bekundet: Als ich 14 Jahre alt war, wurde ich konfirmiert. Und damals hat die HJ angeboten, jedem Konfirmanden, der sich in der Uniform konfirmieren lässt, eine komplette Uniform mit Bluse, Reitstiefeln, Reithose – wie's damals üblich war – und Fahrtenmesser zu schenken. Ich wollte nich' in der HJ-Uniform konfirmiert werden, sondern ich bekam den üblichen blauen Anzug. Aber ein Kamerad von mir, dessen Vater Kommunist war, der seine Gesinnung auch nach 1933 nicht änderte, hat – meine Konfirmation war, glaub' ich, 1934 – gesagt: »Junge, ich hab' kein Geld, dir 'n blauen Konfirmandenanzug anzuschaffen. Lass' dir von der HJ diese Uniform schenken.« Und dann hat der Kommunistenjunge von der HJ diese Uniform geschenkt bekommen und ging in kompletter HJ-Uniform mit Fahrtenmesser zur Konfirmation.

Helga Römer: Die heutige Generation, die weiß all diese negativen Dinge. Und wir, die wir hineingegangen sind in das Reich, wir haben wohl das Positive zunächst gesehen: Es wurden die Menschen dazu veranlasst, für andere Leute etwas zu tun. Wir haben an einem Sonntag – symbolisch – nur eine Suppe gegessen und haben das so ersparte Geld gespendet für die anderen, die weniger zu essen hatten. Alle Leute hatten jetzt viel eher die Möglichkeit, in Urlaub zu gehen. Zum Beispiel meine Schwiegereltern – mein Mann kam aus einem Arbeiterhaushalt – ... meine Schwiegereltern sind zum ersten Mal überhaupt über KdF – »Kraft durch Freude« – mit wenig Geld in Urlaub gegangen. Des waren alles positive Dinge.

Lilly Ehms: In der Schule hörte man ja so viel von den äh... Abenden... wie nannten die sich denn? ... »Bunte Abende« oder so was. Da spielen se, und da singen se, und dann spiel'n se Gitarre... und da wär' ich so gerne... Des hat mich ja so gekränkt, dass ich nicht in den BDM konnte, denn das war ja das, was ich gesucht habe – so 'ne Gemeinschaft. Ich fühlte mich ewig wie am Pranger und ausgestoßen, ich durfte ja nirgends dabei sein. Damals war ich noch in der christlichen Schule, und in der fünften Klasse gab es Schwimmunterricht, an dem durfte ich auch nicht teilnehmen, weil ich die Schwimmhalle nicht besuchen durfte.

Ernst Grube: Wir Juden durften in Deutschland – wobei es unterschiedlich war, ob in München oder in Berlin –, ... also, wir durften in München keine Straßenbahn mehr fahren, da war das in Berlin noch selbstverständlich. Und wir Juden durften in München keine gemeinsamen Veranstaltungen mehr durchführen – in überhaupts keiner Weise –, wo man in Berlin noch jüdisches Theater machen konnte. Zwar nur für Juden, aber immerhin. Also, das war nun sehr verschieden, wobei das zeigt, dass also die Bayern in solchen Dingen doch immer a Stückl voraus san. Also, ich durfte in kein Kino gehen, ich bin halt trotzdem gegangen, zwar immer mit Angst, dass ich mal derwischt werd', ja; und dann später hab' ich's auch gar nicht mehr gemacht, aber ich hab's doch versucht. Wir durften nicht Straßenbahn fahren, aber mein Bruder und ich sind auch Straßenbahn gefahren, allerdings ohne Stern, ja. Aber was viel schwieriger und des eigentlich Bedrückende war, des war dieses öffentliche Bild. Dass es also eigentlich keinen größeren Laden gab, wo nicht stand: »Für Juden Zutritt verboten!« Die bekanntesten Kaufhäuser in München haben an jeder Fensterscheibe nun also so an Spruch gehabt, und auch, wenn ich so mit Freunden dann auf der Straße gespielt habe, dann ging das eigentlich oft ganz gut, aber dann wenn ma g'stritten hat, dann ging's halt nimmer gut. Dann war's halt der »Saujud'«. Und dann bist du halt immer ausgegrenzt gewesen.

Lilly Ehms: Und das Seltsamste an der ganzen Geschichte war ja, dass ich gar nicht wusste, dass ich Jüdin bin. Ich habe nich' erfahren, dass meine Mutter bei der Geburt gestorben is', ich hab' nich' erfahren, dass ich Jüdin war, des hab' ich alles von außen erfahren. Ich weiß noch: Ich bin als Kind immer so den Flur auf und ab gelaufen, bin marschiert und habe gesungen – ganz laut – und habe dann Blödsinn gesungen, ja, und auch irgendwas mit Juden, bis mein Bruder dann plötzlich ganz wütend und ... und ... mir entgegenschrie: »Du bist doch selber einer!« Und ich hab' des gar nich' begriffen. Da war ich acht. Und ich hatte noch Glück, nicht so wie meine Cousine auf der Straße angepöbelt und verprügelt zu werden, weil ich blond war. Auch in der Schule hatte ich Glück:

Da hat nur ein einziges Mal eine »Jüdsche« zu mir gesagt und mich geschimpft, und da hatte ich sogar noch das Glück, dass die Lehrerin mich verteidigt hat, obwohl die Lehrerin Nazi war – det muss ma sich mal vorstellen. Die war'n ja alle bisschen versponnen. Ja! Viele.

Madelon Bethke: Ich bin die Einzige von meinen Geschwistern gewesen, die – dadurch dass ich sehr früh angefangen habe zu arbeiten – immer einen wunderbaren Grund hatte, da nich' hin zu müssen, während meine Schwester ganz überzeugt war. Die war im BDM, und mein Bruder war vorher in der Bündischen Jugend gewesen, wo mein Vater auch war, 'n großer Wandervogel, und hat Lieder zur Laute gesungen, und meine Mutter sang Lieder zur Laute, im Übrigen sehr schön, von Walther von der Vogelweide – also richtig schöne, alte Volkslieder aus dem Mittelalter. Und die haben so 'ne schöne Schwermut. Also, ich weiß eins: »Ich hab' die Nacht geträumet wohl einen schweren Traum…« Kennen Sie das? (Singt:) »Ich hab' die Nacht geträumet wohl einen schweren Traum, es blüht in meinem Garten ein Rosmarienbaum. Der Garten war ein Friedhof, das Blumenbeet ein Grab, und aus dem gold'nen Baume fiel Kron' und Blüten ab. Die Blüten tät ich sammeln in einen ird'nen Krug, er fiel mir aus den Händen, dass er in Stücke schlug. Draus sah ich Perlen rinnen und Tröpflein rosenrot, was mag der Traum bedeuten, Herzliebster bist du tot?« Das war zum Beispiel so'n Lied.

Mile Braach: Ich hatte vor manchen Leuten Angst – richtige, entsetzliche Angst. Ich hatte eine Kundin zum Beispiel, das war 'ne Juristin, die tat immer so freundlich. Ich solle doch auch mal zu ihr nach Hause kommen und… glauben Sie mir – der hab' ich nicht über die Theke getraut. Man musste sogar vor seinen Freunden Angst haben, und manche sind ja unbedacht, und jedes unbedachte Wort konnte ja eine Lawine auslösen. Ich hatte ja nu vor allen Dingen immer auch Angst um meine Eltern. Und mein Vater, der war so arglos: »Mir kann doch nix passieren, ich hab' meinen Sohn im Ersten Weltkrieg verloren, ich bin doch 'n guter

Deutscher. Ich bin getauft, ich bin konfirmiert, ich bin ...« und so weiter, er konnte es manchmal gar ned fassen.

Madelon Bethke: Meine Mutter hatte uns Kindern immer eingebläut, dass das, was zu Hause gesprochen wurde, nicht nach außen getragen wurde, sodass für uns also »draußen« und »drinnen« ein absoluter Begriff wurde.

Arno Rademacher: In der Zeit lernte ich ein kleines Mädchen kennen, das bei uns in der Nähe wohnte, die ick aber vorher nie beachtet hatte. Und mit diesem Mädchen ging ich schwimmen, weil, wir hatten beide den gleichen Weg. Und was eigentlich zu der Zeit unüblich war, dass man mit'm Mädchen ging – also, lieber lief man denen drei Schritte hinterher. Aber bin ich neben dem Mädchen gelaufen – vielleicht hat die das auch verursacht –, und wir mussten uns nun zwangsweise unterhalten und sprachen über Luftschutz. Und als wir über Luftschutz sprachen, sang das Mädchen: »In der Nacht, da gib Acht, wenn die Fliegerbombe kracht, heil Luftschutz, heil Luftschutz!« Och, ich war verzückt, na, das hatte für mich 'ne ganz and're Dimension. Nu wusst' ich doch, wie Fliegerbomben krachen, wie des alles so abläuft, durch die Erzählungen meines Vaters, und – »heil Luftschutz«, ja, is' ja schön! Warum immer nur »Heil Hitler«? »Heil Luftschutz« kann man ja auch sagen. Hab's also gleich, als ich nach Hause kam vom Schwimmen, meiner Mutter vorgesungen, und die hat gesagt: »Wo haste denn das her?« »Na, weißte, mit dem Mädchen spiel' mal nich' zu oft, wer weiß, was die noch so für Lieder kennt, aber das sing mal lieber nich' in der Öffentlichkeit.« Übrigens – wir sangen viele Lieder, die eigentlich irrsinnig waren und überhaupt gar keinen Bezug hatten. Wir kamen mal aus der Klasse raus und irgendeiner fing's an, und alle anderen sangen dann mit. »Egerländer, hopp, hopp, hopp, der Duce hat 'n Loch im Kopp«, und darüber hätten wir uns dämlich lachen können, so bestimmt 20 Jungen sind auf diese Weise singend durch die Straße gezogen. Und die Leute hab'n uns auch sehr unterschiedlich lange nachgeguckt. Manche haben gegrüßt, und manche haben weggeguckt, und manche haben also richtig zornig geguckt, wie man so was singen konnte. Und denn och noch vom Duce.

Clara von Arnim: Das war eigentlich die größte Gefahr: das Denunziantentum. Jedes Dorf hatte einen Ortsgruppenleiter, und der musste auch anpetzen – 'is klar, des war seine Pflicht auch. Oft war es der Dorfschullehrer. Die waren meistens sehr große Nazis, weil sie ja verhinderte Akademiker waren und dadurch voller Komplexe. Das kann man sehr gut verstehen, dass die dann von diesen herrlichen »Blut-und-Boden-«… und all den Idealen… und »germanisch« und so weiter wahnsinnig begeistert waren. Also: Es is' keineswegs so, dass alle Dorfschullehrer so dachten, aber sehr viele. Und bei uns war's eben auch so. Und auch unser Schmiedemeister, der war also 'n wahnsinnig intelligenter und kluger Mensch, aber auch irre ehrgeizig, und der war dann auch so was wie Ortsgruppenleiter oder noch was Höheres, ich weiß nich' mehr. Und der is' nachher auch von Polen umgebracht worden. Man muss sich auch denken, Sie sind an so 'ner kleinen Dorfschmiede Schmiedemeister, und nu sin' Se plötzlich soooo ein Mann, nich, der also zig Dörfer unter sich hat und immer in Uniform und immer mit »Heil Hitler« durch die Gegend schreitet. Ha! Das muss doch gerade dieser Art von Leuten das Selbstbewusstsein sehr gehoben haben, und dieses Selbstbewusstsein hab'n sie auch gekitzelt, die Nazis. Da waren sie ja sehr geschickt. Nun waren solche Leute ja viel mehr als der Baron, nicht wahr? Wenn man das mal so sich vorstellt, also, das is' schon verständlich, dass so viele da mitmachten. – Ich bin einmal in der Kirche gewesen in Menz, da durfte der Pfarrer noch, denn er war fast blind, sein Kirchsprengel noch behalten, während die anderen Pfarrer – bekennende Kirche – bei uns auch zeitweise eingekastelt waren. Pfarrer Niemöller ist da der Berühmteste. Das waren eben wirklich noch bekennende, also wirkliche evangelische Christen, die noch was mit Christentum zu tun hatten, und die anderen waren von den Nazis eingesetzt – mehr oder weniger – wie der Reichsbischof Müller, den wir immer Reibi nannten, so im Jargon. Das waren also die »deutschen Christen«. Das waren natürlich die meisten und auch die meisten Pfarrer – es is' nun mal leider so. – Und ich bin da also mal in Menz in die Kirche von diesem blinden Pfarrer gegangen und kam dann raus, und da war dann grade die Ortsgruppenleiterin von Menz, von der Frauenschaft – das war die Lehrersfrau –, und da kam sie auf mich zu und begrüßte mich freundlich und sagte: »Kommen Sie doch mal mit rein, ich zeige Ihnen mal was. Ich brauche nicht mehr in die Kirche zu gehen.« Da hatte se so 'ne Kommode – ich seh's noch vor mir – mit zwei Kerzen und ein »Führer«-Bild in der Mitte.

Helga Luther: Meine Mutter war eine hysterische, fromme Frau. Es grenzte schon bald an Hysterie. Also: Da konnte die Welt untergehen, die Kinder konnten krank sein, wie se wollten – außer ihrem Sohn –, es *musste* zum Kornblümchenverein gegangen werden, und es *musste* zum Chor gegangen werden. Die Kinder verprügeln, aber im Kirchenchor singen – also, das war'n dolles Ding. Das hab' ich nie verstanden, schon nich', als ich klein war, nee! Und dieser Kornblümchenverein trat nun fast geschlossen in die NS-Frauenschaft ein und meine Mutter natürlich mit. Vater hatte es ihr verboten, meine Mutter – das erste Mal selbstständig: »Ich geh' in die Partei, das kannst du mir nich' verbieten, nee.« Und mein Bruder war zu der Zeit acht Jahre alt, und mit zehn Jahren kam er dann erst in diese Hitlerjugend, und da hat meine Mutter dann alle Hebel in Bewegung gesetzt, damit mein Bruder damals schon mit acht Jahren 'ne Trommel um den Hals kriegte und sich bei den Pimpfen dann bis in'n Krieg getrommelt hat. Also, es war 'ne ganz seltsame Situation: Vater und Tochter waren dagegen, meine Mutter durfte nicht ihre Frauenschaftsuniform tragen im Haus, mein Bruder durfte nicht im Haus die Uniform tragen, die mussten sich also in der Scheune umziehen. Und das Radio? Wenn Vater in'n Betrieb ging, wurde das Radio weggeschlossen, damit die keine Parteireden hören konnten! Meine Mutter musste dann immer zu Nachbarn oder Freunden geh'n, und da konnte sie dann die Reden von ihrem heiß geliebten »Führer« genießen. Also, diese Manie »heiß geliebter ›Führer‹« hat sie nicht mal verloren, als ich ins KZ kam; die hat sie nich' verloren, wie der Russe vor der Tür stand! Da saß sie mit ihren beiden Schwägerinnen – gleichgesinnten Schwägerinnen – in Ostpreußen, der Russe war sechs Kilometer von der Stadt entfernt, und die warteten immer noch auf den Waggon, den der »Führer« ihnen schicken wollte, damit sie die ganzen Klamotten mitnehmen konnten. – Irgendwo waren die Frauen leicht bescheuert, und ich kann mir das nur so erklären, dass sie sich in irgendeiner Form aufgewertet gefühlt haben.

Helga Römer: (Zitiert aus einem Brief:) »Es gibt hier in Weimar ein Hotel, der ›Elephant‹, das ganz nach den Wünschen des Führers umgebaut ist und in dem auch immer Zimmer für ihn bereit steht. Dort ist er nun überraschend gestern Abend eingetroffen.« Der Brief ist geschrieben 1940, das zur Orientierung. (Zitiert weiter:) »Ich erfuhr dies alles heute früh um 7 Uhr, als ich zur Dienststelle ging. Kehrt machen, Dienstkleidung anziehen und auf zum ›Elephanten‹ war natürlich die Folge. Als einzige Weißbebluste schlüpfte ich mit allen Abteilungsleiterinnen in den ›Elephant‹. Die höheren Chargen hatten dunkelblaue Kostüme. Der Oberkellner, den meine Kameradinnen kannten, gab uns dann weitere Auskunft. Der Führer frühstückt um halb neun auf seinem Zimmer und fährt gegen halb zehn ab. So um neun postierten wir uns im Vestibül auf. Brückner, das war sein Adjutant, ließ uns gnädig stehen. Inzwischen sammelte sich alles dort unten an, was in Weimar einen Namen hat, und um halb zehn kam der Führer nun wirklich die Treppe herunter: im Staubmantel, die braune Mütze tief ins Gesicht. Zuerst gaben ihm kleine Kinder Blumen, dann begrüßte er drei verwundete Offiziere, die alle den rechten Arm in der Schlinge trugen. Sie mussten ihre Namen sagen und auch, wo sie verwundet worden waren. Bei dem Letzten verweilte er länger. Er hatte seinen rechten Arm verloren. Dann ging er etwa einen Meter von uns entfernt an unserem Halbkreis vorbei und schaute jeder in die Augen. Ich glaube, diesen Blick werde ich nie vergessen! Schwer und ernst waren die Augen, wohl weil er kurz vorher mit den Verwundeten gesprochen hat, und so groß und so zwingend war der Blick, dass man wie gebannt hineinschauen musste. Wir gingen danach still nach Hause, wir konnten jetzt nicht an der Straße stehen und ihm noch einmal zujubeln, wir wollten uns allen diesen Blick bewahren.« Da können Sie sich ungefähr vorstellen, wie er wirkte. Mir jetzt unverständlich.

Lilly Wagner: Ja, die Leute waren wirklich wahnsinnig begeistert. Hitler is' nach Österreich gekommen, Hitler hat Wien besucht und unter anderm auch Graz, und da hab' ich zu meinen Freundinnen g'sagt: »Wisst ihr was? Wenn wir den Hitler seh'n woll'n, fahr'n wir nach Selztal! Dort muss der Zug stehen bleiben.« Und des hab'n wir auch gemacht. Und im Nu war der Bahnsteig voller Leute. Und ich war ganz rückwärts im Dirndlkleid, und auf einmal – und das kann man mir glauben –, ich hab' das Gefühl, dass der Hitler hypnotische Kräfte g'habt hat. Er hat nur die Augen der Menschen gesucht, nur die Augen, und auf einmal habe ich das Gefühl gehabt, er hat ... er sieht mir ins Auge von weit weg vom Zug. Und schon wurde ... hat er was gesprochen ... und es wurde ein Weg gebahnt, und ich wurde geholt. Ich wurde geholt von der SS – hin zum Waggon –, und er is' heruntergestiegen vom Trittbrett, und von dem Moment an weiß ich nichts mehr. Ich weiß nicht, was er mich gefragt hat, ich weiß nicht, was ich geantwortet hab', ich weiß nicht, wie lange ich dort gestanden bin ... Ich wusste dann wieder, dass ich in der Menge war, und dann haben's mich g'fragt: »Warum hast du keine Antwort gegeben? Du bist so viel g'fragt worden.« Sag' i: »Ich weiß nix, dass i g'fragt worden bin.« Ich wusste nichts! Und alle haben g'sagt: »*Du* hast ein Glück, und dann redest du nix. Der gibt dir die Hand, und du redest nichts.« Die war'n ja neidisch. Alle hab'n g'sagt: »Was hat er denn zu dir g'sagt? Mein Gott, da darfst dir die Hand heute ned waschen!« So verrückt waren die Leute!

Herbert Rollwage: Und dann fingen die alle an zu schreien: »Heil! Heil! Heil!«, und das war für mich ein Augenblick, in dem ich mich schrecklich gefürchtet habe, gefürchtet vor all diesen Menschen, die so plötzlich so außer sich gerieten.

Brigitte Müller: Man konnte nicht alles befürworten, aber den Menschen ging's besser, kann ma ned weg… Des kann ma nicht leugnen, den Menschen ging's besser. Sie hatten Arbeit, sie hatten Brot.

Helga Römer: Schau'n Sie mal – wenn Sie gesagt bekommen: »Ich gebe dir Arbeit«, oder hat dir Arbeit gegeben, oder: »Du kannst in Urlaub gehen, und ich besorge dir Land, wenn wir zu wenig Land haben«, und so weiter – da hab'n wir mitgemacht. Und alles das, was dann kam mit den Juden, da ist man vorbeigegangen. Das war peinlich, aber nicht so, dass man, äh… in meiner Erinnerung jetzt, dass ich mich dagegen empört hätte oder aufgeregt hätte. Ich hätte da nicht mitgemacht – ich hab' auch nicht mitgemacht –, aber ich hab' auch mich nicht restlos empört darüber. Wir hatten nicht die Empfindung, dass wir etwas dagegen tun müssten, das muss ich bekennen.

Joachim Salomonski: 1935, genau am 29. September, bin ich zum ersten Mal aus Deutschland weg. Nach den Rassegesetzen. Und ich war in Luxemburg, um mich auf so eine Emigration nach Palästina vorzubereiten Aber in Luxemburg hab' ich bei einem Bauern gearbeitet, die Bedingungen dort waren sehr schwer. Ich hab' kein Geld bekommen, also nur für Essen und Schlafen, und ich habe ungefähr 16 Stunden pro Tag hart arbeiten müssen. Und nachdem sich das alles so ein bisschen auch beruhigt hatte, bin ich doch wieder nach Deutschland, nach Berlin zurückgegangen, um zu versuchen, eine andere Vorbereitungsstelle für das damalige Palästina zu bekommen, wo die Konditionen nicht so hart waren wie im damaligen Luxemburg.

Anton Bischof: Na ja, ich bin ja nu extra wegen der Olympiade zurückgekommen. Ich hatte 'n Engagement auf 'ner Schifffahrtslinie, auf'm Luxusdampfer, und ich kam ja nun nach Berlin hierher – 1936 war ja nun die ganze Sache noch im Aufschwung durch die Olympiade, und da gab's ooch schon wieder Arbeit, und die Leute war'n alle zufrieden, zumindestens was die Arbeiter anbelangt, die Arbeit und Brot hatten, nich' wahr? Auch die Restaurants! Wenn Sie früher an den Potsdamer Platz gekommen sind, abends um achte, neune, da waren so viele große Lokale, die alle gerammelt voll waren, da hab'n Se kein' Platz gekriegt. Kein' Abend, sag' ick Ihnen, so voll! Da spielte sich damals alles in Lokalen ab. Da war das »Haus Vaterland«, das gehörte Kempinski, da waren sechs Etagen, und jede Etage war irgendwie etwas anderes.

Madelon Bethke: Ganz am Anfang der Olympiade, als die Eröffnung war, wurde die Olympische Flagge mit den fünf Ringen und dem Weiß drumrum von Schülern der Berliner Schulen dargestellt. Also, die Mädchen meiner Schule, wir waren ja nur Mädchen natürlich, hatten weiße Kleider an und so weiße Reifen, wo so lauter weiße Blumen drangesteckt waren, und das hatten wohl alle Mädchenschulen in Berlin, alle Lyzeen hatten also dieses Weiß auszufüllen, und die bunten Ringe, das waren Jungs. Die hatten da also entsprechende grüne Fräcke, Hosen und Hemden an, und rote und Krawatten glaub' ich auch. Und des war 'n großes Ereignis damals in Berlin, und es war'n plötzlich so viele Ausländer in Berlin. Das war sehr spürbar, ganz dolle spürbar. Wir sind da immer über die Tauentzienstraße, über'n Kurfürstendamm gegangen und fanden das ganz toll. Es war plötzlich ein... so'n flirrendes Leben, was es vorher nich' so war. Und es waren auch wenig Parteileute zu sehen und so, sondern des war plötzlich was and'res. Da hat der Hitler – glaub' ich – noch mal richtig seinem Affen Zucker gegeben, wollte noch mal so tun als ob.

Anton Bischof: Also, die Olympiade war hier in Berlin das Ereignis überhaupt in der Nachkriegszeit, und die Nazis waren natürlich, dadurch dass sie das so aufgepulvert haben, ganz obenauf. Es gehörte einfach zum guten Ton, dass jeder einmal ins Olympiastadion gewandert is' und dort an irgendeinem Wettkampf teilgenommen hat, denn die Deutschen war'n ja nur am Siegen damals. Es war damals auch so, dass die besten Athleten oder Läufer herausgepickt wurden und extra trainiert, um für Deutschland Siege zu erreichen; und das war ja auch 1936 der Fall dann. Wir waren ja weithin die beste Mannschaft – international gesehen. Und, äh … der Hitler hat damals die Schwarzen ignoriert, und der damalige Olympiasieger Jesse Owens, der die 100 Meter gelaufen ist, den hat er nicht zu sich gebeten. Sonst hat er immer alle zu sich gebeten, die Weißen, vor allen Dingen die Deutschen, und hatte ihnen gratuliert und ihnen die Hand gegeben, aber dem Jesse Owens hat er nicht die Hand gegeben. Den hat er auch nicht beachtet. Es hat sich damals niemand getraut, irgendwas zu sagen oder dagegen zu sprechen, wissen Se; es gab ja damals schon Konzentrationsläger, und wenn irgendjemand etwas Abfälliges gesagt hat, und es wurde weitergegeben, dann konnte man gleich drauf warten, dass irgendjemand kam und die Leute abgeholt hat. Des gab's damals schon.

Madelon Bethke: Die Stimmung in Berlin war sowieso eine ganz merkwürdige. Auf der einen Seite hatte es streckenweise fast auch was Euphorisches und dann auch was sehr Bedrückendes, denn auf den Straßen machte sich ja die SA sehr breit, also diese Braunhemden, worüber wir intern immer unheimlich lästerten, weil wir sie so hässlich fanden, diese Uniformen. Und dann kriegten wir einen Hauswart, der genau aufpasste, wer kam und ging und … also – man merkte die Kontrolle.

Heide Grunwald: Ich bin einmal mit meinen Eltern im Urlaub gewesen. In Obergries bei Lenggries. Des war ein Bauernhof, in den wir ein paar Jahre lang, ähm, in Urlaub hingefahren sind. Krinner hab'n die Leut' g'heiß'n. Und da war'n wir zuletzt einmal noch – des war '36 –, und da war ein Nachbar verschwunden. Die Frau Krinner hat uns erzählt, der hat im Wirtshaus auf'n Hitler g'schimpft, und dann is' er nach Dachau 'kommen. Da wusste ich also was von Dachau. Und wir war'n a paar Wochen dort, und gegen Ende unseres Aufenthalts war ich mal allein in der Wohnstube, und dann kam die Nachbarin rein. Und dann hat's mich so ang'schaut: »Soll ich was sagen oder soll ich nix sagen?« I hob glei' g'merkt, die hat irgendwas Besonderes, und ich bin gleich rausg'laufen und hab' der Frau Krinner g'schrien und hab' g'sagt:

»Frau Krinner, kommen's rei', d' Nachbarin is' da.« Und dann is' sie reingekommen, und dann is' ihr die Nachbarin um den Hals gefallen und hat geweint und hat g'sagt: »Krinnerin, er is' da!« Des hieß also: Der Mann is' wieder zurück. Und das war mein Bild von Dachau. Wenn ma' im Wirtshaus schimpft oder überhaupt, wenn ma' schimpft auf den Hitler, dann kommt ma' nach Dachau, und da muss ma' schwer arbeiten und kriegt ma' wenig zu essen, und wenn die Leute den Eindruck hab'n, ma' is' jetz' a braver Mann oder braver Bürger geworden, dann kommt ma' wieder raus. Und sog'n tut ma' nix davo' – des hab' i a g'wusst, weil ich geseh'n hab', dass dieser Nachbar kein Wort erzählt hat. Der is' nimmer ins Wirtshaus 'gangen, und wenn ihn auf der Straß' wer g'sehn hat, da is' er bloß vorbei'gangen und hat wegg'schaut – also der war vollkommen umgedreht.

Madelon Bethke: Dann sind wir an den Savignyplatz gezogen – das is' ein ganz einschneidendes Erlebnis in meinem jungen Leben gewesen. Wir waren gerade eingezogen. Also, wir hatten, weiß ich, Matratzen auf'm Fußboden, und die Kisten und Kartons standen noch da – wir waren wirklich die erste Nacht in dieser Wohnung –, und da gab es auch so'n kleineres Zimmer, und da schlief mein Bruder drin. Und morgens um vier klingelte es, und da kamen drei Herren in den berühmten Ledermänteln – heute sieht man das in vielen Filmen, und so war's tatsächlich, mit so Schlapphüten – und wollten meinen Bruder, Veit Bethke. Ich hatte mir also 'nen Bademantel übergezogen – ich war damals 15, 16 Jahre alt –, und mein Bruder steckte mir in einer unbeaufsichtigten Sekunde, indem er sagte, er müsse aufs Klo, ein paar Briefe in die Tasche von meinem Bademantel; und ich ging dann aufs Klo und zerriss die und spülte die runter. Und – was weiß ich – zehn Minuten oder eine Viertelstunde später war mein Bruder eben weg, und wir haben ein Dreivierteljahr trotz unglaublicher Intervention meiner Mutter, die Tod und Hölle in Bewegung setzte, um herauszubekommen, wo ihr Sohn war, nicht rausbekommen, wo er war. Also, der war verschwunden. Und dann gab es eine Tänzerin, die hatte mir erzählt, dass ihre Mutter Jüdin is' und ihr Vater Christ, unter dem Siegel der Verschwiegenheit! Und diese Tänzerin – Marianne hieß sie – war eine wunderhübsche Person mit ganz blauen Augen, wunderschönen blauen Augen und blonden Haaren, also ein »germanischer Typ« wie sonst was, und die hatte einen Bruder, in den ich mich als 15-Jährige sofort verliebte, weil er von jedem Plakat als Werbung fürs Jungvolk benutzt wurde. Der war nämlich auch ganz blond und blauäugig und sah ganz »arisch« aus. Und ich hab' dann später erfahren, dass diese Familie als »Ehrenarier« anerkannt worden waren, weil erst mal die Schwester 'ne Solotänzerin war und blond war, und der Bruder eben so ein german... also wirklich, so wie Hitler sich so'n deutschen Jungen vorstellte, so sah der aus. Na ja. Und dann erfuhr meine Mutter über diese Beziehung, dass mein Bruder bei der Gestapo in der... wie heißt die denn?... Prinz-Albrecht-Straße sitzt, unten im Gefängnis, und daraufhin sind meine Mutter und ich – ich hab' sie da nich' alleine gelassen –, sind wir da hingefahren und 'n paarmal ohne jeglichen Erfolg. Und irgendwann wurde uns dann gesagt, wir sollten mal auf'm Flur Platz nehmen, mal sehen, ob da was zu machen wäre. Und da sitzt meine Mutter und ich auf so 'ner Bank auf dem Flur, und da öffnet sich links eine Tür – 's werd' ich auch nie vergessen –, und da seh' ich, wie mein Bruder auf einem Stuhl sitzt, und er hatte ein ganz blutverschmiertes Gesicht. Ich erkannte ihn aber. Und dann ging die Tür auch wieder zu – es waren wirklich Bruchteile von Sekunden. Und meine Mutter hatte das auch gesehen, und dann sind wir in ein anderes Zimmer geführt worden, und dann hieß es, äh... er wäre also untragbar für dieses Land, und er könnte sich nur rehabilitieren – warum und wieso, war uns bis zur damaligen Zeit immer noch nicht klar –, wenn er in ein bestimmtes Jugendlager käme für, eben, Jugendliche, die nicht sozusagen konform gingen. Er käme in so'n Erziehungslager. Und da war er dann irgendwo am Oderbruch da oben in der Ecke, wo so Sümpfe trockengelegt werden mussten. Das hat mir dann mein Bruder später erzählt. Er hatte damals einen Freund, und das war ein Homosexueller, und mein Bruder war in der damaligen Zeit in homosexuellen Kreisen... war er sozusagen... ging er ein und aus. Ich persönlich habe nie mit meinem Bruder darüber gesprochen, aber ich vermute, dass er zu der Zeit auch homosexuelle Neigungen gehabt hat.

Gertrud Seydelmann: Also: Es sind tausend Dinge – wenn ich so aufgeschlossen gewesen wäre, wie ich für Literatur aufgeschlossen war, wo ich, wenn ich ein gutes Buch von einem Verfasser hatte, sofort systematisch alles von A bis Z las, hätte ich wissen können. Ja, ich hätte mehr wissen können. Ich hätte nur einmal… ich sehe dieses Ehepaar Heimann mal die Türe 'n Spalt weit aufmachen, und ich hab' gegrüßt und bin weitergegangen. Ich hätte die nur zu fragen brauchen. Ich kann nicht sagen, ich hab' es nicht gewollt, das ist viel zu stark, es sind… es sind Urreflexe, Lebenswillen… also das ist so was… so was Unheimliches. Also, ich kann es nur beschreiben. Sie können daraus urteilen oder verurteilen, ich… ich weiß es nicht. Ich beschäftige mich ja selber immer wieder damit. Ich kann nur sagen: Das was wirklich gewesen ist, habe ich wirklich nicht gewusst.

Max Mannheimer: Mein Name ist Max Mannheimer. Ich wurde am 6. Februar 1920 in Neutitschein geboren, in der Tschechoslowakei, ganz genau Mähren, und zwar in dem Teil Mährens, der aufgrund des Münchner Abkommens, geschlossen am 29. und 30. September 1938, dem Deutschen Reich zugeschlagen wurde. Hitler, Mussolini, Daladier und Chamberlain waren damals die Unterzeichner. Hitler drohte mit einem Krieg, falls das Randgebiet Böhmens und Mährens, das Sudetenland, nicht abgetreten wird, versprach aber gleichzeitig, keine anderen territorialen Forderungen mehr zu stellen. Am 10. Oktober 1938 wurde dieses Gebiet besetzt oder befreit, je nach Standpunkt des Betrachters, und für uns Juden begann die Sorge: »Was wird mit uns geschehen?« Denn wir hörten schon von Emigranten und lasen auch ihre Publikationen, dass es den Gegnern des Regimes – nicht speziell Juden, sondern allgemein – nicht besonders gut ergeht. Mein Vater, ein Großhandelskaufmann, der mit Schokolade und andern guten Dingen handelte – politisch naiv –, war der Meinung, weil er sieben Jahre treu dem Kaiser und König, nämlich Franz Joseph I., gedient hat, drei

Jahre aktiv und vier Jahre im Ersten Weltkrieg, und weil er pünktlich seine Steuern bezahlt hat, dass ihm nichts passieren würde. Nun – bis zum 7. November 1938 war es relativ ruhig. Es galten die Einschränkungen, die Gesetze, die sich auch im Deutschen Reich gegen die Juden richteten. Die Männer bekamen den Mittelnamen »Israel«, ich musste mich also Max »Israel« Mannheimer nennen, meine Mutter Margarethe »Sarah« Mannheimer, damit man auch ja weiß, dass es sich um Juden handelt. An dem 7. November '38 ereignete sich Folgendes: Der von polnisch-jüdischen Eltern in Hannover geborene Herschel Grünspan, der illegal bei seinem Onkel in Paris weilte, betrat die deutsche Botschaft, wurde zuerst von vom Rath – einem Legationsrat – vorgelassen, zog einen Revolver und schoss zweimal auf den Diplomaten. Warum tat er dies? Die polnische Regierung erließ am 15. Oktober '38 ein Gesetz, demzufolge nur diejenigen polnischen Staatsbürger jüdischen Glaubens ohne Probleme nach Polen rückreisen durften, die kürzer als fünf Jahre außer Landes weilten. Das war aber bei den Grünspans, bei den Eltern, nicht der Fall. Die waren bereits seit 1911 in Deutschland. Die Gestapo reagierte sehr schnell und wies 12 000 Juden aus, die dann in einem Niemandsland bei Neu-Bentschen in Massenquartieren unter sehr schlechten Bedingungen festsaßen. Eine verzweifelte Karte der Schwester des Attentäters an ihren Bruder nach Paris war der Auslöser dafür, dass Herschel diese Tat beging. Zuvor schrieb er an seine Eltern und seine Familie einen Brief: »Gott möge mir verzeihen, aber ich kann nicht anders handeln, wenn ich von Eurer Tragödie und der der andern 12 000 Juden höre. Ich muss protestieren, die Welt muss aufhorchen!« Nun, zwei Tage später, es war der 15. Jahrestag des missglückten Putsches des Marsches zur Feldherrnhalle, Hitler, Goebbels, SA-Führer, Gauleiter, Blutordensträger, also die Mitmarschierer von 1923 waren – das war der Höhepunkt dieses Gedenkens – im alten Rathaussaal zu München versammelt, und gegen 22 Uhr gab Goebbels den Tod des Diplomaten bekannt. Er hielt eine antisemitische Rede, in der er zwar nicht direkt das Anzünden oder die Zerstörung der Synagogen und Demolierung jüdischer Geschäfte befahl, aber dies wurde so von den dort Anwesenden verstanden, die ihrerseits solche Befehle an ihre Gaue weitergaben. Nun, in meiner Heimatstadt – 14 000 Einwohner, kleines Industriestädtchen – gab's auch eine Synagoge, wie man im religiösen Bereich sagt: 209 Seelen. Und da in der Nähe ein Gaskessel gewesen ist, konnte sie nicht angezündet werden und wurde zerstört. Die Thorarollen wurden auf die Straße geworfen, die Gebetbücher und die Gebetschals. Am nächsten Morgen ist ein offenes Polizeiauto vor unserem Haus vorgefahren, da saßen schon Männer, jüdische Männer, auf dem Auto, zwei Schupos kamen die Treppe hoch, meinem Vater wurde erklärt, er werde in Schutzhaft genommen, damit ihm nichts passiere. Man sprach damals von der kochenden Volksseele, weil der Propagandaapparat ja auf Hochtouren lief, sodass die Leute entsprechend auch motiviert werden sollten. Ich stehe neben der Tür, und ein Schupo fragt: »Wie alt ist der Bengel?« Meine Mutter sagt, ich wäre siebzehn, aber in Wirklichkeit war ich bereits achtzehneinhalb, und ab achtzehneinhalb hat man eben die Männer ins Gefängnis genommen. – Mein Vater wurde nach drei Wochen entlassen, er musste eine Verpflichtung unterschreiben, nie mehr reichsdeutsches Gebiet zu betreten. Er fuhr nach Ungarisch-Brod. Mein Vater fand eine Zweizimmerwohnung und eine Wohnküche, meine Mutter durfte die Waren ausverkaufen, das Geschäft liquidieren, aber wir durften nur zehn Reichsmark pro Person mitnehmen. Wir durften auch unseren Hausrat mitnehmen. Zuvor mussten wir der Gestapo eine Liste des Umzugsguts zur Genehmigung vorlegen. Die zwei Zollbeamten, die aus dem Reich stammten, verhielten sich sehr korrekt, hatten keine Beanstandungen, und am 27. Januar 1939 waren wir froh, diesem Spuk entronnen zu sein.

Anton Diepold: Die »Reichskristallnacht« hab' ich in München persönlich mitgemacht. Und zwar, i hab' dem August Thyssen – vom Thyssen-Konzern –, des war a alter Mann, der hat im Hotel Continental gewohnt, und mit dem seiner Sekretärin, der Grete, Italienerin, mit der hab' ich mich a bissl angefreundet, und ich hab' denen ein' BMW-Wagen verkauft, Spezialchassis, niederes Chassis, und spezialkarosseriert als Coupé damals – a tolles Wagerl. Und da sin' mir in der Nacht mit dem BMW, i hab' der Grete – so hieß die Italienerin – 's Autofahren natürlich lernen müssen, gell, und da sin' mir immer rumg'fahr'n, sin' nachts furt. Der Onkel August is' ins Bett 'ganga, und mir san nach Salzburg g'fahr'n oder was... mir san halt umananander. Und in der »Kristallnacht« war'n ma auch unterwegs. Da hab' i g'seh'n, wie die umgearbeitet hab'n, und die Grete, die hat sich a oiwei entsetzt, gell, also fürchterlich. Die war ja a ausg'sprochene Gegnerin, i war da eher no so: I hab's immer no in Schutz g'nommen: »Die meinen's doch gut, der, äh, Duce und der Hitler und ...« Aber die Grete war damals scho' ganz, ganz dagegen.

Helga Luther: Sie haben die Scheiben zerschlagen, die Geschäfte geplündert, und das war also für mich eine erste Erfahrung mit der Brutalität dieses Regimes. Und das Entsetzen über die Menschen. Das war absolute Vernichtungswut und: endlich besitzen wollen, was die anderen sich erarbeitet hatten.

Anton Diepold: Ja, wie die Synagoge gebrannt hat, des hob i g'sehn, wie's da drin rumg'haut hab'n. Sie hab'n ois z'sammg'haut. Die Menschen, die waren teils... teils dagegen und teils dafür. Gegen die Juden warn's natürlich, weil die Juden hab'n ja alles... jede Illustrierte, jeder Film... überall war'n die Juden drin. Und den Juden hat ma' a die ganze Inflation zug'schrieb'n, dass die des ois gemanagt hab'n. Nix gegen die Juden, meine besten Freunde waren Juden, unser Hausarzt war Jude. Und... des hat der Hitler... des is' a verrückte Sach'! Da derf ma' 's Denken gar ned ofanga: Der Hitler hat die kleinen Juden umgebracht, gell, an Lehrer, der Lehrer – Adler hod er g'hoaß'n – war Hausfreund bei uns, gell – ja, den haben's a abtransportiert, wo der hin is', woaß i ned, und von... mei'm Hausarzt, dem hab' i no ein' Blumenstrauß gebracht, weil er g'sagt hat, er muss jetzt verreisen, und mir hab'n uns verabschiedet. Die kleinen Juden hat er umgebracht, und die großen waren alle längst über alle Berge, die waren längst in Florida und in Amerika, in Neuseeland und wo's überall hi' san.

Gunnar Glitscher: »Ein Jud' war'n Jud'! 'n Jud' stinkt! 'n Jud' stinkt nach Knoblauch! 'n Jud' is' kein Mensch!« Mit dem durfte man sich nicht abgeben, und: »Die Juden, die verführen deutsche Mädchen und missbrauchen se, und die Juden, die haben da in ihren Synagogen... da machen sie ja ganz unheimliche Dinge. Da gibt's immer zum Passahfest oder... oder Sabbat gibt's Matzen. Des war so 'ne Scheibe, da ist immer ein Tropfen Christenblut drin, weil der Christ muss ja vernichtet werden, das ist noch das Menschenopfer aus'm Alten Testament. Also, die machen da unheimliche Dinge, und der Jude is' unser Unglück.« Also, es war dieses... dieses, äh... Den-Sündenbock-Suchen fürs Versagen. »Der Jud'« war nun einmal die Nummer eins nach der Propaganda und danach der Bolschewismus und dann natürlich die Kommunisten: »Die woll'n ja den Staat stürzen, die woll'n ja dann Gleichheit. Also, jedem gehört jede Frau, und keiner darf Privateigentum haben«, ...hieß es damals. »Die muss man... und die sin' ja auch gegen jede Weltordnung, und die woll'n ja desselbe, wie sie da im bolschewistischen Russland machen, wo der Zar ermordet is' und tausende umgebracht worden sin'...« – und, und, und, und, und, und, und. Und nun natürlich musste ma' ja auch, um mal zu den Bolschewiken zu kommen, durch Polen durch, dann war'n auch die Polen Untermenschen. Es waren alles Untermenschen, die nich' für uns waren. So war die Propaganda, und das hat man damals geglaubt. Jedenfalls hab' ich nicht konträr nachgedacht drüber. Weil, es war ja auch so: Des stimmt ja, dacht' ich damals. Da war der Rothschild, das größte Kaufhaus – ein Jude; der Metlow, das größte Tuchkaufhaus – war 'n Jude; der Tietz – war 'n Jude. Und die kleinen deutschen Geschäfte gingen ein. »Also is' der Jud' schuld.« Also hatte ma' ja eigentlich auch nix dagegen, wenn da mal 'n bissl demoliert wurde dann, nach '33. »Is' ja 'n Jud'. – Schmeißt sie raus, die ganze Judenbande ...« Das war ein Schlagerhit auf der Straße (singt): »Schmeißt sie raus, die ganze Judenbande! Schmeißt sie raus aus unserm Vaterlande! Schmeißt sie raus bis nach Jerusalem und hack' ihn' noch die Beene ab, sonst komm' se wieder heem!« Und das war'n Schlagerhit wie, äh... »Im siebten Himmel der Liebe«. Das hab'n alle... in Liedern, in Sprechchören zum Beispiel... nich... Man is' so durchmarschiert durch die Stadt zu irgendetwas – 'n Aufmarsch, 'n Fackelzug, und da war'n die Sprechchöre, ned: »Was sind die Juden?« »Die Juden sind unser Unglück!« Das war in Heidelberg.

Karl Goszmann: Als in Kassel diese Synagoge zerstört war, da wurde auch in der Schule darüber gesprochen. Und der Lehrer – das war 'n begeisterter Nationalsozialist –, der hatte dann einem Mitschüler – 's werd' ich nicht vergessen –, der ihn gefragt hatte: »Ja, die Juden sin' aber doch auch Menschen?«, dem hat er geantwortet: »Ja, die Ratten und Mäuse sind auch Tiere, aber die werden wir auch nicht in unsere Wohnung oder in unsere Gemeinschaft aufnehmen.«

Hans-Joachim Lemme: Und da war noch ein anderer merkwürdiger Zwischenfall: In den Omnibus stieg eine Dame ein und blieb stehen. Na, ich war 'n wohlerzogener junger Mann – trotzdem ich in der Jugendbewegung war, und wusste also, es gehört sich nicht, dass man als Mann sitzen bleibt, wenn 'ne Frau steht. Ich stand also auf: »Darf ich Ihnen meinen Platz anbieten, gnädige Frau?« Und die sagte: »Nein, danke.« Und das is' natürlich für den Mann, der 'n Platz anbietet, wie 'ne Backpfeife, nicht wahr? Ich war also ziemlich verdattert, guckte die verstört an und sagte: »Wie bitte?« Und die sagte: »Ich darf mich doch nicht setzen!« Ich sagte: »Sie dürfen sich nicht setzen?« »Nein«, sagt' sie, »Juden dürfen sich im Omnibus nicht setzen.« Das hatt' ich nie mitgekriegt. Und da sagte ich dann zu ihr: »Na, dann bleib' ich auch stehen!« »Na ja«, sagt' sie, »geh'n wir besser nach draußen.« Die Omnibusse hatten damals ja draußen so 'ne offene Plattform, auf der man stehen konnte. Und dann sind wir beide rausgegangen und haben dann draußen gestanden, und dann hat sie mir gesagt: »Ja, wir dürfen nicht sitzen in öffentlichen Verkehrsmitteln, wir dürfen ja auch auf Bänken in den Parks nicht sitzen, nur auf Bänken, die für Juden zugelassen sind, aber die gibt's nich'.« Und dann sagt' sie: »Im Übrigen, unsere Synagoge brennt.« Und da sagt' ich: »Ja, das hab' ich geseh'n.« »Ja«, sagt' sie, »ich glaube, es brennen viele Synagogen – es ist irgendetwas im Gange.« – Ich bin sicher, dass die Mehrheit der Bevölkerung das abgelehnt hat, aber was sollte man dagegen unternehmen? Es wär' nur möglich gewesen, wenn wirklich so eine Art Volksaufstand entstanden wäre. Aber davon war ja gar keine Rede.

Gertrud Seydelmann: Wer '33 in die NSDAP eingetreten ist, dem kann man verzeihen. Die 38er aber wussten, was sie taten. Entweder waren sie überzeugt, oder sie waren Karrieristen, da war es offenkundig. Aber '33 noch nicht.

Joachim Salomonski: Ich bin dann über die Grenze nach Frankreich gegangen. Ich war fest davon überzeugt, dass die Ligne Maginot halten würde, denn Frankreich hatte damals das größte Militärbudget der ganzen Erde, und ich dachte: Das is' 'n Ding der Unmöglichkeit, wenn die so was bauen, dass das zu überrennen war. Also hab' ich mich hinter der Ligne Maginot einigermaßen sicher gefühlt, und ich wollte ja unbedingt auch gegen die Nazis kämpfen. Aber was schlimm war: Ich hatte ja nur ein Durchreisevisum. Ich hab' dann behauptet, das verzögere sich mit der Weiterreise nach Shanghai und so weiter, und hab' dann eine Aufenthaltsverlängerung bekommen, immer so sukzessive, und dann wurde die Zeit immer kürzer. Es wurde nur noch immer für einen Tag verlängert oder für zwei Tage, und dann wurde mir das zuviel, und ich konnt' mir des auch gar nich' leisten, jeden Tag auf der Préfecture zu sitzen. Dann hab' ich darauf gepfiffen und bin vollkommen illegal in Paris geblieben.

Ernst Grube: Also, mein Name ist Ernst Grube. Ich bin 1932 in München geboren. Meine Mutter war Jüdin, mein Vater war Nichtjude. Wir haben in München in einem Gebäude der jüdischen Kultusgemeinde gewohnt. Wir haben dort längere Jahre gewohnt, bis diese Häuser in München abgerissen wurden – das heißt, die Nazis, die damals in München sehr stark vertreten waren und im Künstlerhaus getagt haben, das gegenüber den Gebäuden der jüdischen Kultusgemeinde gelegen war, denen hat also unsere Wohnung nicht gepasst, denen hab'n die Häuser nicht gepasst – daneben stand auch die Synagoge –, und so haben die Nazis beschlossen, den Juden in München diese Wohnungen zu nehmen. Die jüdische Kultusgemeinde musste diese dem bayerischen Staat beziehungsweise der Stadt München abtreten. Sie hat dafür kaum Entschädigung bekommen, und für uns als eine Familie, wo die Mutter Jüdin war, war es also nun sehr schwierig, eine neue Wohnung zu bekommen. Am Wohnungsamt hat man gesagt: »Geht's zur jüdischen Kultusgemeinde, wir sind für euch nicht zuständig.« Die jüdische Kultusgemeinde hatte aber nun nichts mehr, man hatte ihr das alles genommen. Die Nazis hab'n uns dann Strom, Gas, Licht, Wasser, alles gesperrt – wir mussten also 's Wasser im Putzkübel beim Hausmeister in einem andern Haus holen, in der Wohnung selbst gab es nur mehr Kerzen und Petroleumlampen. Meine Schwester, die Ruth, ist im Juli '38 auf die Welt gekommen, also schon zu einem Zeitpunkt, wo diese ganze Entwicklung im Gange war. Als Ausweg war nun für unsere Eltern nur der möglich, dass sie uns drei Kinder in ein jüdisches Kinderheim in Schwabing vor München gebracht haben. Wir sind ulkigerweise am 8. November 1938, also am Tag vor der »Kristallnacht«, in dieses Heim gefahren. Es war also überhaupt nich' schlimm – im Gegenteil –, es war etwas ganz Neues. Sie müssen sich vorstellen: In der Herzog-Max-Straße, wo wir gewohnt haben, in diesen jüdischen Häusern, da gab's ja keine Freunde, keine Bekannten, und da waren auch keine Bäume und auch keine Spielmöglichkeiten. Und dieses Kinderheim nun, in der Antonienstraße in München-Schwabing, des war halt, wie viele Kinderheime sind: geräumig, große Räume, ein großer Garten mit Bäumen, mit Möglichkeiten zum Spielen. Es war erst mal für mich als Kind etwas ganz Neues und – ja – unheimlich Schönes. Die Kinder und Jugendlichen, die drin waren, waren unterschiedlichen Alters. Meine Schwester war mit vier Monaten die Jüngste, und der Älteste oder die Älteste war 16 Jahre alt. Es war also ein Gemeinschaftskinderheim, wo Buam und Madln beinander war'n. Und da spielt sich natürlich unheimlich viel ab, wenn man selber erst sechs, sieben Jahre alt is' und dann mit Älteren beinander is', und des war einfach 'ne tolle Sache, auch von der Gemeinschaft her, von dem Zusammengehören, ja. Und dort hab' ich auch das erste Mal jüdische Erziehung genossen, möcht' ich sagen, weil's wirklich 'ne tolle Geschichte war: Die ganzen Feste, der Sabbat, Hanukka-Fest, Pessach und alles, was also im jüdischen Glauben an Festen praktiziert wird, habe ich in diesem Kinderheim erlebt.

Gisela Stange: Dass man Menschen schlecht behandelte oder überhaupt mit den Juden so viele Dinge tat, die man mit Menschen nicht tut, war mir eigentlich schon als Kind aufgefallen, als meine Mutter mit meinem kleinen Bruder und mir zum Arzt ging in die Bergstraße (heute Karl-Marx-Straße) in Neukölln, in der Nähe von Panneck. Da wohnte dieser jüdische Arzt im dritten Stock. Wir gingen die Treppe rauf, und im ersten Stock stand ein SA-Mann in brauner Uniform und sagte zu meiner Mutter: »Sie woll'n doch nich' etwa zu der Judensau?!« Und meine Mutter – ihre beiden Kinder an der Hand – sagte: »Wir gehen zum Kinderarzt.« Und daraufhin sagte der zu ihr nur: »Wenn Sie das tun, kommen Sie so nicht wieder runter, wie Sie jetzt raufgekommen sind.« Und in dem Moment ging oben die Türe auf – des war also so ein Haus mit dem Lichthof –, und der Arzt beugte sich oben über die Brüstung und rief runter: »Ich habe keine Praxis mehr, bitte geh'n Sie doch zu einem anderen Kinderarzt.« Und meine Mutter rief zurück: »Ich wünsche Ihnen alles Gute und Erfolg weiterhin in Ihrer Arbeit.« Und dann nahm sie uns an die Hand und ging die Treppe runter, und der SA-Mann zischte dann nur noch was und war sicherlich wütend. Ich spürte die Atmosphäre und wagte nicht, etwas zu sagen, solange ich den noch sah. Aber als wir unten die Haustür aufmachten, sagte ich dann zu Mutti: »Mutti, was ist eine Judensau?« Und daraufhin antwortete sie: »Solche Worte benutzen wir nicht!«

Ernst Grube: Die Bedrohung habe ich zu diesem Zeitpunkt in dem Kinderheim noch weniger empfunden, und wahrscheinlich haben alle Kinder diese Veränderungen noch nicht als Bedrohung empfunden, aber nun doch als Demütigung, als Ausgrenzung:

Wenn wir das Heim verlassen haben – ob wir nun spazieren gegangen sind oder in die jüdische Volksschule –, da mussten wir halt auch immer an den Nachbarskindern vorbei, und diese Nachbarskinder war'n halt verhetzte Jugendliche. Für die war'n wir halt nur die »Saujuden«. Es war schon bitter. Aber wenn wir dann halt wieder in dem Heim waren, war das eigentlich auch nicht so schlimm. Ich meine, auch die Betreuerinnen in diesem Kinderheim haben sehr viel dafür getan, dass für uns dieses Heim 'ne Insel war.

Joachim Salomonski: 1938 – nach der Gleichschaltung von Österreich – hat sich die außenpolitische Lage so verändert, dass auch ich eingesehen habe, dass es unausweichlich in kürzerer Zeit zum Kriege kommt. Ich hatte eine Freundin, die durch Heirat Tschechoslowakin geworden war – und auch eine »arische« Freundin –, und ich erinnere mich ganz genau, dass ich die am Tage nach der Gleichschaltung Österreichs getroffen habe und dass wir uns nur durch einen Blick auf die Landkarte gesagt haben: Die Tschechei ist das nächste – und so war's dann auch. Dann kam die Entwicklung mit Sudetendeutschland, und da war ich fest davon überzeugt, dass es in ganz kurzer Zeit zum Kriege kommen würde.

Lilly Wagner: Wir hab'n bitterlich geweint, wie der Krieg aus'brochen is'. Ich weiß die Stunde noch. Um halb zwei Uhr in der Früh is' ein mir bekannter Flieger mit seinem Motorrad gekommen, hat raufgerufen, ich soll zum Fenster kommen, und der hat g'sagt: »Lilly, es is' Krieg!« Sag' ich: »Um Gottes willen!«, und meine Mama hat geweint. Wir haben geheult wie kleine Kinder.

Madelon Bethke: Ich kriegte dann 'n Engagement nach München in die – wie hieß das Ding – »Bonbonniere« ? Jedenfalls in einem Gastspiel vom Kabarett der Komiker. Und da hab' ich meine Schwester mitgenommen, und da hörten wir dann, dass Hitler in Polen einmarschiert ist. So fing der Krieg an. Das war also '39, ich glaube im September. Und das war – also in München war ja nun die Hochburg der SA –, das war schon wahnsinnig spürbar. Und wir hatten in diesem Gastspiel, wo Werner Finck auch streckenweise Texte gemacht hatte, so politische Anspielungen zwischen den Zeilen. Es war an sich 'ne politische Revue, die wir da brachten, und der Chef von der »Bonbonniere«, der hat gesagt, wir müssten sofort den Text umschreiben.

Joachim Salomonski: Bei Kriegsausbruch wurden Anschläge plakatiert, dass alle Leute, die über die deutsche Grenze nach Frankreich gekommen sind, sich im Stade de Colombe einfinden müssten, mit einer Decke und Nahrungsmittel für drei Tage. Da gab es die ersten Tage überhaupt nichts zu essen und kaum Wasser zu trinken, und die hygienischen Vorrichtungen waren auch nicht auf Dauer eingerichtet für so viele Menschen. Also, es waren wirklich ganz, ganz schlimme zehn Tage, ja. Die Frauen durften in Paris zurückbleiben. Diese Maßnahme hat sich nur um männliche Emigranten gedreht. Aber auch die Soldaten wussten nich', ob sie uns als Freunde oder Feinde oder wie betrachten; was se uns klau'n konnten, hab'n se auch geklaut – das nur nebenbei. Also: Nachdem die Verhältnisse im Stade Colombe wirklich schon zum Himmel gestunken haben, wurde darüber nachgedacht, was man mit den Leuten tun soll. Sie wurden dann aufgeteilt in einzelne andere Lager, und ich kam beispielsweise in ein Lager – ich weiß den Namen noch: Ville Malarde hieß das Lager, das war nicht weit von Blois entfernt, in Mittelfrankreich. Das war ein Lager, das im Ersten Weltkrieg ein Gefangenenlager für deutsche Kriegsgefangene war. Dorthin wurden wir in ehemaligen Ställen untergebracht, auch unter sehr schlechten Konditionen. Und dann kam die Regierung Daladier/Renaud mit dem Vorschlag raus: Die Emigranten können sich – wenn sie wollen – in die Fremdenlegion engagieren, nicht als gewöhnliche Fremdenlegionäre für fünf Jahre, sondern «pour la durée de la guerre», also für die Kriegsdauer, als eine Sonderart von Legionären. Und das haben sehr viele gemacht und auch ich – zu meinem großen Glück.

Josef Selmayr: Wenn ich 1939 den Hitler hätte aufhängen können, hätt' ich's sofort getan. Ja! Ich wusste ja schon viel eher als viele andere Menschen, dass es auf'n Krieg zugeht. Ich war damals,

1936/37, noch auf der Akademie, und ich erinnere mich noch – wir waren da in Hörsälen zu jeweils etwa 25 Soldaten zusammengefasst und erhielten mal einen Vortrag aus dem damaligen Ministerium aus der Organisationsabteilung, wo uns also nun dargestellt wurde – ganz offen und ehrlich –, wie die weitere Aufrüstung vonstatten gehen soll. Das hat uns doch alle mit'nander ziemlich erschüttert, weil man aus den Zahlen, die man da gehört hat, aus den Zeitspannen, die da vorgesehen waren, erkennen konnte, dass es flugs auf einen Krieg zugeht und auf einen Angriffskrieg. Dass gar nix anders mehr möglich is'. – Wenn ich mir im Oktober eine sündteure Skiausrüstung kaufe, dann heißt das, dass ich im Winter Ski laufen werde. Wir wussten Bescheid und mussten unsere Pflicht tun. Ich war damals in Wiesbaden und hatte sehr viel mit Eisenbahntransporten zu tun. Ich hatte zu überwachen und jeweils dem Ministerium zu melden, wie verschiedene Eisenbahnlinien verstärkt, wie verschiedene Straßen verbessert werden mussten, alles in Richtung Westen. Und ich kannte geradezu die Termine, wann's losgehen musste. Tja. Ich war immer heimliche Opposition, hab' mein' Mund gehalten, soweit mir das gelungen is', und im Übrigen war man damals noch als Wehrmachtsangehöriger am besten aufgehoben.

Günther Bruhn: Die Leute waren doch verhältnismäßig zurückhaltend, obwohl in dieser Zeit, Ende der Dreißigerjahre, die Nazis fest im Sattel saßen und das Volk hinter sich hatten – da gibt's gar keine Frage. Also, das hab' ich fest in meiner Erinnerung. Ich kann mich an kein' Menschen erinnern in jener Zeit, der irgendwie Widerstand geleistet oder auch nur zu erkennen gegeben hätte, dass er was gegen diese Regierung oder gegen diese Partei hätte.

Josef Selmayr: Die Partei hatte damals keinerlei Zugriff auf militärische Belange. Wir Soldaten konnten richtig frech sein und haben das also auch ausg'nutzt. Wir konnten untereinander Klartext reden und wussten ganz genau: Keiner verpfeift den anderen.

Gunnar Glitscher: Ich bin nit Soldat geworden, weil ich hundertzwanzigprozentiger Nazi war, sondern ich bin den Gesetzen, die damals Gültigkeit gehabt hab'n, gefolgt; das heißt: Ich war 1939 mit meiner zweijährigen Dienstpflicht dran. Da gab's – Gott sei Dank!, das sag' ich ganz bewusst – keine Kriegs- oder Wehrdienstverweigerungen.

Robert Grunwald: An Tod und Vernichtung dachte damals kaum ein Jugendlicher. Und als dann 1939 der Krieg gegen Polen unter – wir wissen das jetzt – völlig fadenscheinigen Gründen losbrach, nur um dieses Land zu unterjochen, was wir damals natürlich nicht wussten, da meldete ich mich sofort freiwillig. Ich war der Überzeugung, wie die meisten jungen Deutschen, dass wir auf alle Fälle ein Recht hätten, unseren Lebensraum zu erweitern. Es hieß ja damals, wir seien ein Volk ohne Raum, ohne Kolonien. Und zweitens war uns in der Schule erzählt worden – und zwar während meiner ganzen Schulzeit, schon in der Weimarer Republik –, dass wir 1918 um den Sieg nur betrogen wurden und wir uns dies jetzt alles, was uns damals genommen wurde, zurückholen müssten.

Karl Wehland: Aber wir armen Hunde in Deutschland – wir haben doch immer nur sehen müssen, dass wir grad so unser' Brötchen verdient haben, und das war mit ein Punkt, wo wir uns sagten: Mensch, wir müssen doch mal, tja, ... wie soll ich sagen... »erobern« möcht' ich nicht sagen, »erobern« is' dummes Zeug, aber... 'n bisschen die Kornkammer irgendwo da... die da vor der Nase liegt... auch ausnehmen, doch schon, »ausnehmen« kann man schon sagen.

Edgar Wachter: Wir sind aufgewachsen auf dem flachen Land. Es gab kein Fernsehen, es gab kein Kino. Es gab überhaupt nichts, als den ganzen Tag nur arbeiten, damit wir abends von'n Ziegen die Milch hatten, und die mussten versorgt werden, das ganze Jahr über. Und die übrige Zeit war – vielleicht eine Stunde – Schulaufgaben zu machen. Da herauszukommen, einmal, was and'res zu sehen oder gar 'n fremdes Land, das war ganz einfach für mich mit meinen 17 Jahren die Möglichkeit, ein Abenteuer zu erleben... Ich hatte ja nichts zu verlieren und... sterben? – da weiß man nicht, was das ist.

Josef Selmayr: Als junger Leutnant hab' ich mich auf eigenen Wunsch nach Landshut versetzen lassen und habe da Rekruten ausgebildet, also ganz junge Leute, die eben schießen lernen und marschieren lernen mussten; und denen hat ma' dann Unterricht über den bösen Feind gegeben, und ich hatte Spaß an den jungen Leuten und hab' mich mit denen – glaub' ich – normalerweise auch ganz gut vertragen. Habe dann also nun doch einiges geändert, was mir nicht gefallen hat, grade was also Schikanen und weitgehende disziplinare Sachen anlangt. Bin da ziemlich einzeln dagestanden, aber hatte Erfolg damit.

Robert Grunwald: Unser Ausbilder war ein Oberfeldwebel, Max Päge. Dieser Oberfeldwebel Max Päge war ein ausgesprochener Sadist, also ein »Zwölfender«, der einen Spaß dran hatte, uns junge Menschen zur Sau zu machen. Das drückte sich so aus, dass – wenn er frühmorgens auf den Kasernenhof kam, auf dem wir angetreten waren, er hatte meistens schlechte Nächte, denn er soff im Soldatenheim wie ein Loch –, dass wir also, kaum angetreten, schon im Dreck lagen ohne jeden Grund. Und dann ging es hinaus ins Gelände zu einer sehr harten Ausbildung. Mittags wurde die Zeit zum Einrücken in die Kaserne so knapp bemessen, dass wir die fünf oder sechs Kilometer im Laufschritt zurücklegen mussten, und zwar teilweise mit Stahlhelm und Gasmaske. Es war dann so, dass nur ein Teil des Zuges rechtzeitig zum Mittagessen da war, der Rest taumelte oder schleppte sich mit letzter Kraft in die Kaserne, wenn schon zum Nachmittagsdienst angetreten wurde.

Hermann Reineck: Wir waren also irgendwo im Gelände draußen, und da mussten wir also mit der aufgesetzten Gasmaske robben, also auf den Ellbogen. Und ich hab' auf einmal keine Luft mehr bekommen, und ich bin liegen geblieben; und der Zugführer, der uns da schikaniert hat, der hat mich angebrüllt: »Weiter, weiter!« Und ich hab' die Gasmaske runtergerissen und hab' gesagt: »Ich mag nicht mehr!« Und der hat also dann mit dem Fuß an'n Stahlhelm geschlagen, und natürlich: Der Kopf hat gedröhnt.

Robert Grunwald: Und dieser Mensch war so gemein! Wenn er abends aus der Kantine kam und einen getrunken hatte, dass er also dann die Schränke ausräumte und alles auf'n Boden warf und uns also quälte, um uns hart zu machen, wie er sagte. Und eines Abends haben wir uns das nicht mehr gefallen lassen und haben uns gerächt, möcht' ich mal sagen. Ich möchte nicht sagen, was es war... jedenfalls wurde ich als Rädelsführer zum Kompaniechef bestellt, und ich wurde vor die Alternative gestellt: Disziplinarstrafe oder Freiwilligmeldung zum Feldtruppenteil. Und ich meldete mich dann natürlich raus, um dieser unerträglichen Atmosphäre in der Kaserne zu entgehen. Also kam ich noch mit einigen anderen nach Polen, und zwar nach Neu-Sandez. Wir sahen dort das erste Mal ein jüdisches Getto, als wir morgens mit Gesang ausgerückt sind. Neu-Sandez war eine Stadt mit vielleicht 20 000, 25 000 Einwohnern, also eine kleine polnische Stadt, die in Galizien liegt. Das war vorm Ersten Weltkrieg mal österreichisch. Und in einer Ecke der Stadt war – abgeteilt durch Mauern – das jüdische Getto. Die Juden durften aber damals noch – 1940 war das, im Herbst – sich auch sonst noch in der Stadt bewegen, hatten also noch teilweise sogar Geschäfte, und wir sahen sie auf den Straßen. Sie mussten sich ja durch einen gelben Stern kennzeichnen, und auch an ihrer Kleidung war'n sie zu erkennen. Da hab' ich es also mehrere Male erlebt, wenn wir denn also mit Gesang hinauszogen, und unsere Feldwebel und Unteroffiziere gingen an der Seite auf'm Bürgersteig, wenn ihnen dann ein Jude entgegenkam, der ihnen nicht passte, dass sie ihn also nicht nur kräftig beiseite stupsten, sondern ihn sogar schlugen und dass wir also schon damals Angst und Schrecken verbreiteten. Ich war damals 19 Jahre alt... 19 Jahre und wusste nichts und begriff nichts. Ich erinnere mich nicht, jemals Zweifel an irgendetwas gehört zu haben, was... was uns befohlen wurde und wozu wir ausgebildet wurden – es gab… ich weiß nicht… es… es war alles so in einem dumpfen Leben. Ich weiß es heut' gar… man kann es heute nicht mehr beschreiben, obwohl ich mich noch an die Gesichter, an die Stadt, ja an den Duft dieser Stadt erinnere.

Inge Michael: Ich hab' den Kriegsausbruch in Polen erlebt, und zwar 1939. Da war ich zwölf Jahre alt, und am 1. September hab' ich den Krieg… also den Überfall auf Polen… hab' ich in Bromberg erlebt, im damaligen Bydgoszcz. Wir galten als Volksdeutsche, weil mein Vater Deutscher war, das heißt er war evangelisch, meine Mutter aber war Jüdin. Aber auch die jüdischen Familienmitglieder empfanden sich als Deutsche. Wir hatten also überhaupt keine polnischen Freunde. Bei uns wurde nur deutsch gesprochen, mein Vater konnte – auch '39 noch nicht – kein Polnisch. Er sprach mit allen Leuten deutsch. Und meine Mutter auch. Und die Großeltern, also die Eltern meiner Mutter, die Juden waren, die sprachen überhaupt nicht polnisch, und ich hab' praktisch erst mit dem siebten Lebensjahr Polnisch gelernt, als ich im zweiten Schuljahr war. Also ich war in einem sehr großen Zwiespalt: Einerseits hätten wir uns gefreut, wenn es deutsch geworden wäre, aber inzwischen wussten wir ja, was hier in Deutschland passiert, dass also Juden verfolgt werden. Insofern hatten wir wahnsinnige Angst. Was passiert jetzt mit uns?

Waltraud Glitscher: Als damals der Krieg ausbrach, da flogen die Stukas im Tiefflug Richtung Osten. Ich war so erschrocken – das war ganz frühzeitig, so um fünf Uhr war das –, dass ich vor Schreck aus'm Fenster gesprungen bin. Wir wohnten ja parterre. Ich dachte, das Haus fällt über uns zusammen. Und dann kam die Nachricht im Radio durch, dass… »ab fünf Uhr wird zurückgeschossen« … fünf Uhr zehn war das. Und da sagt' meine Mama: »Der Hitler is' in Polen einmarschiert.« Und da weinte sie ganz schrecklich, und meine Großmutter sagte: »Den Krieg überleb' ich nicht«, und hat auch bitterlich geweint; und es war auch so. Das hat ihr so 'n Schreck eingejagt, dass sie sich davon nicht mehr erholt hat, und sie starb anderthalb Jahre danach.

INGE MICHAEL: Also, unsere Großeltern, die sind ja fast gleich nach der Besetzung von Bydgoszcz deportiert worden. Sie mussten aus ihrem Haus 'raus und sind nach Warschau gekommen, und mein Großvater ist vorher noch – gleich auch in den ersten paar Tagen, nachdem Bromberg besetzt war – von der Gestapo oder von... was weiß ich... jedenfalls abgeholt worden, und ich hatt' meine Großeltern besucht, und da is' er grade gekommen und war total zerschlagen, obwohl er schon weit über 70 war. 's war grauenvoll. Und ich hatte eine solche Wut, ich kann es überhaupt nicht beschreiben, eine solche Wut, und da hab' ich gesagt: »Ich bring' se alle um!« Und sagte mein Großvater, das war ein ganz weiser und gütiger Mann: »Mein Kind, sie wissen nicht, was sie tun.« Das werde ich nie vergessen, und er hat mir einen... er hat mich gesegnet, das werd' ich auch nich' vergessen. Während meine Großmutter mir diesen Ring gegeben hat, den ich auch seitdem immer trage. – Und die sind dann eben sehr schnell abgeholt worden und deportiert worden und sind dann eben in Warschau verhungert.

GUNNAR GLITSCHER: Kurz vor Dirschau sind wir ausgeladen worden, und auf einmal rasselten Panzer, und wir waren zwei Drittel, die mit Spaten und Pioniergerät ausgerüstet waren, und ein Drittel mit Karabinern und Maschinengewehr. Und wir haben dann halt da repariert, die Dirschauer Brücke, denn die war ja hochgesprengt worden. Die hab'n wir mit repariert. Oder wir haben Bunkeranlagen ausgehoben. – Nachher, an der Tucheler Heide, lagen Tausende von polnischen Kavalleristen, die gegen Panzer angegangen waren. Wir haben so lange Stangen gehabt, da waren vorne Haken dran, und damit haben wir die Leichen zu Haufen zusammengezogen und Benzin drüber und abgebrannt, gell? Ich weiß nich': Also da hatt' ich schon nicht mehr dieses... ja... diese theoretische... »des sin' Unmenschen« oder »Untermenschen«, denn man hat einige auch noch jammern hör'n und alles. Da kamen mir so gewisse Zweifel. Und als der Feldscher (Anm.: militärischer Arzthelfer) vom Arbeitsdienst ausgefallen war, da hab' ich einfach sein Koppel und die Sanitaschen genommen und hab' meine Pistole und so weiter abgelegt und hab' da dann den Sanidienst übernommen – wie ich das gesehen hatte. Und so kam ich dann auch als Sani zur Wehrmacht, weil: Umbringen hätt' ich nicht können. Ich durfte allerdings dort keinem Polacken helfen. Die wurden einfach, wenn se auch noch lebten, an die Seite gerollt. Die durften nicht verbunden werden. Nichts. Denn unser Verbandsmaterial, sagte der Oberfeldmeister, unser Verbandsmaterial benötigen wir für unsere Arier. Na ja, und ich... was sollt' ich machen?

Inge Michael: Mein Vater bekam eines Tages einen Anruf, das heißt eines Nachts einen Anruf, und da sagte sein Freund, ein Gärtnermeister, also, er sollte möglichst schnell meine Mutter und die beiden Kinder irgendwo verstecken, sonst würden wir alle abgeholt und nach Warschau gebracht werden. Mein Vater hatte aber vorher schon einen Mann kennen gelernt, der gesagt hat, er würde uns nehmen, falls es so weit käme. Er wollte dafür natürlich Geld haben, und das hat ihm mein Vater versprochen; und da sind wir dann also auch... weiß ich... eines Nachts oder eines Tags... sind wir dort in die Nähe von Hohensalza in einen kleinen Ort gefahren, der hieß Radziejów, zu diesem Mann. Und der gab uns dort eine kleine Wohnung – eine Stube und eine Küche. Und da war'n wir also etwas über ein Jahr, also ein und ein Vierteljahr und haben fast nur dort gelebt, also in dieser Stube und Küche, und meine Schwester, die damals etwa neun Jahre alt war, die hat für uns Essen besorgt, das heißt: Sie ist über Land gegangen zu so ganz kleinen Bauern. Da gab's so ganz winzige arme Bauern, so arme polnische Bauern, die waren auch noch nich' enteignet, aber die besaßen auch immer nur vielleicht 'ne Ziege oder 'ne Ziege und 'n Schaf. Und diese verkauften ja dann immer mal was für... tja, weil die auch mal Geld brauchten. Sie verkauften also mal fünf Eier und mal zwei Pfund Mehl und mal... was weiß ich... fünf Pfund Kartoffeln oder so. Oder auch manchmal 'n Fisch, den sie aus irgendeinem See da geklaut haben, obwohl das auch wohl für die Polen verboten war, also zu angeln. Also, irgend so kleine Sachen brachte dann meine Schwester an, und davon hab' ich dann immer irgendwas gekocht, nich'. Ich war diejenige, denn meine

Mutter, die war in der damaligen Zeit so nervös und so niedergeschlagen und so depressiv, dass sie also eigentlich kaum was machen konnte. Das Einzige, was sie eben gemacht hat: Sie hat uns jeden Tag zwei, drei oder mehrere Stunden unterrichtet. Sie hat uns also von den Büchern, die wir mitgenommen hatten, irgendwas daraus beigebracht.

Max Mannheimer: Mein Vater war politisch uninteressiert und eben auch naiv, und man hat ja eigentlich gar nicht erwartet, dass so eine hoch stehende, kulturell in der ganzen Welt hoch stehende Nation, so ein Volk, überhaupt zu solchen Taten, wie sie später passiert sind, dass man so etwas erwarten konnte. Das konnte man gar nicht erwarten. Man wusste von Verfolgungen, man wusste von Konzentrationslagern, aber man wusste keine Einzelheiten. Allerdings muss ich sagen, dass wir vor der Deportation gehört haben, dass Juden in Schwefelgruben ohne Gasmasken zu arbeiten hätten, und das wäre gefährlich. Das war das Einzige, was wir hörten. Aber es gab so viele Informationen, und wir konnten sie ja nicht einordnen. Was stimmt, und was stimmt nicht? Interessanterweise ist es auch so, dass ein Massenschicksal, wenn's eine große Gruppe trifft, dass man sich versucht, gegenseitig Mut zu machen und eigentlich eher an das Gute glaubt als an das Böse.

Inge Michael: Nach einem Jahr mussten wir weg, denn der Mann, bei dem wir da dieses Zimmer hatten, der sagte, er könnte uns nicht mehr behalten. Es wäre jetzt zu gefährlich geworden. Und meine Schwester und ich, wir sollten nach Berlin gehen, zu meiner arischen Großmutter, und meine Mutter wollte versuchen, nach Warschau zu kommen. Und dann sind wir also da losgefahren, und wir hatten einen Wagen bestellt, denn der Ort, an dem wir versteckt waren, war etwa sieben Kilometer von der Bahnstation entfernt, und der Zug fuhr also ganz früh. Ich weiß auch nicht, warum wir da ganz früh fahren mussten. Vermutlich, damit es niemand sehen sollte. Aber die Polen hatten ein Verbot und durften von sechs Uhr abends bis sechs Uhr überhaupt nicht auf die Straße gehen, und jeder, der getroffen wurde, wurde ohne Anruf erschossen. So. Und wir mussten wohl... um sechs Uhr jedenfalls sollte der Wagen kommen – und er kam nich' und kam nich'. Und dann sagte meine Mutter: »Was machen wir denn bloß?« Also, jedenfalls bin ich dann zu dem Mann gelaufen, der diesen Wagen fahren sollte. Also, das war die größte Angst meines Lebens... eine der größten Ängste meines Lebens war das. Das war so schrecklich, dass ich Jahrzehnte und bis heute davon träume, dass ich durch einsame Straßen gehen muss, wo die Schritte zu hören sind und wo ich immer denke jeden Moment, 's kommt 'n Schuss, nich'. Und... also es... ich bin dann hingerannt zu diesem Mann, und da hatte er grade den Wagen angespannt und kam dann zu uns und... ich krieg' heut' noch 'ne Gänsehaut... und wir sind dann da gefahren, hatten 'n paar Sachen aufgeladen, also jeder so'n Koffer, und dann hat er uns zur Bahnstation gefahren, und da war's schon so spät. Der Zug war grade schon im Anfahren, und da machte uns einer die Tür noch auf, wir haben die Koffer reinge... also reingeschmissen, ein Koffer ging auf und... wie also wirklich wie in einem Witz... ging der wirklich auf. Alles fiel in die Gegend, und als wir hochguckten, waren lauter SS-Leute da. Und die halfen uns nun und sagten »gnä' Frau« zu meiner Mutter, weil meine Mutter... ja, wir sprachen ja wirklich gutes Hochdeutsch, und sie sah nicht wie eine Jüdin aus, und wir mit unsern blonden Zöpfen sahen also überhaupt nicht ein bisschen jüdisch aus. Und die SS-Leute packten uns unsere Sachen noch in den Koffer rein, und wir gingen dann also nun durch, in Wahnsinnsangst. Und die haben grade einen Transport gehabt, so in zwei oder drei geschlossenen Abteilen, von polnischen Frauen, die sie von der Straße geholt hatten, als polnische Fremdarbeiter. Die hab'n se ja einfach von der Straße gefangen. Und in diesen Zug waren wir gestiegen (lacht). So. – Und so sind wir eigentlich – des war halt nich' weit, zwei Haltestellen oder so – gefahren bis Hohensalza, und dort ist meine Mutter ausgestiegen. Wir sind mit ausgestiegen, und meine Mutter wusste nicht, wohin, und wir – meine Schwester und ich – sind weitergefahren bis nach Bromberg und dann bis Berlin, und meine Mutter hat da... weiß ich heute... drei, vier Tage auf Parkbänken... weil sie ja nicht wusste, wo sie hinsollte. Und sie ist dann auch wirklich nach Warschau gegangen, is' aber da eben von der Straße gefangen worden, so wie eben auch diese Arbeiterinnen, die wir da im Zug gesehen hatten. Und ich bin eben mit meiner Schwester nach Berlin gegangen, und wir haben unsere Papiere gefälscht, da wir ja nicht die deutsche Staatsangehörigkeit hatten, sondern immer noch die polnische. Und ich hab' dann hier also ab meinem 14. Lebensjahr in Berlin als polnische Arbeiterin gearbeitet. Die ersten Jahre in einem Haushalt als Hausmädchen, und da hatte ich auch so'n Ausweis mit einer Nummer; und dann bekam ich so'n gelbes Zeichen, so'n viereckiges und mit einem schwarzen »P« drauf, und das musste ich an meinen Mantel oder so annähen und musste damit rumrennen.

Ursula Knopp: Mit Kriegsbeginn kam ich dann auf die Oberschule, und da weiß ich auch noch sehr gut, dass wir als Klassengemeinschaft an Generalfeldmarschall Rommel einen Brief geschrieben haben, ihm zu seinen Siegen in Nordafrika gratuliert haben und gebeten hatten, ob er uns nicht Sand aus der Sahara schicken könnte. Und da is' wirklich ein Päckchen mit Saharasand angekommen.

Hermann Reineck: Ich kann mich erinnern, in Nordfrankreich, in der Normandie, an eine Stadt Péronne. Vor uns war also die kämpfende Truppe, und wir sind also knapp hinten durch, und die ganze Stadt hat gebrannt. Und wir sind zwischen diesen brennenden Häusern, die sind manchmal zusammengestürzt, und wir sind in großen Abständen – so 50 Meter Abstand mussten wir halten – im Laufschritt durch diese brennende Straße durch. Und dieser Sog, der durch das Brennen entsteht, der ist so stark, dass man manchmal glaubt, man kann nicht mehr stehen. Es wirft einen um.

Heinz Abelmann: Es war ja so, dass wir erst mal motorisiert waren, und das war unser Glück. Wir hatten unser eigenes Quartier, in dem wir an den Tagen selbst schliefen, und so kamen wir

Schritt für Schritt vorwärts mit dem Armeeoberkommando II, zu dem die Funkabteilung gehörte. Wir gingen also immer hinterher beziehungsweise voraus – wir mussten ja immer beim Armeeoberkommando bleiben mit unserer gesamten Funkabteilung. Na, so kamen wir also nach Fontainebleau, das ist bei Paris, da ging's uns ganz gut. Wir hatten natürlich beste Verpflegung – und das Verrückte war ja, dass die Nazis für Frankreich eine ganz neue Währung herausgegeben haben. Mit der Währung konntste alles kaufen, und die Franzosen mussten alles für dieses neue deutsche Geld hergeben, was ja eigentlich gar keine richtige Währung war. So konnte man ganz Frankreich schön auf- beziehungsweise auskaufen. Na ja. Also wir saßen auf jeden Fall dort eine ganze Zeit lang in Fontainebleau und konnten Paris besuchen. Und wir hab'n mal da geguckt und mal hier – die hab'n uns ausgeführt: »Das Varieté, das müsst ihr euch angucken, Beinchen hoch, Beinchen runter und so weiter.« Na ja, also wie das da so damals üblich war, die ganzen Landser wurden eben dahin geführt, damit sie das richtige Paris kennen lernen konnten. Na ja, ich hab' se zum Teil beneidet, zum Teil war ich auch froh, dass ich mit solchen Sachen nix zu tun hatte. Also, ich war 'n ziemlicher Spätzünder gewesen, und auf Tanzböden mich rumtreiben, wie das viele getan haben, das konnt' ich nicht. Auch nachher in der Kaserne – die Kameraden kamen nachts um zwölf, hatten auch manchmal Ausgang, kamen besoffen an und hatten natürlich irgendwelche Mädchen aufgegriffen, und die waren natürlich froh gewesen, dass se von den Landsern was zugesteckt gekriegt hatten. Man hatte natürlich geschielt und geguckt und gedacht... aber man hatte ja kein Geld – ich konnte ja in gar keine Wirtschaft gehen, ich konnte ja auf keinen Tanzboden geh'n, ich konnte mir ja nix leisten, absolut nicht. Da wurden auch einige Sachen angeboten, die waren ziemlich... Na ja: Für 'ne Mark konnte man solche Heftchen kaufen und... ich hab' das abgelehnt. Ich wollte so'n Dreck nich' haben. Also, das hatte mit Pornografie zu tun, was die da so fotografiert haben. Na ja, die Franzosen mussten ja auch irgendwie leben, die haben ja eben alles auch geplündert mit dieser deutschen raffinierten Mark. Und für das Geld konnte man sich ja alles Mögliche kaufen. Auf den Märkten war 'ne ganze Menge zu haben. Da wurden Strümpfe nach Hause geschickt und das... und dies... und das...

Günter Salomon: Ich entsinne mich eines sehr, sehr üblen Erlebnisses. Als die Unteroffiziere der Batterie eine Feier gemacht haben, 'n großes Besäufnis, wo wir dann bedienen durften, die Bierflaschen hintragen, und wo sich dann auch 'n paar Episoden mit Frauen abgespielt haben, die für mich nun absolut neu waren, so was zu sehen. Das hat für mich eine an und für sich nachhaltige Wirkung gehabt und sich ausgewirkt in sexuellen Problemen erst dann später. Ich hatte damals also solche Frauen verachtet. Die hab'n sich da öffentlich hingegeben auf Tischen oder irgendetwas, ja... und wir wurden animiert, dort mitzumachen. Also... das zog bei uns nicht. Das kam nich' an, weil wir scheinbar nicht dazu reif waren. Unsere ganze Erziehung hat damals 'ne andere Rolle gespielt – jetzt sind ja die Menschen in dieser Beziehung weitaus offener, schon in jüngeren Jahren, aber das war bei mir nich' der Fall, und das hat so 'n bissl nachhaltige Wirkung gehabt, die ganze Geschichte. Ich bin davon noch heute beeindruckt, vielleicht merken Sie das sogar an meiner Art.

Arno Rademacher: Später nachher im Krieg, da war meine größte Angst, dass ick verwundet würde, und zwar, dass ick am Penis verwundet würde. Und dann ist die Gefahr – glaubte ich – auch sehr groß, dass du nicht mehr mal Geschlechtsverkehr haben kannst. Aber ich hatte keine Traute, det vorher zu machen. Diejenigen, die'n Jahr älter waren, als sie Soldat wurden, die hab'n vielfach det direkt gemacht und hab'n det auch den... den jeweiligen Mädchen, zum Teil aber auch älteren und zum Teil auch Frauen gesagt. Und die Männer waren ja sowieso knapp, und die haben den Jungen mal 'n guten Gefallen getan da, und... und dann is' det passiert. Man hörte so was immer, aber es wurde darüber nich' im negativen Sinne gesprochen, weil man gedacht hat: »Ach, wer weeß, wann der arme Junge tot is'«. Selbst wenn die Frau, äh... wenn die Frau vielleicht verheiratet war, hat ihr Mann auch so gedacht, wa? Aber ich entsinne mich sehr deutlich, selbst einen Anschlag gelesen zu haben an der Litfaßsäule, da hab'n se einen zum Tode verurteilt – ick weiß, einen Soldaten, ick weeß aber nich', was der noch gemacht hatte; da war noch'n Delikt. Aber sie hab'n ihn *auch* verurteilt, weil er zu Hause die Frau eines Kameraden – nicht vergewaltigt hat, sondern mit ihr Beischlaf hatte. Und das führte wohl dazu, dass dadurch die Ehe gefährdet war, und damit erfuhr die Einheit das; und von da aus ging det immer weiter, und darin sah man glatt 'ne Wehrkraftzersetzung. Und man hat der Frau unterstellt, dat se hätte wissen müssen, was so wat anrichten kann. Det kann se mach'n, wenn Frieden is', und dann kann se sich noch mal scheiden lassen – aber nich', wenn ihr Mann an der Front is'.

EDGAR WACHTER: Ich kann mich erinnern: In Frankreich mussten wir ab und zu mal zu'n Bauern geh'n, und die waren sehr arm dort im Gebirge, und da mussten wir dann also als Einzelne – und zwar mit'm Gewehr – Eier organisieren. Bei den Bauern. Nun hatten die aber im Krieg selber kaum was zu fressen, das weiß ich. Und eines schönen Tages war ich eben unterwegs und ging in so Bauernhäuser rein, nicht wahr, und die waren verängstigt und haben mich von einem Bauern zum anderen geschickt, und keiner hatte natürlich sozusagen was, nicht. Und ich bat dann einen – ich wusste, ohne Ei kann ich nicht zurückkommen –, also sagte ich: »S'il vous plaît, s'il vous plaît, un œuf, s'il vous plaît, un œuf !« Dann gab mir tatsächlich eine Bauersfrau ein Ei. Ich weiß aber von andern Leuten, die ließen einfach ihren Karabiner von der Schulter runterrutschen, nicht wahr, und dann bekamen sie ihre Eier.

HEINZ ABELMANN: Was wir uns da gegriffen haben auf Bauernhöfen... das muss ich erst mal zugeben. Einige war'n ja bei uns auch Schlächter. Die griffen sich da ein paar Hühner und haben dann anständig noch nebenbei gefuttert. Also, solche Sachen hat's auch gegeben. Da wurden die Bauernhöfe ganz schön kaputtgemacht.

Ursula Knopp: Wir sind natürlich hin und wieder ins Kino gegangen, das war ja auch eigentlich mit die einzige Ablenkung, die wir hatten. Und in der Deutschen Wochenschau wurden dann natürlich nur Siege vermittelt. Ich kann mich da noch erinnern an den Einzug der deutschen Soldaten in Paris. Was uns sehr beeindruckte, war, dass die deutschen Soldaten überall mit Freuden begrüßt wurden. Es standen also immer Frauen und Kinder und junge Menschen mit Blumen am Straßenrand oder mit Taschentüchern in der Hand, die also die deutschen Soldaten winkend und jubelnd begrüßt haben. Wir kamen also überall als Befreier ... so traten wir auf, um uns herum war die Welt schlecht, die Kriminalität sagenhaft hoch – in Amerika sollte es sogar Kindesentführung geben –, und wir lebten dagegen im Paradies; und daran glaubten wir fest.

Günther Bruhn: Heute, wenn man es im Nachhinein im Fernsehen sieht, merkt man, wie's manipuliert war. Damals hat man das nicht mitbekommen. Und natürlich gab's auch bei uns zu Haus eine entsprechende Landkarte an der Wand – je nachdem wo ein Feldzug stattfand, ob's der Polenfeldzug war oder der Frankreichfeldzug oder der Russlandfeldzug –, wo dann mit Nadel und Wollfaden der Frontverlauf, je nachdem wie er im Radio berichtet wurde, abgesteckt war. Das hat einen schon sehr interessiert. Und die anfänglichen großen Erfolge der Wehrmacht, die fand man schon sehr beeindruckend.

Heinz Abelmann: Und dann ging's ab nach Jugoslawien. In einer Tour runter durch die Lande, eine Kolonne nach der andern, wir immer hinter dem Oberkommando her oder voraus – je nachdem. Dann über die Alpen, und dann ging's nach Belgrad. Ja, das dauerte aber auch nich' lange, dann war das da auch mit Belgrad zu Ende, dann ging's von unten los in Richtung Ungarn. Durch Ungarn durch, wir waren sogar auch in Budapest und haben auch mal die Erlaubnis gehabt, uns in der Stadt umzugucken, waren auch mal in einem Cafe' und hab'n uns, tja ha, ungarische Zigeunermusik angehört. Und die geigten mir vor meiner Nase herum, die schönsten

Melodien, und ich sollte denen was geben. Ich hab' das aber gar nich' kapiert, bis der eine mich angestupst hat: »Merkste denn nicht – na, die woll'n doch was von dir haben!« Na, ich sage: »Ick hab' doch nix!« »Ja, na gib ihm doch 'n Groschen oder so was Ähnliches.«

Ja, dann kamen wir auf'n Dorf, und da gab's also Mädchen da… muss ick mal sagen, ja, …na, ich war ja ziemlich zurückhaltend, aber es gab da Mädchen, die war'n gar nicht zurückhaltend. Die wollten was… irgendwas haben, was ich nicht so genau wusste. Aber man hatte ja inzwischen auch schon einiges erfahren, was die so wollten. Und da war so 'ne Bauernmaid, und die hat sich so in mich verliebt wahrscheinlich, dass sie mir geschrieben hat – hinterher –, und dann hab' ich den Brief mal übersetzen lassen aus dem Ungarischen. Da hat einer, dem ich den Brief gegeben hatte, der hatte gesagt: »Du, die will dich heiraten!« Und (lacht laut) …ach Gott, nich' wahr, 'ne Bauerstochter will mich heiraten?! Na, ich hab' ja nichts kapiert. Aber 's war 'n nettes Mädchen, da war gar nix, wir haben »tschüs« gesagt und so… und fuhren ja eh dann gleich weiter. Es war ja gar keine Möglichkeit, da irgendwas… Aber es war da so 'n gewisses… Fludium oder wie man so was nannte. – Ja, das war bald vergessen, wir fuhren durch die Puszta – auf einmal kommen wir nach Warschau, und da werden wir aufgeschreckt. Da hab'n se 'ne ganze Reihe von Zivilisten zusammengetrieben, ich sah's halt aus dem Funkwagen… da konnte man das draußen von innen alles übersehen… die wurden alle an die Wand gestellt und alle abgeknallt. Einfach so. Zivilisten! Und das waren deutsche Soldaten. Die hab'n da einfach Leute zusammengetrieben, die sich da aufhielten, was… wo die herkamen? … keine Ahnung. Es waren wahrscheinlich – ich nehm' es mal an, ich kann's nich' beweisen –, äh… Juden, oder wie nannte man diese Leute mit den langen Bärten? Die hatten ja Bärte bis unten hin. Aber nicht nur! 's war'n auch einfache Arbeiter zwischen – hab' ich geseh'n –, einfache Käppis drauf und so… Das war'n so mindestens… also… schätze so 100 Leute, die man so zusammengetrieben hatte, es war… auf so'm Platz… Man stellte die so an die Wand und schoss sie einfach nieder. Also, es war der erste Schock, den ich da hatte… irgendwie… in Warschau.

Josef Selmayr: Gerade is' mir noch was eingefallen. Wann war das … ja: äh … Jugoslawien, seh'n Sie, Jugoslawien. 1941 wurde Jugoslawien besetzt, und es wär' ihnen überhaupt nischt passiert – der Krieg war also nun husch-husch an ihnen vorbeigegangen –, wenn sie Ruhe gehalten hätten. Das hab'n sie aber nich', ja. Und da is' also sehr bald schon nach der Besetzung – also noch im Jahr 1941 – etwas ganz Scheußliches passiert. Das war in Kraljewo Kragujewac, das is' also so mittendrin in Serbien. Da war eine Kompanie Fernmeldesoldaten, die da also nun eine Postverbindung in Ordnung brachten oder sonst was – ja, ich weiß nich', was war –, und die wurden von der Bevölkerung bei ihrer Arbeit überfallen, und es wurden also 50 deutsche Soldaten umgebracht. Das war – glaub' ich – das erste Mal, dass so was Scheußliches passiert war. Nun muss man natürlich also nun hier unsern Herrn »Führer« kennen, ja, der dann also mit der Faust auf'n Tisch haut und dann den Befehl gab, für jeden toten deutschen Soldaten 100 Partisanen umzubringen – 1 zu 100! Und dieser Befehl wurde damals durchgeführt. Es wurden damals 5000 Männer umgebracht, füsiliert. Und weil nicht genügend Männer da waren, hat man schon die Oberschüler aus den Gymnasien geholt mit ihren Lehrern. – Die Jugoslawen haben inzwischen an der Stelle ein Denkmal errichtet. Ich hab' das Denkmal gesehen, aber es is' nich' wieder gutzumachen. Im Übrigen: Der unglückliche Generalmajor oder so was Ähnliches …, der den Befehl, den »Führer«-Befehl in Belgrad empfangen und an die Truppe weitergegeben hat, der war mit mir später im selben Gefängnis und ist selbstverständlich gestorben beziehungsweise hingerichtet worden. Ja. Im Übrigen war'n die Gräuel auf'm Schlachtfeld nicht wesentlich angenehmer zu sehen, kann ich Ihnen sagen. Gehen Sie mal während eines Gefechts in ein Lazarett hinein. Da wird Ihnen schlecht.

Lisette Spott: Was man hinterher, als der Krieg vorbei war, gehört hat und was da so alles passiert und gewesen ist: Da gab's Dinge, die ich überhaupt nicht glauben wollte. Ich wollte die nicht glauben, weil ich immer gesagt hab': »Da war ich ja erwachsen in der Zeit und hab' doch das bei vollem Bewusstsein miterlebt.«

Aber im Arbeitsdienst – erst mal hab'n wir wirklich, und das sag' ich heute noch, wirklich soziale Arbeit geleistet, und es war auch so, dass unsere Arbeitsdienstlager eigentlich so weit ab vom Geschehen lagen, weit ab von der nächsten Eisenbahn. Die waren einfach auf dem dicken Land. Wir hatten in der Regel immer... mindestens so – was weiß ich – bis zehn Kilometer zur Bahn und haben von all' diesen schrecklichen Sachen, die passiert sind, wirklich nichts mitbekommen.

Edith Badstübner: Es bestand ja die Pflicht: Wenn man studieren wollte, musste man Arbeitsdienst machen. Und ich hatte vorher vorm Abitur gehört, also, wie entsetzlich das is' und wie furchtbar, und alle Mädchen, die zurückkamen, schimpften entsetzlich; und da hab' ich gedacht: »Na ja, was nun?« Dann las ich mal irgendwann in der Zeitung, wenn man sich freiwillig meldet, dann könnte man sich die Gegend aussuchen. Und da hab' ich gedacht: »Das isses!« Denn: Machen musst' ich's, das wusst' ich. Na ja, dann hab' ich mich gemeldet und bin also in die Nähe von Salzburg gekommen. Das war ja nich' schlecht. Und da hab' ich also mein halbes Jahr Arbeitsdienst gemacht. Es is' mir trotzdem sehr schwer gefallen. Wir waren zwölf Mädchen in... so 'ner Baracke... in einem Schlafraum und, na ja, also, es passte mir schon alles nich'. Und ich weiß noch: Ich hab' manchen Abend da in dem Duschraum gesessen, wenn alle schon weg waren, und habe bitterlich geweint. Also, es war furchtbar. Die Führerin mochte mich auch nicht grade sehr, und da wollte sie mir wohl etwas Böses antun und hat mich zu einem sehr übel beleumundeten Bauern geschickt. Wir mussten doch bei Bauern arbeiten, und die Söhne, die im Krieg waren, die sollten wir da ersetzen und dort eben Landarbeit machen. Und da hat mich diese Führerin zu einem Bauern geschickt, der war so Anfang 70, hatte drei Söhne an der Front, und von dem hatten die andern Mädchen, die schon bei dem gearbeitet haben, erzählt, dass er sie sexuell belästigt hat, und erzählten nun also die schlimmsten Geschichten, was der alles wollte und wie schrecklich der war und so weiter. Und da hat sie mich hingeschickt. Und ich hab' mir überlegt: »Was machste mit diesem Kerl?« Ich hatte ja überhaupt keine, keine Erfahrungen auf dem Gebiet. Also, ich hatte nie 'n Freund vorher oder so. Mit 18 hatte man ja damals auch eigentlich normalerweise nich'…, wenn man aus so'm Elternhaus kam. Als ich also da hinkam und den begrüßte, dann hieß es gleich: »Woher kommst'n?« Und dann hab' ich gesagt: »Na ja, aus Berlin.« »Ach Gott, schon wieder aus Preußen, eine aus Preußen.« Na, also die ersten paar Tage hat er nichts irgendwie probiert und dann nachher, als ich so merkte, der wollte mich da anfassen oder irgendwas, dann hab' ich ihm gesagt: »Ich bin verlobt.« Mit 18 konnte man ja verlobt sein – und außerdem hab' ich gesagt, dass mein Vater Oberst is' in der Luftwaffe. Und ich sei mit einem Luftwaffenoffizier verlobt und hab' das also sehr energisch vorgetragen, und dann war Ruhe. Der hat mir zwar alle möglichen Sex-Sachen da erzählt oder Witze oder… 's hab' ich alles gar nicht verstanden… Aber ich hab' mich da mit der Frau sehr gut verstanden. Eine unheimlich nette Frau. Und der Bauer hatte also so viele uneheliche Kinder, und wenn ich mit der Frau auf'm Feld war und kam irgendjemand vorbei, dann hat sie also bei fast jedem gezeigt: »Des is' auch ein, ein ledig's Kind …«, die sind ja »ledig«, die Kinder da, »… ein ledig's Kind von mei'm Mann.« Na ja, und mir hat das Spaß gemacht, da. Das war besser als alles andere, was ich vorher in diesem Arbeitsdienst erlebt hatte. Und ich musste – es war ziemlich schwer –, ich musste pflügen, alleine mit einem Ochsen pflügen und mit einer Kuh. Pferde hatten se ja nich'. Und des is' also nich' so einfach. Des hatt' ich ja nie gemacht vorher. Auf den Nachbarfeldern arbeiteten jugoslawische Kriegsgefangene, ganz alleine, und die hab'n mir da manchmal geholfen, weil die dann gesehen haben, wie ich da versucht habe, das Ding da anzuheben. Und uns war ja verboten, mit denen zu sprechen. Wir durften nich' mit denen sprechen, aber die kamen dann rüber und haben mir den Pflug wieder in die richtige Position gestellt. Meine Furchen waren eigentlich ganz schön. Wenn ich abends nach Hause gegangen bin, hab' ich gedacht: »Mensch, so'n Erfolgsgefühl haste in der Schule nie gehabt.«

Lisette Spott: Morgens um fünf vor fünf war Wecken, und das war natürlich für manche Leute, die – was weiß ich – äh …'n Rittergutsbesitzer zum Vater hatten, für die war das sicher manchmal ganz schwer. Aber es war einfach wunderbar, und dann gab's nicht nur diesen Einsatz beim Bauern. Ich zum Beispiel kam zum Arbeitsdienst und kam nach Tilsit-Ragnit, das war das kinderreichste Dorf Ostpreußens. Das war auch 'ne reine Arbeiterstadt. An der Memel waren ja diese Zellulosefabriken, und da gab's also Kinder in Mengen, und da kamen wir als »Arbeitsmaiden« – so hießen wir – da hin und waren das so genannte »Frollein« in der Familie. Und das »Frollein« musste grad *alles* machen, aber gerne eigentlich. Es war alles neu und auch alles schön; und da war man so 14 Tage und drei Wochen, und dann wurden die Stellen gewechselt. Man hat immer wieder schöne neue Sachen erlebt. Also, es war einfach 'ne schöne Zeit.

Heide Grunwald: I hob zuerst eine ganz arme kleine Familie g'habt: Des war eine Witwe, die hat zwei kleine Zwillinge mit gut zwei Jahren in Pflege genommen. Und diese zwei Kinder, die sin' in der Wohnung 'rumgerutscht. Die konnten no' ned amal g'scheid laufen. Die eine hatte ein Höschen, und die andere hatte ein Hemdchen, und des war alles. Natürlich war'n die Kinder dauernd erkältet und dauernd unsauber, und – och, es war fürchterlich – gestunken hat's. Und da hat die Führerin g'fragt, wer a bissl nähen kann. Und ich konnt' es ja a bisschen; und dann hab' ich genäht auf so 'ner alten Maschin' auf Teufel komm raus, dass jedenfalls mal jede eine Hose oder sogar a paar Hosen hatte, die braucht ma ja, und jede ein Hemdchen und jede dann auch noch ein Kleid. Also die … die Frau Raab, die Pflegemutter, die hat immer g'sagt: »So schee war'n meine Kinder no' nie bei'nand!«

Lisette Spott: Die Arbeiterfamilien, die mussten das tun, wie man sie nennt: arbeiten. Ja. In der Regel waren das Schichtarbeiter. Da ging's dann Tag und Nacht natürlich, und die Frauen haben ein Kind nach dem andern gekriegt. Die Frauen, die sind nur schwanger rumgelaufen und konnten ihre häusliche Arbeit wirklich gar nicht bewältigen, und die haben also kein schönes Leben gehabt.

Gertrud Seydelmann: Das Kriegserleben, das, was Sie sich heute gar nicht vorstellen können, ist etwas gewesen, was ja ganz langsam ins Bewusstsein getreten ist. Und, äh... Kultur ging weiter, Arbeit und Tätigkeit gingen weiter, Freundschaft ging weiter, und dann wurde eben musiziert und gelesen oder auch zusammen weggegangen. Und dann hatte ich 'n Grammofon und hörte Bert-Brecht-Songs und Swing, und das ging so bis Anfang Juli 1943... nein, '41 war eine erste Zäsur. Da war mein Bruder noch in der Ausbildung in Köln im Studium, und ich fuhr nach Köln, und wir gingen zusammen aus, weil überhaupt keine Angriffe gewesen waren. Wir waren im Theater gewesen, und nachher gingen wir in eine Weinstube, und dann ging der Großalarm los. Und dann saßen wir im Keller, und der Besitzer der Weinstube war ein junger Mann mit Baby und junger Frau; und wir waren natürlich »angeschickert« und alberten und saßen also tief im Keller zwischen lauter Weinflaschen. Und auf einmal schrie uns der Besitzer an: »Halten Sie endlich den Mund! Hören Sie nicht, dass da oben ein entsetzlicher Angriff über uns hinfliegt? Und wenn uns eine Bombe trifft, dann ersaufen wir und ersticken wir, und wir gehen zugrunde!« Wir schwiegen, und als wir rauskamen, brannte Köln und vor allen Dingen im Norden Nippes. Und dann sind wir durch brennende Häuser, wo die Balken runterfielen und Rauch und Aschenglut, sind wir also gerannt. Das ist normalerweise ein Weg von 'ner Dreiviertelstunde. Wir waren in zwanzig Minuten in Nippes, und noch vor der Ecke brannte es – und unser Haus stand. Das war der erste große Schock, wo wir gewarnt waren.

Helga Luther: Ich hab' Anfang '40 das »Einjährige« gemacht, und dann kriegte ich 'n Schreiben vom Arbeitsamt, ich sollte hinkommen, und bin dann hingegangen. Da hab'n sie mir angeboten, entweder in 'ner Munitionsfabrik zu arbeiten oder als Nachrichtenhelferin bei der Wehrmacht. Und da kamen dann die Freunde meines Vaters zusammen, und da sagte unser alter Hausarzt, der

Dr. Schröder: »Nee, Otto«, sagt' er, »nee, das geht nich'. Wenn sie die Helga in 'ne Munitionsfabrik stecken, dann jagt die die in die Luft, wenn's ihr einfällt. Und wenn se se zur Wehrmacht stecken, da wird se erschossen. Die kann den Mund nich' halten. Da... also nee, das könn' wir nich' machen... Was mach'n wa nu' bloß mit ihr?« Und dann kam er auf die Idee: »Weißte was, wir schicken se zu'n Diakonissen, zu den Johanniterinnen. Da soll se mal zwei Jahre lernen, und dann wird se Krankenschwester; und das kann se, wenn se heiratet, immer gebrauchen.« Also war beschlossene Sache: Ich komm' zu den Johanniterinnen. Da konnten die Nazis nich' an mich ran. Krankenschwestern wurden gebraucht, auch im Krieg, ja, und 'ne Ausbildung, 'ne gut fundierte Ausbildung, war ja was wert, nich'. Also, 's war schlimm bei den Diakonissen – immer von sieben bis sieben hab'n wir gearbeitet: von sieben morgens bis sieben abends oder von sieben abends bis sieben morgens. Und die Johanniterinnen war'n nich' fein zu uns. 's erste halbe Jahr musst' ma nur schrubben, 's zweite halbe Jahr war'n wir bei'n Kindern, das dritte halbe Jahr war'n wa im OP und bei den Frauen, und die letzten vier Monate war'n wir auf der Männerstation. Und, äh... eines Tages musste ich dann mein' Dienst auf der Männerstation antreten, und die Schwester Anneliese kam mit, und dann sagt se: »So...« – da wurd' noch mit Schüsseln gewaschen und mit so Wasser – »... und, äh, jetzt, ähm, wasch bitte den Patienten.« Also ich hab' den Patienten gewaschen, der konnte sich nich' selber waschen, der hatte zwei solche Stücker Verbände, nich'. Und dann wusste se nich', wie sie mir sagen sollte, dass der unten rum gewaschen werden muss. Also... dann auf einmal nahm sie ganz energisch das Deckbett hoch, nich', also jetzt... und die andern Patienten, die wussten, dass ich 's erste Mal auf der Männerstation war, die saßen alle in 'n Betten und guckten. Und ich hatte so'n Ding noch nie gesehen, geschweige denn in der Hand gehabt. Tja, wie fasst man 'n Penis an? Das weeß ick doch nich! Und dann hab' ich den so vorsichtig mit zwei Fingern genommen, hochgehoben, die hab'n alle gegrölt in den Betten – und ich den Lappen weggeschmissen und raus, und weg war ich. Tja. Und – den musste se selber fertig machen, nich.

Hans-Joachim Lemme: Als der Russlandkrieg ausgebrochen war, habe ich mich wieder gemeldet und bin wieder eingezogen worden. Ich hätte mich damals drücken können, ich war aber der Überzeugung, jetzt muss man – und das ging sehr vielen so – Frau und Kinder verteidigen. Denn man muss doch bedenken – was heute zu wenig bedacht wird –, dass damals Stalin auf der Höhe seiner Macht stand und dass des bolschewistische System uns also das Allerschlimmste erschien. Und da fühlte man sich verpflichtet: In diesem Fall muss man doch Frau und Kinder und Vaterland – wenn Sie so woll'n – verteidigen.

Josef Selmayr: Am 21. Juni 1941 ging's los. Ich bin mit einer Panzerdivision los, und es war eine sehr harte, aber für mich eine sehr befriedigende Zeit … 's is' lächerlich, aber es is' so. Wissen Sie, jeder, der was gelernt hat, will das auch irgendwann mal zeigen. Stell'n Sie sich 'n Arzt vor, der nur auf Leichen rumschneiden darf und nie einen Menschen retten darf, indem er ihn operiert! Und … immer nur auf'm Papier Krieg führen is' auf die Dauer auch sehr langweilig und bringt nichts. Und dann hatte man endlich in Russland einen Feind, den man ernst nehmen musste, wo man alle seine Kraft brauchte, seine Nervenkraft, aber auch sein Können, um so zu führen, dass was Gutes dabei rauskommt.

Fritz Zimmermann: Dann ging's früh um vier los. Und wir hatten keine Feindberührung, nichts, wie wir über die Demarkationslinie kamen, in das russisch besetzte Gebiet. Wir hab'n auch keine Russen mehr zu sehen bekommen. Bloß später … 'n paar Tage später … dann sahen wir … da waren deutsche Landser, die lagen schon da, totgeschossen. Verwundete hatten se schon weggebracht, aber die Toten, die war'n noch nich' weg.

Willy Hahn: Wobei die Infanterie ja keine motorisierten Fahrzeuge hatte. Wir hatten also nur die eigenen Füße und Wagen, auf denen der Tornister verladen war und die Maschinengewehre und die schweren Waffen, mit Pferden bespannt, mit zwei Pferden.

Fritz Zimmermann: Wir sind über Zamosk nach Dubno, Rowno und Schitomir. Schitomir war eigentlich in der Ukraine die erste Stadt, die wir durchfuhren, und ab Schitomir hatten die Russen eine Asphaltstraße bis nach Kiew. Und dann hatten wir nur Lehmwege. Und da haben wir schon in den Pripjetsümpfen, nördlich von Kiew, da lagen tote Russen drin mit Ledermänteln, Lederjacken und so; und da hieß es schon, die Russen, die Ledermäntel anhaben, das sind die Kommissare, und die müssen alle erschossen werden. Den Befehl gab es. Aber wir brauchten keinen erschießen – Gott sei Dank –, ich hätt's auch nie gemacht. Und, äh … die lagen da im Wasser drin, und wir sind vorbeigezogen.

Erwin Walz: Wir hatten abends unsere Zelte aufgebaut, und ein sehr beliebter Offizier, Leutnant Heisch, ist in ein Kornfeld gegangen zum Austreten und kam nicht zurück. Und seine Soldaten haben ihn gesucht und fanden ihn ermordet und grausam mit Messerstichen zugerichtet. Und seine Soldaten, die ihn über alles liebten, wollten in diesem Dorf alles niedermachen. Und der Bataillonskommandeur, ein Major, der im Zivilberuf Rektor in Schwäbisch Hall war, der hat das verhindert, indem er gesagt hat: »Leute, ich kann euern Ärger verstehen und euern Zorn, aber es muss völkerrechtlich zugehen.« Der ließ von diesem Dorf 100 Männer verhaften, abzählen, zehn herausholen, und diese zehn Leute wurden dann standrechtlich erschossen, wobei sich die Soldaten dieses Leutnants Alfred Heisch darum rissen, diese Erschießung mitzumachen. Das Ganze war für mich derart grauenvoll! Ich konnte schon … die Verhaftung der Männer, das Geschrei der Frauen und Kinder und das alles konnte ich nicht ertragen.

Josef Selmayr: Das Ziel habe ich mir nicht gesetzt, aber das Ziel hieß eben: Einmarsch in Russland. Und der Russe hat sich dem entgegengestellt, daraus ergaben sich Kämpfe. Die Kämpfe waren schwer, das Gelände war schwer, und mehr als drei Stunden Schlaf hab' ich in diesen Wochen nie gehabt. Und da hat's schon geknallt. Einer meiner Ordonnanzoffiziere, dessen Kopf is' mir vor die … vor die Füße gerollt. – Tote hab' ich schon in Frankreich gesehen, ja, gesehen! Aber ... aber dass mir direkt einer von der Seite weggeschossen wurde, das war schon arg. Da hab' ich beinah' geheult. – Aber es war ... er hat sich 'ne Sekunde später auf'n Boden geschmissen als ich, und da is' passiert gewesen. Er war'n netter Kerl.

Hans-Joachim Lemme: Ein französischer Schriftsteller hat mal gesagt: »Wenn die Soldaten immer wüssten, wer ihnen gegenübersteht, und den mit Namen kennen würden, dann würden sie vielleicht nicht so viel schießen.« Ich hab' das selbst unmittelbar erlebt. Wir hatten einen Panzerangriff gefahren, der Angriff war abgebrochen, weil's Abend wurde, weil es dunkel wurde, und wir standen vor einer langsam ansteigenden Höhe, die durchwachsen war mit Büschen. Und wir standen da und guckten. Und auf einmal sprangen hinter den Büschen einzelne Soldaten vor und liefen weg. Es war'n also russische Soldaten, die da noch in Deckung gegangen waren und nun versuchten, sich in Sicherheit zu bringen, und abhauten. Und der Kommandant befahl – wie er's in solchem Fall tun musste: »Funker-MG – Feuer frei«. Funker-MG hatte ich, also sollte ich jetzt auf diese flüchtenden Leute schießen. Und wie ich da durchguckte ... bei meinem Zielgerät durchguckte ... und die armen Schweine dahinrennen sah, geduckt, gebückt, hüpften die davon, ja, wie die Hasen, und die sollte ich abschießen ... also, ich hab's nich' gekonnt. Und dann rief der von oben wieder: »Funker-MG – Feuer frei!« Und ich schrie dann: »Ladehemmung«. – Und dann war es dunkel, und es war sowieso nischt mehr zu woll'n. Dann kam der Kommandant runtergeklettert aus seinem Turm, der saß ja im Turm oben, und der kam nun runter zu mir und sagte: »Jetz' geh'n se mal weg.« Dann hat der sich auf mein' Platz gesetzt, 's war ein Oberleutnant der Reserve, ein ... ich glaub', 'n Studienrat oder so was muss der gewesen sein ... ein älterer Mann und ein sympathischer, ruhiger Bürger, der setzt' sich also auf mein' Platz, nahm das Maschinengewehr und bum – bum – bum – schoss das natürlich, nich' wahr, hatte keene Ladehemmung. Er guckte mich an und sagte: »Die Ladehemmung hatten Sie wohl?!« Und das war so ein merkwürdiger Moment, ... was sollte ich sagen? Sagte ich »Ja«, war das nich' unheikel, weil es ja auch als Befehlsverweigerung vorm Feind ausgelegt werden konnte. Und das wäre tödlich gewesen. Na ja, aber ich sagte »Ja«, und darauf guckte mich der an und sagte: »Ich glaube, die hätte ich auch gehabt.« Und dann stieg er aus. Des war so ein Moment, wissen Sie, wo mal das Menschliche obgesiegt hat über dieses verfluchte Kriegerische.

Josef Selmayr: Es gibt immer solche Situationen. Schau'n Sie: Da hatt' ich also einen nachgeordneten Generalstabsoffizier, einen so genannten 1C, ja, Vieberg, hieß er, 'n netter Kerl, aktiver Offizier, der sollte auch Generalstabsoffizier werden. Der musste im Rahmen seiner Generalstabsvorausbildung 'ne Truppe führen; also hab' ich ihm nun die 3. Kompanie gegeben, die hinten nachlief. Und nach paar Wochen kam er und bat, abgelöst zu werden. Sag' ich: »Vieberg, wieso? Jetzt hab'n Sie noch fünf Tage, dann is' des Kommando weg, und des müssen Sie heut' mal haben.« »Nein, ich mag nich' mehr.« »Is'n in der Kompanie was los?« »Nein, nein, ich... ich mag nich' mehr.« »Gut«, sag' ich, »jetzt beruhigen Sie sich wieder. Ich sprech' mal mit'm General, aber ich glaube nicht, dass der damit einverstanden ist, denn das Ganze sieht mir doch 'n bisschen nach 'ner Laune aus, die Sie grade mal haben.« Schön. Wir waren ganz vorne in Russland bei Moskau, er war noch in Reserve, und ich musste die 3. Kompanie einsetzen nach vorne. Er marschierte mit der 3. Kompanie, das heißt also, er fuhr mit seiner 3. Kompanie noch an meinem Gefechtsstand vorbei, und er kam zu mir rein: »Herr Major, lösen Sie mich ab!« Sag' ich: »Jetzt... zwei Tage noch, Mensch! Da is' doch nix los, wieso denn?!« Also – jedenfalls: Ich hab' nichts getan, und des is' des... am nächsten Tag war er tot. Ich hätt'n... ich hätt'n retten können. Aber wie käm' ich dazu? Dabei war die Lage weiter gar nicht gefährlich.

Erwin Walz: Die Frage, inwieweit ich selbst getötet hab', muss ich so beantworten, dass ich bewusst und von Angesicht zu Angesicht niemanden getötet hab'. Aber ich hab' natürlich als Offizier Angriffe befehligt und Schlachten durchgeführt, bei denen viele

Menschen getötet wurden. Ich hab' auch einige Panzer mit der Panzerfaust abgeschossen, da hab' ich nur den Panzer als Feind gesehen, keinen Menschen. Aber als ich später die vier verkohlten Leichen aus diesem Panzer sah, wurde mir schon schwummerig.

Hans-Joachim Lemme: Beim allerersten Einsatz habe ich Angst gehabt, Platzangst gradezu, weil Sie in dem dunklen Ding drin sitzen, das is' wahnsinnig eng. Sie stoßen mit den Ellbogen und mit den Knien überall an, ringsum ist bloß Stahl, und des ist ja dunkel, des is' ja vollkommen dunkel. Vor Ihnen also Funkerglühen, bloß diese paar Lichter von den Funkgeräten.

Gunnar Glitscher: Ich war anfangs bei der Werkstattkompanie, die war hinter der Front, weil da kaputte Panzer zurückgeführt werden mussten; und da hatt' ich Panzer, die Treffer bekommen hatten. Ich musste oben rein, mit so 'nem schmalen Eimer, 'ne Art Kohlenschaufel, hat ma die Kameraden rausgekratzt, nich. Da war der Fritze und der Kalle, der abends noch 'n »17 und 4« gespielt hat. Da war noch 'n Stückchen Brieftasche. Da hat man dann eben Flaschengräber gemacht, nicht. Das heißt: In die Flasche kam die Wehrstammrolle rein, und die wurde dann beerdigt. Das war noch Werkstattkompanie. – Dann kam ich ja zur 3. Kompanie, dann kam ich zur Kampfstaffel direkt, weil vorne alles... die war'n alle hin. – Na ja, und da hab' ich dann eben die andern Dinge miterlebt auch, wie – mein Gott –, man... man war vorgestoßen, und wir haben ja nich' bloß immer gesiegt, wir hab'n ja auch manchmal Dresche bekommen. Und da hat man dann doch eben, wenn man mal wieder zurückgehen musste, gesehen, was inzwischen hinten los war. Da war'n die... die... die Madgas, die eben noch 'nem Landser das Hemd gewaschen hatten, die lagen da auf einmal tot da. – Also, für uns war die ältere Russin immer »die Madga«. Hinter uns wüteten nämlich gewisse Einheiten. Das waren vor allen Dingen die von der spanischen blauen Division, das waren die freiwilligen Letten, die waren sehr grausam, und da waren dann eben auch Sondereinheiten aus'm Reich mit den Herren Amtswaltern. Die haben sich dann die jüngeren Leute geschnappt

…in'n Waggon… ins Reich… als so genannte Fremdarbeiter in die Rüstungsindustrie. Und die anderen, die sich dann gewehrt haben, wurden natürlich – Widerstand gegen die Staatsgewalt – umgelegt. Da sagt der Hauptmann Primke noch: »Das ist doch …« Also, der hat's natürlich 'n bissl makaber gemeint: »…also, die sollt' mir doch noch 's Hemd waschen!« Das war 'n Abgebrühter, das war'n Panzerhauptmann, der war schon in Spanien in der »Legion Condor« dabei.

Heinz Abelmann: Das war'n gar keine Dörfer mehr, das war'n Brandstätten. Die war'n nur noch als solche dadurch zu erkennen, dass der Schornstein noch stand, denn es war'n ja alles Holzhäuser gewesen, meistens jedenfalls. Das war in Minsk zum Beispiel. Da war das ganz deutlich. Ganz Minsk hatten sie ja auf diese Weise schon kaputtgemacht – wo wir hinkamen, stand nur der Schornstein. Und die ganze Bevölkerung, die war'n alle… entweder war'n se umgekommen, oder sie war'n geflüchtet oder… na ja… sie war'n natürlich in Richtung Osten geflüchtet. Und eine Geschichte war auch sehr schrecklich: Also, auf den Straßen, auf denen die Kolonnen fuhren, wo viel Militär war – ausschließlich Militär –, und in die Gräben daneben hatte man die Zivilkolonnen abgedrückt. Das heißt: Ihr ganzes Zeug, ihre Wägelchen mit all den Sachen, die sie hatten… noch retten wollten, hatte man – die Kolonnen hatten das Vorfahrtsrecht – einfach in die Gräben geschubst, die lagen da drin, kamen nich' vorwärts. Und dann kamen die Flieger drüber weg und schossen in diese Gräben. Also, das war ein grässlicher Anblick.

Fritz Zimmermann: Wir waren dann in Pirgowo, in einem kleinen Dorf. Die Front war nich' weit weg, die Infanterie vielleicht so zehn Kilometer vor uns. Ich hatte 'ne vorgeschobene Vermittlung, und da rief der Adjutant, der Regimentsadjutant, mal an: »Ich brauch' einige Freiwillige, die, äh… hier ein paar Russen erschießen, paar Überläufer, die gekommen sind.« Allerdings muss ich sagen, wir hatten Schnee, meterhoch, und der war noch nicht beseitigt. Aber man hätte die Russen auch noch unterbringen können in den Häusern, also die Überläufer. Und da haben sich wirklich Freiwillige gemeldet, um die Menschen zu erschießen. Die haben ihnen die Pelzstiefel – wir hatten ja noch keine warmen Sachen –, die Pelzstiefel, die Hosen und die wattierten Jacken ausgezogen und dann – es gab in der Ukraine so tiefe Schluchten, 20 Meter tief – hab'n sie da reingeführt und da einfach umgelegt. Und dann hab'n wir auch erlebt, unterwegs, da sollten Gefangene weggebracht werden. Da hatten wir leider Kameraden, die haben sich gemeldet, die Gefangenen wegzubringen. Die sind bis zur nächsten Waldecke gegangen, hab'n se umgelegt und sind zurückgekommen: »Gefangene abgeliefert!« Das war 'ne Schweinerei, und wir hab'n schon gesagt: »Wenn der Russe mal zu uns kommen sollte, Gnade uns Gott, was uns dann passiert.«

Heinz Abelmann: Ja und dann war's ja schon so, dass um die Zeit herum – '43 – die Sache ein bisschen ins Stocken geraten war. Erst ging's ja flott vorwärts – vorwärts – vorwärts. Wir haben dann die verschiedenen Städte absolviert: Kursk, Orjol, die ganzen Städte, die da im Mittelabschnitt lagen, die hatten wir alle schon hinter uns gelassen. Die waren natürlich meistens Trümmerhaufen, na ja... Auf einmal ging's aber nich' mehr so schnell vorwärts, und da kamen wir nach Konotop, das war'n großer Eisenbahnknotenpunkt in der Ukraine. Und da war auf einmal eine Weisung gekommen: Es wird ein Vortrupp gebildet, der die Quartiere ausmacht. Mein Freund Ferdi Hassenkamp, der gehörte zu einem Vorkommando, hat Quartiere ausgesucht für Unteroffiziere und Mannschaften, und da ich nun schon Unteroffizier war, sagte Ferdi: »Du, Heinz, ich hab' für dich auch'n kleines Quartierchen gefunden; ich denke, du wirst damit zufrieden sein.« Na ja, ich also da hin mit ihm, er klopft höflich an – er war auch 'n gut erzogener Bursche –, und da wurde er von einem Mädchen empfangen, das deutsch sprach. Na gut – jetzt kommt 'ne ganz komische Geschichte nämlich, die hat nämlich was mit meiner späteren Frau zu tun. Oksana – ich muss ja das Mädchen mal nennen – macht auf und erschrak natürlich. Da saßen ihre Lehrerin – eine Jüdin – und ihr Kind auf dem Bett, in dem sie schlief, das war ihr kleines

Zimmerchen gewesen. Da nebenan war'n größeres Zimmer, das war das Zimmer der Eltern. Da gab's 'n Flur, dann gab's die Küche mit dem großen Ofen, auf dem man kochte und oben schlief. Auf jeden Fall, sie starrt mich mit großen Augen an, ich starr' sie auch ein bisschen unbeholfen an, weil ich dachte: »Mensch, du bist ja 'n Okkupant und kommst jetzt hier so rein und musst jetzt hier diese Leute vertreiben.« Aber mir war nich' wohl – muss ich ganz ehrlich sagen. Na ja, nun hab'n die ja gesehen, sie müssen da raus und ich musste rein. Na ja – ich will dat mal abkürzen, die Sache dauert sonst zu lange –, es dauerte zwei, drei Tage, da klopfte Oksana an die Türe, die da zum Elternzimmer ging, und bat, ob sie eintreten dürfte. Na, ick hab' gedacht: »In ihr eigenes Zimmer darf sie ja wohl doch eintreten«, aber sie war auch höflich, und ich sagte: »Kommen Se doch rein, 's tut Ihnen doch keiner was!« Und da Oksana fließend deutsch sprach – sie konnte perfekt deutsch –, bis auf die Artikel, die sie immer verwechselte, hatte sie sich inzwischen gesagt: »Mit dem Manne muss ich mich mal … da muss ich doch mal gucken, was der hier so macht.« Sie war neugierig. Und dann hatt' ich ein Radio! Ich kriegte ja als Unteroffizier requirierte Sachen, und so kriegte ich 'n Radio zur Verfügung gestellt. Das stand auf diesem kleinen Tischchen. Und die Hausbewohner ja nicht ganz doof, wie se war'n, sie war'n 'n intelligentes Völkchen, haben in der Abwesenheit – während ich draußen war, wenn ich Funkdienst hatte –, da hat sich also die ganze Nachbarschaft in meinem kleinen Quartier versammelt und haben 'n russisch' Radio reingedreht und haben dort die Nachrichten gehört, auf russisch, und wussten genau, wo die Front ist (lacht). Nu ja, so kam allmählich ein Kontakt zustande. Oksana interessierte sich immer mehr für das, was ich so früher gemacht hatte, und schließlich sagte sie: »Wir hätten einen großen Wunsch. Ob wir Ihnen das sagen dürfen, wissen wir nich', aber wir machen's trotzdem. Die Frau, die neben mir auf dem Bett saß, die hab'n Se ja geseh'n, das is' eine Lehrerin, und sie is' Jüdin.« Lydia hieß sie, Lydia Dainekow … (bricht in Tränen aus). Entschuldigen Sie, aber die Erinnerung und all das, was damit zusammenhängt … (Pause) Ich versuche noch mal, die Erzählung fortzusetzen ... – Und dann sagte Oksana zu mir, ob ich bereit wäre, mit ihr zusammen und mit Lydia zur Kommandantur zu gehen und für sie einen Pass zu besorgen, denn als Jüdin kann sie so weiter nicht existieren, sie fällt überall auf, und sie hatte sich ja auch versteckt. Oksanas Familie hatte sie ja bei sich versteckt gehabt – zusammen mit ihrem kleinen Sohn. Ich sagte: »Selbstverständlich. Wir können das machen.« Also sind wir drei – das Kind kam nicht mit –, Lydia, Oksana und ich, zur deutschen Kommandantur gegangen, die da in Konotop das Sagen hatte. Und ich sagte: »Lydia hat ihren Pass verloren und möchte darum bitten, dass Sie ihr einen neuen Pass ausstellen. Sie möchte arbeiten gehen.« Oh, und da war'n die sofort bereit und haben auch keine großen Umstände gemacht: Name und Datum wurden eingetragen, und in fünf Minuten hatte Lydia einen neuen Pass – ohne die Kennzeichnung für Juden –, und damit konnte sie natürlich leben.

Elfriede Stolpe: Mein Vater hat sich dann freiwillig nach Russland gemeldet, denn er war immer noch überzeugt, es würde für 'ne gute Sache gekämpft. Und alles, was er über Nazigräueltaten gehört hat, war für ihn immer nur Feindpropaganda. »Das is' nicht wahr, das is' Feindpropaganda.« Er hatte halt da seinen Naziklüngel um sich gehabt, und die hab'n alle ins gleiche Horn geblasen. Und mein Vater ging dann – er hätte aus Altersgründen nicht mehr zum Militär gemusst – zum Roten Kreuz und kam so als Sanitäter nach Russland. Medizin war eben schon immer sein Hobby. Und er musste dann die Verwundeten nach Krakau bringen oder auch nach Ostdeutschland und, äh ... da hat er dann schon Dinge erzählt. Er hatte also Eisenbahnwaggons mit Ruhrkranken zu betreuen gehabt oder Wagen mit Wahnsinnigen, Wagen mit Amputierten, und hat dann beispielsweise erzählt, dass ma' denen Maden in die Stümpfe gesetzt hat. Mi' hat's glei' g'schüttelt, aber er fand des sehr gut und meinte, die fressen den Eiter weg, und dann heilt's am besten. Mein Vater hat sehr viele Briefe von Russland geschrieben, und die waren eigentlich immer irgendwie heiter, wohl, damit ma' sich keine Sorgen macht. Und er kam dann mal auf Urlaub nach Hause und äh ... dann hat er gesagt, dass er was Schreckliches erlebt hat: Er hat g'sehn, wie in Polen Juden einen Graben graben mussten, und dann auf diese aufgeschütteten Erdwälle mussten sie sich aufstellen, mit dem Gesicht zum Graben hin, und wurden dann einfach abgeschossen und in den Graben rein und ma' hat überhaupt ned nachg'schaut: Sind die nun wirklich tot oder nicht? Und des hat mein' Vater so erschüttert, dass er also noch in diesem Urlaub stehenden Fußes zur Ortsgruppe is', und er hat dort sein' Austritt aus der Partei erklärt. Und meine Mutter war ängstlich und hat g'sagt: »Um Himmels willen, was hast'n für'n Grund angegeben?« Na sagt er, den, den er hat, also dass er des mit diesen Juden g'sehn hat, und damit war für ihn die Partei erledigt und Hitler erledigt; und er war dann auch sehr pessimistisch.

Josef Selmayr: Eigentlich bin ich also ... erst nach dem Krieg richtig aufgeklärt worden, ja. Vor allen Dingen bin ich auch mal von einem Staatsanwalt vernommen worden. Da hat sich's darum gehandelt, dass die Wehrmacht LKWs zur Verfügung gestellt hatte. Ich hab' damals also nun vor dem Staatsanwalt ausgesagt, was genau meine Meinung darstellt: dass niemand von all den Leuten, die diese Juden damals abtransportiert haben, von den Leuten, die Transportmaterial zur Verfügung gestellt haben – ob das der Fahrer war, der den Wagen gefahr'n hat, oder der Chef des Stabes, der die Sache angeordnet hat –, keiner hat für möglich gehalten, dass diese Juden in den Tod gefahren werden. Man wusste, dass sie schlecht behandelt werden, man wusste, äh ... dass sie grausam behandelt werden, dass sie interniert werden; aber es war einfach undenkbar, dass das vollzogen wird, was dann wirklich vollzogen worden ist: nämlich das Umbringen, wie man Ungeziefer umbringt. Es sind schon mal ... also nun Äußerungen gefallen, die man glauben konnte oder nicht, die man – ja, ganz offen gesagt – dann verdrängt hat, weil man keine Zeit hatte.

Max Mannheimer: Sehr bald kam es zum 20. Januar 1942, einem Tag, von dem wir nichts wussten: nämlich die »Wannseekonferenz« in einer Villa, die der SS gehörte – Großer Wannsee 56/58. In Berlin fand eine Konferenz mit einem Tagesordnungspunkt statt: »Endlösung der Judenfrage«. Reinhard Heydrich leitete die Konferenz, anwesend waren verschiedene Staatssekretäre, hohe NS-Funktionäre – einen Staatssekretär, damals des Justizministeriums, möchte ich erwähnen: den späteren obersten Richter am Volksgerichtshof, Roland Freisler. Als Protokollant diente Adolf Eichmann, der zuständige Referent für die Deportationen im Reichssicherheitshauptamt in Berlin. Im Jahr '61 wird Eichmann in Jerusalem erklären, dass die Konferenz in freundlicher Atmosphäre stattfand. Es gab keinen Widerspruch, als von Töten und Eliminieren und Vernichtung gesprochen wurde. Und ihre Ordonnanzen reichten Cognac, Ordonnanzen – militärische Oberkellner – vermutlich in SS-Uniformen. Nach diesem Zeitpunkt rollten die Transporte aus dem Protektorat über Theresienstadt. Theresienstadt wurde im Jahr '42 zum Altersgetto umfunktioniert, in Wirklichkeit war's ein Altersgetto *und* eine Transitstelle für die Deportationen nach dem Osten. »Osten – Arbeitseinsatz«, hieß es, und es hieß auch, »Ehepaare bleiben zusammen«. So heiratete ich im September 1942 meine zweite Liebe. Jetzt wird sich der Hörer oder Leser vielleicht wundern, warum? Was war mit der ersten? Die erste fuhr 1940 mit ihren Eltern nach dem damaligen Palästina, und obwohl meine Eltern mich ermutigten, mitzufahren, lehnte ich es ab, denn ich wollte meine vier jüngeren Geschwister und meine Eltern nicht alleine lassen.

Ernst Grube: Der Münchner Stadtrat hat schon 1940 beschlossen, dass die jüdischen Menschen nun kein Recht mehr auf Wohnraum hatten. Jeder Vermieter konnte seine jüdischen Untermieter 'nausschmeißen, kündigen. Es war nun so, dass von 1200 Wohnungen, die's damals gab, die an Juden vermietet waren oder im jüdischen Besitz waren, innerhalb eines Jahres schon 900 Wohnungen frei waren. Und nun mussten die Juden ja wohin. Zum Teil sind sie bei Bekannten untergekommen, zum Teil in so genannten Judenhäusern. Und zur gleichen Zeit hab'n die Nazis in Milbertshofen, des war damals ein Randgebiet von München, heute is' das ja alles bisschen anders, und dort hab'n die Nazis ein Barackenlager errichtet; das heißt, sie haben's nicht selber errichtet, sondern die Münchner Juden, die mussten dieses Lager Milbertshofen bauen. Und es is' auch dabei noch zu sehen, dass wir ja zu dem Zeitpunkt keine Straßenbahn mehr fahren durften. Das heißt, die Münchner Juden, die fünf oder acht oder wie viel Kilometer von diesem Gebiet weg wohnten, mussten jeden Tag zu Fuß hingehen und wieder zurück, um dieses Lager zu erbauen. Und da sind wir Kinder dann ins Kinderheim reingekommen. Dieses Lager hatte auch noch den Zweck, die Juden für die Deportation nach Theresienstadt zu sammeln. Und dieses Lager Milbertshofen war auch für die Gestapo der Bereich, wo sie auch ihre ganzen sadistischen Vorstellungen und Triebe – oder wie immer man das sagen will – austoben konnten. Sie kamen oft nachts, haben die jüdischen Menschen, die dort wohnten, nachts aus den Baracken geholt, haben sie durchs Lager gejagt, haben sie gequält bis zum Letzten. Ich kann mich erinnern, diese Baracken hatten ja keine eigene Toilette, man musste also auf so eine Gemeinschaftstoilette – genannt Latrine – gehen, das heißt, des war ein Bretterhaus mit einer Stange, auf der man dann sitzt. Und da hab'n die Nazis nun also jüdische Menschen genommen, die eben da runter mussten und mit der Hand – ich kann's nicht anders sagen – die Scheiße rausholen mussten.

Inge Michael: Ich war in einem Haushalt bei einem Juristen, der bei der »Organisation Todt« oder »Speer« war, Dr. Schattenmann. Das waren aber wirklich sehr anständige Leute. Denen hab' ich die Wahrheit gesagt. Als mich Frau Schattenmann also fragte: »Wie sind Ihre Verhältnisse?«, hab' ich ihr alles erzählt und praktisch sogar… am ersten Tag. Da fragte sie mich: »Na, Inge«, sagt sie, »was meinen Sie, wird Deutschland den Krieg gewinnen oder verlieren?« Und da dacht' ich, ja nu', es is' ja alles egal, das is' doch Jacke wie Joppe, und da hab' ich gesagt: »Verlieren.« Und da sagt sie: »Wieso meinen Sie das?« Und da sagt' ich: »Na, man brauch' sich doch bloß die Karte von Europa anzusehen, was Deutschland inzwischen besetzt hat, und ich weiß nich', wie man das halten soll… jemals besetzt halten soll.« Da sagt se: »Gott sei Dank,

Inge, ich bin der gleichen Meinung.« So. Und das war eigentlich unsere Basis. Und da hat sie mir dann wunderbare Geschichten – sie hatte auch Juden als Freunde – erzählt, und ich hab' tatsächlich damals Esswaren zu Juden gebracht, also, die die Schattenmanns übrig – also zu viel – hatten. Denn Herr Schattenmann brachte manchmal so Sachen aus dem Amt mit, denn die »Organisation Todt und Speer«, die hab'n ja auch in fremden Landen beschlagnahmt, was nicht niet- und nagelfest war, das heißt – sie ham's geklaut. Und dann brachte er eben manchmal – was weiß ich – drei Hühnchen mit oder ein, zwei große Fische oder – was weiß ich – 'n halben Zentner grüne Bohnen, und dann hat mich Frau Schattenmann zu Bekannten geschickt, wo der Mann Deutscher war und die Frau Jüdin, und dort bin ich auch immer die Hintertreppe raufgegangen und hab' da was abgegeben.

Walter Taus: Ich bin geboren am 12. Januar 1922 in Ungarisch-Brod in Mähren, wo ich auch meine ersten Lebensjahre verbracht habe. Wir sind in den Dreißigerjahren nach Prag umgezogen mit meiner Familie, mit meinen Eltern. Ich hab' auch eine Schwester gehabt, welche zwei Jahre älter war, und in Prag hab' ich dann weiter die Schule besucht. 1936 bin ich in die Lehre gegangen als Textilkaufmann, und da war ich bis 1939 im Lyoner Seidenhaus als Lehrling beschäftigt, wo ich dann auch die Lehre abgeschlossen hab', und bin Verkäufer geworden. Von dieser Zeit hab' ich auch eine schlechte Erinnerung, weil nach dem 15. März, wo die Deutschen nach Prag gezogen sind, besser gesagt: Prag besetzt haben. Ich bin dann entlassen worden. Wir ham noch bis 1940 in Prag gelebt – bis Januar 1940, wo sich dann meine Mutter entschlossen hat, dass wir zurückziehen nach Ungarisch-Brod, in eine Kleinstadt, weil in Prag hat man schon damals erzählt, dass jüdische Transporte nach Theresienstadt stattfinden, so genannte Aufbaukolonnen, welche dieses Lager aufbauen sollen. Wir sind dann wirklich am 12. Januar 1940 nach Ungarisch-Brod gezogen, wo wir bei der Großmutter gewohnt haben; und dann haben wir im Straßenbau gearbeitet, mit mehreren Kollegen, mit welchen wir dann auch später im Konzentrationslager waren.

HELGA LUTHER: Ich kam in ein so genanntes Munitionslager. Es war 24 Kilometer von uns entfernt, und da hab' ich das erste Mal so was Ähnliches gesehen wie'n KZ. Es waren so Baracken – so flache Baracken – mit doppeltem Stacheldraht, und da liefen Menschen in Zivil oder in Uniform rum: Russen und Franzosen und Belgier und Juden und Polen in Zivil, und die hatten alle so Lumpen um die Beine und um die Hände. Und ich musste ein Vierteljahr im deutschen Revier arbeiten – für die deutschen Soldaten. Und da hat bei mir natürlich alles im Kopf rotiert: »Wie kannste da helfen?« Aber es is' ja nu' beileibe nich' so, dass, wenn man da abends rumschleicht, dass die dann sagen: »Kommen Sie mal, Schwester.« Also, die sind genauso misstrauisch wie alle andern. Und es hat dann 'ne geraume Zeit gedauert, bis mich dann 'n französischer Offizier ansprach und fragte, was ich denn hier am Zaun suche. Ja, hab' gesagt, ich hab' die Verbände gesehen, und ich würde gerne helfen, wir müssten nur überlegen, wie. Und dann hab'n wir 'ne Ecke gefunden, die vom Wachturm aus nicht einsichtig war, und da hab'n wir unter dem Stacheldraht ein Loch gegraben, wie so ein Kaninchenloch, die von der einen Seite und ich von der andern. Und tagsüber haben wir das mit Pappe zugedeckt und mit Grasnarben. Und da hab' ich dann erst mal Verbandsmaterial durchgegeben, Medikamente, Instrumente und äh... Das ging gut bis zu dem Tag, wo die deutsche Armee im April '43 irgendwo gesiegt hat. Und dieser dicke Oberst, der das Lager befehligte, der stand nun da und echauffierte sich: »Die deutsche Armee hat ...« und... und... und er erzählte da so lange, als ob er den Krieg selber führt. Wir mussten alle da sitzen, die Bewacher und so, und hinter mir saß ein Feldwebel, und der sagte immer: »Schwester Helga, wenn Sie nicht meine Freundin werden und wenn Sie nicht mit mir ausgehen, dann erzähl' ich der Gestapo, was ich schon seit geraumer Zeit beobachtet hab'. Ich habe gesehen, was Sie da machen und wie Sie das Revier bestehlen und den Gefangenen helfen!« Das hat er leise gesagt, ja. Und bei mir sind sämtliche Sicherungen durchgebrannt. Ich bin aufgestanden, mitten in der Rede von dem Oberst, und hab' gesagt: »Sie, das eine werd' ich Ihnen sagen: Den Krieg hab'n wir sowieso verloren, und wir werden erleben, dass man Menschen wie Sie, die keine Achtung vor der Würde des andern Menschen haben, zu Paaren nach Sibirien treibt, und Ihren verdammten ›Führer‹ nehmen Sie dann gleich mit!« Na, und das war's dann. – Der Oberst, der is' vor Schreck auf den Stuhl gefallen, die andern haben sich alle umgedreht und haben mich ganz entsetzt angeguckt – der Feldwebel hat höchstwahrscheinlich auch'n Schreck bekommen –, und dann hatte sich Herr Oberst erholt und brüllte los: »Verhaften!« Dann kamen die »Kettenhunde« und haben mich verhaftet, haben mich eingesperrt ins Geschäftszimmer. Und dann hörte ich, wie der Oberst telefonierte – mit so 'nem Feldtelefon – und die Gestapo in Königsberg anrief. Da wusst' ick: »Jetz' is' aus. Jetz' hab'n sie dich«. Ja. Und vorne hatten se zugeschlossen. Aber die haben nicht bedacht, dass es 'ne ebenerdige Baracke is', und da bin ich dann raus aus'm Fenster, bin nach vorne gelaufen zum Tor und hab' bei 'nem Lastwagen der da stand, gefragt, ob der nach Bartenstein fährt. »Ja!« Ich sage zu dem Fahrer: »Ich hab' schnell Urlaub gekriegt, kann ich nicht mitkommen?« »Na, wenn Se reinkommen wollen, kommen Se mit.« Und los ging's, zur Fabrik von meinem Vater. Ich ging zu Papa ins Büro: »Papa, jetz' ham se mich!«, und hab' ihm das erzählt. Und dann is' er an 'n Tresor gegangen und hat alles Geld, was er da drin hatte, rausgeholt. Und dann hat er mich in die Nachbarstadt gebracht, nach Heilsberg, und dann hat er gesagt: »So, jetzt versuch' an die Schweizer Grenze zu kommen. Und dann gehste zur Tante Anna.« Meine Tante wohnte in der Nähe von Bern. Und dann bin ich abends in den Zug eingestiegen, und nachts war Fliegeralarm, und wir mussten in Neustettin raus, und der Zug fuhr aus'm Bahnhof, und wir waren alle im Wartesaal, und da gab's kein' Hinterausgang, ja. Und... da ging die Tür auf, und da stand Polizei, Wehrmachtsstreife und Gestapo, die haben also alle Züge – auch nach Deserteuren und so – durchsucht, und da war mir klar: Also, jetz' ham se dich. Und dann weiß ich nix mehr, dann weiß ich gar nix mehr. Und dann bin ich wieder zu mir gekommen, wie ich eine Stimme – 'ne Frauenstimme – hörte: »Herr Doktor, Sie wissen doch, was mit ihr passiert. Lassen Sie se doch sterben, Sie wissen doch, was mit ihr passiert.« Und da sagte mir dann nachher im Gefängnis die Aufseherin, die Frau Tank, dann wär' ich wie eine Rakete im Bett hochgesaust und hätte gesagt: »Ich will aber nicht sterben!« Da war ich dann über'n Berg. Da hatte ich sechs Wochen 'n schweres Nervenfieber. Ich war damals 19, und diese Frau Tank hatte irgendwo ein mütterliches Herz, und die hatte ja nun inzwischen erfahren, warum ich da eingeliefert worden bin; und die hat mir dann – die hatten zwei Ziegen, und im Krieg waren Ziegen was wert, die Milch gaben –, die hat mir also morgens, mittags und abends statt der Gefangenenkost immer einen Riesenkübel Milchsuppe gekocht. Mal mit Mehl, mal mit Grieß oder so. Ja, ich musste dann essen, damit ich mich nun also wieder erhole. Ich war ja das arme kranke Kind, das vor'n Volksgerichtshof sollte, nich. Das hat mir diese Frau Tank erzählt, obwohl se das nich' durfte. Und dann kam der Krüger, der Leiter der Gestapo, mit zwei andern Leuten, und da musste ich mit zu den Verhören. Wer meine Gruppe war, wer noch mit mir in dieses Komplott verwickelt war und, und, und... All das mit Beschimpfungen und mit Drohungen, dass die Familie in Sippenhaft genommen würde. Und als das alles nischt half und ich immer bei meiner Behauptung blieb, ich wär 'n Einzelkämpfer, da hat der Krüger dann so junge Fremdarbeiter – junge Russen und junge Polen und Ukrainer, die man so mit 14, 15 Jahren auf die Bauernhöfe in Vorpommern oder Pommern geschickt hat und die das einfach nicht ausgehalten haben vor Heimweh, die sind dann auf der Landstraße nach Hause marschiert, Richtung Osten. Wenn se se gekriegt haben, dann hab'n se se eingesperrt und am andern Morgen erschossen. Ich hab' mich immer gewundert, dass morgens um halb fünf geschossen wurde und dass nachts immer unter mir gesungen wurde. Und ich hab' dann die Frau Tank gefragt, und die hat mir dann erzählt, dass diese jungen Leute... Jedenfalls hat dann dieser Krüger die Tür zu dem andern Zimmer weit aufgemacht, und dann haben zwei SS-Leute die jungen Leute mit Stöcken geschlagen, dass die unter'n Schreibtisch gekrochen sind und auf die Fensterbank und die Wände hochgingen, und sie hab'n geblutet wie die Schweine. Und die hab'n immer wieder auf sie ..., bis die am Boden lagen und sich nich' mehr rührten. Da hat man zu mir gesagt: »Und das passiert dir auch. Und das passiert dir auch!« Tja, und einmal musst' ich dabei sein, wie die jungen Leute erschossen wurden. »Das passiert dir auch, wenn du nicht aussagst!« Tja. Und als se dann nun gar nischt aus mir rausbekamen und auf dem Haftbefehl aber stand: »Zersetzung der Wehrkraft, Spionageverdacht, Begünstigung von Juden und Fremdarbeitern, Verächtlichmachung des Führers« – und das reichte für'n Volksgerichtshof –, da war der Krüger also der Meinung, ich müsste jetzt dem Volksgerichtshof überstellt werden; und inzwischen hatte ich von anderen Gefangenen, die in Nachbarzellen waren, erfahren, was der Volksgerichtshof is' und was einem da passieren kann. Also, dass man da erschossen wird, dass man da, äh … 'n Kopf kürzer gemacht wird, dass man erhängt wird, und die anderen Häftlinge sagten: »Bei dem, was man dir vorwirft, da wirst du bestimmt aufgehängt. Nur Soldaten werden erschossen. Oder … oder kamen unters Fallbeil.« Na ja, entsprechend hatte man Angst, nich. Und diese 14 Tage, die ich auf meinen Transport gewartet hab', die waren an sich die schlimmsten meines Lebens. Und dann, nach 14 Tagen, kam der Krüger wieder und sagte: »Hier, unterschreib das!« Und dann war das von der Gestapo aus Berlin ein Schreiben, dass ich vorerst dem Frauenkonzentrationslager Ravensbrück überstellt werde, um dort für den »Führer« und das Vaterland zu arbeiten und nach dem Endsieg dann zum Volksgerichtshof zur Aburteilung meiner Tat komme.

Irmgard Heintel: Mein Mann war ja der jüngste Landgerichtsrat in Berlin am Landgericht Moabit, und nach Kriegsanfang gab's den Volksgerichtshof in Berlin. Und der Volksgerichtshof brauchte nun nach dem Kriegsbeginn mehr Mitarbeiter und mehr Beamte, und es meldeten sich keine freiwillig. Und da wurde mein Mann abkommandiert im November '39 an den Volksgerichtshof. Dort wurde er aber nicht als Richter eingesetzt, sondern er wurde dort als Staatsanwalt eingesetzt und war dann eben ab November '39 dort, und zwei, drei Monate später – er war natürlich uk gestellt, dass er also unabkömmlich gestellt war, also nich' an die

Front kam –, und zwei, drei Monate später sagte er zu mir: »Ich muss mit dir sprechen. Ich kann das nich', ich halte das nicht aus da am Volksgerichtshof. Ich muss da weg, und es gibt nur eine Möglichkeit, wegzukommen, wenn ich mich freiwillig an die Front melde.« Einzelheiten durfte er mir ja gar nich' erzählen, das war ja alles hochnotpeinlich geheim. Bloß weiß ich, dass, wenn, äh ... Todesurteile vollstreckt wurden in Plötzensee, ja, das hab' ich dann schon gemerkt, denn dann war mein Mann immer ganz verzweifelt. Jedenfalls meldete er sich an die Front und wurde nicht freigegeben für die Front, sondern musste da bleiben. Er hat sich insgesamt sieben Mal an die Front gemeldet, immer wieder und immer wieder, und der Freisler, sein oberster Chef, hat ihn zusammengeschnauzt – muss ich schon sagen –, hat gesagt: »Hier is' auch Front! Sie haben hier Ihre Pflicht zu tun!«, und hat meinen Mann eben erst mal nicht freigegeben. 1942 ist er endlich vom Volksgerichtshof weggekommen und ist dann am 19. Oktober 1944 bei den Kämpfen um Aachen gefallen.

HELGA LUTHER: Es war noch eine Zeit des Wartens, bis ein Transport nach Ravensbrück ging. Dann, Anfang Oktober '43, bekam ich die Nachricht, dass am 26. Oktober – also zwei Tage nach meinem Geburtstag – ein Transport von Stettin nach Ravensbrück abgeht. Dann sind wir zunächst nach Güstrow gekommen. In Güstrow hab'n wir vier Tage im Gefängnis verbracht. Mein erstes schlimmes Erlebnis dort war, dass wir vom Bahnhof zum Gefängnis laufen mussten, wir mussten vom Bürgersteig runter, wir mussten auf der Fahrbahn laufen, äh ... wir war'n ja Verbrecher, Volksverräter, und die Frauen hab'n uns angespuckt. Ja, dann sind wir von Güstrow weitergefahren – in Bitzow war'n wir wieder im Gefängnis –, und von Bitzow ging's nach Brandenburg. Das muss so am 12. November gewesen sein – 11., 12. November '43 –, und in Brandenburg kamen wir ins Zuchthaus, und da war es so, dass wir alle in einer Zelle untergebracht wurden, die, ähm ... für die Todeskandidaten waren, für die Häftlinge, die hingerichtet werden sollten. Und, wir haben uns dann da eingerichtet, und dann kam die Aufseherin zu mir, die Nachtdienst hatte: »Hm, müssen Sie unbedingt schlafen?« »Nee, warum?« »Ja, kommen Se doch mit in meine Zelle, dann bin ich nich' so alleine.« Ich dachte: Na, das is' aber seltsam, was will die denn von dir? Und dann gibt se mir'n Korb und sagt: »Könn' Se Strümpfe stopfen?« Ich sage: »Ja.« »Na, stopfen Sie mal Strümpfe.« Und ick denk: »Das faule Luder, die stopft nich' selber Strümpfe… du musst die Strümpfe stopfen, nich, aber immerhin besser als in dieser überfüllten Zelle mit diesen Ausdünstungen is' es allemal.« Also, ich hab' Strümpfe gestopft. Am nächsten Tag, abends, kam sie wieder – Strümpfe stopfen. Den übernächsten Tag – Strümpfe stopfen. Wir haben nich' ein Wort mit'nander gesprochen. Sie hatte den Volksempfänger leise an, nicht ein Wort, kein privates Wort, nichts hab'n wir mit'nander gesprochen, immer nur: Strümpfe stopfen. Und, äh… den vierten Tag abends, als sie mich geholt hat, da war se anders als sonst. Sie war unruhig, und sie hat Bohnenkaffee gekocht und hat mir Stullen angeboten zu essen und hat gefragt, welche Musik ich hören möchte. Und ich brauchte nicht Strümpfe stopfen. Sie hat sich mit mir unterhalten, und ich hab' gedacht: »Das hat doch was zu bedeuten. Was will die von dir?« Da war das so vier Uhr, da sagt se: »Sagen Sie mal, können Sie mal mitkommen und können mir mal helfen?« Ich sage: »Ja, warum, was müss'n wa machen?« »Ja, wir müssen aus einer Zelle eine Wiege rausholen.« »Wiege rausholen?« Und es war so. Diese Zellen lagen im Souterrain, und dann hat sie die Tür aufgeschlossen, und da saß auf dem Bett eine junge Frau, schwarzhaarig, und so mit dem Kopfende zu dem Zellenfenster, mit den Füßen zur Tür, stand 'ne Wiege im Raum, da lag 'n Säugling drin. Und die junge Frau guckte hoch, sah uns reinkommen, und man spürte das Entsetzen und das Wissen: Es ist die letzte Stunde. Wir haben dann das Kindchen rausgetragen, die Wiege, und wir waren noch nicht wieder in dem Raum von der Aufseherin, als die Tür ging; und da kamen dann die Richter und die Zeugen und haben sie rausgeführt zum Schafott. Und, …wir haben das Kindchen in das Zimmer von der Aufseherin gebracht, die war leichenblass und erzählte mir, dass das eine junge Polin aus dem polnischen Widerstand war, die ihr Kind dann hier im Gefängnis bekommen hat und 'n Vierteljahr noch behalten durfte, bis sie hingerichtet wurde. Sie sagte: »Wissen Sie, Sie werden sich gefragt haben, warum Sie zu mir kommen sollten. Ich konnte nicht allein sein, ich konnte das nicht alleine durchstehen!«

Elfriede Stolpe: Unsere Nachbarn war'n beide sehr streng religiös, der eine katholisch, der andere evangelisch; und die eine Nachbarin war schon älter, und die hat immer den Feindsender g'hört. Da gab's nämlich Volksempfänger; der kleine, den hatten wir, der kostete 40 Mark, der billige, da konnt' ma' den Engländer ned herkriegen. Aber die Nachbarin hatte den großen um 60 oder 65 Mark, und die kriegte den Engländer her; und die sagte dann immer, das is' wieder passiert, und das is' wieder passiert und: »Dieser Hitler, der Verbrecher.«

Günther Bruhn: Das war mir zu gefährlich, Feindsender zu hören. Da ging die Gestapo ziemlich raffiniert vor: Wenn se 'n Verdacht hatte, dann ging plötzlich das Licht aus, dann hatten se unten die Hauptsicherungen... den Hauptschalter... rausgenommen. Und dann gingen se durch die einzelnen Wohnungen, und da unten schaltete dann einer den Hauptschalter wieder ein. Und wenn dann der Strom wiederkam und die englische... die typische Gongbezeichnung kam, denn war's passiert.

Inge Michael: Ein Onkel hat mich ja mal die Treppe runtergeschubst, also richtig, weil ich hab' England gehört, so unter Decken, und dieses Klopfzeichen hat er gehört, und dann sagte er: »Was machst du da?« Und da hab' ich gesagt: »Na, hoffentlich verliert Deutschland bald den Krieg«, oder so, und da hat der mich wirklich die Treppe runtergeschubst. Ja, diese Familie war also nicht auf meinen Vater böse, sie war auf meine Mutter böse, dass sie Jüdin war, und mein Vater is' sozusagen mehr reingefallen auf diese Jüdin, nich, so in seiner Güte und in seiner Unschuld auf Frauen reingefallen und auf diese jüdische Frau, die sicher sehr raffiniert war und... um ihn zu kriegen oder irgend so was, also so was müssen sie gedacht haben. – Und meine Mutter hab' ich noch einmal in Berlin gesehen. Sie ist in Warschau auf der Straße gefangen worden, auch als polnische Arbeiterin, da sie ja nicht als Jude gekennzeichnet war und nicht dort angemeldet war. Und so ist sie als polnische Arbeiterin nach Ostpreußen gekommen in eine Landwirtschaft. Und mit ei'm Mal hab'n die Leute eben doch gemerkt, dass sie Jüdin is', und da is' sie auch des Nachts von einem Stockwerk runtergesprungen, is' mit Zügen also bis Berlin gekommen, und in Berlin hat sie niemand von meiner ganzen Verwandtschaft genommen und versteckt, niemand! Obwohl mein Vater sieben Geschwister hatte und es hier ungefähr zehn arische Familien gab – und keiner hat gewagt, sie zu nehmen. Und ich hab' mich am … von ihr getrennt auf der Straße in Neukölln und hab' sie flehentlich gebeten sich das Leben zu nehmen – flehentlich! –, weil ich dachte: Das ertrag' ich nich', dass sie umgebracht wird. Aber sie hat zu mir gesagt: »Ich hab' mir nicht das Leben gegeben, und ich werd' es mir nicht nehmen.« Und dann hat sie versucht, in die Schweiz zu kommen, und ist in Konstanz gefangen genommen worden – an der Grenze zur Schweiz –, und ich habe jetzt die Papiere gefunden, wo draufsteht, dass meine Mutter aus dem Gefängnis in Konstanz von der Gestapo nach Auschwitz überstellt wurde.

Max Mannheimer: Ja, bei uns war es so: Wie gesagt, September '42 hab' ich geheiratet. Gegen den 27. Januar '43 bekommen wir eine Vorladung, uns mit soundso viel Kilogramm Gepäck im Comenius-Gymnasium in Ungarisch-Brod einzufinden. Zwei Tage später wurden uns die ersten Transportnummern mit der Buchstabenkombination »CP« und die entsprechende Nummer um den Hals gehängt. Wir bestiegen einen Personenzug gegen 16 Uhr, der uns gegen 21 Uhr nach Theresienstadt brachte. In Theresienstadt angekommen, wurden wir wieder neu registriert, bekamen neue Transportnummern mit der Buchstabenkombination »CU«. Wir übernachteten auf Stroh in so einem Stall, so einem ehemaligen Militärstall. Den nächsten Tag wurde unser Gepäck auf so Plateauwagen zu dem drei Kilometer entfernten Bahnhof nach Bauschowitz gebracht. Dort angekommen, waren wir auch überrascht:

mit einem Personenzug! Also, so schlossen wir daraus: Man braucht uns zur Arbeit... des war so unsere Meinung. Unsere Namen wurden verlesen, die Nummern verglichen. Wir bestiegen diesen Zug, zehn Personen in einem Abteil – es war etwas eng, auch durch dieses Gepäck, das wir da mithatten –, aber wir war'n doch froh, bis auf einen Bruder, der bereits 1942 verhaftet wurde, zusammenzusein. Meine Eltern, meine junge Frau, meine Brüder Ernst, Edgar, Schwester Käthe und noch eine Schwägerin waren dabei. Wir fuhren ziemlich lange, als an einer Stelle der Zug ganz langsam wurde. Wir schauten aus dem Fenster und sahen zerlumpte Gestalten in Zivilkleidung mit einem Judenstern am Rücken aufgenäht, unrasiert, abgemagert. Wir warfen ihnen Brot zu. Sie stürzten sich darauf und stießen einander weg, und meine Gedanken waren: Ist das der Arbeitseinsatz? Werden wir auch so aussehen, so handeln?

Walter Taus: Wir sind am 2. Februar 1943 gegen 20 Uhr abends in Auschwitz angekommen. Äh... wir waren schockiert! Und auf einmal plötzlich waren so auf einer Rampe sehr viel Lichter, und wir hab'n Hundebellen gehört, und wir haben schon aus'n Zug raus geseh'n, dass SS-Leute in Uniformen kommen und schreien: »Alles aus'm Waggon aussteigen, alles raus!« und so. Und ich bin dann später ausgestiegen, aus einem einzigen Grund: Ich hab' noch unser... so einen Rucksack holen wollen, wo meine Eltern die wichtigen Sachen – Dokumente und so – mitgenommen ham. Und diesen Rucksack hab' ich noch einmal geholt, und dann hab' ich also meine Eltern und meine Schwester nicht mehr gesehen. Ich bin mit paar eh'maligen Kollegen ausgestiegen, welche von dieser Baustelle waren, wo wir zusammengearbeitet haben, und da ham wir uns so bei den Händen gehalten und sind so vorgerückt vor so SS-Leute, welche da diese Selektion gemacht haben. Die einzige Frage war: Beruf? Na, hab' ich gesagt – weiß nicht, warum mir das eingefall'n is': »Dachdecker«, weil ich in dieser Zeit auch paarmal so Aushilfe bei einem Dachdecker gemacht hab', und so bin ich praktisch zu denen gekommen, welche die erste Ankunft in Auschwitz überlebt hab'n.

Max Mannheimer: Als wir ausstiegen, hieß es: »Männer auf eine Seite, Frauen auf die andere Seite. Frauen mit Kindern auf die LKWs. Diejenigen Leute, die nicht weit zu Fuß gehen können, können auf die LKWs aufsteigen.« Als sich die Situation etwas beruhigt hat und die Gruppen geteilt waren, mussten wir zu einem SS-Arzt, das war ein Obersturmführer; wir mussten vor ihn treten, er fragte nach Alter, Beruf, ob gesund. – Und da hörte ich schon: »Arbeiter, links. Magazinär der Firma Bejtjar, rechts.« Das war ein Bekannter von uns, der in der Nähe von Ungarisch-Brod gewohnt hat. Dann: »Arzt. Links« Dann kam ich: »Straßenbauarbeiter, 23 Jahre.« »Gesund.« Ich musste die Hände zeigen, und die hatten sehr viele Schwielen von den Schaufeln, und ich glaub', die Schwielen haben das bestätigt, dass ich ja wirklich ein Arbeiter bin. Dann kam mein Bruder Ernst. »Installateur.« Auch auf meine Seite. »Edgar. Schuhmacherlehrling.« Auch auf meine Seite. Dann kam mein Vater. Der kam auf die andere Seite, obwohl er »Arbeiter« gesagt hat, aber er war 55 Jahre. Mit 55 Jahren hat man überhaupt keine Chance gehabt, ins Lager zu kommen – es sei denn, man war Chemiker oder irgendein Ingenieur oder so irgendein seltener Beruf. Als wir so, äh … selektiert waren, dann schaute ich: Wo die Mutter is', wo die Schwester is', wo meine Frau is'; aber ich konnte nichts sehen, denn viele Autos sind schon abgefahren. Dann kam ein Befehl: »In Dreierreihen antreten.« Ich war da angetreten, neben mir war ein SS-Wachmann, und der fragte mich, ob ich tschechische Zigaretten hätte. Sag' ich: »Ja.« Da hab' ich ihm welche gegeben, und da dachte ich, ich kann ihn was fragen. Also frag' ich: »Äh, kann man die Frauen seh'n?« Sagt er: »Ja, einmal in der Woche.« Und ich sag': »Wo kommen die Kinder hin?« »Die kommen in den Kindergarten.« Nun, äh … wir mussten also ungefähr einen guten Kilometer marschieren. Wir sahen aber von weitem ein hell erleuchtetes Quadrat. Als wir näher kamen, sahen wir den Stacheldraht, ein Tor öffnete sich, und wir waren in Birkenau. Die Rampe, an der … an der wir angekommen waren, war eben die Todesrampe von Auschwitz-Birkenau. – Nachher wurde uns befohlen, bis auf die Schuhe und den Gürtel die Kleider auf einen Haufen zu werfen. Obwohl ich schon etwas hätte begreifen müssen, fragte ich ganz naiv den aus Frankreich stammenden Häftling, der uns später registrierte, ob ich meine Kennkarte – so nannte man damals den Personalausweis – behalten soll. Er war sehr freundlich, er sagte, nein, ich bekäme eine neue. Dass es am nächsten Morgen dann eine tätowierte Nummer am linken Unterarm sein würde, konnte ich natürlich zu diesem Zeitpunkt noch nicht ahnen. Wir wurden dann in einen anderen Raum getrieben. Da wurde uns das Kopfhaar geschoren, Körperhaar ausrasiert, und wir wurden mit einer Desinfektionsflüssigkeit, die »Cuprex« hieß, eingepinselt und dann über das freie Gelände – nur die Schuhe an den Füßen, den Gürtel um den Bauch, in dieser Kälte – es war ja die Nacht vom 1. auf den 2. Februar – in einen saunaartigen Raum getrieben. Wir freuten uns über die Wärme, saßen vielleicht zehn Minuten da, als ein alter Häftling hereinkam, aber nicht alt an Jahren – wir bekamen später die Nummern ab 99 000, und dieser Häftling hatte eine Nummer von etwas über 29 000 aufgenäht – und stammte aus der Slowakei. Tschechisch und Slowakisch sind ähnliche Sprachen, und ich fragte ihn auf Tschechisch: »Was passiert mit den alten Leuten? Was passiert mit den Frauen mit Kindern?« Und er sagte eiskalt: »Gehen durch den Kamin.« Ich dachte, er wär' durch den Aufenthalt im Lager so verroht, und er wollte uns quälen. Zu diesem Zeitpunkt konnte ich mir noch nicht vorstellen, dass er die Wahrheit sprach.

Helga Luther: Ich hatte so Haare bis über die Schulterblätter, und da war'n so zwei Frauen. Ich wusste ja nicht, dass es Häftlinge sind. Ich wusst' ja überhaupt nicht, wie'n Häftling aussieht, und die sagten dann zu mir: »Ja ja, die komm'n auch ab.« Ich sag': »Was kommt ab?« »Ja, du blöde Gans, deine Haare.« Da hab' ich das erste Mal geschrien: »Nicht meine Haare! Nicht meine Haare!« Das hab'n die also mit einem wiehernden Gelächter begleitet, hab'n reingefasst und hab'n geschnitten und hab'n geschoren, nicht nur die Kopfhaare, auch Achselhaare, Schamhaare. Dieses Lachen, diese Gleichgültigkeit – ich kam mir vor, als ob man mir mit den Haaren auch die Haut abgestreift hat, als ob all' das, was ich einmal war, weg is'.

Max Mannheimer: Die Begrüßung durch den kriminellen Blockältesten gab uns Aufschluss über die Bedeutung der Worte: »Geht durch den Kamin«, denn er hielt uns eine Rede und sagte: »Wer nicht spurt, geht durch den Kamin.« Schon kurze Zeit danach wurde uns klar, wo wir uns befinden, denn wir war'n sechs Wochen lang ungefähr 250 Meter von den grad in der Fertigstellung begriffenen vier neuen Krematorien und Gaskammern untergebracht. Die Quarantäne, normalerweise drei Wochen dauernd, diente dem Zweck, um festzustellen, ob infektiöse Krankheiten eingeschleppt worden sind.

Walter Taus: Wir hab'n in der Quarantäne schon gewusst, dass unsere Familie umgekommen is'. Man hat niemanden gesucht, man hat mit niemandem sprechen müss'n, weil da erfahrene Häftlinge war'n, welche schon gesagt hab'n: »Also nur die, welche von der Rampe weggekommen sind, diejenigen, die gesund waren, die findest du in diesem Block.« »Finde ich meinen Vater, oder finde ich jemanden von der Familie in einem anderen Block?« »Nein!« Und das war ganz klar: Die alten Leute wurden wirklich sofort ins Krematorium geschickt. Die waren in einem Vernichtungslager, und die wurden auch vernichtet. Also, wir hab'n von Anfang an gewusst, dass unsere Familie umgekommen is'. Ich hab' es zum Beispiel später erfahren, wo ich in... auf einem Arbeitskommando tätig war und wo wir Frauenhäftlinge getroffen haben, und ich hab' von diesen Frauenhäftlingen eine erkannt... (Pause) 's kann ich nich... (Bemüht sich, das Weinen zu unterdrücken) ..., die hab' ich angesprochen und hab' nach meiner Familie gefragt. Die Antwort war: »Deine Schwester hat's überlebt, aber nur zirka drei Wochen, dann is' sie auch abgeführt worden ins Krematorium.« Dann hab' ich nicht mehr gefragt. Nie. Niemanden. Ich hab' alles gewusst. – Also, Familien später noch zu treffen, das war nicht drin, weil das war wirklich ein Vernichtungslager.

Helga Luther: Als Heydrich an seiner Verwundung starb, da gab man der NS-Ärzteschaft und dem Roten Kreuz die Schuld daran, weil sie sich bisher gegen Sulfonamidversuche an Menschen gesträubt hatten. 's war nicht genügend erprobt. Und man setzte Professor Gebhardt, der sich bisher geweigert hatte, unter Druck – er war ja der Generalsekretär des Roten Kreuzes –, dass er jetzt diese Versuche im Frauenlager Ravensbrück beginnt. Und jetzt war die Frage: Wo kriegt man junge Menschenkinder her, die gesund sind und die diese Versuche eventuell überleben? Und da fiel dem guten Himmler ein, dass er ja zu Tode verurteilte Polinnen in Lublin sitzen hat. Die hätten sowieso sterben müssen. Also war die logische Folgerung: Wenn man die nimmt, und die kommen zu Tode, dann is' es praktisch die Vollstreckung des Todesurteiles. Die waren wegen Widerstands oder heimlichen Besuchs von Universitäten oder Gymnasien zu Tode verurteilt. Und man schaffte also 154 junge Frauen von Lublin nach Ravensbrück, und dann wurden die in Gruppen zu viert zu diesen Versuchen rangezogen. Und zwar machte man Folgendes: Man schnitt ihnen die Ober- und Unterschenkel auf, außen, und hat dort Nägel und Gras und Glassplitter und so was reingetan, hat sie geschlossen, hat sie eingegipst bis zum Becken und hat abgewartet, bis die Infektion ihren Höhepunkt erreicht hat. Dann hat man den Gips entfernt und hat die Wunden gesäubert und hat vier verschiedene Dosierungen Sulfonamide reingetan, bei jedem eine andere, um auszuprobieren, wie die Wirkung war. Einige sind gestorben, einige sind nach den Versuchen erschossen worden, einige haben überlebt, und es ist an ihnen drei-, vier-, fünfmal operiert worden. Eine andere Gruppe hat die Knochenoperation hinter sich gebracht. Da hat man erst ein Fenster ins Schienbein geschnitten, in den Schienbeinknochen, und hat dieselbe Verunreinigung vorgenommen. Aber das war noch nich' genug. Man hat dann mit'm Hammer zertrümmert, weil das Schussverletzungen ähnlicher war. Eine weitere Gruppe, da wurden die Sehnen bloßgelegt, und unter den einzelnen Muskel-Sehnen-Verbindungen wurden dann diese Verunreinigungen vorgenommen. Blutgefäße wurden durchtrennt, wurden verunreinigt, Nerven. Einige haben es mithilfe der anderen Häftlinge überlebt, indem man sie immer wieder vor'm Erschießen versteckt hat. Aber alle haben schwerste physische und psychische Schmerzen und Beschwerden zurückbehalten, und die beiden Letzten, die ich erlebt habe, die waren auf der Isolierstation im Krankenblock, und ich hab' sie dann als Blockschwester kennen gelernt. Sie konnten ja nich' laufen, sie konnten ja nich' arbeiten.

Max Mannheimer: Nun, wir kamen dann in das Stammlager Auschwitz I mit der großen Aufschrift »Arbeit macht frei«, und schon waren wir optimistisch. Gewalzte Straßen, stabile Ziegelgebäude. Nachdem ich mich als Arbeiter an der Rampe gemeldet hab', habe ich auch hier gesagt, »Arbeiter«, und ich kam auf Block 17. Die Begrüßung durch den reichsdeutschen kriminellen Häftling war: »Bei mir herrscht Ordnung, Disziplin, Sauberkeit, verstanden?« Darauf sag' ich: »Ja.« Ich bekomme eine Ohrfeige, und er sagt: »Das heißt Jawoll!« In der Tschechoslowakei hat man nicht »jawoll« gesagt. Das is' etwas Reichsdeutsches. Da hab' ich das eben wiederholt. Am nächsten Tag: Antritt zum ersten Ausmarsch. Mein Kommando hieß »Huta«, eine reichsdeutsche Firma, die heute noch irgendwo existiert: »Huta-Betonbau« heißt sie heute. Ich weiß nicht – es war vielleicht ein Kommando von 150 oder 200 Leuten, es ist mir nicht mehr genau erinnerlich. Wir sind vor der Küche angetreten, und dann beginnt der Ausmarsch: »Links, links, links, links«... Dann hieß es, »Augen rechts«, dort stand nämlich die SS, die uns zählte. Als wir dann außerhalb des Lagers waren, aber noch im Sperrgebiet – das Sperrgebiet in Auschwitz war ja riesengroß –, marschierte neben mir ein Häftling aus Pruzana, der nicht richtig marschieren konnte. Da fragte der Kapo, Vorname Helmut, warum er so schlecht marschiere. Der Häftling sagt also, er hat Magengeschwüre, und er hat zu Hause immer Diät; und dann sagte der Helmut zu ihm, er soll sich dann am Geräteschuppen bei ihm melden, er habe ein gutes Mittel. Ich war ganz in der Nähe dieses Geräteschuppens zugeteilt, da zu schaufeln. Der Häftling hat sich – so wie es angeordnet war – bei Kapo Helmut gemeldet. Auf einmal hör' ich aus dem Geräteschuppen Schreie: Also ein Schaufelstiel war das »gute Mittel«. Der Kapo hat ihn erschlagen. Um elf kam dann der Leichenwagen.

Walter Taus: Mein Freund hat gesagt: »Ich will nicht leben, komm, wir fangen uns bei den Drähten, damit wir umkommen.« Ich hab' gesagt: »Nein, ich hab' doch noch nicht alles erlebt. Warum hab'n die uns hergeschleppt? Die woll'n, dass wir arbeiten, die woll'n uns doch nicht töten.« Also, ich war bei meinen 21 Jahren ein Optimist.

Hermann Reineck: Also, des is' so paradox, so schizophren, die ganze Geschichte. Da hat man gesehen, wie die Flammen aus den Schloten vom Krematorium herauskommen, und im Zigeunerlager ham die gesungen und ham getanzt. Also, des is' diese – vielleicht unbewusste – Abwehr. Des is' überhaupt eine ganz eigenartige Geschichte in Auschwitz. Ich hab' also lange Zeit im Krankenbau auf der Schreibstube gearbeitet, und mittags äh... haben wir oben gegessen in diesem Saal, wo die Kranken auch gelegen sind und in dieser... in der Mitte so ein kleiner Korridor; und da standen ein paar Tische nebeneinander, und da hab'n wir gegessen, und am Ende dieser Tischreihe, wo ich saß, da wurden die Toten hingelegt. Na ja, man kann sagen: Also, im Durchschnitt – was weiß ich –, also alle zwei, drei Minuten is' dort einer gestorben. Und die Toten war'n nackt und manchmal – auf Deutsch gesagt – waren sie beschissen, und das war ein chirurgischer Block, und die Phlegmonen, des war geschnitten, und da fließt so ein eitriges Sekret raus, und das stinkt furchtbar. Und keiner hat dem Toten die Augen zugedrückt, und der lag dort mit aufgerissenen Augen und mit offenem Mund und alles... Und uns is' irgendwas eingefallen – da während 'm Essen – und wir haben dabei vielleicht irgendeinen Witz erzählt und hab'n gelacht dabei. Man gewöhnt sich an das Grauen so, dass es unvorstellbar is', und wahrscheinlich hätt' man es nicht überleben können, wenn nicht diese Abwehr gewesen wäre.

Max Mannheimer: Nun, ich arbeitete ungefähr 14 Tage an dieser Lore da, aber ich bekam dann ein Hungerödem, das heißt, wenn das Verhältnis zwischen Wasser und Fett im Körper zu Gunsten des Wassers überhand nimmt, dann staut es sich, und in der Früh' zum Beispiel hatte ich die Augen ganz verschwollen. Aber plötzlich bekam ich in der Leistengegend solche Schmerzen, dass ich kaum hinter dem Wagen laufen konnte. Meine Kameraden erlaubten mir, dass ich mich an die Stahlumrandung dieser Lore so hinkauerte, dass nur mein Kopf so rausguckte, damit es so aussieht, als ob ich schieben würde. Nun – plötzlich bemerkt das der Kapo Helmut. Er sagt: »Du kannst ja nicht mehr laufen. Setz' dich in den Geräteschuppen.« Ich bin zum Geräteschuppen gegangen, und ich hab' nur an diesen Mann gedacht, der am ersten Tag erschlagen worden is'. Der Kapo kam dann hier herein, und ich sagte: »Kapo Helmut, ich bewundere, welche Disziplin, welchen Respekt die Häftlinge vor Ihnen haben. Sie sind die geborene Führernatur!« Und ich glaub', dieser Satz hat mein Leben gerettet. Er hat gesagt: »Wirklich? Wirklich?! Setz' dich zu dem Ofen ...«, da war so ein Kanonenröhrlofen, »... damit's dir nich' kalt is'.« Ich hab' mich dann in die Nähe des Ofens gesetzt, und ich hab' aber nicht bemerkt, weil ich solche Schmerzen hatte in dieser Leistengegend, dass ich plötzlich eine große Brandblase bekommen hatte, und ich habe noch heute da eine Riesennarbe. – Als dann der Rückmarsch ins Lager begonnen hat, wurde ich von zwei Häftlingen untergehakt. Ich kam in den Krankenbau, in den chirurgischen Block, und ein polnischer Anästhesist und ein polnischer Chirurg haben mich operiert. Ich kann mich erinnern: Ich zählte bis 43. Viele Leute können das nicht verstehen, aber früher gab's da die Narkosen mit Äther, da musste man zählen, damit man tief einatmet, und wenn man dann schon so müde ist, dass es nicht mehr weitergeht, dann wiederholt man die Zahl. Und diese Zahl hör' ich noch heute – obwohl so viele Jahre vergangen sind – in meinem Kopf, wenn ich daran denke. Ich bekomm' einen Papierverband, und ich kletter' wie auf Jakobs Leiter drei Stock hoch in das oberste Bett. Ich war froh, dass das alles gut gegangen is'. Ich hatte Riesenschmerzen, als die Narkose aufhörte zu wirken, und dann kam die Nacht, die furchtbar war. Erstens der Geruch in diesem Krankensaal, das Gestöhne dieser Leute ... Ich konnt' nicht schlafen. Und kaum wurde es etwas heller, kam ein Kommando: »Alles aus den Betten – Verband abnehmen!« An der Tür stand breitbeinig ein SS-Arzt, neben ihm der Häftlingsschreiber, der die einzelnen Häftlinge aufrief. Zwischen den Bettreihen musste man so ungefähr zwölf Meter laufen. Ich wusste, es ist der Lauf ums Leben, denn ich sah, alle, die gehumpelt sind, sind festgehalten worden. Ich habe dann auf die Schmerzen... äh... die hab' ich ignoriert. Ich hab' die Arme, so wie's eben ein Sportler tut, angewinkelt und hab' die Brust, die schon sehr dünn geworden is' durch den Lageraufenthalt, so herausgestreckt. Und ich durfte wieder in mein Bett zurück.

Helga Luther: Ich wurde dann in Ravensbrück auf Block 11 eingesetzt. Da kam die Lagerläuferin, und die hatte 'n Schlüssel zu der Tür und schloss auf, drückte mir den Schlüssel in die Hand und sagte, ich soll wieder abschließen. Nun stand ich da. Was soll ich hier? Was is' hier? Was soll ich hier? Ich bin dann rein, hab' vorsichtig um die Ecke geguckt – ein bestialischer Gestank! Und dann bin ich so einem leisen Stöhnen und Wimmern nachgegangen. Ich kam in einen vollkommen dunklen Raum. Der stank – grauenhaft! Und dann bin ich wieder raus und hab' erst mal die Fensterläden aufgemacht, und dann bin ich ganz vorsichtig, es waren ja auch Drei-Etagen-Betten, am äußersten Ende hochgekrabbelt und hab' in die Betten geguckt, rechts und links. Was ich da gesehen hab'... wissen Sie – dagegen is' Dantes »Inferno« 'ne himmlische Spielwiese! Da lagen Tote und Lebende zusammen. Voll Kot, voll Urin, voll Blut, ganz, ganz doll abgemagert, kein Stroh in den Strohsäcken, nix... nix! Die lagen da und stanken vor sich hin – Tote und Lebende! Und ich bin raus und bin rüber in die Zigeunerbaracke. Die Älteste, es war die Stammesälteste, auch die Blockälteste, die sieht mich da reingesaust kommen und hält mich fest und sagt: »Schwester, was is'?« Ich: »... da geh' ich nicht mehr hin! Da bleib' ich nicht! Und wenn die mich totschlagen, da bleib' ich nicht! Das kann ich nicht! Das mach' ich nicht!« Dann hat sie mich erst mal beruhigt, und dann hat sie gesagt: »Weißt du – wenn hier jemand im Lager sagt, ›du musst da hin‹, dann musst du! Oder sie schlagen dich tot. Ich ruf' meine beiden Töchter, und wir kommen mit dir rüber.« Da kamen die mit mir rüber, und nun war ja wenigstens Licht und frische Luft schon drin, aber das änderte nichts an der Tatsache, dass immer noch Schmutz und Dreck war und Lebende und Tote durcheinander lagen. Und dann is' die Blockälteste mit mir da hochgeklettert, und die Töchter auch, und Reihe für Reihe haben wir dann erst mal die Lebenden von den Toten getrennt. Sie hat mir gezeigt, dass man in eine Decke einen Knoten macht an einem Ende, da kommen die Füße rein, und am andern Ende zieht man die Leiche in den Tagesraum, und dann musste man 'n Zettel an'n Zeh binden mit der Nummer. Ich bin immer raus und hab' gespuckt! Ich hab' gespuckt wie... wie verrückt. Und dann sag' ich zu ihr: »Was mach' ich jetzt mit den andern?« »Ja«, sagt sie, »soweit ich weiß, gibt es keine Medikamente. Es gibt auch keine Desinfektionsmittel, es gibt nichts.« Ja, und ich bin dann am Nachmittag rüber in die Effektenkammer und in die Wäschekammer und hab' gefragt, ob ich saubere Kleider kriegen kann, saubere Wäsche, Decken. Es musste alles gewaschen und desinfiziert werden. »Nö, die sterben sowieso, wir haben nichts!« Ich hatte kein Stroh! Ich kriegte für den ganzen Monat 20 »Gelonida«, zehn Rollen Kreppbinden und zwei Rollen »Kreppa-Plast« – für sterbende Tuberkulosekranke. Genau die gleiche Verpflegung, nur um die Hälfte weniger, wie die andern Häftlinge, also auch diese Futterrüben... und... und... und... Ich hatte jeden Tag bis 20, 22 Exitusse. Die Zigeuner halfen mir dann immer, den Leichenwagen zum Krematorium zu bringen, und wenn ich dann zurückkam, dann hab'n wir in der Häftlingsküche die Verpflegung mitgenommen. Das war so: Abends gab man die Verpflegungsliste ab mit der Zahl der Häftlinge, die da waren, morgens gab ich die Liste mit den Exitussen beim Revier ab. Man sollte meinen, die vergleichen die Listen und ziehen die Verpflegung ab – denkste: Eene Liste hat die andre nich' geseh'n. Und ich kriegte also für die Verstorbenen auch die Verpflegung. Das hab' ich mir dann so 14 Tage angeguckt, und dann hab' ich gedacht: »Wenn das so is', dann kannst du jetzt anfangen, in die Zukunft zu planen.« Ich hatte also Brot übrig, ich hatte Suppe übrig, ich hatte Kartoffeln übrig, und das waren drei ganz wichtige Dinge im Lager. Damit hab' ich in der Wäschekammer Wäsche organisiert, und damit hab' ich in der Strohflechterei

Stroh organisiert für die Strohsäcke. Und irgendwann kriegte ich 'ne Reibe... da ham mir die Zigeuner 'ne Reibe aus so 'ner ovalen Fischbüchse gemacht, aus so 'ner Bratheringbüchse. Die hatten se mit 'n Nägeln durchlöchert, und so hatten se 'ne Reibe draus gemacht, nich. Ich hatte also Kartoffeln, ich hatte Mohrrüben, ich hatte Zwiebeln, ich hatte Knoblauch, ich hatte Salz, und dann habe ich in meinem Ofen Feuer gemacht, hab' da drauf einen Marmeladeneimer mit Wasser gestellt und dann immer eifrig gerieben, eifrig alles... alles gerieben. Und diese Suppe konnten meine Patienten in ihrem Zustand weitaus besser essen als Brot.

Walter Taus: Solidarität mit Mithäftlingen war also stark ausgeprägt. Weil, wir hab'n uns... wir waren befreundet, wir hab'n Freunde gehabt, mit denen wir zusammen die Lage besprechen konnten, was man machen soll, was man nicht machen soll. Man hat probiert, die Neuzugänge zu informieren, damit die wissen, was überhaupt das Lager bedeutet und auf was man aufpassen soll. Zum Beispiel – ein SS-Mann fragte: »Wer kann Schreibmaschine schreiben? Melde dich!« Da haben sich ein paar gemeldet, die ham die schlimmste Arbeit bekommen, ja. Kanalisation! Also, etwas ganz Unmenschliches haben die verrichten müss'n, aber man hat sie gefragt, ob sie Schreibmaschine schreiben können. Also – es war'n auch SS-Leute da, welche überhaupt kein menschliches Gefühl gehabt ham. Da war zum Beispiel so ein Fall, es war nicht der einzige: Wir war'n bewacht durch einen Posten SS, und der Posten stand da bei so einem Kanister mit Teer, wo er Holz verbrannt hat, dass er es bisschen warm hat und so... Und da kommt ein Häftling zu ihm von unserer Kolonne, die Straßenbau gemacht hat, und sagt: »Posten, bitte darf ich austreten?« Sagt der: »Ja, aber geh' mir da, äh... ein paar Meter weiter weg, ne.« Der Häftling ist vielleicht fünf oder zehn Meter von ihm weggegangen, da nimmt der Posten das Gewehr und hat ihn erschossen, ja! Die Häftlinge, das war'n keine Menschen. Material war genug da. Man hat täglich paar tausend Leute vergast, also spielt es doch keine Rolle, wenn man einen erschießt und abends beim Einrücken des Kommandos meldet: »Auf der Flucht erschossen.«

Michael Meier: Wir sind nach Mährisch-Ostrau befohlen worden. Und dort haben wir Straßensperre gestanden, und wir haben dann kommen sehen … das war schrecklich: Da kam ein Zug von Sträflingen in dem … also, »Zug« ist gar kein Ausdruck! Es kam eine unendlich lange Kette in Sträflingskleidung. Bei der Kälte! Die flohen zu uns in unser Wachthäuschen, das wir da aufgemacht hatten – wenn sie noch konnten –, und wir wussten nichts mit den Leuten anzufangen. Die sprachen deutsch, und wir erfuhren, dass die aus einem KZ kamen – es muss wohl Auschwitz gewesen sein, das is' ja ganz in der Nähe –, und die sind getrieben worden von SS-Leuten. Wir konnten ihnen sozusagen nicht helfen. Wir konnten sie nicht verbergen. Wir hätten sie springen lassen können, aber wir hatten ganz andere Aufgaben. Wir haben ihnen aber Brot gegeben, natürlich, ja, wir hatten ja selber nicht viel. Wir haben jedenfalls geteilt, und dann war'n die durch. Und … das is' für mich ein unerhörter Eindruck gewesen, ein Eindruck von so großer Schrecklichkeit, dass ich frühere Nachrichten, die ich vielleicht aufgenommen hatte, bestätigt sah, ja, und dass ich sagte: »Aha, das gibt es doch.« Gott, Sie müssen denken, die hatten ja kaum Schuhe an. Bei dem Winterwetter war diese Sträflingskleidung erbarmungswürdig nass, und sie waren … wenn Sie mal einen dünnen Menschen gesehen haben, da haben Sie wenig gesehen – das war'n ja Skelette, die da liefen! Liefen! Ja, sich untereinander stützten. Das war … das war unglaublich, und sie war'n ungeschützt, sie war'n nicht ernährt, und sie war'n – ich möchte sagen – ganz verhungert, nicht nur halb verhungert. Das Elend, was da sich vortrug, war groß genug, dass man umgefallen is'.

Walter Taus: Im August oder September 1943 wurde ein Transport nach Warschau gemeldet, und da ham wir uns entschlossen, dass wir uns freiwillig melden, und ham das Glück gehabt, dass man uns nach Warschau abtransportiert hat. Und da muss ich sagen: Da war'n wir schon paar hundert Kilometer von Auschwitz entfernt, und wir ham uns gesagt, »das is' doch eine Möglichkeit zu überleben«. Weil, das war ein richtiges Konzentrationslager, ein Arbeitslager, und eine Sache war nicht da, das heißt: Es gab kein Krematorium.

Max Mannheimer: Ich machte da in diesem neuen Lager Bekanntschaft mit Leopold Amon Goeth. Der diktierte mir in die Schreibmaschine die Namen von Fachleuten, die er nach Plaschow mitnehmen wollte. Aber zu diesem Transport kam es nicht mehr, weil die sowjetischen Truppen nicht mehr weit von Warschau waren, und wir wurden dann am 27. Juli 1944 evakuiert. Die, die nicht transportfähig waren, wurden dort im Lager liquidiert. – 120 Kilometer marschierten wir in Holzpantinen über Sochaczew nach Kutno. Wir hatten Riesenverluste, denn die, die nicht nachkommen konnten, wurden auf einen Lastwagen aufgeladen, und wenn genug zusammen waren, blieb der Lastwagen etwas zurück und kam dann wieder leer nachgefahren.

Walter Taus: Es war schrecklich heiß, und wir haben riesigen Durst gehabt. Die hab'n uns nichts zum Trinken gegeben. Ich kann mich erinnern an einen Fall: Wir hab'n Rast gemacht nicht weit von dem Fluss ... Wisla hieß dieser Fluss ... und da hab'n die Häftlinge also Rast gemacht. Die SS-Leute hab'n sich auf eine Brücke gestellt mit Maschinengewehren, und ein Teil von den Häftlingen hat sich nicht überwinden können, hat Wasser geseh'n und is' zu dem Fluss gelaufen ... zu dem Wisla-Fluss ... und wollte dieses Wasser trinken. Und da hab'n die SS-Leute von der Brücke auf die Häftlinge geschossen. Dann selbstverständlich sind alle anderen dann abgerückt von dem Wasser und zurück. Und dann ist der Lagerkommandant gekommen und hat uns Wasser versprochen, aber ham wir kein Wasser bekommen. In Gegenteil, wir ham bekommen für sechs Mann eine Fleischkonserve, Rindfleisch, gesalzen, und ein Stückchen Brot dazu. Und da ham wir in der Erde gegraben auf so einem Feld, wo wir lagen, und haben unter der Erde Wasser gefunden und hab'n bisschen schmutziges Wasser getrunken, hab'n aber kein Typhus bekommen. Bis zur letzten Station, und das war Kutno. Und in diesem Kutno wurden schon Waggons bereitgestellt, welche uns befördert ham von Kutno nach Dachau. Von da an ging es also nicht mehr zu Fuß, also besser gesagt: Damit war dieser Transport des Todes beendet.

Max Mannheimer: Am 6. 8. '44 kamen wir auf dem großen Appellplatz in Dachau an. Hier – so war mein Eindruck – haben wir Chancen zu überleben. Die Funktionshäftlinge sind politische Häftlinge, sind menschlich. Ich kam auf Block 17, Stube 4. Mein Blockältester war ein politischer Häftling aus Stuttgart, Gustl Köhler. Er hat nur gesagt: »Ihr dürfts nur nicht auffallen.« Ja, wir war'n ja schon erfahren, wir wussten: »Nicht auffallen« is' hilfreich.

Walter Taus: Auschwitz war eine vollständige Isolation. Keine Kontakte mit den SS-Leuten, man hat mit denen überhaupt nicht sprechen können. Die hab'n Kommando gegeben, was man machen soll, und damit war's aus. In den späteren Jahren ham die sich doch ein bisschen anders benommen, und das is' eine Sache, und eine zweite Sache ist noch: 1944/45 waren auch – ich will nich' sagen, zum größten Teil – aber zu einem gewissen Teil war auch so genannter Volkssturm als Wachmannschaften eingesetzt. Das waren ältere Männer, welche bei der Wehrmacht gedient ham, die hat man eingezogen, und die hat man dann geschickt zur Bewachung von den Konzentrationslagern. Und das muss ich sagen: Mit diesen Leuten is' doch ein gewisser Kontakt möglich gewesen, weil – die waren menschlicher. Und ich hab' einen sehr netten … so einen Posten – durch Glück, muss ich sagen – kennen gelernt, und der hat mir auch sehr viel geholfen. Ich war 1944 als Krankenpfleger beschäftigt, und da hab' ich die Möglichkeit gehabt – ich glaube, einmal im Monat oder vielleicht einmal in sechs Wochen bin ich gefahren, mit Bewachung selbstverständlich! –, in ein »OT-Krankenhaus«, das ist ein »Organisation-Todt-Krankenhaus«, in der Nähe von Mühldorf zu fahren, in Schwindegg, wo ich Verbandsmaterial geholt hab', Arznei, Spritzen und alles Mögliche, was da notwendig war. Und dieser Bewacher hieß Weber, und ich hab' geseh'n, dass dieser Herr Weber sehr schlecht sieht. Es war ein älterer Herr. Und wie wir in den Wald reingekommen sind, sag' ich: »Woll'n Sie mir nicht das Gewehr geben, und halten Sie mich bei der Hand, ich werd' Sie führen!« Er sollte *mich* eskortieren, also, das war eine komische Situation. Er hat mir das Gewehr gegeben, ich hab' ihm's getragen auf der rechten Schulter, hab' ihm die linke Hand gegeben und ihn nach Ampfing zum Bahnhof geführt, ja. Aber selbstverständlich haben wir dann vor Ampfing die Rollen wieder geändert. Ich hab' ihm sein Gewehr zurückgegeben, und er ist zwei Schritte hinter mir gegangen. Es war auch schon heller, man hat schon den Weg besser geseh'n, und der Herr Weber hat mich dann eskortiert in das Krankenhaus. Und so hab' ich mich mit dem Herrn Weber eingespielt. Der war sehr anständig. Ich hab' ihm einmal gesagt: »Ich hab' ein Problem.« »Nu, was hast du für ein …«, er war mit mir selbstverständlich per du, »… was hast du für ein Problem?« Sag' ich: »Wir hab'n einen kranken Kollegen, ich bräuchte da gewisse Arzneien.« »Is' kein Problem. Komm', da in Ampfing is' eine Apotheke, ich geh' rein, ich probier' das zu bekommen.« Er is' reingegangen und hat die Arzneien gekauft. Ich hab' kein Geld gehabt selbstverständlich, er hat's bezahlt und hat mir das dann im Lager übergeben. Also, der Mann war unschuldig. Er is' unschuldig rein in ein Konzentrationslager als Bewacher und hat nicht geahnt, was da auf ihn wartet, ja.

Helga Luther: Als ich am 29. Oktober entlassen wurde, da war ich grade dabei, Mittagessen zu machen. Und – ach – die andern waren schon oben in der Kommandantur, und ich kam als Letzte, und die ganzen persönlichen Dinge, die wir ins Lager mitgebracht hatten, die waren weg – verschwunden. Wir hatten nur das, was sie uns angezogen hatten, mehr hatten wir nich'. Aber wir bekamen unser Geld. Und es wurde uns gesagt, wir müssten 'ne Fahrkarte lösen, und wir mussten unterschreiben, dass wir über das, was im Lager gewesen is', nich' sprechen. Ansonsten werden wir wieder eingesperrt, und Sippenhaft gilt – die ganze Familie wird eingesperrt. Und wir mussten uns jeden Tag bei der Gestapo melden. Also, das war'n Ding. Tja – und da kam ich abends um elf zu Hause an, und ich musste ein Stückchen Chaussee langgehen, unser Haus lag auf'm Berg in der Alleeschleife, und ich sah, dass im Arbeitszimmer meines Vaters Licht war. Auf einmal ging das Fenster auf – ich war noch'n Stück weg –, mein Vater guckte raus, sagt er: »Helga, bist du es?« Sag' ich: »Ja, Papa, woher weißt du …?« »Ich hab' dich an dei'm Schritt erkannt. Wo kommst du her?«

Anton Diepold: I hab's ehrlich g'sagt ned g'wusst, dass im KZ Leut' umgebracht wer'n. Also, i hab' nachher gewusst, dass's a KZ gibt, scho', gell, aber: Was da passiert, des hat ma ned gewusst. Ma' hat g'wusst, dass die Juden zur Auswanderung gezwungen werden und dass sie dene' an der Grenze Geld abnehma und Wertsachen, des hat ma' damals scho' erfahr'n, aber von... von regelrechten... Halt... stop... beim »Henne« is' ein SS-Mann gekommen, des war einer von Dachau, und hat a BMW-Kabriolett... des Kabriolett war schwarz mit beigen Lederpolstern... der hat des Kabriolett gekauft. Aber er möcht's umgepolstert hab'n mit am roten Polster. Da mussten die neuen Polster rausg'rissen wer'n und mit den roten von der Firma Weinberger umgepolstert werden. Und den Wag'n hab' ich abliefern müss'n, und zwar in Dachau. Und Dachau – des seh' i heut' no' –, des war des Eingangstor, da bin i nei, na ham's mi gar ned weiter nei lassen, sondern glei'... der hat sein Wag'n in Empfang g'nomma, und i musst' ihm den Wag'n erklär'n, und da sin' die Leut' im Lager drin mit g'streifte Anzüg' rumg'laufen. Und unter anderem – da hab' i mi schwer schockiert drüber, weil i bin schmutzig geworden, wie i eam den Motor und des g'zeigt hab' – sagt der SS-Mann zu mir: »Ach, Sie können sich da drin waschen.« Da war a Waschraum, da war a Badewanne, und daneben war a Lavoir, und na hat der an der Badewanne aufgedreht. Da sag' i: »Ja da, da... des werd ja bloß schmutzig.« Und da war ein Häftling... »Der soll das richten!« ... und hat dem Häftling einen Fußtritt gegeb'n. Des hat mi derart geärgert – und dann bin i wieder heim. Aber von weiter hab' i da nix g'sehn, dass da drin so schwere Lagerstätten war'n.

Gertrud Seydelmann: Also, als die ersten Gerüchte gingen, dass es das gebe... das Auschwitz, dass da gemordet und vergast und umgebracht worden wäre, da hab' ich gesagt: »Das is' nicht wahr! Das is' Gräuelpropaganda, das glaub' ich nicht!« Und zwar war die Begründung: Ich hab' gesagt, »dass Hitler das wollte, Himmler das wollte, ja, aber um Massenmord durchzuführen, müssen sie Massen von Menschen haben, die das tun, und so viele deutsche Männer und Frauen gibt es nicht, die sich dazu hergeben, Millionen innerhalb von vier Jahren umzubringen. Das glaube ich nicht.« Wir sind ja in einer pseudoheilen Welt gehalten worden, das kommt ja noch dazu – uns ist ja suggeriert worden: »Die Welt ist edel.« Wir lebten ja in einer gereinigten Welt.

MADELON BETHKE: Ich bin dann auf Wehrmachtstournee gegangen, wie das damals hieß, und ich bin im Westen gewesen bei dem so genannten »Mölders-Geschwader«, also bei der Luftwaffe, wo lauter sehr fesche Kerle waren – oohh Mann, das war ja so 'ne Elitetruppe, und die sahen alle aus wie... wunderbar... wunderbar! Und das war 'ne sehr schöne Zeit und... also das hab' ich auch in ganz merkwürdiger Erinnerung. Und dann sind wir aber nach Russland gekommen auf Wehrmachtstournee, und da hat es uns dann richtig dolle erwischt. In Lazaretten sind wir da aufgetreten, und da sind wir bis nach Kiew gekommen – also, wir kriegten Wehrmachtsverpflegung und haben zum Teil in ausgebombten Häusern übernachtet, und dann war'n Partisanen da, und 's wurde nachts geschossen; und dann war'n wir auf Bahnhöfen und hab'n in den Lazarettzügen an die Verwundeten Zigaretten verteilt und heißen Kaffee. Und da bin ich ja auch mit dem Krieg richtig konfrontiert worden, also mit dem, was der Krieg sozusagen hinterlässt an wahnsinnigen Verwundungen und Erfrierungen von den Soldaten, die in diesen Güterzügen gelegen haben und deren Verbände schwarz von Läusen waren. Also, ein kapitales Elend hab'n wir da zu sehen bekommen. Und da hatten wir so'n so genanntes »buntes Programm«: Da trat 'ne kleine Kapelle auf und eine Sängerin, die hat dann diese Marika-Rökk-Lieder gesungen, die damals so wahnsinnig populär waren. Dann war eben eine kleine Ballett-truppe, sechs Mädchen, und wir haben dann getanzt. Und dann war ein Zauberer dabei – so 'ne richtige bunte Varieté-Veranstaltung. Und die Soldaten war'n von großer Dankbarkeit; und dann sind wir oft in die einzelnen Zimmer gegangen, wo so ganz schwer Verletzte waren, die keine Beine mehr hatten oder erblindet waren... oder... 's war grauenvoll, grauenvoll, grauenvoll... und denen hab'n wir dann 'n bisschen was aus der Heimat erzählt und haben ihnen die Hände gestreichelt und ihnen irgend – was weiß ich

– 'n Kaffee gebracht und so was. Und es war sehr erschütternd... und ich war 17 Jahre alt... und das hat schon seine Spuren hinterlassen. Und ich weiß, dass ich damals schon gedacht hab': Komisch, das sind immer Männer, warum machen die das eigentlich, ja?

Robert Grunwald: In unserer Kompanie am Mius bekamen wir Ersatz: 17-, knapp 18-jährige Jungs, im Frühjahr 1942. Nach kurzer Einweisung kamen sie zu uns in die Stellung und mussten dann – wie wir – ihren Wachdienst machen und was halt an der so genannten Front da passiert ist. – Eines Morgens hörten wir einen Schuss, dachten nicht viel dabei, und einige Minuten später noch einen Schuss und ein ganz fürchterliches Schreien. Schmerzgeschrei. Wir stürzen raus aus unserem Loch da, aus unserem überdeckten Loch, was man damals Bunker nannte – es war ja kein Bunker, es war ja nur ein mit Erde überdecktes Loch –, und dann sahen wir 50 Meter vor uns im hohen Gras der Steppe, wie sich dort jemand wand und schrie – schmerzerfüllt –, und wir fragten den anderen Posten – es waren ja immer Doppelposten dort –, was geschehen wäre. Da hat der gesagt: »Ja, der Soundso, der war knapp 18 Jahre alt, der Schütze Soundso hat dort einen Hasen gesehen, hat ihn geschossen und ist im Morgengrauen rausgerobbt und wollte den Hasen holen. Und als er bei dem Hasen war, ist er von einem russischen Scharfschützen erfasst worden.« Dieser Junge lag dann den ganzen lieben langen Tag dort, zwischen seinen Ohnmachten immer wieder laut um Hilfe schreiend und: »Mutter« und »Hilfe! Sanitäter!« Und erst abends im Dunkeln konnten wir ihn holen. Am Tage war es unmöglich, dort auch nur den Kopf aus dem Graben zu strecken. Der war dann abends, als wir ihn fanden, war er tot. Er wurde nach hinten gebracht, und einige von uns waren dann dabei, als der Junge am nächsten Tag auf dem so genannten Heldenfriedhof in Prokrowskoje begraben wurde. Es war noch einer dabei: sein 20-jähriger Bruder, der bei einer Nachbarkompanie stationiert war, der war mit dabei, wie sein 18-jähriger Bruder da eingebuddelt wurde (weint). Gefallen für »Führer«, Volk und Vaterland. – Ja, ich meine, so was gab's ja vielleicht tausendfach und abertausendfach.

Erwin Walz: Als ich im Oktober oder November – das weiß ich heute gar nicht mehr – in Wjasma verwundet wurde (Wjasma liegt südlich von Smolensk in Russland), da hatte ich einen Durchschuss im rechten Unterarm. Ich freute mich über den »Heimatschuss« und wollte zurück zum Hauptverbandsplatz, aber der Kommandeur kam und sagte: »Es sind keine Offiziere mehr an der Front, Sie gehen sofort wieder nach vorne!« Dann wurde mir mit einem Spatenstiel der Arm geschient, und dann musste ich wieder an die Front, bis ich als nächste Verwundung einen Beinschuss bekam; und erst dann wurde ich nach rückwärts transportiert. Da kam ich in einem Viehwagen, der mit Stroh aufgeschüttet war, nach Rostock. Der Transport im Viehwagen ist natürlich grauenvoll. Allein schon, wenn man an die normalen menschlichen Bedürfnisse erinnert wird. Man muss ja auch im Strohwagen urinieren und den Darm entleeren, und das geht eben nur in Anwesenheit der anderen Insassen ins Stroh – so wie das Vieh ins Stroh macht. Das sind schon menschenunwürdige Dinge, aber die versucht man wegzustecken, weil es ganz schlimm ist.

Edgar Wachter: Es war ein herrlicher Herbsttag – also, das weiß ich noch genau. Wir lagen da am hohen Bergrücken im Apennin, es war neben Rimini, man sah schon aufs Meer runter, und dort befand sich eine riesige Villa. Und ich war dort in dem Haus, die anderen waren im Keller, ich war im Haus oben, im obersten Stockwerk, und sah mit dem Fernrohr halt so Richtung andere Seite, zum Feind hinüber. Und das müssen die aber bemerkt haben, und dann kamen auf jeden Fall gezielte Bombardements auf dieses Haus zu, und eine Granate krepierte auf der Decke des Hauses – buchstäblich über meinem Kopf. Der ganze Salat kam auf meinen Kopf runter, und ob mich jetzt ein Ziegel getroffen hat oder …, nein, das muss schon ein Granatsplitter gewesen sein, denn er drang ja zwei Zentimeter in mein Gehirn ein. Auf jeden Fall – ich war nicht gleich bewusstlos, sondern ich fand mich plötzlich unter den ganzen Tonnen von Schutt begraben, buddelte mich wieder raus und merkte aber, dass ein ganzer Strahl – also fast wie'n Wasserhahn – Blut aus'm Kopf rausschoss. Und das lief runter bis an'n Zehen, unter der Uniform durch. Aber dann versuchte ich die Treppe runterzugehen, und da kamen die anderen mir aber schon entgegen und holten mich. Ich schleppte mich in den Keller runter, und die verbanden mich. Da muss ich einige Zeit gelegen haben, aber ich war nie bewusstlos. Dann haben sie eine Tür ausgehängt und haben mich auf die Tür draufgelegt. Laufen konnte ich nicht mehr, denn ich war dann urplötzlich linksseitig vollkommen gelähmt. Die Kameraden legten mich auf die Tür rauf, und vier Mann trugen mich, mit einer Unterhose an einem Stock als weiße Fahne, also praktisch wie, äh… wie einen toten König über diesen Bergrücken, zu viert trugen sie mich auf dieser Türe bis zum Hauptverbandsplatz, und am Hauptverbandsplatz lagen natürlich Hunderte von Verwundeten 'rum. Gegen Abend bin ich dann mit einem Sanka – also mit einem Sanitätsauto – nach rückwärts gefahren worden über'n Apennin bis nach Ferrara, und dort wurde ich dann operiert. Erst lag ich so rum und sah zu, wie die zum Beispiel einen Oberschenkel amputierten – in fünf Minuten war die ganze Geschichte passiert: Die schnitten mit'm Messer links und rechts das Fleisch auf, einen Schnitt so rüber, einen so rüber, dann wurde das Fleisch aufgebauscht – die Säge her – und die Knochen ab. A paar Venen wurden abgebunden, und dann wurde das Ganze wieder zugepackt und eingebunden. Das sah ich eigentlich völlig mit Gelassenheit. Und dann wurde ich natürlich operiert – das weiß ich nicht mehr. Ich weiß bloß, dass ich dann wochenlang dalag und geschrien habe, da waren dann die Schmerzen da.

ERWIN WALZ: Wenn die Kriegshandlung es zugelassen hätte, hätten mich meine Soldaten beerdigt, aber weil sie flüchten mussten, haben sie mich liegen lassen. Bauern haben mich später gefunden, merkten, dass ich noch lebe, und haben mich in ein Kriegsgefangenenlazarett gebracht. Dort sagten die Ärzte: »Er lebt zwar noch, aber nicht mehr lange.« Denn mein Gehirn war durch einen Gewehrschuss getroffen, die Schädeldecke eingedrückt, und das Gehirn war verletzt. Die Ärzte haben mich deshalb nicht in ein Krankenbett gelegt, sondern in ein Badezimmer. Über die Badewanne waren Bretter gelegt und auf diesen Brettern lag ich – noch in voller Montur. Etwa vier Tage später sagten die Ärzte: »Der lebt ja immer noch. Jetzt müssen wir uns um ihn kümmern.« In dieser Situation habe ich etwas erlebt, was ich mir nicht erklären konnte. Das heißt, ich kam in die Hölle. Und die Hölle bestand darin, dass ich mein gesamtes Leben noch einmal durchlebte und alle Schmerzen, die ich anderen Leuten zufügte, am eigenen Körper erleben musste.

Irmgard Heintel: Am 23. November abends feierten wir in den Geburtstag meiner Schwester hinein, auf deren Gut in … bei Eisleben … wir alle versammelt waren. Die ganze Familie war versammelt, nur unsere Männer und auch mein Bruder waren nicht da, die waren ja an der Front. Und ich bin nachher in mein Zimmer gegangen, in dem ich mit meinen drei Kindern schlief. Und es war dort nur ein kleines Fenster, was natürlich wegen der Luftangriffe schwarz verhängt war. Und ich war noch hellwach und liege in der Nacht vom 23. auf den 24. November in meinem Bett, und plötzlich wird – ich erzähle jetzt etwas, was man für Fantasie halten kann, aber es ist erlebte Wahrheit –, plötzlich wird mein Fenster ganz hell, dies verdunkelte Fenster, und dieses Fensterkreuz, das schwarze, löst sich vor meinen Augen und wandert so vor mir her, und ich sehe das da oben vor mir, das schwarze Kreuz, und eine kleine grüne Rasenfläche davor, und mein Herz blieb beinahe stehen. In diesem Augenblick habe ich gedacht: »Tossi!« Meinen Mann, den nannten wir ja Tossi! Und ich hab' mich noch zur Ordnung gerufen und hab' gesagt: »Du dummes Ding, mach' dich nicht verrückt, und wenn du keine Sorgen hast, dann red' dir nicht so was ein«, und habe noch mit mir selber geschimpft. Ja … und dann verblasste dieses Bild. Und der nächste Morgen, das war der 24. November, da bin ich in der Küche, um für mein Baby das Fläschchen zu machen. Und meine Mutter ist auch in der Küche gewesen, und da wirft sie mir so auf den Küchentisch einen Brief zu und sagt: »Hier ist ein Brief für dich von deinem Schwager Theo.« Ich nahm diesen Brief in die Hand, drehte ihn um und las »Weise«, den Namen »Weise«. Kannte ich nicht. Ich hatte aber ein panisches Gefühl. Ich habe kein Wort gesagt, ich bin aus der Küche rausgegangen, bin ins Kinderspielzimmer gegangen, wo ich alleine war, und öffnete den Brief. Und da schrieb mir ein Hauptmann Weise, dass mein Mann am 19. Oktober bei Aachen in Würselen bei schweren Kämpfen gefallen ist; er hätte einen Kopfschuss gehabt und war sofort tot. – Tja, ob das wahr ist? So was wird dann geschrieben, um einen zu beruhigen. Aber sie hätten ihn nicht bergen können, er wäre dann von den Alliierten irgendwie eingebuddelt worden.

Heinrich Droege: Ich hab' wahrscheinlich in dem Alter vom Tod selbst, was dies bedeutete, hab' ich nicht viel begriffe', ich hab' das nicht wirklich begriffe'. Für mich war es viel schlimmer, die Erniedrigten und Beleidigten direkt gesehen zu haben. Es gab beim Bauern nebenan ein' russischen Zwangsarbeiter, und der hieß Mitri. Und erst mal hat mich erstaunt, dass des 'n großer blonder Mann war, wirklich hellblond, mindestens 1,80 Meter, 'n Riese. Ich hatt' ja einige Wochenschauen gesehen, hier in Frankfurt, da hab' ich russische Kriegsgefangene g'sehen, und das waren immer so hässliche kleine Männsche mit Schlitzaugen und Henkelohren. Aber der Mitri, das war 'n schöner Mann. Und des hat mich schon erstaunt. Und na habe ich mich mit dem Mitri angefreund', der Mitri konnt' nämlich unwahrscheinlich gut Flitzeboge' baue', und... und hat er mir auch gezeigt, wie man des macht. Und ich hab' halt auch 'n Mann gesucht, 'n Spielgefährten, 'n Freund vielleicht, und es ist auch dazu gekommen – wir haben uns dann auch angefreund', der in seinem gebrochenen Deutsch und ich. Und eines Tages war der Mitri weg. Und da hab' ich g'fragt: »Wo ist'n der Mitri?« »Ja, de' Mitri, den haben sie heute Nacht geholt, de' Mitri ist weg!« »Ja, wieso ist er'n weg?« Und da hat man mir so vage Auskünfte gegebe', also Ausflüchte gemacht – das hab' ich begriffe'. Ich hab' dann nimmer nachgebohrt und nachgefragt, denn es war mir unglaubhaft erschiene', dass de' Mitri weggegangen wär', einfach so freiwillig, ohne mir auf Wiedersehen zu sagen. Ich wollte wissen, wo er hingekommen is und was da passiert ist, und ich hab' dann rausgekriegt, dass de' Mitri mit der Bäuerin, wo er... der ihr Mann war auch Soldat irgendwo an der Front, und er hat ja den ganzen Tag mit ihr zusammengearbeit', und die hatte' dann ein Verhältnis zusamme', diese Frau und der russische Kriegsgefangene. Und da ham se denn... die Leute im Dorf haben sich das Maul darüber zerrisse', und so kam's raus, und dann habe' se de' Mitri abgeholt. Die Frau auch, die Frau kam aber wieder zurück, und der Mitri ist geköpft worden. – Weil er ein Verhältnis mit einer, ja, Deutschen hatte. Da hab' ich geweint, ja. Das war schlimm für mich. Ich bin dann in die Scheune, wo ich mit dem Mitri oft gesesse' hab', und der Mitri war nicht mehr da, und da hab' ich geweint, ja.

Hans Hutter: Es war ein kalter Morgen, ich hatte in einer Scheune geschlafen. Andere schliefen auch in dieser Scheune, und da kam frühmorgens der Unteroffizier und sagte: »Mitkommen!« Und wir gingen dem Unteroffizier nach auf einen Dorfplatz, und einer fragte dann: »Was ist denn los?« Und da sagte der Unteroffizier: »Eine Hinrichtung!« Es war ein schöner, bäuerlicher Dorfplatz mit einigen großen Laubbäumen, und unter einem dieser Bäume hatte man einen großen Holzstapel aufgebaut aus gesägtem Holz. Es war der Richtplatz, denn über diesem Holzstapel waren bereits zwei Seile befestigt. Die Seile hingen da über diesem Holz, und jeder konnte sich denken, was das bedeutete. Etwa eine Dreiviertelstunde nach dem angekündigten Termin kamen zwei Soldaten, beide gefesselt, die Hände auf den Rücken gefesselt. Einer hatte bereits ein Schild um den Hals hängen: »Ich habe meine Kameraden verraten!« Links und rechts der Soldaten tummelten sich irgendwelche uniformierten Gestalten. Diese Gruppe bewegte sich auf den Richtplatz zu. Vor diesem Holzstapel war eine Leiter, die wurde angelehnt, und die beiden Unglücklichen mussten aufsteigen. Dann wurde »das Urteil verlesen«, irgendein Text wurde verlesen, ein entsetzliches Gebrüll – ich habe nicht ein Wort verstanden. Nun kletterte der Henker die Leiter hinauf, der Henker fesselte nun auch noch die Füße aneinander, er tat dies sehr umständlich und sehr lange. Dann erst nahm er die baumelnden Seile und legte sie um den Hals der Soldaten, erst bei dem einen, dann bei dem anderen – auch das dauerte entsetzlich lange. Er probierte immer wieder. Dann war es so weit: Der Henker trat zu, und einer der Soldaten stürzte nach unten, gefesselt – wehrlos –, und dann war der nächste dran.

Günther Bruhn: Ich war ja in dem Alter, wo man konfirmiert wird. Der Konfirmandenunterricht, der wurde gehalten vom Superintendenten Dr. Beer, ein ehemaliger Katholik, der zum evangelischen Glauben übergetreten war, ein Nazi. Und bei dem hatten wir auch Konfirmandenunterricht, aber auch nur kurze Zeit. Dann verschwand er in Richtung Osten und war bei der Wehrmacht. Nun, aber nicht, wie man annehmen könnte, als Militärseelsorger, sondern als Offizier, und zwar nicht nur als irgendein beliebiger Truppenoffizier, sondern er war der Leiter eines Erschießungskommandos. Er war vor allen Dingen mit der Partisanenbekämpfung beschäftigt, und ich erinnere mich sehr genau, wenn er auf Urlaub kam – und er bekam öfters mal Heimaturlaub –, dass er dann uns Konfirmanden ins Pfarrhaus bestellte und uns erzählte, wie es ihm ergangen sei. Er saß dann in seiner Offiziersuniform da, traktierte uns mit Wodka, den er also aus Russland irgendwo erbeutet hatte, und zeigte uns die Bilder, die seine Tätigkeit darstellten: nämlich meistens Gestelle – Galgengestelle –, an denen Stricke hingen, an denen die aufgehängten ... von ihm aufgehängten Partisanen baumelten. Und dann erinnere ich mich an noch etwas: dass er seiner Frau etwas mitgebracht hatte – und zwar eine junge Ukrainerin, die den Haushalt besorgen musste, also aus heutiger Sicht gesehen eine Sklavin, eine Arbeitssklavin, die dann im Pfarrhaus wohnen musste und den Haushalt machen musste.

Gisela Stange: Meine Mutter hatte während des Krieges eine Sehne aus dem Arm operiert bekommen, und wir hatten ein 1800 Quadratmeter großes Grundstück, und das musste natürlich beackert werden, und, äh ... so erhielt sie als Hilfe, weil sie da nun nicht mehr entsprechend arbeiten konnte: eine Ostarbeiterin, die bei uns wohnte. Auf diese Art und Weise lernte ich also Maria kennen. Maria kam aus Dnjepropetrowsk und war da die Tochter eines Apothekers gewesen, hatte bei dem Ernteeinsatz gearbeitet – die mussten dort natürlich auch alle arbeiten –, und wie der Ernteeinsatz zu Ende war, war sie auf einem LKW vom deutschen Sicherheitsdienst einkassiert worden und nach Deutschland gebracht worden. Meine Mutter hatte einen sehr guten Kontakt zu ihr, und da ihr natürlich verboten war, über all diese Dinge zu sprechen und sie vorher kein Wort Deutsch sprach – was sie übrigens in sechs Wochen lernte, sie war also ein ausgezeichnet intelligentes Mädchen –, hat sie Folgendes gemacht: Sie erzählte von ihrer Mutter, die ihren Kindern gesagt hatte: »Wenn ihr mal irgendwo einkassiert werdet und ihr die Möglichkeit habt zu wählen, ob ihr in ein Kriegsgefangenenlager – also sprich Lager – kommt oder zu Familien oder zu Bauern, dann wählt immer die Möglichkeit der Familie oder die Möglichkeit, beim Bauern zu sein, weil ihr da eher als Menschen betrachtet werdet.« Und so hatte Maria so gewählt und kam zu uns als Ostarbeiterin. Da gab es unwahrscheinliche, also für heute einfach kaum begreifbare Regeln: Wir kriegten also ein großes Heftchen, wo drinstand, was Maria alles nicht durfte. Um nur ein paar Beispiele zu nehmen: Sie durfte also nicht die Türe öffnen, die Wohnungstüre; sie durfte nicht alleine auf die Straße, es musste immer einer von uns dabei sein; sie durfte oder sollte nicht mit uns bei Tisch sitzen. Aber natürlich aß die an unserem Tisch mit und aß das Gleiche wie wir. Wir sind übrigens 1943 ausgebombt worden – in dieser Wohnung –, und dann konnte Mutter sie nicht mehr behalten. Maria kam dann in eine Kohlenhandlung, und 14 Tage vor Kriegsende hat sie dann diesen Kohlenhändler gebeten, ob sie nicht wieder zu meiner Mutter zurückkönnte. Sie ist gekommen – und hat dann, wie die Russen kamen, den ganzen Luftschutzkeller praktisch, äh … vor der Vergewaltigung gerettet. Übrigens war es auch verboten, dass sie in den Luftschutzkeller gehen durfte, aber dies wurde immer so umgangen: Wir hatten die letzte Ecke im Luftschutzkeller, und diese war mit Decken verhangen, und dahinter standen Doppelbetten, Holzbetten, für unsere Familie. Und Maria raste, wenn Alarm war, immer als Erste runter und blieb dann gleich versteckt hinter den Decken, und ging als Letzte wieder raus. Und durch Zufall ist das dann einmal herausgekommen, und dann hat Mutter gesagt: »Sie glauben doch wohl nicht, dass ich mich meiner Arbeitskraft entledigen will, da oben!« Und das war wieder ein Argument, was damals von den Mitbewohnern entsprechend akzeptiert wurde, und nachher waren se natürlich sehr glücklich, dass se also nicht vergewaltigt worden sind.

Elfriede Stolpe: Ich glaube überhaupt, mit den Luftangriffen, da ist uns allmählich dann das Auge aufgegangen. Ich habe damals manchmal bei der Nachbarin drüben geschlafen, weil die hat sich so sehr gefürchtet und hatte auch noch zwei kleinere Kinder, und als dann diese Bomben fielen, dann ist dann der Sohn von der Nachbarin, der ist unter einen kleinen Gartentisch aus Rohr, unter so einen ganz an windigen Gartentisch, 'runtergekrochen und hat angefangen, ganz laut 's »Vaterunser« zu beten. Und das war für mich so eine unheimlich erschütternde Szene, wie des Kind 'glaubt hat, da unterm Tisch mit'm Gebet sich und die Familie retten zu können.

Heinrich Droege: Im Keller immer, bei jedem Fliegerangriff – das weiß ich a ned, woher des kam, heut' no' ned – hatt' ich Erstickungsanfälle. Ich hab' kei' Luft gekriegt, wenn … wenn die Flak so geballert hat, und das hat eigentlich dazu g'führt, dass ich bis zum heutigen Tag auf kei' Feuerwerk mehr geh' oder irgend so was.

Arno Rademacher: Wir, nun in der Schule, machten in der Zeit Brandwache. Brandwache bedeutete: Wir mussten in bestimmten Abständen nachts in der Schule Dienst versehen. Dazu kriegten wir – wie immer bei den Nazis – 'ne Uniform, 'ne schöne, die bestand aus so'm Knochensack, also so 'ner Kombination, so in den gängigen Farben, 'nem Koppel, so wie ein Feuerwehrkoppel, aber 'n bisschen breiter, 'nen Stahlhelm, 'nen richtigen Stahlhelm, kein' Luftschutzstahlhelm, und ein paar Knobelbecher, also so 'ne halb hohen Stiefel. Und damit kamen wir uns ja schon vor wie die alten Landser, und wir sind sofort – so wie wir waren – eingesetzt worden, um nun Verschüttete zu bergen. Es ist äußerst schwierig, jemand da zu befreien. Es ist fast unmöglich. Es sind ja Riesenbalken, die da liegen, die man mit 'n Händen wegschaffen muss. Nicht alle Häuser sind ja aus Ziegel gebaut. Es gibt ja alle möglichen Bauarten, nich' so viel Beton wie heutzutage, aber immerhin … es gab also wirklich alles. Und oft hat man erlebt, dass man zu stark versucht hat, etwas wegzuziehen, und damit hat man dann erst eine Lawine ausgelöst, und aller Schutt stürzte dann nach. Also, da hätt' sich einem der Magen umdrehen können. Man war ständig überfordert, weil man gedacht hat: »Vielleicht hab' ich jetzt erst den Großteil der Menschen, die da unten sind, durch diese Dussligkeit erschlagen.« Es war 'ne Arbeit, für die wir nicht geeignet waren, also noch bei weitem zu jung waren. Also, meine Altersstufe war da vielleicht so, na ja, zirka 14 oder 15. Und dann sind wir einmal abgezogen worden von so einem Bau, und wir gingen dann zurück und … also ick war … mir war alles egal … also mir war nicht so sonderlich gut, und wir sind kaum zurück; da kommt ein Trupp – auch wieder Hitlerjungen – angelaufen, aber so richtig latschig. Die marschierten nicht. Sonst wurde eigentlich immer marschiert, aber die latschten also durch's Geländ. Und ich gucke, und da seh' ich einen aus der Klasse von mir aus der Mittelschule. Das war das größte Schweinchen, wat man so hatte, der hatte also nur Zoten im Kopf und hat diese auch in einer Weise geäußert, dass man immer buchstäblich schockiert war und meinte, det muss ja ein Lehrer gehört haben oder so. Und der hatte aber nur Schabernack im Kopf und Zoten. Und der ist bei diesem Trupp dabei, und ick sehe den und sage: »Mensch, Ohlchen, ist det schön!« und der war für mich so'n Balsam. Ick dachte: So 'ne lustige Maus, der hat mir jetzt gefehlt! Als ick zu dem komme, heult der. Da war ick also erst mal schon … also, den konnte ich mir weinend gar nicht vorstellen, und damals hat keener geweint. Det war also selten, det hat man sich verkniffen. Und, äh, ja … und der weinte. Und ick sag': »Wat is' denn los?«, und nehm' den so ein bisschen in 'n Arm, wat ooch völlig untypisch war, wat man eigentlich gar nich' gemacht hat, also, was eigentlich ooch … nicht, dass man sofort als schwul eingeschätzt wurde, aber als unmännlich und so, also so war man dressiert. Es war ja ein Dressurakt, den man da mit uns gemacht hatte. Und… und ich sag': »Wat haste denn gehabt, is' was passiert? Is' dir wat passiert? Is' dein' Eltern wat passiert?« Und dann sagte er: »Ach i wo, Mensch, ick hab' da ein' gesehen, da lag einer unter dem Schutt, und ick kriegte den nicht 'raus, ick kam nich' 'ran, und da hab' ick an sei'm Arm gezogen und endlich…«, sagt er, »…gab der nach, und als er draußen war, hatt' ick nur den Arm in der Hand!«

Gertrud Seydelmann: Sie müssen sich das so vorstellen, dass sie im Einzelnen, wenn Sie um Ihr Leben rennen, nichts wahrnehmen. Im Einzelnen nehmen Sie nichts wahr! Sie haben ein Gefühl von Qualm und Rauch, sehen Stürzendes, feurig oder verkohlt, rennen instinktiv in irgendeinen Unterschlupf, wenn grade wieder etwas runterstürzt; versuchen, nicht mit den Schuhen in Brennendes zu treten; nicht mit ihren Schuhen in aufgelassenem Teer kleben zu bleiben – aber es ist keine Wahrnehmung, dass Sie's bewusst aufnehmen. Das kommt erst, wenn es vorbei ist. Und genau so ist das mit dem Elternhaus. Sie kommen um die Ecke, das Nachbarhaus – da lagen Tote drunter. Da grub die Feuerwehr, und die Männer versuchten… also da war noch Feuer gewesen… da lagen zehn Frauen drunter, und die versuchten da 'ranzukommen, aber das nehmen Sie alles nur beiseite wahr. Sie sind im Grunde geschockt!

Arno Rademacher: Weihnachten 1943 hatte ich Dienst und hatte dabei einen Lehrer, der ein richtiger Kotzbrocken war. Und der Lehrer, der stellte sich also dann kurz vor und sagte: »So, ick möchte, dass die Streifentätigkeit sehr genau genommen wird. Jede Streife guckt vom Boden aufs Dach.« Dann hat sich eener gemeldet und hat dann gesagt: »Ja, aber des war bisher üblich, so wat immer *nach* dem Fliegeralarm zu machen«. Denn wenn et vorher schon gebrannt hätte, dat wäre ja eigentlich sehr komisch, dann könnte det ja nur noch Sabotage sein; und da sagte der Lehrer: »Das lasst mal meine Sorge sein! Über solche Dinge denke ich nach und entscheide. Und ihr habt das auszuführen!« Das waren wir ja gewöhnt. »Jawoll, jawoll, jawoll!«, hab'n wa gesagt. Dann gab's Fliegeralarm. Wir gingen also in den Keller, und dann kam der Lehrer und hat geguckt, ob wir alle da sind. »So«, sagt' er, »erste Streife fertig machen! Erste Streife geht jetzt rauf auf'n Dachboden und guckt aufs Dach.« Dann kamen die Bombenangriffe, und dann wurden die immer doller und immer doller, und dann nachher hatten wir gedacht: »Hier bleibt nischt mehr von stehen, und unsere Schule ist im Eimer.« Und da erwischte et mich, dass der Lehrer zu mir sagt': »Du und ein Kumpel«, ein Freund von mir, »ihr geht jetzt Streife.« Da haben wir gesagt: »Wir machen darauf aufmerksam, die Flieger sind jetzt genau über uns, wir können nischt abwehren; wir retten jetzt nicht die Schule, sondern wir vergeuden unser Leben, und da wo wir nachher vielleicht wat machen könnten, da können wir dann nich …« Och, hat der gebrüllt mit uns! »Ihr habt einen klaren Befehl gekriegt, dem habt ihr zu gehorchen!«, und wat weeß ick mehr. Denn wir sollten ja gerade dressiert werden, dass ein Befehl für uns heilig ist und dass wir den nicht diskutieren. Also wir gingen los – also, mir war nich' wohl dabei zumute –, also, die Schule, die bebte buchstäblich, und es war ganz dick. Na ja … und da kam 'ne Mine runter, wie sich hinterher rausstellte. Also, gehört hab' ick det weiter nicht, det hat bloß 'ne Erschütterung, 'nen furchtbaren Knall gegeben, und ich flog durch die Lüfte und habe … mein Gedanke war: »Ick flieg' jetzt sonstwo hin, also, mich sieht ma' nicht mehr wieder.« Aber ick wurde denn … irgendwann wieder kam ick zu mir, und mir hat eigentlich allet wehgetan, aber so … dass ick hätte lachen können, also … ja! Und denn dacht' ick: »Na ja, dann stehste uff, dann steh'n ma jetz' uff.« Und dann bin ick uffgestanden, hab' det geschafft, und Schutt über Schutt und wat denn so 'runterfliegt, über mir, und dann packte mich die Angst. Dann bin ick 'runtergerannt, und dann haben wir uns gemeldet und hab'n gesagt: »Also, die Schule hat nischt abgekriegt, aber sie hat zahlreiche Schäden, und im Einzelnen konnten wir uns det nicht ansehen.« »Warum nicht?« »Na ja, weil ja immer noch Bomben fallen.« »An der Front ist es viel schlimmer! Ihr geht jetzt sofort 'rauf und geht nu' wirklich aufs Dach, wie ich euch befohlen habe, und guckt nach, ob es da brennt!« Na ja, also det war Unsinn! So, und wir standen da und wir wussten jetzt, der lässt es jetzt drauf ankommen. Und da stand 'n Mann auf und sagt': »So, jetzt habe ich aber genug gehört!« Und während der schimpfte, schimpfte auch gleichermaßen 'ne Frau los und sagte: »Was dieser Lehrer sich da 'rausnimmt, is' ja unwahrscheinlich!« Da sagt' der Mann: »Sie haben den Jungs gar nischt mehr zu sagen, Sie haben doch gar keene Ahnung. Und wer keene Ahnung hat, der muss sich möglichst schnell so orientieren, dass er Ahnung hat. Ich würde vorschlagen, *Sie* geh'n als erstet mal aufs Dach und gucken sich mal an, wie 'n Bombenangriff aussieht.«

GÜNTHER BRUHN: Ich erinnere mich, dass ich auf die Straße ging und dass mein Musiklehrer angelaufen kam und sagte: »Bruhn, gehen Sie mal hin zur Schenkstraße, da liegt ein Baby und weint in den Trümmern!« Ich war aber… irgendwie war ich gar nicht dazu in der Lage. Und als ich dann dahin kam, sah ich auch gar nichts Entsprechendes. Da waren auch Blindgänger 'runtergegangen. Und nicht weit von unserem Haus war ein Blindgänger durch ein Dach durchgefallen bis in den Keller eines benachbarten Hauses, und ich erinnere mich – damals habe ich eigentlich so was zum ersten Mal gesehen, dass Sträflinge, ich vermute, es waren KZ-Insassen, aber das kann ich nicht hundertprozentig sagen –, dass jedenfalls Sträflinge in gestreiften Häftlingsanzügen eingesetzt wurden, um den Blindgänger dort 'rauszuholen.

ERNST GRUBE: Wie ich mal in an Luftschutzkeller wollte und mich jemand erkannt hat, als Judenkind, dann durft' ich nicht 'rein. Ich musste mich also dann beim Fliegeralarm… in so einer Parkanlage habe ich mich dann unter ei'm Gebüsch versteckt.

INGE MICHAEL: Also, für mich war das herrlich, dass die Bomben fielen. Na ja, ich hab' immer gedacht: »Mein Gott, bombt doch alles kaputt, mir ist det so egal, macht die alle kaputt.« War mir so egal, ob ich dabei mit draufging – ich war natürlich jung, und es war kurzsichtig, ja. Aber es war eben einfach nur gefühlsmäßig. So hab' ich reagiert.

Irmgard Reichert: Nacht für Nacht waren dann die Angriffe, und da war es dann auch so gewesen, dass wir dann erleben mussten, wie im Nachbarhaus meine Freundin umgekommen ist mit ihrem Großvater. Und das war für uns Kinder so furchtbar, so furchtbar! Da lag die Puppe von diesem Mädchen in den Trümmern, und wir haben dann Stunden gestanden und gewartet, weil noch 'ne ganze Zeit lang diese Klopfzeichen zu hören waren, und wir haben immer gehofft, dass sie sie noch rechtzeitig finden, gell? Und wie man sie dann eben 'rausgeholt hat und sie nicht mehr gelebt haben – das war also so furchtbar für uns Kinder, gell, dass es direkt körperliche Schmerzen verursacht, wenn man so was sieht als Kind.

Heinrich Droege: 1943, als die Fliegerangriffe losgingen, sind die Schulen, ganze klassenweis', evakuiert worden. Und unsere Schule kam nach Zakopane in Polen, erst mal. Die Trennung von meiner Mutter war entsetzlich. Ich hab' so gut wie nichts mehr gegesse' und wurde dann auch nach sechs Wochen wieder zurückgeschickt, weil ich wahrscheinlich wirklich verhungert wär', und ich war danach Bettnässer geworden und hab' das auch bis zum Ende des Krieges nicht mehr losgekriegt.

Ursula Knopp: Diese so genannten Lager, KLV-Lager, Kinder-Landverschickungs-Lager, unterstanden in der Organisation und Betreuung aber der Hitlerjugend, der HJ. Wir waren ungefähr 100 oder 120 Schülerinnen, es war eine reine Mädchenschule, die gab es damals noch, und hatten sechs oder acht Lehrkräfte von zu Hause mitgenommen. Im Schulunterricht fing dann nachher schon die Rassenkunde an, und diese Indoktrination ging so weit, dass wir auch im Schulunterricht oder im Lager geschlossen dabei sein mussten, wenn Filme gezeigt wurden. Ich erinnere mich noch an einen Rassenfilm, der so begann, dass man sagte, so wie man Ratten ausrottet, so muss man auch die Juden ausrotten, die uns als Blutsauger alles wegnehmen.

Herbert Rollwage: Wir hatten einen Lehrer, der im Ersten Weltkrieg verwundet worden war, der nur einen Arm hatte. Der war ein überzeugter Nationalsozialist, und er sagte uns, wir dürften also nicht eine »Möbelehe« eingehen. Mit »Möbelehe« meinte er, wir sollten, wenn wir heiraten, nicht darauf gucken, welche Mitgift unsere Frau in die Ehe bringt, welche Möbel sie hat, sondern wir sollten, wenn wir uns eine Frau aussuchen, darauf achten, dass sie aus »reiner Rasse« stammt.

Gisela Stange: Und wir bekamen dann Hausarbeiten auf, fürchterliche Hausarbeiten, zum Beispiel den Aufsatz »Ein Blick in Mutters Speisekammer«. Das hieß, die wollten genau wissen, ob jemand hamsterte, oder was es da noch gab, und ob man sich da also irgendwo was organisiert hatte ... Und das waren also Dinge, die wir sehr schnell mitkriegten und dann auch »Märchen aus 1001 Nacht« da schrieben.

Herbert Rollwage: Ich bin dann irgendwann auch ausgewählt worden, um Führer zu sein. So nach diesem Prinzip, das ja der Baldur von Schirach aufgestellt hat: »Jugend muss durch Jugend erzogen werden«. Und so gab es neben dem Lagerleiter, dem Lehrer, der das Lager leitete und auch sozusagen die schulische Seite, gab es den Lagermannschaftsführer, den HJ-Führer, der eben die Jugendbewegung unter sich hatte, das Jungvolk. Es war also meine Aufgabe, die mir untergeordneten Pimpfe zum Gehorsam zu erziehen. Ich konnte sie antreten lassen, in Linien zu drei Gliedern, konnte sie stillstehen lassen und sich ausrichten lassen, nun ja, wie eben Soldaten trainiert werden, so mussten unsere Jungs auch trainiert werden.

Josef Selmayr: Wenn ich gefragt werde, ob es eine Generationseigenschaft war, dass man gehorcht hat, so kann was Wahres dran sein. Nun ist ja also im militärischen Bereich der Gehorsam – möchte beinah' sagen – unabdingbar. Ohne den geht's halt mal nicht. Also: Einer befiehlt, und der andere führt das aus, was befohlen worden ist. Außer – und das hat's immer schon gegeben –

wenn der Befehl deutlich gegen Sittengesetze oder andere Gesetze verstößt, dann kann ich sagen: »Nein – tu' ich nicht!« Also ganz willenlose Werkzeuge waren wir (in der Wehrmacht) nicht gewesen, denn grade was mich persönlich betrifft, hatt' ich ein' ziemlich eigenwilligen Kopf.

Madelon Bethke: Es gab dann so einen Aufruf von Goebbels, dass alle älteren Menschen und Frauen mit Kindern und Schwangere aus Berlin 'raus sollten, weil da bereits doch sehr große Angriffe waren. Und da brachte mich mein Mann dann nach Templin in die Uckermark, und da kriegte ich ein Zimmer angewiesen bei Frau Schmittel. Frau Schmittel war ihres Zeichens Schlachterwitwe. Und die hatte immer 'ne schwarze Schürze um und so schwarze Kleider an und hatte weißes Haar. Und über meinem Bett hing Herr Schmittel in Schlachterschürze mit einem Schlachtermesser und so einem Kaiser-Wilhelm-Schnurrbart und Frau Schmittel. Und hinten auf dem Hof – werd' ich nie vergessen –, da hört' ich immer so'n dumpfes Geräusch, und das kriegte ich dann mit, dass dann den Kühen immer so'n Holzpflocken vor die Stirn gehauen wurde; dann fielen die immer um, und dann wurden die sozusagen ausgeschlachtet. Ich – Stadtkind aus Berlin... ja –, Gott behüte! Und da fing mein richtiges Elend an, muss ich sagen, denn ich war plötzlich herauskatapultiert aus meinem ganzen Umfeld, entfernt von meinen Freunden, von meinem Theaterbetrieb und war mutterseelenalleine. Und dann war schließlich der 22. August. Es war wahnsinnig heiß, und ich kriegte Wehen, und da habe ich dann da mein' Sohn bekommen. Und es war eine tierische Hitze in dieser Nacht und in diesem Krankenh... in diesem Zimmer, in dem ich da... wo ich erst meine Wehen... Bei so 'ner Erstgebärenden dauert das ja immer ein bisschen länger. Und ich wurde in so ein Zimmer geschoben – das werd' ich nie vergessen –, da stand so'n Gefäß mit so 'ner Flüssigkeit darin, und da waren so Instrumente 'reingestellt, das war wahrscheinlich irgend so 'n Desinfektionsmittel, und da hingen lauter schwarze Schaben drin. In diesem Glas! Das werd' ich nie vergessen! Daran kann ich mich entsinnen. Aber dann schließlich morgens an einem Sonntag, am 22. August, morgens um drei Minuten vor elf wurde dann Thomas geboren, und ich war gebenedeit. Ach, ich fand ihn entzückend und war ganz stolz! Und dann kam zwei Tage später der Vater aus Berlin und machte 'ne kurze Stippvisite, und das Erste, was er sagte: »Er sieht ja aus wie so 'ne vertrocknete Orange!« Da war ich ganz beleidigt! Und dann nahm das Schicksal seinen Lauf, und der Vater ging wieder nach Berlin und machte da seine Inszenierung zu Ende, und dann verschwand er auch Richtung Krieg, da musste er wieder Soldat sein. Und ich war dann da alleine mit diesem kleinen Wesen. Ich war aber von einer unglaublichen Traurigkeit. Es war 'ne ganz schlimme Zeit. Ich fang' gleich an zu weinen.

Waltraud Glitscher: Meine Mutter hatte in der Küche 'ne Landkarte hängen gehabt, und weil mein Vater ja auch draußen war und mein Bruder draußen war an der Ostfront, und da hat sie immer Fähnchen gesteckt, wie die Front verläuft. Und da hat sie gesagt: »Die armen Männer, die werden doch verheizt! Der kann doch das Land nicht halten! Die Stützpunkte ziehen sich ja immer mehr auseinander, und immer größer werden die leeren Abschnitte, wo der Russe dann durchbrechen kann.« Und da kamen dann die Siegesmeldungen, und in die Siegesmeldungen rein schrie dann immer der Russe von einem Schwarzsender: »Glaubt nicht...«, in gebrochenem Deutsch »... glaubt nicht diesen Siegesmeldungen der Nazis, Stalingrad – ein Massengrab!«, so hat der 'reingerufen.

Herbert Rollwage: Es war am 3. Februar, am Geburtstag meines Bruders, als wir die Meldung vom Fall der Festung Stalingrad im Rundfunk hörten. Das ist wohl auch der Tag, an dem wir zum ersten Mal erschrocken waren, dass so etwas passieren konnte, nich', so eine offensichtliche Niederlage. Das war so ein Punkt, an dem sich irgendetwas auch bewegt hat in unserem eigenen Denken.

Anton Bischof: Also, wissen Sie, es geht mir schwer über die Lippen, wenn ich das soll erzählen, wissen Sie... es ist so furchtbar, und det kann ich Ihnen gar nicht sagen... (weint).

Gunnar Glitscher: Also, wissen Se, von der Gefangennahme redet man nich' gerne. Das ist ein bisschen ... das ist eigentlich eine entwürdigende Situation. Wenn man so lang durchgehalten hat, und dann auf einmal sagt man: So, jetzt ergibst du dich bedingungslos. Was wird? Was kommt?

Anton Bischof: Nicht nur wir, auch die Russen haben ja so riesige Verluste gehabt. Ich bin im Oktober mit einem Transport nach Stalingrad gekommen – über'n Don –, und wie wir da ankamen mit'm Zug, det letzte Ende, gehen wir die Straße lang: Da liegen überall Tote, die sind in'n Matsch getreten, da sind die ganzen Regimenter drübergelaufen, die hat keen Mensch aufgehoben. Vor unserer Stellung, da haben die toten Russen meterhoch gelegen, meterhoch! Das waren damals schon Nachtfröste und ... Sie müssen sich vorstellen, das hat geschneit, das hat geregnet, und wir in den Löchern, wir sahen ja aus wie die – ja, also, Müllmänner sehen sauber aus. Das ist doch alles voll Lehm und Dreck, rin und raus aus diesem Loch, da war doch keine Leiter dran zum Rausklettern. Da hat's geregnet, und dann hat's wieder geschneit, dann war wieder gefroren nachts, det war allet gefroren. So lange wie dann nicht der ... der Durchbruch war, ging's ja, da war die Verpflegung noch gut, und wir kriegten Schokolade, ooch schon mal 'ne Flasche Schnaps zum Verteilen; aber dann, wie der Durchbruch kam, da ging's dann rapide abwärts. Die Russen hatten als Erstes unsere Verpflegungsbasis in Kalatsch eingenommen. Ja, und dann fing es an: erst vier Mann – 'n Brot, dann sechs Mann – 'n Brot, dann zehn Mann – 'n Brot und eene Büchse Fleisch, det war alles ... det war alles! Nee, ich kann Ihnen sagen, was wir da erlebt haben .... Und dann ... jeden Tag hat der Russe angegriffen! Von morgens um sechs bis vormittags um neun, ununterbrochen. Der hat in seine eigenen Leute mit'n Granatwerfer und Artillerie 'reingeschossen, weil die immer vorverlegt wurden. Und wer nu' da sagte: »Nu', ich hab' genug gerannt, ich werde langsam machen«, der ist in seinem eigenen Feuer umgekommen. Und dann, wenn es so neun Uhr vorbei war, dann lagen da die Verwundeten auf'n Feldern. Die hat niemand geholt, weder wir noch die Russen. Wir konnten es ja beide schlecht einsehen. Dann fingen die dann an zu schreien, nächtelang, nächtelang. Die lagen meistens irgendwo in 'ner Mulde, weil – wenn wir sie hätten erschießen können, hätten wir's getan, oder hab'n 's auch getan; aber die meisten konnten wir gar nicht sehen, und die anderen drüben konnten es vielleicht ooch nicht sehen. Aber denken Se, der Russe hat die geholt? Also, so furchtbar! Also, ich hör' det manchmal noch, det Schreien von denen, und wir konnten se nich' helfen, wir konnten nicht helfen. – Und dann kam der Durchbruch. Mein Kompanieführer sagt' zu mir (ich war damals Feldwebel): »Also – um zehn Uhr setzen wir uns ab. Die Russen sind durchgebrochen, wir müssen eine rückwärtige Stellung beziehen.« Schön! Ick stehe da – sternklare Nacht –, kein Mucks, kein Wort. Öfter haben wir mal 'n Schuss abgegeben, damit der Russe merkte, wir sind noch da. Und auf einmal seh' ick... hör' ick – da rufen se: *›Tam! Njenambutschedi! Njenambutschedi!‹* Da kommen se. Immer mehr, immer mehr, ich zähle 10, 12, 15 Mann, und wir waren ja bloß drei da. Die hätten uns mit'm nassen Lappen totschlagen können, ne, und sie waren froh, haben uns umarmt, dass sie dem Krieg entronnen sind. Tja, ick hab' sie nun weiter nach rückwärts geschickt, hab' gesagt: »Da – die Richtung da.« Aber mein Kompaniechef, der war gar nicht froh darüber. Da sagt' er: »Hätt'st se doch umgelegt. Was soll'n wir mit den Leuten hier? Wir haben ja selber nischt zu fressen!«

Gunnar Glitscher: 2. Februar '43. Ja – der Kessel war zu. Wir waren in einem der unterirdischen Kanäle, in denen man sich bloß noch bewegen konnte. Da gingen Heißluftrohre durch, denn oben war ja nichts mehr, das war ja alles zerschossen. Na ja, und dann hatt' ich mir da in einem Gang etwa 450 Verwundete zusammengetragen. Ärzte waren keine da, die waren ausgeflogen mit den letzten Ju-52-Maschinen, die da noch waren. Na ja, und dann hört' ich'n Lautsprecher, dass also kapituliert is', und »Kommt raus!« und so weiter. In Deutsch. Dann hab' ich die Luke aufgemacht, hab' rausgeguckt, und da stehen vorne drei, vier Leute, hab'n gewunken und Brot hochgehalten und 'ne Dose. Na, ich hab' erst dem Laden nich' getraut. Uns wurde ja gesagt: »Die morden euch alle, die bringen euch alle um.« Na, ich bin trotzdem rausgekrabbelt, der Hunger war zu groß, auch der Durst, und da bin ich da hin und hab' ich wirklich das Brot bekommen und die Dose – 's war Schweinefleisch – aber so 'ne große. Hat mir nur der eine, der deutsch sprach – äh, das muss 'n Altkommunist gewesen sein, der emigriert war –, der hat mir gesagt, ich soll nich' gleich alles auf einmal essen, sonst bekäm' ich Durchfall. Und ob da noch welche drin wären. Sag' ich: »Ja, ich hab' 450 Verwundete drin.« Na sin' die mit mir hin, und da war noch'n russischer Soldat dabei, auch mit der MP – mit so 'ner Maschinenpistole –, und ich ruf' runter: »Macht die Luke uff, he!«, und ich sag': »Mensch, kommt raus, hier gibt's Brot, hier gibt's Dosen, 's is' schon längst kapituliert, mir ham des bloß nich' gewusst.« Und da knallt einer raus und verwundet den russischen Soldat, na ja. – Dann hat der erst mal 'n Handgranatenbündel runtergeschmissen, und… auf jeden Fall hat sich's dann geklärt. Dann kamen se einzeln raus. Und dann hat der russische Soldat 'ne Panjekolonne gerufen – also diese Panjepferde –, und die kamen mit x Wagen an, und dann wurden die Verwundeten unten rausgeholt und ins russische Kriegslazarett reingebracht. Sie sin' nicht umgebracht worden. Also, davor hatte ich zunächst Angst, weil des hat ja geheißen: »Ihr müsst kämpfen bis zum Schluss, denn ihr werd't sowieso umgelegt; also kämpft!« So in etwa ging die Devise. Nur so war's auch zu erklären, dass so lange durchgehalten wurde. Sie wissen: Ein Mensch hält viel aus, und dann kommt erst der Nervenzusammenbruch. Und da kam ein für mich eigentlich positiver Zusammenbruch, weil ich erst Angst hatte und weil sich das so nicht bewahrheitet hat. Und weil's ja dann im Lager schon wieder begann, dass ma' was tun konnte mit irgend'ner Versorgung. Und da hab' ich schon wieder Morgenluft gewittert und hab' gedacht: »Na ja, also, vor der Gefangennahme haste auch oft nich' viel zu fressen gehabt.« Wir hab'n ja nix gehabt… keine Schuhe, nichts hatten wir. Wir hatten uns Bretter unter die Füße gebunden mit Draht fest. – Und dann sollt'n wir auf der Baustelle Eisenstangen befestigen, diese großen Träger… und ich stand auf so einem Mauervorsprung mit'm Presslufthammer, und auf einmal hat der losgelegt. Schon lag ich unten damit. Wie sollt' ich denn den halten, nich? Wir bekamen dann aus'm Magazin – das is' 'es Lager –, bekam'n ma dann auch Stiefel und Schuhe und noch SS-Pelzmäntel, und wir bekamen Strohsäcke und Decken; und da wurde ja alles anders. Aber bevor es so weit war, nich, da hat man drum gekämpft; da waren Prügeleien im Gang, wer den Eimer auslecken darf. Das war der Hunger! Es wurden ja jeden Tag aus so einer Baracke bis an die 30 Toten rausgebracht. Jeden Tag. Dann hieß es später: »Ja, die sin' in der Gefangenschaft verhungert.« Stimmt ja, aber die war'n vor der Gefangenschaft auch schon verhungert und krank... und... erledigt, und es war schon so, dass die Kriegsanstrengungen und die Gefangenensituation ja nicht zu vergleichen ist mit 'ner Gefangenschaft in Amerika oder in England, wo Se... wo Se in Saus und Braus leben konnten.

Hans-Joachim Lemme: Ich habe in der Gefangenschaft die Amerikaner von guter Seite kennengelernt. Wir sind in der amerikanischen Gefangenschaft immer korrekt behandelt worden. Wir sind ausreichend ernährt worden, wir sind nie misshandelt worden. Wir sind zwar oft verhört worden – sehr oft –, weil man wissen wollte, ob wir vielleicht an irgendwelchen Kriegsgräueln beteiligt gewesen waren. Aber die Amerikaner war'n immer korrekt. Natürlich – die ersten Wochen hab'n wir in Erdlöchern gehaust, aber des war ja Krieg, und die haben schlagartig hunderttausende gefangen genommen; die wussten gar nicht, wo se uns lassen sollten. Dass die uns nicht gleich in Zelten oder irgend so was unterbringen konnten, war ganz klar. Und natürlich war die Verpflegung zuerst mangelhaft – auch klar –, weil wo sollten die plötzlich so viel herhaben?

Herbert Serbser: Also, ich muss sagen, dass das Gute oder Positive aus diesen Zeiten in der Erinnerung weit mehr haften bleibt als das Negative. Positiv zum Beispiel betrachte ich nach wie vor den russischen Menschen schlechthin. Wir kamen ja auf den Baustellen mit den Zivilisten zusammen. Wir mussten also Wiederaufbauarbeiten machen. Da haben wir – ich und viele meiner Kameraden – mal 'n Stück Brot von den Zivilisten noch zugesteckt bekommen, manches Beutelchen Machorka, das is' also eine Zigarettenart in Russland. Arbeiten zu dürfen war ein Vorteil. Man konnte sich Prozente erarbeiten. Für so und so viel Prozente gab's einen Löffel Kascha (Getreidebrei) mehr, und für weiter Prozente gab's dann auch mal etwas Zucker oder Tabak. Wer aber nun nicht arbeiten konnte, wer zum Beispiel »vierte Klasse« war oder »OK« – ohne Kräfte – oder so genannte Dystrophiker, die durften ja nich' raus, die hatten also auch nicht die Zulagen, die bekamen nicht 670 Gramm Brot, die bekamen nur 450. Die haben ja nicht gearbeitet. In dem letzten Lager, in dem ich war, hatten wir einen Kapitänarzt, der war der russische Lagerarzt, der uns Kriegsgefangenen sehr, sehr viel Verständnis entgegengebracht hat und sehr viel dafür getan hat, dass manche Unbilden und Härten von uns abgewendet wurden. Und in besonders krassen Fällen hat er den Betreffenden einfach in sein Lazarett verlegen lassen und hat g'sagt: »Der Mann is' krank!« Das ist nur ein Beispiel. Es gibt natürlich auch viele Beispiele, die anders sind. Ich muss eben unverschämtes Glück gehabt haben in den Lagern, in die ich – ohne dass ich darauf Einfluss nehmen konnte – in Russland als Kriegsgefangener geraten bin, im Vergleich zu vielen meiner Kameraden, die also Entsetzliches haben erleben müssen. Und die Schlimmsten, die ich erlebt habe – grade in Gefangenschaft –, das war'n uns're eig'nen Leute.

Gunnar Glitscher: Das Lager war innen mit Selbstverwaltung. Da war ein deutscher Lagerkommandant, Antek, ein Oberschlesier. Wir hab'n ihn »Prügel-Antek« genannt, weil der die Leute, die nich' mehr konnten, mit'm Prügel morgens von'n Pritschen runtergehau'n hat. Nachher kam er dafür ins Straflager.

Josef Selmayr: Ich bin im Sommer 1943 von Russland auf den Balkan wegversetzt worden. Nun ja, also mit dem Feldmarschall Weitz und mit einigen andern recht angenehmen Vorgesetzten hab' ich da die letzten anderthalb Jahre Krieg auf'm Balkan verbracht. Relativ vornehm in beinah' Etappenmanier – möcht' ich mal sagen. Es gab ja keinen richtigen Krieg mehr, denn… äh… was die Partisanen, also was der Volksaufstand auf'm Balkan damals bedeutet hat, ist weit überschätzt worden und hat eigentlich nur dazu gedient, Propaganda gegen uns zu machen und uns dann hinterher, äh… die Köpfe abzuschlagen. Und einer von denen, denen beinah der Kopp abgeschlagen worden wäre, …war icke, nich. Und so saß ich also nun im Herbst 1946 plötzlich im Gefängnis in Belgrad, ja. Ich bin über zwei Jahre in Untersuchungshaft gewesen, und von den Kameraden sind also von meiner Seite weg 150 zum Erschießen geführt worden. Es waren auch welche drunter, die also was am Kerbholz hatten, da is' gar kein Zweifel, ja. Aber ob ma' sie deshalb gleich umbringen musste, war 'ne andere Frage. Und, äh… ich hatte mal wieder ein Mordsschwein gehabt. Für mich war also der Hinrichtungstermin vorgesehen an einem Vormittag mit einem Hauptmann Sowieso zusammen, der zuerst drankam, dann sollte ich drankommen. Na, ich wartete geduldig und hab' Patience gespielt während dieser ganzen Zeit, ja… äh… bis ich also nun dem Henker ausgeliefert werden sollte. Na, jedenfalls, ich kam nicht dran und hörte dann hinterher: Die Herren Richter und was da sonst an Personal noch, äh… tätig war, denen wurde das zu spät, sie wollten zum Mittagessen geh'n, und ich käm' am nächsten Tag dran. Ja, hm, auch recht. – Aber zwischen diesem Tag und dem nächsten Tag erfolgte der große Krach – vielleicht erinnern Sie sich – zwischen Tito und Stalin, und zwar so ernst, dass sich Tito damals doch etwas enger an den Westen anschließen musste, weil er sonst isoliert gewesen wäre. Und der Westen hat das selbstverständlich auch ausgenützt. Nun, das war für mich… für uns Gefangene zunächst mal eine Erlösung. Es wurden sämtliche Prozesse eingestellt, und wir hatten dann schon bald die Hoffnung, dass unser Hals gerettet wäre, was aber wieder mal getrogen hat, denn nach 'nem halben Jahr ging der Zauber wieder los. Aber nun in etwas manierlicherer Form. Das war an sich meine Rettung Nummer eins, ja. Nun, ich kam aber trotzdem im Herbst 1948 an die Reihe. Und man warf mir einige Sachen vor: Zum Beispiel hat man mir einen Befehl vorgeworfen, den ich befördert hätte und der mir zweifellos auch damals den Hals gekostet hätte, und der lautete in der Übersetzung, die ich kriegte: »Zivilisten verdienen keine Schonung, sie sind dem SD zu übergeben.« Das war Unsinn, natürlich. Nun hatte ich aber einen guten Freund, der diese meine Befehle damals ins Jugoslawische übersetzt hat, und über Kassiber – Sie wissen ja, im Gefängnis haben die Gefangenen also nun immerhin die Möglichkeit, sich über das Klo und mit allen möglichen Dingen Zettel zuzustecken –, auf diese Weise erfuhr ich den richtigen Text. Und der richtige Text lautete: »Zivilisten, die uns in den Rücken fallen, verdienen keine Schonung.« Das ist etwas anders! Und ich sagte dann: »Bitte schön, wie heißt dieser Befehl in Wirklichkeit? Ich hab' 'n gutes Gedächtnis.« Und dann konnten sie also damit nix mehr machen, sodass dann der Herr Richter, ein Major seines Zeichens, die Sitzung vertagt hat, was noch nie vorgekommen war. Ein paar Tage später ging's weiter, und da ham sie mir zwei Stunden lang alle möglichen Gräueltaten vorgelesen, ja, die ganze Summe dessen, was während vieler Jahre in Jugoslawien passiert ist. Krieg is' nu' mal Krieg, und sehr behutsam ging man nicht miteinander um... Jedenfalls, es handelte sich dann zum Schluss noch darum, ja, ob ich mich schuldig bekenne oder nicht. Da hab' ich g'sagt: »Ich seh' nicht ein, was ich angestellt haben sollte. Ich hab' mich also nun immer an die Genfer Ordnung gehalten und äh, hab' mit irgendwelchen Vorkommnissen übler Art persönlich überhaupt nichts zu tun. Ich kannte sie gar nicht.« Ich hab' dem Richter dann noch also 'n Beispiel erzählt, wie das also nun in ein'm Oberkommando so vor sich geht; da hatte dieser Lümmel natürlich also nun keine Ahnung gehabt. Der sagt': »So, jetzt will ich Ihnen auch ein Beispiel erzählen. – Also passen Sie mal auf: Sie fahren mit einem kleinen Geleitzug durch Bosnien und werden von einer illegalen Troika (so nannten sich die Partisanen, also drei Leute), von dieser werden Sie angegriffen, überfallen; die werfen 'ne Bombe. Es gelingt Ihnen, der Sache Herr zu werden und diese drei Partisanen festzunehmen. Was machen Se mit denen?« Da hab' ich gesagt: »Gut, die leg' ich um.« »Alle drei oder nur den, der die Bombe geworfen hat?« »Alle drei.« Ich dachte: Jetzt ist's aus. – Umgekehrt war's! Wie mir der Dolmetscher dann hinterher sofort sagte – der Richter machte ein großes Gesicht und sagte: »Das ist der erste Deutsche, der aufrichtig is', deshalb werden wir ihn nicht zum Tod verurteil'n.« Na ja, jedenfalls bin ich auf die Weise mit 15 Jahren Gefängnis davongekommen. Überschrift: »Als prominentes Mitglied eines verbrecherischen Stabes«. Das war der Text.

Gisela Stange: Ich bin am 30. Januar 1945 in Sruc an der Sasawa (Srutsch an der Sasau) aus so'm Kinder-Landverschickungs-Lager entlassen worden, das heißt: Die ganze Schulklasse machte am Tage vorher noch die Mittlere Reifeprüfung, kriegte Entlassungszeugnisse, und dann fuhren wir mit einem Rucksack auf dem Rücken und einem Pappkarton in der Hand im Dritter-Klasse-Wagen Eisenbahn, in drei Tagen nach Berlin. Ich erinnere mich, in Dresden, noch vor dem großen Luftangriff von Dresden, machten wir Station, blieben eine Nacht da, und Dresden war überfüllt von Menschen, die auf der Flucht waren.

Waltraud Glitscher: Meine jüngsten Geschwister waren sechs Jahre, und eine war neun Jahre alt; und dann haben wir noch eine Tante mitgenommen, eine Schwester meiner Mutter, auch mit zwei kleinen Kindern, und die Frau, die in unserem Hause wohnte, die hatte auch'n Kind von fünf Jahren. Und dann bin ich nachts noch zum Bürgermeister gegangen, und da hab' ich noch das kleine Kätzchen ... unser Kätzchen ... in die Scheune bei ihm gesetzt. Da, dacht' ich, wird se schon nicht verhungern, und ich hab' gesagt: »Wir bringen die Kinder in Sicherheit, wir komm'n aber wieder zurück.« Denn es war noch keine Order gegeben worden, und solange keine Order gegeben wird zum Flüchten, war's Fahnenflucht. Und da hat mir der Bürgermeister eine Bescheinigung ausgestellt, in der wir die Erlaubnis bekamen, nach Chemnitz zu fahren. Und dann ham wir uns drei- und vierfach angezogen, ich hatte dann noch die Proviantasche gehabt und das eine Bett, also eine Daunendecke, und die Mama hatte dann noch den Sack mit den wichtigsten Papieren gehabt, den wasserdichten. Und dann zottelten wir los, raus in die eisige Kälte – Haustür zu und weg. Und unterwegs stand ein einsamer Soldat in dieser Panzerabwehrlinie da, und da hab' ich gesagt: »Was machen Sie denn hier? Glauben Sie, dass Sie alleine den Russen aufhalten können?« Der hat gar nichts mehr geantwortet.

Ursel Wille: Das war im Januar 1945, wo es unglaublich kalt war, wir mit dem letzten Bus und den letzten Zügen aus Oberschlesien rausgekommen sind, und in unserem Abteil hat unter anderem – also wir haben ja übereinander und neben'nander gesessen, ganz gedrängt –, hat eine Familie mit gesessen, also nur die Frauen der Familie, mit denen meine Eltern befreundet waren, und die eine Frau hat 'n ganz kleines Baby gehabt, und die is' so kopflos gewesen bei der ganz kurz anberaumten Flucht, dass sie gar keine Windeln und Sachen für das Baby mitgenommen hat, sondern sie hat in ihren Koffer ihr Silberbesteck gepackt. Abgesehen davon – also selbst wenn sie welche mitgehabt hätte, wär' das Baby wahrscheinlich doch gestorben, das ist nämlich erfroren im Abteil. – Äh... also, sie hat das Kind praktisch aus'm Fenster werfen müssen auf'm Bahndamm, weil der Zug nich' angehalten hat und weil außerdem alles auch so tief gefroren war, dass man gar kein Grab hätte graben können.

Waltraud Glitscher: Unterwegs blieben wir mal in Schneewehen stecken – ich sag' Ihnen ja, fast 30 Grad Kälte war'n –, eisiger Wind. Die Gleise waren teilweise verweht. Da musste dann erst der Schneepflug auf den Gleisen langfahren. Und dann einmal hatt'n wir'n Fliegerangriff – Tieffliegerangriff auch –, auf freier Strecke sind wir in der Nacht stehen geblieben. Es ballerte um uns rum, aber – Gott sei Dank! – kein Einschuss auf unsern Zug. Und jetzt kam'n wir dann in Dresden an – alles war voll Flüchtlinge. Und dann kam auch das Rote Kreuz mit warmem Tee, und jetzt hab'n wir dann gesehen, dass wir den nächsten Zug, den Anschlusszug nach Chemnitz, bekommen; da war auch zwischendurch wieder Fliegeralarm, und wir mussten noch in die Luftschutzkeller unten 'rein. Und dann fuhren wir nach Chemnitz weiter. Und als wir in die Straßenbahn einstiegen, da hörten wir dann hinter uns: »Guck' mal, da kommen Zigeuner.« Und da wurde uns erst mal so richtig bewusst, was mit uns passiert war (weint).

Madelon Bethke: Also, Sie müssen sich vorstellen: Da hatt' ich so'n alten Korbkinderwagen, wie das damals üblich war, da lag der Henning drauf – so weit oben, dass er bald rausgefallen is', weil ich unten all die Kinderwäsche reingelegt hatte. Dann hatt' ich 'n Nachttopf an der Seite hängen, da hatt' ich 'n Riesenbeutel hängen, auf'm Rücken hatt' ich 'n Riesenrucksack, wo ich die ganzen Dosen mit diesem Buttermilchpräparat für meinen Zweitgeborenen drin hatte. Dann hatt' ich 'n Koffer an der Hand – so stand ich da, mit dem berühmten Wolltuch, was man so oben band, wie so'n Turban, und einem Pelzmantel und langen Hosen und so dicken Schuhen; so stand ich da, nich. In dem Koffer war 'n bisschen Wäsche für den Thomas und für mich. So. – Denn dann hörte man bereits die Geschütze, den Kanonendonner, und dann standen also in Zehdenick bereits die Russen. Des is' so 20 Kilometer von Templin entfernt. Und dann kamen nachts zwei Soldaten, die kamen da in das Haus, und die sahen mich, und die haben gedacht, sie sehen 'nen Geist. Die Stadt war eigentlich von der Zivilbevölkerung nahezu geräumt. Und da sagten die: »Um Gottes willen, junge Frau, was machen Sie denn?« Na sag' ich: »Ja, ich weiß nich', wohin.« Da ham die gesagt: »Sie müssen doch hier weg«, und: »Die Russen sind spätestens übermorgen hier.« So. Und dann hab' ich mich am nächsten Morgen – eingedenk dessen, was sie gesagt haben, die war'n dann auch weg –, hab' ich mich wieder auf diesen Kilometerstein gesetzt mitsamt meiner Kinderschar und meiner Habe, und da kam ein Pferdefuhrwerk mit einem älteren Mann drauf, einem Bauern, und der kam auf mich zu und sah mich da und sagte: »Ja, junge Frau, was is' denn mit Ihnen?« Und da hab' ich dem das erzählt, dass ich nicht weiß, wohin, und dann hat er gesagt: »Sie kommen mit! Ich hab' hier 'n Hof in der Nähe, und bei uns sind schon so viele Trecks aus Ostpreußen, da spielen nun Sie auch keine Rolle mehr.« Und gesagt – getan. Wir laden den Kinderwagen oben rauf, und Thomas und ich sitzen vorne neben dem Bauern auf'm Bock, und da kamen die ersten russischen Tiefflieger. Da sind wir dann unter den Wagen ... ich hab' den Henning aus'm Kinderwagen raus, wir sind unter den Wagen gegangen und dann ... das geht ja in Sekundenschnelle, so was hatt' ich überhaupt noch nie erlebt ... und danach wieder rauf. Und dann kamen wir auf diesen Hof gefahren, und da standen ganz viele Trecks – die Scheunentore war'n alle offen –, ganz viele Trecks und unendlich viele Menschen, Frauen, Kinder und Alte. Und dann hab' ich den Thomas als Erstes runtergehoben, und da liefen so Enten und Hühner über diesen Hof, und mein kleiner Sohn, der war noch nich' mal zwei Jahre alt, der lief da hinter diesen Hühnern her, und dann kamen wieder Tiefflieger – 's werd' ich nie vergessen –, taktaktaktak ... und immer da, wo Thomas war ... da ... und da ... und dann wieder ... und da überall Einschläge ... Also, es war ein Wunder, dass der nich' getroffen wurde. Und dort hab' ich dann das Kriegsende erlebt.

Günther Bruhn: Ich wurde kurz vorher noch zum Volkssturm einberufen. Der Volkssturm war praktisch das letzte Aufgebot, das waren entweder alte Greise oder Kinder. Und ich gehörte nun noch zu den Jugendlichen, die noch mehr zu den Kindern zählten. Wir waren im Schützenhaus von Wernigerode zusammengezogen worden und wurden dort ausgebildet im Panzerknacken und im Nahkampf. Und ich erinnere mich noch genau, als die Amerikaner dann schon kurz vor Wernigerode waren – in Ilsenburg war'n se wohl schon –, dass gesagt wurde: »Wer meldet sich freiwillig zum Panzerjagdkommando? Oder zum Werwolf?«, oder irgendwie so etwas. Und, äh ... und die sollten drei Schritte vortreten. Und ich erinnere mich, dass das für mich 'ne Selbstverständlichkeit war, dass ich die drei Schritte vortrat. Aber ich erinnere mich auch, dass ich erstaunt war, wie viele nicht vortraten; das hatt' ich gar nicht erwartet.

Gisela Stange: Eines Tages kam 'n Kradmelder, brachte mir einen Schein: »Als Dienstverpflichteter einberufen ins Wehrertüchtigungslager nach Neustadt/Dosse.« Ich wusste gar nich', wat dat is', dachte: »Jetz' lernste kochen« – aber das war 'ne Illusion. Mir fiel bloß noch ein, dass ich ja noch minderjährig war und dass meine Eltern da unterschreiben mussten, also bin ich mit dem Melder zu meiner Mutter nach Hause, die hat sofort Vater angerufen und gesagt: »Hier, was soll'n wir machen?« Und er fragte: »Was steht auf dem Anschreiben unten?« »Also, der Satz mit ›Zuwiderhandlungen werden mit Todesstrafe …‹«, und da sagte er: »Kannste nichts machen – da muss se hin.« Aber mein Vater ahnte natürlich, was uns in einem Wehrertüchtigungslager vorgesetzt werden würde. Und in diesem Lager sind wir dann in einer Woche ausgebildet worden von der Eierhandgranate bis zur schweren Flak. Und wir waren also 1000 Berliner Mädchen und 2000 Berliner Jungen. Und hinterher, wie dann der Krieg vorbei war, hörte ich, dass wir so gut ausgebildet worden seien, um später mal Werwölfe zu werden. Das Wort habe ich vorher nie gehört, aber später hab' ich's dann oft genug gehört. Dann wurde ich im Britzer Krankenhaus eingesetzt, des war damals 'n Lazarett, und da hab' ich denn die Jungs, die ich vorher bekocht hatte, wieder getroffen, indem ich ihnen de Beine halten durfte, wenn se zerfetzt da wieder ankamen. Und da merkte ich dann endlich, was Krieg ist.

Rudolf Hinrichs: Am 22. März 1945 wurde ich in Celle gemustert. Wurde »kv« – als »kriegsdienstverwendungsfähig« – eingestuft. '29 war der letzte Jahrgang, der gemustert wurde, und so kam ich ins Wehrertüchtigungslager Fallingbostel. Drei Tage. Und dann wurden wir mit Fahrrädern und Panzerfäusten bestückt, und so sollten wir gegen den Engländer kämpfen. Wir haben ein-, zweimal starke Feindberührung gehabt. Wir hatten ja pferdebespannte Wagen, Feldküche und alles, und das hab' ich denn alles gemanagt. – Und dann, bei Hitzacker, wo se mit'n Amerikaner in Feuergefechte kamen, sind eben viele Jugendliche gefallen, darunter auch mein Kumpel mit 14 Jahren. Und zwei BDM-Mädchen, die dort als Krankenschwestern mit waren,. die sind dort auch gefallen. Dann is' noch mal 'n Stoßtrupp unterwegs gewesen, wohl een Mädchen in einem Dorf hat diese Jungs an die Engländer verraten und … und die haben dann 'ne geballte Ladung in diese Scheune geschmissen, und die Jugend … der ganze jugendliche Stoßtrupp war denn weg.

Gisela Stange: Dann sind wir mit den Verwundeten in die Stadt rein, und an der Grenzalleebrücke hat man uns dann getrennt, und wir wurden dann in neue Gruppen eingeteilt. Die SS stand da am S-Bahn-Ring und hat also alles aufgefangen, was noch Beine hatte und laufen konnte, und dann bin ich zum Neuköllner Rathaus. Dort hatte man in den Kellern unten entsprechende Auffangstationen für Verwundete. Und da musste ich dann Sanitätsdienst machen und bin dann, wie das Rathaus geräumt wurde, durch die U-Bahn durch. Die Russen hatten natürlich U-Bahn-Pläne und haben dann die U-Bahn bombardiert. Und wir mussten unter den Löchern da unten durch, und dann standen sie oben mit ihren Kalaschnikows und haben dann da mit ihren Maschinengewehren reingehalten. Das hieß also: Fünf Leute wurden getroffen, und drei kamen dann wieder durch, bis das Magazin leer war. Und so kriegte ich dann also auch'n Kopfstreifschuss. Gott sei Dank hatte ich'n Stahlhelm auf, sodass das also bloß blutete. Von meiner Einheit war'n wir noch fünf, die übrig geblieben waren, und der eine sagte: »Mein Vater is' bei der U-Bahn. Der hat mir erzählt, es gibt einen Sonderausgang auf dem Friedhof an der Seestraße.« Die Seestraße war damals die Endstation der U-Bahn, weiter ging es nicht, da wurde nur noch rangiert, und da gab's eben für die Arbeiter so einen Sonderausgang, der direkt auf'n Friedhof führte. Und da wurde gesagt: »Da woll'n wir hin, nu' aber nischt wie los.« Und an jedem Bahnhof, an dem wir vorbeikamen, da standen dann Soldaten vom »Nationalkomitee Freies Deutschland« und riefen immer: »Mit unseren eigenen Kindern kämpfen wir nich'!« Und… in dieser Situation, wo alle Leute fix und alle waren, schrien dann natürlich auch einige zurück: »Aber wir mit euch!« Weil se also nun wussten, da is' Schluss, also – nach all' dem, was passiert is', kann man se bloß noch erschießen, nich. Denn da war eben viel SS dabei. Ick war so richtig schön da mit drin im Kessel. Und dann sind wir sechs los zur Seestraße und haben dann auch den Ausgang gefunden; und dann hab'n wir gewartet, bis es Nacht wurde, und sind dann einer nach'm andern raus. Und die Russen standen oben und – im entsprechenden Abstand mit ihren MPs – und warteten nur auf uns. Die hatten ja all' die Unterlagen, und sie brachten uns dann in eine Fabrikanlage, wo vorne keene Tür mehr war und oben das Glas raus war und hinten ooch nischt mehr war; und da durften wir uns dann hinlegen und durften uns dann auch entsprechend dort aufhalten. Und dann hieß es also: »Abmarsch Richtung Sibirien« und … bis dahin trottete ich, bar jeder Persönlichkeit, in diesen großen Zügen. Und in dem Moment, wie die sagten, »kahl scheren und ab nach Sibirien« – Sibirien war für mich Eis und hungernde und frierende Menschen –, da hab' ich dann gedacht: »Nein, da willste nich' hin!« Und dann sah ich mich um und fand eigentlich nur eine Möglichkeit: In den ersten Tagen wurden ja erst mal die russischen Soldaten alle beerdigt, die da gefallen waren, aber die Deutschen wurden erst mal nur in die Straßengräben geworfen. Und wie wir an so einem Straßengraben vorbeikamen, da hab' ich mich zurückfallen lassen so in die Mitte, und da hab' ich mich so richtig verkrampft da rauf geworfen. Es hat mich also auch keiner hinterher dort aufgelesen; und wie ich dann nichts mehr hörte von stampfenden Schritten, bin ich langsam hochgegangen, und wie ich auf der Hälfte der Höhe war, sagt hinter mir eine Stimme: »Da haste aber mehr Schwein als Verstand gehabt!« Also, ich hätt' mich beinah' vor Schreck wieder fallen lassen, aber es war eine alte Frau, die sagte: »Nu', komm' mal schnell rein in'n Garten, ich warte auf mein' Jungen auch noch.« Und die hat mich dann die Nacht über versteckt und hat gesagt: »Da, in dem Heuschober kannste schlafen, und morgen früh musste dann aber weiter.« Am nächsten Morgen kriegte ich 'n Kanten Brot von ihr und Muckefuck, und dann sagt' se: »Dann geh', lauf mal da, aber lauf immer durch'n Wald, nicht die Straße lang. An der Straße wird kontrolliert.« Und das hab' ich dann gemacht und bin dann über so einen Träger geklettert, die Brücken war'n ja alle gesprengt, über den Träger rüber – auf der andern Seite liegt Rudow –, und dann, wie ich denn in unsern Garten nach Rudow kam und da reinwollte, sagte denn eine Stimme von der Nachbarin: »Wer will denn da bei Stanges einbrechen?« Und wie ich mich meldete, da sagte se: »Nee, nee, geh' da ma' nich' rein. Komm' man zu uns.« Tja, und dann ging's los, dass die Leute abgeholt wurden. Also diese Liste mit den 1000

Mädchen und 2000 Jungen hatte sich Artur Axmann, der letzte Reichsjugendführer, eingesteckt und hatte sich bei den Russen den Übergang zu den Amerikanern damit erkauft; und da wurden die nachts alle gesammelt und wurden morgens weggefahren. – Und ich hab' später mal meine Bannmädelführerin völlig zerbrochen aus'm Konzentrationslager Sachsenhausen kommen gesehen. Das, was ihr da geschehen is', hat doch sehr Spuren hinterlassen.

Rudolf Hinrichs: Ich bin denn im Dezember 1945 – am 8. Dezember –, bin ich mit'm Kumpel noch los, wir haben gesagt: »Wir müssen gucken, was mit unseren Eltern in Berlin is'.« Und da sin' wir ja bei Helmstedt unter'm Bergbau da unter der Grenze durch – nachts und illegal – und sin' denn angekommen in Neuenhagen. Der eine is' in Berlin geblieben, ich bin nach Neuenhagen. Na ja, und denn ham nu'... meine Mutter ging arbeiten, mein Vater war ja Rentner schon, also alt, und dann hat mich irgendjemand denunziert und hat gesagt: »Der kommt aus der englisch besetzten Zone« und so... und... denn kam 'n junger Mann, den ich ooch von früher kannte, der hat mich dann mittags abgeholt. Schade, dass meine Mutter nich' zu Hause war, denn die kannte den, die wusste, dass der die Leute alle abholt. Und der kam denn und sagte, ich möchte mal zwecks Überprüfung meiner Papiere aufs Rathaus kommen; ich bin mitgegangen, Papiere hatt' ich 'bei mir... und dann hat der mich auch gar nich' aufs Rathaus geschafft, sondern gleich in'n NKWD-Keller. Das war'n die Keller von dem sowjetischen Geheimdienst NKWD, und... und dort kam dann 'n abends ein Unterleutnant, der ließ mich alles ausziehen, nackend, und denn nackend in'n Keller. Und da hab' ich erst mal drei Tage gesessen; und dann kam die erste Vernehmung, und dann hab' ich denen das so geschildert, wie ich jetzt das geschildert habe. »Nun, du kommst aus der englischen Besatzungszone – du Spion.« Sag' ich: »Nicht Spion! Ich wollte bloß zu Mutter, Vater nach Hause.« Aber das gab's bei denen nicht, die wollten eben... haben mir 'ne Pistole an'n Kopf gehalten, und Dresche gab's... die wollten eben erreichen, dass ich zugebe: Ich bin 'n Spion. Ich war damals 16. Und das... und da war'n... paar heftige Vernehmungen. Die Vernehmungen fanden ja immer nur nachts statt, und nach 'ner gewissen Zeit kam ich dann nach Potsdam – Potsdam, Lindenstraße. Das war's Schlimmste. Das war nämlich die Spionageabwehrzentrale von den Russen, und da ging's dann natürlich haarig her. Dann war ich sechsmal in Einzelhaft in einer Zelle, die hatte vielleicht die Maße: vier Meter fuffzig mal einsfuffzig… Ich musste den ganzen Tag auf'm Hocker sitzen. Meine längste Vernehmungszeit hat 18 Stunden gedauert, da ham sich vier Offizierspaare abgewechselt. Na ja, das is'… das war eben grauenhaft. Das war wirklich grauenhaft. Die haben manchmal Menschen aus der Vernehmung hochgebracht, da ham Se gedacht, sie ham 'n geschlachtetes Schwein vor sich – so sin' die zusammengeschlagen worden. Und dann sah ick eben diese… Vernehmungsmethoden: Zum Beispiel ham se Erbsen ausgeschüttet, und da musst' sich einer drauf knien während der ganzen Vernehmung. Oder wie ich – 'ne halbe Stunde auf 'ne Weinflasche… nackig auf 'ne Weinflasche sitzen. Die Flasche war so weit im After drin… Und… und im Keller war'n noch Erschießungszellen, wo zum Beispiel viele Mädchen erschossen wurden, die BDM-Führerinnen gewesen waren… oder die in Potsdam von den Russen vergewaltigt worden waren und die dann im Keller erschossen wurden. Und die wurden dann in'n Wald rausgefahren. Der LKW fuhr dann fast jeden zweiten Tag raus mit… mit Toten, die dort im Keller erschossen wurden. Und das war mein Glück, dass nachher zum Schluss doch das Gericht in Moskau feststellte: Ich bin unschuldig. Aber es wurde angeordnet: Sicherheitsverwahrung auf unbegrenzte Zeit, weil ich aus'm… aus der englischen Zone gekommen bin. Und die Kameraden sagten nun: »Wenn du freigesprochen wirst, dann kommst du nach Hause.« Aber 's war eben nich' an dem. Eines Abends wurden wir verladen – ich auf'n Jeep –, und denn ging's durch die englische Zone nach Sachsenhausen ins Internierungslager. Der Jüngste in Sachsenhausen war neun Jahre alt. Wir waren in Sachsenhausen ungefähr 3000 Jugendliche.

Günther Bruhn Ich erinnere mich noch sehr deutlich, mit welchen gemischten Gefühlen die Bevölkerung den Einmarsch der Russen damals über sich ergehen ließ. Die Engländer hatten ein dreitägiges Ausgehverbot verhängt. Die Leute waren alle zu Hause, guckten aus den Fenstern und harrten der Dinge. Und am 1. Juli kam denn tatsächlich die sowjetische Besatzungsmacht und übernahm das Gebiet, und das war eine sehr merkwürdige Geschichte. Die kamen nicht mit ihren Panzern oder mit ihrem Kriegsgerät oder so, sie kamen in kleinen Pferdewägelchen, wo sie ihre sieben Sachen draufgepackt hatten. Und das war schon ein sehr merkwürdiger Anblick, zumal, wenn man vorher an die Amerikaner gewöhnt war mit ihren sehr sauberen Bügelfalten, adretten Uniformen, und nun die armen Russen, die nun völlig heruntergekommen waren, auch in ihrer Bekleidung. Und alles zitterte, denn die antisowjetische, antikommunistische oder antibolschewistische Propaganda der Nazis, die saß natürlich allen Leuten noch in den Knochen, und die rechneten nu' mit dem Schlimmsten, was jetzt passieren würde. Und der Bürgermeister war auf den Gedanken gekommen, die Kommunisten, die stadtbekannt waren aus der Weimarer Zeit... bevor 1933 die Nazis die Macht übernahmen, soweit sie derer noch habhaft werden konnten... lud er sie ein in sein Bürgermeisteramt ins Rathaus, um mit ihm zusammen die sowjetische Besatzungsmacht zu empfangen.

Inge Michael: Meine Schwester und ich, wir lagen auf zwei Liegestühlen und hatten ein so'n Teil, wo die Beine drauf lagen zusammen, weil der Keller so klein war. Und als dann die Russen kamen und die Frauen rauszogen und sie vergewaltigten, da hab' ich so gezittert, dass der Liegestuhl hin und her gewackelt hat.

Madelon Bethke: Und dann bin ich morgens, also es muss entweder der 8. oder der 9. Mai gewesen sein, das weiß ich nich' mehr, da hab' ich den Thomas auf'n Topf gesetzt. Und auf dem Bauernhof gab's so'n Häuschen, wie das so üblich war, und da musste man über den Hof geh'n. Da hatt' ich den Thomas auf'm linken Arm und den Topf in der rechten Hand und bin rausgegangen, und in demselben Moment kam so'n kleines Pferdefuhrwerk, so'n Panjewagen, mit zwei Russen auf den Hof gefahren. Und ich – arglos, ich hatte ja sehr vielen Kontakt zu Russen, eben durch die Ballettschule, ja, und durch Tänzer –, und also, ich hatte gar keine Angst vor Russen, und diese russischen Gräueltaten, die ja überall bekannt gemacht worden waren, die hab' ich ja damals überhaupt nicht geglaubt. Langer Rede Sinn: Der eine Russe nahm mich in so 'ne Scheune, wo so'n Treck stand, und der andere Russe machte diese Tür – diese Scheunentür – von außen zu. Und der Russe – ich immer Thomas und den Nachtpott in der Hand, Thomas links auf'm Arm, den Nachtpott in der rechten Hand, so ging ich um diesen… um diesen Treckwagen herum, und da war hinten vielleicht so anderthalb Meter frei, ja. Und da kam es nun dazu, dass… da hat er mir den Topf weggeschmissen und hat den Thomas auf'n Boden gestellt… und da kam also die erste Vergewaltigung. Der Thomas hat geschrien wie am Spieß, und ich weiß, dass ich gedacht habe… ich hab' immer nur gedacht: »Lieber Herrgott, lass es dann… lass es doch bloß vorbei sein… lass es doch bloß vorbei sein… lass es doch bloß vorbei sein …« Das… das weiß ich, das hab' ich gedacht. Und dann hab' ich dem Thomas gewunken und hab' immer gesagt: »Thomas, is' ja gut… is' ja gut… is' ja gut!« Und dann hat mir der Russe den Mund zugehalten. Tja. – Und dann war sein Geschäft erledigt, und dann ging der rum, und ich wollte grade hochsteigen, um mir meine Hosen wieder hochzuziehen, da kam dann der andere… da machte der von außen… da kam der andere da rum. Thomas schrie wieder wie am Spieß – und da war ich dann ganz stumm… da war ich ganz stumm… und dann war das erledigt, das dauerte nich' lange. Und dann gingen die ins Haus und holten sich die jungen Frauen da raus, und dann wurde da wieder abgewechselt und so. Und ich… ich… ich weiß gar nich'… also… ich konnte das gar nich' begreifen. Ich konnte das gar nich' begreifen …

Hildegard Dockal: Erst hab' ich gedacht: »Also, gehste in Teg'ler See. – Die Kleine ist drei, dein Mann is' an der Front, Mutti geht an einem Stock, Vati geht an zwei Stöcken – was ham die davon, wenn de in'n See gehst?« Na bin ich zum Hausarzt gelaufen, und da hat der gesagt: »Salzspülungen«, und dann hatte er einen wunderbaren Satz gesagt, der mir über alles hinweggeholfen hat: »Sie müssen das so sehen – ein Soldat wird an der Front verwundet, und Sie sind hinter der Front verwundet worden.« Und das hat mir so einen Auftrieb gegeben, gell?

Madelon Bethke: Dann hatten wir Frauen uns schließlich ganz schnell darauf verständigt, dass immer eine Wache stand, und dann sind die Frauen nachts bei Nebel raus auf die Felder gelaufen und waren dann weg. Und dann ham wir uns hinter so Holz versteckt und... oh, na ja, das waren Zustände, des kann man sich gar nich' vorstellen. – Mir hatten se mein' Pelzmantel ausgezogen und natürlich mein gesamtes Gepäck weggenommen. Das hieß, dass ich für den Kleinen gar keine Nahrung hatte. Ich hatte ja keine Milch mehr in der Brust. Und dieser kleine Knopf, der wurde natürlich immer elender. Dann hab' ich gedacht: Jetzt laufe ich noch mal nach Templin 'rein und gucke, ob ich da'n Arzt kriege, ich Wahnsinnige! Weil ich dachte, ja, der Kleine stirbt. Und das hab' ich dann auch gemacht. Und da war in dem Haus, in dem ich gewohnt habe, in der Mühle, da war 'ne russische Kommandantur eingerichtet. Da ham die gesagt – wir konnten uns ja ein wenig verständigen, ich verstand ja'n bisschen Russisch durch meine russischen Freunde aus Berlin –, und dann ham die gesagt: »Nein, nein! Keinen Arzt und... Kind kaputt is'... in Ordnung.« Und dann bin ich nach Hause gegangen, und auf dem Weg nach Hause, da standen dann so vier Ackerbürgerhäuser, und die war'n auch völlig leer; und da lief natürlich 'n Russe mit 'ner Kalaschnikow da rum, und da hat der mich 'n ganzen Tag da in diesem da oben aufgehalten. Da standen, werd' ich... auf diesem Boden... werd' ich nie vergessen so... so zweistöckige Betten standen da, und da hat er sich dann mit mir verlustiert, und ich hab' das wie im... gar nich' richtig wahrgenommen... wie in Trance war ich, ...weil ich dachte, dass der mich umbringt, ne? Und so am Nachmittag hat er mir dann zu verstehen gegeben, dass ich jetzt gehen sollte; und dann is' er hinter mir hergegangen, und da hab' ich immer gedacht, der erschießt mich von hinten. Und dann sind wir schließlich an diesen Hof gekommen, und da hab' ich so getan, als wenn ich in Ohnmacht falle. Und da hab' ich – weil ich ja nun nich' ohnmächtig war – in dieser Sekunde, wo ich umgefallen bin, nur gesehen, dass der einen mordsmäßigen Schreck gekriegt hat, und der hat den Hof dann laufend verlassen. – Und ich hab' dann versucht, aus so Futterkartoffeln einen Brei zu kochen, weil die Bäuerin sagte, des Kind überlebt nicht, und wir hatten ja keine Milch, nichts – gar nichts mehr! Da hab' ich dann so'n Brei gekocht, und das hat der Kleine natürlich von sich gegeben, und er war auch ganz abgemagert. Lange Rede Sinn: Er is' dann nach'n paar Tagen an Unterernährung gestorben. Und in dieser Nacht, wo er dann gestorben is' – wir lagen ja da in dem Zimmer mit so vielen Frauen –, und da war ein wahnsinniges Gewitter. Und der Kleine lag ja in dem Kinderwagen, der Thomas schlief neben mir, und da hatte ich dem Kleinen noch so'n ganz wunderschönes blaues Jäckchen, was mein Bruder mir mal aus Dänemark mitgebracht hatte, angezogen, so'n ganz warmes Jäckchen; und wenn der Blitz dieses Zimmer so erleuchtete, da hab' ich immer auf den Kinderwagen geguckt, und dann hab' ich immer gedacht: Der bewegt sich. Und dann bin ich wieder aufgestanden und habe geguckt, und ich merkte schon, dass er in... völlig in Agonie lag, der Kleine. Und dann, morgens, als es dann hell wurde, so um vier oder fünf, hab' ich reingeguckt, da hatte er nur so kleine Bläschen unter der Nase, und als ich seinen Kopf angefasst hab', war er schon ganz kalt. Und... dann hab' ich das dem Bauern gesagt, und er hat gesagt: »Ja, Mädchen, es hilft jetzt alles nichts, nun Schluss mit de' Pietät...«, so ungefähr, »...jetzt müssen wir ihn beerdigen, nich? Wir müssen ihn weggraben, der kann ja hier nich' liegen bleiben.« Und na sag' ich: »Ja, wo denn da?« Und na sagt' er: »Na ja, da hinten, hinter der Scheune, da an dem Kartoffelfeld, das is'n schöner Platz, da machen wir ihm ...« So, und dann hat er gesagt: »Hier nimm' mal 'ne Schippe mit«, und er hat 'ne Schippe genommen, und da hab' ich den Kleinen... da hat mir die Bäuerin noch so'n Laken gegeben, da hab'n wir ihn dann eingeschlagen, und da ging der kleine Thomas, der ging mit. Der weinte bitterlich und hat immer gesagt: »Henning, Henning, Henning, was is' mit Henning?« Und dann ham wir da 'ne Grube gegraben, und da hab' ich dann den Kleinen da reingelegt, und da hab' ich dann so Erde drauf, und in dem Moment, wo ich die erste Schaufel Erde drauf... des sind so Momente, ja... da rutschte dieses Leinentuch, dieses Laken, so weg, und da hab' ich so'n Stückchen von diesem blauen Jäckchen gesehen und so 'ne ganz winzig kleine Hand, die dann auch da rauskam. Und da ham wir denn das zugemacht, und da hab' ich mit dem Bauern und mit dem Thomas, der furchtbar weinte, 'n Moment dort gestanden. Und der Bauer, der stützte sich so auf auf seine Schippe – und da guckt darunter... da guckt da plötzlich so 'ne Hand raus aus der Erde. Und dazu muss ich sagen: Wir hatten 'n paar Tage vorher diese Ukrainerin – die russischen Fremdarbeiter, die sollten ja alle wieder zurück nach Russland –, und diese Ukrainerin wollte nich', die hatte sich versteckt. Und da hatten die Russen sie gefunden und erschossen und haben die da verscharrt, und wir hatten nu' genau daneben den Kleinen begraben. Und die kam da also wieder raus. Da hab'n wir die auch noch mal in die Erde gelegt. Die lag nur so... da war nur Sand drüber geschaufelt. Und dann passierten da ganz furchtbare Sachen: Denn da gab's einen wunderschönen... das is' landschaftlich im Winter wunderschön... und da gibt's einen riesengroßen See, der an die Felder von dem Bauern grenzte, und in diesem See schwammen dann Leichen von Deutschen, die sich das Leben genommen hatten. Dann hingen an diesen Appelbäumen Leute, die sich aufgehängt ham, weil die dieses Kriegsende nich' mehr erleben mochten, weil sie's seelisch nich' ausgehalten haben. Und dann hab'n wir angefangen... Wir Frauen mussten die Felder bestellen für die Russen. So. Und dann waren ja immer irgendwelche Russen, die dann mit ihren Gewehren geknallt haben, weil se's lustig fanden. – Wir kriegten aber immerhin bisschen was zu essen, nich'? Und dann kam irgendwann mal wieder so'n Panjewagen, und da saßen wieder zwei Russen drauf, und dann lief mein kleiner Thomas da rum, und dann – schwuppdiwupp – war er weg. Damals gingen immer so Gerüchte, dass die Russen Kinder auch nach Russland verschleppen. Da bin ich bald wahnsinnig geworden. Und da wollt' ich mir wieder 's Leben nehmen. Aber dann hab' ich gedacht: »Nee, vielleicht kommt er ja doch wieder, und dann muss ich da sein.« Und des war auch gut so, denn so nach 'ner knappen Woche kamen diese Russen wieder auf'n Hof, und dann saß mein Thomas quietschvergnügt bei dem Russen, neben dem auf dem kleinen Bock, und der Russe gab mir zu verstehen, indem er mir so'n Foto zeigte, er hätte 'n kleinen Bruder, und der sehe genauso aus wie mein Thomas, und er brächte jetzt alles zu essen für den Kleinen, der müsste ordentlich gut und stark werden und so... Und dann hat er auch wirklich immer so Buletten gebracht, und dann hat er mir einmal 'n ganzen Ballen Stoff gebracht. Wahrscheinlich aus irgendeinem Laden, der noch irgendwo, vielleicht in Templin, stand. Die hab'n ja auch geklaut wie die Raben, das war ja alles Kriegsgut, Beutegut. Und dann hat er mir, werd' ich nie vergessen, einmal 'n Eimer mit *braunem* Zucker, den hatt' ich nu' noch nie geseh'n, 'n ganzen Eimer mit Zucker! – eine unglaubliche Köstlichkeit –, und ich hab' immer 'n bisschen gedacht: »Na, die ham da bestimmt reingepinkelt.«

INGE MICHAEL: Nach dem Krieg war es zuerst furchtbar. Ich weiß, dass ich in der Straßenbahn saß, und die Straßenbahn hatte noch keine Fenster. Und da saß ich in so 'ner – ich seh's noch heute –, in einer solchen Straßenbahn und auf der andern Seite Männer, so um – ich weiß nich' – um die 25. Und die hatten alte Uniformen beziehungsweise gefärbte Uniformen an. Und da dacht' ich: »Das könnten die Mörder deiner Mutter sein.« Und da bekam ich einen solchen Schreck. Da dacht' ich: »Um Gottes willen, was soll aus dir werden, wenn du in jedem, der älter ist als 20, denkst: ›Das ist der Mörder deiner Mutter‹? Da wirst du verrückt.«

MAX MANNHEIMER: Am 30. April 1945 wurden wir auf freier Strecke in der Nähe von Tutzing von amerikanischen Truppen befreit. Mein Gewicht war 37 Kilogramm, die Amerikaner haben das registriert. Zwei Tage später kamen wir in eine ehemalige Schule für prominente Nazikinder, ein Teil dieser Schule wurde als provisorischer Krankenbau eingerichtet. Da ich mir geschworen habe, nie mehr deutschen Boden zu betreten, fuhr ich, nachdem ich mich erholt habe, vier Wochen später in meine Heimat. Tja – und meinen Schwur, angesichts dessen, was passiert is', nie mehr deutschen Boden zu betreten, habe ich deshalb nicht eingehalten, weil ich dann in meiner Heimatstadt einer Deutschen begegnet bin, die 1938 wegen ihrer Zugehörigkeit zur sozialistischen Jugend und weil sie einen jüdischen Professor gegen die Angriffe der Nazischüler verteidigt hatte, aus der Schule hinausgeworfen wurde. Außerdem hat sie britische Kriegsgefangene, die einmal in der Woche in Begleitung eines Wehrmachtssoldaten zum Gemüsefassen kamen, mit BBC-Nachrichten über die militärische Lage versorgt, hat Skizzen angefertigt, und sie war für mich eine Heldin. Sie hat mir gut gefallen, und sie wurde meine spätere Frau, und sie versicherte mir, dass Deutschland, nachdem was passiert is', ausgezeichnete Chancen habe, eine Demokratie zu werden.

Monika Held: Als der Krieg zu Ende war, war ich zwei Jahre alt, und es gibt eine einzige Erinnerung an diese Zeit, die hat mir auch niemand erzählt, die weiß ich selber noch. Ich seh' auch noch die Bilder. Als ich zwei Jahre alt war, hatt' ich 'ne Puppe, die hatte große blaue Augen. Mit der hab' ich am liebsten gespielt, und die hieß Elisabeth. Und eines Tages kam ich in das Zimmer rein, und Elisabeth hatte keine Augen mehr, und dann hab' ich wie verrückt geschrien: »Es is' wieder Krieg, es is' wieder Krieg!« Und passiert war Folgendes: Mein kleiner, netter Cousin hatte meiner Puppe Elisabeth die Augen ausgedrückt, und in irgendeiner Weise hab' ich das mit Krieg verbunden. Ich weiß auch nich', mir hat niemand erzählt, dass im Krieg die Leute keine Augen mehr haben, aber ich hab'... ich hör' mich heute noch schreien: »Es is' Krieg, es is' Krieg!«

Elke Klee: Ich erinner' mich an ein Wort, da war meine Oma dann sehr entsetzt, und deshalb hab' ich's wahrscheinlich auch behalten, weil es das schlimmste Schimpfwort war: »Du Naziverfolgter!« Und die Kinder ham sich alle zugerufen: »Du Naziverfolgter!« Das war schlimmer als »Du Arschloch!« oder so. Und da war ich aber schon vier Jahre alt. Also, da war der Krieg grade schon zu Ende.

Heide Grunwald: Wir mussten nach dem Krieg in einen Film gehen von den Amerikanern aus, und da musste man sich diesen fürchterlichen KZ-Film anschauen mit'n Verhungerten und ganz grauenhafte Bilder, und dann bekam man einen Stempel auf die Lebensmittelkarte. Und nur wenn der Stempel drauf war, hat ma' seine Lebensmittel beziehen können.

Ursula Knopp: Ich hab' ooch 'n richtigen Nervenzusammenbruch praktisch dann gehabt, nachdem ich das alles gesehen habe und gesagt habe: Det kann doch nich' wahr sein!

Heide Grunwald: Mei, es hat halt jeder g'sagt: Des hamma ja ned gewusst.

Ernst Grube: Was ich erlebt habe und was mich also doch – wie man heute sagt – sehr frustriert hat, war einmal die Tatsache, dass die Menschen das, was wir erzählen wollten, überhaupt nicht interessiert hat. Vater hat g'sagt: »Buam, erzählt, was los war! Die Menschen müssen das wissen.« Es hat keinen interessiert! Und auch in der Schule, wenn es zu einem Streit kam, war ich auch wieder »der Jud'«.

Max Mannheimer: Wenn man was gesagt hat – »ja, wir ham auch sehr viel mitgemacht«, nicht?

Joachim Salomonski: Ich hab' kaum jemandem erzählt, dass ich Jude bin, weil entweder hätten se 'n gewisses Mitleid mit mir gehabt, das wär' unangenehm gewesen, oder aber sie ham mich als Juden abgelehnt. Ich ... ich hab' das ganze Thema verdrängt, und ich konnte zunächst mal weder mir noch meinen beiden Schwestern verzeihen, dass wir so wenig für unsere Eltern tun konnten. Es hat dann 15 Jahre gedauert, bis ich wieder Kontakt zu meinen Schwestern aufgenommen habe. Also, meine jüngere Schwester, die hat mich jahrelang übers Rote Kreuz gesucht, und ich hatte auch schon ihre Adresse; da war ich noch in der britischen Armee in Casòria. Und ich wollte mich nicht melden. Ja, ich hab' das alles verdrängt, weil ich ihr – genauso wie mir – den Vorwurf gemacht habe, nicht genug getan zu haben, um meine Eltern zu retten.

INGE MICHAEL: Das ist ganz was Merkwürdiges, nich', dass man Schuld hat, weil man überlebt hat. Weil man raffinierter war als alle anderen, nich'?

WALTER TAUS: Die Träume werd'n mich vielleicht nicht verlassen, die sind noch heute, diese Albträume – muss man sagen –, es kommt wieder. Und paarmal is' mir schon passiert, dass meine Frau sagt: »Du hast geschrien in der Nacht.«

MAX MANNHEIMER: Ich bin zum Beispiel jeden Tag, Montag bis einschließlich Donnerstag, jeden Abend ins Kino gegangen, manchmal in zwei Filme. Warum? Im Kino hab' ich nie an die Vergangenheit gedacht, und sonst hat sie sich immer aufgedrängt.

RENATE KLINGELHÖFER: Ich kann mich nur erinnern, dass mein Vater in der ersten Nachkriegszeit überhaupt nicht reden wollte. Er hat ja vieles gesehen und erlebt, gerade in Polen, was ... wovon wir nichts wussten. Und, äh ... nach dem Krieg, da war die Situation so gewesen, dass also unsere wirklich sehr schlimme Armut einfach auch diese Gespräche verhindert hat. Es war ein Kampf ums Überleben. Es waren Gespräche: Wo kriegt man was zu essen her? Wo kriegen die Kinder ein Paar Schuhe her? Wir sind ja nach dem Krieg konsequent barfuß gelaufen, jedenfalls in der Zeit, wo's witterungsbedingt möglich war. Außer im Winter mussten wir barfuß laufen, weil das einzige Paar Schuhe, das wir besaßen, dann in die Schule angezogen wurde oder eben am Sonntag. Ich kann mich erinnern, wir hatten mal zu zweit ein Paar Sonntagsschuhe.

Edith Badstübner: Mein Vater is' einmal im Warschauer Getto gewesen, aber er hat nichts weiter erzählt, wie die Leute da gelebt haben, das hat er überhaupt nicht erwähnt.

Günther Bruhn: Natürlich hat man das ... das alles miterlebt: die Nürnberger Prozesse, die Hinrichtung der ... der Leute, die nun einmal die Verantwortlichen waren, ja. Das ... das waren alles schon beeindruckende Erlebnisse. Dann natürlich, äh, die Unterordnung unter die Besatzungsmacht, das Bewusstsein, als, äh, als Deutscher überhaupt keine eigene Bestimmung zu haben; das waren alles schon unangenehme Gefühle. Ich war damals also – wie alt war ich? – 35 Jahre, und da kommt man über solche Dinge leichter hinweg als die Generation vor mir, die hat sich da schon schwerer getan. Meinen Schwiegereltern ist das sicher schwerer gefallen als mir.

Gisela Stange: Übrigens hab' ich das Wort »Kritik« erst nach '45 kennen gelernt. Ich wusste gar nicht, dass es dieses Wort gibt. Daran können Se seh'n, wie wir gelebt haben.

Edith Badstübner: Wir hab'n uns damals überhaupt nicht um Politik gekümmert – aus meinem ganzen Bekanntenkreis niemand. Ob da Gesetze waren, die Homosexuelle noch verfolgt haben, des war überhaupt nicht mein Problem. Und ... die eine Sache mit der Abtreibung, was heute natürlich alles ungeheuer wichtig is' und was ich auch verstehen kann, aber das war doch damals alles kein Problem für uns! Wir ham uns dafür interessiert: »Wie schaffen wir das, wie ... wie überleben wir?« Meine Mutter hatte keinen Beruf, mein Vater war in englischer Gefangenschaft, also ... da hat uns auch die Judenverfolgung ... das hat uns auch nich' interessiert.

Elfriede Stolpe: Mein Vater sagte immer: »Wenn du mal 16 bist, dann darfst' für ein Jahr nach England und nach Frankreich, um die Sprache zu lernen«, und meine Mutter hat g'sagt: »Mit 16 darfst'n Tanzkurs machen und kriegst ein schönes Kleid.« Das is' alles weggefallen, und dann gab's weder Reisen noch Auslandsaufenthalte. Es gab nur Arbeit und wieder aufbauen, weil alles kaputt war. Die Dächer waren total kaputt, bei uns zum Beispiel von der Flak, weil die Stellung in der Nähe gewesen war. Und die Wände waren durch die Luftminen gesprungen.

Clara von Arnim: Da sind wir durch den Tiergarten gepilgert, und das is' auch 'n Eindruck, den ich eigentlich nie vergesse. Sie kennen vielleicht den Tiergarten, die Lunge Berlins, diesen wunderschönen Wald mit allen wunderschönen Bäumen und Seen und Anlagen und so weiter. Und das war – ich will nich' sagen, ein Schlachtfeld, aber es war ein so eindrucksvolles Bild: die ausgebrannten Bäume, die leer geschlagenen Flächen, wo die Berliner schon mal wieder 'n paar Kartoffeln angepflanzt hatten, aber vor allen Dingen die so genannte »Siegesallee« – da lagen die Köpfe rum von den Statuen der preußischen Könige und Generale. Hier lag mal 'n Arm, und da stand mal 'n Podest oder so. Und da zogen wir also lang mit unserm Wägelchen und unserem, tja... unserm Hunger und unserer ganzen Armut und all dem Elend. Und da kam mir ein Lied aus den Befreiungskriegen bei Napoleon in den Sinn, in dem es hieß: »Mit Mann und Ross und Wagen hat euch der Herr geschlagen.«

Gertrud Seydelmann: Ab Hansaring – also das ist die frühere mittelalterliche Stadtumwallung von Köln –, von da an war nichts mehr zu erkennen. Man hörte nur den Pfiff der Trümmerbahn von irgendwo her, die mit ihren – wie nennt man das: Loren? – den Schutt abtransportierten; nach Süden in den Stadtpark, in der Nähe des Stadions, wo der »Monte Klamotte« davon gebaut worden ist oder der »Adenauerberg«. Und dazwischen grüßten einander die Ruinen der Kirchen, die sonst überhaupt nicht miteinander zu kommunizieren waren: Kunibert, Maria Himmelfahrt, Andreasdom, Minoritenkirche. Die waren alle zueinander gerückt, als ob sie sich die Hand geben wollten. Alle kaputt, alle wie arme Schwestern aus einem ehemaligen vornehmen Hause, die ruiniert waren und auf die Trümmer ihres Besitzes guckten. Und es war keine Straße mehr zu erkennen, nur Ruinen, mal höher mit leeren Fensterhöhlen, mal völlig zusammengesackt, mal 'ne ganze Fassade, manchmal hing da noch'n Waschbecken in der Luft – werd' ich das nie vergessen. Ich bin dann zu meiner Freundin gegangen, der Grete Prenger, die wohnte auf der anderen Rheinseite, in Deutz. Das war erhalten geblieben. Und dann saßen wir da, wie im Frieden, auf einer hinreißenden großen Terrasse in Altbauräumen – klassizistisch –, und wo man früher den Blick auf die Stadt hatte, hatte man jetzt den Blick auf die Trümmer.

Gisela Stange. Gleich nach dem Kriegsende mussten wir morgens immer vor sieben Uhr vor dem Haus antreten, und jeder, der 'ne Schippe oder irgendetwas hatte, womit man was bewegen konnte, musste das mitbringen. Es gab ja damals noch diese Hausobleute. Wir hatten ja in jedem Block solche Blockwarts, und danach gab's in jedem Haus einen, der Hausobmann war. Und nun war das natürlich keiner mehr, der der Partei, der NSDAP, angehörte, sondern irgendeiner, der entweder aus'm KZ gekommen war oder der sagte, er sei früher Kommunist gewesen oder unbelastet. Und der sorgte dafür, dass um sieben Uhr angetreten wurde, und dann wurde auseinander dividiert: Wer is' Belasteter, war also bei den Nationalsozialisten, und die mussten als Erste ran und wurden für die schwerste Arbeit eingeteilt. Und dann kamen die anderen. Nun darf man nich' vergessen: Die meisten Männer waren ja in Gefangenschaft oder sind als Kriegsversehrte nach Hause gekommen. Es blieben eigentlich nur Frauen für diese schwere Arbeit übrig, und – wie das eben damals noch so war – leitende Funktionen wurden immer Männern anvertraut, nich? Man meinte, die könnten vielleicht besser organisieren. Ich weiß nicht, was für Vorstellungen man hatte. Und Frauen machten nun diese Arbeit. Nicht, weil se nun wieder aufbauen wollten, sondern weil's die Karte eins gab! Das war die beste Lebensmittelkarte. Da gab's also mehr Fett, da gab's auch mehr Fleisch – wenn's mal Fleisch gab – und anderes. Und diese Lebensmittel konnten das Überleben sichern.

Christa Gebel: Ich erinner' mich noch an die Ziegelei in Lochhausen, wo die Frauen diese schweren, dreckigen Ziegelsteine auf Loren heben mussten. Natürlich gab's da auch 'n Mann, aber der war dann der Vorarbeiter. Die Frauen war'n ja alle bloß Hilfsarbeiter, beispielsweise in 'ner Kerzenfabrik oder in 'ner Reinigung oder in 'ner Textilfabrik. Und es stank! Es gab ja noch keine Schutzgesetze, es gab keine Absaugvorrichtungen, es gab einfach nichts! Heute kann sich niemand vorstellen, dass ein Raum vom Klima her nicht so ist, dass das also einigermaßen arbeitszuträglich für den Menschen ist. Es gab halt nix, und es hat gestunken und geraucht und war dämpfig und heiß und feucht und dreckig. Ich erinnere mich sehr gut an einen der ersten großen Streiks in München – der Königsplatz war schwarz von Menschen! Und um was ging es? Es waren Männer, Frauen, Kinder, Angestellte, und ich denke, auch leitende Angestellte und Arbeiter. Es ging um die Aufhebung des Brotpreises von 50 Pfennigen. Und jeder wusste, wenn der Brotpreis mit 50 Pfennigen kippt, dann geht das Preisniveau schlagartig in die Höhe. Und da waren dann eigentlich die Frauen schon sehr erheblich engagiert, denn sie war'n ja auch diejenigen, die mit den bisschen Lebensmitteln versuchen mussten, die Familie zu ernähren.

Edith Badstübner: Wir haben die Raucherkarte verkauft, ja, denn man hatte ja Anspruch auf diese Raucherkarte. Dann gab es jeden Monat eine Flasche Schnaps, den ham wir auch verkauft – auf'm schwarzen Markt –, und dann sind wir jede Woche auf den Bauernhof meines Onkels gefahren und haben da Lebensmittel geholt und haben zusehen müssen, dass wir die durch die Kontrollen kriegten – des war'n ja sehr strenge Kontrollen auf den Bahnhöfen. Der Winter '46/47, der war so wahnsinnig kalt, und da sin' in Berlin 'ne Menge Leute erfroren.

Clara von Arnim: Meine Mutter hat Handschuhen, von denen sie noch sehr viele hatte, die Finger abgeschnitten, und die Handschuhe haben wir dann angezogen – und warum? Weil es so kalt war, dass man sich an den Türklinken, die aus Messing oder Metall waren, sonst sofort die Hände erfroren hätte. Oder: Ich hab' nachher in einem kleinen Laden als Verkäuferin gearbeitet, um ein bisschen Geld zu verdienen. Da musste man ja Geld zählen oder so, und dafür hat Mutter die Finger abgeschnitten, das weiß ich noch, weil das so grotesk ist, nich'? Und gekocht haben wir so: Wir haben beim Amerikaner – ganz heimlich in der Nacht – Kartoffelschalen aus den Mülleimern geholt, und davon hat Mutter 'ne Suppe gekocht und paar Kräuter aus ihrem an sich sehr schönen Blumengarten – Petersilie und so was – reingetan, und das war unsere Nahrung. Und für den Winter '45/46 bekamen wir pro Nase einen Zentner Kartoffeln. Die waren aber faul, also, wir hatten eben eigentlich – sozusagen – nichts.

Elfriede Stolpe: Dann sind wir Rüben stehlen gegangen, Futterrüben, und die hab'n wir im Waschkessel eingekocht und aus den eingekochten Rüben dann Schnaps destilliert. Das war strengstens verboten, und mir mussten alles verrammeln – weil, des roch ja ziemlich stark –, und den Schnaps hab'n wir dann abg'füllt und wieder bei den Bauern verhamstert, und dafür kriegt' ma dann mal wieder bissl Mehl oder paar Eier.

Gisela Stange: Die Schwarzmarktzeit haben wir in Berlin an großen Plätzen erlebt, und zwar am Alexanderplatz, am Potsdamer Platz – immer da, wo man mit Verkehrsmitteln schnell hinkam und zur Not auch schnell wieder wegkam. Durch die U-Bahn oder Ähnliches. Und in dieser Zeit haben wir also viel gehandelt, das heißt: Auch während meiner Schulzeit sind wir hamstern gefahr'n. Also: außen an den Wagen angeklammert, obwohl ma' 'ne Fahrkarte hatte, weil nämlich nich' so viel Züge fuhren. Es gab da übrigens eine schöne Umdichtung des – ich weiß nich', ob das heute noch jeder kennt – des »Chattanooga Choo-Choo«, diesen Song gibt's ja auch auf Deutsch, und der fängt so an: »Morgens fährt der Zug an der Tabbertstraße vorbei, mittags is' die Einfahrt Halensee noch nich' frei, nachts in Wusterhausen lässte dich entlausen und verlierst den Koffer noch dabei. So fährt man heut' von Großberlin bis nach Kötzschenbroda hin, und dann und wann kommt man vielleicht auch mal an.« – Also, den Humor hatten die Berliner nich' verloren.

Clara von Arnim: Ich weiß noch genau, wie meine Mutter, die natürlich eine Frau des vorigen Jahrhunderts und eine absolute Dame war, sich mal sehr empört hat: Da hat's mal furchtbar geregnet, und dann sind meine Kinder, die ja sieben, zehn und vier und drei war'n, rausgelaufen und hab'n so richtig in den Pfützen gebatscht. Das kann man so versteh'n, dass Kinder so was machen, und meine Mutter war entsetzt und sagte: »Wie kannst du dich darüber freu'n? Wie kannst du das erlauben, die ham doch nichts anzuziehen!« Natürlich hatten se nichts, aber schließlich und letztlich warn's ja Kinder, und ihnen nun jede Freude zu verbieten, das hab' ich nicht gemacht.

Hubert Körner: Nun, meine Mama war schwermütig. Durch die Kriegsereignisse hatte sie ja '43 meine Schwester verloren, '44 meinen Zwillingsbruder, '45 meinen Papa – und dann wurde sie noch ausgebombt. Meine Mama war dann immer so ... still, und ... da wir ja immer so streng katholisch waren, fiel mir auf, dass meine Mama plötzlich versucht hat, mich aus der Kirche rauszuhalten. Warum? Die war so mitgenommen, die glaubte das nich' mehr. Und ich hab' das nich' begriffen ... wie ich aus Gefangenschaft kam, hab' ich das nich' begriffen, dass meine Mama so schwermütig is'. Ich hatte 'n Brett vor'm Kopf. Bis nachher die Polizei kam und die Sachen von meiner Mama gebracht hat – die waren gefunden worden, an der Ruhr. Tja, und da wusst' ma ja, was los war: Meine Mutter hat sich umgebracht, die is' ins Wasser gegangen.

Edith Badstübner: Als wir zurückkamen nach Berlin, saßen drei Damen in unserer Wohnung. Jede hatte ein Zimmer, und ein Zimmer hatte man für uns vorgesehen. Wir hatten also vorher schon geschrieben, eh' wir kamen, und unsre Portierfrau, die also mit meiner Mutter sehr gut stand, die hat dafür gesorgt, dass ein Zimmer schon frei gemacht war. Und dann hab' ich also längere Zeit mit meiner Mutter in einem Zimmer unserer Wohnung gewohnt, und die drei Damen waren da noch drin. Ja, des war auch sehr unangenehm.

Christa Gebel: Wir kamen dann also auch in eine Wohnung, die einer älteren Dame gehörte, die uns aufnehmen musste. Aber das war 'ne sehr schwierige Situation, denn, äh … sie hatte ihre beiden Söhne im Krieg verloren, ihr Mann war sowieso schon gestorben gewesen. Sie fand also, dass wir eigentlich unendlich glücklich sein müssen – was natürlich letztendlich auch stimmte –, da wir alle lebten. Sie hatte zwar eine Fünf- oder Sechszimmerwohnung, so eine herrschaftliche, gutbürgerliche, aber sie lief dort eigentlich wie so ein Geist herum. Sie war sicherlich keine böse Frau, auch wenn sie uns damals ungeheuer zu schaffen gemacht hat, vor allen Dingen meiner Mutter, denn ein bisschen war bei dieser Dame schon so der Eindruck: »Wer sind denn diese Leute, die da kommen und gar nichts haben?« Man *hat* eigentlich was, und es war einfach diese irreale Situation, dass der, der noch etwas hatte, trotzdem diejenigen mit Vorbehalten betrachtet hat, die so gar nichts mehr hatten. Und wir hatten ja nu' wirklich nichts. Zwei oder drei Koffer im Keller, des war also 'n bisschen Kleidung, aber mehr auch nicht. Und man muss natürlich … ich betrachte es heute natürlich anders als damals; damals war ich sehr ärgerlich und habe mich mit dieser Dame auch herumgestritten, denn sie konnte eigentlich zum Beispiel gar keinen Topf abgeben. Man muss aber natürlich versteh'n: Zu früheren Zeiten war eigentlich in jedem Haushalt, egal ob Arbeiter- oder bürgerlicher Haushalt, nicht ein Topf für alles zuständig, sondern das eine war der Milchtopf, und das and're war der Suppentopf, und der and're war der Kartoffeltopf, und ma' kochte eben nich' die Kartoffeln im Milchtopf und so weiter. Also, nachträglich … damals dachte ich also, dass is' eine böse Frau, aber heute denke ich, das war eigentlich das Einzige, was sie noch hatte, ja: ihre … ihre Ordnung.

Elfriede Stolpe: Eine solche Einquartierung kam bei uns noch in Kriegszeiten. Und zwar war das eine Frau aus Schlesien, und mei' Mutter war da natürlich nicht sehr begeistert. Na sagte die immer:

»Frau Kerscher, kennen's uns a Töppele geb'n, woll'n wir a Gemiese mach'n.« Und dann hat's an Kanonenofen im Zimmer aufg'stellt und hat des Rohr zum Fenster raus, und des hat des ästhetische Empfinden meiner Mutter sehr gestört. Und Kartoffeln hat's in der Toilette gewaschen, und dann is' ihr a Kartoffel da 'nunterg'saust, und dann war's Klo wieder verstopft. Und dann kriegten wir zusätzlich noch vier Leute aus Königsberg einquartiert – also, wir war'n dann voll bis unters Dach. Weil in ei'm Einfamilienhaus is' ma' ned eingerichtet auf so viele Menschen, ned? Da musst' ma' einteilen: Wann konnte wer ins Bad? Wann konnte wer ins Waschhaus? Und dann sind einigen wieder – wenn sie die Asche runterg'räumt hab'n – die Kohlen auf die Holztreppe g'fallen, dann war da wieder a braunes Loch reingebrannt, und... und... Aber des ging alles. Nur mit diesen zwei Oberschlesiern war's schwer: Die war'n so renitent. Die ham dann glei' mit'm Stock zug'schlag'n, irgendwo an die Wand hingedonnert oder aufs Treppengeländer und hab'n furchtbar g'schrien, und da war mei' Mutter also sehr verschüchtert, und es ging lange Zeit, dass die no' im Hause war'n. Und mei' Mutter konnt' sich eben dann nur retten, dass 's a bissl angebaut hat, dass ma allmählich mehr Platz hatten.

Christa Gebel: Dann kam ich nach Allach raus – nach »Allach 2« –, und in Dachau gab es so genannte Durchgangslager. Das waren also Flüchtlingslager, in denen die Züge mit Flüchtlingen eine Zwischenstation hatten. Dort wurden Schwerkranke und ganz alte, gebrechliche Menschen und Kleinkinder herausgenommen, die wurden dann also gesondert versorgt, und ansonsten blieben die Leute eine oder zwei Nächte in sehr primitiven Lagern und kamen dann in die Landkreise, bis die eben schrien: »Wir können nichts mehr aufnehmen!« Und dann wurde dieses Lager ein ständiges Lager, und das war natürlich eigentlich eine ganz fürchterliche Zeit, das heißt also: Das Lager war für 900 Personen – Durchgang – konzipiert worden, und wir hatten dann den Winter über 2000 Personen – ständig. Wir hatten natürlich auch überhaupt nichts, was wir den Leuten geben konnten. Und dann weiß ich noch – des sind so Erlebnisse, die ma' wahrscheinlich überhaupt nie vergisst –, dann hatt' ich einen Termin beim Flüchtlingskommissar, und da gab's ein paar graue Pullover, und ich bekam – glaub' ich – fünf Stück. Denn inzwischen war'n auch Russland-Heimkehrer gekommen mit Tuberkulose – offener Tuberkulose! Die Frauen kamen mit Babys, die in Zeitungspapier gewickelt waren. Das sind alles gar keine Märchen! Wenn jemand so etwas von damals liest – das war so! Und ich hatte diese Pullover mit irgendjemandem ins Lager geschickt, weil ich noch was in der Stadt zu tun hatte, und als ich ins Lager kam, sah ich den Lagerleiter und den Verpflegungsleiter in diesen Pullovern rumrennen. Ich hätt' sie beinah' erwürgt! Nun muss man natürlich dazu sagen: Das war'n auch keine schlechten Menschen, aber ... sie wollten auch mal'n Pullover. Aber sie hatten schon einen, und die andern hatten gar keinen!

Stefan Schoblocher: Wenn ich an diese Zeit zurückdenke, dann is' natürlich immer auch das Gefühl da, dass ich mir sage, dass bei mir 'n gewisser Neid war. Neid eigentlich auf die Kinder, die nicht vertrieben worden waren, die 'n eigenes Zimmer hatten, die Bücher hatten, die vieles hatten, was ich eben nicht besaß, weil das in Ungarn zurückgeblieben war. Da ich mich in der Schule zunächst nicht wohl fühlte, war ich froh, dass meine Großmutter am ersten oder zweiten Wochenende, das wir in der neuen Stadt verbrachten, mir vorschlug, sie könnte doch mit mir mal 'n Stückchen spazieren gehen und die Stadt erkunden. Wir folgten dann den Straßenbahnschienen und kamen in einen Vorort, der sehr viel Grün aufwies und wo in den Gärten eben Häuser und Villen standen. Ich war davon sehr beeindruckt, und die Häuser, die ich dort sah, gefielen mir zum Teil noch besser als das Haus, das wir in Ungarn zurücklassen mussten. Und nun erschien mir diese Kluft zu dem Zimmer, in dem wir zu viert wohnten, natürlich noch viel größer. Aber noch mehr beeindruckt war ich, als ich an einem Haus vorbeikam, aus dem Stimmengewirr klang und Lachen, sodass ich dort stehen blieb – eine Hecke war davor, und ich guckte durch –, und da sah ich, dass Kinder immer wieder in ein Bassin sprangen und wie das Wasser sprühte und wie das glitzerte, und vor allen Dingen aber gefiel mir, dass diese Kinder da miteinander spielten. Ich ließ mich nur schwer von meiner Großmutter wieder mit nach Hause nehmen und schlief in der Nacht schlecht; und am nächsten Morgen – das war ein Sonntag –, da machte ich mich alleine auf und suchte das Haus wieder. Und als ich an die Hecke kam, da war innen alles noch verwaist – und ich begreife heute noch nicht, was mich getrieben hat: Jedenfalls kroch ich durch eine Lücke in dieser Hecke und – sie ging hin bis zu diesem Bassin – und setzte mich dort hin und dachte: »Nun kommt vielleicht das Mädchen.« Und mit dem Mädchen hatte es noch einen besonderen Grund: Das hatte lange blonde Haare, und aus der Ferne hatte es mich an ein Mädchen erinnert, dass ich aus dem Dorf in Ungarn kannte, nämlich die Tochter der Nachbarn. Und als ich da so saß, hörte ich plötzlich Schritte, und ich blickte mich um, und ich sah jetzt das Mädchen, und aus der Nähe merkte ich: Es sah natürlich dem Mädchen aus Ungarn gar nicht ähnlich oder kaum. Aber ich dachte: Sie wird trotzdem gleich lachen und mit mir spielen, wie sie das mit den ander'n Kindern getan hatte. Aber sie spielte nicht mit mir, sondern sie rief ihren Hund herbei, und sie rief: »Fass, Ringo, fass!« Und Ringo wollte wirklich fassen, und erst dacht' ich, es sei nur Spaß, aber dann merkt' ich: Es ist ernst. Und als ich flüchten wollte, kam der Hund hinter mir hergerannt, und ich stolperte. Er stürzte sich über mich, er machte mir zwar nichts, aber ich erinnere mich noch an diesen hechelnden Hundeatem, und ich hörte dann eine andere Stimme, und diese Stimme rief dann eben, dass der Hund zurückkommen sollte. »Platz!«, rief die Stimme, »Platz, Ringo, Platz!« Das war die Mutter, und ich rappelte mich auf, und ich sah die Mutter da steh'n, und sie sah mich an, und sie sagte zu mir – und diese Worte werd' ich nie vergessen –, sie sagte: »Komm' ja nicht wieder!« Und da wurde mir deutlicher als vorher, dass ich eigentlich in diesem Land zunächst erst mal nicht willkommen war, in jenem Land, von dem ich wusste, dass meine Vorfahren irgendwann aufgebrochen waren, um in Ungarn zu siedeln.

Lilly Wagner: Wenn sich meine Schwiegermutter um Milch angestellt hat, da musste sie ganz hinten anstehen, und dann hat's g'heiß'n: »Für Flüchtlinge ist nichts mehr da!« Also konnte sie wieder ohne Milch nach Hause geh'n.

Waltraud Glitscher: Und dann mussten wir in die Schule. Und die Schule war fünf Kilometer weg in Lalling. Und wir waren ja Flüchtlinge, wir waren evangelisch, und wir waren »Preußen«. Und wir ham das immer im Ohr gehabt: »Unser Kleidl is' blauweiß, unser Feind, das is' der Preiß'«, ham's uns immer g'sagt, oder: »Ihr Saupreiß'n!«, gell, und »Was wollt ihr hier?« Und da hat die Mama einmal gesagt, wir sind ja weinend nach Hause gekommen, und da sagt' se: »Weißte was, dann sagste einfach ›Saubayern‹, wenn se euch nich' in Ruhe lassen.« Und dann weiß ich, da war einer aus Breslau, ein Junge, der war bisschen größer. Wir ham uns so immer zusammengeschart; erstens mal hatten wir Angst, zweitens mal wurden wir von denen auch angegriffen... wir wurden direkt angegriffen. Die hab'n uns da auch in die Kirche nicht reingelassen und so weiter. Und dann hat der Junge aus Breslau gesagt: »Brauchst keine Angst zu haben, wir verteidigen euch, wir Jungs.« Uns Mädchen, gell? Und wir hatten ja auch keine Bücher, wir hatten ja gar nichts, wir hatten gar nichts. Und dann mussten die Bücher geteilt werden. Diese Bücher, die sie dort hatten, sollten wir uns dann von den Einheimischen ausleihen. Und da weiß ich: Da hatten wir Rechenaufgaben auf, und ich sollt' mir das Buch im Nachbarort von einem Mädchen holen. Wir zwei sollten uns das teilen. Und dies war eine Tochter vom Bürgermeister von Euschersfurt. Und da bin ich hingegangen – das seh' ich heute noch vor mir – und wollte mir das Buch holen, damit ich auch meine Schularbeiten machen kann, und da hat der Vater zu mir gesagt: »Ein Saupreiß' kriegt kein Buch von uns!« Das is' wahr. Und dann bin ich weinend nach Hause und hab' g'sagt: »Mama, ich kann keine Aufgaben machen, ich krieg' das Buch nicht. Die gibt uns das nich'.«

Stefan Schoblocher: Es war eine Aversion, die sicherlich damit zusammenhing, dass man die Leute, die in der Stadt hinzukamen, oder Schüler, die in Klassen kamen, die dann plötzlich überfüllt waren, zunächst nicht mochte. Ich bekam diese Rivalität in der Klasse auch zu spüren – und wer weiß, wie's mir ergangen wäre, wenn es dort nicht mehr Vertriebene gegeben hätte, die schon länger in der Klasse waren. Es ist Zufall, dass es so war, aber einer von denen, die dann schnell meine Freunde wurden, stammte aus Schlesien, ein and'rer aus Ostpreußen und ein and'rer aus'm Sudetengebiet; und ich kam also als Vierter dazu, und zu viert sah das schon etwas anders aus. Wir konnten uns da besser verteidigen, als wenn sich jeder einzeln verteidigt hätte. Trotzdem kam es zu einem schlimmen Geschehen: Man lockte uns zum angeblichen Geländespiel in ein Gelände in der Nähe der Stadt, wo sehr dichtes Buschwerk war, wo es auch eine Art Steinbruch gab, und als wir unten auf dem Weg vorbeigingen, hörten wir plötzlich ein Summen in der Luft, und dann schlugen Steine auf, und einer von uns wurde getroffen und schrie auf, und wir merkten plötzlich, was los war: Oben in diesem Steinbruch kauerten unsre Klassenkameraden, und sie schossen auf uns mit Katapulten – also mit Kieselsteinen aus diesen Katapulten heraus –, und es kam dann zu einer regelrechten Katapultschlacht. Ich weiß nicht, wie die ausgegangen wäre, wenn da nicht wieder ein Zufall das vielleicht noch zum Guten gefügt hätte. Es trat dann, nachdem schon einige von uns getroffen waren, eine Art Gefechtspause ein, und als dann wieder der erste oder der zweite Schuss fiel, sahen wir plötzlich, wie aus dem Flug heraus eine Wildtaube heruntertrudelte. Sie muss also von dem ersten Schuss schwer getroffen worden sein, sie fiel also herab, man sah Federn fliegen, und man sah, wie die Taube sich zwar am Boden bewegte, zuckte, aber nicht mehr hochkam. Und dann geschah etwas, was ich nicht erwartet hätte: Der Anführer der anderen – der Einheimischen eigentlich –, der rannte herunter, wir schossen nicht, wir gingen auch hinunter, und wir sahen, wie er die Taube in die Hand nahm, und er hielt sie in der Hand, und sie… sie zuckte in seiner Hand, und er wurde ganz blass, und er sagte: »Mein Gott, sie stirbt, kann man denn überhaupt nichts tun?« An diesem Punkt haben – glaube ich – durch den Tod dieser Taube, die ja vollkommen schuldlos starb, aber uns vielleicht Schlimmeres erspart hat, von diesem Punkt an wurden die Kämpfe – möcht' ich sagen – etwas feinsinniger geführt, aber vielleicht nich' ungefährlicher. Diese Auseinandersetzungen gingen eben weiter. Das war eine Sache, die sich sicherlich noch bis 1948/49 hinzog, und die Auseinandersetzungen gewannen eigentlich nur eine andere Dimension.

Renate Klingelhöfer: Wir waren Menschen zweiten Grades. Es ist dann so, dass man bestrebt is', etwas zu erreichen, um zu beweisen, dass wir eben nicht Menschen zweiten Grades sind. Oder auch dieses... dieses Zuhause, ja, dieses Wohnen, das war für uns so wichtig nachher, um etwas zu haben, was uns gehört, von wo man uns nicht mehr vertreiben konnte. Und ich kann mich noch sehr gut erinnern: Das meiste, was wir gespielt haben, war – Wohnung.

Waltraud Glitscher: Wir ham ja dann eine Schulspeisung bekommen, weil wir ja auch nichts zu essen hatten, und wir waren ja unterernährt. Ich speziell war auch sehr unterernährt. Und dann wurde ja von den Amerikanern diese Schulspeisung für unterernährte Kinder zur Verfügung gestellt oder für gefährdete Kinder auch. Es gab ja nach dem Krieg viel Tuberkulose, gell? Das war '46/47, und mit den Care-Paketen, das muss dann so '47/48 gewesen sein. Und da weiß ich: Da ham wir das Paket ausgepackt, und da war für jeden etwas dabei – für Groß und Klein. Und für mich war so ein schöner karierter Mantel, aus Wolle wahrscheinlich, und ein Kostüm dabei. Da hab' ich auch noch Bilder – so ein hübsches rotes Kostümchen und ein Hut, ein brauner Hut, weiß ich noch.

Christa Gebel: Was ich bei den Amerikanern also auch sehr erstaunlich gefunden habe: Sie hatten bei der Militärregierung sehr früh eine »Frauenbeauftragte« dabei, und das hatten sie wohl, glaub' ich, sehr richtig erkannt, dass die Frauen also doch auch in der Kindererziehung – und somit in der Beeinflussung der allgemeinen Meinung – ein wichtiges Wort mitzureden hatten. Bei uns war ja nach dem Krieg einige Zeit lang so ein Übergang: Ja, wie soll'n die Frauen denn nun sein? Da muss man jetzt dazu sagen, das »Dritte Reich« hatte das deutsche Mädchen zur deutschen Frau erzogen, die eigentlich gar niemand war und auch nicht sein durfte. Das deutsche Mädchen hatte zu lernen, sich anzupassen, sich zurückzuhalten, nicht in den Vordergrund zu treten, sehr einfach gekleidet zu sein – damals gab's diese Gretchenfrisuren, also so Zöpfe, die ma' am Kopf herum feststeckt –, und es hatte eigentlich immer so einfache Kleidung zu tragen. Und das Ziel war, dem Staat, seinem Volk, durch viele Kinder zu dienen. Das heißt also: Verantwortung zu übernehmen – das alles war ja nicht gefragt. Es war gefragt, zu gehorchen und sich anzupassen und seinem Volk und seinem Staat zu dienen. Das sind also Bilder, die man den Mädchen anerzogen hat und die natürlich jetzt irgendwo abgelegt werden mussten. Aber welches Bild der Frau sollte denn jetzt eigentlich entstehen? Und, es war ja auch in der Nachkriegszeit so: Was hatte man denn anzuziehen? Ich erinner' mich noch sehr gut an mein erstes Kleid – es war schwarz-rot, Pepita, mit einem Glockenrock und einem weißen Krägelchen, und das war, glaub' ich, fünf Jahre lang mein Super-Sonntags-Staats- und -Ausgehkleid. Man muss natürlich auch sehen: Die Frauen hab'n sich im Krieg nicht freiwillig in die Positionen der Männer gemeldet, sondern sie wurden dienstverpflichtet, ob sie das wollten oder nicht. Sie mussten jede Arbeit tun, ja! Und jetzt ist dieser Krieg zu Ende. Was denn jetzt? Welche Rolle soll'n sie denn jetzt spielen? Sie mussten für die Familien die gesamte Versorgung übernehmen, sie mussten die Kinder allein erziehen. Die Flüchtlinge hatten keine Männer dabei, sondern nur den alten Opa, der noch zu versorgen war, aber keine Hilfe war. Das heißt, die Frau wurde in eine Richtung gedrängt, die weit über das hinausging, was bis dahin – egal jetzt, in welcher gesellschaftlichen Schicht – das Bild der Frau war. Und dann war bei uns natürlich sehr leicht die Vorstellung vorhanden, dass man vielleicht ein bisschen »männlich tendiert« sein sollte, so bisschen mit… also, als es die ersten Stoffe gab, da kamen dann Schneider, man trug Kostüme und Kurzhaarschnitt und so. Und wir dachten: Das gehört ein bisschen zum Sichdurchsetzen – so waren die ersten emanzipatorischen Entwicklungen. Und dann haben wir geseh'n, dass die Amerikaner sich auch durchsetzen wollen, aber dass sie dabei Frau bleiben – auch äußerlich. Und dann hab' ich mir das bei denen ein bisschen abgeschaut und hab' gedacht: Des probier' ich bei uns. Ich wollte das ins Bildungsprogramm der Gewerkschaften, das wir damals schon hatten, einführen, und, na ja, Lippenstift war im »Dritten Reich« auch ein verpöntes Etwas, das hätte ja zu sehr der Frau entsprochen, sie sollte ja dienen – aber ich hatte jedenfalls eine sehr gute Kosmetikerin gefunden, der ich also auch erklären konnte, um was es uns ging. Der Kurs hieß dann, glaub' ich, »Kosmetik für die Selbstpflege« oder so was Ähnliches. Und diese Kurse sind so eingeschlagen, und die hab'n wir dann natürlich mit Rednerschulung gekoppelt und mit Gewerkschaftskursen. Das heißt, wir haben einfach die Frau ein bisschen aufgebaut, um die Funktion überhaupt antreten zu können, die ihr die Gesellschaft zugedacht hat. Es gab dann – glaub' ich – diese Kurse zehn Jahre lang. Das hat den Frauen viel geholfen! Und inzwischen waren dann auch viele Frauen in leitende Stellungen gekommen, einfach aus diesem gehobenen Selbstbewusstsein heraus. Des war also eine eigentlich sehr erstaunliche Geschichte.

Lisette Spott: Die Amerikaner war'n ja bekannt – und sind's wohl auch heute noch – als sehr kinderlieb, und dadurch hab'n sich natürlich auch, erst mal über die Kinder, so Beziehungen und Freundschaften entwickelt, und natürlich, das so genannte deutsche »Frollein« hat das auch sehr schnell begriffen, dass man Nylons und Zigaretten und Kaffee und die schönsten Sachen dieser Welt kriegen konnte. Und es war schon so, was man dann auch beobachtet hat, dass viele Mädchen den Amis mit Blumensträußen entgegengelaufen sind. Also, in kürzester Zeit haben sich da Freundschaften und Verbindungen und Liebschaften aufgemacht. Und diese Mädchen und diese Frauen waren natürlich nicht geachtet und nicht geehrt von der deutschen Bevölkerung – überhaupt nicht. Man hat sich immer etwas distanziert: »Da! Auch so 'ne… so 'ne Ami-Schickse!«

Madelon Bethke: Eines Tages, als wir uns verbeugten, brachten uns diese jungen Mädchen, die da immer die Türen öffneten, einen wunderbar großen Präsentkorb mit lauter amerikanischen Sachen drin. Zwei Stangen Zigaretten, Dosen mit Bohnen und Butter und Whiskey – also g'radezu ein Traum! In der damaligen Zeit! Und da stand drauf »Madelon Bethke«. Ich trat unter meinem Mädchennamen auf. Und dann war ein großes Kuvert beigefügt, und da stand drin: »Der schönsten Frau Europas«. Und das war natürlich 'n großes Hallo im Theater, und dann hab' ich – weiß ich genau – für die Zigarettenstangen erst mal auf'm schwarzen Markt für Thomas 'n Paar Schuhe gekauft und 'n Hemd, und für mich hab' ich 'ne Bluse gekauft – also, es war ein Segen, ganz wunderbar. Und dort war auch 'n Name drunter, den kannt' ich eh' nich'... irgendwas mit »Major« oder so... ich konnt' das eh' nich' entziffern. Ein paar Tage später hatt' ich schon wieder so'n Korb. Na ja, das machte natürlich die Runde, und ich war der König von Siam – im Theater. Und dann kam der Direktor von dem Theater auf mich zu und sagte: »Also, weißte, Madelon, da hat mich doch so'n amerikanischer, äh... Offizier angerufen, der hat dir geschrieben.« Ich sag': »Mir hat keiner geschrieben.« »Doch«, sagt er, »der hat dir doch so 'ne Körbe... das is' der, der dir immer diese Körbe ...« »Och«, sag' ich: »Ja und, was wollte der?« »Ja, der wollte dich gerne kennen lernen. Und der hat uns beide eingeladen.« Und da hab' ich gesagt: »Nein, das mach' ich nich', das mach' ich nich' ...« Langer Rede Sinn: Es wurde natürlich so gemacht. Immer wieder kam noch mal 'n Briefchen und 'ne Flasche Whiskey, und da hab' ich gedacht: »Der denkt wohl, ich saufe gerne.« Also, und dann kam der Direktor und sagte: »Nu' stell' dich mal nich' so an, Mensch, das is' für uns sehr gut! Ich hab' nämlich rausgekriegt, dass der so'n Offizier is', der viel Theatersachen genehmigt und so was, nich'? Also, da müssen wir schon aus diesen Gründen hin.« Und das hat ma ja nu' eingeleuchtet, und ich hab' gedacht: »Na ja, is' gut.« Und dann war 'ne Aufregung. Dann ging das durchs ganze Ensemble: »Mensch, die Bethke, die fährt heute Abend irgendwo nach Wannsee.« Und da wurde beraten, wie ich mich jetzt zurechtzumachen habe. Dann ham se gesagt: »Wir leih'n dir was zum Anziehen.« Und da hatte ich mich dann entschlossen, nein, ich mach' es so, wie ich wirklich bin. Ich hab' gedacht, na ja, »dann hat der eh' genug«. Und so war's denn auch. Ich sah im täglichen Leben ja nach nix aus, aber mich kann man... ich hab' 'n Gesicht, mich kann man gut zurechtmachen. Ich hab' mich normalerweise im damaligen Leben kaum zurechtgemacht, nee, also, ich hab' mich abgeschminkt, hab' mir vielleicht die Lippen 'n klein's bisschen... und ansonsten so, wie der Gott mich geschaffen hat – und das war nich' so dolle. Ich hab' also meine schöne feldgraue Uniform angezogen, und dann stand – das is' 'ne wahre Geschichte, wirklich! – am Bühneneingang ein weißer Buick, das war so'n amerikanisches Auto, also 's Allerfeinste, was es gab damals, mit roten Ledersesseln drin, und da saß 'n Schwarzer als Chauffeur, und Gott sei Dank hatt' ich ja unsern Direktor mit. Ah, ich muss ganz ehrlich sag'n: Mir is' 'n bisschen... die Spucke blieb mir 'n bisschen weg, und ich war... oh, mir war ganz komisch. »Bah«, hab' ich gedacht, »das wird ja jetzt furchtbar.« Und dann sind wir nach Wannsee raus und... natürlich in 'ner Villa, wie die da alle eben so fein hausten – riesenerleuchtetes Haus –, und man sah, dass da viele Menschen drin war'n. Und da ging so 'ne Freitreppe da 'rauf in das Haus, äh... furchtbar, wenn ich daran denke. Und ich steige aus, und da seh' ich, wie ein Ami, ein amerikanischer Mann in Uniform, die Treppen da herunterkommt, und dann kam der ran an mich und sagte ganz erstaunt in so gebroch'nem Deutsch, ob ich die Frau Bethke bin. Na hab' ich g'sagt: »Ja.« Und da hab' ich schon gemerkt, dass der stutzte, dass der mich natürlich nich' erkannt hat, ne. Und dann gingen wir diese Treppen hoch, der hakte mich aber gleich so unter, hatte so'n festen Griff, so als wenn des des Normalste der Welt wär', und dann gingen wir die Treppen rauf', da wurd's ja nu' immer heller, und dann... ich guckte ganz stur g'radeaus, weil ich dachte, dann sieht er mich vielleicht nich'. Aber der war... der hatte eine ganz dolle Art, ganz doll... und da war'n nu' ganz viele Leute: amerikanische Offiziere mit ihren Frauen, und so'n Büfett, das hab' ich ja gleich erspäht, und dann sagte er ja auch, ich... wir sollten erst mal was essen und was trinken –

fand ich schon mal doll. Der hat natürlich gewusst, dass wir alle Kohldampf schieben! Ich hab' das auch in ganz vornehmer Manier gemacht, hab' mich da nicht draufgestürzt, sondern mich ganz als Dame geseh'n. Und dann stand der immer hinter mir... immer... immerzu... kam hinter mich, und dann nahm er mich mal weg und sagte, ich sollte ihm doch mal was erzählen von mir. Und das hab' ich dann frank und frei gemacht und habe ihm – also nur in Stichworten – bisschen von dem Schicksal erzählt, was ich grade durchlebt hätte, und dass ich jetz' anfangen würde, eben wieder 'n bisschen Fuß zu fassen und dass ich froh wäre, dass ich 'ne Arbeit hätte und dadurch auch die gute Karte da, diese Lebensmittelkarte, und auch für mein' Sohn... aber dass meine Wohnung, die frühere, ausgebombt wäre, dass ich keine Nachricht von meinem Mann hätte und dass... Familie alle weg... wüsste gar nicht, wo die alle leben und so... Und ich merkte, wie der darauf reagierte. Das war ganz doll, und dann konnt' ich natürlich auch ein bisschen meinen Berliner sarkastischen Humor ausspielen, nich... und ich sag': »Ich weiß, dass Sie jetzt dolle von mir enttäuscht sind!« Da hat er gefragt: »Warum?« »Ja«, sag' ich, »ich hab' ja doch meine schöne schwarze Perücke nich' auf und mein schönes hellblaues Tutu nicht an.« Und da hat er dann gesagt, dass ich ihm so aber lieber wäre, und das fand ich ganz toll. Und aus dieser, äh... Begegnung entwickelte sich 'ne richt'ge Liebe. Ich hab' mich sehr dagegen gewehrt am Anfang, weil ich mich moralisch sehr an den Vater meines... meiner Kinder gebunden fühlte und ich das irgendwie also fast als Verrat angesehen habe. Aber ich konnte mich dagegen nich' wehren, und dann, äh... hab' ich auch gedacht: »Nein, das mach' ich, das mach' ich, ich lasse mich darauf ein, das tut mir gut.« Und das hat mir sehr gut getan. Der hat rührend für den Thomas gesorgt, und uns ging es dann also ernährungsmäßig und seelisch so viel besser, und ich denke... ich habe das immer gedacht – und nicht, weil ich das so idealistisch gesehen habe, sondern weil ich's wirklich geglaubt habe –, dass das eigentlich der Mann meines Lebens gewesen wäre, weil wir uns wahnsinnig gut verstanden haben. Also, er wollte, dass ich unbedingt mit ihm nach Amerika zurückgehen sollte, und da hab' ich gesagt: »Des kann ich nich', das geht nich'. Und ich weiß nich', ob mein Mann noch lebt, und wenn er lebt und …« Ich hätte das auch moralisch irgendwie nich' hingekriegt. Also, das wär' mir also gar zu un… unmöglich erschienen.

Christiane Adam: Ich bin ein Jahr nach dem Krieg geboren, ein gutes Jahr danach, im Juli 1946. Meine Mutter war Ostpreußin. Sie war Flüchtling. Im September '45 kam sie nach Wiesbaden. Dort hat sie meinen Vater kennen gelernt, also den Mann, der dann mein Vater wurde, einen Amerikaner, also einen Besatzungssoldaten. Er war erst 22, meine Mutter dachte selbstverständlich an Abtreibung, obwohl das ihren moralischen Vorstellungen vollständig zuwider lief, aber sie… sie fand es ja schon selber sehr schlimm, dass sie mit einem Amerikaner ein Verhältnis hatte. Ihre Familie hat sie geächtet, weil sie von so 'm Ami ein Kind bekommen hat. Sie kam sich sehr alleine und verlassen vor und… und auch irgendwie schlecht, und sie hat den Kopf nicht hoch tragen können. Sie dachte, also, ich sei wirklich die Frucht der Sünde, und so hat sie sich wohl auch verhalten, und so wurde sie dann auch behandelt von den Zimmerwirtinnen: »Des is' eine Aminutte.«

Katharina Dietrich: Also, ich bin 1946 geboren, im Februar in Potsdam. Mein Vater is' mir eigentlich unbekannt. Meine Mutter is' von 'nem Russen vergewaltigt worden und, ähm… ja also, aber sie hat das eigentlich im Gegensatz zu vielen anderen Frauen, wo's sicherlich auch ganz schrecklich war, aber sehr – woll'n wir sagen – mit Abstand betrachtet. Sie hat das eben geseh'n: »So ist das in Kriegszeiten, das passiert fast allen Frauen.« Und sie hat sich auch nie geschämt dafür, und als sie merkte, dass sie schwanger war, hat sie gesagt: »So, jetzt bin ich grad noch jung, und ich wollte eigentlich viele Kinder, und ich hab' nur zwei …« Und sie war also nich' boshaft oder gemein und so – sie hat also einfach beschlossen, dass sie das Kind wollte, und sie sagte immer zu mir, ich wär' ihr Wunschkind gewesen. Und sie hat das auch nie bereut, und ich habe… ich muss sagen… was das betrifft auch niemals irgendwie was Schlechtes in meinem Leben darüber gehört. Ich hab' damit gar keine Probleme. Ich hab' schon mal nach meinem Vater gefragt, als ich klein war: »Wo ist denn mein Vater?«, weil irgendwie in der Siedlung, wo wir da wohnten in Potsdam, mal jemand zu mir gesagt hat: »Du bist 'n Russ'nkind.« Und da war ich ganz empört und bin ich nach Hause gegangen, hab' wohl gefragt: »Wer ist denn mein Vater?« und »Wo ist der denn?« Und da hat meine Mutter gesagt: »Ja, der is' in Russland.« Sie war ja noch verheiratet. Also, den Vater meiner Brüder, den kannte ich ja, des war'n ganz reizender Mann, den mochte ich sehr gerne, er mochte mich auch, aber ich wusste, dass es nich' mein Vater is'. Und dann war ich wieder zufrieden. »Gut, der is' in Russland« – und dann hab' ich nie wieder nachgefragt. Und dann hab' ich wohl noch mal später gefragt, da war ich schon elf, da hab' ich meine Mutter plötzlich auch mal gefragt: »Wer is' denn nun überhaupt mein Vater?« Und da hat sie gesagt: »Tja, den kenn' ich nich', und... also mit Sicherheit... es war wahrscheinlich 'n russischer Offizier«, und sie wüsste nichts über ihn, und mehr könnt' sie mir auch nich' sagen. Ja, und dann hab' ich plötzlich zu ihr gesagt: »Ach so, deswegen bin ich so musikalisch.« Also, mir is' auch nie irgendwie über Russen was Schlechtes erzählt worden, des wollt' ich damit mal ausdrücken. Also, die sind mir immer eigentlich als sehr freundlich, sehr kinderfreundlich, sehr lieb, eigentlich großzügig geschildert worden, und es is' mir nie als Schreckensbild, auch nich' als DDR-Besetzer oder irgendwie sonst was Unmögliches vorgekommen. Solche Wertungen gab es in unserer Familie überhaupt nicht, wie sowieso nie irgendetwas Fremdländisches je in irgendeiner Art und Weise als was Schlechtes dargestellt wurde – im Gegenteil. Also, wir waren also eigentlich immer Kosmopoliten, kann man sagen.

Christiane Adam: Mein Vater musste im März '46 wieder zurück nach Amerika, also per Schiff. Meine Mutter hat das als ein Verlassen gedeutet. Sie hat überhaupt nicht klar gesehen, dass er gar nichts dagegen machen konnte, aber es waren vor allem die Sprachschwierigkeiten. Sie glaubte ja auch, er sei Jude, und des war ihr sehr schlimm, weil sie war halt so erzogen, dass also Juden irgendwie was ganz Schreckliches sind – und ausgerechnet sie kriegt ein uneheliches Kind von einem Juden. Also, meine Mutter stellte sich vor, er lebt in Reichtum und in Freuden, und er lässt sie sitzen und tut nichts, um sie zu holen. Und das kann ja nur einen Grund haben: weil er und seine Familie jüdisch sind und ihm nicht erlauben, dass er ein deutsches Mädchen heiratet. Meine Mutter war und ist auch noch heute Antisemitin, obwohl sie selber des nicht so ausdrücken würde, sondern die Juden sind halt anders, gefährlich, hoch intelligent, dämonisch, können auch sehr charmant sein, aber sie sind drauf aus, die arischen Mädchen zu schänden, das is' ja wohl klar. Und sie – blonde, blauäugige junge Frau, arisch – wurde dann von so einem Übermenschen geschändet, von so einem Überjuden! Also, das konnte ja nur ein ganz besonderer Jude sein, dem das gelungen ist. Wenn er krummnasig, mit abstehenden Ohren und so gewesen wäre, hätte sie ihn ja erkennen können. Meine Oma mütterlicherseits, die hat sich geweigert, mich im Kinderwagen auszufahren oder auch mit mir in der Stadt rumzugehen, weil sie behauptete – das hab' ich selbst gehört, das weiß ich! –: »Nein, das Kind sieht so ausländisch aus, mit dem möcht' ich mich nicht zeigen.« – Da waren auch in der Nachbarschaft Flüchtlinge aus Polen – ich weiß nicht, Deutschpolen oder was auch immer… jedenfalls ich bin groß geworden mit… mit Ausdrücken wie: »Das Polackenweib hat schon wieder das und das gemacht«, und: »Die polnischen Jüdinnen, das sind zwar die schönsten Frauen, aber die sind die allerschlimmsten.« Meine Mutter hat nämlich den Rest der Welt als absolut feindlich empfunden, und sie hatte vor allem Angst, und sie hat nur schlecht über and're Leute geredet. Alle waren böse – die bösen Zimmerwirtinnen, die bösen Vermieter, die bösen Nachbarn, die bösen Kinder auf der Straße. Ich durfte nie erzählen, wie wir leben und überhaupt nichts, also ich sollte immer alles verheimlichen. Ich sollte verheimlichen, dass ich kein' Vater hatte, wenn wir wohin kamen. Ja, es ging nur da drum, was die Leute denken – immerzu.

Monika Held: Die ersten Erinnerungen sind das Alleineleben mit meiner Mutter, was wunderschön war, das kann ich nur im Nachhinein sagen. Bis irgendwann dieser kriegsgefangene Vater wieder einbrach in diese Gemeinschaft – und das vorher war 'ne tolle Zeit. Ich hab' in Erinnerung, dass meine Mutter mir sehr viel vorgelesen hat, dass sie mir alle Märchen, die ich hören wollte, abends, mittags, vorgelesen hat. Und ich hab' meine Mutter in dieser Zeit auch in Erinnerung als eine sehr lebendige und sehr warmherzige Frau – wir waren einfach 'n tolles Gespann. Hatt' ich das Gefühl. Die war so... so sehr... heute würde man sagen, »emanzipiert«; aber damals war sie einfach lebendig und ging arbeiten und ging organisieren, und wir gingen hinter Zügen her, ich durfte schon mit und durfte schon 'ne Kartoffel halten, wenn wir Kartoffeln gefunden haben. Und von daher hab' ich in dieser Phase nur schöne Erinnerungen an die Nachkriegszeit, und es änderte sich eben schlagartig, als mein Vater wieder da war.

Hildegard Dockal: Wir haben einmal durch einen Kameraden meines Mannes Nachricht bekommen, dass er lebt. Und dann kam erst diese Rote-Kreuz-Karte, und abends um zehn Uhr klingelte es dreimal an der Tür. Das war immer unser Zeichen gewesen. Und den Abend vorher hatte es auch dreimal geklingelt, und ich sause hin, reiß' die Tür auf, und 'n fremder Mann steht da. Und da bin ich also bloß an die Korridorwand gesunken, sag' ick: »Wie können Sie dreimal klingeln?« Und den nächsten Abend hab' ick natürlich die Tür nu' nich' aufgerissen, und da sagt 'ne Stimme hinter der Tür: »Willste mich nich' rein lassen?« Und dann war's mein Mann, und das war natürlich 'ne herzliche Begrüßung. Die Kleine, die war schon im Bettchen, die war nu' inzwischen fünf geworden, und wir geh'n an das Bettchen, und ich sage: »Vati is' da!« Und sie steht auf – ganz kerzengerade in ihrem Bettchen und sagt ihr Gedicht auf, was ich ihr gelernt hatte: »Mein lieber Vati, nun bist du daheim, kein Mensch kann glücklicher als wir nun sein. So lange ham wir gewartet und oft gedacht, was wohl jetzt unser Vati macht? Nun bist du bei uns und – nich' wahr –, nun bleibst du doch für immer da.« – Also, es gab ja so viele Fremde, und sie hat... sie konnte sich auf sein Gesicht nich' mehr entsinnen und steht gleich kerzengrade und sagt ihr Gedicht auf, gell? Und dann hat er ihr Blockschokolade mitgebracht, aus

Wien, und sie saß dann auf seinem Schoß und hat die Blockschokolade geknabbert.

Hans-Joachim Lemme: Als ich aus dem Kriege zurückkam, klingelte ich bei mir – wir hatten da 'ne Zugehfrau, und die hatten wir schon Jahre – und die machte die Tür auf, starrte etwas und schrie dann auf: »Mein Gott, Herr Lemme, Sie sind zurück!« »Ja«, sagt' ich, »ich bin zurück.« Na sag' ich: »Wo is' meine Frau?« »Ja, die arbeitet noch.« »Und meine Kinder?« »Ja, die sind oben im Haus.« Dann bin ich da raufgegangen in des Zimmer, und da standen da zwei kleine Mädchen, die waren damals zehn und elf, glaub' ich… Und dann sagt' ich zu der Größeren: »Ich nehme an, du bist Inge.« Die machte 'n Knicks, brav, und sagte: »Ja.« Und dann sagt' ich: »Und du bist Helga, nehm' ich an.« »Ja«, sagte die, und dann raffte sich die Inge auf und sagte: »Bist du unser Vater?« »Ja«, sagt' ich, »ich bin euer Vater.« Äh… des muss man sich so vorstellen: Man kommt nach Hause, da steh'n zwei fremde Mädchen, und dann stellt sich heraus, das sind die Töchter – das war sehr merkwürdig.

Madelon Bethke: In Friedberg hab'n wir ihn abgeholt, und da sah er eben aus, wie ein dem Tode Geweihter. In so 'ner alten, zerschlissenen Uniform mit so 'ner russischen Kappe auf'm Kopf und… so war'n wir die erste Nacht… war'n wir im Hotel und haben ganz lange mit'nander geredet. Es war eine unglaubliche Fremdheit zwischen uns. Und ich weiß, ich hatte damals rote Fingernägel, und mein Mann hatte dann auf diese roten Nägel geguckt und hat gesagt: »Ist das wieder so 'ne amerikanische Sitte, die hier ausgebrochen is'?« Der hatte ja nun 'n unheimlichen Hass gegen die Amerikaner, weil die ihn an die Russen ausgeliefert hatten, ne. Er vermutete natürlich, dass ich vielleicht 'n sehr lockeres Leben geführt hätte in der Zeit, wo er weg war. Ich hab' ihm da in den ersten Nächten, wo wir halt zusammen war'n, weder von dem Amerikaner noch von den Russen meine Erlebnisse erzählt. Wir war'n da zwei Nächte zusammen, und dann kam'n wir nach Frankfurt; und da is' er ja gleich in die Klinik gekommen, und da hab' ich ihn dann besucht, und da hat er mich eigentlich vergewaltigt. Im Krankenhaus. Überhaupt – die ganze Zeit hatte was von einer Vergewaltigung.

Gunnar Glitscher: Also, mein Eindruck war ja zuerst mal der sehr unschöne, dass die besoffenen Amisoldaten mit deutschen »Frolleins« auf der Behelfsbrücke in Heidelberg gingen, weil die eine ja zerstört worden war; und ich als Heimkehrer wusste überhaupt nicht, was für Sitten da sin', nicht wahr? Jedenfalls, ich ... 's war 'n breiter Trottoir, ne, und ich bin da nich' runter und bekam von dem Ami auf Deutsch gesagt 'n kräftigen Arschtritt, weil ich nich' runtergegangen war. Und da kam in mir zuerst einmal der Zorn hoch, und na hab' ich mir mal die deutschen Mädchen so angeguckt und hab' mir noch überlegt, wie des noch vor'n paar Jahren war, als se noch die BDM-Blusen anhatten. Wie so was eigentlich möglich is', das war eigentlich mein erster miserabler Eindruck. Dass Frauen und Mädchen, die man früher sogar so bissl angehimmelt hatte, dann auf einmal hier mit'n Amis loszogen, und irgendwie wurden se mir da auch 'n bissl zuwider.

Madelon Bethke: Das Wiedersehn mit seinem Sohn, das war auch eine ganz dramatische Geschichte. Der Thomas machte 'n Diener vor ihm, als er ihn sah, und fragte mich: »Wer is' denn das?« Und dann hab' ich gesagt: »Das is' dein Vater.« Das hat der Thomas gar nich' über die Lippen gebracht, der sagt': »Ich kenn' den doch gar nich'.« Und das is' zwischen dem Vater und dem Sohn ... nie zu einer wirklichen Zuneigung gekommen. Der Vater hat den Thomas eigentlich immer abgelehnt, und der Thomas hat um die Liebe zu seinem Vater dann später sehr gerungen, als Kind. Und der fing dann an ins Bett zu machen. Dann fingen diese Geschichten an, ne.

Monika Held: Ich kann mich daran erinnern, dass plötzlich ein fremder Mann in die Wohnung kam. Danach änderte sich alles. Meine Mutter gab fast alles auf. Ich hab' in Erinnerung, sie is' nich' mehr so lebendig gewesen. Sie hat vor allen Dingen mich aufgegeben – das hab' ich ihr am meisten übel genommen. Und mein Vater bekam die ganze Aufmerksamkeit und Liebe von ihr, weil er ja mit Tuberkulose zurückgekommen war und keine Ahnung von Kindern hatte. Ich glaube, ich war das Kind, das er sowieso nicht kannte und das ihn nervte. Und meine Mutter wurde mir immer fremder. Also: Wir machten keine schönen Sachen mehr zusammen. Und dann setzte es einfach ein – aus Nervosität, denk' ich heute –, dass ich geschlagen wurde; und was ich meiner Mutter übel nehme, ist, dass sie das nicht verhindert hat.

Josef Selmayr: Gut, ich meine, meine Frau war also nun zehn Jahre selbstständig und musste plötzlich also auch wieder – möchte mal sagen – auf den Posten des zweiten Offiziers zurücktreten, was ihr 'n bisschen schwer gefallen is'. Dann hat sie 'n paar Bekannte gehabt in etwas nobler Gesellschaft, in etwas neureicher Gesellschaft, die mir nicht gepasst haben, die wir dann langsam abbauen mussten. Ja, die alten Freundschaften wurden wieder erneuert, und jedenfalls nach etwa einem Jahr war die See wieder spiegelglatt.

Madelon Bethke: Wir hatten sehr wenig Geld, und der Mann war also noch sehr rekonvaleszierend, und wir kriegten unsere Beziehung gar nich' auf die Reihe. Ich weiß, dass es unendlich vielen Frauen so erging, wenn die Männer dann jahrelang in Gefangenschaft waren, die ihr grausiges Dasein auch hatten und nach Hause kamen und dann plötzlich so den »Obermacker« da rauskehrten. Und dann die Fünfzigerjahre – diese Moral, die ja uns … In jedem Film – in jedem Heimatfilm – wurde uns diese Moral doch vorgespielt. Natürlich verinnerlichte man das. Mensch, ich war damals 'ne Frau von 25, 26! Also, diese doppelte Moral, die man so um die Jahrhundertwende schon kannte: Ja, die Männer durften durchaus ins Séparée und in die Bordelle gehen, aber – um Gottes willen – darüber darf nicht gesprochen werden. Das war in den Fünfzigerjahren also noch mal ganz stark.

Christa Gebel: Also, was man schon überhaupt nicht konnte: einfach zusammenleben. Ja! Ich meine, wenn heute zwei Menschen eine Wohnung suchen, dann müssen sie also ihre Einkommensverhältnisse nachweisen, das ist aber auch das einzige Kriterium. Das war natürlich damals völlig anders. Wenn Sie im Hotel übernachtet haben, dann mussten Sie sich ja noch anmelden, so mit Pass und allem, und die Polizei hatte absolut das Recht, Razzia zu halten, ob da also nicht Zimmer anders vergeben oder anders belegt sind. Denn der Hotelier hatte den Paragraphen der Kuppelei zu beachten. Auch der Reiseveranstalter machte sich der Kuppelei strafbar, wenn er zwei nicht verheirateten Menschen zusammen ein Zimmer gegeben hat.

Madelon Bethke: Mein Schwager hatte eine Sekretärin, Fräulein Kerber. Und die hat mir dann immer ihre Geschichten erzählt, ihre Liebesdramen, die se immer ma' erlebt hatte... und nich'... und doch... ja und nein... und was mein Schwager wieder Unrecht mit ihr getan hatte und so was alles. Gut. Eines Tages kam se und erzählte se mir, dass sie schwanger wäre von einem Mann, den sie an einem Abend in irgend'ner Kneipe hat kennen gelernt. Und zwischen Tür und Angel is' es passiert – und sie wüsste noch nich' mal den Namen, und das ginge ja nu' so überhaupt nich'. Sie müsste das Kind abtreiben, und ob ich ihr nich' helfen könnte. Also – keiner durfte was 'von wissen! Es war immer noch absolut ein ungeschriebenes Gesetz. Das war verboten und – ich weiß nich' – diskriminierend wie sonst was. Und ich kannte damals die Schwester eines damaligen Kollegen, die war in Frankfurt am Theater engagiert – und ich hatte sie kennen gelernt. Meiner Familie hätt' ich nich' mit solchen Sachen kommen können... und da hab' ich die natürlich angerufen. »Ja, da hör' ich mich mal um, da gibt's bestimmt irgendwas. Ich hab' schon mal so was läuten hören.« Langer Rede Sinn: Die hatte dann auch wirklich irgendwo 'ne Frau – Gott weiß, woher – rausgefunden, die in einem so ganz typischen, kleinsten, abgewrackten Haus wohnte. Da ging man so 'ne schmale Treppe rauf, und da war 'ne Frau in 'ner Kittelschürze, rundlich, Locken dauergekraust, und 'ne ganz kleinkarierte Wohnung, so wie man das kannte – bisschen schmuddelig alles. Man sagte keinen Namen, kein Nichts, kein Garnichts. Es stand auch kein Name an der Tür, man hatte nur ein ganz bestimmtes Klingelzeichen zu machen, und dann ging man da in die Küche. Ich wurde in die so genannte »gute Stube« gesetzt, und dann wurde da Fräulein Kerber eben auf'm Küchentisch »verarztet«.

Gertrud Seydelmann: Ich möchte die Moral in den Fünfzigerjahren nicht als verstaubt darstellen, sondern es war eine derartig verunsicherte Gesellschaft! Alle suchten nach diesem totalen – nicht nur wirtschaftlichen, auch geistigen – Zusammenbruch einen Halt. Ich erinnere mich, dass die Kirchen übervoll waren.

Hans-Joachim Lemme: Die Fünfzigerjahre sind für mich durch zweierlei gekennzeichnet: einmal durch diesen vehementen Kalten Krieg, andererseits innenpolitisch – hier im Westen – durch eine wirklich sehr unangenehme Zeit der Stagnation unter Adenauer. Das war gesellschaftspolitisch irgendwie doch verheerend, vor allen Dingen auch, wie mit dem Erbe der Nazizeit umgegangen wurde, wie Leute wieder in einflussreiche Stellungen kamen, die sich eigentlich unter den Nazis disqualifiziert hatten.

Heinz Abelmann: Ich hab' mir nur gesagt: »Du hast am Krieg teilgenommen, bist auch irgendwie schuldig, also du musst wieder gutmachen. Und auch Oksana zuliebe.« Oksana war Komsomolska (= Mitglied des sowjetischen Jugendverbandes), kommunistisch erzogen, hatte zwar eine gute Schulbildung, aber noch kein Abitur. Und dann kam die Partei, weil Oksana war daran interessiert, in die Partei einzutreten – in die Kommunistische Partei Deutschlands, die KPD. Sie war als Komsomolska so erzogen. Da sagt' se: »Weißte was, Heinz, ich trete in die kommunistische Partei ein.« Und meine Antwort war: »Muss das sein?« Sie guckt mich komisch an: »Was heißt denn: ›muss sein‹? Das ist notwendig.« »Na, wenn du sagst, es is' notwendig, dann wird's ja wohl stimmen.« Ich sag': »Ich weiß nich', was ich da soll.« »Det werden se dir schon beibringen. So, nun pass' auf: Es sind hier mittwochs jeden Abend Schulungen, und da fahr' ich hin, und du kommst mit.« »Na«, sage ich, »wenn det nötig is', dir zuliebe komm' ich mit.« Und wir sind jeden Mittwoch in die Schulung gefahren, wurden marxistisch erzogen, das heißt gelehrt, geschult und geschult. Ich hab' nix verstanden, alles waren »böhmische Dörfer«, wie man so sagt. Ich schlief jedes Mal ein und schnarchte dabei. Meine Oksana stieß mich jedes Mal an: »Was machst denn du da? Du kannst doch nich' hier schnarchen!« Ja, ich war so müde von der Arbeit, und ich war das doch nicht gewöhnt. Diese geistige Arbeit war für mich vollkommen neu, ja. Und ich hab' alles nich' kapiert, was da gesprochen wurde.

ALFRED WEGE: Was man uns da erzählte, das war sehr verlockend. Vor allen Dingen hat mich damals überzeugt, was man von der Planwirtschaft sagte, denn man stellte sich det so vor: Da wurde 'n Plan uffgestellt, dies und das wird gebraucht, also wird dies und das fabriziert. Dann kriegt jeder sein' Anteil zugewiesen. »Du musst das fertigen, und dieser Betrieb muss so viel Lampen und jener so viel Schuhe herstellen« und so weiter. So stellte man sich das vor, und das war natürlich verlockend. Also, jeder sollte so viel kriegen, wie er der Gesellschaft gab – anteilmäßig. Und das sollte gesichert werden durch Planung. Dann gibt's keene Arbeitslosigkeit, dann gibt's für alle Wohlstand. Natürlich würde die Verteilung gerecht sein. In der Praxis hat es sich wahrscheinlich als Utopie erwiesen … auf jeden Fall is' et nich' so gehandhabt worden dann, da das Leistungsprinzip immer mehr verbessert wurde. Dass Geschäftigkeit für die Partei die größte Leistung war, das war natürlich alles Mist. Aber von der Theorie hab' ich mich in dem Sinne überzeugen lassen, bin dann auch in die SED eingetreten wie viele andere – mit Idealen. Voller Ideale!

GÜNTHER BRUHN: Meine Entwicklung nach 1945 ist ja gekennzeichnet dadurch, dass ich nun allmählich aufwachte und dass ich nun mitbekam, wie wir Jungen vom Nationalsozialismus missbraucht worden waren. Und da hab' ich mir geschworen: »Das soll dir nicht noch mal passieren.« Und ich hab' mir auch geschworen bei allen Entscheidungen, die von Bedeutung sind, bitte schön doch erst mal Gefühle und so etwas beiseite zu lassen und erst mal den Kopf einzuschalten und genau überlegen, was denn da eigentlich abläuft. Und das war gewissermaßen mein Start in die Nachkriegszeit, und ganz groß geschrieben wurde das Wort »Demokratie«. Dafür konnte man sich als junger Mensch auch begeistern, und ich hab' mich dann auch engagiert. Ich habe in der kleinen Stadt Wernigerode, wo ich zu Hause war, die FDJ mitgegründet, und da musst' ich überlegen, was ich nun anfange. Als junger Mensch nach dem Krieg musste ich natürlich überlegen: Wie sollte es beruflich weitergehen? Das war ja natürlich die Hauptfrage. Weil ich keine besondere Begabung auf irgendeinem Gebiet verspürte, sondern so eigentlich mehr rundum gebildet war, wollte ich Kommunalbeamter werden. Das konnt' ich mir natürlich nun aus dem Kopf schlagen, weil sich sehr bald herausstellte, wenn man in der sowjetischen Besatzungszone lebte, dann konnte man überhaupt nur etwas in der Verwaltung werden, wenn man das entsprechende Parteibuch in der Tasche hatte. Des hatte ich aber natürlich nicht, und das wollte ich auch nicht haben. So musste ich mir also dann irgendein anderes Berufsziel nehmen. Und da hab' ich mich dann zum Studium beworben und wurde nun aber an der Universität nicht angenommen, weil ich kein »Arbeiter-und-Bauern-Kind« war, sondern dem Kleinbürgertum entstammte – das war ja nun gar nich' angesagt.

HEINZ ABELMANN: 1949 – am 1. Oktober 1949 beginnt das Studium an der Arbeiter-und-Bauern-Fakultät in Berlin, und wir sind beide dabei. Und wir beide waren verpflichtet, in drei Jahren das Abitur zu machen. Alles umsonst, alles … aber auch alles. Das Studium umsonst. Alles! Es gab ja nichts, was man bezahlen musste: Essen umsonst, na ja, da musst' man 60 Pfennig in der Mensa zahlen, was ist das schon! Als Erstes gab's 150 Mark Stipendium – wir hatten ein Leistungsstipendium –, und wenn wir uns ein bisschen angestrengt haben, kriegten wir 200 Mark, und auch das gesamte Gesundheitswesen, alles das kostete nichts! Die Wohnung kostete 54 Mark, eine Zweizimmerwohnung in Pankow; und es war ja alles ganz billig, und die Lebensmittel waren auch billig.

Alfred Wege: Wir hatten ooch Kommilitonen, die westlich orientiert waren, een CDU-Orientierten, der ooch schon im Krieg war, der war noch'n bisschen älter als ich, und 'n andern, der ooch etwas älter war, der SPD-orientiert war. Und das waren jedenfalls anständige und kluge Menschen, die wirklich um Weltanschauung gerungen haben, aber die war'n eben westlich orientiert. Also kam ich dahinter, dass einzelne Kommilitonen, Genossen Kommilitonen, nach'm Unterricht zu eem Lehrer gingen: »Der hat dies gesagt... der hat das gesagt...«, ja, und die dann ihre Mitstudenten denunziert haben wegen irgendwelcher Äußerungen in 'ner Diskussion. Und dann wurden diese Kommilitonen exmatrikuliert, wurden erst mal runtergemacht auf unfaire Weise, und aus Protest dagegen bin ich ausgetreten. – Denn so hat ich mir's nich' gedacht. Ich bin also nich' ausgetreten, weil ich meine sozialistische Einstellung aufgegeben hätte, die nich', aber weil ich diese Methoden nich' akzeptiert hab'.

Hanna Lambrette: Ich bin Anfang also '48/49 das erste Mal schwarz über die Grenze aus Sachsen nach Frankfurt gekommen, also aus'm Vogtland, weil ich da Bekannte hatte. Und Frankfurt hat mich einmal gereizt, weil ich dachte: Das hat so 'ne gewisse Parallele zu Leipzig, der zweite, und eigentlich der Hauptgrund, weshalb ich dann so meine Zelte im Vogtland abgebrochen hab', war der *Spiegel*. Ich hab' hier den *Spiegel* in die Hand bekommen, der war damals ja noch ganz jung, und ich wollte einfach in 'nem Land leben, in dem so 'ne Zeitung möglich ist. Denn das hatte ich – ich bin '21 geboren, war also zwölf, als das »Dritte Reich« anbrach –, und so 'ne Zeitung hatte ich bis dahin einfach nicht in der Hand gehabt, also dieses etwas aufmüpfig Freche, und ich hatte mir dann vorgestellt: So ist das hier, und da möchtest du leben. Ich war mir klar, dass es schwierig sein wird, dass es dann so schwierig wurde, konnte ich nicht abschätzen. Denn, wer damals aus der dann inzwischen entstandenen – Ende '49 wurde ja die DDR gegründet –, wer damals aus der DDR kam, war hier unerwünscht. Und das bedeutete, wenn man aufgegriffen wurde – und es war'n ja ständig noch Ausweiskontrollen –, da wurde man an die Zonengrenze zurückgebracht und den Russen oder den DDR-Grenzwächtern übergeben, und das dauerte also bei mir fast zwei Jahre. Das änderte sich erst grundsätzlich nach dem 17. Juni 1953, also nach dem Aufstand.

ALF MAYER: Ich bin der Mayer Alf, der älteste Sohn vom Valentin Mayer und von der Anna Mayer, und ich bin in einem kleinen Dorf im Allgäu 1952 geboren. Und unser Jahrgang, der 52er, des war der stärkste in der ganzen Volksschule, es waren doppelt so viel Kinder, wie's normalerweise in unserem Dorf pro Jahrgang gegeben hat. Wir waren also 28 Kinder statt der üblichen 14 oder so was. Und ich hab' lang gedacht, dass ich'n Wunschkind sei, weil meine Zeugung ziemlich genau auf die Hochzeitsnacht hinhaut. Aber irgendwann hab' ich dann aber die wahre Geschichte erfahren: dass nämlich so ein Geistlicher den Dorffrauen eine neue Methode vom Vatikan empfohlen hat, die der Vatikan quasi erfunden oder entwickelt hat: wie man also verheiratet sein kann, ohne eine Sünde zu begehen. Das is' ja alles schwer katholisch gewesen da im Allgäu, und diese empfohlene Fieberthermometer-Methode hat halt dann dazu geführt, dass wir der doppelt so starke Jahrgang waren wie sonst. In meinem Jahrgang sind drei Buben nach dem Pater, der diesen Rat gegeben hat, benannt worden. Also, des heißt: Es hat in der Klasse drei Alfreds gegeben, und ich bin ich einer davon g'wesen. Und überhaupt sollt' ich der Kirche geopfert werden, denn die Frauen haben beschlossen, dass es 'n Pfarrer in der Verwandtschaft braucht; und da ham se mich halt ausgeguckt, und ich war aus unserm Dorf der Erste, der aufs Gymnasium ging, und auf dem Gymnasium war ich der einzige Bauernsohn unter 800 Schülern.

MADELON BETHKE: Ich habe niemals in meinem Leben auch nur einmal eine einzige Verhütungsmaßnahme... überhaupt von so was gewusst. Als ich dann sehr viel älter wurde, hab' ich immer gehört, dass man das also an Tagen... dass es fruchtbare Tage gab und unfruchtbare Tage – aber das hab' ich erst in Erfahrung gebracht, da war ich bestimmt Ende dreißig... vierzig.

Christoph Potting: Mein Vater hat gesagt, dass wir irgendwie gezeugt worden sind, wäre auf Vergewaltigung zurückzuführen und nicht auf lustvolle Sexualität zwischen meiner Mutter und meinem Vater. Meine Mutter wollte das nie, die wollte ihre Ruhe haben, für die war das sozusagen »körperliche Belästigung«. Ich werde nie vergessen, dass immer sonntags das Schlafzimmer abgeschlossen war. Ansonsten konnte man da relativ unbekümmert ein und aus gehen, nur sonntags war das immer abgeschlossen, und ich hab' mich dann immer gefragt: Wieso schließen die sich immer ein? Und ich hab' das aber nie mit Sexualität in Verbindung gebracht, weil das auch öffentlich sinnlich überhaupt nicht vorkam. Die Zärtlichkeiten und Körperlichkeiten zwischen meinen Eltern bestanden darin, dass, wenn mein Vater von der Arbeit oder von der Dienst- und Geschäftsreise nach Hause kam, meine Mutter einen Kuss auf die Wange bekam. Das war's. Die haben sich nie angefasst, die haben nie geknutscht, geküsst, was auch immer. Die war'n körperlos freundlich.

Elfriede Stolpe: Mit 16 kriegte ich dann meinen ersten Kuss, und dann stand für mich natürlich fest: »Jetzt muss ich mich verloben«, und unsere Nachbarin, die ganz katholische, die sagte dann immer: »Elfriede, du musst mir versprechen, du trittst rein vor den Altar, und dann kriegst du auch mein Brautkleid.« Also, ich hab' des versprochen, und weil ich's versprochen hab', hab' ich's auch gehalten, und meine Mutter hatte also eine Riesenangst, dass doch irgendwas passieren könnte. Jedenfalls mit 19 hab' ich dann geheiratet, und ein Jahr später kam dann der erste Sohn zur Welt, und dann … von da an war die Ehe beendet. Denn ich hab' also, schon wenn er mich ang'fasst hat, Schweißausbrüche gekriegt, und es war mir zuwider, dass mich jemand anfasst, denn – mein Gott – i war 19 Jahr' alt, und in der Hinsicht hat's keine Aufklärung gegeben. Bei der ersten Periode sagte mei' Mutter: »So, jetzt darfscht dir kein Mann mehr auf'n Leib kommen lassen.«

Christoph Potting: Es gibt so'n Satz in unserer Familie, das heißt: »Wat zuvill is', is' zuvill!«, und der bezieht sich darauf, dass mein Vater offensichtlich sehr häufig meine Mutter vögeln wollte, die aber keine Lust hatte.

Lilly Wagner: Mein Mann, der hat sich so geniert, seiner Mutter sagen zu müssen, dass ich ein Baby krieg' – mit 35 Jahren! Er hätte nur mit einer Prostituierten schlafen dürfen, mit einer so genannten anständigen Frau schläft man nicht vor der Ehe.

Christa Gebel: Mein Mann hatte noch studiert, als wir geheiratet haben – nicht sehr zur Begeisterung meiner Eltern –, und dass wir dann heiraten und auch noch 'n Kind kriegen! Und dann wurde mein Mann eben mit dem Studium fertig, und da meinte er natürlich schon: »Ja, jetzt könntest du doch dann aufhören zu arbeiten, wenn ich verdiene.« Und das war natürlich die ganz typische Einstellung. Das war nicht spezifisch die meines Mannes. Er dachte, »jetzt reicht's« – also sozusagen: »Du hast jetzt ausgeholfen, und nun vielen Dank, und jetzt gehen wir mal wieder in die alten Vorstellungen über.« Aber die Idee, dass eine Frau dann auch einen Beruf ausübt, weil sie ihn gerne ausübt und weil sie darin eine Befriedigung findet, das war natürlich in der damaligen Zeit schon etwas Neues und letztlich eigentlich auch etwas Beunruhigendes.

Elfriede Stolpe: Also, Emanzipation war für mich sehr wichtig, obwohl ich ja 'n Beruf hatte und ziemlich selbstständig war. Ich brauchte niemals um Geld zu bitten, ich hatte mei' eig'nes Geld und hab' auch getrennte Kassen gewollt. So konnt' ich auch was sparen. Es wär' für mich furchtbar g'wesen, wenn ich sagen hätt' müssen: »Kannst du mir zehn Mark geben?«

Madelon Bethke: Ganz am Anfang kriegte ich das Wirtschaftsgeld alle vier Wochen zugeteilt, das hieß, dass ich aber dann wahrscheinlich so am 18./20. des Monats gar keins mehr hatte. Und dann wollt' ich dann immer schon mal 'n bisschen was nachordern, und das ging aber nich'. Da war mein Mann ganz konsequent – und da hab' ich gelernt, aus einer Tomate und zwei grünen Bohnen irgendwas Essbares zu machen.

Lilly Wagner: Also, es war von Anfang an eingeführt, ein Haushaltsbuch zu führen mit allen Einnahmen und Ausgaben. Die erste Zeit musste ich alle Kassenzettel abheften, damit mein Mann kontrollieren konnte. Wehe, es ist der Erste genaht, und das war nicht vollständig!

Melitta Walter: Es gab bei uns immer das Gleiche zu essen: einmal die Woche Linseneintopf, einmal die Woche Bratkartoffeln, einmal die Woche Eierkuchen, also was man in Süddeutschland Pfannkuchen nennt. Keine Reisen und irgendwie dauernden Streit ums Geld. Meine Mutter wünschte sich immer Schmuck und Pelzmäntel, was ich überhaupt nicht verstanden habe. Als Kind dachte ich immer: Es wäre viel schöner, wir hätten was Schöneres zu essen. Wir haben einmal vor Weihnachten – meine Güte! – eine Kiste Apfelsinen geschenkt gekriegt. Da war meinem Vater in der Straße ein junger Boxerhund zugelaufen, den hat er mit nach Hause genommen. Und dieser Boxerhund gehörte dem Fabrikbesitzer der »Spinne«, die ja gegenüber war – eine große Fabrik. Und zur Belohnung, dass mein Vater den Hund mitgenommen hat, hab'n wir eine ganze Kiste Apfelsinen gekriegt. Und diese winzige Wohnung duftete nach Apfelsinen, aber volle Pulle! Meine Güte, war das… wir standen vor dieser Kiste Apfelsinen und haben uns überhaupt nich' eingekriegt. Das war so ein Oberluxus.

Hildegard Dockal: Also, wir hatten eine sehr glückliche Ehe, weil sie in Not zusammengebunden war und weil wir eine kolossale Achtung voreinander hatten. Denn ich habe meinen Mann an Garderobe oder Gardinen nie was gekostet, weil ich das alles alleine gemacht habe. Und auch für die Kinder! Da hat man eben mehrere Meter Stoff gekauft, damit man drei Kinderkleider mit 'nem Saum raus bekam und möglichst so'n Muster, damit der Bub dann zu seinem Höschen auch noch 'ne Bluse hatte. Und darüber war mein Mann sehr dankbar, weil er vorher Freundinnen hatte, die recht eben aufs Geld aus waren. Und ich bin ihm mit Geldsachen in dieser Weise nie gekommen.

Heide Grunwald: Wir haben alles selbst gemacht: den Nudelteig, den Strudelteig, dann den Leberkäs', diese Fleischmasse geknetet und dann gebacken. Denn es gab ja praktisch keine Konserven.

Lisette Spott: Die Anschaffung eines neuen Herdes war schon 'ne ganz große Sache. Also, des ham wir unwahrscheinlich genossen, als wir von diesem großen holzbefeuerten Herd runterkamen und auf Gas kochen konnten; und dann kam irgendwann mal ein Kühlschrank. Also, da war man schon unendlich reich, wenn man den hatte, und es war damals auch so, dass man diese Sachen größtenteils überhaupt nicht bar bezahlen konnte. Da wurde dann wirklich ein Vertrag gemacht: Jeden Monat ist so und so viel abzuzahlen.

Heide Grunwald: Die erste Waschmaschine in mei'm Leben hab' ich 1957 oder '58 gekriegt. Ich hab' die ganze Kinderwäsche, die … die 20 Socken nebeneinander, alles noch von Hand gewaschen.

Madelon Bethke: Ich bin dann im Sommer, wenn die Erntezeit war, in 'ne Konservenfabrik gefahren, morgens um fünf Uhr mit'm Rad hingefahren, und hatte den Kindern Frühstücksbrote geschmiert und das alles hingestellt. Ich habe Konserven eingedost. Und – ich werd' das nie vergessen –, da gab es so ein langes Band, so'n Schüttelband, da lagen dann zum Beispiel in der Erbsenzeit so Erbsen drauf. Und auf diesem Rollband fingen die dann so zu tanzen an, und ich konnte schon früher als Kind in Berlin nicht die Kurzstrecke im Bus fahr'n, weil mir immer schlecht wurde. Das hab' ich bis heute noch, im Auto auch. Und dann, wenn die Erbsen auf dieses Band kamen, diese tanzenden Erbsen, dann kam mir immer das … also, mir wurde so was von elend. Dann hab' ich das diesem Meister gesagt und gefragt: »Kann ich nich' was and'res mach'n, mir wird immer so …« »Ja, kommste … kommste an'n großen Trog.« Und der große Trog war ein riesiger beheizter Kessel mit heißem Wasser, wo dann die geschlossenen Konservendosen reinkamen, um da gekocht zu werden. Und da musst' – ich schwör's Ihnen –, da musst ich dann immer mit so 'ner Schaufel diese Konserven da reinstellen und musste genau auf so'n Thermometer und auf 'ne Uhr gucken, und da mussten die da 'ne bestimmte Zeit drin kochen, und dann wurden die wieder rausgeholt, mit so 'nem Riesensieb. Da half mir dann immer 'n Mann dabei, weil des is'... das war richtig schwere körperliche Arbeit. Aber da hab' ich in der Woche 50 Mark verdient, und da war ich ja stolz wie'n Flitzebogen.

Hildegard Dockal: Also, die ganz schwere Zeit war der Aufbau vom Geschäft. Also, 1948 ham wir'n Laden aufgemacht, mit Trockengemüse und so weiter. Und wir waren der erste kleine Lebensmittelladen in Berlin, der auf Selbstbedienung umgebaut hat. Na ja, und dann kamen die ganzen Filialbetriebe rundum in Tegel, und dann ham wir den Laden aufgegeben; und als wir aufgaben, sagte die Bank auf einmal: So, jetzt woll'n se's Geld haben. Und ich wäre putzen gegangen, bei den Franzosen, bei der Besatzungsmacht; und da sagten die von der Bank: Nein, man braucht was Gegenständliches. Und da haben wir zwei kleine Läden genommen, mit dem bisschen Geld, was wir hatten, einen mit Seifen und Kurzwaren und den anderen mit Schreibwaren und Puppen. Und dann sind mein Mann und ich putzen gegangen – in der Aufzugfirma Florottes – und putzten die großen Etagen, Büroetagen, und so. Also, es gab Blasen an die Hände, weil man das ja nich' gewohnt war, mehrere Stunden 'n Besen oder 'n Schrubber zu führen und vor allen Dingen auch die Toiletten zu putzen. Dann sind wir um neun Uhr in die Läden, ham die Läden aufgemacht, dann ham wir abends nach Feierabend noch über zwei Jahre hinweg am Neuendorfplatz eine Arztpraxis geputzt und kamen dann um zehn Uhr nach Hause, und am nächsten Morgen um vier sind wa wieder los. Und das fünf Jahre lang! Also, ich habe eine Zeit gehabt, wo ich auf'm U-Bahnhof nicht in der Nähe von den Schienen stehen durfte! Also, das ging 'n paar Monate, dass ich mich mit'm Rücken an das Abfertigungshäuschen gestellt habe, damit die Schienen keine Kraft hatten. Denn ich hatte 'n Mann, der mich liebte, hatte vier gesunde Kinder, und trotzdem war'n wir so am Boden zerstört. Wenn Sie diesen Einsatz bringen, und es reicht nur zur Margarinestulle, und bei den Kindern müssen Se immer sagen: »Nein, das kann ich nicht.« Einmal kam die Älteste und sagte: »Mutti, jetzt *muss* ich'n Füllhalter haben. Wir ham in der Schule keine Tintenfässer mehr.« Und dann habe ich eben selber genäht für die Kinder, meine Mutti hat gestrickt, sodass die Kundschaft gesagt hat: »Na, komisch, Ihre Kinder seh'n gar nich' aus wie Gemüseleutekinder.« Also, wir haben immer auf gute deutsche Aussprache Wert gelegt und auf gutes Benehmen.

Melitta Walter: Es waren sehr ärmliche Lebensverhältnisse. Die Armut bei uns zu Hause kam daher, dass mein Vater, der ja so jung in den Krieg ging und dann so allein gelassen aus dem Krieg zurückkam, Maurer werden musste. Das war wohl, was die jungen Männer, die aus'm Krieg kamen und nix hatten, dann gemacht haben, um Häuser wieder aufzubauen. Mein Vater war damit sein Leben lang auch sehr unglücklich, das weiß ich, weil er irgendwann mal erzählt hat, dass er gern was Technisches studiert hätte, wenn seine Eltern noch gewesen wären. Und meine Mutter hat im Büro als Bürogehilfin gearbeitet; und als ich klein war, da gingen die Maurer halt im Winter stempeln. Da gab's kein Wintergeld. Und wir mussten im Sommer immer dafür sparen, dass wir den Winter überbrücken konnten. Und ich erinnere mich, was ich für Prügel gekriegt habe, als ich von Butterbeck so'n ... so'n Markenheftchen verschlampt habe. Ich weiß gar nicht mehr, wie die Marken hießen, die man so eingeklebt hat, wenn man eingekauft hat, und wenn so'n Heftchen voll war, dann war es vielleicht zwei oder drei Mark wert, und des konnte man dann da zu Butterbeck bringen und hat Geld gekriegt. Und diese Heftchen wurden gesammelt, damit im Winter Geld da is'. Und auch mit der Kleidung war's knapp. Ich weiß, dass ich so'n Strickrock hatte, der wurde Jahr für Jahr länger gestrickt. Ich hab' diesen Rock gehasst! – Also, wir haben immer so aus zweiter Hand gelebt, und ich bin halt jedes Jahr verschickt worden – »Berliner Kinder, ein Platz an der Sonne« –, des war'n so die kranken, asozialen Berliner Kinder, die wurden dann zu Gastfamilien oder in Kinderheime geschickt für sechs Wochen. Das war dann der Luxus hoch zehn: jeden Tag 'n großen Löffel Honig zum Frühstück. Das war schon beeindruckend.

Christoph Potting: Meine Familie war 'ne ganz, ganz eigentümliche Mischung aus extrem autoritärer Ordnung und so 'nem sehr freudvollen, großfamilienorientierten Treiben – also patriarchal organisiert. Mein Vater hatte sozusagen die Definitionsmacht über die Koordinaten, was sich zum Beispiel daran zeigte, dass die Strafen für Kleinigkeiten – wenn man irgendwie 'n Scheiß gemacht hatte, dann machte des meine Mutter, die kapitalen Strafen aber, wenn man gelogen hatte und irgendwas gestohlen oder genascht hatte, dann übernahm das mein Vater, und das wurde dann auch mit Schlägen bestraft. Alles andere wurde mit ... was weiß ich ... Stubenarrest, kein Sonntagsgeld und hundertmal schreiben: »Ich muss mein Zimmer einmal die Woche aufräumen« oder so ... bestraft, das war dann irgendwie mehr so die diplomatische Variante. Wenn mein Vater dann von meiner Mutter die Züchtigung übertragen bekam – und das passierte auch –, das war 'ne richtige Szene. Mein Vater kam nach Hause, rief mich in sein Arbeitszimmer: »Mutter hat gesagt, du hast wieder gelogen« oder »das und das geklaut oder genascht oder wieder Schokolade aus'm Keller geholt, obwohl wir schon hundertmal gesagt haben, das ist nur für Besuch ...«, dann wurde ich in die Küche geschickt, musste aus diesem großen Küchenschrank aus der Schublade einen Kochlöffel holen, dann gab ich diesen Kochlöffel meinem Vater, und dann musst' ich mich da über'n Sessel legen, und dann prügelte der irgendwie zehnmal irgendwie auf meinen Hintern. Dann musst' ich den Kochlöffel wieder in die Schublade bringen, und dann konnt' ich auf mein Zimmer gehen.

Alf Mayer: Geschlagen worden bin ich daheim vom Vater oft genug. Das hat schon zu einer gewissen Abhärtung geführt. Ich bin meistens um vier Uhr früh aufgestanden und wollt' natürlich keinen Morgen aufsteh'n. Die Mutter kam immer rein und hat einen am Fuß gerüttelt: »Aufsteh'n!« In Wirklichkeit bin ich meistens schon wach gelegen, und unten hat der Vater schon g'flucht: »Wo is' der Sauhund, der nixige?« Man hat ihn schon aus'm Stall oder aus'm Stadl g'hört oder auch vom Hof, quer über'n Hof rüber. Wir waren der drittgrößte Bauernhof im Dorf – 30 Hektar etwa.

Das klingt nicht viel, aber im Allgäu bei Mischwirtschaft und Milchwirtschaft is' des stattlich. Also, da hat man genug umzutreiben. Und auch die Großeltern wohnten auf'm Hof. Die hatten da nicht nur Wohnrecht, sondern, des is' dort völlig selbstverständlich, da gab's einen Übergabevertrag, und in dem is' genau bestimmt gewesen – was bei uns nie 'n Problem war, aber auf anderen Höfen durchaus –, wie viel Eier, wie viel Brot, wie viel Milch, wie viel Lebensmittel dem pensionierten Bauern zustehen. Dann gab's auf unserem Hof den »kleinen Willi«, einen Liliputaner, der uralt geworden is', 101, und der war quasi mein Kindermädchen. Der war Töpfer und hatte des Wohnrecht, weil sein Vater und mein Großvater beziehungsweise Urgroßvater miteinander Grundstücksgeschäfte gemacht haben; und dadurch hatte der »kleine Willi« bei uns das Wohnrecht gehabt. Und der hat sich die Butter nicht vom Brot nehmen lassen, obwohl er nur 1,12 Meter groß war und natürlich komisch aussah, weil er 'n richtig großen, alten, uralten, faltigen Kopf hatte. Der war damals ja schon 70 oder so, und der hat sich auf'm Bauernhof nützlich gemacht, hat den Garten gemacht, hat zwölf verschiedene Moossorten in unserm Garten gepflegt und angebaut, denn Moos is' wichtig für die Weihnachtskrippe – oder er hat die Schuhe geputzt, was ja schon viele Schuhe sind auf so 'm Bauernhof. – Am Morgen musst' ich mit mei'm Vater um Viertel nach vier auf die Wiese rausfahren, und je nachdem, wie hoch das Gras da stand, hat er's also g'mäht mit sei'm Mähbalk, mit dem Traktor. Er hat den Ladewagen abgehängt, damit die Wiese nicht so eingedrückt wird von dem schweren Wagen, und hat da – je nachdem wie hoch das Gras stand – entweder drei oder gar fünf Bahnen gemäht, und ich musste dann mit dem Rechen diese Bahnen auf eine Bahn zusammenrechen, damit er nur einmal über die Wiese zu fahren brauchte mit dem schweren Ladewagen. In den ersten Jahren war er schneller. Ich war mit dem Rechen noch nicht fertig, und er kam schon mit dem angespannten Ladewagen hinter mir her und ist mir also mehr oder weniger beinah' über'n Rechen oder über'n Fuß oder über mich drübergefahren und hat da vom Traktor runtergeflucht. Im Lauf der Jahre bin ich aber so schnell geworden, dass ich längst fertig war, bis er sein' Wagen angeschirrt hatte, und des war also schon richtig Frühsport am Morgen. Und dann ging's in'n Stall, die Kühe füttern und alles das, was ma' da halt im Stall oder ums Melken rum zu erledigen hat. Und dann die Milch! Des waren zwei Milchkannen! Wir hatten 16 bis 20 Milchkühe, und dann gab's ja noch jede Menge Schweine, auch jede Menge Hühner. Also, es war jeden Morgen, jeden Abend auf'm Hof was zu tun, und es war einfach ein ehernes Gesetz, auch Samstag/Sonntag, dass ich – und ich war der Älteste –, dass ich bei der Hofarbeit da bin. Und wenn ich von der Schule kam, dann wurde nicht, wie das sonst bei Kindern heutzutage üblich is', gefragt: »Hm, wie war's in der Schule?«, und »Komm', ich helf' dir bei den Hausaufgaben« oder irgend so was, sondern ich musste ran zur Feldarbeit, und nach Hausaufgaben hat eigentlich nie jemand gefragt. Also, ich bin von zu Haus' aus völlig allein gelassen worden, was die Schule anging. Da musst' ich halt selber irgendwie … also, war mir auch recht, natürlich. Und des war'n einfach zwei Welten. Also, im Dorf hab' ich nicht mehr richtig dazugehört, weil die gesagt ham: »Du bist ja was Besseres, du gehst ja auf die höhere Schul'«, und da ihre Komplexe zum Teil mir gegenüber ausagiert ham, und bei den andern auf dem Gymnasium war ich halt der »verstunkene Bauer«.

Sabine Landschek: Ich bin 1945 in Stuttgart geboren, damals amerikanische Besatzungszone. Mein Vater war Kommunist und Arzt und ist '51 in die DDR gegangen – ganz bewusst – mit meiner Mutter, mit mir und mit meiner Schwester. Ich bin also in Berlin in die Schule gekommen und bin dann auch in die Wilhelm-Pieck-Schule gegangen, wo die ganzen Bonzenkinder und Botschaftskinder etc. waren, und ich hab' ab der dritten Klasse Russisch gelernt, und das war derart, dass wir nur Stalin-Reden auswendig gelernt haben und ganz furchtbar militärisch erzogen wurden. Also, alles so nach Schema. Aber immer hatte ich zu Hause den Rückhalt oder – ick sag' mal so – 'n ganz bürgerliches Zuhause eigentlich oder vielleicht sogar großbürgerlich, offen, tolerant, sodass mir das alles gar nichts anhaben konnte.

Thomas Kretschmer: Die Kindheit war, was in Büchern »unbeschwert« heißt. Ich hab' se als was sehr Sonniges und Warmes in Erinnerung – so als Ganzes. Mein Vater war Wissenschaftler, Botaniker, er war eher so ... na, linksliberal würde man heut' sagen. Es ist bei uns zu Hause bei fast jeder Mahlzeit politisiert worden. Also: Was in der Zeitung stand und was die Leute auf der Straße reden und was man in der damals ja noch nicht zur »Mediengesellschaft« gewordenen Nation von den großen Bewegungen eben so mitbekommen hat, das ist alles auch auf den Esstisch gekommen. Mein Vater ist da auch ganz offen, skeptisch und ironisch gewesen. Der hat sich sicherlich sein Lebtag in der DDR in 'ner gewissen Distanz zu diesem Land gesehen, war eben hierher geraten, aber er hätte – glaub' ich – nie von sich gesagt: »Ich bin DDR-Bürger.«

Anka Schäfer: Mein Name is' Anka Schäfer. Ich bin 1951 geboren und bin eigentlich in Berlin aufgewachsen seit meinem ersten Lebensjahr. Mein Vater war in der Polizei tätig, im Ministerium des Innern, und meine Mutter war Hausfrau, wie sich das gehörte für so 'ne Funktionärsfamilie – zumindestens für die Familien, die ich so kenne. Mein Vater is' ja so'n Altkommunist gewesen. Er saß also in Buchenwald, und des is' denn ooch noch mal 'n bisschen anders als so diese Funktionäre, die nach dem Krieg erst aus der HJ gekommen sind und sich dann so gewandelt ham, also – des kann man nich' ganz so vergleichen. Und durch meinen Vater hab' ich – glaub' ich – auch 'ne Menge so Internas mitbekommen aus dieser ganzen kommunistischen Bewegung und Ideologie, die vielleicht dann auch im Laufe der Zeit dazu führen, dass man sich davon löst. Ich hab' zum Beispiel mal mitbekommen, dass mein Vater immer 'ne Blausäurekapsel in seinem Nachttischschrank hatte, und dann fragt man sich ja irgendwann mal: »Wozu brauch' er die denn eigentlich? Bestimmt nich' für den Klassenfeind.« Ja, da fängt man an, drüber nachzudenken.

Stefan Wolf: Ich erlebte die Gründung der damaligen Pionierorganisation. Mir hat das Ganze Spaß gemacht, und im Zentrum der Tätigkeit stand eine sehr intensive Wanderbewegung, die dazu führte, dass es kaum ein Wochenende gab, an dem wir nich' irgendwo in der Umgebung von Jena unterwegs gewesen wären.

Thomas Kretschmer: Ich kann mich erinnern, dass ich ziemlich begeisterter Pionier gewesen bin. Eines meiner Lieblingsbücher in der frühen Kindheit war ein so auf'm Dachboden gefundener dicker Schinken, überschrieben *Der Pionierleiter.* Stammte aus den frühen Fünfzigerjahren, war in der Sowjetunion verlegt und wahrscheinlich auch gedruckt worden, aber in deutscher Sprache, und hatte zum Inhalt alles das, was so zum Gruppenleben der Pionierorganisation gehörte – bis hin zu den eigenartigen Altären, die in der Frühzeit der DDR in der Klassenzimmerecke aufgebaut wurden, mit Stalin-Bildchen und Fähnchen drum rum und Blümchen davor: wirklich richtige kleine Altäre. Und wahrscheinlich hat das mein katholisches Herz vollkommen erreicht. Ich war hingerissen. Des war 'ne vollkomm'ne Welt, 'ne vollkomm'ne, geordnete, heile Welt, in der ich mich gern zu Hause gefunden hätte. Die Wirklichkeit sah dann natürlich wieder anders aus. Die Wirklichkeit waren meine Klassenkameraden, waren meine – mir zum Teil nich' sehr lieben – Lehrer; und lange hat das mit der Begeisterung nich' gehalten.

Anka Schäfer: Es war eigentlich 'ne schulisch vorgegebene und bestimmte Freizeitgestaltung für die Kinder, es waren bestimmte Angebote da, und eigentlich hat's auch Spaß gemacht. Ja. Da war man auch stolz auf sein Halstuch und die Kleidung und so. Das war natürlich auch alles 'n bisschen militärisch – militant durchaus –, aber in dem Moment, wo man da das erlebt als Kind, weiß man das nich'. Und dann gab's ja auch wirklich ganz schöne Sachen, die die gemacht haben: Pioniernachmittage und so weiter. Da hab'n die sich ja auch Mühe gegeben, die Pionierleiterinnen, irgendwas Schönes da zu gestalten, mit den Kindern zu basteln oder Wanderungen zu machen und so weiter.

Thomas Kretschmer: Ich würd's mal so sagen: Zunächst mal wird jemand, der in 'ne bestimmte Welt reingeboren wird, sicherlich versuchen, in ihr zu Hause zu sein. Also, ich war schon bestrebt, brav zu sein. Es gab dann aber eben ooch ganz schnell des andere ... Also, einmal gab's diese vielen falschen Töne: Wenn de die Zeitung aufgeschlagen hast und hast diese Proklamationen gelesen und diesen eigenartigen verquasten Stil dieser öffentlichen Sprache. Das Wort »Diktatur« wär' mir nich' eingefallen dazu, auch das Wort »Stalinismus« is' bei uns höchstens zu Hause am Mittagstisch gefallen. Es gab dann die Lektüre von *Ein Gott, der keiner war* von Köstler, des hat mich schon 'n bisschen wach gemacht. Da kam auf einmal was rein, wo mir sehr schnell deutlich wurde, dass wir in der Kontinuität zum »Dritten Reich« leben. Das, was ich gelesen hab' übers »Dritte Reich«, das, was uns in der Schule drüber erzählt worden is': Aufmärsche, Fackelumzüge, Proklamationen, Ergebenheitserklärungen der Jugend, ja?... und zehn Minuten später veranstalten wir das Gleiche. Treten vor der Schule draußen zum Fahnenappell an, da steht irgendeiner der Lehrer in Reserveoffiziersuniform da vorn und hält uns 'n markigen Vortrag über den Wert des sozialistischen Soldatseins, aber eben des Soldatseins, und appelliert an die älteren Schüler, sich zu verpflichten, länger zu dienen. Des war halt 'n wichtiges Thema, das die ganzen Schuljahre durchzog.

Anka Schäfer: Ich musste meiner Mutter immer im Haushalt helfen – des musste mein Bruder absolut nich' –, und bei uns gab's ooch am Tisch diese Hierarchie, dass der Vater das meiste auf sein' Teller bekam, und dann war der Sohn dran und dann die Tochter und dann die Mutter, ne. Des war so die Hierarchie auf den Tellern. Fleisch zum Beispiel, des war ja in'n Fünfzigerjahren nich' so üppig. Na ja, es gab dann auch ab und zu mal so'n Aufbäumen meiner Mutter. Sie wär' gerne arbeiten gegangen, und da hat mein Vater eben ganz hart gesagt: »Tja, bitte, such' dir doch 'ne Arbeit, aber bilde dir nich' ein, dass ich hier irgendeinen Handschlag mache im Haushalt. Ich arbeite von früh um sechs bis abends 18 Uhr ...«, was übrigens auch stimmte. Mein Vater war eigentlich ganz viel nichtpräsent in der Familie, und der wär' also ooch nich' bereit gewesen, da irgendetwas zu ändern. Für den war det vollkommen selbstverständlich. Ich find' det ooch heut' im Nachhinein unmöglich, dass diese ganze Funktionärsgeneration über diese Frauenemanzipation so hinweggegangen is', also, indem die diese Frauen in diese völlig traditionellen Muster gedrängt haben; und die hatten ja auch eigentlich in ihrem Kopf doch 'ne sehr kleinbürgerliche Vorstellung von Leben.

STEFAN WOLF: Die S-Bahn von Potsdam nach Berlin fuhr durch den Westsektor hindurch. Wenn man also zum Beispiel zur Friedrichstraße gelangen wollte, fuhr man durch Wannsee und Charlottenburg. Wir kannten das selbstverständlich alle, wir gingen auch nach Westberlin ins Kino, wo man uns als »Ossis« – wie wir heute sagen würden – im Eins-zu-eins-Kurs die Kinokarten teilstundete, damit sie für uns erschwinglich wurden. Es waren doch eine ganze Reihe von Waren, die auch uns're Begehrlichkeiten weckten; es wurden die ersten Kofferradios ins Angebot gebracht, es war doch ein attraktives Angebot an Süßwaren, an Lebensmitteln vorhanden, was uns natürlich auch ansprach. Und an dieser Grenze fanden natürlich auch recht drastische Kontrollen statt.

HEINZ ABELMANN: Da gingen diese Leute – und das waren ja nicht nur sie –, da gingen viele, auch Werktätige, über diese Grenze. Man konnt' ja hin- und hergehen, es hielt einen ja keiner auf! Es war doch alles offen, die ganzen S-Bahnen, man musste nur 'ne Fahrkarte haben. Denn es war ja Tatsache, dass viele Ostberliner – es war die Zahl 50 000 genannt worden – regelmäßig jeden Tag in den Westberliner Betrieben arbeiteten und Westgeld bekamen. Stell'n Sie sich das mal vor. 'n Teil wurde in Ostgeld ausbezahlt, 'n Teil in Westgeld. Das Westgeld konnten se an jeder Wechselstelle, die es überall gab – an allen Grenzübergängen gab's Wechselstellen –, im Verhältnis eins zu vier... eins zu fünf... eins zu sechs, und auf der offenen Straße war dies eins zu sieben, umtauschen. Das heißt, wenn die Arbeiter also ihren schönen Lohn, den sie am Tage eingeheimst hatten und hinterher ausgezahlt bekamen, dann tauschten die den gleich in Ostmark um, und dann hatten die das Sechsfache oder – im Durchschnitt – das Vierfache oder

Fünffache, was der normale »Ossi« eben nich' hatte. Der hatte nur das Einfache, und die hatten's Sechsfache, Fünffache. Ja, und das konnte man (in der DDR) natürlich auch nich' aushalten wahrscheinlich, nich? Wie sollte das geh'n?

Stefan Wolf: Die Westberliner Nutten, um ein ganz triviales Beispiel zu nennen, fuhren nach Ostberlin zum Friseur, weil sie bei einem Umtauschkurs von eins zu vier bis eins zu sieben natürlich für'n Taschengeld ihre Frisuren gemacht kriegten, verglichen mit dem, was im Westen zu bezahlen gewesen wäre. Es gab ein vielfältiges Netz von Schwarzarbeit jeglicher Art; auch die ostdeutschen Nutten fuhren nach Westberlin, um sich dort ihr Geld zu verdienen, weil das gegen Devisen natürlich besser lief. Also, es ist vielleicht gar nich' so schlecht, wenn man den Mauerbau auch aus meiner damaligen Sicht als ein notwendiges Übel betrachtet.

Katharina Dietrich: Als die Mauer gebaut wurde, zu dem Tag war ich grade mit meiner Mutter in England, in London. Wir haben es in London in 'ner Zeitung gelesen. Und das war genau das, was meine Mutter ja immer befürchtete – dass das eintreten würde. Insofern hat sie es überhaupt nicht gewundert. Aber wir waren natürlich wie alle erschüttert, vor allen Dingen auch über diese Ereignisse, die da passierten: dass Leute aus den Fenstern sprangen und da über die Stacheldrähte hüpften. Also, man konnt's eigentlich überhaupt nich' fassen, dass ein Staat, der eben immer propagiert, dass er für die Völkerfreundschaft und die Freiheit und blablabla ist... also diese ganze Verlogenheit, die einem da immerzu entgegenschlug. Aber das war zum Beispiel auch mit ein Grund, warum ich auch aus Berlin weggegangen bin.

Gisela Stange: Und dann guckten wir, wie da die Mauer so langsam wuchs, und sagten immer: »Det kann doch gar nich' wahr sein! Und der Adenauer sitzt da und tut nischt und kommt nich' mal her!« und... also, emotional waren die Berliner also alle! Bis dorthinaus! Und Flüchtlinge kamen dann nich' mehr, das war dann aus. Was vorher in Massen kam, und dann kamen nur noch welche so rübergesprungen. Und das war das erste Mal nach'm Krieg, wo Deutsche auf Deutsche schossen, und da sackte natürlich der Mut von vielen ab.

Edith Badstübner: In der ersten Zeit, als die Grenze wieder für uns zu passieren war und wir diese Passierscheine kriegten, na ja – das war ja auch mit endlosen Wartezeiten verbunden und zum Teil mit einer ausgesprochen dumm-frechen Behandlung. Das Unangenehmste war einmal eine Leibesvisitation. Da bin ich also mal wieder rübergegangen und hatte natürlich viel Geschenke dabei – wie immer. Und da bin ich an so eine ganz junge Frau geraten und wurde dann in so 'ne extra ganz kleine Zelle geführt und musste mich ausziehen; und dann hat sie jedes Wäschestück einzeln so mit der Hand befühlt, zentimeterweise, den… den Hosenbund und unten den Hosensaum und die Stiefel, die Sohlen abgetastet. Und dann hat sie mir die Haare durchgewühlt, dann musst' ich den Busen anheben, die Arme hochheben, dann hat sie gesagt ich sollte mich bücken, und da wollte sie in mein' Po reingucken, ja. Und dann bin ich also ausgerastet und hab' gesagt: »Das mach' ich nich'!« Dann is' die weggegangen und hat nur gesagt: »Sie weigern sich?« Sie hatte auch so einen frechen Ton drauf die ganze Zeit, und dann kam sie mit einer zweiten. »Na«, hab' ich gedacht, »na, das kann ja heiter werden.« Ich hab' gedacht, ich verschwinde da irgendwo für einige Zeit. Und als sie mit dieser anderen reinkam, da hab' ich irgendwie 'n Hustenbonbon oder was in'n Mund gesteckt, und dann sagte sie: »Was ham Sie da im Mund?« Die hat gedacht, ich verschlucke irgendwas. Aber ich hätt' gar nich' gewusst, wo ich das versteckt haben sollte. Die hatte ja nun aber auch wirklich alles, sogar Papiertaschentücher, alles rausgenommen, alles befühlt, jedes einzelne Stück. Ich hab' ja da ewig gesessen. Und da hatt' ich so eine Wut, dass ich gedacht hab', »jetz' is' es ganz egal«, und ich hatte grade mein Gebiss für den Oberkiefer bekommen, und da hab' ich das rausgenommen und hab' ihr das so vor die Nase gehalten und auf'n Tisch gelegt und hab' gesagt: »So! Woll'n Se noch was angucken?« Na ja, und dann sagt' sie: »Zieh'n Sie sich an.«

GERTRUD SEYDELMANN: Ich habe jedes Mal Angst gehabt, wenn ich über die Grenze fuhr. Und einmal sind wir – damals noch in Ostberlin – im Brecht-Ensemble gewesen, im »Aufstieg des Herrn Umberto Ui«. Ich komme zur Grenze, im Wagen liegen hinten noch die beiden Programme, ich bin schon durch, und da kommt ein Offizier, setzt seine Mütze noch mal auf und sagt: »Guten Tag. Sie waren im Theater?« »Hm, ja«, sag' ich. »Wie hat es Ihnen gefallen?« Ich sag': »Wissen Sie, der Brecht, das is' ja zum Lachen. Wenn es so einfach gewesen wär', dann hätten es mehr Leute gemerkt. Aber der Grillparzer, der war fantastisch, des war ganz großes Theater.« »Mit wem waren Sie da?« Na, da hab' ich 'n falsches Verb gebraucht und hab' ich gesagt: »Ich hab' mich da mit meinen Freunden getroffen.« »Wer war das?« Ich sag': »Des geht Sie doch überhaupt nichts an.« »Doch, wir können darauf bestehen. Wir müssen wissen, mit wem unsere Bürger umgehen.« »Ne«, sag' ick, »müssen Sie gar nich' wissen. Das geht Sie überhaupt nichts an, das würd' ich 'm Polizisten bei uns auch nich' sagen, mit wem ich mich treffe.« »Wir können Sie verhaften!« Sag' ich: »Hör'n Se mal: Ich hab' Rosenbaum geheißen, ich hab' unter Gestapo-Aufsicht gestanden. Der Ton, den Sie haben, ist ja genau der gleiche Ton wie bei der Gestapo. Darf ich jetzt fahren?«

EDITH BADSTÜBNER: Trotzdem ham wa sie natürlich nach Strich und Faden betrogen mit allem Möglichen: mit Schallplatten und Büchern, mit falschen Plattenhüllen und und .... Ich hab' 'ne Zeit lang mal für einen Bekannten lauter Rockplatten rübergebracht, und da ham se mich nie erwischt. Und einmal ham se mir ein Merian-Heft über Schweden beschlagnahmt mit der Begründung, da wäre eine Reklame drin, und Reklame war verboten.

MELITTA WALTER: Ich habe die Einengung, die dies Berlin als Insel dann war, erst richtig realisiert über die ganzen »Wessis«, die kamen. Wir nannten die damals »Wessis«, die plötzlich alle nach Berlin kamen zum Studieren, zum Arbeiten, und immer Flüge nach Hause gekriegt haben – umsonst. Da war'n wir sehr sauer drüber. Berlin-Zulagen für die aus'm Westen, die kommen, um in

Berlin zu arbeiten, das fand ich ganz schön bescheuert. Und die haben immer gesagt: »Wie haltet ihr das aus? Wie haltet ihr das aus, hier so gefangen?«

Christian Bundt: Ja, meine schöne, grüne Berliner Kindheit … – Erinner' ich mich gerne daran zurück, zumal es also eine kleine Auf-der-Wolke-Prinzen-Kindheit war. Keine Probleme in der Schule, nette Eltern, die nicht zu oft da waren, und immer sehr freundlich. Man durfte so viel, und dauernd wurde gereist. Schöne Rückerinnerung an Berlin. Bis '61. Dann zogen wir um nach München. Ein verzärteltes Bürgersöhnchen kommt aus Berlin nach München – ein Grunewalder Bürgersöhnchen plötzlich in Fürstenried – und kommt in eine sehr, sehr strenge Knabenzuchtanstalt, Fürstenrieder Straße, Ludwigs-Oberrealschule! Eine Schule, in der man mich in Berlin schon vorgewarnt hatte. Man hatte gesagt: »O Gott, so eine strenge Schule! Das is' ja die strengste Schule überhaupt, die is' ja landauf, landab bekannt als absolute Knabenzuchtanstalt und Eliteschule für Mathematik und Physik.« Und das hört' ich nicht gern', weil das war'n nich' unbedingt jetzt meine Schwerpunktfächer. Ich kam nach München, stellte fest, die Schule war so schlimm, wie ich's mir vorgestellt hatte, nur noch schlimmer, und, äh … ein kotzautoritärer Lehrerkorpus, der einem da entgegentrat. Strengste Schulmanieren wurden einem also in sehr kurzer Zeit schon eingeprügelt: aufsteh'n, wenn man mit dem Lehrer sprach, Sie-Ton, Anrede: Herr Professor, g'radesteh'n, wieder setzen und so weiter … also strengste Observanz, die da zu befolgen war. Das kannt' ich nich'. Und, das hat meine Aufsässigkeit, der ich nun vorher wirklich ein politisch ahnungsloses Bürschchen war, sehr angestachelt. Hinzu kam, dass dieser Trotz noch unterfüttert wurde von meinem Nebenmann, Jan Berger (Name von der Redaktion geändert), und der war nun jemand, der mir sagte: »Kein Wunder, dass du dich so ärgerst. Es is' ja auch hier alles sozusagen zum Vor-die-Wand-Laufen, und es besteht nun wirklich allerhand Grund und auch Gelegenheit, sich mal dagegen zu wehren. Komm' mich mal besuchen und guck' dir mal mein' Bücherfundus an.« Also ich guckte mir dann seinen Bücherfundus an und besuchte Jan Berger an der Nördlichen Auffahrtsallee in Nymphenburg in seiner großen Villa. Er hatte oben das Zimmer voller Bücher, das war ein Bücherregal, das nich' enden wollte. Des ging ums ganze Zimmer rum, und also so … für so'n 14-/15-Jährigen … also ungefähr 3000 bis 4000 Bände standen da schon rum. Auf meine Frage, wie man denn in so jungen Jahren zu so vielen Büchern kommt, hat Jan mich nur kurz angegrinst und hat gesagt: »Na ja, mit langen Mänteln, in die viel reinpasst, kann man sehr viel beschaff … (lacht) … kann man sich viel Bücher aneignen.« Das hieß also, dass Jan klaute – mit einem Wort –, und dieses komische Jan-Bergerlein, des imponierte mir gewaltig. Das fand ich toll. Da wollt' ich auch mal mitgehen. Ich wollt' ihm eigentlich erst mal nur beim Klauen zuseh'n, und später hab'n wir dann zusammen geklaut. Wir haben sehr viel Bücher geklaut im Leben. Des fiel vor allem mei'm Vater auf, der selbst Bücherwurm is' und sehr viele Bücher besaß, aber als er eines Tages mal bei mir im Zimmer nachsah, was nich' oft vorkam, fiel ihm die große Menge meiner Bücher auf, und er fragte mich: »Wo kommen denn diese ganzen Bücher her? Die kannste dir ja nu' nich' selbst bezahlt haben. So viel Taschengeld hast du ja gar nich'.« Ich sagte: »Na ja, des is' …. Geschenke, und die gehören mir ja auch alle gar nich', und wir borgen uns doch immer gegenseitig Bücher, und ungefähr die Hälfte dieser Bücher sind ja gar nicht meine.« Der war dann sehr beruhigt – erst mal, das heißt, so halb beruhigt, oder er tat nur so, und das Thema war erledigt. Nach anderthalb Jahren einer ziemlich aufregenden Klautätigkeit bin ich dann eines Tages mal erwischt worden: im Kaufhof am Stachus. Und dort bin ich ins Personalzimmer eingesperrt worden und musste dann auf Weiteres warten. Von dort aus wurde mein Vater angerufen, der mich dann mit seinem Mercedes abholen kommen musste und dann erst mal mein Diebesgut, was ich da eingesackt hatte, bezahlt hat: 240 Mark, weiß ich noch heute (lacht), und dafür durfte er mich mitnehmen, und die Sache ging noch mal in aller Glimpflichkeit ab, weil ich noch nich' 18 war und weil für die soziale Sicherheit des Kindes gesorgt war – fester Wohnsitz, Elternhaus und so weiter, Kind an der Schule, ein Jahr vor dem

Abitur. Ja, gut, ich war dann in die Defensive gedrängt, ich fühlte mich selten... selten so gekränkt und so... so beleidigt, gradezu gedemütigt, durch diese Klauerwischung, dass ich mich in die Opposition gedrängt fühlte.

Adelheid Kutik: Also, meine Schule, die »Volksschule« hieß das ja damals, diese ersten Jahre, bis ich dann aufs Gymnasium kam, waren von unglaublicher Angst geprägt. Und zwar hatten wir einen Lehrer, der war an sich sehr jung. In der damaligen Zeit hieß das »ein Junglehrer«. Und der war wahnsinnig streng. Und er hatte auch merkwürdige – also, ich würde heute sagen: Der hatte sadistische Züge. Dieses Lineal, was da existierte, das war ja dieses große Klassenlineal, womit irgendwas demonstriert wurde, das war vielleicht zwei Meter lang, und das hat er beispielsweise bei einem Diktat... hat er das den Schülern, die hintereinander saßen, auf den Kopf gelegt, und die mussten dann praktisch – völlig aufrecht –, mussten die dann das Diktat schreiben; und wehe, wenn dieses Lineal runterfiel, ja! Oder: Wir hatten einen Jungen in der Klasse, ich weiß noch, der hatte furchtbar abstehende Ohren, und der kam von einem Bauernhof – 'n bisschen abseits – und kam aus ganz armen Verhältnissen. Und der wurde dann von diesem, unserem Lehrer an den Ohren genommen, die Ohren wurden so rumgedreht, und dann wurde der durch alle Klassen der Volksschule geführt und wurde praktisch vorgeführt, was das für'n... ja, frech war der ja gar nich'... der war völlig verstört.

Alf Mayer: Es gab überhaupt keine Chance zur Diskussion. »Man muss folgen«, hieß das halt einfach. Der Vater hat so'n Griff gehabt an die Haar', an die Koteletten vor den Ohren, und da is'... und dann, der stand ja, und man ist gesessen. Er hat dich praktisch da an den kurzen Haaren am Ohr hochgezogen... bis man auf dem Tisch steht und auf dem Tisch die Zehen streckt, weil er natürlich immer die Hand höher zieht. Und Schläge in der Schule waren auch absolut üblich. Tatzen! Auch das Hosenboden-Versohlen. Das war absolut üblich.

Melitta Walter: Ich hatte auch nette Lehrer, so is's nich'! Einen Erdkundelehrer, der immer im Trainingsanzug kam, so'n älterer Lehrer. Der hat über Reisen, über Flüsse so erzählt, dass ich absolut bezaubert war – das werd' ich nie vergessen. Ich hatte in den Jahren, wo ich den hatte, 'ne Eins in Erdkunde, weil der hat Ecuador und diese Länder geschildert, dass ich das Wasser gehört habe und die Gerüche der Pflanzen gespürt habe. Den hab' ich sehr geliebt. Der war selber so begeistert, was Reisen angeht. Und 'n Musiklehrer hatt' ich, mit ganz dicker, roter, verquollener Nase, ein schwerer Alkoholiker, wo es immer hieß: »Der hat im Krieg Splitter in den Kopf gekriegt.« Der hat zwischendrin, wirklich!, was ma' als Erwachsener ja erst weiß, 'n absoluten Kommissstil draufgehabt – stramm stehen, Hände an die Naht –, und wenn der dann anfing, so'n Kommissstil draufzuhaben, hab' ich immer gedacht: »Sicher tun ihm die Splitter im Kopf g'rade ganz doll weh.«

Hanna Lambrette: Also, ich hab' des bei meinem Sohn erlebt. Mein Sohn ist 1958 in die Schule gekommen, und es hat mich erschreckt, wie viele Lehrer einen viel nationaleren bis nationalistischeren Unterricht gaben, als ich ihn je mitten im »Dritten Reich« erlebt hatte. Und mir ist damals deutlich geworden – ich hab' 'ne Weile gebraucht, bis ich das begriffen hatte –, *meine* Lehrer war'n alle vor 1933 ausgebildet. Und die Lehrer meines Sohnes war'n in der Zeit des Nationalsozialismus ausgebildet worden, und das merkte man.

Thomas Kretschmer: Von meinem Vater gab's den Satz: »Ich hab' dich deshalb Thomas genannt, weil ich wollte, dasste eener wirst, der nich' alles einfach gloobt, was die Leute so dahererzählen.« Sicher hat dieser Satz auch 'ne Auswirkung gehabt, dass ich in den letzten Schuljahren sehr viel gefragt hab', sehr viel hinterfragt hab'. Ich wusste von zu Hause aus ooch einiges, wovon uns die Schule nichts erzählte. Stalins Lager, der Name von dissidenten Schriftstellern, die im Osten tabu waren, war'n mir geläufig, mit 14 schon, und zum Teil hab' ich mir 'n Spaß draus gemacht, meinen Lehrer damit in Verwirrung zu bringen, dass ich Fragen gestellt hab'. Also, irgendwann hab' ich mitgekriegt: Da wissen die selber nichts drüber.

Stefan Wolf: Es gab an unsrer Schule – erinnere ich mich – auch eine Verhaftung eines Schülers wegen angeblicher Spionage für den Westen. Der Schüler war nur relativ kurze Zeit an unserer Schule gewesen und verschwand spurlos. Das hat wenig Resonanz hervorgerufen. Wir sahen zu, unser Abitur zu machen und danach einen Studienplatz zu erhalten.

Sabine Landschek: Da waren eben so richtige blöde, engstirnige Parteilehrer. Und da sind auch Leute von der Schule relegiert worden, kurz vorm Abitur, weil sie FDJ-Hemd *und* Jeans anhatten. Die sollten nach Hause gehen und sich entscheiden: für das FDJ-Hemd natürlich! Und da kam der eine Junge wieder und hatte Jeans an und 'n weißes Hemd. Und der is' von der Schule geflogen. Der musste sich bewähren im Braunkohlenrevier, also in der Braunkohle als Arbeiter. Also, es war 'ne Strafe im Arbeiter-und-Bauern-Staat, eine Strafe (!) für einen Intellektuellen, zu arbeiten. Das is' ja auch schizophren irgendwo, ja.

Monika Krause: Also, ich war damals in der Abiturklasse, und da hört' ich mal eines Nachmittags irgendwie, wie sich Mitschüler unterhielten, dass heute Abend »Beat-Club« käme, und man traf sich und guckte es gemeinsam. Ich natürlich nich'. Ich hörte es aber. Und dann schaltete ich doch heimlich... zur gleichen Zeit kam nu' bei uns denn natürlich immer 'ne DDR-Jugendsendung... und ich schaltete dann heimlich – und ich weeß noch, ich kam mir vor wirklich wie'n Anarchist – in den Westkanal rüber und guckte mir also diese Sendung an und verstand die Welt nicht mehr! Ich war fassungslos und hab's einfach nich' verstanden, wieso man a) des eigentlich nich' völlig problemlos seh'n kann, weil da passierte ja eigentlich auch nich' viel anderes. Klar – die Musik war 'ne andere, die Leute war'n anders, die Kleidung war... und des war alles spannender, glimmernder und neuer für mich – aber im Prinzip war der »Beat-Club« und das Verbot, den bei uns zu Hause gucken zu dürfen, für mich mal der Anlass, also einfach Dinge in Zweifel zu ziehen.

Thomas Kretschmer: Es gab schon 'ne Sehnsucht nach draußen. In meinem Zimmer hing 'n Heiligtum, des hab' ich heute noch: 'n Schwarz-Weiß-Foto – 'ne Nachtaufnahme von Paris.

Doris Risch: Ick meine, ick habe mich viel mit meinen Cousins unterhalten. Ick habe also zwei Cousins – Kinder meiner Schwester –, die in Westberlin wohnen, und wir haben oft noch vor der Wende diskutiert. Sag' ick zu meener Schwester: »Ja nun, mach' mir doch nischt vor. Du hattest doch auch drei Kinder, konntest *du* denn reisen, als du die drei Kinder hattest?« Sag' ick: »Du hast gearbeitet uf'm Bezirksamt, Rosi hat die Kneipe gemacht auf so 'ner Sportanlage, und du bist abends noch hingegangen und hast geholfen, damit Rosi sich um die Kinder kümmern konnte«, sag' ick, »und ihr konntet det auch nich'.« Ick war immer der Meinung, eem Staat oder eem Land, wo ick so leben kann in Ruhe, alleine mit fünf Kindern, mein Dach überm Kopf hab', meine Arbeit hab', meine Kinder in Ruhe zur Schule gehen können, in'n Verein geh'n können, 'n Beruf lernen … da fühle ich mich irgendwie moralisch verpflichtet, dann auch was dafür zu tun, dass es so bleibt.

Heinz Abelmann: Sie wissen ja selbst, dass die DDR 'n großen Wert darauf gelegt hat, die Frauen mit zu fördern, und diese Förderung hat natürlich dazu geführt, dass sie vieles machen konnten, was sonst vielleicht im Westen nicht so ohne weiteres 'ne Frau machen konnte. Bis zu 80 Prozent haben die Frauen bei uns in der DDR 'ne richtige Arbeitsstelle gehabt. Sie hatten Sonderstipendien, sie hatten Sonderausbildung, sie hatten besondere Vergünstigungen … vor allen Dingen, was die Kindererziehung betrifft, hat es doch kein Problem gegeben. Wir waren beide Studenten, und beide Kinder waren im Kindergarten – von Anfang an. Und das war ja ganz billig, wir haben bezahlt, glaub' ich, 14 Mark für den Monat fürs Mittagessen.

Monika Krause: Meine Eltern gehörten sicher zu der Schicht, also, sie war'n keene Eiferer und keene Verfechter und hatten also ooch keen Ministerposten oder irgendwie so was. Aber sie war'n schon im Staatsapparat tätig – also Beamte. Aber sie war'n völlig loyal dem Staat und dem System gegenüber. Und wenn man also 'n Beruf ausübt, der einem Spaß macht, der einen weiterbringt, dann sind die Leute selten ooch kritikbereit, um Dinge in Zweifel zu ziehen.

Anke Schäfer: Mein Vater hat in der Wohnung grundsätzlich nicht gesprochen, was ja für die Kinder auch komisch is'. Wenn er was Wichtiges zu sagen hatte, sagte er: »Wir gehen in den Wald. Wir reden hier nich' in der Wohnung darüber.« Ja, das sind dann so Sachen, die man von Kind an so einfach… man wächst ja damit auf, man macht sich darüber erst mal keine Gedanken. – Ich hätte gerne verschiedene Sachen bisschen genauer gewusst, und da hat er doch immer sehr vorsichtig darüber geredet – aus verschiedenen Gründen. Ein Grund war, dass er ja immer wollte, dass seine Tochter nun auch zur Stange hält – sag' ich mal –, dass sie drinbleibt in der ganzen Sache und er immer befürchtet hat, wenn er mir zu viel seiner inneren Widersprüche mitteilt – also, das war jedenfalls immer so mein Eindruck –, dass ich dann unsicher werde. Davor hatte er Angst. Und dann denk' ich… das is' die eine Angst, und die andere Angst is', dass die eben wirklich Angst hatten, irgendwas zu äußern, was ich jetzt vielleicht in meiner Naivität als junger Mensch dann sonstwo erzählt hätte, was ihm wieder geschadet hätte. Das spielte bestimmt auch 'ne Rolle dabei.

Sabine Landschek: Also, das war 'n grundsätzlich anderes Leben. Man hat versucht, alles im Freundeskreis abzudecken, wo man irgendwie geschützt war. Man hat sich nich' so nach außen begeben. Man hat ooch in der S-Bahn nich' laut irgendwas erzählt oder so. Det… det funktionierte eigentlich. Man is' eben ooch nich' – erst mal gab's wenig Kneipen –, und man is' nich' so rausgegangen. Man hat das alles mehr so intimer unter sich… und man hat sich nur zu Hause getroffen, und da war ja ooch manchmal 'n Spitzel dabei. Und das war eben ooch, was ick aus meiner Akte erlesen habe, dass alle Leute, wo ich je gewohnt habe oder studiert habe oder irgendwas gemacht habe, dass Nachbarn... da sind dann immer so gesammelte Berichte mit Schreibmaschine von irgendeinem Oberstleutnant Sowieso, der Leute befragt hat und die alle ohne Not Auskunft gegeben haben über einen – ob se einen kannten oder nicht. Und das hat mich doch im Nachhinein sehr erschüttert, denn es... sie war'n ja nich' wie im »Dritten Reich« vom Tode bedroht oder von irgendwas, um jemanden zu denunzieren. Sie ham's gemacht, und zwar beflissen und mit Eilfertigkeit. Meine uralten Wirtsleute, denen ick Westzigarren bei jeder Mietszahlung mitgebracht habe, die meine Mutter über irgendwelche Ecken besorgt hat, ja, die hab'n Berichte über mich verfasst. Was da... was ich für Umgang habe, dass da Männer kommen, das det undurchsichtig is', wer bei mir ein und aus geht. Det war meine Studiengruppe! Det hab'n die alten Leute nich' kapiert, dass ich einfach 'n großes Zimmer hatte und dass bei mir eben alles stattfand. Und solche Berichte sind da abgeheftet, Berichte von Nachbarn.

THOMAS KRETSCHMER: Die späte Kindheit hindurch, die ganze Jugend hindurch hat mich und meine Freunde dieser Gedanke, dieses Land zu verlassen, woanders zu leben, die ganze Welt zu sehen, zu verreisen, immer wieder beschäftigt. Jedesmal wenn's hieß: Es is' jemand abgehauen, dann fieberten die Gespräche hoch und die Umstände und... »Hat er's geschafft? Nee, er is' geschnappt worden.« »Wo isser denn jetzt? Und was wird aus ihm?« »Was is' aus welchen geworden, die früher rüber sind?« Es war ein dauerndes Thema.

RAFAEL SELIGMANN: Ich wurde am 13. Oktober 1947 in Tel Aviv im damaligen Palästina geboren. Meine Eltern kamen aus Deutschland, mein Vater aus Bayern, einem Kleinstädtchen: Ichenhausen. Das war die größte jüdische Landgemeinde in Bayern – bis Hitler. Meine Mutter kam aus Berlin. Mein Vater ging also '35 nach Palästina, '40 lernten sich meine Eltern kennen, '41 heirateten sie, sechs Jahre später wurde ich geboren. Das war am Vorabend der Gründung des Staates Israel.

Christoph Potting: Ich hab' meinen Vater gefragt: »Was hast du im Krieg gemacht? Was hast du im Nationalsozialismus gemacht? Hast du dich schuldig gemacht?« Dieses Thema war Bestandteil dieser Generationsauseinandersetzung zwischen mir und meinem Vater. Mein Vater war Textilkaufmann, hatte eine Textilfabrik in Mönchengladbach und is' aus der Gefangenschaft aus Italien – ich glaub', im Jahre '46/47 – zurückgekommen und is' dann wieder unmittelbar in die Firma und hat dann versucht, diese wieder in ein blühendes Geschäft zu verwandeln. Also, dass die Firma nicht beschädigt wurde und wie mein Vater und diese Familie es geschafft hat, dieses Unternehmen sowohl durch den Nationalsozialismus zu bringen wie über den Krieg, des is' eines der großen Familiengeheimnisse. Und interessanterweise is' mir das noch mal deutlich geworden, als ich einen Film im WDR gesehen hab' über Judenverfolgung in Mönchengladbach, wo sehr viele Bekannte meines Vaters erwähnt wurden, die sozusagen jüdisches Vermögen und jüdische Unternehmen zu billigem Geld gekauft haben. Also, Juden waren in Mönchengladbach dazu gezwungen worden, ihre Häuser und ihr Vermögen im Sinne der »Arisierung« zum Spottpreis zu verkaufen, und da ja 'n Großteil des textilverarbeitenden Gewerbes in Mönchengladbach in jüdischen Händen war, muss mein Vater davon was mitbekommen haben. Davon war nie irgendetwas zu erfahren. Also, im grünen Gürtel von Mönchengladbach, da stand sowohl das Elternhaus meiner Eltern, väterlicher- und mütterlicherseits, und das war eine Gegend, wo sehr viele Villen von jüdischen Unternehmern waren. Und in dem Film war von einem Fall die Rede, wo 'ne Wohnung ausgebrannt und eine jüdische Mitbürgerin getötet wurde, weil sie Unterschlupf gewährt hat und das ein heimliches Treffen von irgendwelchen konspirativen Kreisen sein sollte. Dieses Haus lag 100 Meter von dem Elternhaus meiner Eltern weg. Die müssen das mitbekommen haben, zumindest muss man darüber geredet haben! Davon war in unserer Familie nie die Rede. Es war nie etwas davon zu erfahren. Das war sozusagen ein Grauschleier des Geheimnisses. Und... also, wenn ich darüber rede, ... dann... dann krieg' ich Herzklopfen.

Rafael Seligmann: Mein Vater war auch in Israel Kaufmann, er hatte ein kleines Kolonialwarengeschäft nördlich von Tel Aviv. Aber er war die israelische Mentalität nicht gewohnt und kam finanziell da nicht zurecht. Meine Mutter hatte sich in dem subtropischen Klima eine Amöbenruhr geholt, und so gingen sie 1957 nach Deutschland. Für mich war das 'n bisschen schwer. Ich schämte mich wahnsinnig. Die Familie meines Vaters, die war zwar vollständig gerettet in Palästina, später Israel, bei meiner Mutter aber waren eine Reihe von Geschwistern ermordet worden, also ihr Bruder – ihr Lieblingsbruder –, ihre Schwester, die Kinder, Enkelkinder. Aber darüber wurde überhaupt nicht geredet. Erst später, als ich so 16, 17 war und die Auschwitz-Prozesse stattfanden, da war – weiß ich – einmal ein Film von einem Juden, der erzählte, dass ein Freund oder sein Nachbar in dem KZ einen Fisch gestohlen hat, und das hätte ihn vor dem Tod bewahrt, und der Freund verhungerte. Und da fing mein Vater furchtbar an zu heulen und zu schreien und schimpfte mich aus. Und es war mir klar, dass es nicht um mich ging, sondern er wusste nicht weiter. Und das war so in der Zeit, so in den Sechzigerjahren, 1963 bis '65, wo in unserer Klasse auch ziemlicher Antisemitismus in München auftrat. Es war nicht so, dass man Angst um sein Leben haben musste, aber es hieß immer wieder »Saujude« oder »Nicht schlecht ham sie's gemacht.« Das war auch die Zeit der NPD. Mitte der Sechzigerjahre, da war's ziemlich schwierig für mich, und ich begann die Deutschen zu hassen.

Melitta Walter: Geboren bin ich 1949 in Berlin. Meine Eltern waren noch sehr jung, mein Vater war grade aus der Kriegsgefangenschaft zurückgekommen und hatte sich mit meiner Mutter angefreundet; und dann wurde sie schwanger, und dann haben sie geheiratet. Meine Schwester war blond und blauäugig, und meine Mutter ist Jüdin und wollte unbedingt ein blondes, blauäugiges Kind, was ich ja nicht war. Irgendwie war da von Anfang an die Rollenverteilung klar. Die blonde Brave einerseits und ich immer als die, die ja quasi die eigene mütterliche Geschichte repräsentiert hat. Davon wusste ich ja aber nichts, als ich klein war. Meine früheste Erfahrung überhaupt zu dem »Konfliktbereich Juden« war, dass ich als kleines Mädchen immer lange Locken hatte, also sehr dunkel aussah, und immer rote Kleider anhatte, wogegen meine blonde Schwester immer hellblaue Kleidchen anhatte und mir schon – als ich so vier war – die Kinder nachgerufen haben: »Judenmädchen« oder »Zigeunermädchen«, was ich überhaupt nicht verstanden habe. Ich hab' da sehr drunter gelitten. Ich erinner' mich, dass ich genau damals – als irgendwie … Kinder mich an'n Haaren zogen und mich auslachten und alle mit meiner Schwester spielten, aber nich' mit mir –, … dass ich meiner Großmutter irgendwann mal heulend gesagt hab': »Was heißt das, warum sagen die immer ›Judenmädchen‹?« Und meine Großmutter sagte da zu mir: »Hör' nich' auf die Deutschen!« Und ich hab' des im ersten Moment überhaupt nicht verstanden und hab' für mich als Kind damals daraus konstruiert: Aha, des sind Deutsche, aber ich bin ja Berlinerin – des is' was anderes! Ich hab' also des »Deutsch« überhaupt nich' verstanden. Es hat mich aber sehr irritiert, und ich wollte dann nachfragen und hab' keine Antworten gekriegt.

Christoph Potting: Es gibt zwei Fernsehereignisse in meinem Leben, die mich nachhaltig geprägt haben. Und die hingen damit zusammen, dass wir während des Urlaubs meiner Eltern regelmäßig auf die Verwandtschaft verteilt wurden. Und ich war bei der Schwester meiner Mutter, also bei meiner Tante und deren Mann. Und dieser Onkel war ein Spätheimkehrer gewesen, der also erst '55/56 aus russischer Kriegsgefangenschaft zurückkam, also zu den Gefangenen gehörte, die Adenauer zurückgeholt hat. Und der hat damals diesen Eichmann-Prozess im Fernsehen geseh'n, und des war ja »ohne Worte«, im wahrsten Sinne des Wortes. Der hat auch nie über seine Kriegsgefangenschaft gesprochen und hat regelmäßig diese Fernsehsendungen geguckt. Ich seh' den Eichmann da noch in diesem Glaskäfig, und man saß sozusagen auf der Couch mit Knabbergebäck und Rotwein, und es war eine Luft zum Zerschneiden, und der Onkel hat kein Wort gesagt. Der Fernseher wurde angemacht, und der Fernseher wurde wieder ausgemacht. Na ja, und dann hab' ich mit ihm Europapokal-Spiele geguckt, das war … das war sozusagen … das war der Kontrast irgendwie.

Melitta Walter: Ich kriegte dann heftige Auseinandersetzungen zwischen meinen Eltern mit. Wir hatten 'ne ganz kleine Zweizimmerwohnung zu viert. Die Auseinandersetzungen hörten immer sofort auf, wenn ich quasi reinkam, und ich kriegte nur atmosphärisch mit, dass die über irgendwelche Dinge reden, die... die mir sehr fremd sind, die sehr bedrohlich sind. Aber wenn ich nachfragte, dann hab'n die gesagt: »Darüber redet man nich'«, oder: »Da will ich nix zu sagen.« Ich hab' erst später, als ich schon 'n bisschen größer war, penetrant immer wieder nachgefragt: »Warum hab' ich keine Verwandten? Warum gibt's keine Leute?«, und hab' dann auch über meine Großmutter erfahren, dass die meisten meiner mütterlichen Verwandten entweder noch flüchten konnten oder dass sie in Konzentrationslager gekommen waren und umgekommen sind. Und meine Mutter lebte mit ihren Eltern in Berlin versteckt, und – des is' schon heftig – die konnten bei Bombenangriffen ja nicht in die Luftschutzkeller runter, und waren dreimal verschüttet worden. Und ich denke, dass meine Mutter da wirklich 'n absoluten Knacks her hatte, ja. Also, sie wollte unbedingt ihre eigene Identität verleugnen. Sie is' eine absolut schöne Jüdin gewesen, also, was man so – wenn ich so alte Fotos von der geseh'n hab' –, bildschön, aber eindeutig Jüdin, da ging kein Weg dran vorbei. Und so hatte sie sich dann einen richtig blonden, »arischen« Mann gesucht, was ich heute – mit Abstand und in meinem Alter kann ich das sagen – als einen Versuch sehe, die eigene Vergangenheit zu bewältigen. Aber sie hat sich damit nix Gutes getan und mir schon gar nicht. Weil ich im Kindergarten und später auch in der Schule immer 'ne Außenseiterin war, hatte ich immer einen Konflikt, den ich gar nicht benennen konnte. Aber ich lebte eigentlich immer in diesem Gefühl: Irgendwas stimmt nich', irgendwas müsste anders sein. Es gab nämlich noch so eine heftige Geschichte. Da hab' ich meinen Vater geseh'n, wie er sich gewaschen hat, und im Bereich vom Oberarm war was eintätowiert; und ich bin hin und hab' gesagt: »Was hast du denn da?« Und dann hat der so gesagt: »Ja, des hab' ich gekriegt, als ich in'n Krieg ging. Des hab'n wir alle gekriegt, das is' unsere Blutgruppe.« Und ich habe auch erst später... auch zum Glück noch über meine Großmutter, die eine ganz, ganz einfache Frau war, die ich sehr geliebt habe und die ich dann immer mal wieder gelöchert habe, wenn ich mit ihr allein war, denn meine Eltern hatten keinen Kontakt mehr zu meiner Großmutter, die hatten sich zerstritten. Meine Mutter wollte aus allem raus, und meine Großmutter wollte nich' aus allem raus, meine Großmutter wollte zu dem steh'n, was passiert is'. Und durch meine Großmutter hab' ich dann eben erfahren … und das is' schon … also, heute seh' ich das schon, dass das alles sehr tragisch war: Mein Vater is' als 16-Jähriger zur Waffen-SS eingezogen worden, und die haben eben alle die Blutgruppe eintätowiert gekriegt, des war ja so 'ne Elitegruppe. Nun war dieser Junge 16! Da kann man ja eigentlich nich' von Elite reden, und der kam dann aus dem Krieg zurück, seine Eltern war'n verschollen, er hatt' nun also auch keine … obwohl er nun nicht Jude war … hatte er auch überhaupt niemanden mehr und kam nach Berlin, hat da meine Mutter getroffen; und dann war sie schwanger, und dann irgendwie kriegte aber mein Großvater mütterlicherseits mit, dass der bei der Waffen-SS war. Es muss höllisch gewesen sein, was da abgegangen is'. Aber meine Mutter war schwanger, und die ham geheiratet; und ich glaube, dass diese historische Tragik von zwei – kann man ja einfach sagen –, zwei jungen Menschen, die sich ineinander verlieben und die aus zwei ganz, ganz unterschiedlichen, gesellschaftlichen, politischen Erfahrungen kommen – wo beide nichts 'für können –, aber das hat die Beziehung meiner Eltern von Anfang an unglaublich überschattet. Es war dann auch eine ganz unglückliche Ehe, furchtbar unglücklich. Und mein Leben hat's entscheidend geprägt, weil mir niemals jemand erzählt hat, was wirklich war.

Rafael Seligmann: Wir hatten einen jüdischen Mitschüler, den Erwin Honigstein. Erwin konnte schlecht rechnen, was für unseren antisemitischen Lehrer natürlich 'ne Riesengaudi war. Er rief immer den Erwin an die Tafel: »Na, Honigstein, das Rechnen deiner Väter fällt dir aber sehr schwer, da wird's wohl nichts!« Und, dann wurde er denn immer mit neuen Fragen konfrontiert …: »Na, Honigstein, das wirst du doch wohl können!« Erwin konnt' es nicht, nur heulen konnte er. Und am Ende des Unterrichts, nachdem er ordentlich lächerlich gemacht wurde, wurde er von seinen nichtjüdischen Klassenkameraden verprügelt, und ich half ihm mal. Warum, weiß ich auch nich'. Man soll Juden helfen, hieß es da oft. Gut. Dann kam schon die Mutter von Erwin angegackert: »Erwin, Erwin, lasst meinen Erwin, lasst ihn steh'n!« Na ja, die ließen ab von ihm, die Mutter nahm ihren Knaben und zog von dannen, und die ungezügelte Wut der so genannten arischen Klassenkameraden bekam ich zu spüren. Ich wurde windelweich verdroschen. Ich kam dann nach Hause, und meine Mutter sagte: »Was ist denn los? Du guckst so verstört.« Ja, und dann erzählte ich ihr, was passiert war. Meine Mutter ging schnurstracks zum Direktor, und der sagte, es war Oktober '57: »Wenn's Ihnen nicht passt, nehmen Sie Ihren jüdischen Zuckerknaben und geh'n Sie zurück nach Palästina.« Das tat meine Mutter nicht. Sie ging zum damaligen Stadtschulrat Anton Fingerle. Der brüllte von wegen Insubordination und Antisemitismus. Am nächsten Morgen jagte der Schuldirektor in die Klasse, verdrosch als Erstes schon den Türaufmacher – das gab's ja damals, den Türöffner, der bekam gleich eine geschmiert –, dann wurde der Lehrer zur Rechenschaft gezogen: »Herr Walk, was is' mit Ihrer Klasse los? Die haben die Hebräerknaben verdroschen. Das gibt's hier nicht! Ich fordere strengste Bestrafung!« Der Direktor zog ab, und dann fragte der Lehrer: »Na, wer hat die tapferen Hebräerknaben verprügelt?« Keine Antwort. Ja und dann fragte er eben uns. Der Erwin Honigstein hielt natürlich seinen Mund. Ich hatte aber so 'ne Wut, dass es mir wurscht war, und ich sagte: »Des war der Girgl, der Diefenmoser und noch einer.« – »Euch brech' ich das Genick!« Na ja, und ich wartete dauernd, dass ihnen der Lehrer nun das Genick brach. Es passierte aber gar nichts, und am Ende des Unterrichtes sagt' er: »So, jetzt werdet ihr verprügelt!« Und ich wartete, dass sie verprügelt werden. Der Erwin, der zog natürlich ab. Ich wollte seh'n, dass die Knaben verprügelt wurden, und ich glaub', das ist ein entscheidender Unterschied zwischen jemandem, der in Israel aufgewachsen ist in diesen ersten Jahren und jemandem, der in Deutschland aufgewachsen is'. Die deutschen Juden zogen ihren Schwanz ein. Wenn da irgendeiner »Saujude« sagte oder »Judenbengel«, dann hielt man den Mund. In Israel hatte man diese Grundangst nicht. Ich wollte, dass die Quälgeister... die antijüdischen Quälgeister verdroschen wurden.

Melitta Walter: Auf der Oberschule, da war ich sicher achte, neunte Klasse, da sind wir in eine Ausstellung gegangen mit Fotos über Konzentrationslager, Schwarz-Weiß-Fotos. Und ich bin völlig total ausgerastet. Ich hab' die Bilder geseh'n und bin total ausgerastet. Ich hab' in dem Raum angefangen zu toben und zu schreien, und ich muss sagen, dass der Lehrer, der dabei war und den ich nicht gut kannte, ganz toll reagiert hat: Der hat mich einfach in den Arm genommen. Und für mich war es 'n absolutes Schockerlebnis, weil ich hab' das erste Mal was geseh'n, von dem ich nichts hören sollte.

Erwin Walz: Als mein ältester Sohn, der heute 54 ist, 14 oder 15 Jahre alt war, da saß er mir eines Abends beim Abendbrottisch gegenüber, schaute vor sich hin und aß nichts. Ich beobachtete ihn aus den Augenwinkeln und dachte: »Jetzt bin ich gespannt, was da kommt.« Nach einiger Zeit fängt er plötzlich an und sagt: »Ihr könnt mir nix erzähl'n, ihr seid auch schuld, dass Hitler kam.«

Helga Römer: Der Angriff: »Du musst das gewusst haben. Wieso hast du das dann nicht versucht zu verhindern?« – Es war uns peinlich, zumal wir gewisse Nachrichten, die wir nicht hören wollten, wahrscheinlich zurückgedrängt haben.

Michael Meier: Die nackte Wahrheit der Geschichte ist tödlich. Das ist, als ob Sie direkt ins Antlitz Gottes blickten. Das kann keiner. Und ich hab' das Gefühl, wenn sie sechs Millionen Juden ermorden, so ist das ein Fluch, der hat biblische Qualität. Ich habe mir damals vorgenommen, dass ich die Mitschuld ganz stark empfinde, ob ich's nun geseh'n hab' oder nicht. Ich lasse sie mir von niemandem vorwerfen, von keinem Juden und von keinem Christen – mein eigener Vorwurf, an dem trage ich schwer genug.

Kurt Niemetz: In der Familie hat es natürlich Spannungen gegeben. Wir waren also Leser von der *Welt*, die *Welt* war also 'n Springer-Blatt, und Springer war also das rote Tuch für die 68er-Generation. Und, äh … um da meinem Sohn entgegenzukommen, hab' ich dann zusätzlich zur *Welt* den *Tagesspiegel* abonniert.

Christoph Potting: Bei uns in der Familie ging's interessanterweise immer um Sexualität. Ich werde nie vergessen, wie ich mit meinem Vater vorm Fernseher saß: »Die Beatles in Amsterdam«. Das war ohne Worte, ja! Hunderttausende Leute da – wie wahnsinnig, besessen, sprangen sie in die Grachten, die Beatles fuhren dann mit so'm Boot durch die Kanäle, die Stadt war irgendwie außer Rand und Band. Mein Vater saß vor dem Fernseher und sagte: »Die muss man alle vergasen.« Diese unkontrollierte Libertinage, diese erotische, sexuelle, freudvoll aufgeladene Ausgelassenheit, die hat ihn extrem provoziert. Und des war ja damals mit Hippies, Flower-Power-Music, Rock'n'Roll, das war so 'ne Zeit, wo das ja 'n extremes Thema war.

Christiane Adam: Und wenn man die *Pardon* gelesen hat oder gar die Zeitschrift *Twen,* da galt man als Rebell! Des war irgendwie ganz unanständig. Im Übrigen hat auch noch das Hotel »Kempinski« im Jahre '65, das Hamburger »Kempinski«, die jüdische Sängerin Esther Ofarim nicht ins Hotel eingelassen, weil sie einen Hosenanzug trug.

Christoph Potting: Da war ich 16, da kaufte ich in so 'ner Flower-Power-Boutique in Mönchengladbach rot und blau geblümte Bermudas. Irgendwann kommt mittags mein Vater an und bat mich – wie das dann bei schwierigen Themen üblich war –, nach dem Essen doch mal in sein Arbeitszimmer zu kommen. Der machte das ganz kurz und sagte: »Christoph, es gibt da nichts lange zu reden. Entweder du ziehst ab heute diese Bermudas nich' mehr an, oder du kannst dieses Haus verlassen.«

Melitta Walter: Dann hab' ich beschlossen, von zu Hause abzuhau'n, und es waren … wenn ich mir's heute überlege … ich kannte eigentlich nur die *Bild*-Zeitung und das *Spandauer Volksblatt*, weil wir ja dann in Spandau wohnten. Und dann hab' ich mir die Zeitung gekauft und habe während meines Dienstes in der Pause in der Kinderklinik die Zimmeranzeigen durchgesucht; und dann war da ein Zimmer inseriert, für 60 Mark. Und dann hab' ich da angerufen, und da sagte 'ne Frau zu mir, ja, da wär' 'n Zimmer frei, und ich könne kommen, und des war im hintersten Schöneberg, wo ich noch nie in meinem Leben war. Und da machte mir dann eine Frau Anfang 20 auf, die hatte so 'n Françoise-Hardy-Haarschnitt, wie der damals so modern war – so schwarzen Pony und dann an der Seite so grade bis zu den Ohrläppchen runter und dann nach hinten rum, so ganz glatt –, und sie hatte 'n schwarzen Pullover an und 'ne schwarze Hose und 'ne braune Holzperlenkette. Ich sah ja noch ganz anders aus: bieder, im Kostümchen und wie man halt … wie ich in meiner Sozialisation halt aussah. Und die: so leger in dem schwarzen Pullover! Und die ließ mich dann rein in so'n Raum, wo Matratzen auf der Erde waren, also in eine völlig andere Welt mit Poster an den Wänden und so weiter…. So was hatt' ich ja noch nie geseh'n. Und die sagte dann: »Ja, wir ham 'n Zimmer frei, des kannste hab'n.« Sie duzte mich auch. Und dann hab' ich gesagt: »Ja, wann kann ich einziehen?« Und dann – ich sah schon, das is' 'ne größere Wohnung, aber ich hab' mir überhaupt um nichts Gedanken gemacht, sondern hab' nur gedacht: sofort! Und dann sagte die: »Okay, wenn du heute Abend wieder kommst, bin ich dann zu Hause; und du kannst kommen, das Zimmer is' frei.« Dann bin ich vom Dienst nach Hause, bin in die Wohnung rein und hab' gesagt: »So – ich ziehe aus, ich brauch' einen kleinen Koffer.« Ach, das war unglaublich: Meine Mutter kriegte einen Schreikrampf, mein Vater stand fassungslos da, meine Schwester lehnte an der Tür. Ich war ja nicht mal volljährig. '67 bin ich da eingezogen, na, und ich bin in einer Wohngemeinschaft gelandet (lacht). Ich wusste doch gar nicht, dass es Wohngemeinschaften gibt. Ich bin da in was gelandet, von dem ich vorher nie gehört hatte. Lauter Studenten um mich rum, alle wesentlich älter als ich. Aber ich hatte für 60 Mark 'n Zimmer. Und dann tauchten da im Laufe dieses Abends – ich war sicher erst um acht oder neun in dieser Wohnung –, dann tauchten immer mehr Leute auf, und ich fand das so komisch, dass da lauter Leute reinkommen, Männer und Frauen, die irgendwie alle so ähnlich aussahen, mit Bärten und längeren Haaren. Alle war'n se freundlich zu mir, und des war ich gar nicht gewohnt. Dann plötzlich kriegte ich aber mit, dass noch mehr Leute kamen und dass heftig über Dinge diskutiert wurde, wo ich überhaupt nichts 'von verstand. Bis dann jemand zu mir sagte: »Du, morgen Abend trifft sich hier wieder 'ne Gruppe, wenn de willst, kannste dich dazusetzen.« Wir … wir hab'n den *Ursprung der Familie* gelesen (lacht laut), ich habe das Buch geliebt! – Da hab' ich das erste Mal in meinem Leben mit anderen zusammen ein Buch gelesen, worüber auch noch diskutiert wurde. Und das war so wunderbar! Plötzlich war da Musik, die ich nie vorher gehört hatte, es war alles anders. Die haben andere Sachen gegessen, die haben sich anders angezogen, es gab eigentlich gar nich' so viel Alkohol, sehr viel Tee – na klar … und es wurde unglaublich viel gekifft. Und es war einfach köstlich für mich, da in so 'ne Welt reinzukommen. Die Leute waren gut gelaunt, man hat getanzt, man hat viele Feste zusammen gefeiert, man hat sich abgewechselt, wer Küchendienst hat und wer kocht … Es gab natürlich auch Auseinandersetzungen – keine Frage –, weil irgendjemand nicht gespült hat. Aber da war das erste Mal in meinem Leben das Gefühl: »Ich hab' 'ne Familie!«

Christian Bundt: Man bot mir an, in eine Wohnung einzuziehen: Einsteinstraße 151. Dort wohnten Freunde von mir. Wir lebten da in zwei Wohnungen übereinander, eine lag im dritten, eine im vierten Stock, und wir versuchten neue Lebensformen zu erproben. Zum Beispiel wie es ist, wenn man das Eigentum aufhebt. Oder wie es ist, wenn man zum Beispiel Türen aushängt und die Privatsphäre aufhebt. Oder wie es zum Beispiel ist, wenn man keine eigentliche *eigene* Freundin hat, sondern einfach mehrere, und alle allen lieb sind (lacht). Wie das denn wäre? Das versuchten wir zu erproben. Des ist äh … nicht lange gut gegangen, denn sehr schnell stellte sich heraus, dass jeder eigentlich doch eben einer bestimmten Freundin zugetan war und die nicht teilen wollte. Also, unsere komischen Versuche, auf Sammellagern, die wir abends eingerichtet haben, kreuz und querbeet zu bumsen, haben nicht lange vorgehalten und endeten mit einem furchtbaren Zerwürfnis. Einige zogen aus, andere kloppten sich, wieder andere waren also politisch so was von verbiestert, dass sie sagten: »Noch mal probieren, beim zweiten Mal funktioniert's, man soll nicht gleich die Flinte ins Korn werfen.« Und ich hatte aber eigentlich mit diesen Aktivitäten nicht so viel zu tun, weil ich mich in deren Augen sehr bürgerlich individualistisch gerierte, indem ich mir meine Freundinnen und Beziehungen außerhalb suchte, sie mitbrachte in diese – sozusagen – Kollektivwohnung und mit denen dann wieder abzog. Das wurde mir sehr zum Vorwurf gemacht. Es gab sofort Streit, und die sagten: »Der Bundt privatisiert.« Na ja, ich konnte nich' aus meiner Haut, ich war nu' mal so jemand, der, äh ... ich war schon für den Freiheitsgedanken, dass man zum Beispiel aus einem Kühlschrank lebte oder in einer Küche aß, vom gemeinsamen Geschirr aß, und der sein Auto mal verborgte oder dieser sein Rad mal verborgte ... Das fand ich alles nich' so wild, aber dass das auf den Menschen übertragen wurde, war mir dunkel, war mir unheimlich, das wollt' ich nicht, und das hab' ich auch nicht akzeptiert. In einer – ich kann mich noch erinnern –, in einer schweren Grundsatzdiskussion, die daraufhin einberufen wurde, einem Grundsatzabend, wurde ich von allen zur Rede gestellt und mir der Vorwurf gemacht, man hätte bemerkt, wie ich mich davonschleichen wollte aus der Kollektivverantwortung. Das klingt mir heute noch im Ohr. Daraufhin hab' ich diese Wohnung auch recht bald verlassen und mich einer anderen Wohngemeinschaft angeschlossen in der Mühlbauerstraße in Bogenhausen.

Elfriede Stolpe: Als der ältere Sohn dann in eine Wohngemeinschaft zog, war's auf der einen Seite schon bissl mit Ängsten befrachtet, aber auf der andern Seite war's auch 'ne große Erleichterung. Man kriegt nicht mehr alles mit. Und, äh ... des war also 'ne heftige Zeit, diese 68er-Zeit. Aber prägend – und auch positiv.

Katharina Dietrich: Die einen wollten also die große Freiheit mit den Drogen zum Beispiel, und die andern wollten die große Freiheit mit der Politik, und der Nächste wollte sie in sei'm Künstlerdasein... Also, jeder strebte so in eine andre Richtung. Aber man fühlte eben – wahrscheinlich auch durch diesen steigenden Wohlstand – eine unheimliche Möglichkeit von Freiheit. Und auch diese Abgrenzung zu den Älteren, also bei vielen war das ja 'n Riesenkonflikt. Ich fand die Form, und wie's manchmal so ausfiel, die empfand ich zum Beispiel auch damals schon – muss ich leider gestehen – als Biertisch-Revoluzzerei. Und die Arbeiter mussten morgens arbeiten, während unsere Studenten bis mittags schliefen. Die mussten nich' um sechs Uhr morgens im Betrieb sein.

Rafael Seligmann: 1968 war ich Lehrling. In der Lehre wurde nicht viel aufgelehnt. Man war eine sehr billige Hilfskraft. Im ersten Lehrjahr lernte man Brotzeit holen, aufkehren, folgen, die Fernseher raufschleppen in den vierten Stock, auf dem Dach Antennen reparieren und so weiter – also die ganze Drecksarbeit. Aber ich lernte auch was sehr Wertvolles in der Lehre. Im ersten Lehrjahr kam einer aus'm zweiten Lehrjahr und sagte: »So, da hab' ich paar Eiterpickel, die tust ma mal ausdrücken.« Ich war geprägt durch meine kleinbürgerliche Erziehung, mich ekelte, und ich sagte: »Nein, das tu' ich nich'.« Er: »Doch, du bist im ersten Lehrjahr, und ich bin im zweiten, also musst du das tun!« Und da hab' ich ihn verprügelt. Und dann hatte ich 'n andern Lehrling, der mich da im Schulunterricht in der Berufsschule piesackte und immer wieder »Jud'« sagte; und irgendwann wurd' es mir auch zu blöd, und dann hab' ich den ordentlich verprügelt – mitten im Unterricht. Aber es war damals nicht die Frage, die mich interessierte, was an den Unis los ist und der »Muff von tausend Jahren unter den Talaren«, das war uns ziemlich egal. Es war einfach die Frage: Wie kommst du aus dieser doppelten Umklammerung los – einmal als Lehrling ausgebeutet zu werden und zum zweiten als Jude für jeden Quatsch den Sündenbock zu machen. Mir wurde dauernd vorgeworfen: »Was euer Springer wieder in der Zeitung schreibt!« Da hab' ich g'sagt: »Der Axel Springer is' doch kein

Jude!« Und das war'n rechter Laden, diese Firma, die waren knallrechts, aber beim Springer, weil er eben die Juden mochte, ist klar: Da ist die Presse wieder in jüdischer Hand. »Was euer Springer wieder schreibt.« Ich: »Aber er ist kein Jude.« »Doch! Gib's zu!« Ja, was will man da tun? Da kannst nix tun. Ich dachte: »Bloß raus aus dieser Scheiße!« Und als ich dann meine alte Jugendliebe traf und die sagte: »Mensch, du bist doch gescheit, du musst unbedingt...«, da wusst' ich sofort: »Ich mach's Abitur nach.«

Christoph Potting: 1968 war ich 18 Jahre alt und war sehr stark politisch engagiert, aber ich war nirgendwo organisiert. Ich habe sehr viel gelesen und die Diskussionen mit Rudi Dutschke im Fernsehen gesehen – auf Veranstaltungen in Mönchengladbach besuchte ich solche subkulturellen Clubs –, lebte aber immer noch zu Hause und war immer noch sehr stark integriert in diese großbürgerliche Familie; und ich habe diese Spaltung, die durch die Gesellschaft ging, auch in meiner eigenen Familie und zum Teil in mir selber erlebt. Ich war 1968 Deutscher Jugendmeister im Golf, und meine damalige Freundin war eine Tochter aus gutem Hause – wie das hieß –, kam aus einem ähnlichen Milieu, das noch rigider in den Ordnungs- und Moralvorstellungen war, aber hochkompatibel mit meinen Eltern und dieser Generation. Und die versammelten sich dann im Golfclub und im Rotary Club. Da war's zum Beispiel ganz selbstverständlich, dass die Kinder alle 'n Auto zum Abitur geschenkt kriegten, und zwar, was weiß ich, zum Beispiel einen Karman Ghia – das war damals so'n mondänes Kabriolett – oder einen Alfa Romeo. Diesen Reichtum fand ich obszön, diese Inszenierung von Reichtum fand ich noch obszöner, und dass man sich dem nicht entziehen konnte, ohne radikal mit dem ganzen Milieu zu brechen, war schlimm. Und damals war ich ja mit meiner Freundin zusammen, die dann auch Abitur machte, und die sollte ein solches VW-Kabriolett zum Abitur kriegen. Und ich habe gesagt: »Wenn du diesen Wagen annimmst, trenne ich mich von dir.« Und für uns war das dann sozusagen ein Kompromiss, dass wir eine »Ente« bekamen, was sozusagen für unsere Eltern der Horror war. Mit der »Ente« in den Golfclub zu fahren, ist der Absturz! Und wir haben aber die »Ente« durchgesetzt, und das war damals für uns ein revolutionärer Schritt. Das hört sich pervers und absurd an, aber es war so. Heute sind Golfclubs und diese gesellschaftlichen Netze ganz anders. Das ist alles viel lässiger, improvisierter geworden. Die Kleiderordnung gibt's nicht mehr, die Geschlechterverhältnisse haben sich geändert, die Frauen können aktiv sein, die haben einen Beruf – das war ja damals alles auf dem Bruchpunkt. Und es war im Golfclub natürlich klar, dass man den Frauen die Wagentüre aufhielt, dass man Frauen ans Auto führte, dass man Frauen in den Mantel und aus dem Mantel half; man trug Sakko beziehungsweise Kostüm – also diese Zeichen, die man setzte, um deutlich zu machen, dass man eben zu der besonderen Schicht und Klasse gehörte. Denn diese Leute – so wie die waren, waren sie ja emotionale Krüppel, und in der Regel waren sie genussunfähig, und es blieb ihnen ja sozusagen nur dieses Ausstattungskapital. Das war eigentlich dazu da, um zu sagen: »Guck' mal, wer ich bin!«

Melitta Walter: Die erste Weihnachtsdemo, die wir in Berlin machten, war – ich glaub' – 1967, und es war die Zeit, wo Deutschland plötzlich so'n Wirtschaftswunderland geworden war. Die Leute in Berlin hab'n eingekauft wie blöde, auf dem Ku'damm, im KaDeWe, bei Wertheim… Es wurde unglaublich viel konsumiert in dieser Zeit, und wir kriegten ja aber mit, wo es überall in der Welt Armut gab, und wussten von diesen hungernden Menschen in vielen Regionen der Welt und ja auch in Deutschland selber. Und wir hatten da die Idee, dass es wichtig ist, den Leuten zu sagen: »Konsumiert nicht so viel, kauft nicht so viel ein an Zeug, was ihr nicht braucht, sondern schenkt wenig und sparsam und stiftet Geld für Menschen, die's dringend brauchen.« Und mit diesem Inhalt verfassten wir natürlich Flugblätter. – Wir haben in der Gruppe dann den Text diskutiert, wie politisch der sein soll und ob da »Marx« und »Engels« und »Kapital« und so drin vorkommen sollten oder nicht. Also – heute würd' ich so was wahrscheinlich so nicht mehr schreiben, aber wir meinten, wir müssten deutlich sein. Dann haben sich einige von uns aus rotem

Stoff diese Weihnachtsmann-Umhänge gemacht, wir sind richtig nächtelang an Nähmaschinen gesessen – Männer und Frauen –, und dann sind wir also da den Ku'damm runtergelaufen. Natürlich zur Haupteinkaufszeit, des war natürlich des Wichtige, denn die Leute sollten's ja auch seh'n. Und ich weiß noch: Wir ham dann den Männern aus Watte so weiße Bärte angeklebt und hatten also Riesenplakate, wo wir dann Bilder von hungernden Kindern draufgeklebt hatten und auf der andern Seite Riesenluxusgeschenke und Frauen in Pelzmänteln und Brillanten. Und dann ging es aber los! Ja! Dann wurden wir angepöbelt, wir wurden so was von beschimpft von den Leuten, die ihre Geschenke unter dem Arm hatten, wieder nach dem Motto »Geht doch nach drüben!« und »Ihr Kommunisten!« und »Ihr habt ja keine Ahnung!« und ... ach, es war so ... Ich war so was von erschrocken, wie gerade die, die die teuersten Geschenke hatten, einen so unflätigen Ton draufhatten, also das, was man heute als ordinär bezeichnen würde. Die haben uns angepöbelt. Und wir haben ja damals nicht zurückgesteckt, und wir haben dann viele Demos gemacht, die zum Teil für uns auch ganz schlimm waren, weil die berittene Polizei kam und mit den Pferden zwischen uns reingefahr'n is'. Ich hab' da auch schlimme Sachen da erlebt. Auch von der Polizei aus.

Christian Bundt: Ich erinner' mich namentlich an ein Demonstrationsereignis, das war die »Anti-Notstands-Demonstration« in München. Auf ihrem Höhepunkt, da hatten sich so ungefähr, ich weiß nich' genau, dann doch so 30 000, 40 000 Studenten und Schüler auf dem Stachus versammelt und sind dann unter Anleitung von Rolf Pohle – da erinner' ich mich heut' noch dran – zum Bahnhof gezogen, um ihn zu besetzen. Wir sind dann tatsächlich zum Hauptbahnhof gezogen, diese ganze Riesenhorde, wir sind durch die Eingangshalle durch. Und Rolf Pohle sagte nur: »Und diesmal ohne Eintrittskarte« (lacht), was 'ne Anspielung auf Lenin war, der den Deutschen unterstellte, wenn der Deutsche einen Bahnhof besetzt, da kauft er sich vorher 'ne Bahnsteigkarte. Und das machten wir nun diesmal nicht. Ich kann mich noch genau erinnern, dieser Riesenhaufen hat sich dann durch die große Eingangshalle gewälzt, und vor den Gleisen hatten die Polizisten Barrieren aufgebaut, damit wir also die Gleise nich' besetzen sollten oder konnten. Rolf Pohle hat dann trotzdem eine kurze flammende Ansprache gehalten, so ungefähr des Gehalts: »Wir lassen uns von diesen paar lachhaften Zäunen nicht aufhalten und werden auf ein Zeichen, was ich jetzt gleich geben werde, diese Zäune überschreiten, übersteigen, und die Gleise doch besetzen.« Was wir ja dann auch getan haben. Er hob dann irgendwann mal die Hand hoch und sagte: »So – jetzt!«, und dann raste also alles – diese lächerlichen kleinen Gehege da wurden beiseite geschoben –, und die große Menge setzte sich in Bewegung und wälzte sich über diese ganzen Gleisstränge, 20 Stück oder 25, die da waren, und wir haben in der ganzen Breite den Hauptbahnhof in München besetzt. Das war ja doch 'n großes Ereignis. Wir sind dann durch die Halle durch, aus der Halle raus ins Freigelände, also in jenen Bereich des Bahnhofs, der nicht mehr überdacht is', und haben da uns auf die Gleise gesetzt und haben abgewartet. Und auf einmal gab's tatsächlich den Befehl, wohl von der Polizeiseite: »So – jetzt stürmen!« Und dann rasten die also auf uns los, auf uns zu, und nachdem se also nur noch so 200 Meter vielleicht von uns entfernt waren, war's also mit der Ruhe hin. Alles versuchte sich in Sicherheit zu bringen, jeder für sich. Und dann sind wir später oben die Donnersbergerbrücke langgelaufen, eine Riesenmenge lief da mit, und einige – das war was, was mir nicht gefiel – griffen sich Steine, und auf der Brücke kam uns also eine Münchner Trambahn entgegen, und einige der Demonstranten, die sich Steine gegriffen hatten, fingen an, die Trambahn zu demolieren. Und zwar besonders brutal. Einer hat versucht und nicht nur versucht, sondern er hat die Frontscheibe dieser Trambahn mit 'nem Stein eingeschmissen. Und das fand ich also, äh... abartig und schlimm und abzulehnen. Aber es passierte. Das mocht' ich nicht. Da hatt' ich irgendwie den Eindruck: So, jetzt kippt die Menge um, und aus einem anfangs spielerisch als Demonstrationstheater gedachten Zug wird jetz' was Ernstes, und jetzt könnte es dann auch, wenn es also sich so fortsetzt, könnte Gewalt draus werden. Und das war also genau dieser Dreh- und Angelpunkt, an dem es hing. Und es gab dann im Anschluss an diese Demonstration einige Verhaftungen.

Madelon Bethke: Ja, mein Sohn ... oooh!! »Ho-Ho-Ho-Chi-Minh«, natürlich, ja! Der studierte da ja in München und war ja auch 'n ganz armer Student, musste richtig ackern, um Studiengelder da zu kriegen und so. Und diese kleinen Unterstützungen, die war'n ja immer Tropfen auf'm heißen Stein. Natürlich führte der Thomas dann 'n ganz wildes Leben. War'n hübscher Kerl, die Weiber waren hinter ihm her wie sonst was, und dann hat er die Bruni kennen gelernt, die sehr reich war von zu Hause. Der Vater hatt' 'ne große Glasfabrik. Und irgendwann, da kamen die beiden, und die sahen wirklich aus wie ... also, man hätte 'n Film drehen können. Die Bruni hatte so 'ne russische Batschkapp' auf, so mit dem Sowjetstern hier vorne, und mein Sohn mit so langen Haaren und so. Nee! Dann ham se auf'm Fußboden gesessen und ham erst mal 'n Joint geraucht, wie sich das für solche Leute gehörte, und ich hab' gedacht: Ich trau' meinen Augen gar nich'. – Irgendwann bin ich dann mal – ich glaub', in den Siebziger-, Einundsiebzigerjahren, in München gewesen und wollte bei denen in der Türkenstraße schlafen. Die hatten 'ne feine Wohnung, riesengroß. Und da kam ich in diese Wohnung – diese Wohnung war eine Riesenwohnung, ich weiß nicht, mit acht Zimmern, so 'ne richtige dolle, große Wohnung –, und da standen ganz teure, zum Teil wie so Designermöbel rum, aber verrottet! Und die Kinder pinkelten auf die Matratzen und also: »Antiautoritär« war angesagt. Die Wände waren mit Marmelade beschmiert, und die Kinder durften alles machen. Mir fiel der Unterkiefer runter, aber ich hab' gedacht: »Na ja, gut.« Ich habe mich nie dagegen verwahrt oder gesagt: »O Gott, wie furchtbar.« Aber ich hab' gedacht: »Es is' ja grauenvoll, hier würd' ich keine fünf Minuten leben wollen.« Aber ich hab' sie machen lassen.

Melitta Walter: Einmal – das sag' ich jetzt als Frau – hat mir unglaublich gestunken, dass die Männer in den Wohngemeinschaften trotz allem politischen, theoretischen Gedöns, ja, Marx und Engels zu lesen und hier immer von der Gleichwertigkeit aller Menschen zu schwafeln, aber einzukaufen und den Dreck wegzumachen, ham se sich trotzdem geziert und erwartet, dass wir Frauen den Kaffee kochen. Da bin ich von Anfang an ziemlich dran ausgerastet. Diesen Anspruch, dass man nich' mehr solche Beziehungsansprüche hat – also, jeder is' frei, und jeder kann machen, was er will –, da kann ich mich sehr gut dran erinnern, da war ich sehr bockig. Also, an dem Punkt hab' ich gesagt: »Da spiel' ich nich' mit. Also: Ich will einen, und den will ich für mich, und hier dieses ›Bäumlein-wechsel'-dich‹ is' nich' mein Ding. Des is' mir zu anstrengend.« Es gab natürlich die Frauen und die Männer in den Wohngemeinschaften, die dann locker-flockig für die Nacht 'n andern Typen mitbrachten, und dann am nächsten Morgen oder wenn's am Wochenende war, diskutierte dann in der Küche beim Frühstück die ganze Wohngemeinschaft, ob das jetz' vertretbar war oder nich'. Wir haben auch viele Dinge totgeredet, und unterm Strich war's so, wie's in allen gesellschaftlichen Gefügen ist: Die einen sind stärker und stabiler, die andern sind schwächer, und die Schwächeren gehen da genauso unter wie in anderen gesellschaftlichen Spielarten.

Katharina Dietrich: Als es noch keine Pille gab, war … kann ich mich erinnern … hatte ich einen Freund mit – na, wie alt war ich, 14 bis 17 –, und wir wollten's schon gern probier'n, aber wir haben auch Angst gehabt. Und deswegen hat's auch nicht stattgefunden, weil man's eben nich' so 100 Prozent verhüten konnte.

Melitta Walter: Das eigentlich einschneidendste Erlebnis in dieser, meiner ersten Wohngemeinschaft war: Ich komm' eines Tages in die Wohnung, und da findet auf dem Küchentisch wirklich – wie Klischee – 'ne Abtreibung statt. Und des war für mich schon wieder ein extremer Einblick in eine Welt, von der ich noch nichts wusste. Dass es so was auch gab! Das werd' ich nie vergessen, wie ich … und dann war der Freund der Frau dabei … ja, und die wollten mich rausschmeißen. Aber ich war ja nun schon Kinderkrankenschwester, ich hatte kein Problem mit Blut, ich konnte mit

Schmerzen umgehen, all' das konnt' ich ja. Und ich hab' gesagt: »Nein, ich bleib' jetzt hier. Ich helf' ihr jetzt.« Aber es war so was von furchtbar! Und das war für mich die Entscheidung zu sagen: »So – du musst dich mit dem Thema Frauen beschäftigen, das soll dir selber nicht passieren. Warum muss diese Frau hier unter solchen Bedingungen 'n Schwangerschaftsabbruch haben?« Das Wort gab's ja so gar nicht. Es hieß ja »Abtreibung«. Ich weiß nur noch: Es war absolut grausam, wie er mit irgendwas in ihr rum... rumgemacht hat, ich kann's wirklich nur so beschreiben. Und sie hatte sich so'n... Lappen, so'n Waschlappen, der umwickelt war mit'm Handtuch, in den Mund gesteckt, damit se nich' schreit, völlig verst... völlig aufgelöst. Und dann hatten wir – 'nee, 's war wirklich wahnsinnig – so 'ne Küchenschüssel, wo man sonst Salat drin macht, so druntergehalten, um des Blut aufzufangen. Es war so ein Horrorszenario, dass ich's mehr atmosphärisch beschreiben kann, als dass ich im Detail sagen könnte, was... es war, als wär's gar nich' real, zumal es ganz leise sein musste. Am meisten hab' ich in Erinnerung dieses »Es muss leise vor sich gehen«. Ja. – Mir hat diese Frau so unglaublich Leid getan. Es war so schlimm, und wir wussten dann gar nich', ob es geklappt hat oder nicht – das kommt ja noch dazu. Sie hat geblutet und geblutet und geblutet, und wir hab'n sie dann in ihrem Zimmer hingelegt, und dann gab's einen anderen Medizinstudenten im Freundeskreis, und dann hat se alle möglichen Medikamente gekriegt, die man irgendwo versucht hat, zu organisieren, damit's keine Entzündung gibt. Und die hat sie alle gnommen, so wie ich die Pille genommen habe. Ich hab' mir Pillen klau'n lassen von 'ner Freundin, deren Mutter 'ne Apotheke hatte. Ich hab' alles geschluckt, was ich gekriegt habe – null Ahnung von hoch und niedrig dosierten Hormonen! Das war die Pille, und das hab' ich halt geschluckt, ja. Also, eigentlich war'n wir wahnsinnig uninformiert.

Christiane Adam: Natürlich bin ich nicht aufgeklärt worden, aber damals wurde man auch nicht aufgeklärt. Es werden das also ganz wenige Eltern gemacht haben. Keine meiner Freundinnen ist aufgeklärt worden. Wir Freundinnen haben uns untereinander aufgeklärt, weil, irgendjemand hatte ältere Geschwister, oder wir lasen heimlich im Lexikon, und dann reimten wir uns des so zusammen und erzählten... wir forschten richtig. Und ich glaube, ich war 13, als mir eine Freundin erzählte, wie der Geschlechtsverkehr tatsächlich... wie des genau is'. Und ich fand das ja so was von grauenhaft! Ich erinner' mich noch genau – also, die Vorstellung erschien mir ja widerlich.

Christoph Potting: Also, wir wurden sozusagen nie »handwerklich« aufgeklärt, wie also sexuelle Praktiken funktionieren. Davon war nie die Rede. Ich glaube, dass Aufklärung über den Beichtspiegel im Gebetbuch stattfand, weil ich ja sehr katholisch war, sehr interessiert war an Selbstbefriedigung und das ja im Rahmen der katholischen Kirche ungern gesehen wird. Und dann ging ich alle vier Wochen zur Beichte, was ich super fand, weil, danach ging's einem wieder richtig gut, und man konnte dann das alles wieder weitermachen. Und dann standen die zehn Gebote da, darüber standen auf anderen Seiten immer so Fragen, wie man sich diesen Geboten zu nähern hat. Und dann stand darin zum sechsten Gebot: »Unschamhaftigkeit – hast du deinen Samen unnütz vergeudet?« Ich wusste gar nich', was das war.

Adelheid Kutik: Da hieß es dann also beispielsweise, dass man in der Hochzeitsnacht... solle man doch den Mann bitten, dass er also das Licht löscht, ja. Und ich dachte mir immer: »Um Gottes willen, das wird ja was sein!« Ach Gott – ich weiß noch, dass in diesen Aufklärungsbüchlein von der katholischen Kirche dann auch so drinstand, dass man also den Mann nicht provozieren sollte, weil der könne's dann nich' mehr an sich halten oder was auch immer. Ich wusst' ja gar nix damit anzufangen, dass man nicht zu kurze Röcke anzieht, dass man nicht zu enge Röcke anzieht und so weiter und so weiter.

Rafael Seligmann: Bei mir war 's Entscheidende – Kind oder nicht Kind –, ich wollte einfach mit einer Frau schlafen. Ich hatte mich so dumm angestellt. Ich war so schüchtern, dass ich mich nicht getraut hab', und ich hätte mit Freude Kinder in Kauf genommen und sogar Geschlechtskrankheiten, wenn's sein muss, wenn ich nur das Glück, diese Wonne hätte genießen dürfen, zu vögeln. Und dann hat sich's plötzlich von selbst ergeben: Also, ich war aber schon 23, als ich die Muckl kennen lernte. Die Muckl war 22 und hatte so gut wie keine Ahnung, und es war sehr, sehr brav alles. Also, man musste sich das Maul fusslig reden, um 'ne Frau ins Bett zu kriegen, und währenddessen war man entweder besoffen oder man schlief vor Langeweile ein. Das änderte sich erst so ab Mitte der Siebzigerjahre, aber es gab ja Gott sei Dank kein Aids, also 's Schlimmste war: Man hatte bissl Angst vor Schwangerschaft, aber es hielt sich irgendwie in Grenzen.

Melitta Walter: Ich wurde schwanger, und ich fand es wunderbar. Und die andern um mich rum fanden es nicht wunderbar. Die konnten überhaupt nicht verstehen, dass ich'n Kind will. Also, die haben immer gesagt: »Da, wo du herkommst und was du bisher für'n Leben hattest! Du musst doch das Leben erst mal genießen, jetzt mach' doch Reisen, jetzt mach' doch irgendwas.« Aber auf die Idee bin ich gar nich' gekommen. Des schien mir jenseits meiner Möglichkeiten. Ich hatte ganz wenig Geld, ich hab' dann gejobbt über »Adia Interim«, als Sekretärin, als Kontoristin, ich habe also Zeitarbeitsstellen angenommen, um Geld zu verdienen, und mich irrsinnig auf mein Kind gefreut. Und der Vater des Kindes hat sich dann auch irrsinnig ... Wir war'n die beiden Jüngsten und wollten dieses Kind. Damals war's noch nich' üblich, dass Väter mit zur Geburt können, und wir wollten das aber unbedingt. Wir wollten, dass er dabei ist, weil das sein Kind ist und er auch das gleich sehen können soll. Und dann gab es ein Krankenhaus in Berlin, das Martin-Luther-Krankenhaus, da gab es manchmal die Möglichkeit, hatten wir rausgefunden; und dann sind wir dort hin und haben gesagt, wir möchten gern, dass der Vater bei der Geburt dabei is', und dann sagten die auch: Okay, wenn keine andere schwere Geburt im Kreißsaal ist, könnte er dabei sein. Und dann sind wir zweimal in das Krankenhaus hin, weil eigentlich jetzt das Kind kommen sollte, aber da war'n immer irgendwelche schwierigen Geburten oder so, dass er nicht hätte dabei sein können, und dann hab' ich immer gesagt: »Ich bleibe nicht, ich geh' noch mal nach Hause.« Und beim dritten Mal musst' ich dann bleiben, und dann konnte er die erste Zeit auch dabei sein, und das war damals noch völlig unüblich! Es hieß immer, die Männer fallen in Ohnmacht, und die Frauen wollen das nicht, denen is' des peinlich. Aber wir hatten in der Zeit eine solche naive, gesunde Nähe zueinander, dass sich diese Fragen überhaupt nicht stellten. Wir wollten ein Kind, und wir wollten es zusammen. Na ja, ich blieb dann noch drei Tage im Krankenhaus; da ich aber schon Kinderkrankenschwester war, hab' ich drauf bestanden, dass ich mein Kind wickele und mich gleich kümmere und dass ich nach drei Tagen mit dem Kind nach Hause geh'n kann. Und dann hat mich der Kindsvater abgeholt, und dann sind wir in die Wohngemeinschaft, und da hatten die des ganz süß gemacht: standen überall Blumen, und die hatten alle Fenster aufgerissen. Also, so an dem Tag war'n se doch dann alle sehr beeindruckt. Das hielt aber nich' lange an, das Beeindruckte. Also, wenn ich dann irgendwie sagte: »Jetzt hier nicht so'n Krach und die Musik nicht so laut, das Baby schläft«, fanden se des sehr unpraktisch – mit 'm Kind in der Wohngemeinschaft. Und wir mussten dann wirklich 'ne andere Wohngemeinschaft suchen, wo auch Kinder waren, damit dieser Alltagsablauf von Ruhe und Regelmäßigkeit gewährleistet war. Und des war 'ne eigenartige Erfahrung, dass man mit dem Kind in der Wohngemeinschaft nicht bleiben konnte. Na ja. Wir haben dann später – auch nach der Trennung von meinem ersten Mann – noch lange in Wohngemeinschaften gelebt und immer drauf geachtet, dass da auch andere gleichaltrige Kinder sind; und es war für die Kinder dann eine sehr schöne Lebensform, sozusagen »Geschwister« um sich rum zu haben, und für mich war es auch schön, weil ich ja immer berufstätig war, wenn ich wusste: Mein Kind ist gut versorgt.

Sebastian Popp: Ich bin am 10.1.1964 geboren und war dann mit vielen anderen in sicherlich einem der ersten, wenn nicht *dem* ersten antiautoritären »Kinderladen« in der Bundesrepublik. Der war damals in der Eschenheimer Landstraße in Frankfurt. Und das war für uns Kinder – glaub' ich – schon ein kleines Paradies, weil wir da alles machen konnten, was wir machen wollten, und ich denke, das war schon stellenweise, glaub' ich, so, wie Lieschen Müller – sag' ich jetzt mal – sich den antiautoritären Kinderladen vorgestellt hat. Wir sind da irgendwann morgens um zehn rein und konnten treiben, was wir wollten, und wenn wir das Gefühl hatten, das Beste, was man mit einem Piano machen kann, ist, auf den Tasten rumzulaufen, dann sind wir auf den Tasten des Pianos rumgelaufen. Und es war insofern natürlich paradiesisch. Die Eltern haben mittags gekocht, das heißt, sie waren auch präsent. Wir hatten – damals nannten wir das »Bezugsperson« – ... wir hatten relativ viele Leute, die sich um uns gekümmert haben, wenn wir das wollten. Wenn wir das nicht wollten, war'n die auch nicht da, und ich denke, wir hab'n uns damals auch keine Gedanken darüber gemacht. Wir waren damals drei, vier, fünf Jahre alt in dieser Gruppe, und wenn wir im Sommer nackt auf die Straße gegangen sind, war für uns kein Problem, und wir hab'n dann immer nur gemerkt, wenn die Spiegelung von andern auf uns da wiederkam, dass des offensichtlich für andere ein Problem is. Und... ich sage mal so: Die »Frauenkampfpresse« damals, die *Brigitte*, die haben so was natürlich auch scharf kommentiert oder... ja, des sind mehr so Kleinigkeiten, da war so 'ne Geschichte: Also, irgendwie spielte man damals zum Beispiel Cowboy und Indianer, und dann hatten wir uns irgendwann bei Frau Moderow so kleine Fahrtenmesser gekauft, das war sozusagen in der Nähe unseres Kinderladens so'n Spielwaren- und Süßigkeitenladen. Und dann hab'n wir mit denen gespielt und sind mit denen auch in die Schule gegangen. Wir haben uns auch wieder nix 'bei gedacht, dann war's aber so, dass uns're Eltern dann erzählten, wir sollten das irgendwie nich' wieder machen, weil auch da stand dann in der Zeitung: »Die Terror-Kids – jetzt mit Messern in der Schule«.

Melitta Walter: Wir hatten so das Gefühl: Das, was wir aus unserer Kindheit kennen, woll'n wir für uns're Kinder nich'. Ich war ja nun immer im Kindergarten und im Hort, ich bin ja diese ganzen Institutionen selber durchlaufen, und da hab' ich mich halt auch sehr mit Pädagogik beschäftigt. Und ich wollte, dass mein Kind so viel Freiheit als möglich hat, dass es nich' mehr diese Sauberkeitskriterien erfüllen muss, wo dauernd mit »Iiih« und »Ääh« und »Pfui« erzogen wird. Ich hatte irgendwie so Bilder von Freiheit und sich wohl fühlen können und ausprobieren können im Kopf, und das war die Zeit, in der ja auch die Kinderläden in Berlin entstanden, das heißt, dass wir Eltern – waren überwiegend Eltern, die Studenten waren und in Wohngemeinschaften wohnten – beschlossen: »Wir machen das selber. Wir machen auch Elterndienste, wir suchen einen Laden.« Darum heißen die ja auch »Kinderläden«. Also, der erste Laden, den wir in Schöneberg gefunden haben, war 'n ehemaliger Tante-Emma-Laden. Wir haben die Kinderläden ganz billig eingerichtet. Wir haben dann so Klettergerüste gebaut, wir haben alles selber gemacht, Matratzen mit schönen, farbigen Stoffen bezogen, 's war vom Inventar her nicht teuer, und wir haben Anzeigen in den Zeitungen aufgegeben und dadurch Spielzeug für die Kinder bekommen, was man einmal in »Sagrotan« reintauchen musste, wegen des Gesundheitsamtes – also diese ganzen Kiki-Kramsachen. Wir haben Erzieherinnen angestellt, später auch Erzieher, und jeden Tag hat ein Elternteil mit Kinderdienst gemacht, sodass man die Kinder alle kannte. Mit den Kindern zu spielen mochte ich sehr, sehr gern – auch die Väter haben Kinderdienst gemacht –, und man musste natürlich, und ich glaube dessen werden sich alle Leute, die mal mit Kinderläden zu tun hatten, auch mit Grausen erinnern: Wir mussten ja immer kochen, wechselseitigen Kochdienst leisten für die ganzen Blagen. Solange die Kinder ganz klein waren, ging's noch, aber als sie dann größer wurden und es dann zehn, zwölf Kinder waren, und du musstest alle zwei Wochen kochen, das war schon viel Aufwand. Also, als Vollberufstätige konntest du's kaum machen. Wir hatten jede Woche – abends – Elternabend, und da wurden natürlich mit sehr, sehr viel Emotionen die ganzen pädagogischen Konzepte diskutiert, zum Beispiel die Sauberkeitserziehung. »Wie lange darf 'n Kind Windeln anhaben; darf's in die Hose machen; wie lernen Kinder, auf den Topf zu gehen; wie ist es mit der Reinlichkeit; muss man ihnen was verbieten; welche Form des Essens soll'n sie lernen; dürfen sie sich prügeln?« – wir war'n natürlich ja nun auch alle so friedenswild, pazifistisch, und wollten nicht, dass unsre Kinder sich prügeln. Kinder prügeln sich aber, und dann gab's Konflikte.

Gisela Stange: Ich will Ihnen ein Beispiel sagen, was in meiner Dienststelle damals also nur mit Kopfschütteln quittiert wurde: Ich kam in einen Kinderladen in Friedenau, so ins Souterrain runter, hatte mich angemeldet, was früher auch nicht üblich war, wenn man zur Aufsicht kam, und kam da rein. Und da die Eltern natürlich wussten, dass ich komme, hatten sie ihren Kindern gesagt: »Also, da kommt die Olle vom Jugendamt, und der wer'n wa mal zeigen, was wir sind.« Und da hatten die sich also vorgenommen zu malen, und ich kam dann und setzte mich auf so'n Hocker, so'n Kinderhocker, und ich merkte immer, wie zwei Mütter da so nickten, bis dann eines der Kinder – ich hatte mich mit den Kindern unterhalten, und das lief eigentlich alles ganz normal – bis dann ein Junge einen großen Pinsel nahm ... und ich hatte so einen Teddymantel an, der war grade vier Wochen alt, 'n hellblauen Teddymantel ... und der kam eben und strich mir dann rote Farbe auf den Teddymantel. Und dann kamen die andern Kinder, die nun keine Angst mehr hatten, und fingen auch an zu streichen. Und wie se dann fertig waren und der Mantel nass war bis dorthinaus – und es war ja Winter –, sagte ich denn: »So. Nun hab' ich keinen Mantel mehr, den werd' ich euch wohl hier lassen müssen. Au, dann werd' ick aber Schnupfen haben, wenn ich nach Hause komme.« Und nu' passierte etwas, was mir auf der einen Seite die Selbstständigkeit und das selbstständige Denken dieser kleenen Rotzlöffel ganz deutlich machte. Der, der als Erster gestrichen hatte, wohnte in diesem Haus, oben im obersten Stockwerk, und der sagte zu mir: »Na, denn schläfste heute bei uns.« »Na«, sag' ich, »des wird wohl nich' geh'n.« »Doch – du schläfst in meinem Bett.« Der hatte also noch'n Gitterbettchen, ein vergrößertes. Ich sag': »Das glaub' ich nich'.« »Doch, das kann ich dir zeigen.« Und – seine Mutter war ja da, die hatte ihn ja angepiekt – der Junge nahm mich an die Hand und sagte: »Mutti, gib' mir mal die Schlüssel.« Also, des hätte sonst aus'm Kindergarten kein and'res Kind getan in dem Alter. Und dann gingen wir rauf, Mutter kam mit, die ganzen Kinder alle mit, bis oben in den vierten Stock, und denn sagt' ick: »Da soll'n wir beide drin schlafen?« Ich sag': »Da passen wir doch gar nich' rein.« »Doch!« Also, er wollte! »Na gut«, sag' ich und fragte die Mutter: »Darf ich mich da reinlegen?« Denn es war ja klar, das hätt' ja auch kaputtgehen können. »Ja«, sagt sie. Und ich hatte den Mantel inzwischen ausgezogen und legte mich dann in das Bett so gekrümmt rein, und dann packte er sich dazu. Wir lagen also richtig gekrümmt eng aneinander, wie Mutter und Kind manchmal liegen. Sagt er: »Geht doch!« Und dann hab' ich gesagt: »So, und wenn wa uns umdreh'n woll'n?« Und dann drehten wir uns beide um, und des ging denn nich'. Und dann hab' ich gesagt: »Ich glaube, es is' doch wohl besser, ich geh' nach Hause schlafen.« »Ja, Mutter«, äh… die sagten ja nich' »Mutter« damals, sondern »Anna« oder so, wie die hieß, »dann gib' ihr mal deinen Mantel.« Und da war ich so perplex, dass dieses Kind sofort sozial sagte: »Also, wir haben det gemacht, und nu' müss'n wa auch dafür sorgen, dass sie vernünftig nach Hause kommt, damit se keen Schnupp'n kriegt«. Also, so fing die Sache ja an. Und die Mutter sagte denn: »Na, ich hab' aber nur *einen* Mantel«, um ihn da so'n bisschen abzubringen; und dann sagte er: »Na ja, dann gibste ihr den bis zur Taxe, und die Taxe müss'n wir bezahlen, wir ham des ja gemacht.« Das war eine solche Leistung eines Kindes – Verantwortung zu übernehmen, das hatten sie innerhalb der Gruppe gelernt, aber auch Verantwortung für einen anderen zu übernehmen –, dass ick mir sagte: Also, das hättste in der Form nicht in jedem Kindergarten wieder erleben können.

HANS-JOACHIM LEMME: Die 68er waren ja im Grunde auch ein abgeschlossener Kreis – fast müsste man sagen: ein Fremdkörper – in der Gesellschaft, und die ham es ja zu meinem größten Bedauern nie verstanden, ein Echo in der Bevölkerung zu erzielen. Schon ihre Sprache war völlig anders, als die Bevölkerung sprach, und so ist es den 1968ern nie gelungen, wirklich Kontakt zur Bevölkerung, zum Volk zu bekommen. Das sind doch reine Theoretiker gewesen. Und das war natürlich bei uns, bei der Jugendbewegung, auch so. Und ich bin überzeugt davon, dass vieles in unserm gesellschaftlichen Leben – vor allen Dingen in den Beziehungen der Geschlechter zueinander – nicht so wäre, wie's heute ist, wenn die Jugendbewegung nicht gewesen wäre.

Christoph Potting: Das ist etwas, was meine Mutter, die in diesem Jahr 80 wird, wirklich von uns Kindern gelernt hat und was sich ja auch gesellschaftlich durchgesetzt hat: dass es eben nicht mehr eine rechtlich oder moralisch definierte Form gibt, wie jetzt Geschlechter miteinander umzugehen haben, sondern dass es irgendwie Liebe, Gefühle gibt oder was es auch immer ist – und danach soll es gehen. Da sind meine Eltern natürlich durch ein Wechselbad der Abenteuer gegangen. Meine Schwester hat sich nach sechs Jahren von ihrem Mann getrennt, lebt mit 'nem andern Mann zusammen, hat Kinder von zwei Männern und lebt mit den Kindern ihrer Vorgängerin zusammen. Ich selbst war verheiratet, dann geschieden, lebte mit 'ner Frau zusammen, mit der ich 'n Kind habe. Also – wenn meine Mutter in dem Fall die Beziehung zu uns Kindern nicht wirklich riskieren wollte, musste sie neugierig darauf sein: Wieso geht das alles nich' mehr so, wie's mal gegangen is'? Und das hat meine Mutter gelernt und sagt eben heute Sachen wie: »Ja, is' doch super, dass die Frauen arbeiten, das wäre bei 'ner Frau meiner Generation gar nicht denkbar gewesen; und toll, dass heute Männer auch irgendwie im Haushalt mitarbeiten.« Das wäre in ihrem Milieu völlig undenkbar gewesen, dass man zwischen Partnern etwas aushandelt und es nicht von vorneherein klar ist, wie die Dinge laufen. Alles das findet meine Mutter wunderbar und fragt: »Warum hab' ich das nicht gehabt?«

Anka Schäfer: Na, ick denke, dass es das, was's im Westen gab – diese massive Anfrage einer ganzen Generation an die Elterngeneration –, in der DDR nicht gab. Jedenfalls nicht offiziell. Also, ich meine, es gab Literatur, ja, in der das auch 'ne Rolle spielte, aber ick denke, da gab's wirklich 'n Zwiespalt. Einmal, diese offizielle

Auseinandersetzung mit dem Faschismus hatte ja ooch... war ja ooch bis jetzt tabu, also, bestimmte Sachen konnten ja gar nicht besprochen werden, und ick denke, in den Familien is' eigentlich auch wenig da gesprochen worden. An Geburtstagen und so, da kamen so bestimmte Sachen dann hoch, des hab' ich ooch in andern Familien erlebt, also dass dann – weiß ich –, dann wurden auch mal Nazilieder gesungen zum Beispiel. Des kenn' ich auch.

Sabine Landschek: Es wurde ja auch vieles totgeschwiegen, es gab ja vieles nich' – offiziell. Also, die Kriminalität war bestimmt niedriger als jetzt, aber so... so gar nicht vorhanden, das stimmt ja nich', das wurde nur nich' an die große Glocke gehängt, weil man eben so'n bestimmtes Bild haben wollte. Es gab ja auch Antisemitismus und sonst was alles, det wurde nur totgeschwiegen, ne?

Anka Schäfer: Ich bin ja mit 19 schon, entsprechend meinem Elternhaus, in die Partei eingetreten. Und man wusste natürlich ooch – das is ja wie'n Verrat. Wenn man austritt, so wird man ja dann ooch als Verräter behandelt; und das hab' ich auch selbst erlebt in meinem Freundeskreis oder bei Mitstudenten, was dann passierte. Die ham dann keene Arbeit gehabt, zum Teil dann in der Kirche irgendwie 'ne Arbeit gefunden oder kaum 'ne Arbeit oder Hilfsarbeiten. Also, des war schon schwer und 'ne harte Opposition, und ick muss ehrlich sagen, den Mut hatte ich wirklich nicht. Ich weiß jetzt natürlich nich', wie das weitergegangen wäre, wenn jetzt die DDR weiterbestanden hätte, weil man kann nich' sein Leben lang so'n Spagat machen – also auf der einen Seite so'n Wissen haben und auf der andern Seite immer unter 'ner Selbstzensur schreiben. Det is'... da kriegt man 'ne Macke. Und bei mir war's einfach so, dass ick dann auch körperliche Symptome hatte, also ständig Bauchschmerzen, und irgendwie in Psychotherapien musste und immer krankgeschrieben war.

Thomas Kretschmer: Als ich mich entschlossen hab', zu gehen, war's erst mal so ein erwartungsvolles Draufhinleben; also, ich hab' Gespräche mit zwei, drei Freunden geführt, meinen Vater hab' ich unterrichtet. Er hatte Bedenken: »Heiße Sache – Grenze? Solltest de dir gut überlegen!« Und der Morgen, an dem ich aufgebrochen bin, der 16. Juni 1973, weiß ich noch, das war mit Herzklopfen verbunden. Ich hab' meinen ganzen Kram zu Hause hinterlassen, wie er war, also, ich glaub', ich hab' nich' mal's Bett gemacht oder so. Ich hab' wirklich alles hinter mir gelassen – des war so'n Türzuschlagen –, 'ne kleine Tasche umgehängt mit 'nem Kanten Brot drin, ich hatte nich' mal Geld. Als Lehrling in der DDR hatte ma' sehr wenig Mittel zur Verfügung, und meine waren längst verbraucht, vielleicht hatt' ich noch fünf Mark – kein Betrag, mit dem ma' auf Reisen geht. Zwei Bücher hatt' ich dabei: Des eine war'n kleines Neues Testament, und des zweite war – wenn ich mich nich' irre – Hesses *Unterm Rad*. 'ne wollene Decke hatt' ich dabei, zusammengerollt, und das war's. Dann bin ich zur Autobahn gegangen – per Anhalter Richtung Dresden – über Dresden-Zinnwald gefahren –, und da an der deutsch-tschechischen Grenze bin ich furchtbar gefilzt worden. Die ham mich 'n halben Tag lang, 'ne halbe Nacht lang festgehalten, weil die ham mich auseinander genommen, nach Strich und Faden verhört, befragt, sonst was. Ich hatte dann in Prag 'ne Adresse, die is' mir plötzlich eingefallen von jemand, den ich flüchtig kannte; da sagt' ich: »Da will ich hin, da will ich 'n Besuch machen.« Daraufhin hat man mich dann wieder laufen lassen, mit großem Misstrauen, das hab' ich gemerkt. Aber sie haben mich laufen lassen, sie haben mich auch in die Tschechei einreisen lassen, und ich bin dann weitergetrampt, kriegte Hunger und hab' mir dann irgendwo 'n paar Zwiebeln aus'm Garten geklaut. Also ein vollkommen improvisiertes Unternehmen bis auf den Umstand, dass ich mir auf der Landkarte eine ungefähre Gegend rausgesucht hatte, wo ich's versuchen würde. Null Planung dabei, nichts! Vielleicht 30 Kilometer vor der Grenze nahm mich jemand mit im Auto, der einigermaßen deutsch sprach, der Uniform nach ein Förster war, 'n ganz freundlicher Mann, zu dem ich auch sehr schnell Zutrauen fasste und ihm von meinem Vorhaben erzählte und der dann seine Jagdtasche aufmachte. Und da hat er so Karten dringehabt, wie se offenbar die Jäger ham, in sehr großem Maßstab, wo dann also auch fast jeder Baum eingezeichnet is' und Wildpfade, und der sagte dann also: »Die patrouillieren in den und den Abständen«, und: »Hier kann ma', da würd' ich's nich' versuchen, da is'n Wirtshaus, meide das«, und so. In den Protokollen später stand drin, dass der, so wie er mich aus'm Auto rausgelassen hat, losgegangen is', um zu telefonieren, dass er eben jemanden mitgenommen hat, welcher flüchten wollte. Was er mir erzählt hatte, hat aber gestimmt. Dieses Wirtshaus, das da einsam an der Straße stand, stand wirklich da. Ich hatte inzwischen 'n paar Kronen, er hatte mir 'n paar überlassen; jemand anderes, mit dem ich 'ne Weile beim Trampen an der Straße stand und der mitgekriegt hatte, was für'n armer Hund ich bin, hatte mir ebenfalls 'n paar Kronen gegeben, sodass ich vor dem Wirtshaus stand und dachte: »Also, du musst jetzt was essen, das hältste nich' aus.« Ich hatte so'n Hunger. In der Wirtschaft guckte alles auf und – ich nehm' an, die sind auch sofort ins Hinterzimmer telefonieren gegangen – hab'n mir aber Wurst und Brot gebracht, und ich bin dann aus'm Haus rausgegangen. Wie ich aus'm Haus rauskam, kam ein Jeep mit den Bewachern, und die verbanden mir dann die Augen und die Hände, stopften mich hinten in ihren Jeep, ein großer Hund neben mir, den konnt' ich nur hecheln hör'n und riechen, der saß da und passte auf mich auf, und wir fuhren zu ihrer Grenzerkaserne. Da führten sich dann einige Offiziere sehr martialisch auf, sie brüllten, und einer drohte mir Schläge an, und rupften da mein Zeug auseinander. Das totale Gegenstück dazu waren dann, als die Offiziere weg war'n, meine beiden bewachenden Soldaten, die, die mich auch festgenommen hatten und die noch bei mir waren. Die atmeten ooch spürbar auf, holten Zigaretten raus, und man konnt' mit'nander sprechen. Sie ham was zu trinken geholt. Da wurd' ich dann schon wieder frech und aufmüpfig: »Was macht'n ihr hier, wieso bewacht ihr mich? Lasst mich doch abhau'n. Warum haut ihr nich' selber ab?« Wir war'n ja fast im gleichen Alter, vielleicht war'n die drei Jahre älter als ich. Der eine sagte dann: »Na ja, weißte, ich hab' noch zwei Monate hier.« Wir ham uns dann russisch verständigt, wir ham ja in der Schule Russisch gelernt, und mit tschechisch und russisch, das ging halbwegs. Da war auf einmal 'ne Offenheit möglich und 'ne Ebene, die zwischen Bewacher und Bewachtem fast undenkbar is'. Des hat schlagartig aufgehört, als der Offizier wieder auftauchte. Dann war ich wieder das kleine Männl, das denen völlig ausgeliefert war und ooch nicht wusste, was mit ihm passiert. Wieder Augen verbinden, wieder Hände verschellen, wieder rein in irgend 'n kleines, dunkles Autokabuff und dann ins Gefängnis und… ja, des war schon 'ne eigenartige Sache, als das erste Mal diese Gefängnistür hinter mir zuschlug – dieser Geruch da drin. Zurück in der DDR, ging es dann auch sehr schnell los mit Vernehmungen, die waren einfach schlimm. Brüllende Büttel, menschlich verroht, zum Teil ziemlich dumm. Ich hatte eigentlich angenommen, wenn ich in Ruhe und ausführlich erzählt hab', wo ich abhauen wollte und warum, dann genügt es. Aber es war ihnen offenbar sehr wichtig, alles zu wissen… alles was derjenige über sich und seinen Lebensweg erzählen kann, über seine Freunde, über seine Familie… also alles ooch, was… was eigentlich kein Gericht mehr interessieren muss, was mit der so genannten Straftat gar nicht mehr in Verbindung steht. Ich war damals auch noch dämlich genug, alles zu erzählen, aus Angst und aus Bedürfnis nach Ehrlichkeit, nach Wahrhaftigkeit – des hat sich später denen gegenüber gelegt. Das hat ooch einigen meiner Freunde damals richtig Schaden angetan. Dann gab's da so mehrere Varianten, mit denen se auf den Häftling zugingen, also die ganz strenge und runtermachende: »Du bist das Letzte!« und »Feind des Sozialismus!« und »Sei froh, dass wir hier nich' in Russland sind, da hätte man kurzen Prozess mit dir gemacht!« – also richtig niedermachen. Möglicherweise kam dann der zweite dazu, der zweite Vernehmer, der 'n ausgesprochen freundliches Gesicht machte, erst mal 'ne Zigarette anbot und …: »Na, wie geht's? Is' natürlich kein Zuckerschlecken hier, aber ewig dauert das ja nich', und wenn Sie sich vernünftig verhalten, wird das auch für Sie keen großes Problem. Wir haben jetzt noch 'n paar Fragen an Sie – alles ganz harmlos.« Ich hatte, wenn ich jetzt so versuche, mich zu erinnern, kaum die Kraft, da irgendwie zu widersteh'n. Das Perfide daran war, und das ist natürlich auch erst im Nachhinein sichtbar geworden, nach '89, dass diese ganzen drei Monate Untersuchung einer eigentlich unwichtigen Angelegenheit – ein Jugendlicher geht zur Grenze und will abhauen – die Vorbereitungszeit auf das war, was danach kam: dass dann nämlich eines Morgens zwei Offiziere da saßen, die ich vorher noch nie gesehen hatte, die sich auch nicht vorstellten – denn Namen hat da drin niemand –, die sehr freundlich mir gegenüber taten. Wie ich denn nun mit der Haftsituation zurechtkäme und ob ich schon Besuch gehabt hätte; ob ich Briefe schreiben dürfe; ob mein Anwalt schon mal da war – also Dinge, die se natürlich wussten, aber wo se mir einfach zu verstehen geben wollten, Sie sind hier in besten Händen, Sympathiewerbung, und die mich dann zum inoffiziellen Mitarbeiter des Ministeriums für Staatssicherheit machen wollten.

Sabine Landschek: Also, die Bespitzelung, dieses absolute Misstrauen von allen und diese Gängelung und… det war dann so, dass man dachte: Det is' ja irre, was is' denn des für'n Land? Und in der Schule, dieser Wehrkundeunterricht, det eskalierte ja derartig. Also, det ging schon los mit kleinen Kindern im Kindergarten. Da kamen Soldaten in'n Kindergarten und haben gesagt: »Ihr seid doch für den Frieden, Kinder?« Da haben die Kinder gesagt: »Ja!« Und die Kinder haben die Mütter gefragt: »Mama, du bist doch für den Frieden?« »Ja!« Also, der Soldat muss den Frieden schützen und an der Mauer die Feinde eben totschießen. Und des war wirklich vom Kindergarten an. Und je primitiver die Erzieher waren, umso simpler kam das über die Kinder.

Thomas Kretschmer: In diesem 73er-Sommer war ich also 17 Jahre alt. Als sie dann ganz klar sagten: »Also, wir bräuchten Ihre Mithilfe hier, und können Sie sich 'ne gewisse Zusammenarbeit mit uns vorstellen?« Und: »Wir haben einigen Einfluss, Sie wissen ja, Wohnungssuche is' immer 'n Problem, und wenn Sie hier rauskommen… sofort mit'm Studium anfangen können werden Se auch nich', Sie haben ja noch kein Abitur. Als Vorbestrafter wird das auch schwierig, Abitur zu machen. Des sin' aber Dinge, wo wir Ihnen helfen können.« Da hab' ich noch ganz klar sagen können: »Also, das is' mein Thema nich', ich hab' kein' Grund, mit Ihnen zusammenzuarbeiten.« »Ja, versteh'n Se's nich' falsch, es geht hier nich' um Spitzeldienste«, das Wort fiel von ihnen selber, »sondern es geht um die Aufdeckung von Straftaten beziehungsweise Einflussnahme auf Leute, die auf'm falschen Weg sind, äh ... und ähnliche Dinge.« Bis dann beim vierten oder beim fünften Gespräch einer von den beiden davon anfing: »Ihr Vater wusste doch davon, dass Sie abhauen wollten.« Mein Vater hatte in seiner Naivität – 1905 geboren, unter halbwegs rechtsstaatlichen Verhältnissen noch in der Weimarer Republik aufgewachsen –, für ihn war'n Anwalt noch 'ne ernst zu nehmende Figur. Mein Vater hatte 'n Anwalt für mich beauftragt und hatte diesem Anwalt auch'n Brief mitgegeben, in dem er sehr offen von seinen Gefühlen schrieb und annahm, dass der Anwalt mir den zu lesen gibt, den ich aber nicht zu lesen kriegte. In dem Brief stand unter anderem auch drin, dass er die ganze Zeit gezagt und gezittert hat, dass se mich ... ob se mich an der Grenze vielleicht erschossen hätten, weil se so lang nichts von mir hörten. Die Staatssicherheit hat meine Eltern vier Wochen lang vollkommen im Unklaren gelassen. Meine Eltern haben 'ne Vermisstenanzeige aufgegeben, ja, und vier Wochen lang nicht erfahren, wo ich bin. Ich konnt' es ihnen nich' mitteilen. Ja ... und dann sagt der: »Also, Ihr Fluchtvorhaben is'n meldepflichtiges Vergehen. Ihr Vater hat sich da gegen's Gesetz vergangen, das ist überhaupt kein Problem, aber eigentlich wäre es angemessen, ihn bei Ihnen in die Nachbarzelle zu setzen. Wie alt is' Ihr Vater jetzt? Im Rentenalter schon? Bisschen herzkrank? Ja, ja. – Aber wir sind ja keine Unmenschen, sonst hätten wir ihn auch längst eingesperrt. Würd' mal sagen, wenn Sie uns 'n Stück entgegenkommen, kommen wir Ihnen da natürlich selbstverständlich auch entgegen.« Also, ich hab' dann, im – ich weiß nich' genau – September oder Oktober 1973 unterschrieben, dass ich mich den Genossen der Staatssicherheit als inoffizieller Mitarbeiter verpflichte, dass ich – das Stichwort is' nicht gefallen, es war anders formuliert, aber darauf lief's hinaus –, ... dass ich darüber strengstes Stillschweigen bewahre und mir bewusst bin, dass ein Verstoß gegen diese jetzt hier unterschriebenen, abgesprochenen Regeln strengste Konsequenzen nach sich ziehen würde – 's war auch sehr schön offen gelassen, ja, »strengste Konsequenzen«. Solltest dich schon a bissl fürchten.

Sabine Landschek: Also, ich weiß von einem, der mal ein guter Freund war, dass der uns bespitzelt hat und jeden Abend Berichte geschrieben hat. Ick möchte den einfach nicht mehr sehen, und wenn er käme, würde ick sagen: »Ich möchte mit dir nichts zu tun haben. Das Recht habe ich.« Es ist seine Sache, wenn er Spitzel war, und nich' meine; und er muss damit fertig werden, det interessiert mich komischerweise nich', hätt' ick ooch nich' gedacht, aber Rache nich' und ooch keine Amnestie, nö. Man muss natürlich genau untersuchen, aus welchen Gründen wer was gemacht hat. Also, das find' ich schon, nich' alles über ein Leisten.

Thomas Kretschmer: Diese IM-Geschichte ist mir eigentlich von dem Tage an, wo ich diese Unterschrift geleistet hab', wie die Schlinge um den Hals gewesen. Mit einem Schlag hatt' ich das Gefühl, besessen zu sein. »In dir sitzt 'n kleiner Staatssicherheitsmann, der dich die Welt ganz anders sehen lässt als vorher.« Das begann schlagartig mit der Unterschrift. Es wäre fast darauf hinausgelaufen, dass ich mir's Leben genommen hätte. Also, ich stand schon so vor diesem Gitterchen an meinem Zellenfenster. Ich hatte dann ja 'ne Solozelle auf dem Krankenrevier, wo ich nachts ooch alleene war, und hab' überlegt, wie ich mir den Knoten da dran mache. Des war einfach 'ne entsetzliche Geschichte. Ich sah keinen Weg, aus dieser Besessenheit rauszukommen. Und dann ham sie mir den Weg selber gewiesen. Da war'n paar Zeugen Jehovas wegen Wehrdienstverweigerung eingesperrt, und mit denen bin ich in ganz guten Kontakt gekommen – also, menschlich waren das ganz saubere Leute. Und eines Tages kamen se und wollten über die Auskünfte haben. Ich weiß jetzt nicht mehr genau, ob ich 'ne erste Auskunft noch gegeben hab' – einfach in der Art: Die heißen Soundso und kommen aus dem und dem Ort, und der arbeitet in der Werkstatt, und der arbeitet da und da…, also das, was ooch in den Akten steht – als es aber um Einzelheiten ging, hab' ich ihnen statt dieser Auskunft einen Brief geschrieben. (Liest aus dem Brief:) »Gegen Ende des Jahres 1973« … Der Brief hat keine Anrede… »Gegen Ende des Jahres 1973 unterschrieb ich bei Ihnen ein Papier, wonach ich mehr oder weniger ehrenamtlicher Mitarbeiter des MfS wurde. Sicher können Sie sich erinnern, dass ich erst nach langem Hin und Her zur Unterschrift und somit zur Zusammenarbeit bereit war. Ich hatte versucht, mich selbst von der Richtigkeit der Sache zu überzeugen; in Wahrheit hatte ich Angst und habe sie jetzt noch. Ich stehe Ihnen quasi nackt gegenüber, während Sie Möglichkeiten haben, mich teilweise oder vollkommen auszuschalten oder in meinem Jargon ›fertig zu machen‹. Sie gehen rücksichtslos gegen jeden Gegner vor, dass er ein Mensch mit einem Recht auf Individualität ist, stellen Sie so gut wie ganz in Abrede. Der Zweck heiligt nicht die Mittel. Ohne beleidigen zu wollen, vergleiche ich Sie mit der Inquisition im Mittelalter. Ich wollte und will Priester werden, aber nicht mehr in der DDR – Ihre Methoden verabscheue ich. Wie gesagt, hatte ich Angst damals, als ich unterschrieb, dass Sie Ihr Vorhaben, mich vor meinen Freunden unmöglich zu machen, wahrmachen würden. Heute habe ich Angst, einmal gegen mich selbst, gegen meinen Auftrag als Priester, gegen meine Freunde arbeiten zu müssen. Und jedes Mal, wenn Ihr Besuch hier bevorstand, nahm ich mir vor, klare Fronten zu schaffen, schaffte es nie aus Angst vor möglichen Konsequenzen. Auch wenn ich viel drum herum geschrieben habe, ist das Kernproblem doch klar: Ich will nicht mehr mit dem Ministerium für Staatssicherheit zu tun haben. Ich möchte die DDR verlassen, sobald wie möglich, auf legale Weise. Ich bin so naiv, ernstlich zu glauben, dass Sie mich in Frieden gehen lassen. Noch bin ich Ihnen nichts schuldig. Auf Wiedersehen. Ich danke Ihnen natürlich für die Erkenntnis, zu der Sie mich geführt haben. Unterschrift.« – Auf den Brief hin kamen se natürlich und haben ’n Riesentheater gemacht. Da hab’ ich den Herrn Hamann des einzige Mal brüllen hören, der war außer sich und hat mir also alle Höllenstrafen angedroht: »An Ihrem Entlassungstag steht hier draußen ’n Fahrzeug, und dann warten Se mal ab, wo Se dann hinkommen und …« Also, es war richtig furchtbar. Aber da war ich dann schon so weit … mit diesem Brief war ich wieder ich selber geworden.

Sabine Landschek: Also, wenn die Wende nicht gekommen wäre, wär' ich zum Psychiater, hätte mich aufgehängt oder wäre Alkoholikerin geworden oder irgend so was. Es war also in der Zeit so, dass 'n Freund aus'm Westen, der is' Pfarrer, gesagt hat: Wir wären damals so gewesen, als ob wir jederzeit irgendwie explodieren, also so angespannt, das war so '88/89. Und sobald ick vom »Neuen Forum« hörte, hab' ich mächtig mitgegründet, Aufrufe geschrieben unterm Kopfkissen, damit die Nachbarn nich' sagen: »Was tippt die nachts?« Wir hatten ja keene Kopiergeräte, es war ja alles verboten. Alles was man zum Vervielfältigen brauchte, gab's nich' in der DDR. Aber meine Schreibmaschine machte nur einen Durchschlag. So hab' ick diesen Aufruf also hundertmal getippt und verteilt und war nächtelang bei irgendwelchen geheimen Sitzungen, und mein Kind hatte immer 'n Zettel, damit es weiß, wenn ich nich' nach Hause komm', welchen Anwalt es anrufen muss, um mich wiederzufinden.

Grit Weber: Ich war auch auf diesen Montagsdemonstrationen dabei. Also, ich war einfach neugierig. Ich wusste ja nicht, was passiert. Meine Eltern haben mir's verboten. Die hatten Angst um mich, weil es war nun also wirklich auch so, dass natürlich Leute nach Bautzen abtransportiert worden sind. Bautzen ist ein berühmt-berüchtigtes Gefängnis für vor allen Dingen politische Gefangene in der DDR; und sie wussten nie, was passiert, und hatten natürlich auch Angst. Aber auf der andern Seite war dieser Kitzel. Ich meine, ich war 18 Jahre alt, also, da war was los, und ich fand es unheimlich toll, weil da im Gegenteil zu meinem Elternhaus solche Fragen, solche Grundprobleme angesprochen wurden, und Lösungsmodelle wurden da öffentlich diskutiert. Also, das fand ich unheimlich klasse. Und ich fand auch toll, dass alle Bevölkerungsschichten da waren. Ich kann mich erinnern, ich stand dann mitten in 'ner unglaublichen Menschenmenge und neben mir ganz normale Leute, die hätten meine Eltern sein können – also völlig unterschiedliche Menschen standen da beieinander.

Stefan Wolf: Für mich war diese Teilnahme überhaupt nichts Revolutionäres, und für uns war es auch damals überhaupt nicht beabsichtigt, die DDR zu beseitigen. Man ging damals davon aus, die DDR zu ändern.

Thomas Kretschmer: Es ist überall diskutiert worden, es sind Entwürfe gemacht worden für 'ne neue Lebensgestaltung, die verrücktesten Sachen kamen auf einmal aufs Tapet. Leute hab'n von kommuneartigen Zusammenlebensweisen gesprochen, von denen man des nie erwartet hätte. Der Hintergrund war: Die DDR, so wie se jetzt is', woll'n wir nich' mehr. Wir wollen weiter DDR, wir… wir woll'n 'ne Variante finden, wie ma' hier zusammenleben kann unter dem Problem, dass wir ökonomisch in 'ner ziemlichen Zwickmühle stecken. Dass wa nich' weltmarktfähig sind, dass wa an vielen Stellen ausgebrannt sind, die Wirtschaft überaltert, die Betriebe überaltert; dafür konnten wir uns aber selbst ernähren, also die Landwirtschaft funktioniert, und das ginge und jenes ginge. Also des… das war auf einmal 'ne ganz spannende, aufbruchfreudige Stimmung. Und dann kam diese verfluchte Grenzöffnung. Also, des war der Tag, wo ich – weiß ich – seit zig Jahren 's erste Mal wieder geheult hab'. Da ist alles zusammengebrochen für mich. Mit der Grenzöffnung war die Hoffnung darauf, dass sich hier wirklich was verändert und dass aus dieser Lebenslust, dieser Freude daran, mit'nander eine neue, 'ne ganz vielfarbige Lebensform zu gestalten, dass das erst mal zu Ende is'. Bei der Grenzöffnung hatten viele meiner armen Mitmenschen wieder bloß noch im Schädel: »Haribo« und Filzstifte.

Gisela Stange: Wie die Wende kam, hatte ich zufällig das Ostfernsehen an, und ich hörte dann Nachrichten. Das Fernsehen, so weiß jeder, läuft ja dann so nebenher, und ich hörte dann, dass sie die Grenze aufmachen. Und ich guckte, weil ich dachte, ich hätte mich verhört, und sah dann die Situation, wie nachgefragt wurde: Ab wann denn? Und er sagte: »Moment …«, und guckt nach, »… ab sofort!«

Mehmet Kuruglu: Ich hab' erst amal, des Radio war leise und war nicht sehr deutlich, und ich hab' also nicht sehr aufmerksam zugehört, dann als ich so … so abschnittsweise 'n bisschen was gehört hatte, hab' ich natürlich das Radio lauter gemacht. Da hab' ich mir gedacht, ach, des is' bestimmt wieder so 'ne Sendung »Was wäre, wenn …?«, denn ich habe mal vor '89 – ich weiß nicht genau – so um den … Anfang der Achtzigerjahre bei einem Radio so eine Sendung gehört: »Was wäre, wenn …?«, dass, wenn also Dinge passieren würden, die nicht passiert sind. Zum Beispiel: »Was wäre, wenn UFOs wirklich gelandet sind?« Ja, da wurde in dieser Radiosendung so getan, als wär's wirklich passiert, mit Reportern und so »Lifeübertragung« und alles. Und da dacht' ich, wie ich 1989 dies gehört habe: »Na …«, dacht' ich, »… des is' auch wieder so 'ne blöde Sendung.« Ich hab' mir gesagt: »Kann ja nich' sein.« Und auf einmal kommt einer in mein Geschäft rein, der wohnte auch bei mir da oben, also in dem Haus, wo mein Geschäft war, da kam einer rein, sagt er: »Du, du! Stell' dir mal vor, die Mauer is' gefallen!« Na hab' ick gesagt: »Wat, des kann nich' sein, du spinnst«, hab' ich gesagt. »Der Honecker hat doch gesagt, die Mauer steht doch noch 100 Jahre.« – Ja, des … Also – keinem einzigen Berliner is' jemals eingefallen – im Traum nicht eingefallen –, dass die Mauer einmal fallen würde.

Heinz Abelmann: Also, ich saß hier am Radio … ich … ich hab's einfach nich' kapiert, was da eigentlich so vor sich ging, und dass das plötzlich alles so offen war, das fand ich halt auch 'n bissl eigenartig. Ich konnte mich da nicht … nich' so mit identifizieren. Mir schien das irgendwie, als ob da was schief gegangen war, als ob jemand was verkorkst hatte oder was. Ich hab' da so eine Art Bergrutsch erlebt, dass ich dachte: »Mein Gott, wohin führt denn das jetzt, wenn das alles offen is'?« – Auf der einen Seite sagte man sich: »Na ja, dann kommen die Menschen zusammen, aber – was wird dann jetzt mit der DDR?«

Grit Weber: Ich bin wirklich nach Berlin … nach Westberlin gefahren, um meine 100 Mark abzuholen. Also ganz pragmatisch –

und natürlich auch die Neugierde. Aber ich war zum Beispiel nicht bei denjenigen, die dann in der Nacht nach der Maueröffnung quasi nach der Reisefreiheit angestanden haben, um den Reisepass zu bekommen. Ich fand des irgendwie unter meiner Würde, sich dann in so 'ner Hast dafür zu entscheiden. Und ich bin aber trotzdem – ich weiß gar nicht mehr, wann die Mauer geöffnet worden is', am 9. November? –, also ich bin bestimmt so zwei Wochen später gefahren, und es war aber für mich damals 'ne lange Zeit, weil ringsrum meine ganzen Bekannten waren irgendwie schon eher da. Also, das war'n richtiger »Run« nach Berlin, das war für uns die kürzeste Strecke. Manche sind nach Hof gefahren, aber die meisten Menschen aus Dresden sind nach Westberlin gefahren. Man hatte dann die 100 Mark von der Bank abgeholt, und man hat dann in … an den Gesichtern … das war also 'n Vorort von Berlin, im Süden gelegen … an den Gesichtern der Leute, die da wohnten, konnte man ganz klar unterscheiden, schon vom Äußeren: Wer is' jetzt aus'm Osten, und wer ist aus'm Westen. Da hat man natürlich die Euphorie bei den Leuten in Westberlin nicht mehr geseh'n. Also, ich glaub': Die waren einfach ziemlich genervt. Das hat man den Leuten angesehen. Und es war für mich peinlich. Ich hab' das irgendwie auch verstanden: Auf der einen Seite wollt' ich mir natürlich dies' Recht – also, mich da irgendwo hinzustellen und mal zu gucken – irgendwie nehmen, ich war einfach neugierig, was da so ist. Und auf der andern Seite hab' ich gemerkt, also, wir sind bestimmt auch furchtbar lästig.

Mehmet Kuruglu: Da liefen die Leute, die von Ostberlin kamen … die waren wie weggetreten, also die waren wirklich weggetr … die konnte ma' erst nich' ansprechen. Die ham in den Himmel geguckt, die ham sich die Häuser angeguckt. Eine Traube von Menschen stand vor dem Schaufenster, die haben da gezeigt mit'm Finger – hier und dies und jenes. Einer, der hat einfach nur in den Himmel geguckt, der is' auf und ab gelaufen wie ein Verrückter. Ich dachte, jetzt stimmt was nich' mit dem oder so … Also – die Leute waren … also, ick hatte den Eindruck, die Leute war'n fassungslos, sie waren geschockt. Wirklich geschockt. Des war so, wie als wenn jemand 'n Unfall baut, und er ist geschockt, sitzt so am Straßenrand und überlegt erst mal, was passiert is' – genau so war'n die Leute. Zum Beispiel am Ku'damm standen viele – natürlich noble – Autos, das ist ja klar; und da standen so 20, 30 Menschen vor einem Porsche und ham sich den Porsche begutachtet, geguckt unten, oben, haben ihn angefasst, ham reingeguckt und gestaunt und die Scheinwerfer … und dies und das … und dann ein Mercedes … ein BMW … und dann lief ich weiter Richtung Kurfürstendamm, Ecke Joachimsthaler Straße – also, wo »Café Kranzler« is' –, und da war ja 'ne richtige Party! Also, da stand alles. Der Verkehr war zusammengebrochen, nichts fuhr mehr, kein Bus, überhaupt nichts mehr. Die Leute waren alle auf der Kreuzung mit Sektflaschen und deutschen Fahnen und »Hurra!« und Hupereien, und es war also die Hölle los gewesen. Alles umarmte sich – wildfremde Menschen –, sogar ich hab' das erfahren: Da kamen Frauen, irgendwelche Frauen, zu mir, haben mich einfach umarmt und wollten mit mir tanzen auf der Straße! Und solche Sachen. Also ich … dann war ich plötzlich auch so beeindruckt von der Sache, ich war dann auch so bisschen geschockt. Ich war auch nich' mehr ganz da. Dann hab' ich gesagt: »Also, des kann nich' wahr sein, das kann einfach nich' wahr sein.« Da kam von der *Berliner Zeitung* einer und schrie da rum: »Sonderausgabe! Extrablatt! Extrablatt!«, und der hat gesagt: »Die Mauer ist gefallen, die Mauer ist gefallen. Berlin is' wieder Berlin« – stand auch auf der Schlagzeile.

Grit Weber: Wir durften kostenlos mit'm Bus fahren, und des fand ich auch sehr klasse, weil diese Fahrpreise war'n ja so immens teuer, also für meine Vorstellungen. Zwei Mark fuffzig für'n Bus zu bezahlen, des war kaum vorstellbar, des war'n Vermögen. Also, da wär' ich – glaub' ich – zehn Kilometer gelaufen, bis ich da die Busfahrkarte bezahlt hätte. Die erste Fahrt mit den berühmten Doppelstockbussen! Also – da war ich neugierig auf diesen Doppelstockbus. Und dann die Fülle von … von Eindrücken – also, ich war fix und fertig nach dem Tag. Ich kann es auch gar nicht mehr ordnen, was ich da alles geseh'n hab'. Ich fand einfach nur

Unmengen Bilder. Ich war wie erschlagen. Also ich bin nach Hause und hab' solche Kopfschmerzen gehabt, weil ich einfach bis oben hin so abgefüllt war. Also die … die Schaufensterauslagen, die Gerüche und … und die Klänge – also, die Stadt war so voll von Einflüssen, von Geräuschen und so überladen, das war ja vor Weihnachten, da war'n ja noch diese ganzen Weihnachtsdekorationen. Also, ich hab' des vorher noch nie geseh'n, dass man einen Baum, dass man die ganz normalen Straßenbäume mit Lichterketten schmücken kann! Also, da war ich irgendwie völlig perplex, dass es so was gibt. Und dann diese ganzen Schaufensterauslagen … – also ich war irgendwie voll überfordert. Und dann die schönen Menschen, also … die schönen Frauen, die da kamen – also, die war'n alle so perfekt. Also mir sind die perfekten Menschen so aufgefallen, die Kleidung, wie die aussahen – also, es war irgendwie so sauber alles und so. Die Frauen waren unheimlich geschminkt, die waren unheimlich gepflegt, das fand … das hab' ich nie gekannt.

Gisela Stange: Ich weiß noch: Einen Tag vor Bußtag war's, '89 – da gab's ja die 100 Mark Begrüßungsgeld, und ich wollte also noch was einkaufen gehen und komme in das Geschäft, und da sehe ich eine junge Frau stehen, der das Wasser aus'n Augen lief, ohne dass sie schluchzte. So was hatt' ich noch nie geseh'n. Das war für mich also eine Situation … ich starrte die an, und bis ich merkte, dass ich sie anstarrte, ging ich auf sie zu und sagte: »Wenn Sie was ansehen wollen, Sie müssen nichts kaufen, Sie können hier auch durch die Sperre geh'n und gucken.« Und daraufhin sagte se nur: »Wie machen Sie das?« Und ich fragte sie: » Was?« Ich wusste gar nicht, was sie meinte. Sie guckte auf den Gemüsestand. »Ich bin 40 Jahre alt. Ich hab' in meinem ganzen Leben noch nie in einem Geschäft Mohrrüben gesehen mit ganz frischem Grün und unten die Möhren ganz sauber.« Also mir blieb nur übrig zu sagen: »Wir waschen die.« Ich wusste nicht, was ich dazu sagen sollte. Und daraufhin antwortete sie: »Ja, wie haben die uns die 40 Jahre denn behandelt? Sind wir denn nur Vieh für die gewesen?«

Mehmet Kuruglu: 1992 wurde ich Taxifahrer, und ab da hab' ich des auch mit dem Ostberlin dann mehr mitgekriegt. Was hier überhaupt los war. Weil ich auch ein bisschen ins Umland gekommen bin. Und das erste Mal – so im Januar/Februar '90 bin ich rübergegangen – hab' ich mir das angeguckt, und ich meine, in der Gegend vom Alexanderplatz ging's ja noch, aber was dahinter dann so war alles, des sah ziemlich kaputt aus. Typisch Ostblock, also, die Plattenbauten und die Straßen und die Straßenschilder, halt alles anders. Und man hat es schon gesehen, dass da ein großer Unterschied zwischen West und Ost war – Ost war einfach schlechter.

Grit Weber: Also, für mich war das Allererste, was sich an Veränderungen in Dresden ergeben hat: die Werbeplakate. Darüber hat sich für mich zuallererst der Westen im Osten gezeigt, und ich fand des jetz' nicht so... ich fand das eigentlich sehr lästig und schrill einfach. Das hat überhaupt nicht dahingepasst. Also, das war so'n Unterschied. Ich fand des eigentlich schon sehr anmaßend irgendwie. Also: Es war wie so 'ne Besetzung. Es is' ja auch sehr massiv, diese riesigen Plakate, die man im Stadtbild sieht... da werd'n dann provisorisch so Bretter aufgerichtet, und dann werden also überlebensgroße Plakate an die Wand geklebt. Des fand ich eigentlich ziemlich lästig.

Thomas Kretschmer: Die Werbung hat ja die ganzen DDR-Jahre hindurch 'ne wichtige Rolle gespielt. Die Leute hatten fast alle Westfernsehen, die letzten 20 Jahre vor der Wende, seit Siebzigerjahren, und die westliche Werbung hatte so'n Bild hervorgerufen: Da drüben is' ewig Heiligabend, da drüben is' ewig Bescherung, da drüben gibt's immer alles. Die Werbung sagt: »Komm, nimm dir, hol' dir, du wirst glücklich.« Und sie sagt' nicht: »Du musst arbeiten, Geld verdienen, dann kannste dir dies vielleicht kaufen, aber dafür dann das nicht, und vielleicht brauchstes auch gar nicht!« Das sagt die Werbung nie. Sondern: »Hol' dir, nimm dir!«

Hildegard Dockal: Man muss sich von der Westseite in die Ostseite reindenken, aber man muss auch von der Ostseite nicht so arrogant sein. Denn zum Beispiel, als die Mauer dann auf war, is' meine Tochter, die das Friseurgeschäft hat, samstags einkaufen gegangen, und um die Kühltheke rum stand 'ne Million Menschen von der Ostseite. Und die wussten nich', was sie nehmen sollten, und debattierten. Meine Tochter hatte wenig Zeit und greift durch die Menchen durch und sagt: »Gestatten Sie bitte – ich weiß, was ich haben will.« Und da hält ein Mann sie ganz fest am Arm: »Sie hab'n das so viel Jahre gehabt – jetzt sind wir dran!« Und somit hat er damit 'ne Wand bei meiner Tochter im Westen aufgebaut.

Mehmet Kuruglu: Am Anfang hatten wir uns, wir Türken, ja auch sehr über die Wiedervereinigung gefreut, und keiner ahnte, dass grade in Ostdeutschland so viel Ausländerfeindlichkeit und Abstand zu den Türken und überhaupt generell zu Ausländern sein würde. Das hat damals keiner geahnt. Immer mehr wurde es wahrscheinlicher, dass die Leute hier im Ostteil doch anders erzogen sind und auch 'ne andere Ansicht haben und dass es leider jetzt so ist, dass es halt Gebiete in dieser Stadt gibt, im Osten, wo man also als Ausländer nicht hingeh'n sollte, alleine. Und die Westdeutschen sind also mehr negativ eingestellt und sagen also… es gibt sogar zum Beispiel Aussagen wie: »Früher war die Mauer drei Meter hoch, jetzt sollten sie die Mauer zehn Meter hoch bau'n!« – In jeder Branche, zum Beispiel sogar bei mir in der Taxibranche, gibt es Probleme. Am Anfang hatte ja Ostberlin nur 800 Taxen gehabt, wir haben 5500 in Westberlin! Und zwischen 1989 – Mauerfall – und der Wiedervereinigung 1990 haben die plötzlich im Osten über 2000 Taxen gehabt, weil – viele von der Stasi war'n ja abgesprungen, und von denen fahren noch heute viele Taxi, die ich selber persönlich auch kenne und von denen ich weiß, dass sie bei der Stasi waren. Plötzlich hatten wir über 7600 Taxen, muss man sich vorstellen. Und früher konnt' ich mein' Umsatz in acht, neun Stunden einfahren, und jetzt muss ich zwölf, dreizehn Stunden fahren. Das war der Unterschied. Zwar wurde das wieder hingekriegt, die Zahl der Taxen wurde auf 6700 reduziert – im Moment hab'n wir Konzessionsstopp –, aber es gab halt hier Reibereien zwischen Ostkollegen und Westkollegen – is' klar.

Sabine Landschek: Also, ick trauer' dieser DDR überhaupt kein bisschen nach. Natürlich hat keiner geahnt, dass das Geld so 'ne Macht hat, also, damit hab' ick mich ooch vorher nich' befasst. Man hätte sich gewünscht, dass alles so bleibt, wie's is', und trotzdem diese Offenheit – aber das ging eben nich'.

Anka Schäfer: Klar – ich hätte mir gewünscht, dass irgendwo die Souveränität der Bürger in diesem Teil des Landes mehr geachtet worden wäre und nicht einfach auf diese Art und Weise abgewickelt worden wäre, wie det nu' mal passiert is'. Also nich' die totale Übernahme, sondern den guten Kompromiss.

Doris Risch: Bestimmte Dinge hätte man ooch übernehmen können, und man hätte sagen können: »Na gut, damit sin' se klargekommen, na dann übernehm'n wir det und machen det andere dazu.« Ne, det musste alles grundsätzlich neu gemacht werden. Wie bei der Eisenbahn: Die ganzen Vorschriften wurden nach »Bundesbahn« geändert, nicht umgekehrt. Die Reichsbahner mussten umlernen, nicht die Bundesbahner. Denn hieß uff eenmal die Fahrleitung nich' mehr »Fahrleitung«, sondern »Oberleitung«, weil die Bundesbahn »Oberleitung« so steh'n hat, und ick finde det idiotisch, als wenn wir nischt Gutes hatten oder keene Dinge hatten, die man ooch akzeptier'n konnte.

Monika Krause: Erhaltenswert wäre für mich auf jeden Fall gewesen, also: die Abtreibungsmöglichkeit für Frauen, auf jeden Fall, und dass man Kinder, die man dann unterbringen möchte, ooch unterbringen kann, und dass 'n gewisser Mindestsozialstandard irgendwo garantiert wird.

Doris Risch: Ja, für die Frauen hat sich des meiste verändert, muss ich sagen. Von den Männern haben viele wieder Arbeit gefunden oder die Arbeit behalten, aber Frauen ... sehr viele, die ich kenne, mit denen ich früher zusammengearbeitet habe, sind jetzt zu Hause – arbeitslos –, sind Hausfrauen wider Willen. Sehr viele hatten nicht nur 'n Facharbeiter, sondern hatten Hochschulstudiumreife oder 'n Fachschulstudium. Haste heute vergessen können. Heute werden die Frauen, die'n Ingenieur haben, umgeschult als Floristin und so'n Kiki – Entschuldigung, aber anders kann ich dazu nich' sagen. Det knabbert verflucht am Selbstbewusstsein: nich' mehr gebraucht zu werden.

GRIT WEBER: Ich hab' schon oft so Erlebnisse gehabt: Na ja, die aus'm Osten, die sin' bissl doof oder so, und auch noch aus Sachsen. Das ist also schon vom Dialekt her so negativ besetzt, des hab' ich so oft erlebt und so oft erfahren, es hat mich schon also oft getroffen, also ... also so des Gefühl zu bekommen, kurios zu sein. Dass ma' immer so des Gefühl hat: Man muss noch was lernen. Also, dieser Angleichungsprozess konnte nur passieren, indem ich mich nach hier richte, nach diesen westlichen Kriterien richte. Es war immer so des Gefühl der Befremdung. Aber ich glaube, des ging auch sehr von mir aus, also, ich denke mir ... des is' beiderseitig. Ich kann jetz' die Leute nicht dafür verantwortlich machen – also, ich *war* ja auch befremdet, also ich war ja auch unsicher, wer ich bin, aufgrund des ... Das ganze Verhalten im Westen war anders, und ich hatt' ewig gebraucht, bis ich kapiert hab', dass man Leute im Westen quasi eigentlich nur in Kneipen kennen lernt. Also, der soziale Kontakt hier, Bekanntschaften knüpfen und so, also, das hab' ich also mit Leuten weniger gehabt. Also ich wüsste jetzt nicht, wen ich da jetzt irgendwie nennen könnte – doch! Einen habe ich kennen gelernt, einen Asylant aus dem Iran. Da war so'n gegenseitiges Verständnis. Wir waren wahrscheinlich beide so ... hatten beide das Gefühl, irgendwie anders zu sein. Also, ich hab' mich dann eher zu Ausländern hingezogen gefühlt. Da hab' ich mich mehr verstanden gefühlt bei denen.

AYSE DAL: Es gibt in Deutschland Länder, da wird man nicht so akzeptiert, wie man ist. Aber in Großstädten – Berlin oder Frankfurt oder München –, da ist das egal, ob man 'n Kopftuch trägt oder ob man 'ne and're Religion hat oder 'ne andere Sprache spricht. Da versteh'n sich die Leute besser, weil da ist man gemischt und international. Aber in der Türkei würd' ich dann schon Probleme haben, weil die Kopftuchtragenden keine Studienplätze bekommen oder Arbeitsplätze bekommen, und deswegen denk' ich mir, in Deutschland zu bleiben ist besser. Und langsam gewöhne ich mich daran, und langsam sehe ich das, als wär' ich auch ein Mensch vom deutschen Volk.

Mehmet Kuruglu: Ich habe auch heute – also jetzt zum Beispiel – sehr viele deutsche Freunde, da mach' ich keinen Unterschied, ob des 'n Deutscher ist oder … mir egal, welche Nationalität! Ich mach' nur nach Menschen Unterschied, ob der Mensch mir sympathisch is' oder nicht sympathisch ist.

Waltraud Glitscher: Wenn's heute heißt: Die Asylbewerber, die Flüchtlinge kriegen alles nachgeworfen – das wurde uns auch gesagt! Damals hat's auch geheißen: »Die Flüchtlinge kriegen das ganze Geld«, oder: »Die Flüchtlinge nehmen uns die Arbeit weg, die Flüchtlinge haben uns das Essen weggenommen.« Das wurde uns allen nachgesagt, damals. Und deswegen sag' ich auch immer, wenn ich das hier hör' und mit Menschen diskutier': »So was hab' ich schon vor 50 Jahren gehört.« Und dann sagen sie immer: »Das war nicht das Gleiche!« Ganz genau war das so gewesen, wie's jetzt is', nur haben sie es vergessen. Wie schwer es ist, die Heimat zu verlieren und in eine … zu andern Menschen zu kommen und auch von andern Menschen abhängig zu sein, von andern Menschen beschimpft zu werden. Ich hab's nicht vergessen, wie dankbar ich war, dass ich geholfen bekommen hab', und wie's mir ergangen is'. Ich hab's nich' vergessen!

Inge Michael: Ich lebe aus dem Glauben meines Großvaters Jakob, der Fantasie meiner Großmutter, dem Mut meines Vaters und der Hoffnung meiner Mutter. Ich habe nicht mit den Pfunden gewuchert. Jahr für Jahr tröpfelt der Mut mir aus den Adern. Die Kraft der Seele wird täglich schwächer. So sammle ich jeden Morgen die Reste von Freude, Mut und Kraft, um den Tag zu überstehen. Was vererb' ich meinen Kindern?

Josef Selmayr: Also, beneiden tu' ich Sie nich'! – Ich bin mit mir zufrieden, und wenn ich die Augen zumach', mach' ich sie vergnügt zu. Man is' von Königsschlössern in Kerker geschmissen worden und hatte mit dem Leben schon abgeschlossen gehabt. Kommt mir jetzt zugute, indem ich keine Angst mehr vorm Sterben habe und gelernt habe, dass nichts so wichtig ist, auf keinen Fall ist man selber sehr wichtig.

Michael Meier: Wenn Sie in die Schweiz heute geh'n, dann plaudern die Leute gerne von ihrer Vergangenheit, von ihrer Militärdienstzeit und so weiter…. Gut, das brauch' ich nicht. Aber dass sie nun gar nicht mehr von ihrer Vergangenheit reden können, ohne sich Fragen ausgesetzt zu sehen, die sie nicht beantworten können, das ist für alte Leute schlimm. Und so sitzen wir auf unseren Erinnerungen wie auf nicht abgeholten Gepäckstücken, und – meine Kinder fragen mich nicht, aber viele andere tun das –, und ich mache da ein neutrales Gesicht und sage: »So, so …« Ach, Sie wissen gar nicht, wie schlimm das in mir aussieht, und wir würden unser Leben heute vielleicht anders führen, als wir es in Wirklichkeit geführt haben – es gibt gar zu viele Korrekturen, die man machen müsste. Aber nun is' es einmal gelaufen, und ich stehe damit da – und das hab' ich Ihnen gegenüber geäußert.

OLGA HOLLENBERG, geboren 1900 in Neustadt in Mecklenburg. Vater war Ingenieur in Riga, später Fabrikbesitzer in Weimar. Besuch der Mädchenschule. Nach dem Tod des Vaters 1921 werden die finanziellen Mittel knapper. Die Mutter betreibt eine Pension für Dauergäste. Die Söhne dürfen studieren. Olga Hollenberg wird dies zunächst verwehrt. Sie muss ihrer Mutter helfend Gesellschaft leisten; auch die angestrebte Heirat scheitert am Widerstand der Mutter. Schließlich wird Olga Hollenberg Lehrerin in Leipzig.

CHARLOTTE VON SCHLABRENDORFF, 1905 in Posen als Tochter eines Offiziers geboren. Nach der »mittleren Reife« Ausbildung zur Säuglings- und Krankenpflegerin. Ursprünglich eher unpolitisch eingestellt, erlebt Charlotte von Schlabrendorff, wie gegen Ende der Weimarer Republik und nach 1933 Menschen aus dem näheren Umfeld von den Nazis schikaniert, sogar ermordet wurden. Sie empört sich öffentlich und verliert ihre Stelle.

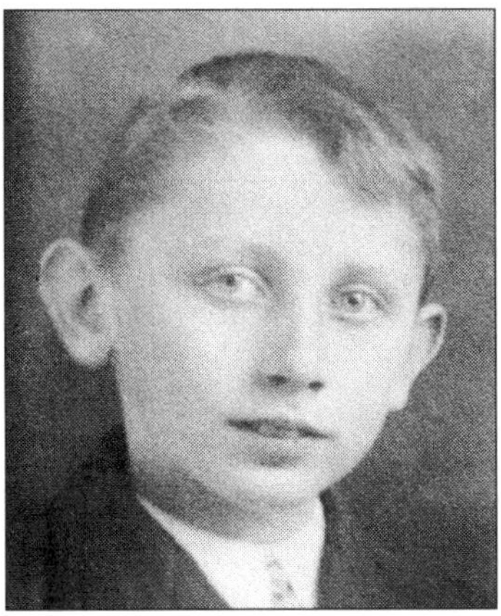

JOSEF SELMAYR, geboren 1905 in Straubing als Sohn einer wohlhabenden Bürgersfamilie. Sein Vater trägt »des Königs Rock« in einem Reiterregiment, nimmt später als Offizier am 1. Weltkrieg teil und erleidet eine Gasvergiftung bei Verdun. Auch J. Selmayr – deutschnational gesinnt – entscheidet sich für eine militärische Laufbahn und wird schließlich

Hauptmann im Generalstab der deutschen Wehrmacht. Russlandfeldzug. 1943 Versetzung nach Jugoslawien. Gerät bei Kriegsende in amerikanische Gefangenschaft, wird auf Umwegen an Jugoslawien ausgeliefert und dort zusammen mit 175 Kameraden als Kriegsverbrecher angeklagt. Er wird zu 15 Jahren Haft verurteilt, 150 Mitgefangene werden hingerichtet. Selmayr wird 1950 aus dem Arbeitslager entlassen und kann später beim BND (Gehlen), bei der Bundeswehr und schließlich im Ministerium seine Karriere fortsetzen.

HANS-JOACHIM LEMME, geboren 1905 in Berlin. Vater war Fabrikant von Reinigungsmitteln, Mutter besaß ein Geschäft für feine Damenhüte am Kurfürstendamm. Der Gymnasiast Lemme schließt sich den »Wandervögeln« an, studiert dann Jura und wird 1932 Richter am Amtsgericht Wedding. Gerät 1933 mit der neuen »Rechtsordnung« der Nationalsozialisten in Konflikt, scheidet aus dem Staatsdienst aus und arbeitet in einem juristischen Verlag. Geht 1941 freiwillig zur deutschen Wehrmacht und wird Panzerschütze in Russland und

Rechts im Bild: Lemme als Neunjähriger nach der Kriegsverkündung im Matrosenanzug

Frankreich. Desertiert 1944 mit zwei Kameraden und wird von den Amerikanern gefangen genommen. Nach Rückkehr aus der Gefangenschaft zerbricht die erste Ehe. L. wird Rechtsanwalt in Berlin. Seit seiner Pensionierung engagiert er sich in der Friedensbewegung.

Clara Freifrau von Arnim, 1909 in Kassel geboren. Entstammt großbürgerlichen Verhältnissen. Jurastudium in Berlin. Ausbildung zur Krankengymnastin. 1930 Heirat mit Friedmund von Arnim, der für die Gutsbetriebe Zernikow und Wiepersdorf (dem einstigen Wohnsitz von Achim und Bettina von Arnim) verantwortlich war. Sie bewirtschaftet zusammen mit ihrem Mann bis 1945 den Gutsbetrieb Zernikow. 1945 wird Friedmund von Arnim von den Russen verschleppt und stirbt am 13.1.1946 in Gefangenschaft an Entkräftung. Clara von Arnim gelingt die Flucht in den Westen. Neuanfang als Krankengymnastin. Nach dem Mauerfall 1990 verzichtet Clara von Arnim auf die Rückführung Ihres Besitzes, der in eine Stiftung überführt wird und seither der Pflege des literarischen Erbes von Achim und Bettina von Arnim sowie der Förderung literarischen Nachwuchses dient. Dafür wird Clara von Arnim 1999 die »Maecenas-Ehrung« zuteil.

Gertrud Seydelmann, geboren 1913 in Köln. Tod des Vaters 1915.
In der Inflation verliert die Mutter fast das gesamte Vermögen und ist mit ihren drei Kindern auf die Mieteinnahmen eines Wohnhauses im Arbeiterviertel angewiesen. Streng katholische Erziehung. Schulprobleme. Eine neue Schule, die dem Geist der Reformpädagogik und der Frauenbewegung verpflichtet ist, öffnet Gertrud die Tür zu ihrer großen Leidenschaft: Literatur und Kunst. Sie wird Bibliothekarin in Hamburg und hilft auf Veddel beim Aufbau einer Bibliothek für die Arbeiterschaft. Wegen ihres jüdisch klingenden Mädchennamens Rosenbaum kommt es zu Konflikten mit den Nazis. Überlebt Bombennächte in Köln und Hamburg. Nach dem Krieg Fortsetzung der Arbeit als Bibliothekarin. Wiedereingliederung der verbotenen Werke. Heirat und Scheidung. Erste Auslandsaufenthalte. Lebt heute in Hamburg und im Roussillon (Frankreich).

Joachim Salomonski, geboren 1909 in Breslau, aufgewachsen in Landsberg an der Warte. Kaufmann. Als Jude von den Nazis verfolgt, emigriert er 1938 nach Paris und wird 1939 bei Kriegsausbruch interniert. Er tritt in die Fremdenlegion ein und wird nach Nordafrika verschifft. Harter Arbeitseinsatz in einem Lager in der Wüste. Es gelingt ihm, in die so genannten »Alien Troups« der britischen Armee aufgenommen zu werden. Als »englischer« Soldat gelangt er 1944 nach Italien, wo er das Kriegsende in Neapel erlebt. Seine Eltern konnten nicht fliehen und wurden von den Nazis in Auschwitz ermordet.

Dr. Heinz Abelmann, geboren 1915 in Mannheim. Nachdem sein Vater in der Weltwirtschaftskrise arbeitslos wird und Frau und sieben Kinder verlässt, wächst Abelmann in äußerster Armut, teilweise sogar im Waisenhaus auf. Arbeitslos von 1929 bis 1933. Danach Arbeitsdienst, Lehre als Verkäufer, Wehrpflicht und Kriegseinsatz in Frankreich, Jugoslawien und Russland. Dort lernt er als einquartierter Soldat seine spätere Frau Oksana kennen, die bald darauf als Zwangsarbeiterin nach Deutschland verschleppt wird. Es gelingt Abelmann, seine Frau in München wiederzufinden. Er heiratet sie nach dem Krieg und tritt ihr zuliebe in die kommunistische Partei ein. Gemeinsam übersiedeln sie 1949 nach Ostberlin. Abelmann macht auf der Arbeiteruniversität das Abitur nach, studiert Wirtschaftswissenschaften und wird schließlich Hochschullehrer und Direktor der Lehrerakademie des Marxismus-Leninismus.

Irmgard Heintel, 1918 als Tochter eines wohlhabenden Stadtbaurats in Berlin geboren. 1937 Heirat mit einem Juristen, der später unter Roland Freissler Staatsanwalt am so genannten Volksgerichtshof wird. Er erträgt die Situation dort nicht und kann sich drei Jahre später an die Front melden, wo er 1944 bei Aachen fällt. Irmgard Heintel flieht 1945 vor dem Einmarsch der Russen vom Landgut ihrer Familie in Ostdeutschland und eröffnet im Oktober 1945 in einer Bretterbude bei Greding die erste private Autobahnraststätte in Deutschland. 1947 erneute Heirat. Nachdem sich die Identität ihres zweiten Mannes als gefälscht erweist, wird die Ehe für ungültig erklärt. Irmgard Heintel muss nun sich und ihre acht Kinder allein durchbringen, was ihr nach harten Aufbaujahren durch den Ausbau weiterer Raststätten an den zunehmend befahrenen Autobahnen immer besser gelingt, ihre Unternehmungen gestalten sich ertragreich.

Lisette Spott (rechts im Bild), geboren 1918 in Rositten auf der Kurischen Nehrung als Tochter eines Fischers. Wächst in ärmlichen Verhältnissen auf. Früher Tod der Mutter. Verlässt 1937 das Elternhaus und wird BDM-Führerin. In den kommenden Jahren Einsatz als »Arbeitsmaid« in Ostpreußen, als »Frollein« in Arbeiterfamilien und als Erntehelferin. Beim Arbeitseinsatz auf dem Meldeamt lernt sie einen russischen Frontsoldaten kennen. Drei Wochen später Trauung durch Fernheirat. 1944 vom AD beurlaubt. Flucht nach Wiesbaden. Anderen Verwandten aus Rositten gelingt die Flucht nicht. Viele kommen um. L.S. findet noch 1945 ihren Mann wieder. Zwei Kinder. Nachkriegszeit als Hausfrau und Mutter in Wiesbaden.

Max Mannheimer, geboren 1920 in Neutitschein (Nordmähren) als Sohn eines Kaufmanns. Mannheimer absolviert ebenfalls eine kaufmännische Lehre. Nach dem Münchner Abkommen wird Neutitschein dem Deutschen Reich zugesprochen. Mannheimers Vater wird nach der Reichspogromnacht am 9. November 1938 verhaftet, die Familie aus dem Reichsgebiet ausgewiesen.

Sie emigriert nach Ungarisch-Brod. M. betätigt sich als Arbeiter am Bau, im Straßenbau und in der Kanalisation. Nach der Annexion Ungarns erfolgt die Deportation der gesamten Familie nach Auschwitz. Eltern, Ehefrau und zwei Geschwister Mannheimers werden dort ermordet. Nach dem Krieg übt er verschiedenste Berufe aus, entdeckt unter anderem das künstlerische Malen – auch als therapeutische Möglichkeit gegen quälende Albträume. Lebt in München und engagiert sich in vielfältiger Weise gegen das Vergessen des Naziterrors.

LILLY WAGNER, 1921 in Steinach (Steiermark, Österreich) als Tochter eines Sägewerkbesitzers geboren. Besuch der Privathandelsschule und anschließend Arbeit im Büro des Kreisjägeramtes. 1943 erste Ehe mit einem Architekturstudenten, der aber bald zur deutschen Wehrmacht eingezogen wird. Nach dessen Heimkehr aus der Gefangenschaft erweist sich die Ehe als zerrüttet. Scheidung 1948 und erneute Eheschließung mit Alfred Wagner, der aus Siebenbürgen (Rumänien) vertrieben worden war. Er findet in Linz eine neue Existenzgrundlage als Handelsvertreter. Nach der Geburt zweier Kinder wirkt Lilly Wagner als Hausfrau und Mutter.

HEIDE GRUNWALD, geboren 1922 in München. Tochter eines Kaufmanns für Herrenbekleidung. Nach dem Besuch der Klosterschule freiwillig zum Reichsarbeitsdienst, so auch in Hamburg. Danach Tätigkeit als Arbeitsvermittlerin in Rosenheim, Wasserburg und Weilheim, wo sie die Kriegszeit übersteht. 1950 Heirat und Geburt zweier Kinder. Danach Hausfrau und Mutter. Ab 1962 Wiedereinstieg ins Berufsleben, zunächst Heimarbeit, dann verschiedene Anstellungen als Halbtagskraft etwa in der Multiple-Sklerose-Gesellschaft und im Caritas-Verband.

HELGA LUTHER, geboren 1923 in Bartenstein/Ostpreußen. Krankenschwester. Versucht als junge Frau, KZ-Häftlingen zu helfen, und macht sich öffentlich über den »Führer« lustig. Sie wird deshalb 1943 verhaftet und ins Frauenkonzentrationslager Ravensbrück überstellt. Dort pflegt sie polnische Häftlinge, an denen Sulfonamid-Versuche vorgenommen worden waren, sowie Tuberkulose- und Typhuskranke auf Block 11. 1944 aus dem KZ entlassen, spricht sie fast 50 Jahre nicht über ihre Erfahrungen, auch nicht mit ihrem Mann und den Kindern. Lebt heute in Berlin und engagiert sich für ehemalige Mithäftlinge in Polen.

CHRISTA GEBEL, geboren 1924 in München. 1944 total ausgebombt. Danach »Einquartierung«. 1946 Examen an der Fachschule für Sozialarbeit. 1946 leitende Fürsorgerin des Flüchtlingslagers Allach II. 1947 »Frauensekretärin« beim Bayerischen Gewerkschaftsbund. Reist 1949 zusammen mit 70 Vertretern unterschiedlicher Berufsgruppen nach USA (»Reeducating democracy«) und lernt dort ein anderes »Frauenbild« kennen. Setzt sich seither für Frauenrechte ein und begründet unter anderem 1950 die »Arbeitsgemeinschaft der Wählerinnen«, die mehr Frauen in Parlamente gewählt wissen will.

MADELON BETHKE, geboren 1924 in Ascona (Tessin) als Tochter kunstliebender Eltern. 1928 Rückkehr nach Berlin. Der Vater – ein Ingenieur – verstirbt. Die Mutter – plötzlich allein mit drei Kindern – verarmt. Madelon besteht mit 14 Jahren die Bühnenprüfung und erhält ein Engagement am Theater am Gendarmenmarkt unter Gründgens. Verhaftung des Bruders durch die Gestapo, weil er in Homosexuellenkreisen verkehrt. Engagement beim Kabarett der Komiker. Im Krieg Einsatz beim Fronttheater in Frankreich und Russland. 1943 Heirat. Geburt eines Sohnes. Der Vater ist an der Front. 1943 Flucht von Berlin nach Templin. 1944 Geburt eines weiteren Sohnes. 1945 Vergewaltigungen durch Russen. Tod eines Kindes. Rückkehr nach Berlin. Erneute Engagements. Nach

Rückkehr des Mannes aus der Gefangenschaft zerbricht die Ehe. Danach eröffnet Madelon Bethke in Braunschweig einen Antiquitätenhandel.

Dr. Alfred Wege wird 1926 im Wedding, einem Berliner Arbeiterviertel, geboren. Er wird in ärmlichen Verhältnissen groß und lebt mit Eltern und fünf Geschwistern in einer kleinen 2-Zimmer-Wohnung. 1941 wird er Mitglied der Hitlerjugend und 1944 im Schnellverfahren zum Panzerjäger ausgebildet. Er wird kurz vor der Ardennenoffensive an der Westfront in Frankreich eingesetzt, gerät in Kampfhandlungen und kurz darauf in amerikanische Gefangenschaft. Er wird in die USA verschifft und muss dort im Gefangenenlager u.a. als Holzfäller arbeiten. Im Juli 1946 kann er nach Ostberlin zurückkehren, wird Nachtwächter, Hilfstischler und später Landvermesser. Nach seinem Eintritt in die SED kann er als Arbeiterkind von 1947-1949 das Abitur nachholen. Da ihm die Vorgehensweise der SED gegen Andersdenkende nicht gefällt, tritt er wieder aus der Partei aus, kann aber dennoch Jura studieren und nach erfolgter Promotion als Verwaltungsjurist tätig werden.

Elfriede Stolpe, 1927 in München geboren und in kleinbürgerlichen Verhältnissen aufgewachsen. Erlebt als »Jungmädel« zunächst nationalsozialistische Indoktrination, dann den Bombenkrieg und erfährt erst allmählich von ihrem Vater, der sich freiwillig als Sanitäter an die Ostfront gemeldet hatte, von den Gräueltaten der Deutschen. Nach dem Einmarsch der Amerikaner Hungerjahre und die Zwangs-Einquartierung schlesischer Flüchtlinge ins Elternhaus. Heirat und Scheidung. Ausbildung zur Hauptschullehrerin. Erneute Heirat 1952. Mut-

ter zweier Kinder. Nach der Pensionierung ehrenamtlich in der Altenpflege tätig.

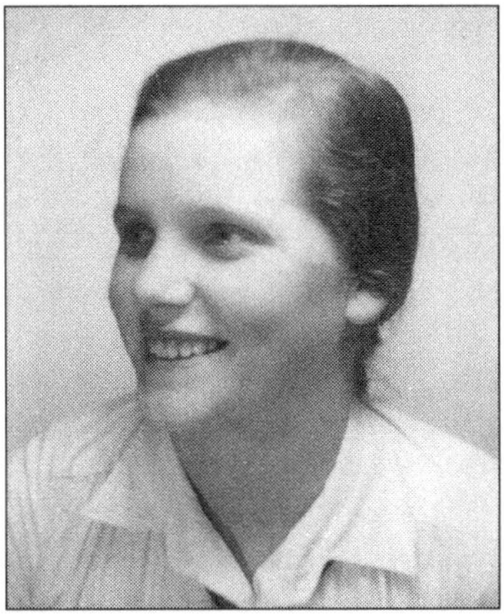

Gisela Stange, geboren 1929 in Berlin. Beamtenfamilie. 1939 Kinderlandverschickung und nationalsozialistische Indoktrination. 1945 in Berlin als Volkssturmmädel eingezogen. Gerät zusammen mit anderen HJ- und SS-Einheiten in der Berliner U-Bahn in Kampfhandlungen und wird von den Russen gefangen genommen. Es gelingt ihr, aus der Kolonne der nach Sibirien abzutransportierenden Gefangenen zu fliehen. Lebt illegal in der Nachbarschaft ihrer Eltern, bis die Amerikaner Westberlin übernehmen. Wirtschaftspraktikantin im Kinderheim. Arbeitseinsatz bei der Trümmerbeseitigung. Schwarzmarkthandel. Später Ausbildung zur Erzieherin und Tätigkeit im Berliner Jugendamt.

Ernst Grube, 1932 in München als Sohn einer Jüdin und eines nichtjüdischen Vaters geboren. Als ab 1938 – bedingt durch Nazi-Schikanen – für Juden kaum mehr Wohnraum zur Verfügung steht, wird Ernst Grube in einem jüdischen Kinderheim in München-Milbertshofen untergebracht. Von dort werden später jüdische Kinder nach Riga und Theresienstadt deportiert. Ernst Grube ist zunächst noch durch seinen nichtjüdischen Vater geschützt, der sich allen Pressionen zum Trotz weigert, sich von seiner jüdischen Frau scheiden zu lassen. 1945 jedoch wird auch Ernst Grube nach Theresienstadt deportiert, überlebt und wird am 8. Mai von Russen befreit. Grube schließt sich nach dem Krieg der KPD an und wird nach deren Verbot 1956 wegen des Verteilens von Flugblättern zu einem Jahr Gefängnis verurteilt. Grube wird Malermeister in München und setzt sich – bislang vergeblich – für eine Gedenktafel ein, die an das jüdische Kinderheim erinnern soll.

Stefan Schoblocher, 1937 in einem kleinen Dorf in Südungarn geboren. Dort erlebt er 1944 die Deportation der Juden. Wird mit seiner Familie und den anderen deutschstämmigen Dorfbewohnern 1947 vertrieben, und muss sein Elternhaus binnen einer Stunde verlassen. Die Familie wird nach Görlitz in die sowjetisch besetzte Zone transportiert. Dort lebt Stefan Schoblocher mit Eltern und Großmutter zunächst in einer 1-Zimmer-Wohnung. Der Vater – ursprünglich Stellmacher – muss den Lebensunterhalt für die Familie nun in einer Wagonbaufabrik verdienen. Das Leben in ungewohnt ärmlichen Verhältnissen wird durch Konflikte mit »Einheimischen« noch bitterer. Erst allmählich bessert sich die Situation. Ernst Schoblocher wird zunächst Modelltischler und kann später Geografielehrer werden und in der DDR über Länder unterrichten, von denen er annahm, sie selbst nie bereisen zu können.

Christiane Adam, geboren 1946 in Wiesbaden. Ihre Mutter – aus Ostpreußen geflohen – hatte sich in einen amerikanischen Soldaten verliebt und war schwanger geworden. Es bestand aber das so genannte »Fraternisierungsverbot«, und somit waren Eheschließungen zwischen Besatzungssoldaten und deutschen Frauen nicht möglich. Als Christiane Adam geboren wurde, lastete auf ihr folglich der Makel des »unehelichen Kindes«. Ihr Vater wurde 1946 mit seiner Einheit in die USA zurückverschifft und ließ Geliebte und Kind zurück, die von Teilen des sozialen Umfeldes nunmehr als »Amihure« und »Amibankert« stigmatisiert wurden. Erst als die Mutter 1953 heiratete und Christiane Adam von ihrem Stiefvater adoptiert wurde, konnte die »skandalöse« Vergangenheit vertuscht werden. Christiane Adam hoffte als Kind und auch noch als junge Frau dennoch darauf, dass ihr richtiger Vater, den sie nie kennen gelernt hatte, eines Tages kommen und sie zu sich holen würde. Da dies nicht der Fall war, reiste sie 1976 in die USA, um ihren leiblichen Vater zu suchen. Sie hatte doppeltes Glück: Sie konnte ihren Vater ausfindig machen und wurde von ihm und seiner Familie mit offenen Armen empfangen. Die Beziehung zum Vater blieb bis zu dessen Tod im Jahr 1988 eine herzliche.

Rafael Seligmann, 1947 im damaligen Palästina (heute Israel) geboren. Seine Eltern hatten bereits 1934 die Zeichen der Zeit erkannt und waren aus Nazi-Deutschland emigriert. Rafael Seligmann kehrt mit seinen Eltern 1957 in die Bundesrepublik Deutschland zurück, weil diese mit den klimatischen und wirtschaftlichen Bedingungen in Israel nur schwer zurechtkamen. Rafael Seligmann leidet unter der Rückkehr ins »Land der Mörder« und unter einem immer wieder an Schule und Lehrbetrieb hervorbrechenden Antisemitismus. Nach der Ausbildung zum Fernsehtechniker entschließt er sich, das Abitur nachzuholen. Er studiert Geschichte und Politik, promoviert und arbeitet u.a. als Redakteur, Hochschullehrer und Schriftsteller. 1988 erscheint sein erster Roman: »Rubinsteins Versteigerung«. Rafael Seligmann lebt heute in Berlin.

Melitta Walter, geboren 1949 in Berlin. Ihre jüdische Mutter hat das »Dritte Reich« in einem Versteck überlebt und heiratet nach dem Krieg ein ehemaliges Mitglied der Waffen-SS, nun Maurer. Melitta W. wächst in ärmlichen Verhältnissen auf und wird von der Mutter ihres »jüdischen« Aussehens wegen abgelehnt. Sie wird Kinderkrankenschwester. Eine Begegnung mit dem schwer verletzten Rudi Dutschke im Krankenhaus beeindruckt sie so stark, dass sie ihr kleinbürgerliches Elternhaus verlässt und sich in die ihr völlig fremde Umgebung einer studentischen Wohngemeinschaft begibt. Sie beteiligt sich an den Aktivitäten der Studentenbewegung, so auch an der Gründung eines der ersten Berliner »Kinderläden«.

Christian Lothario Bundt (links im Bild), geboren 1949 in Berlin. Entstammt einer wohlhabenden Apothekerfamilie. Macht ab 1965 Bekanntschaft mit Protagonisten der Studenten- und »Sponti-Bewegung«, lebt in einer der ersten »Kommunen« und teilt das Lebensgefühl der so genannten 68er Generation. Die zunehmend dogmatischeren und auch gewalttätigeren »revolutionären« Aktivitäten seiner Umgebung missfallen ihm. Er wendet sich ab und studiert anhaltend Germanistik, reist viel und macht zeittypische Drogenerfahrungen. Er löst sich auch davon und arbeitet als freier Lektor und Übersetzer für diverse Verlage. Nach dem Tod seines Vaters erbt er 1986 ein nicht unbeträchtliches Immobilien-Vermögen und ist heute mit dessen Erhalt und Verwaltung beschäftigt.

Thomas Kretschmer, geboren 1956 in Jena. Aufgewachsen in Dornburg (Thüringen). Gerät als jugendlicher Katholik in Distanz zum DDR-Staat und versucht 1973 über die tschechisch-österreichische Grenze in den Westen zu fliehen. Er wird gefasst und zu 15 Monaten Haft verurteilt. Er widersteht den Versuchen, ihn zur Mitarbeit für das Ministerium für Staatssicherheit zu gewinnen. Der Staat rächt sich: Kretschmer darf nicht Theologie studieren und wird

Krankenpfleger. Wehrdienstverweigerung und regimekritische Aktionen bringen ihm immer wieder weitere Jahre der Haft ein. Er lässt sich nicht in die BRD abschieben und wird erst 1985 aus dem Gefängnis entlassen. Lebt heute als Bildhauer in Tegau (Thüringen).

Alf Mayer, geboren 1952 in Jedesheim, bayerischer Allgäu. Die dörfliche Umgebung war streng katholisch geprägt. Mayer war zehn Jahre lang Ministrant und darüber hinaus das erste Bauernkind des kleinen Dorfes, das aufs Gymnasium ging. Dort, auf der »Eliteschule«, war er der einzige Schüler solch »anrüchiger« Herkunft. Er gehörte schnell nicht mehr zu seiner alten, aber noch lange nicht zu der neuen Welt des Bildungsbürgertums. Hochdeutsch war seine erste Fremdsprache, und er beherrschte sie schließlich so gut, dass er seine Lehrjahre als Journalist bei einer Zeitung in Augsburg beginnen konnte. Er lebt heute als Filmkritiker und Jury-Mitglied des Deutschen Krimi-Preises

in Frankfurt am Main. Auf dem Foto (vorn, Mitte) beim traditionellen Maiumzug mit dem Tanz um den Maibaum.

Christoph Potting, geboren am 3. Januar 1950 als Sohn einer Textilkaufmannsfamilie in Mönchengladbach. Er studierte Sozialwissenschaften und Psychologie. Diese Studienwahl und seine spätere Berufsentscheidung wurden von seiner Familie und ihm als »Kulturbruch« mit dem Herkunftsmilieu empfunden. – Potting heiratete mit 21 Jahren sehr früh: Die Hochzeit war eine Möglichkeit, dem »repressiven« Elternhaus zu entfliehen. – Eine »Politisierung« durch die Studentenbewegung und die damit verbundenen Erfahrungen auf der Hochschule erfolgten relativ spät: Während auf der Straße schon protestiert wurde, drehte er noch auf dem Golfplatz seine Runden und wurde Deutscher Jugendmeister. – Seit 1975 war Potting in der politischen Bildungsarbeit tätig, später arbeitete er als Journalist, Medienproduzent und in der Kommunikationsberatung.

Wir danken des Weiteren unseren Interviewpartnern:

Edith Badstübner, Berlin
Willy Beltz, Kassel
Stefan Beyrer, München
Anton Bischof, Berlin
Mile Braach, Frankfurt
Petra Braun, Bestensee
Günther Bruhn, Berlin
Ayse Dal, Frankfurt
Ursula und Anton Diepold, Übersee
Katharina Dietrich, Hamburg
Hildegard Dockal, Berlin
Heinrich Droege, Frankfurt
Lilly Ehms, Frankfurt
Helga Einsele, Frankfurt
Ludwig Gehm, Kassel
Waltraud und Gunnar Glitscher, Darmstadt
Karl Goszmann, Kassel
Anna Grohmann, München
Josef Grunwald, München
Robert Grunwald, Karlsruhe
Willy Hahn, Renningen
Monika Held, Frankfurt
Rudolf Hinrichs, Torgau
Heidi Höfer
Frieda Hornung, Köln
Hans Hutter
Elke Klee
Renate Klingelhöfer, Ortenberg
Ursula Knopp, Berlin
Hubert Körner, Dortmund
Monika Krause, Berlin
Mehmet Kuruglu, Berlin
Adelheid Kutik
Hanna Lambrette, Frankfurt
Sabine Landschek, Berlin
Josef Lauer, Kerbersdorf
Elisabeth Lauer
Christa Mayer
Michael Meier, Gauting
Inge Michael, Berlin
Brigitte Müller
Hildegard Niemetz, Berlin
Kurt Niemetz, Berlin
Ilse Perwo, München
Sebastian Popp, Frankfurt
Heinrich Praechter, Frankfurt
Arno Rademacher, Berlin
Irmgard Reichert, Glauburg
Ute Reichert, Gräfelfing
Rosemarie Reichwein, Berlin
Anna Reimer, München
Hermann Reineck, Frankfurt
Doris Risch, Frankfurt
Georg Röhrer, München
Helga Römer
Herbert Rollwage, Hamburg
Günter Salomon, Berlin
Anka Schäfer, Berlin
Herbert Serbser
Walter Taus, München
Edgar Wachter, München
Klaus Walter, München
Erwin Walz, Rödermark
Grit Weber, Wiesbaden
Karl Wehland
Ursel Wille, Frankfurt
Stefan Wolf, Leipzig
Susanne Zeimert, München
Fritz Zimmermann, Hamburg

und all den anderen, die wir zwar interviewt haben, deren Erzählungen aber leider nicht mehr in dieser Arbeit unterzubringen waren.

Inge Kurtz und Jürgen Geers